滿文原檔

《滿文原檔》選讀譯注

太祖朝（七）

莊 吉 發譯注

滿 語 叢 刊
文史哲出版社印行

國家圖書館出版品預行編目資料

滿文原檔《滿文原檔》選讀譯注：太祖朝. 七
/ 莊吉發譯注. -- 初版. -- 臺北市：文史哲出版社, 民 111.04
面 ： 公分 --（滿語叢刊；46）
ISBN 978-986-314-597-4（平裝）

1.CST:滿語 2.CST:讀本

802.918　　111005444

滿 語 叢 刊 46

滿文原檔《滿文原檔》選讀譯注

太祖朝（七）

譯注者：莊吉發
出版者：文史哲出版社
http:// www.lapen.com.tw
e-mail:lapen@ms74.hinet.net
登記證字號：行政院新聞局版臺業字五三三七號
發行人：彭正雄
發行所：文史哲出版社
印刷者：文史哲出版社
臺北市羅斯福路一段七十二巷四號
郵政劃撥帳號：一六一八〇一七五
電話886-2-23511028・傳真886-2-23965656

實價新臺幣七五〇元

二〇二二年（民一一一）四月初版

ISBN 978-986-314-597-4　　65146

滿文原檔
《滿文原檔》選讀譯注

太祖朝（七）

目　　次

《滿文原檔》選讀譯注

導　讀

內閣大庫檔案是近世以來所發現的重要史料之一，其中又以清太祖、清太宗兩朝的《滿文原檔》以及重抄本《滿文老檔》最為珍貴。明神宗萬曆二十七年（1599）二月，清太祖努爾哈齊為了文移往來及記注政事的需要，即命巴克什額爾德尼等人以老蒙文字母為基礎，拼寫女真語音，創造了拼音系統的無圈點老滿文。清太宗天聰六年（1632）三月，巴克什達海奉命將無圈點老滿文在字旁加置圈點，形成了加圈點新滿文。清朝入關後，這些檔案由盛京移存北京內閣大庫。乾隆六年（1741），清高宗鑒於內閣大庫所貯無圈點檔冊，所載字畫，與乾隆年間通行的新滿文不相同，諭令大學士鄂爾泰等人按照通行的新滿文，編纂《無圈點字書》，書首附有鄂爾泰等人奏摺[1]。因無圈點檔年久鬱舊，所以鄂爾泰等人奏請逐頁托裱裝訂。鄂爾泰等人遵旨編纂的無圈點十二字頭，就是所謂的《無圈點字書》，但以字

1 張玉全撰，〈述滿文老檔〉，《文獻論叢》（臺北，臺聯國風出版社，民國五十六年十月），論述二，頁 207。

頭釐正字蹟，未免逐卷翻閱，且無圈點老檔僅止一分，日久或致擦損，乾隆四十年（1775）二月，軍機大臣奏准依照通行新滿文另行音出一分，同原本貯藏[2]。乾隆四十三年（1778）十月，完成繕寫的工作，貯藏於北京大內，即所謂內閣大庫藏本《滿文老檔》。乾隆四十五年（1780），又按無圈點老滿文及加圈點新滿文各抄一分，齎送盛京崇謨閣貯藏[3]。自從乾隆年間整理無圈點老檔，托裱裝訂，重抄貯藏後，《滿文原檔》便始終貯藏於內閣大庫。

近世以來首先發現的是盛京崇謨閣藏本，清德宗光緒三十一年（1905），日本學者內藤虎次郎訪問瀋陽時，見到崇謨閣貯藏的無圈點老檔和加圈點老檔重抄本。宣統三年（1911），內藤虎次郎用曬藍的方法，將崇謨閣老檔複印一套，稱這批檔冊為《滿文老檔》。民國七年（1918），金梁節譯崇謨閣老檔部分史事，刊印《滿洲老檔祕錄》，簡稱《滿洲祕檔》。民國二十年（1931）三月以後，北平故宮博物院文獻館整理內閣大庫，先後發現老檔三十七冊，原按千字文編號。民國二十四年（1935），又發現三冊，均未裝裱，當為乾隆年間托裱時所未見者。文獻館前後所發現的四十冊老檔，於文物南遷時，俱疏遷於後方，臺北國立故宮博物院現藏者，即此四十冊老檔。昭和三十三年（1958）、三十八年（1963），日本東洋文庫譯注出版清太祖、太宗兩朝老檔，題為《滿文老檔》，共七冊。民國五十八年（1969），國立故宮博物院影印

---

2 《清高宗純皇帝實錄》，卷 976，頁 28。乾隆四十年二月庚寅，據軍機大臣奏。

3 《軍機處檔‧月摺包》（臺北，國立故宮博物院），第 2705 箱，118 包，26512 號，乾隆四十五年二月初十日，福康安奏摺錄副。

出版老檔，精裝十冊，題為《舊滿洲檔》。民國五十九年（1970）三月，廣祿、李學智譯注出版老檔，題為《清太祖老滿文原檔》。昭和四十七年（1972），東洋文庫清史研究室譯注出版天聰九年分原檔，題為《舊滿洲檔》，共二冊。一九七四年至一九七七年間，遼寧大學歷史系李林教授利用一九五九年中央民族大學王鍾翰教授羅馬字母轉寫的崇謨閣藏本《加圈點老檔》，參考金梁漢譯本、日譯本《滿文老檔》，繙譯太祖朝部分，冠以《重譯滿文老檔》，分訂三冊，由遼寧大學歷史系相繼刊印。一九七九年十二月，遼寧大學歷史系李林教授據日譯本《舊滿洲檔》天聰九年分二冊，譯出漢文，題為《滿文舊檔》。關嘉祿、佟永功、關照宏三位先生根據東洋文庫刊印天聰九年分《舊滿洲檔》的羅馬字母轉寫譯漢，於一九八七年由天津古籍出版社出版，題為《天聰九年檔》。一九八八年十月，中央民族大學季永海教授譯注出版崇德三年（1638）分老檔，題為《崇德三年檔》。一九九〇年三月，北京中華書局出版老檔譯漢本，題為《滿文老檔》，共二冊。民國九十五年（2006）一月，國立故宮博物院為彌補《舊滿洲檔》製作出版過程中出現的失真問題，重新出版原檔，分訂十巨冊，印刷精緻，裝幀典雅，為凸顯檔冊的原始性，反映初創滿文字體的特色，並避免與《滿文老檔》重抄本的混淆，正名為《滿文原檔》。

二〇〇九年十二月，北京中國第一歷史檔案館整理編譯《內閣藏本滿文老檔》，由瀋陽遼寧民族出版社出版。吳元豐先生於「前言」中指出，此次編譯出版的版本，是選用北京中國第一歷史檔案館保存的乾隆年間重抄並藏於內閣的《加圈點檔》，共計二十六函一八〇冊。採用滿文原文、羅馬字母轉寫及漢文譯文合集的編輯體例，在保持原分編函冊的特點和聯繫的前提下，按一定厚度重新分冊，以滿文原文、羅馬字母轉寫、漢文譯文為序排列，合編成二十冊，其中第一冊至第十六冊為滿文原文、第十七冊至十八冊為羅馬字母轉寫，第十九冊至二十冊為漢文譯文。為了存真起見，滿文原文部分逐頁掃描，仿真製版，按原本顏色，以紅黃黑三色套印，也最大限度保持原版特徵。據統計，內閣所藏《加圈點老檔》簽注共有 410 條，其中太祖朝 236 條，太宗朝 174 條，俱逐條繙譯出版。為體現選用版本的庋藏處所，即內閣大庫；為考慮選用漢文譯文先前出版所取之名，即《滿文老檔》；為考慮到清代公文檔案中比較專門使用之名，即老檔；為體現書寫之文字，即滿文，最終取漢文名為《內閣藏本滿文老檔》，滿文名為"dorgi yamun asaraha manju hergen i fe dangse"。《內閣藏本滿文老檔》雖非最原始的檔案，但與清代官修史籍相比，也屬第一手資料，具有十分珍貴的歷史研究價值。同時，《內閣藏本滿文老檔》作為乾隆年間《滿文老檔》諸多抄本內首部內府精寫本，而且有其他抄本沒有的簽注。《內閣藏本滿文老檔》首次以滿文、羅馬字母轉寫和漢文譯文合集方式出版，確實對清朝開國史、民族史、東北地方史、滿學、八旗制度、滿文古籍版本等領域的研究，提供比較原始的、系統的、基礎的第一手資料，其次也有助於準確解讀用老滿文書寫《滿文老檔》原本，以及深入系統地研究滿文的創制與改革、滿語的發展變化[4]。

臺北國立故宮博物院重新出版的《滿文原檔》是《內閣藏本滿文老檔》的原本，海峽兩岸將原本及其抄本整理出版，確

4　《內閣藏本滿文老檔》（瀋陽，遼寧民族出版社，2009 年 12 月），第一冊，前言，頁 10。

實是史學界的盛事，《滿文原檔》與《內閣藏本滿文老檔》是同源史料，有其共同性，亦有其差異性，都是探討清朝前史的珍貴史料。為詮釋《滿文原檔》文字，可將《滿文原檔》與《內閣藏本滿文老檔》全文併列，無圈點滿文與加圈點滿文合璧整理出版，對辨識費解舊體滿文，頗有裨益，也是推動滿學研究不可忽視的基礎工作。

以上節錄：滿文原檔：《滿文原檔》選讀譯注導讀 — 太祖朝（一）全文 3-38 頁。

一、按丁計數

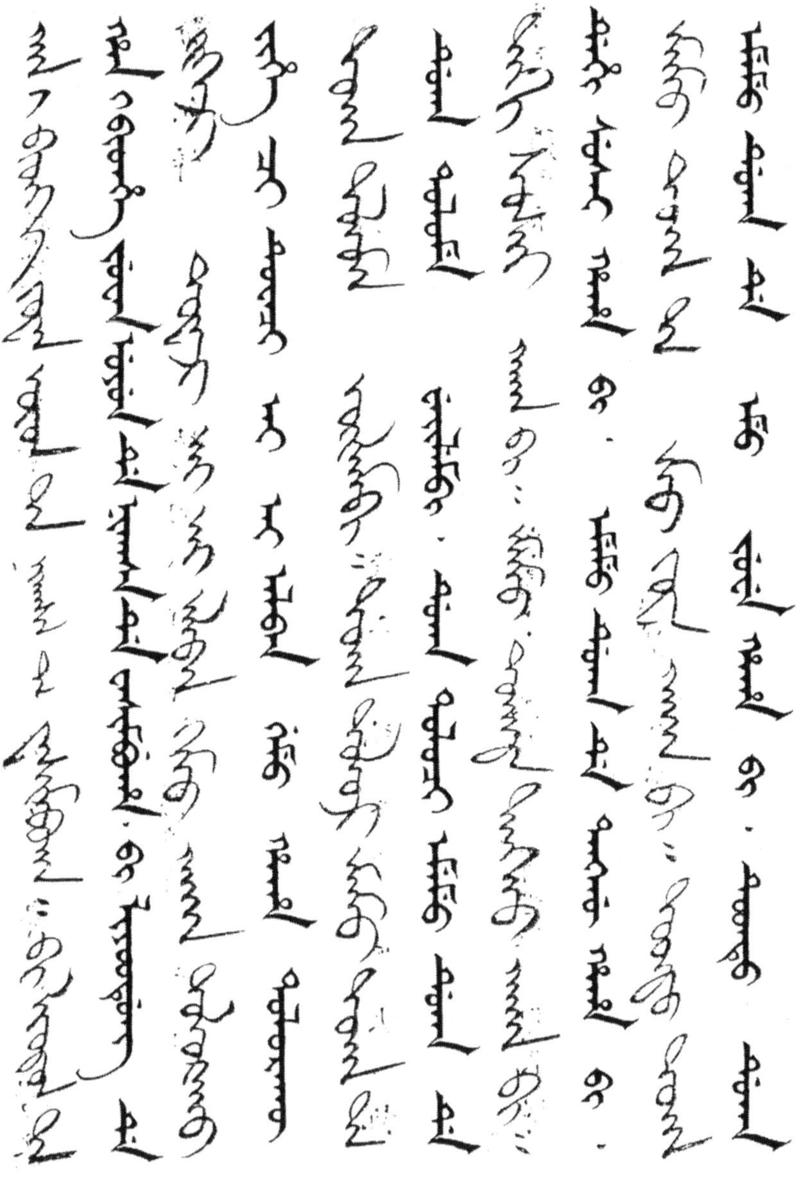

han i bithe, juwan uyun de nikasa de wasimbuha, bi liyoodung de jiheci tuwaci, ai ai alban gemu haha tolorakū, duka tolome weilembi. duka toloci, ememu duka de dehi susai haha bi, ememu dukade tanggū haha bi, ememu duka de emu juwe haha bi. tuttu duka

---

十九日，汗頒書於明人曰：「我自從來至遼東後察得，凡派差役，皆不按丁計，而計門派差。若按門計，或一門有四十、五十丁，或一門有百丁，或一門有一、二丁。

十九日，汗颁书于明人曰：「我自从来至辽东后察得，凡派差役，皆不按丁计，而计门派差。若按门计，或一门有四十、五十丁，或一门有百丁，或一门有一、二丁。

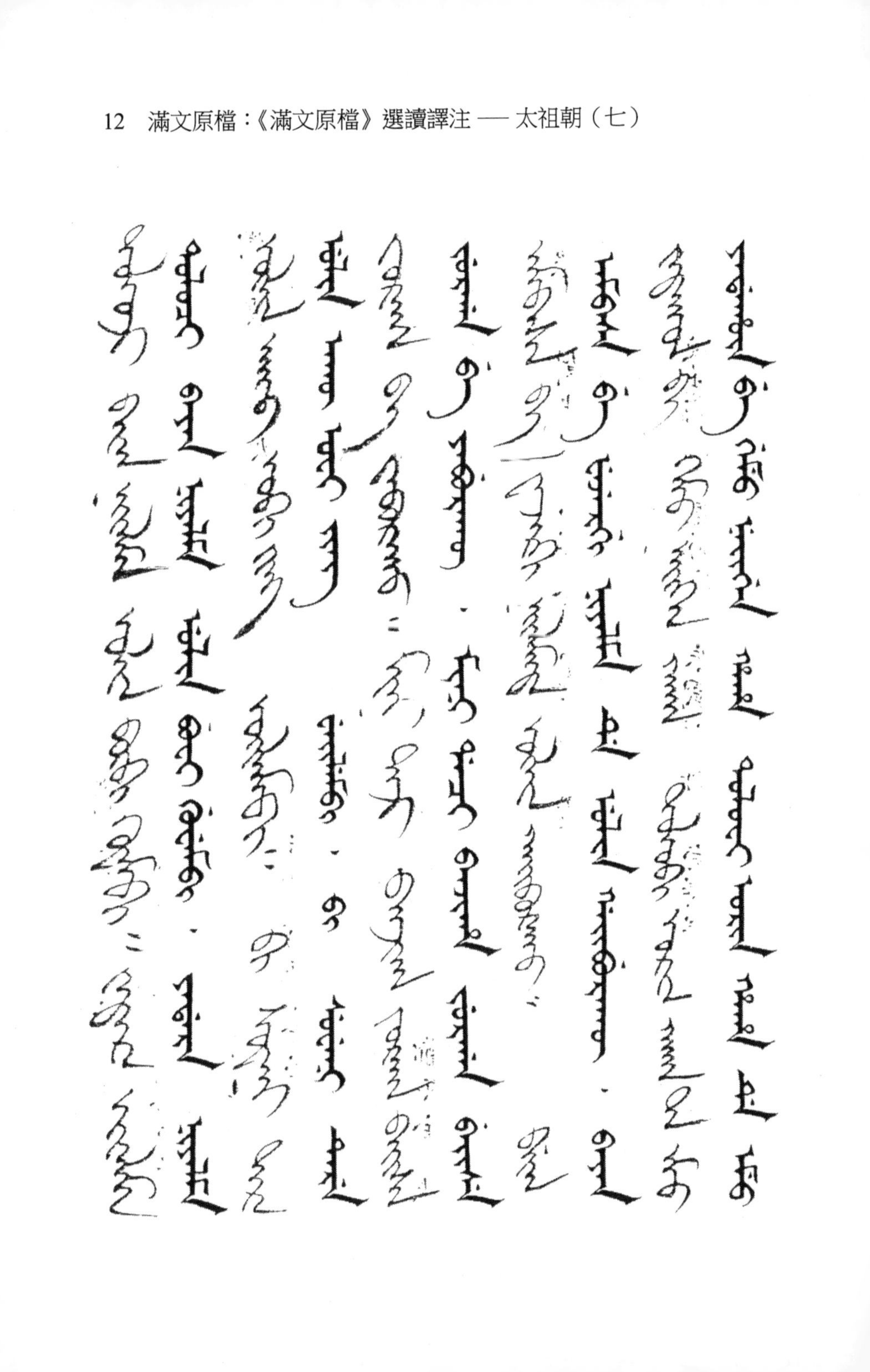

toloci bayan niyalma ulin bufi guwembi, yadara niyalma ulin akū ofi jing weilembi. bi suweni tere jurgan be yaburakū, mini daci banjiha jurgan, beise ambasa be fejergi niyalmade ulin gaiburakū, bayan yadahūn be gemu neigen haha tolofi, orin haha de emu

---

如此按門計數，則富人因給錢財而免服役，窮人因無錢財而常服役。我不行爾等之制，我素行之制，不准諸貝勒大臣取錢財於下人，無論貧富，皆同等按丁計數，

如此按门计数，则富人因给钱财而免服役，穷人因无钱财而常服役。我不行尔等之制，我素行之制，不准诸贝勒大臣取钱财于下人，无论贫富，皆同等按丁计数，

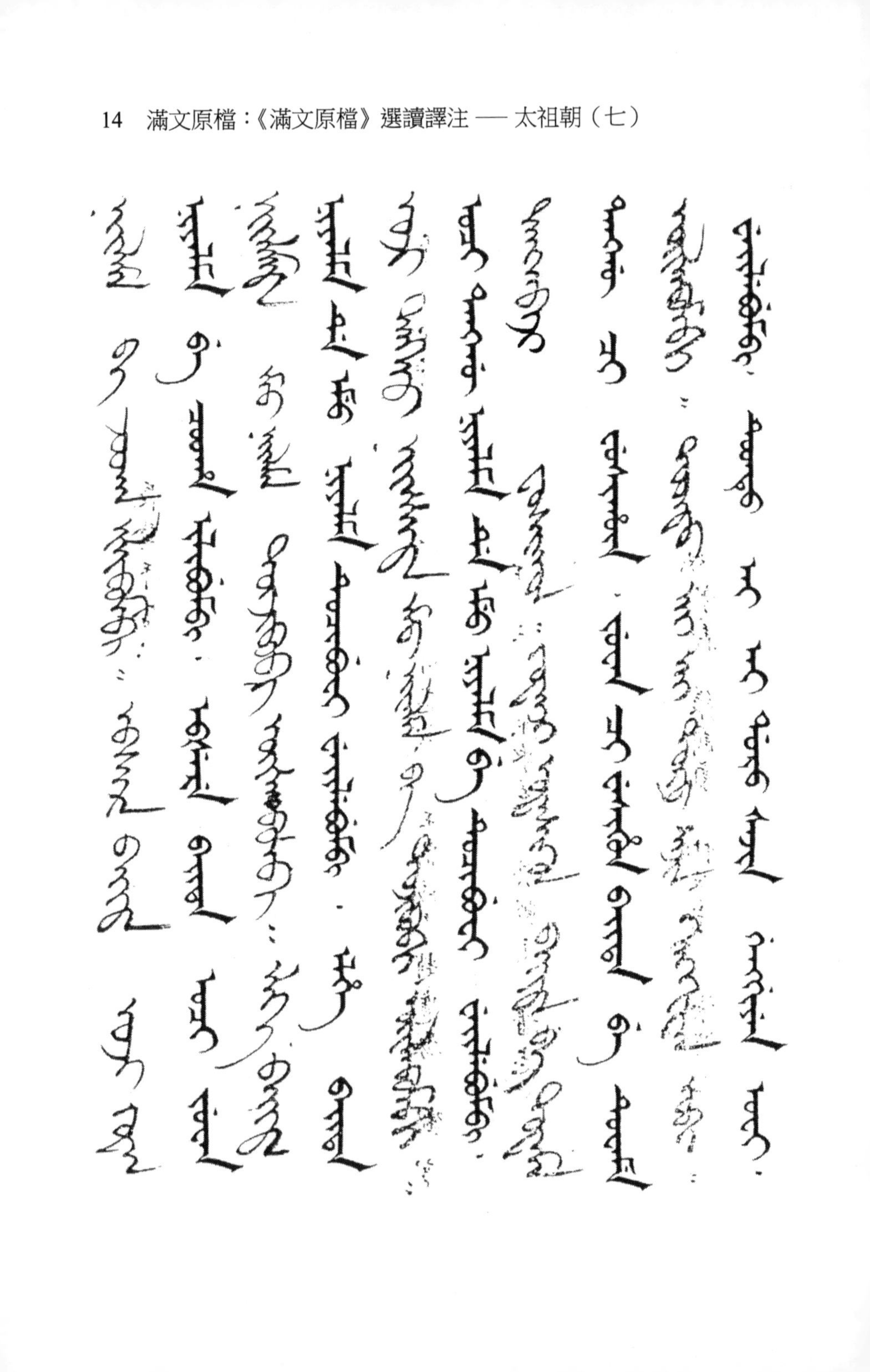

niyalma be cooha ilibumbi. ebšere baita oci, juwan niyalmade emu niyalma tucibufi weilebumbi, elhe baita oci, tanggū niyalmade emu niyalma be tucibufi weilebumbi, tanggū ci fusihūn, juwanci wesihun, baita be tuwame weilebumbi. tuttu ai ai doro šajin genggiyen ofi,

---

每二十丁以一人從軍。若有急事，則每十人派出一人服役，若係安好之事，則每百人派出一人服役；百人以下十人以上者，則視事之緩急派人服役。因諸凡政法清明，

每二十丁以一人从军。若有急事，则每十人派出一人服役，若系安好之事，则每百人派出一人服役；百人以下十人以上者，则视事之缓急派人服役。因诸凡政法清明，

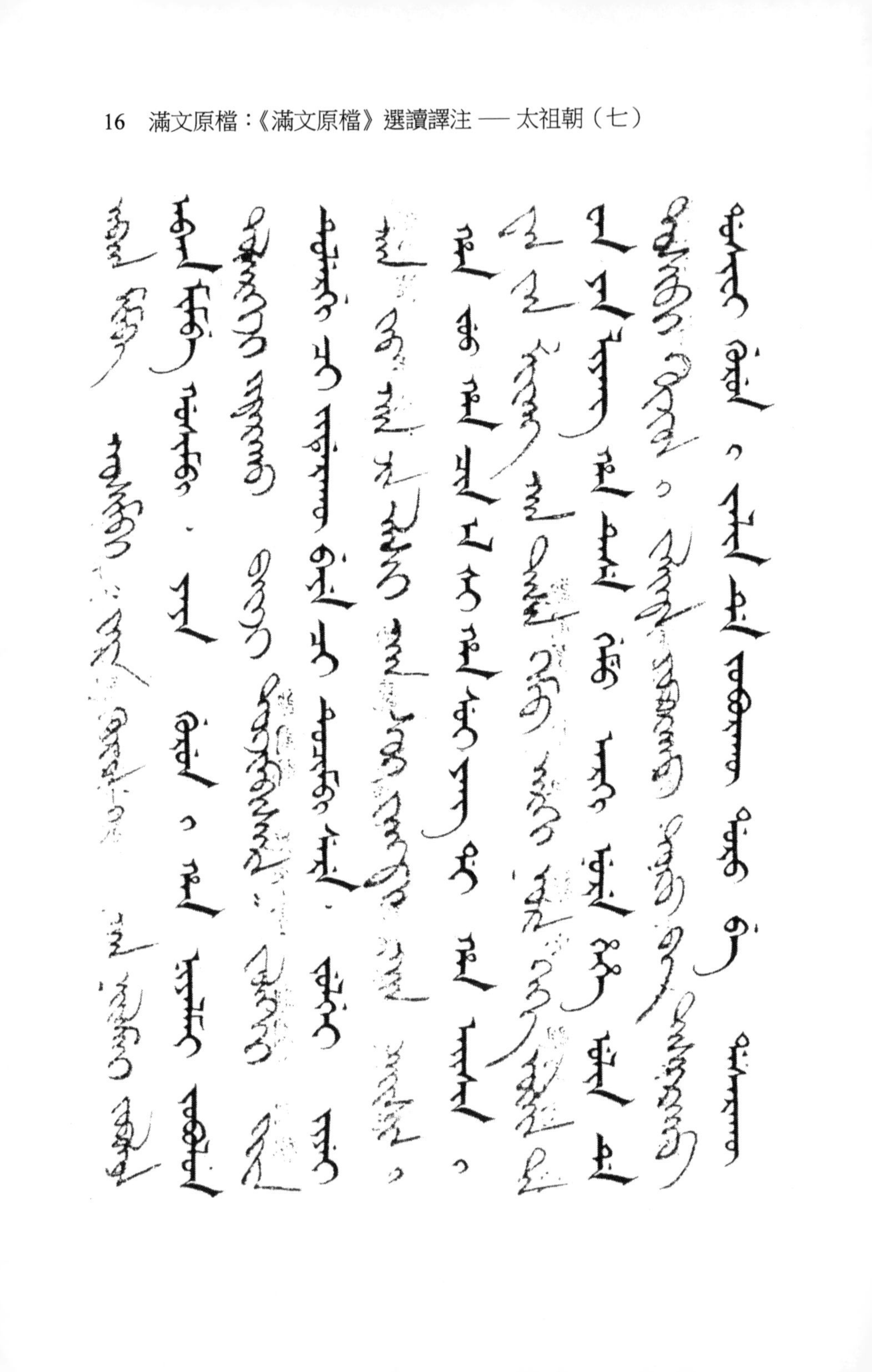

abka mimbe gosimbi. yaya gurun i han niyalmai jobolon tulergici jiderakū, beyeci tucimbisere. julgei jiyei han juo han, cin el ši han, sui yang di han, aisin i wan yan liyang han, tese gemu arki nure, hehe ulin de dosifi, gurun i jalin de joborakū, doro be dasarakū

故蒙天佑我。各國[5]人君之禍，不自外來，皆從己出。昔桀帝、紂王、秦二世、隋煬帝、金帝完顏亮，彼等皆因嗜酒[6]，貪財好色，不為國劬勞，不修國政，

故蒙天佑我。各国人君之祸，不自外来，皆从己出。昔桀帝、纣王、秦二世、隋炀帝、金帝完颜亮，彼等皆因嗜酒，贪财好色，不为国劬劳，不修国政，

---

[5] 各國，句中「各」，《滿文原檔》寫作“jaja”，《滿文老檔》讀作“yaya”。按此為無圈點滿文“ja”與“ya”之混用現象。

[6] 嗜酒，句中「酒」，《滿文原檔》、《滿文老檔》俱讀作“arki nure”；句中“arki”為「燒酒」，“nure”為「黃酒」。又滿文“arki”，係蒙文“ariki”借詞，源自回鶻文“haraq”，意即「酒」。

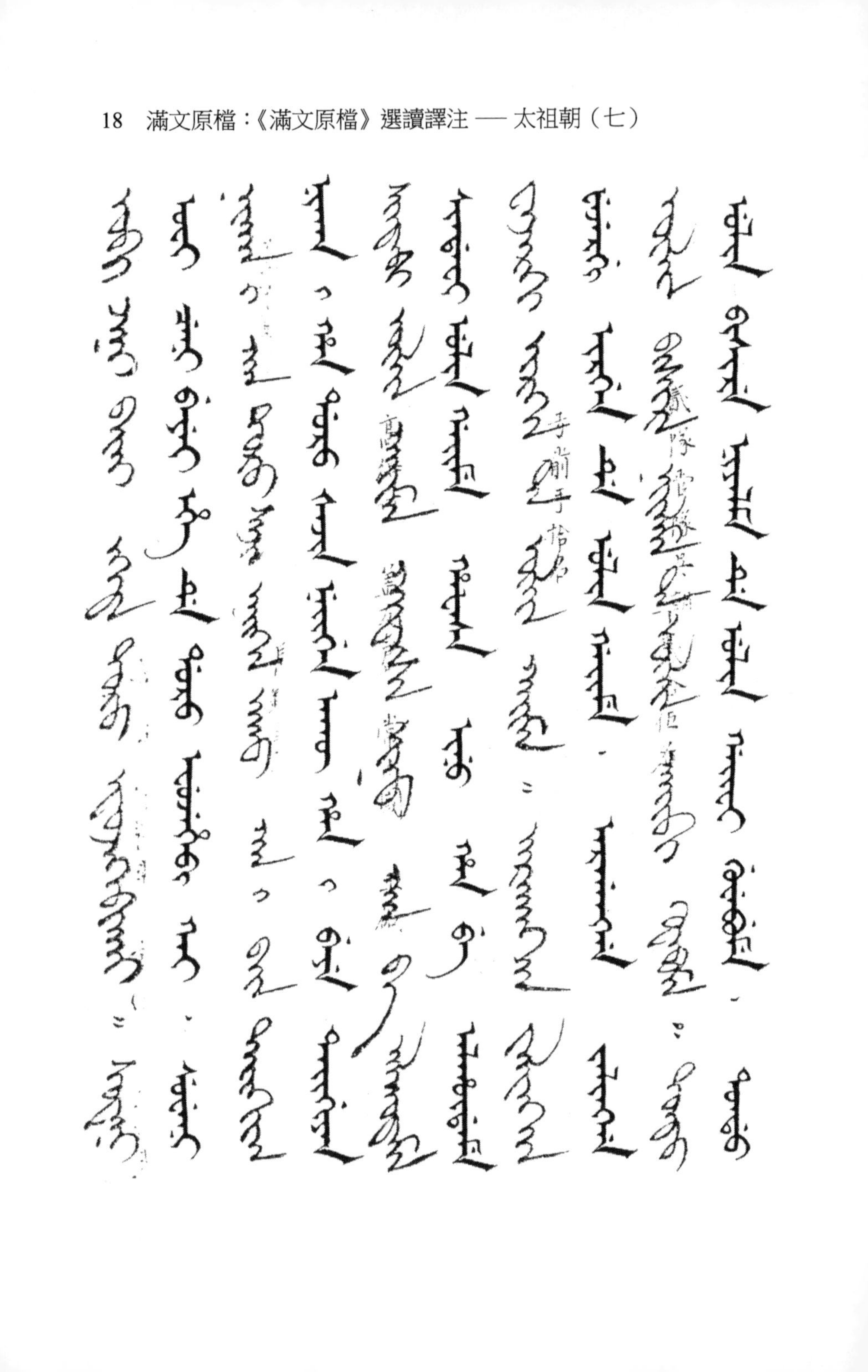

ofi, ceni beyei ehede doro efujehebikai. suweni nikan i han doro šajin neigen akū, han i beye taigiyan sindafi ulin gaime, hafasa inu han be alhūdame fejergi irgen de ulin gaime, argangga jalingga ulin bisire niyalma de ulin gaifi guwebume, tondo

---

因彼等自身之荒誕而敗壞政權也。爾等明帝政法不明，帝自身縱放太監斂取民財，眾官員亦效法[7]其帝，搜刮其下民財，詭譎者受賄於有財富人而豁免其罪，

因彼等自身之荒诞而败坏政权也。尔等明帝政法不明，帝自身纵放太监敛取民财，众官员亦效法其帝，搜刮其下民财，诡谲者受贿于有财富人而豁免其罪，

---

7 效法，《滿文原檔》寫作“alkotama(e)”，《滿文老檔》讀作“alhūdame”，按此為無圈點滿文“ko”與“hū”、“ta”與“da”之混用現象。又，滿文“alhūdambi”係蒙文“alququ”根詞“alqu-”(意即「步伐」)之仿造暨轉義詞。其構詞形式即“alhū”(原義「步伐」)＋“da”(表「頻頻」接綴)＋mbi(動詞語尾)＝“alhūdambi”，意即「頻頻學步」轉義為「效法」。

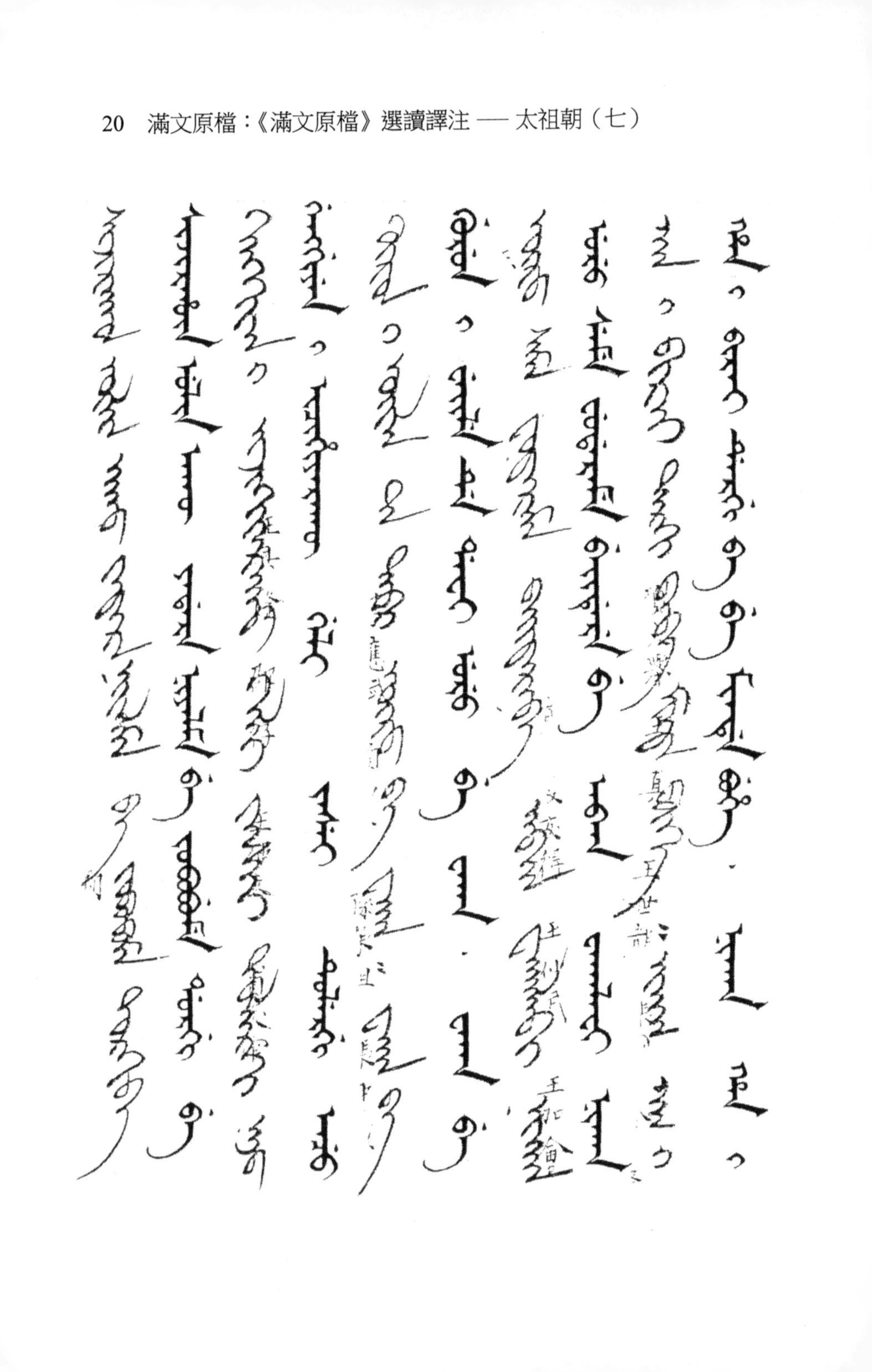

sijirhūn ulin akū yadara niyalma be jobobume, dorgibe genggiyen i icihiyarakū, geli jasei tulergi encu gurun i weile de dafi, uru be waka, waka be uru seme fudarame beiderebe abka wakalafi, nikan han i birai dergi babe minde buhe, nikan han i

---

擾害正直無財之窮人，不修內政，又妄干界外他國之事，以是為非，以非為是，倒行逆施，妄加剖斷，遂遭天譴，以明帝河東之地畀我，

扰害正直无财之穷人，不修内政，又妄干界外他国之事，以是为非，以非为是，倒行逆施，妄加剖断，遂遭天谴，以明帝河东之地畀我，

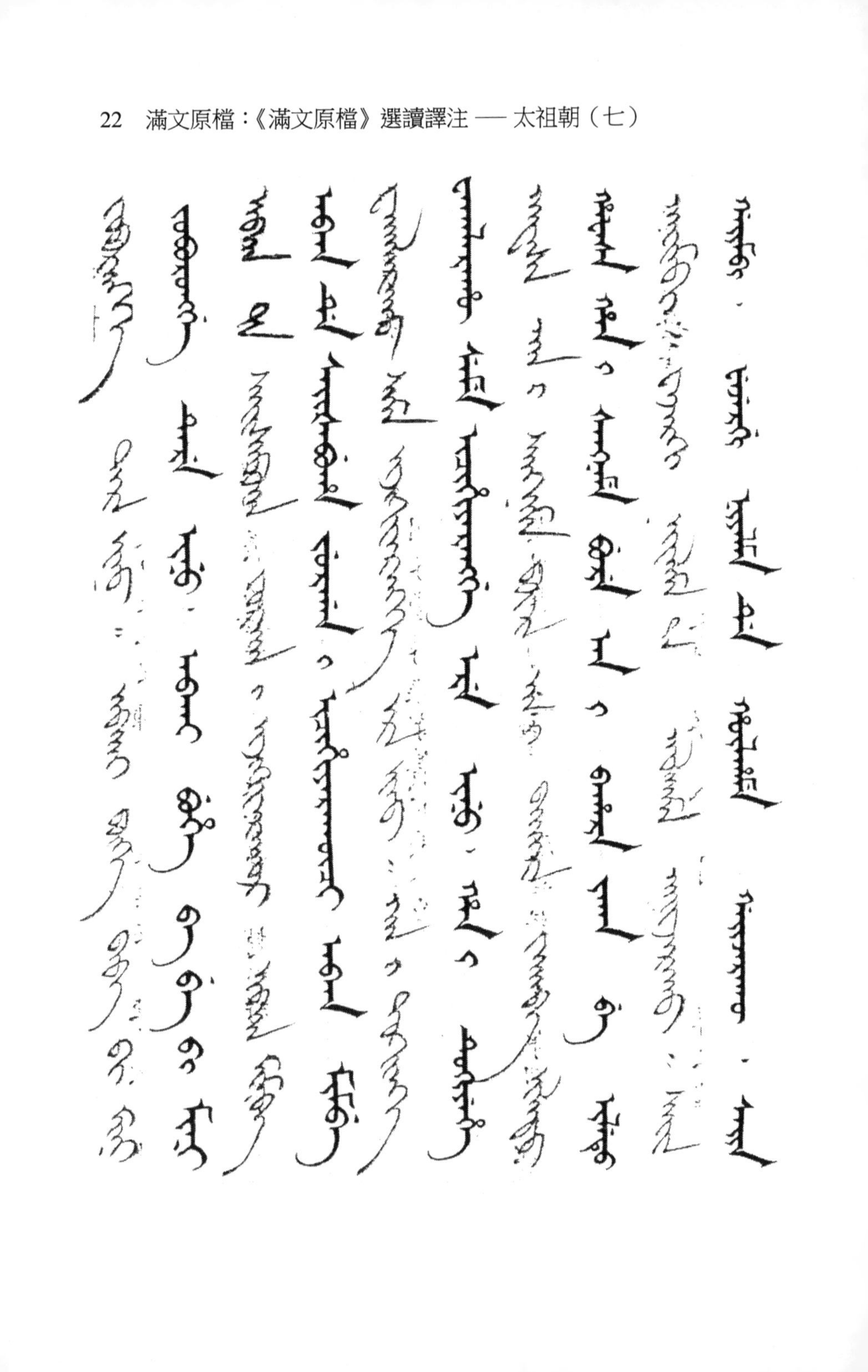

joborongge tere inu. abkai buhe ba be, bi mini abka de saišabuha jurgan i icihiyarakūci abka mimbe wakalarahū seme icihiyarangge ere inu. han i tukiyehe hafasa, han i šangname bure an i bahara jakabe iletu gaimbi, fejergi niyalma de hūlhame gaijarakū. sain

---

明帝所憂[8]者此也。天所畀之地，倘我不以天嘉我之道治理，恐受天譴，所治理者此也。汗所擢用之官員，凡汗賞賜尋常應得之物，理當明取，不得竊取於下人。

明帝所忧者此也。天所畀之地，倘我不以天嘉我之道治理，恐受天谴，所治理者此也。汗所擢用之官员，凡汗赏赐寻常应得之物，理当明取，不得窃取于下人。

---

[8] 所憂，《滿文原檔》寫作“joborangke”，讀作“joborangge”，《滿文老檔》讀作“joborongge”。

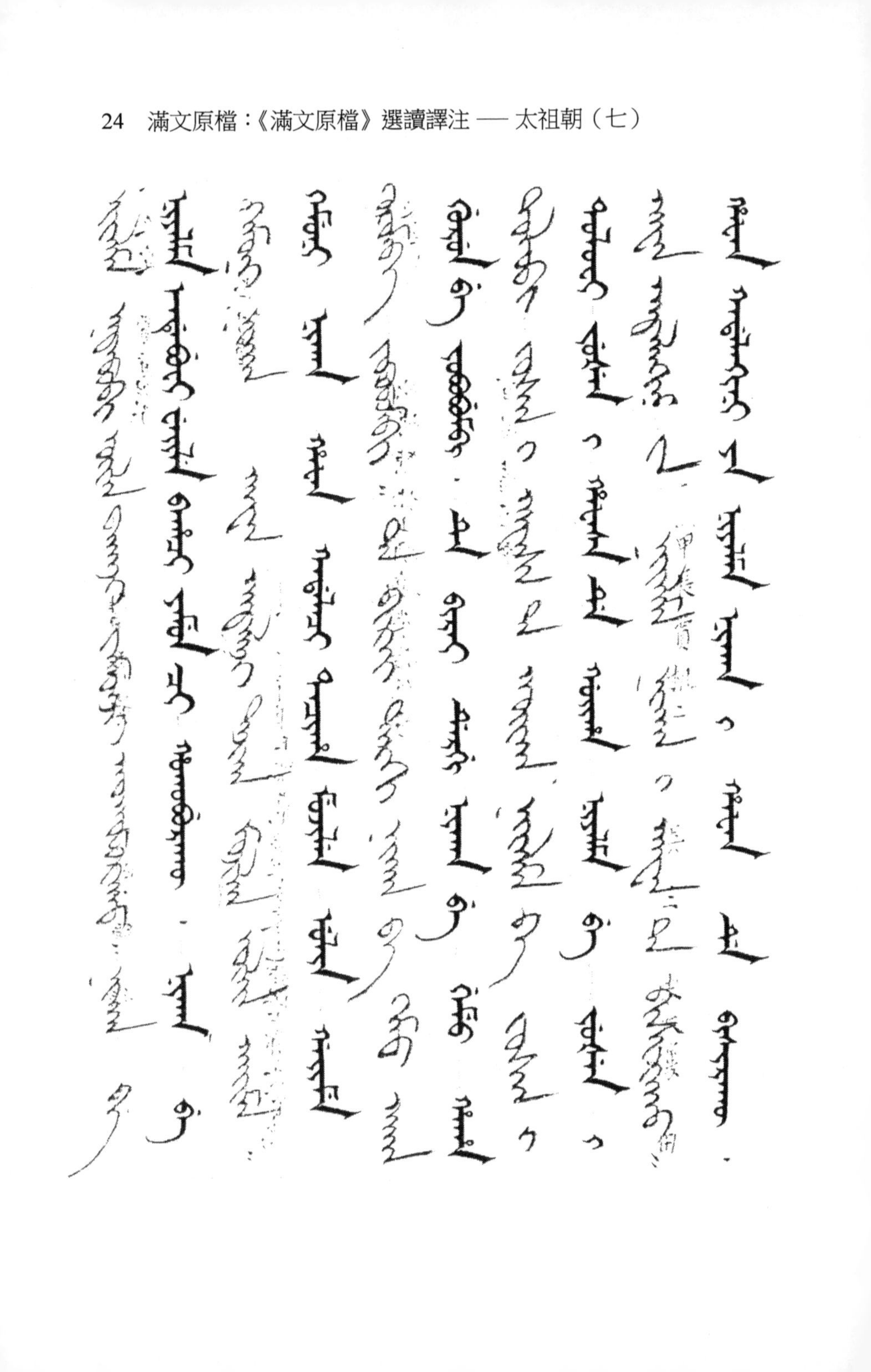

niyalma endebufi weile bahaci, yamun ci hokoburakū. nikan be kemuni nikan hafan kadalaci, taciha mujilen ulin gaime gurun be jobobumbi. te birai dergi nikan be gemu haha tolofi, jušen i hafasa de goiha niyalma be, jušen i hafan kadalakini. ya niyalma nikan i hafan de bisirakū,

---

賢人若因過失獲罪，不令離衙門。漢人若仍由漢官管理，則因其習性貪斂錢財而誤國。今將河東漢人丁數俱加清點，其分給諸申官員之人，即令諸申官員管理。若不願在漢官之下

贤人若因过失获罪，不令离衙门。汉人若仍由汉官管理，则因其习性贪敛钱财而误国。今将河东汉人丁数俱加清点，其分给诸申官员之人，即令诸申官员管理。若不愿在汉官之下

二、南北遷移

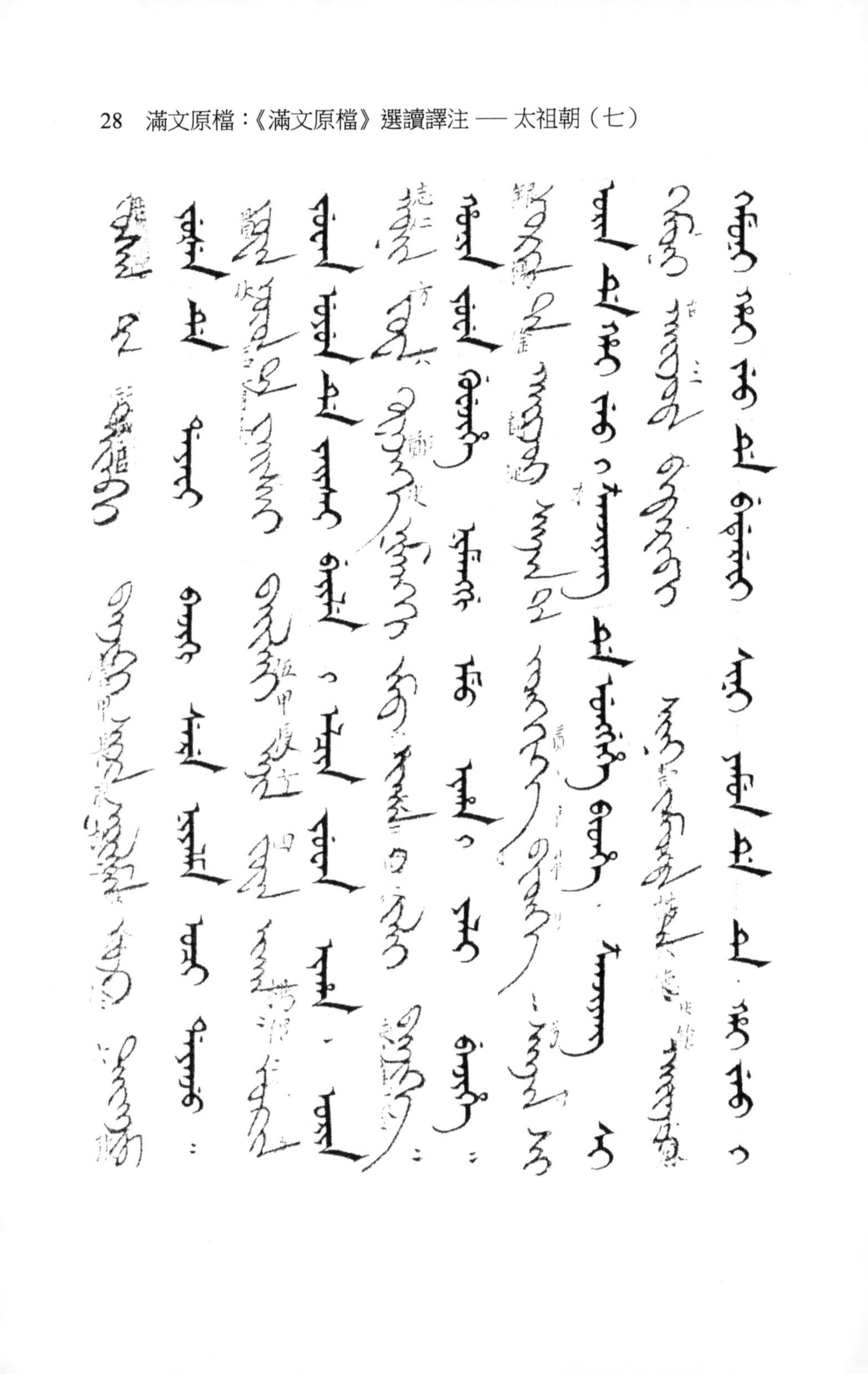

jušen de dayafi banjiki sere niyalma oci, dayanju. juwan uyun de, jaisai beile i elcin, juwan ihan, orin honin, juwe guwejihe nimenggi, emu ihan i yali benjihe. orin de, hai jeo i ts'anjiyang de unggihe bithe, ts'anjiyang si kemuni hai jeode bederefi sini yamunde te, hai jeoi

---

而願依附諸申為生之人，則聽其前來依附。」十九日，齋賽貝勒遣使者來獻牛十頭、羊二十隻、油二胃、牛肉一整牛。二十日，致書於海州參將曰：「着參將爾仍回海州駐爾衙門，

而愿依附诸申为生之人，则听其前来依附。」十九日，斋赛贝勒遣使者来献牛十头、羊二十只、油二胃、牛肉一整牛。二十日，致书于海州参将曰：「着参将尔仍回海州驻尔衙门，

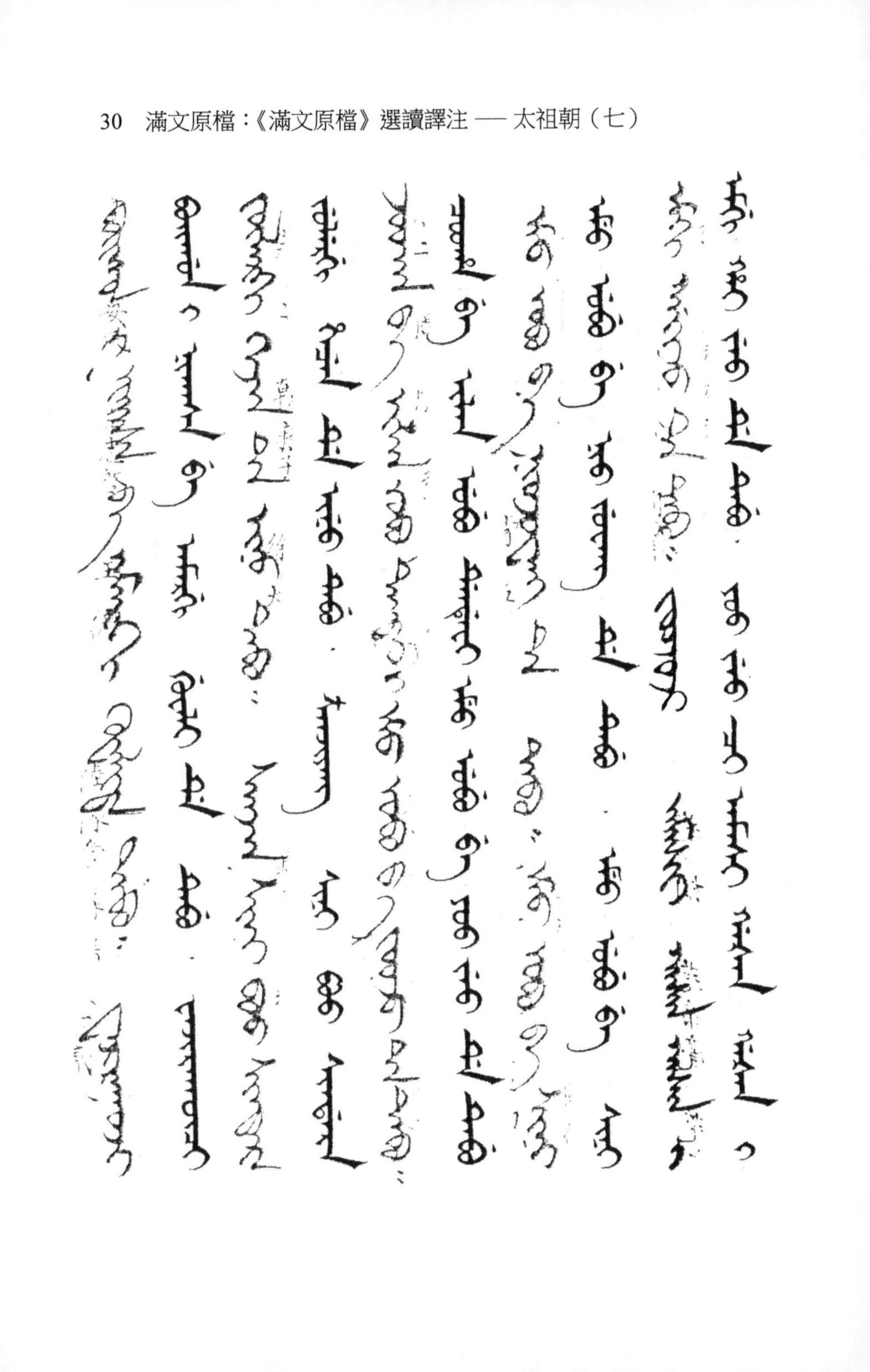

boigon i nikasa be amargi guwalide tebu, wajirakūci julergi hecen de inu tebu. ts'anjiyang sini poo sindara cooha be ilan ubu dendefi, emu ubu be yoo jeo de tebu, emu ubu be nio juwang de tebu, emu ubu be sini emgi hai jeo de tebu. yoo jeo ci amasi gašan gašan i

---

令海州漢人民戶住北城郊，倘若住屋不敷，亦可住南城。參將爾將礮兵分為三隊：一隊駐耀州；一隊駐牛莊；一隊與爾同駐海州。耀州以北各屯之

令海州汉人民户住北城郊，倘若住屋不敷，亦可住南城。参将尔将炮兵分为三队：一队驻耀州；一队驻牛庄；一队与尔同驻海州。耀州以北各屯之

s

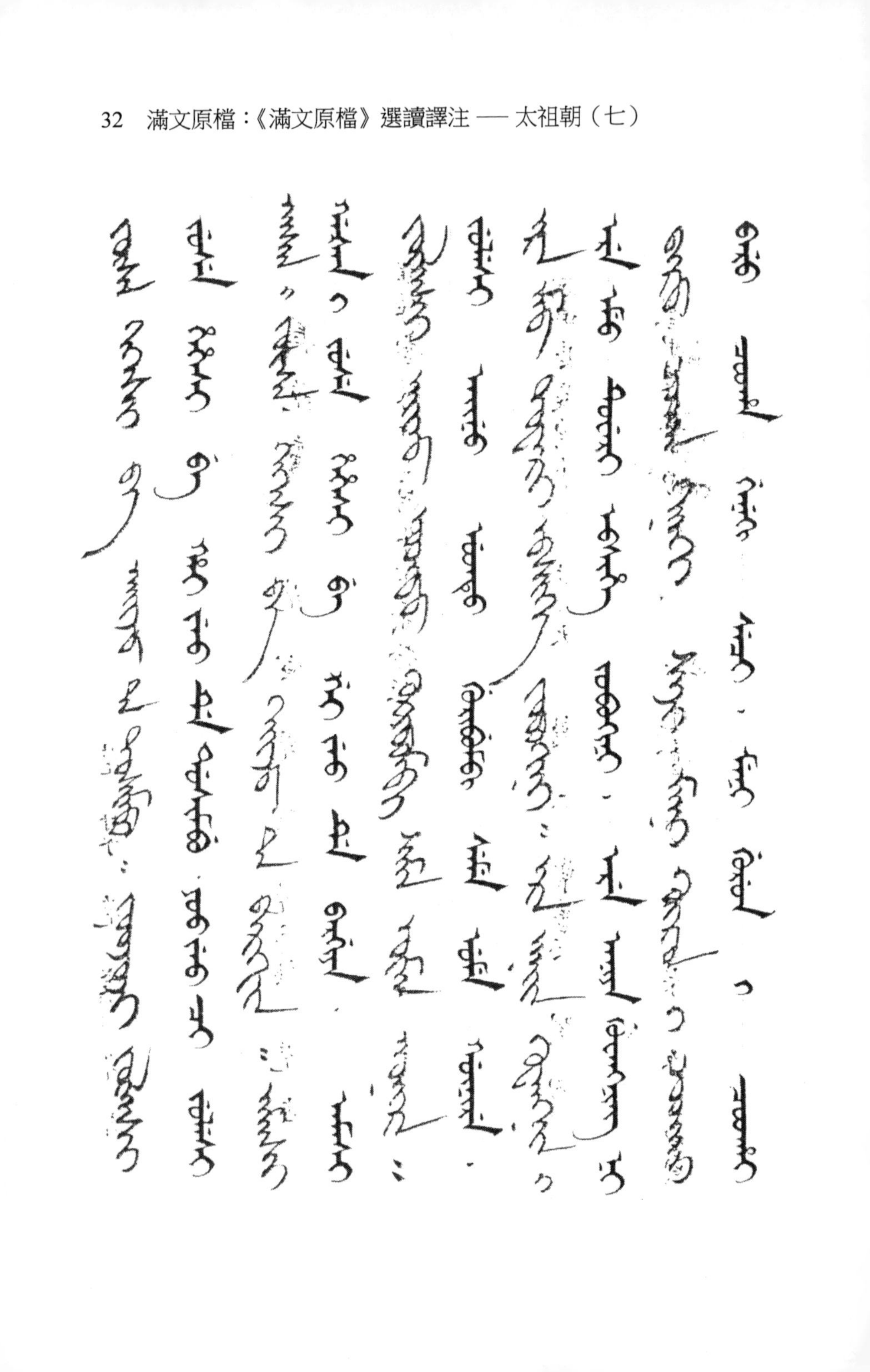

juse hehesi be hai jeo de dosimbu, yoo jeo ci julesi gašan i juse hehesi be g'ai jeo de bargiya. amasi julesi ainu uttu guribumbi seme ume gūnire, ere emu tuweri ebsihe jobokini. ere aniya guwangning ni baru cooha geneki seci, meni gurun i coohai

---

婦孺移入海州，耀州以南各屯之婦孺收攏於蓋州。勿思為何如此南北遷移，僅此一冬受苦。今歲本欲用兵廣寧，但我國兵丁之

妇孺移入海州，耀州以南各屯之妇孺收拢于盖州。勿思为何如此南北迁移，仅此一冬受苦。今岁本欲用兵广宁，但我国兵丁之

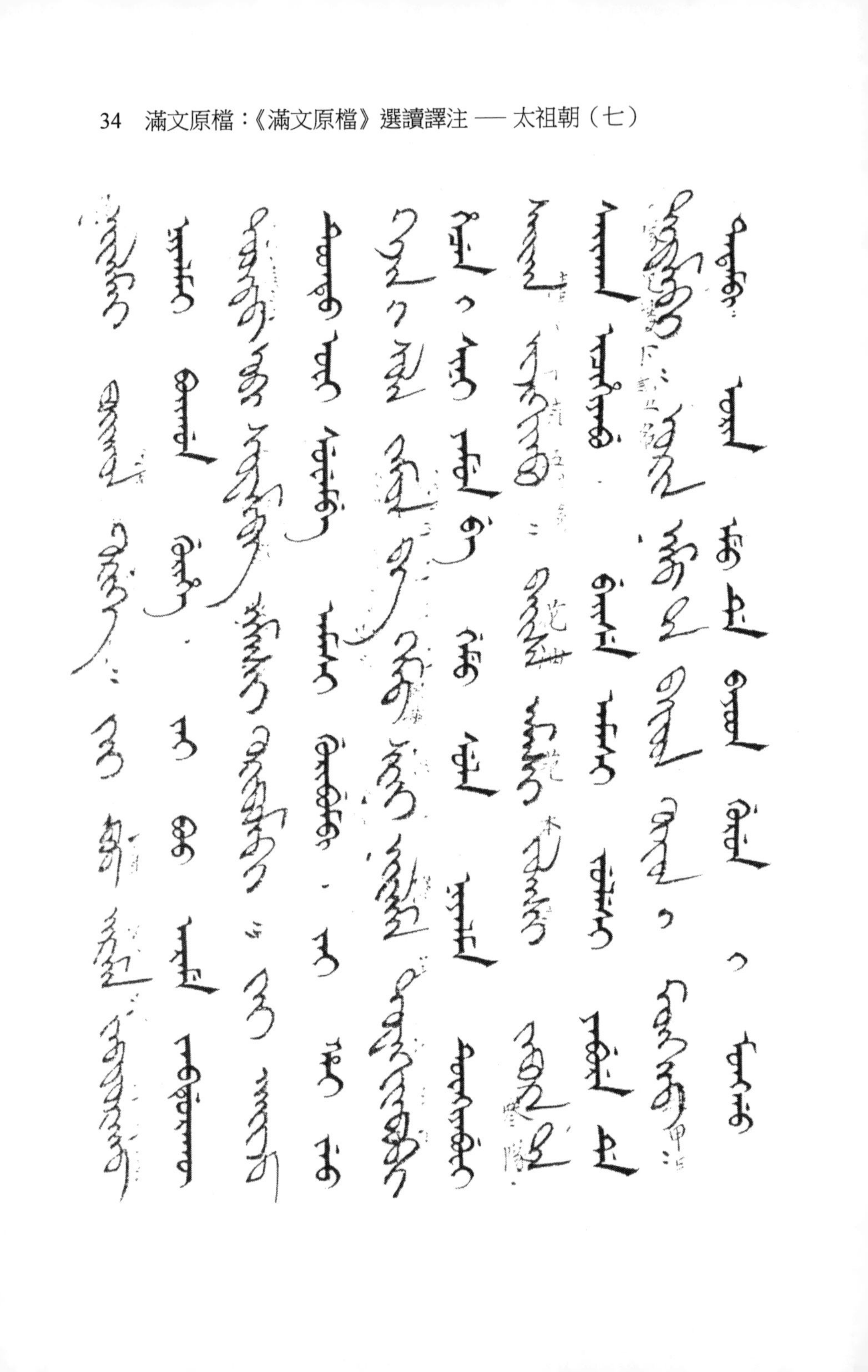

niyalmai boigon gurihe, jai boo arame jabdurakū, tuttu ofi suwembe amasi guribumbi. jai hai jeo hecen i sula yamun be gemu sini niyalma tuwakiyabufi saikan icihiyabu, beise amasi julesi yabure de tatambi. orin emu de, bayot gurun i monggo

---

戶口已遷移，且不及造房，因此令爾等北遷。再海州城內閒置衙門[9]，俱令爾屬下之人[10]看守，善加收拾，以備諸貝勒南北往來行走時住宿也。」二十一日，巴岳特蒙古

户口已迁移，且不及造房，因此令尔等北迁。再海州城内闲置衙门，俱令尔属下之人看守，善加收拾，以备诸贝勒南北往来行走时住宿也。」二十一日，巴岳特蒙古

---

9 閒置衙門，《滿文原檔》讀作“sula yamun”；《滿文老檔》讀作“sini yamun”，訛誤。

10 屬下之人，《滿文原檔》讀作“sini niyalma”；《滿文老檔》讀作“sula niyalma”，訛誤。

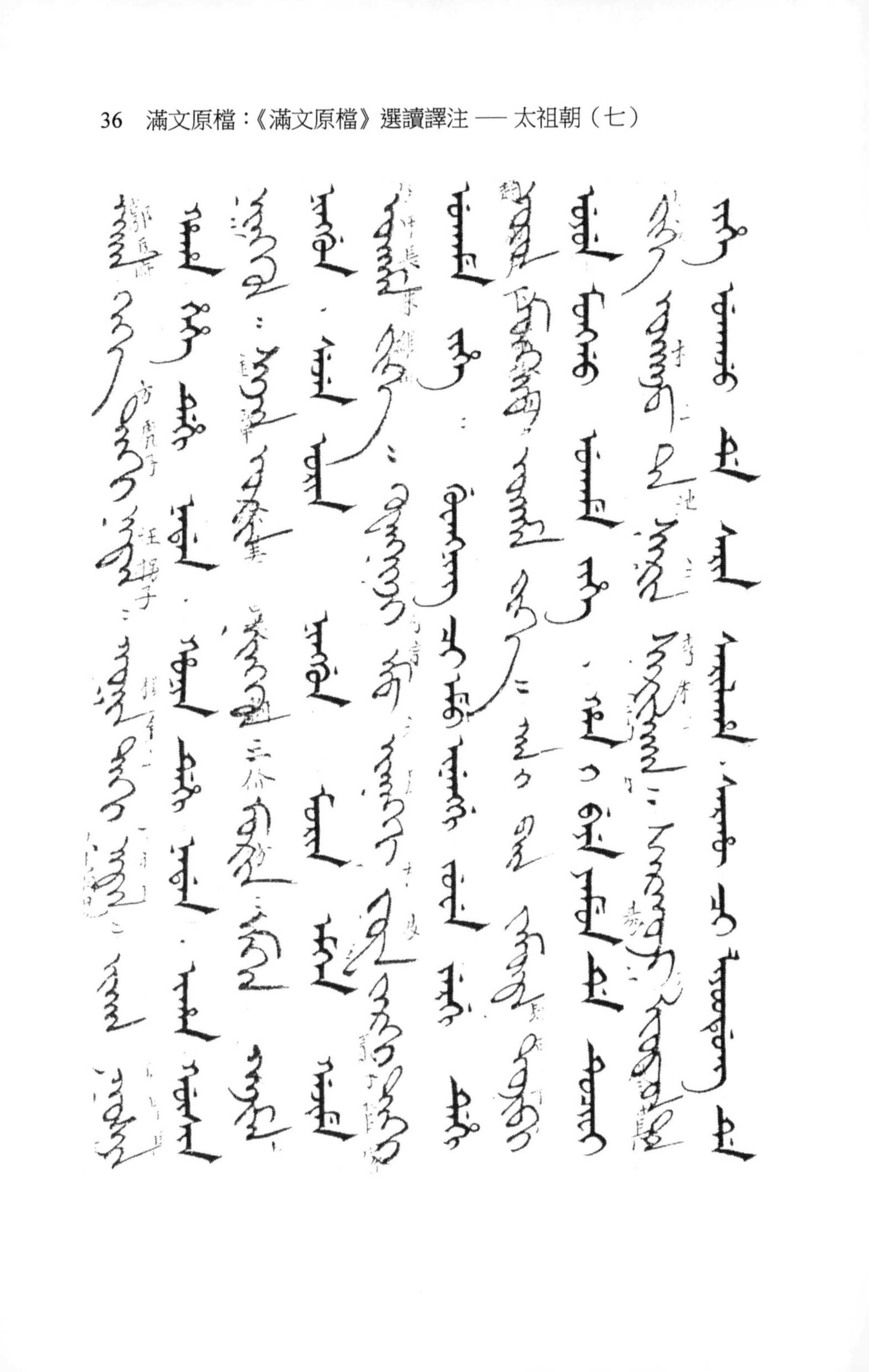

haha hehe dehi nadan, honin dehi nadan, ihan gūsin ninggun, sejen orin ninggun, morin emken gajime ukame jihe. guwangning ci emu inenggi juwe jergi dehi uyun monggo ukame jihe. han i beye yamunde tucifi, jihe ukanju de sarin sarilaha. sarhūci liyoodung de

---

男婦四十七人，攜羊四十七隻、牛三十六頭[11]、車二十六輛、馬一匹逃來。同一日，有二起蒙古四十九人自廣寧逃來。汗親御衙門，宴請前來之逃人。自薩爾滸

男妇四十七人，携羊四十七只、牛三十六头、车二十六辆、马一匹逃来。同一日，有二起蒙古四十九人自广宁逃来。汗亲御衙门，宴请前来之逃人。自萨尔浒

---

[11] 牛三十六頭，句中「三十」，《滿文原檔》寫作“kosin”，《滿文老檔》讀作“gūsin”。按滿文“gūsin”與蒙文“ɤučin”，係同源詞（字中“si”與“či”音轉），意即「三十」。

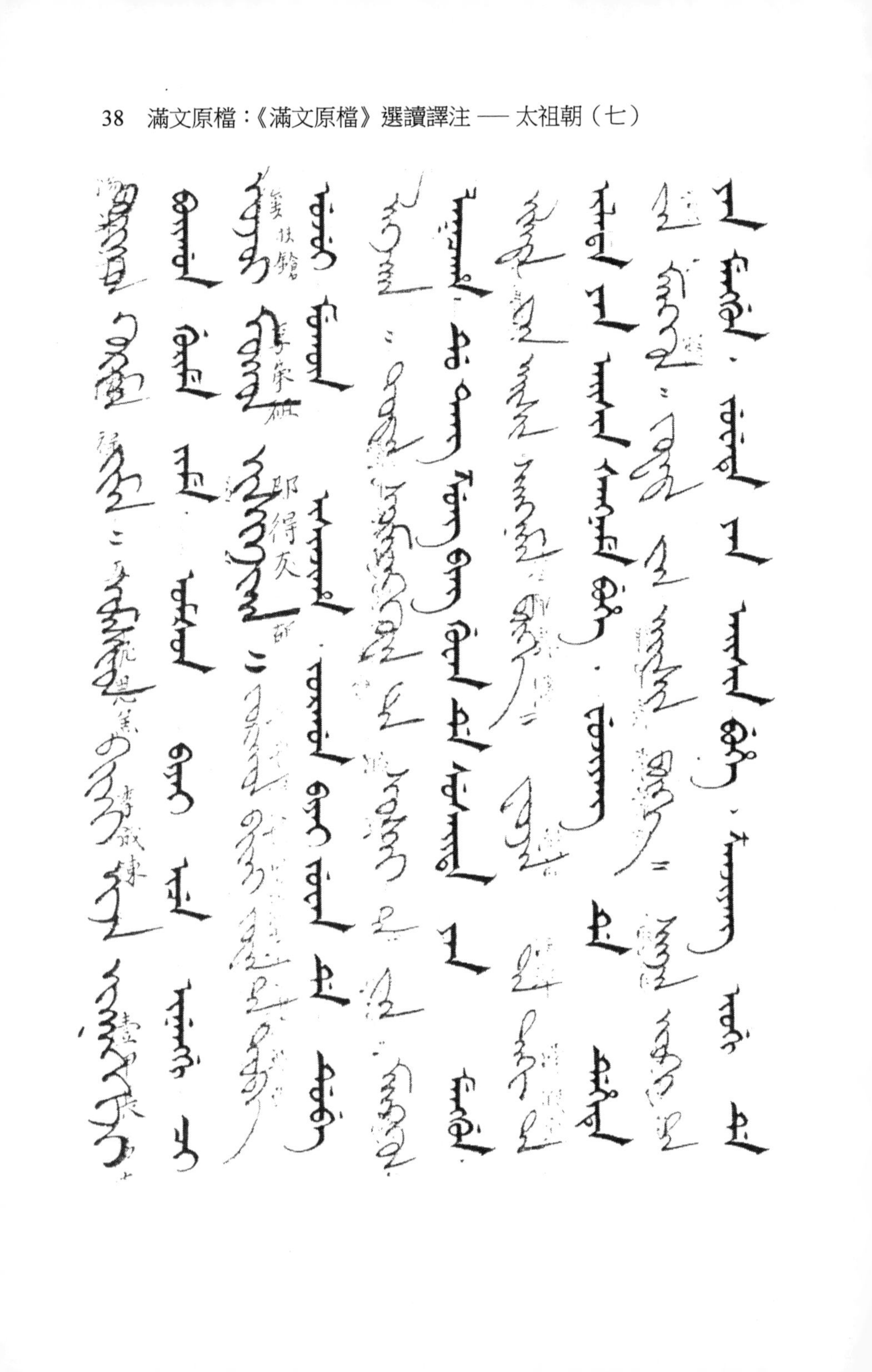

boigon gurime jime, omšon biyai ice inenggi ci ujui mukūn isinjiha, jorgon biyai juwan de dube lakcaha, du tang dzung bing guwan de susaita yan menggun, ilata yan aisin šangname buhe. fujiyang de dehite yan menggun, juwete yan aisin buhe. ts'anjiyang, iogi de

---

遷戶口來至遼東，自十一月初一日起第一族到來，至十二月初十日方斷。賞賜都堂、總兵官銀各五十兩、金各三兩；賜副將銀各四十兩、金各二兩；

迁户口来至辽东，自十一月初一日起第一族到来，至十二月初十日方断。赏赐都堂、总兵官银各五十两、金各三两；赐副将银各四十两、金各二两；

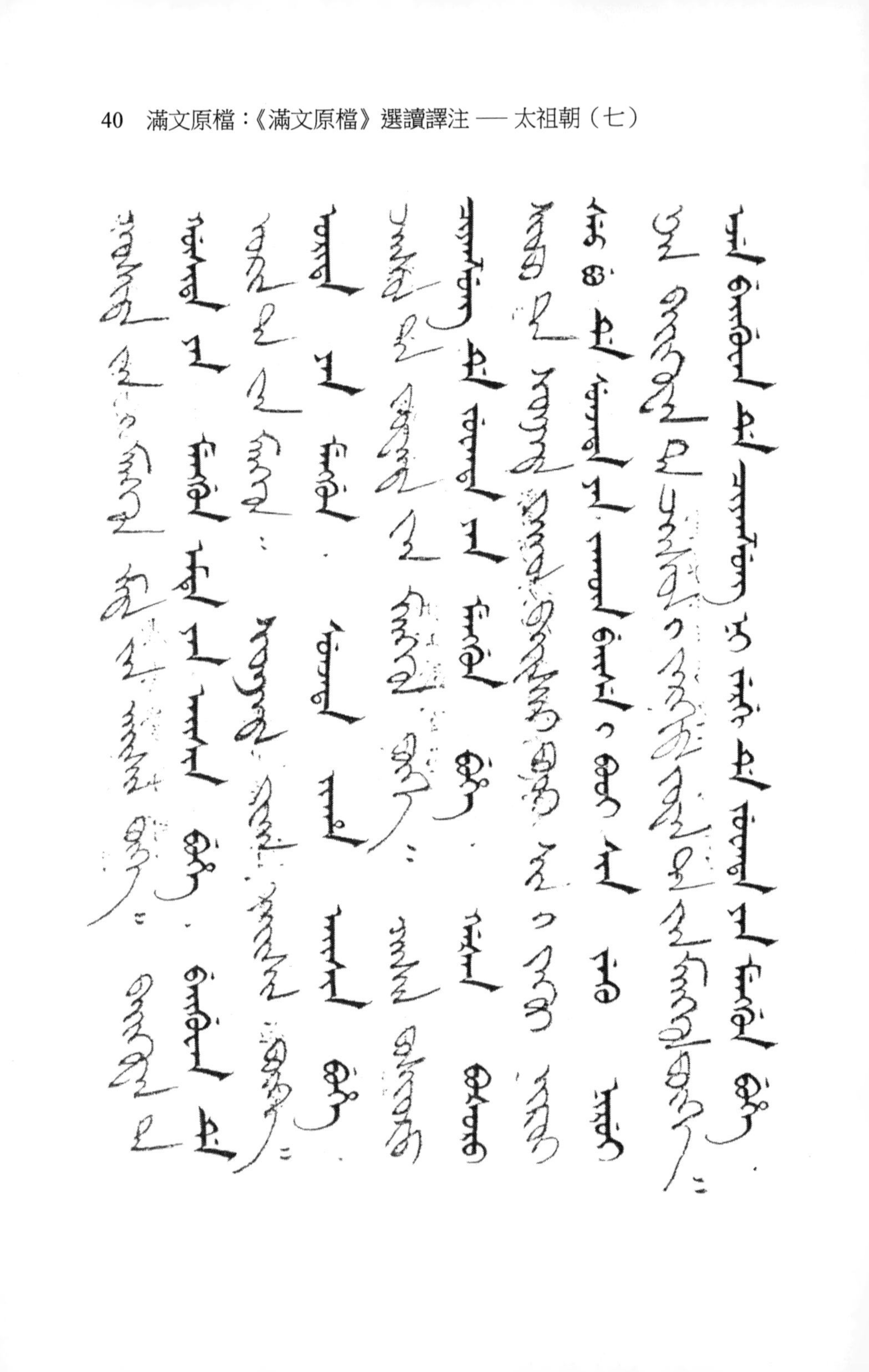

gūsita yan menggun, emte yan aisin buhe. beiguwan de orita yan menggun, sunjata jiha aisin buhe. ciyandzung de juwanta yan menggun buhe. gašan bošoro šeopu de sunjata yan. jakūn beise i booi sin jeku nirui ejen beiguwan de ciyandzung ni jergi de juwanta yan menggun buhe.

賜参將、遊擊銀各三十兩、金各一兩；賜備御官銀各二十兩、金各五錢；賜千總銀各十兩；管屯守堡各五兩。賜八貝勒家之辛者庫[12]牛彔額真備御官、千總等銀各十兩；

赐参将、游击银各三十两、金各一两；赐备御官银各二十两、金各五钱；赐千总银各十两；管屯守堡各五两。赐八贝勒家之辛者库牛录额真备御官、千总等银各十两；

---

12 辛者庫，《滿文原檔》讀作"sin i jeku"，《滿文老檔》讀作"sin jeku"，係"sin jeku jetere aha"縮略詞，意即「內務府管領下食口糧人」。

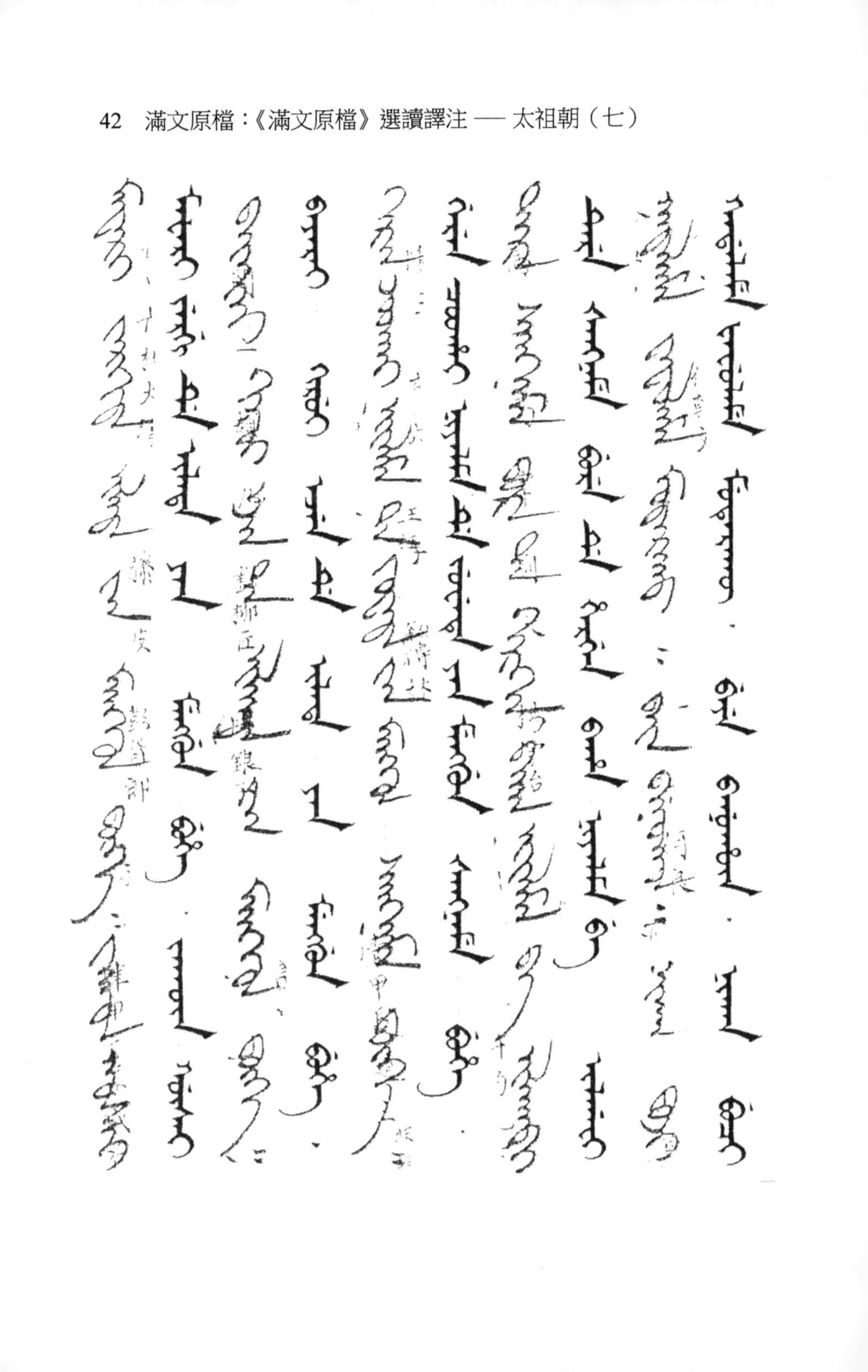

mafari jergide ilata yan menggun buhe. jakūn gūsai bayarai kirui ejen de ilata yan menggun buhe. geren coohai niyalma de juwete yan menggun šangname buhe. tere šangname bure de, hergen baha niyalma be ilgafi kadalame fafulame muterakū, beye banuhūn, nikan buci

---

賜老叟等銀各三兩；賜八旗巴牙喇旗額真銀各三兩；賞賜眾兵丁銀各二兩。賞賜時，分別獲得職銜之人，其不能約束、自身懶惰，

赐老叟等银各三两；赐八旗巴牙喇旗额真银各三两；赏赐众兵丁银各二两。赏赐时，分别获得职衔之人，其不能约束、自身懒惰，

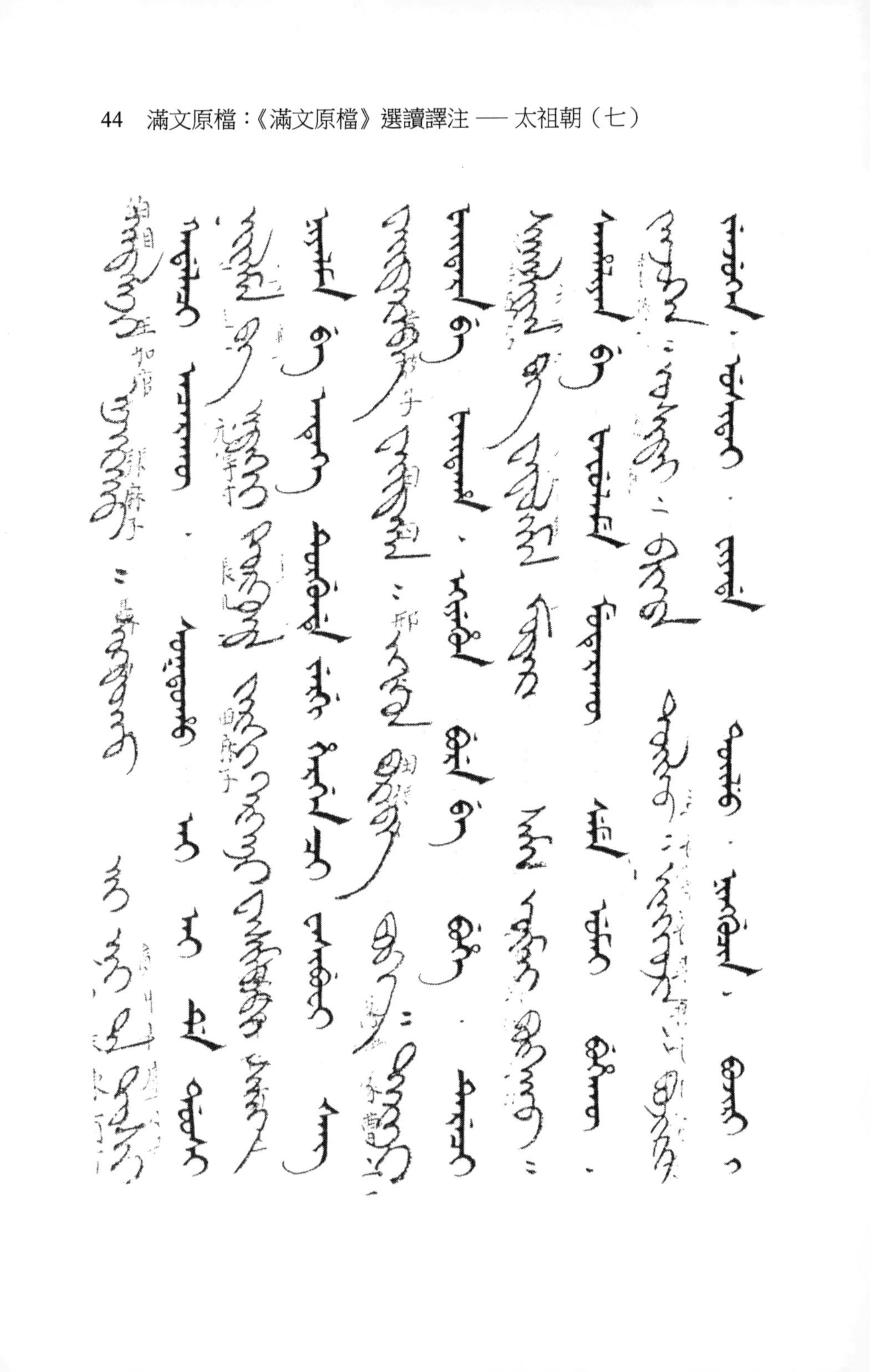

kadalaci acarakū, soktoho, ai ai de doosi niyalma be enteke turgunde jergi hergen ci wasibufi, šang faitara be faitaha, ekiyehun burebe buhe. tereci sahaliyan be fafulame muterakū seme umai buhekū, jenjuken, usitai, fiyada, toilu, ninggucin, bojiri i

---

若因管理所給漢人不當、酗酒[13]、貪財[14]之人，俱行降職，其所賞當罰者罰之，當減者減之。於是，薩哈廉因不能約束，並未賞賜，真珠肯、烏什泰、斐雅達、托依祿、寧古欽、博濟里

若因管理所给汉人不当、酗酒、贪财之人，俱行降职，其所赏当罚者罚之，当减者减之。于是，萨哈廉因不能约束，并未赏赐，真珠肯、乌什泰、斐雅达、托依禄、宁古钦、博济里

---

13 酗酒，《滿文原檔》寫作“soktoko”(陰性 k)，《滿文老檔》讀作“soktoho”(陽性 k)，意即「酒醉的」。按滿文“soktombi”係蒙文“soɣtoqu”借詞（根詞“sokto-”與“soɣto-”相同），意即「醉、陶醉」。

14 貪財，句中「貪」，《滿文原檔》寫作“tosi”，《滿文老檔》讀作“doosi”。

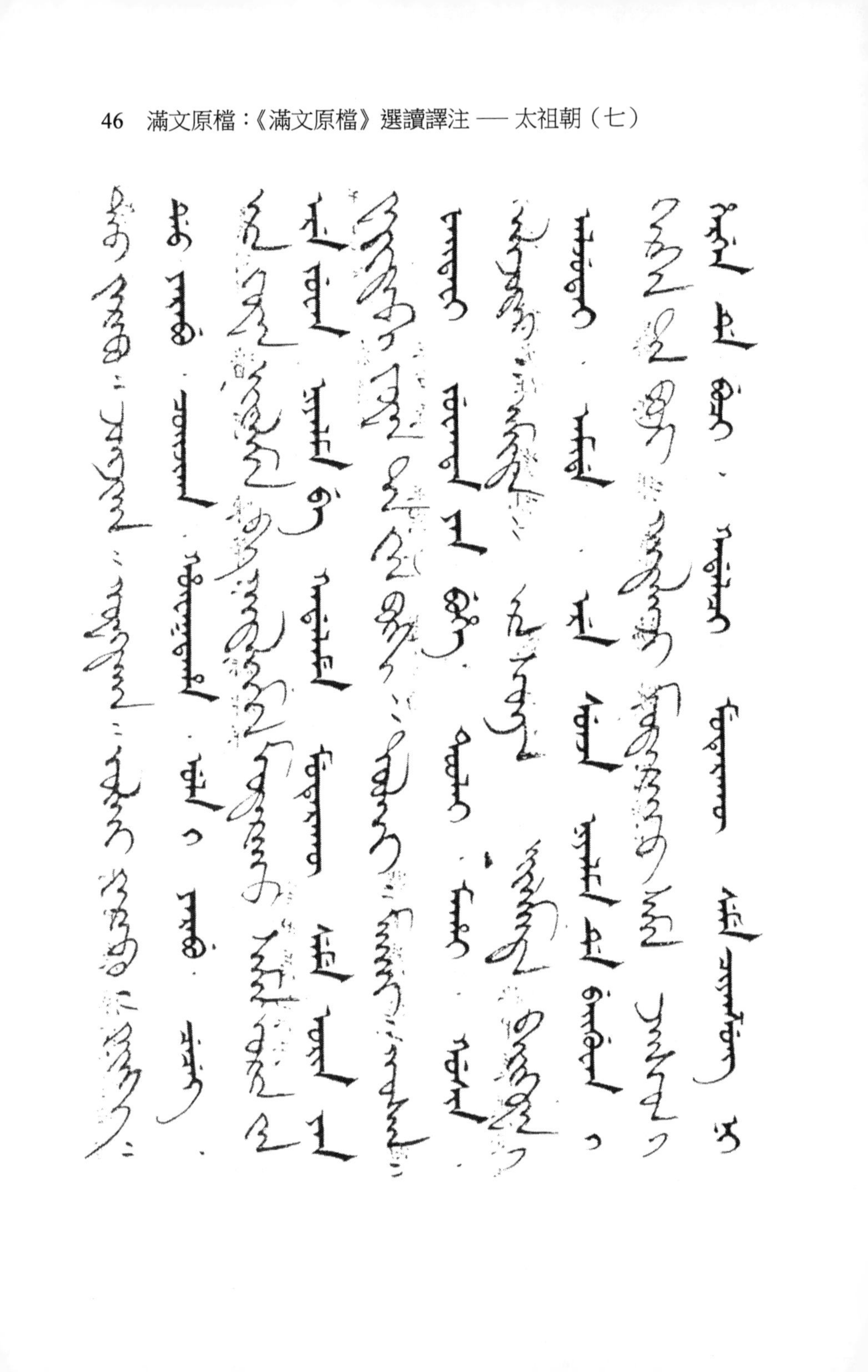

deo yarabu, coijika, hūwaktaha, ulai yarabu, cecek, ere juwan niyalma be kadalame muterakū seme, orin yan faitafi juwanta yan buhe. toolai, mahai, gosin, aljutai, amida, ere sunja niyalmade beiguwan i hergen de buci, kadalaci muterakū seme, ciyandzung ni

---

之弟雅喇布、綽依吉喀、華克塔哈、烏拉之雅喇布、車車克等十人因不能約束，罰銀二十兩，賜銀各十兩。托賴、馬海、郭新、阿勒珠泰、阿密達等五人當按備御官之職賞賜，但因不能約束，

之弟雅喇布、绰依吉喀、华克塔哈、乌拉之雅喇布、车车克等十人因不能约束，罚银二十两，赐银各十两。托赖、马海、郭新、阿勒珠泰、阿密达等五人当按备御官之职赏赐，但因不能约束，

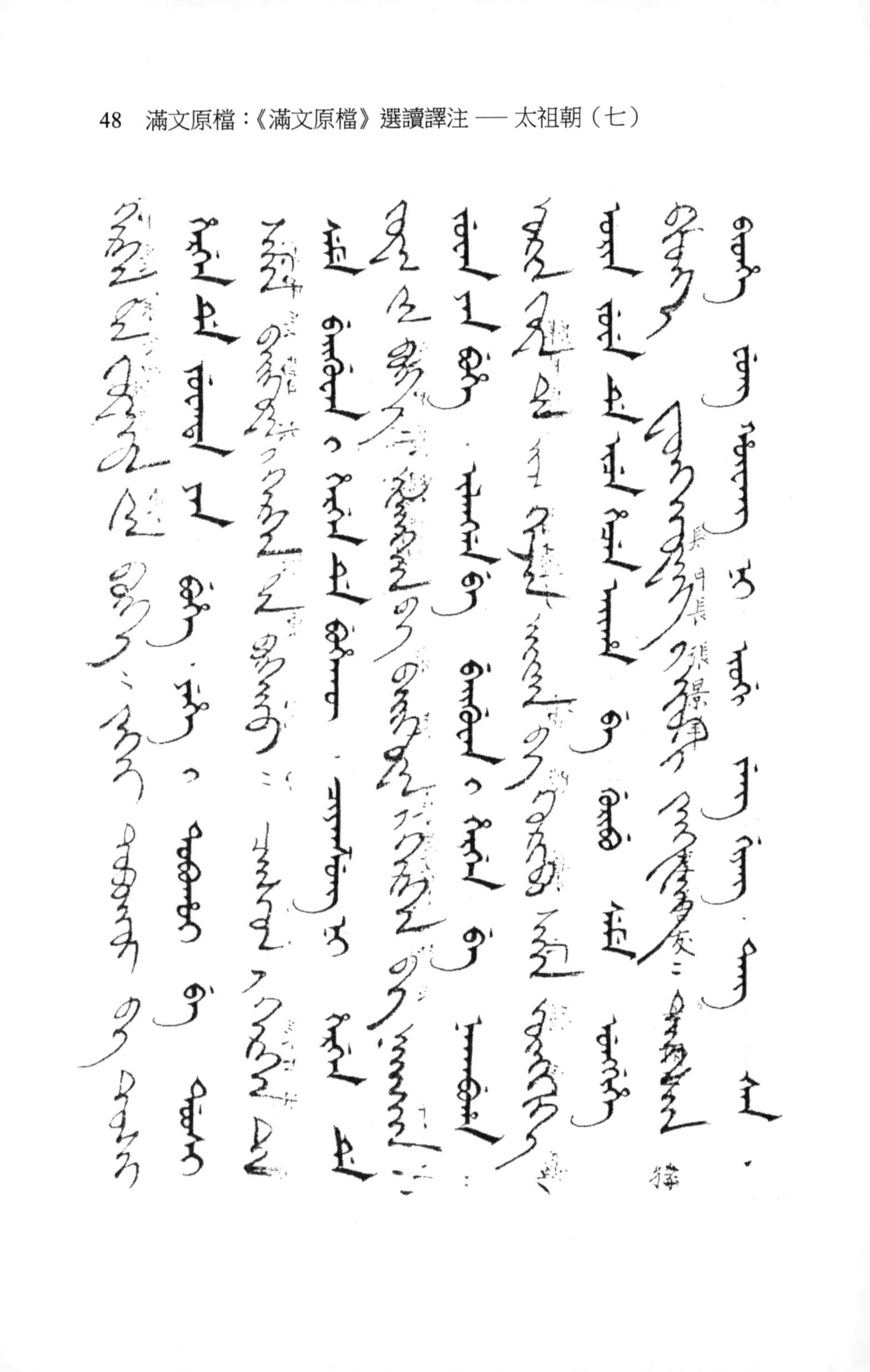

hergen de juwanta yan buhe. yehe i tobohoi be doosi seme beiguwan i hergen de buhekū, ciyandzung ni hergen de juwan yan buhe. ilangga be beiguwan i hergen be nakabuha. orin juwe de, ice hecen, aiha be guribu seme unggihe bithe, fung hūwang ni iogi, jeng giyang, tang šan,

---

按千總銜賜銀各十兩。葉赫之托博輝因貪財，未按備御官銜賞賜，而按千總銜賜銀十兩。革伊郎阿備御官之職。二十二日，為遷移新城、靉河居民致書曰：「鳳凰遊擊，着將鎮江、湯山、

按千总衔赐银各十两。叶赫之托博辉因贪财，未按备御官衔赏赐，而按千总衔赐银十两。革伊郎阿备御官之职。二十二日，为迁移新城、叆河居民致书曰：「凤凰游击，着将镇江、汤山、

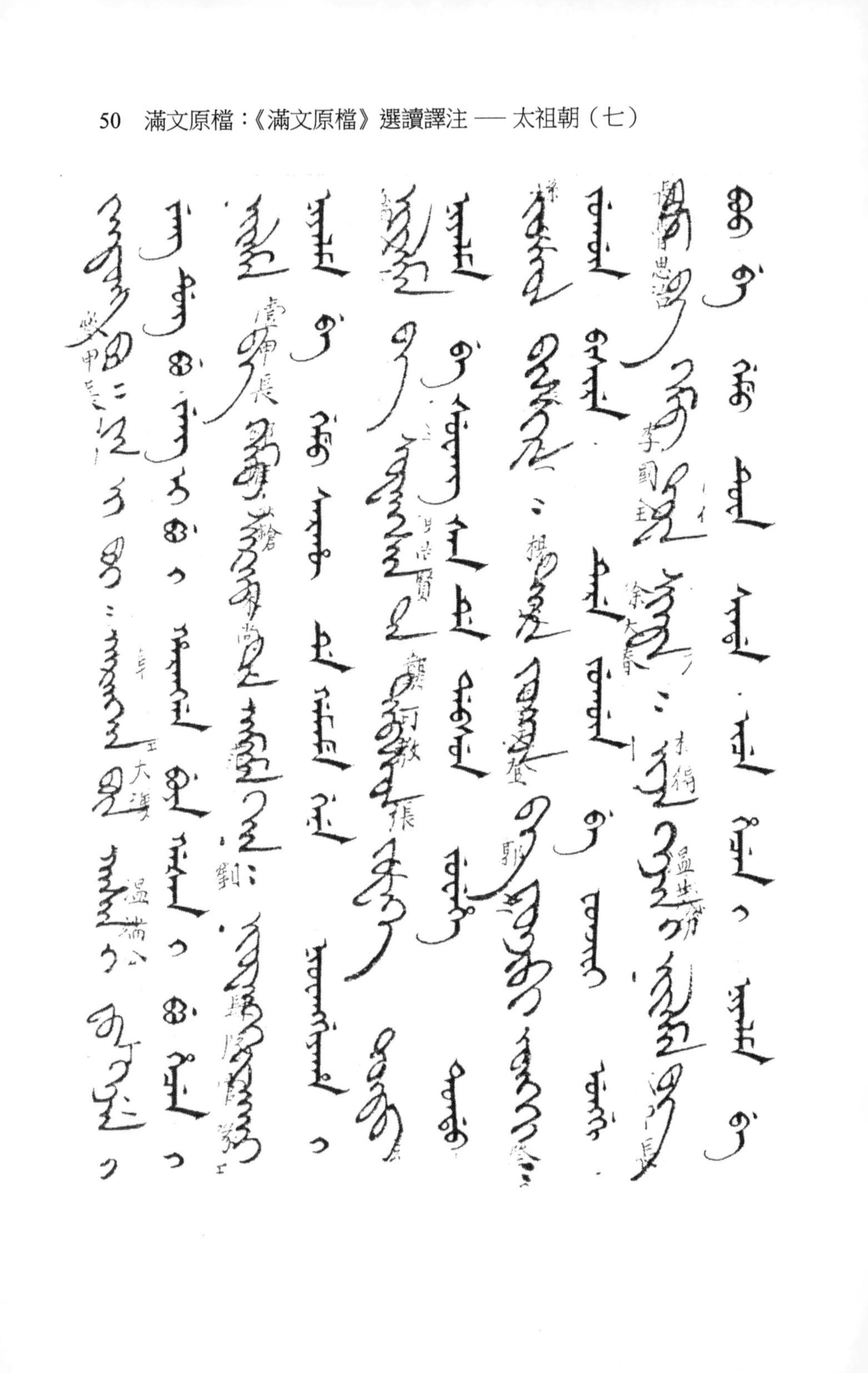

jeng dung pu, jeng i pu i harangga buya gašan i pu hecen i niyalma be gemu sarhū de gamame gene, niowanggiyaha i niyalma be, šuwang šan de dabsun juwehe tondo jugūn bisire, tere jugūn be fonjifi unggi, boo be gemu tuwa sinda. ice hecen i niyalma be

---

鎮東堡、鎮彝堡所屬小屯城堡之人，俱攜往薩爾滸。至清河人，雙山有運鹽之直路，可問此路遣往，其房屋俱放火焚燒。

镇东堡、镇彝堡所属小屯城堡之人，俱携往萨尔浒。至清河人，双山有运盐之直路，可问此路遣往，其房屋俱放火焚烧。

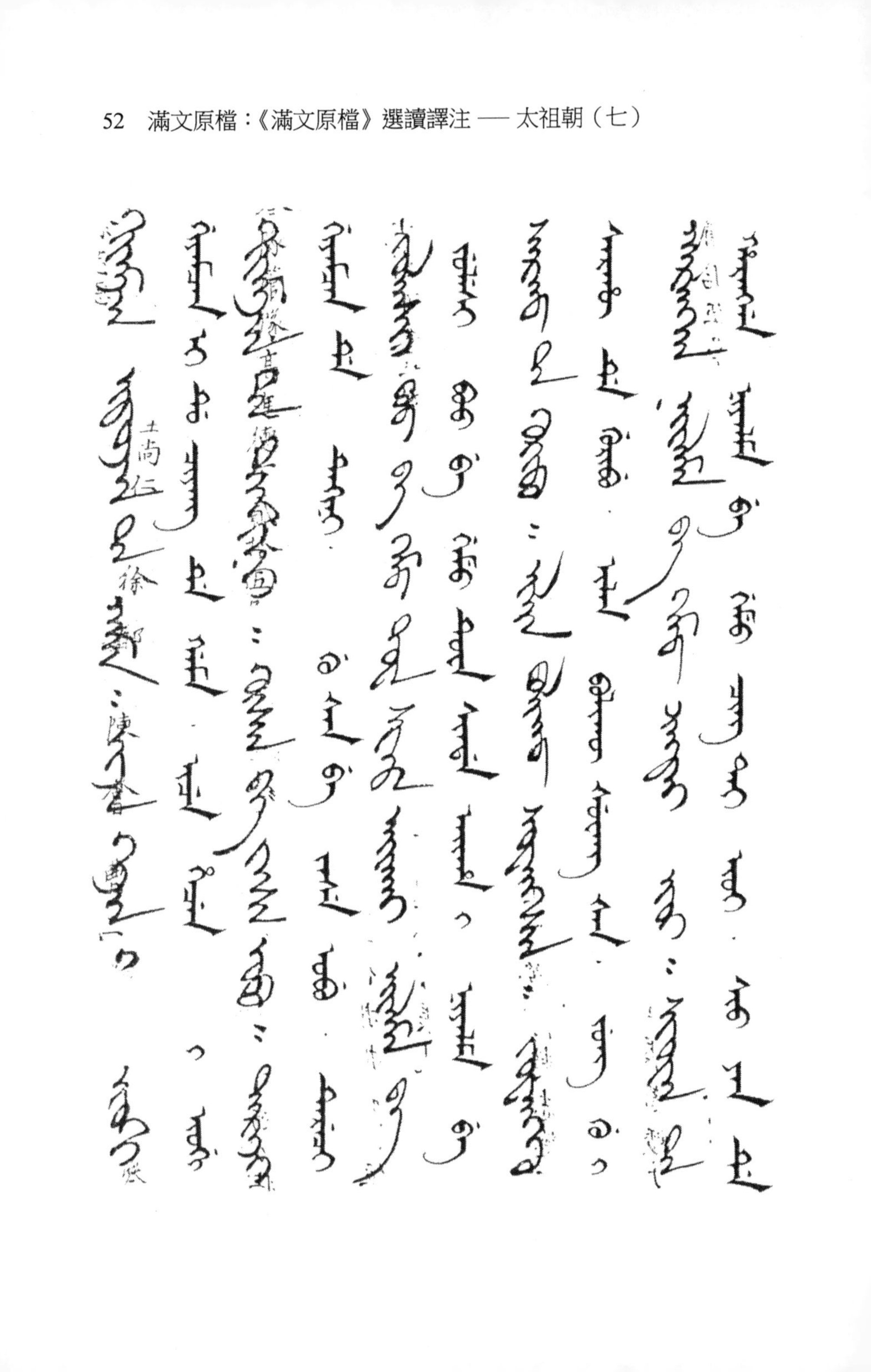

giyamcan, i du ciyang de gama, ice hecen i iogi giyamcan de tekini, gu šan be jase obu, tereci julesi boo be gemu tuwa sinda, aiha i niyalma be sarhū de guribu. ilan bolikū, šuwang šan, jung gu i harangga niyalma be, gemu cing tai ioi, sio yan de

---

將新城之人攜往鹼廠、一堵墻，命新城遊擊駐鹼廠，以孤山為界，由此往南之房屋，俱放火焚燒，將靉河之人遷往薩爾滸。其伊蘭博里庫、雙山、中固所屬之人，皆視青苔峪、岫岩之

将新城之人携往碱厂、一堵墙，命新城游击驻碱厂，以孤山为界，由此往南之房屋，俱放火焚烧，将叆河之人迁往萨尔浒。其伊兰博里库、双山、中固所属之人，皆视青苔峪、岫岩之

三、滿漢一家

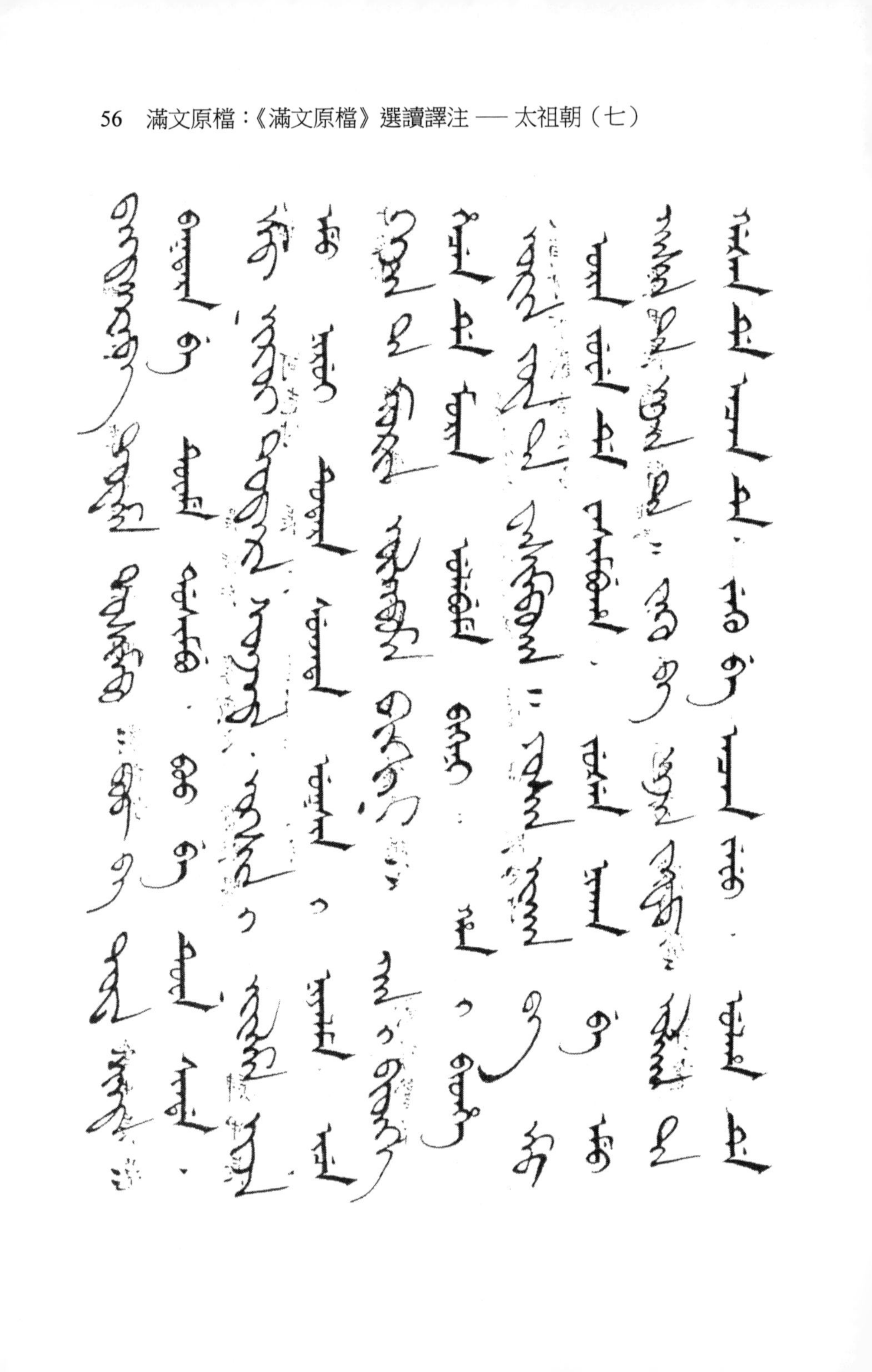

baktarabe tuwame dosimbu, boo be tuwa sinda. emu nirui tutara sunjata uksin i niyalma, ice hecen de morin ulebume bikini. han i bithe, orin juwe de wasimbuha, jušen, nikan be emu gašan de acan te, jeku be acan jefu, ulha de

---

容納量移入，房屋皆放火焚燒。每牛彔留甲士各五人，在新城牧馬。」二十二日，汗頒書曰：「前曾諭令諸申、漢人同住一屯，同食其糧，

容纳量移入，房屋皆放火焚烧。每牛录留甲士各五人，在新城牧马。」二十二日，汗颁书曰：「前曾谕令诸申、汉人同住一屯，同食其粮，

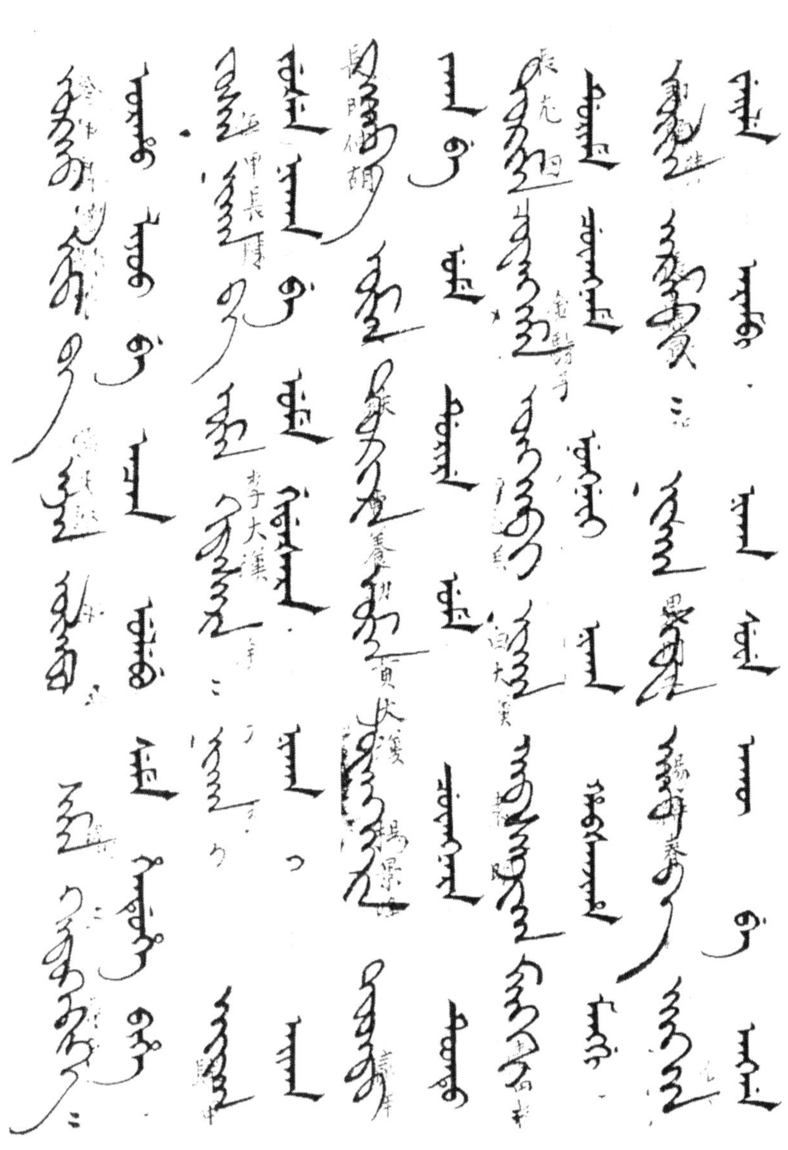

orho liyoo be acan ulebu seme henduhebihe. jušen, nikan be ume gidašara, nikan i aika jakabe ume durire, ume cuwangnara, tuttu durime cuwangname nungnefi nikan habšanjiha manggi, weile arambi. nikan suwe akū be angga

---

同用草料餵養牲畜。諸申不得欺壓漢人，不得搶劫、不得掠奪漢人諸物，倘若搶奪擾害，漢人來訴後，則治以罪，漢人爾等亦勿無中生有

同用草料喂养牲畜。诸申不得欺压汉人，不得抢劫、不得掠夺汉人诸物，倘若抢夺扰害，汉人来诉后，则治以罪，汉人尔等亦勿无中生有

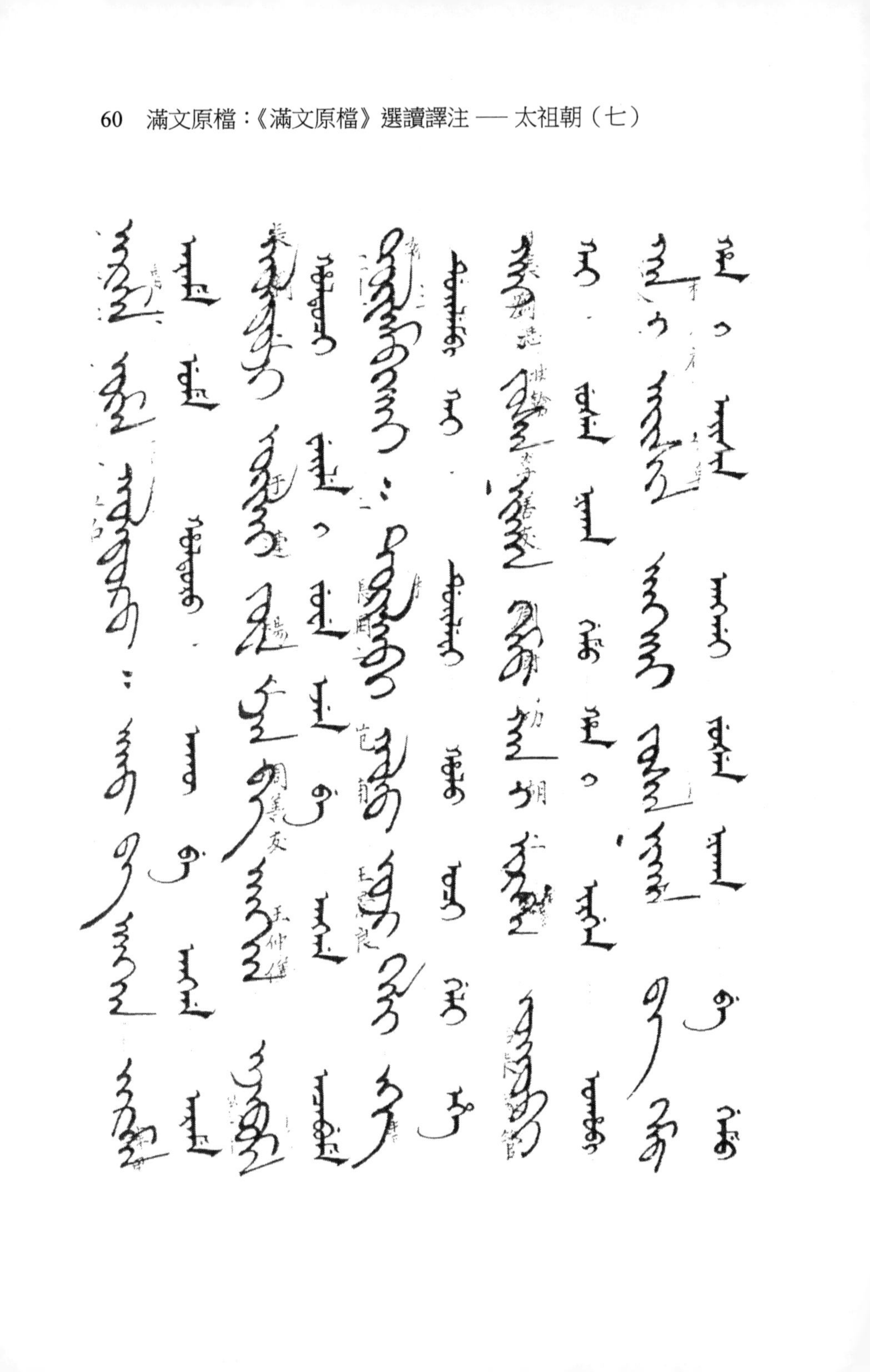

arame ume holtoro, akū be angga arame holtoci, weile i juwe ejen be angga acabume duilembikai, duilefi holo oci geli ehe kai, jušen nikan gemu han i irgen ohobi, han i aisin anggai jušen nikan be gemu

---

揑造浮言，倘若無中生有揑造浮言，經犯罪雙方事主質對，確係揑造，亦治以罪也。諸申、漢人皆已為汗之民人[15]，汗以金口訓諭諸申、漢人

揑造浮言，倘若无中生有揑造浮言，经犯罪双方事主质对，确系揑造，亦治以罪也。诸申、汉人皆已为汗之民人，汗以金口训谕诸申、汉人

---

15 民人，《滿文原檔》、《滿文老檔》俱讀作“irgen”。按康熙二十六年(1687)立於臺南孔廟滿漢二體下馬碑，漢文作「文武官員軍民人等至此下馬」，滿文作“bithe coohai hafasa cooha irgen i urse ubade jifi morin ci ebu”，句中「民人」即作“irgen”。

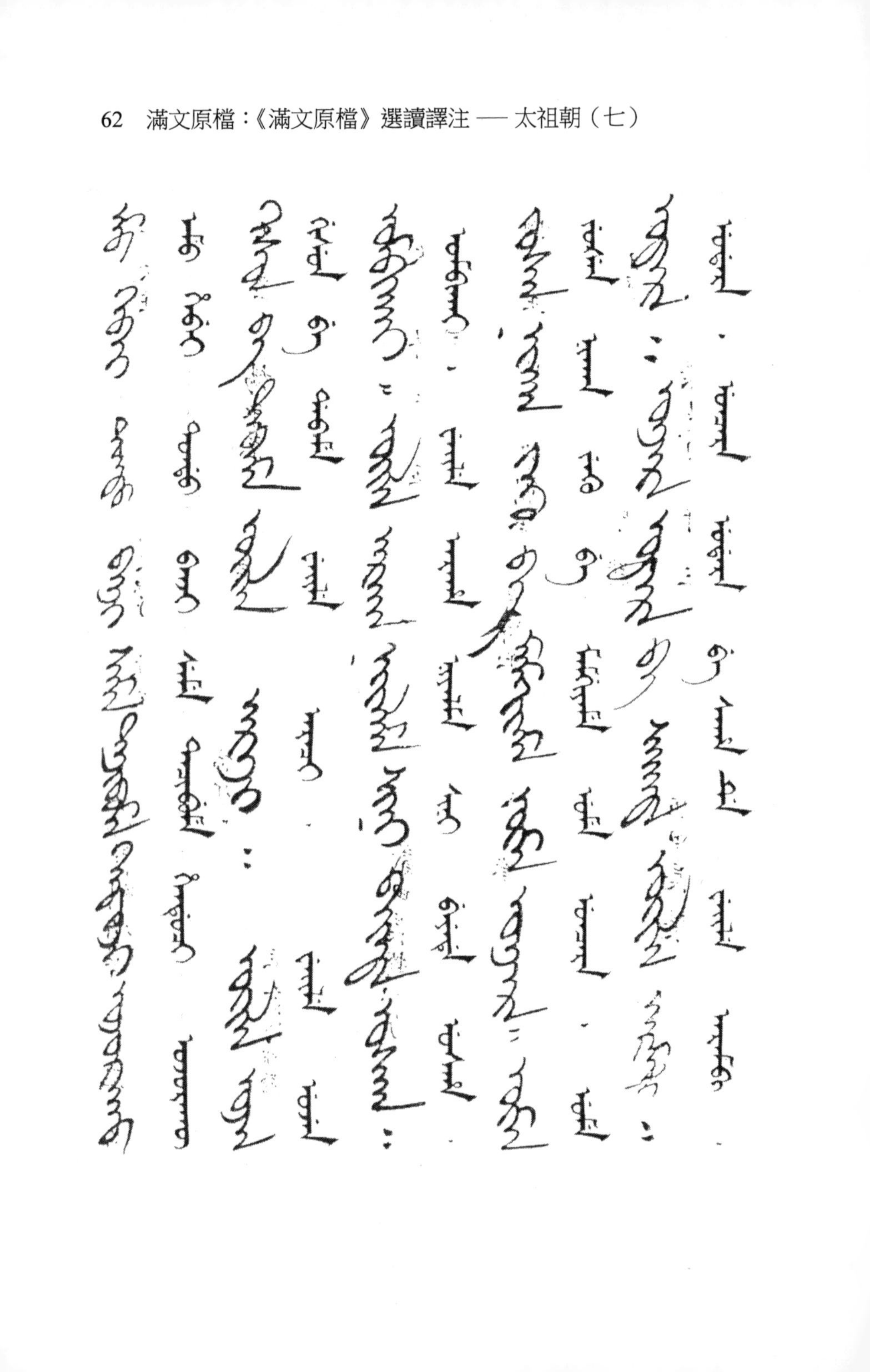

emu hebei tondo banji seme tacibume henduci, ojorakū gisun be dabame weile araci, weile ujen ombikai. weile araha niyalma sini beyede usha, jušen nikan jeku be mamgiyame ume uncara ume udara, uncara udara be sahade weile arambi,

---

皆應和睦真誠相處，若有不從違背此言犯罪者，其罪必重也，犯罪之人乃咎由自取[16]。諸申、漢人不得靡費，勿賣米糧，勿買米糧，得知買賣後，必加治罪。

皆应和睦真诚相处，若有不从违背此言犯罪者，其罪必重也，犯罪之人乃咎由自取。诸申、汉人不得靡费，勿卖米粮，勿买米粮，得知买卖后，必加治罪。

---

[16] 咎由自取，句中「自取」，《滿文原檔》寫作“bijata oska”，《滿文老檔》讀作“beyede usha”。按此為無圈點滿文“bi”與“be”、“ja”與“ye”、“ta”與“de”、“o”與“u”、“ha”與“ka”之混用現象。又，句中滿文“usha[usaha]”，意即「感傷」，訛誤，應更正作“ušaha”，意即「連累」。

四、田肥地美

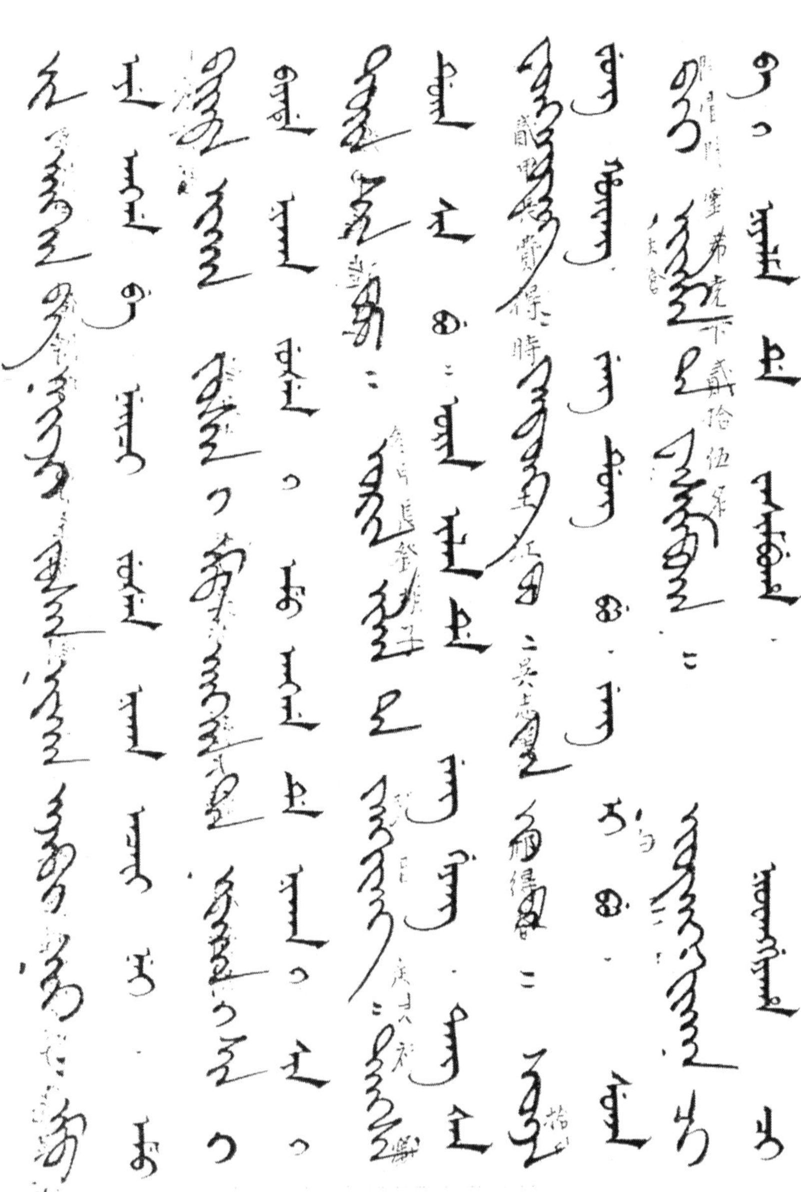

eye angga be neici jušen, nikan acafi nei, emu biyade nikan, jušen i emu angga de, nikan i sin i duin sin bu. orin ilan de, jeng giyang, tang šan, fung hūwang, jeng dung pu, jeng i pu, sunja ba i niyalma de wasimbuha, niowanggiyaha ci

---

開啟地窖[17]口時，諸申、漢人會同開啟。漢人、諸申每月每口給糧漢斗四斗。」二十三日，頒書諭鎮江、湯山、鳳凰、鎮東堡、鎮彝堡五處人等曰：

开启地窖口时，诸申、汉人会同开启。汉人、诸申每月每口给粮汉斗四斗。」二十三日，颁书谕镇江、汤山、凤凰、镇东堡、镇彝堡五处人等曰：

---

17 地窖，《滿文原檔》寫作"eja(e)"，《滿文老檔》讀作"eye"。按此為無圈點滿文"je"與"ye"之混用現象。

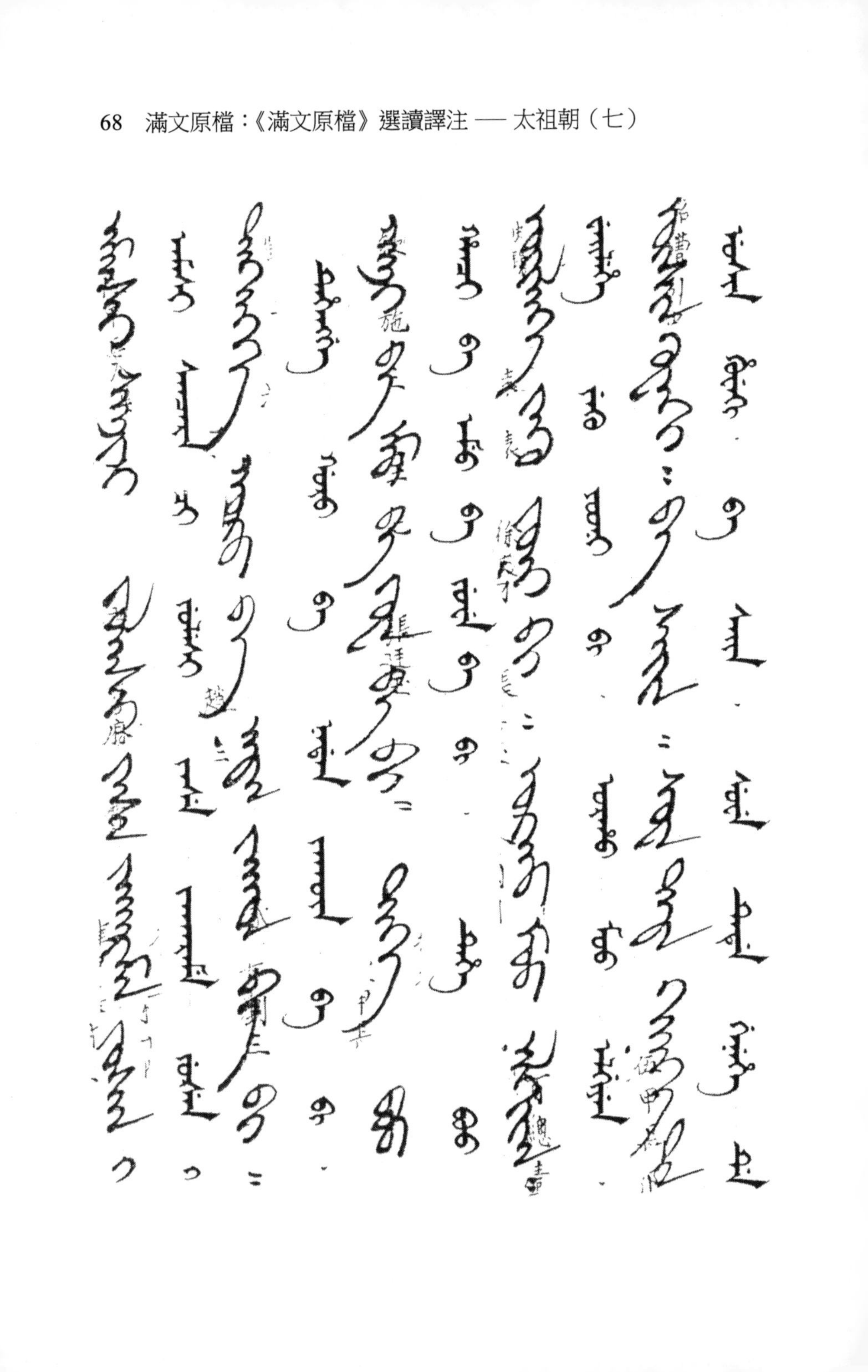

amasi, sancara ci julesi, jase jakarame jušen i tehengge, goro ba nadan jakūn ba bi, hanci ba emu ba juwe ba bi. tehe boo weilehe jeku yooni bi, orho moo elgiyen, usin huweki, ba sain, suwe tede genehe de

---

「清河以北，三岔兒以南，沿邊皆有諸申居住，遠者有七、八里，近者有一里、二里。居有房屋，種有穀糧，草木豐盛，田肥地美，爾等遷往彼處，

「清河以北，三岔儿以南，沿边皆有诸申居住，远者有七、八里，近者有一里、二里。居有房屋，种有谷粮，草木丰盛，田肥地美，尔等迁往彼处，

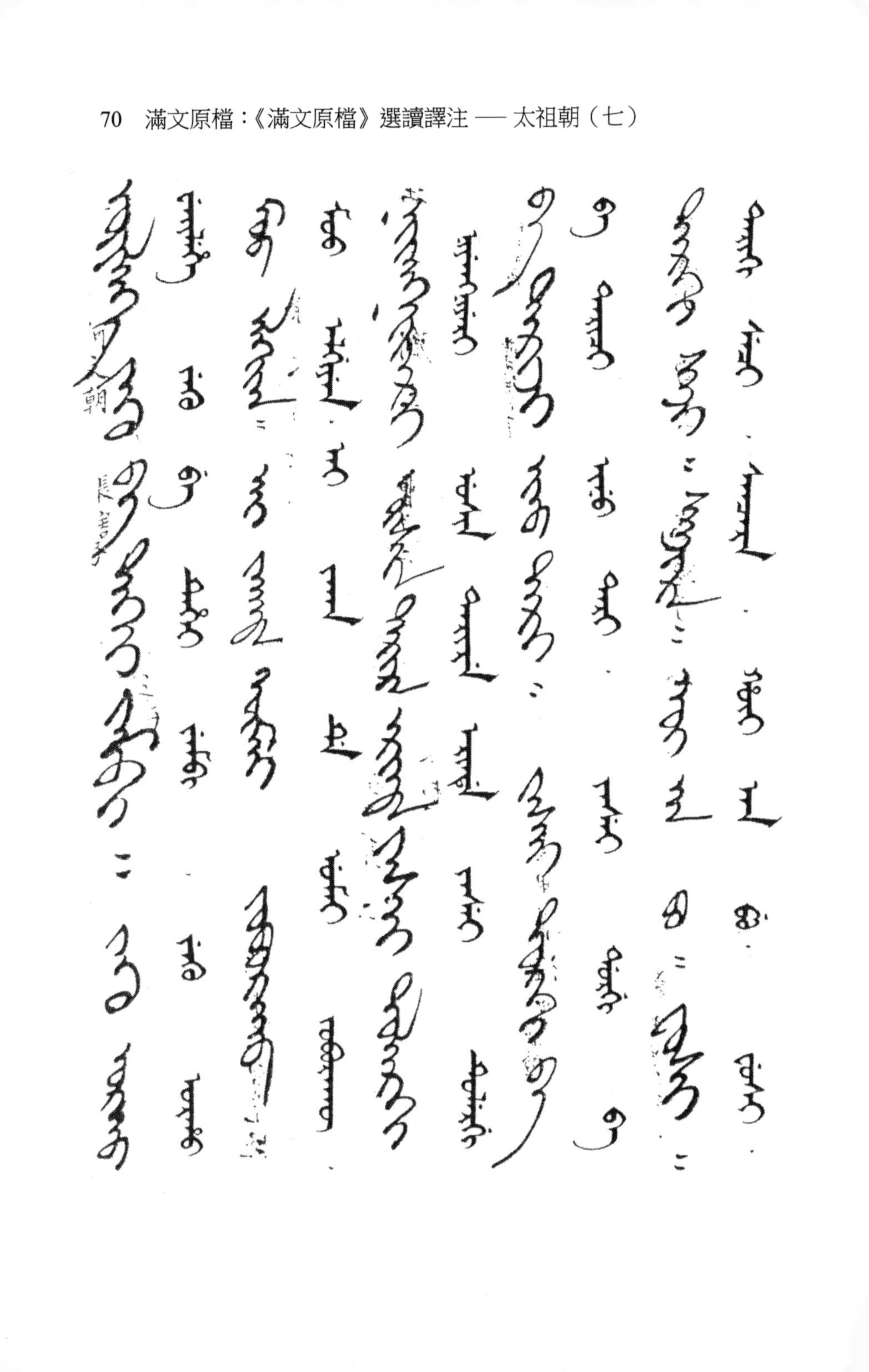

weilehe jeku be tehei jembi, jeku orho moo elgiyen, ai jakade umai joborakū. niyengniyeri usin tarire erinde, jasei tulergi ba tarici inu tari, jasei dorgi ba tariki seci, sancara, hūi an pu, fusi,

---

將坐食所種之糧，穀草木豐盛，諸物並不擔心，春天耕種季節，邊外之地，亦可耕種，欲耕種邊內之地，則三岔兒、會安堡、撫順[18]、

将坐食所种之粮，谷草木丰盛，诸物并不担心，春天耕种季节，边外之地，亦可耕种，欲耕种边内之地，则三岔儿、会安堡、抚顺、

---

[18] 撫順，《滿文原檔》寫作“fosi”，《滿文老檔》讀作“fusi”，清漢對音作「撫西」。此為欽定新清語，《盛京內務府檔》乾隆四十三年(1778)八月二十日上諭：「本日經過名為『撫順』之地，清字寫作“fusi”，原來並非寫錯對音。蓋明朝取撫綏使我順從之義，而名之為『撫順』，而我亦取令明人薙髮之義，復名之為『撫西』也。」按“fusi”為“fusimbi”命令式，意即「令剃髮」。

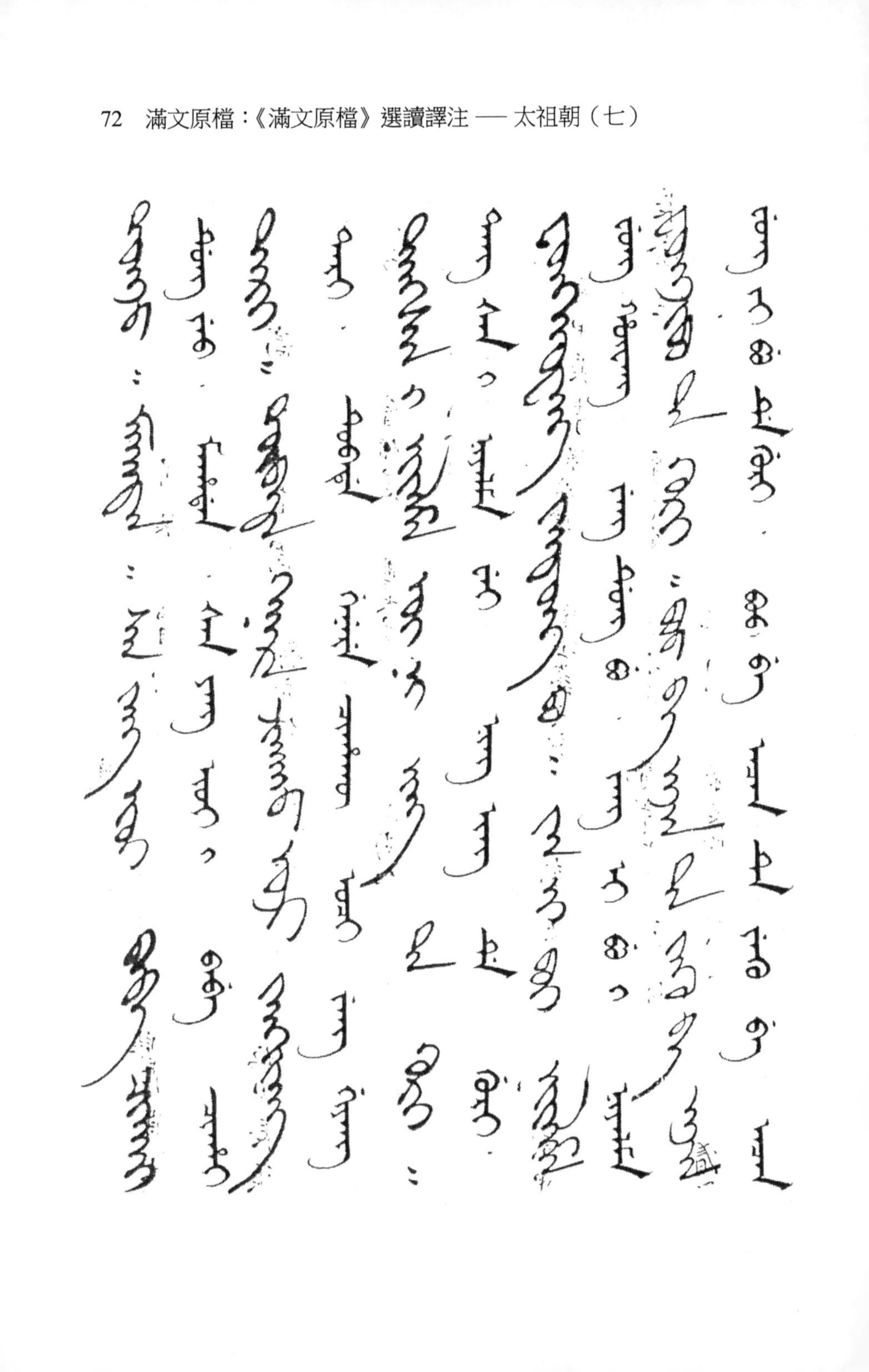

dung jeo, mahadan, šan yang ioi i babe cihai tari. tubade genere cihakū oci, jeng giyang, tang šan i niyalma wei ning ing de guri. fung hūwang, jeng dung pu, jeng i pu i niyalma, fung ji pu de guri. boo be acan te, jeku be acan

---

東洲、馬哈丹、山羊峪等地可隨意耕種。倘若不願意遷往彼處，則鎮江、湯山之人移至威寧營；鳳凰、鎮東堡、鎮彝堡之人移至奉集堡。屋則同住，糧則同食。

东洲、马哈丹、山羊峪等地可随意耕种。倘若不愿意迁往彼处，则镇江、汤山之人移至威宁营；凤凰、镇东堡、镇彝堡之人移至奉集堡。屋则同住，粮则同食。

五、蒙古乞糧

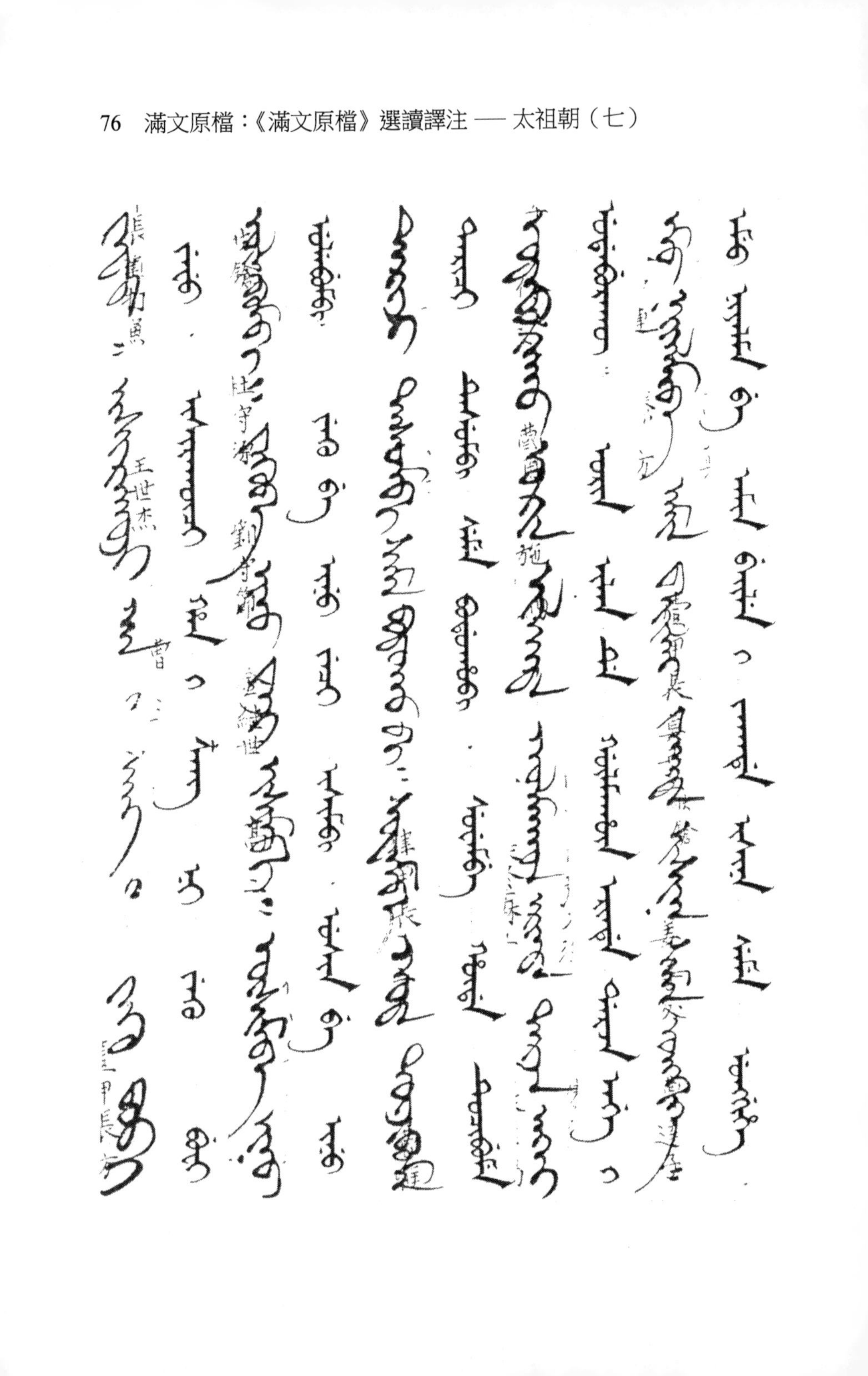

jefu, isirakūci, han i ts'ang ni jeku bufi ulebumbi, jekube inu jeci isimbi, usimbe inu tarici tesumbi seme bodohobi, suwembe hūda tucibume udaburaku. orin ilande, gūlmahūn erinde, darja age i emu niyalmabe, amin beilei jakade isina seme unggihe.

若有不足，則由汗倉給糧食用，料想亦可足食，田亦可足耕，不需爾等出價購買。」二十三日卯時，遣達爾札阿哥屬下一人來到阿敏貝勒跟前。

若有不足，则由汗仓给粮食用，料想亦可足食，田亦可足耕，不需尔等出价购买。」二十三日卯时，遣达尔札阿哥属下一人来到阿敏贝勒跟前。

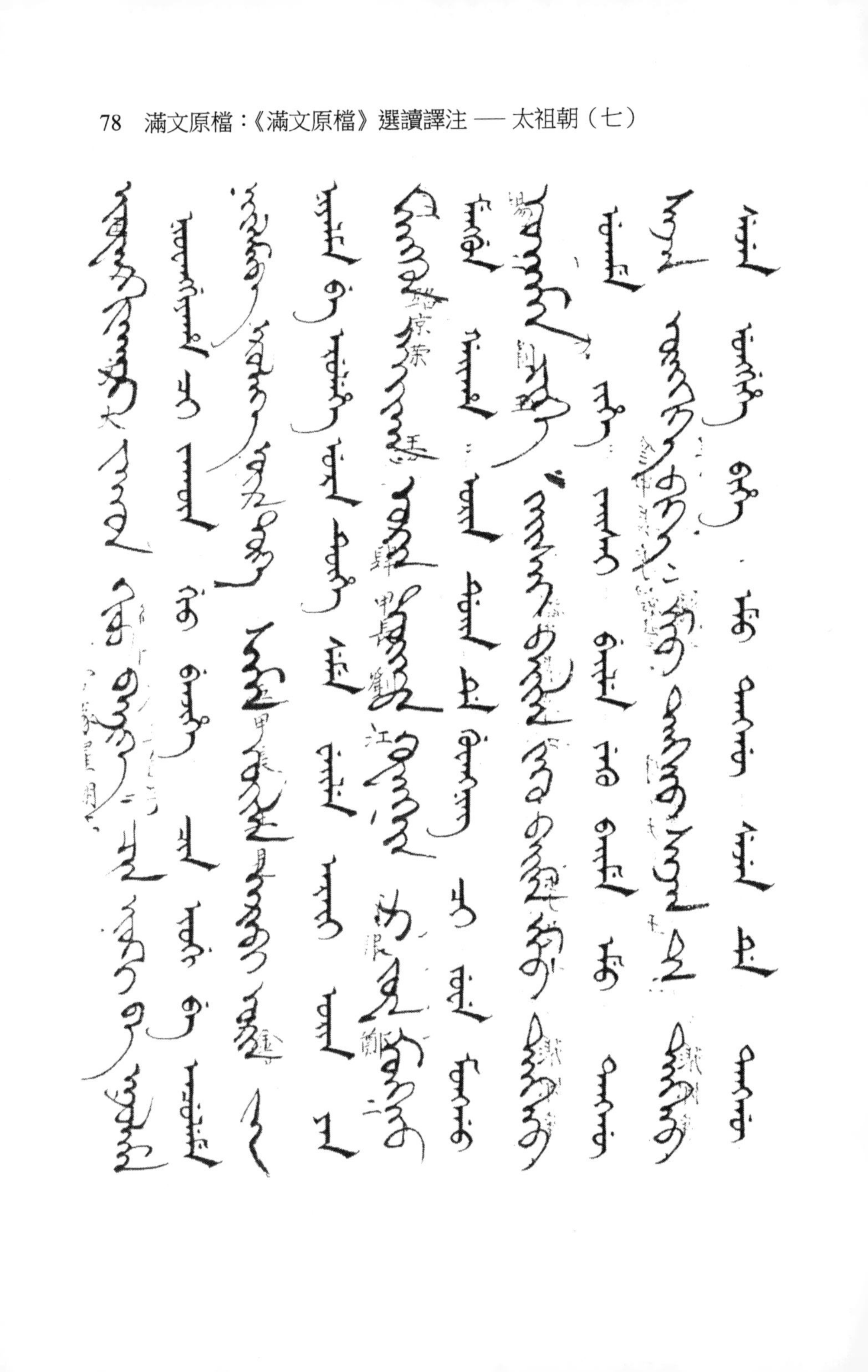

niowanggiyahaci jakūn gio benjihe. cin iogi be, enculeme niyalmabe erulehe, ura tūhe seme weile arafi, orin yan menggun gaiha. orin duin de, guwangning ci juwe monggo ukame jihe. jaisai beile, jeku baime emu tanggū sejen unggihe bihe. emu tanggū sejen de, tanggū

清河送來狍子八隻。以秦遊擊擅自用刑杖人，打屁股治罪[19]，罰銀二十兩。二十四日，有蒙古二人自廣寧逃來。齋賽貝勒派車百輛前來乞糧。其百輛車上，

清河送来狍子八只。以秦游击擅自用刑杖人，打屁股治罪，罚银二十两。二十四日，有蒙古二人自广宁逃来。斋赛贝勒派车百辆前来乞粮。其百辆车上，

---

19 治罪，《滿文原檔》、《滿文老檔》俱讀作“erulehe”。按滿文“erulembi”係蒙文“eregülekü”借詞（根詞“erule-”與“eregüle-”相同），意即「用刑」。

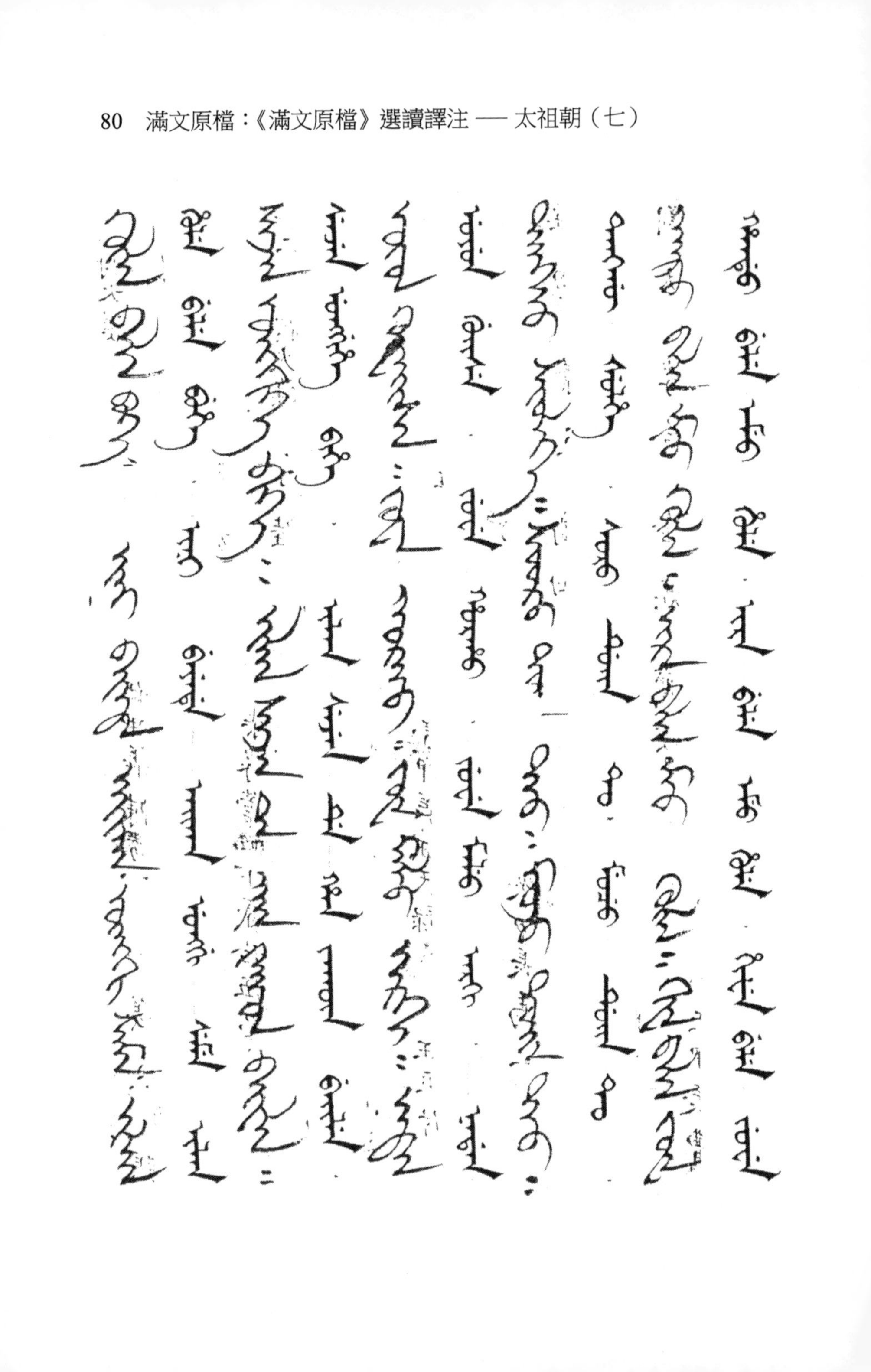

hule bele buhe, ini beyede aika unggi seme ilan sejen unggihe bihe. ilan sejen de han jakūn beile, uyun guise, juwe horho, juwe malu arki, nadan tanggū šulhe, soro duin to, mucu duin to, handu bele emu hule, ira bele emu hule, hife bele juwe

---

給米百石，其本人又遣車三輛乞求什物[20]。汗及八貝勒於三輛車上給櫃[21]九個、豎櫃二個、酒二瓮、梨七百個、棗四斗、葡萄四斗、稻米一石、黍米一石、稗子米二石遣往。

给米百石，其本人又遣车三辆乞求什物。汗及八贝勒于三辆车上给柜九个、竖柜二个、酒二瓮、梨七百个、枣四斗、葡萄四斗、稻米一石、黍米一石、稗子米二石遣往。

---

[20] 什物，《滿文原檔》、《滿文老檔》俱讀作“aika”，係“aika jaka”縮略詞，意即「一應物件」。

[21] 櫃，《滿文原檔》讀作“guweise”，《滿文老檔》讀作“guise”，意即「臥櫃」。

六、烽火示警

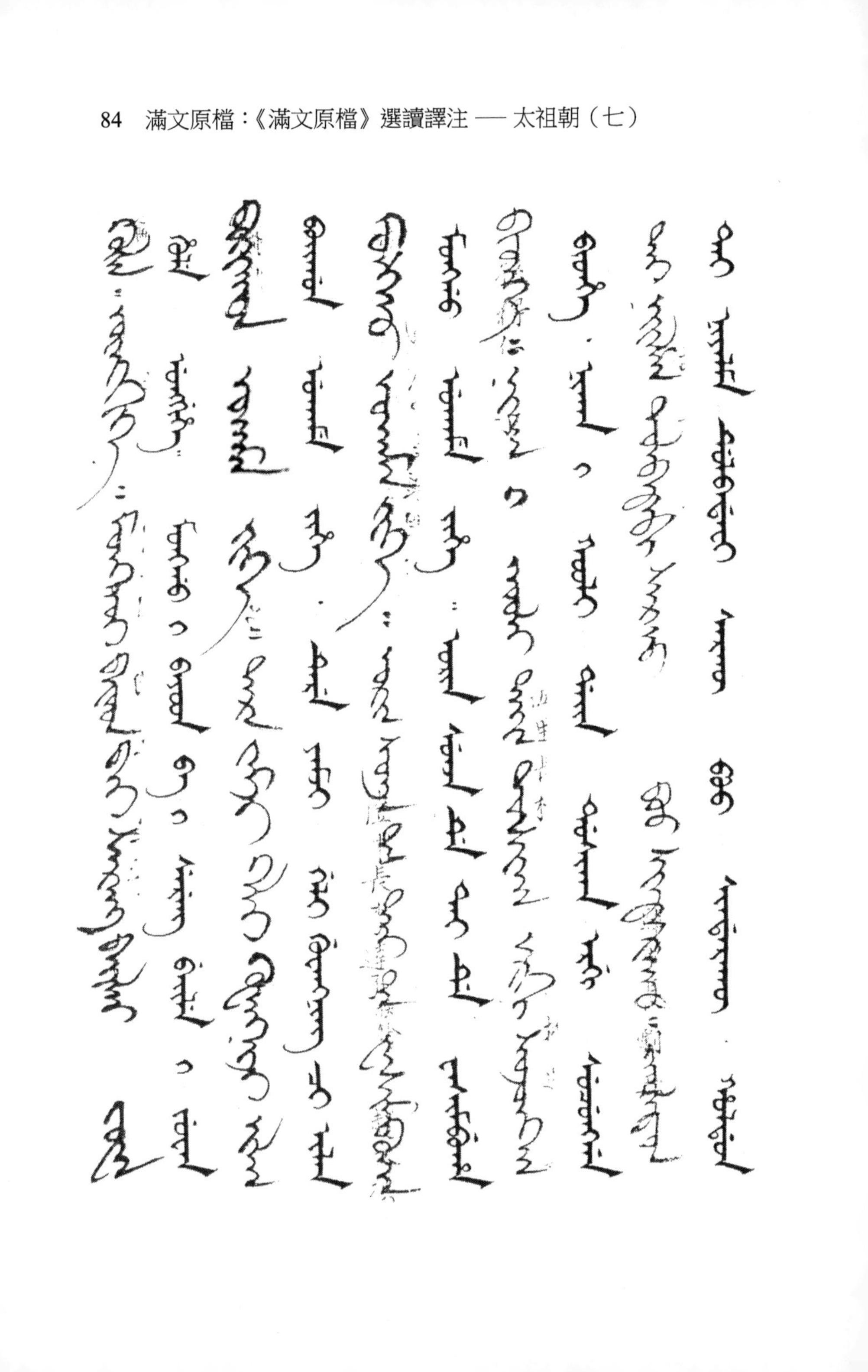

hule unggihe. monggoi bayot ba i sereng beile i juwan boigon ukame jihe, tere yamji geli guwangning ci ilan monggo ukame jihe. orin sunja de, tai de wasimbuha bithe, nikan i kooli, dain dosika ergi sucungga tai niyalma dulbadafi sarkū, poo sindarakū, holdon

---

蒙古巴岳特部色楞貝勒屬下十戶逃來。是晚，又有蒙古三人自廣寧逃來。二十五日，頒書諭各台站曰：「明人之例，有敵進入之方向頭台之人疏忽不知，不施放礮，

蒙古巴岳特部色楞贝勒属下十户逃来。是晚，又有蒙古三人自广宁逃来。二十五日，颁书谕各台站曰：「明人之例，有敌进入之方向头台之人疏忽不知，不施放炮，

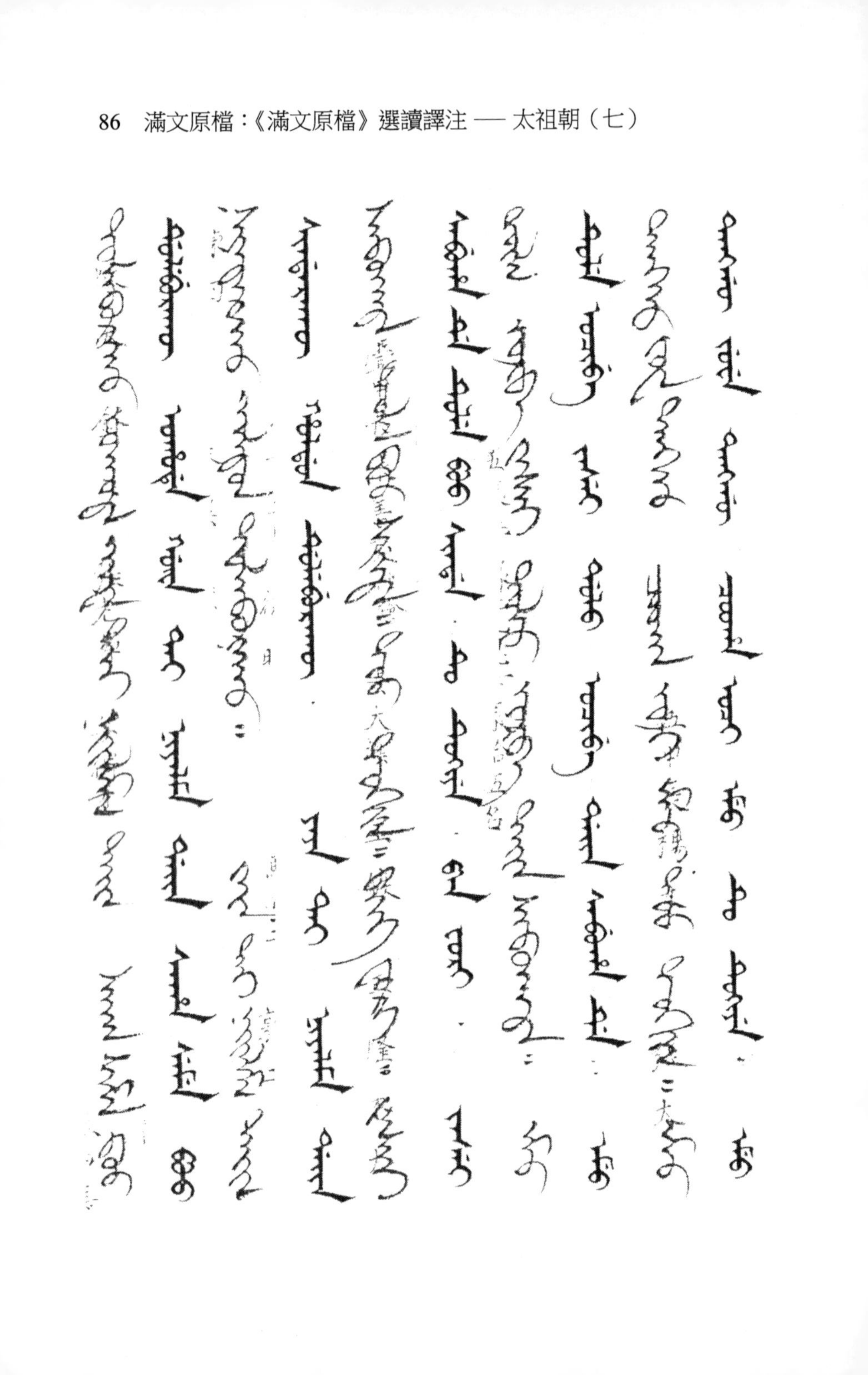

duleburakū ohode, gūwa tai niyalma dain saha seme, poo sindarakū, holdon duleburakū. yaya tai niyalma dain sabuhade, tule poo sinda, tu tukiye, pan fori, jasei tule ocibe, jasei dolo ocibe dain sabuha de, emu tanggū juwe tanggū cooha oci, emu tu tukiye, emu

---

不燃烽火時，則他台之人，雖知敵進，亦不施放礮，不燃烽火。無論何台之人見敵即行放礮，舉纛擊雲牌。不論邊外邊內見敵時，倘有兵一百、二百，則舉一纛，

不燃烽火时，则他台之人，虽知敌进，亦不施放炮，不燃烽火。无论何台之人见敌即行放炮，举纛击云牌。不论边外边内见敌时，倘有兵一百、二百，则举一纛，

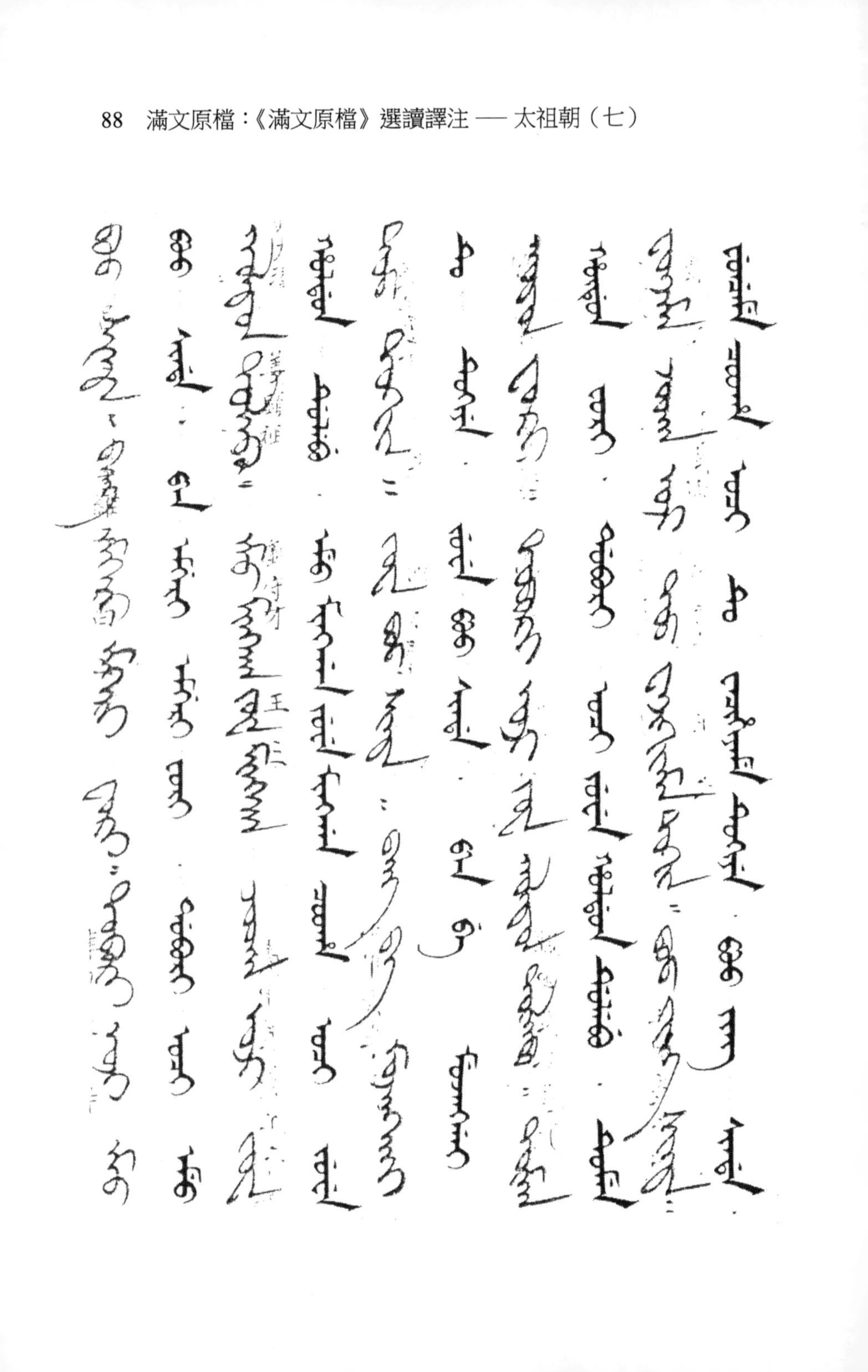

poo sinda, pan emgeri emgeri fori. dobori oci, emu holdon dulebu. emu minggan juwe minggan cooha oci, juwe tu tukiye, juwe poo sinda, pan be mujanggai hūdun fori, dobori oci, juwe holdon dulebu. tumen funceme cooha oci, tu wacihiyame tukiye, poo jing sinda,

---

施放一礮，一次一次緩緩擊雲牌；夜間，則燃一縷烽火。倘有兵一千、二千人，則舉二纛，施放二礮，急擊[22]雲牌；夜間，則燃二縷烽火。倘有兵萬餘人，則纛全舉，礮連環施放，

施放一炮，一次一次缓缓击云牌；夜间，则燃一缕烽火。倘有兵一千、二千人，则举二纛，施放二炮，急击云牌；夜间，则燃二缕烽火。倘有兵万余人，则纛全举，炮连环施放，

---

[22] 急擊，句中「急」，《滿文原檔》寫作“koton”，《滿文老檔》讀作“hūdun”。按滿文“hūdun”，係蒙文“qurdun”借詞（“hū”與“qu”混用，r 輔音脫落），意即「迅速的、急速的」。

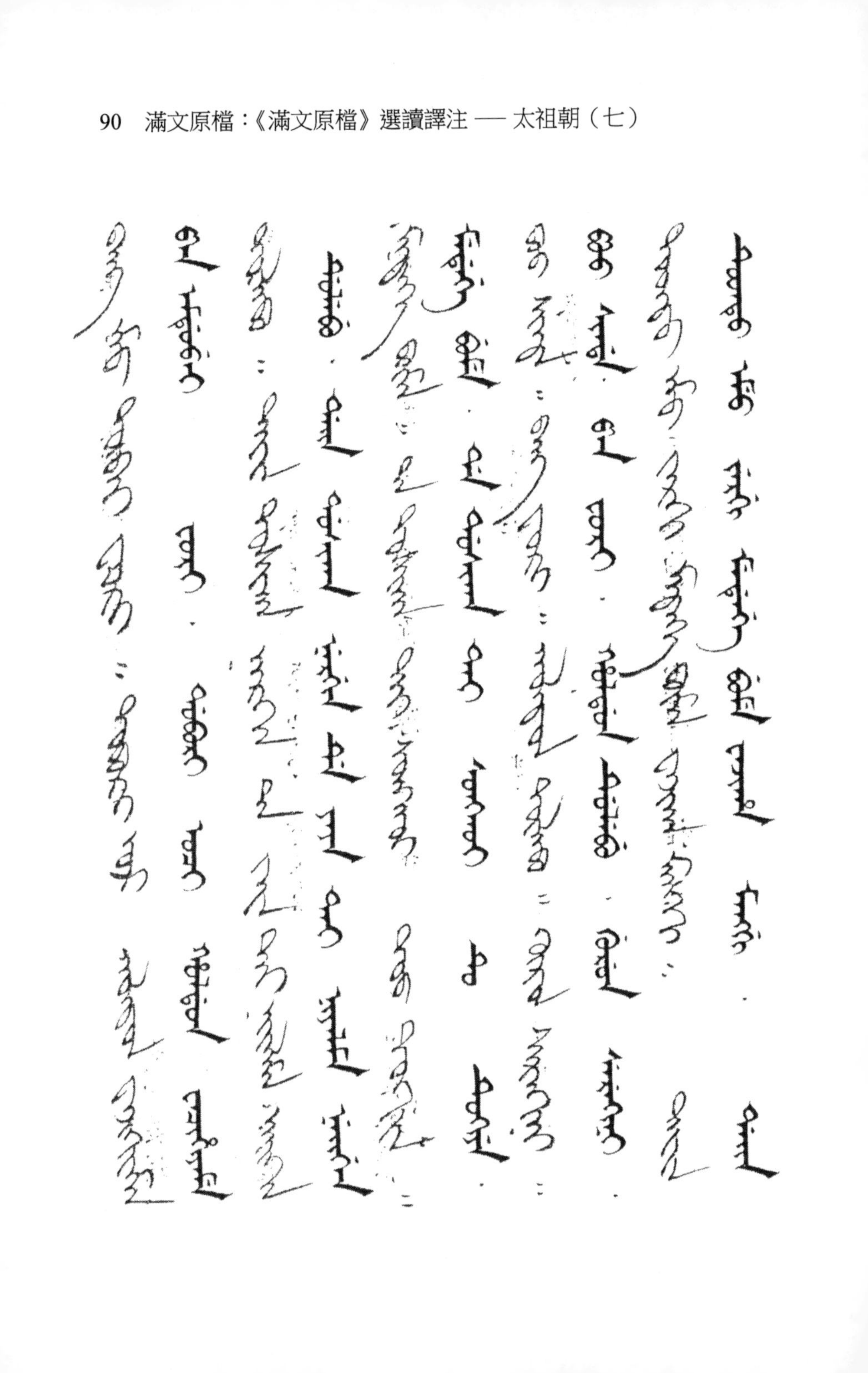

pan emdubei fori, dobori oci holdon wacihiyame dulebu. dain dosika nergin de, yaya tai niyalma neigen medege bume, da dosika tai songkoi tu tukiye, poo sinda, pan fori, holdon dulebu, gurun serekini, tuttu emu jergi medege bume wajiha manggi, dain

---

頻擊[23]雲牌；夜間則烽火盡燃。敵兵進入當時，即向各台之人逐一報警，均照首先受敵之台舉纛、放礟、擊雲牌，並燃烽火，以便國人知覺。如此報警一次後，

频击云牌；夜间则烽火尽燃。敌兵进入当时，即向各台之人逐一报警，均照首先受敌之台举纛、放炮、击云牌，并燃烽火，以便国人知觉。如此报警一次后，

---

23 頻擊，句中「頻」，《滿文原檔》寫作“emü tübei”，分寫，不規範；《滿文老檔》讀作“emdubei”，更正，意即「頻頻」。

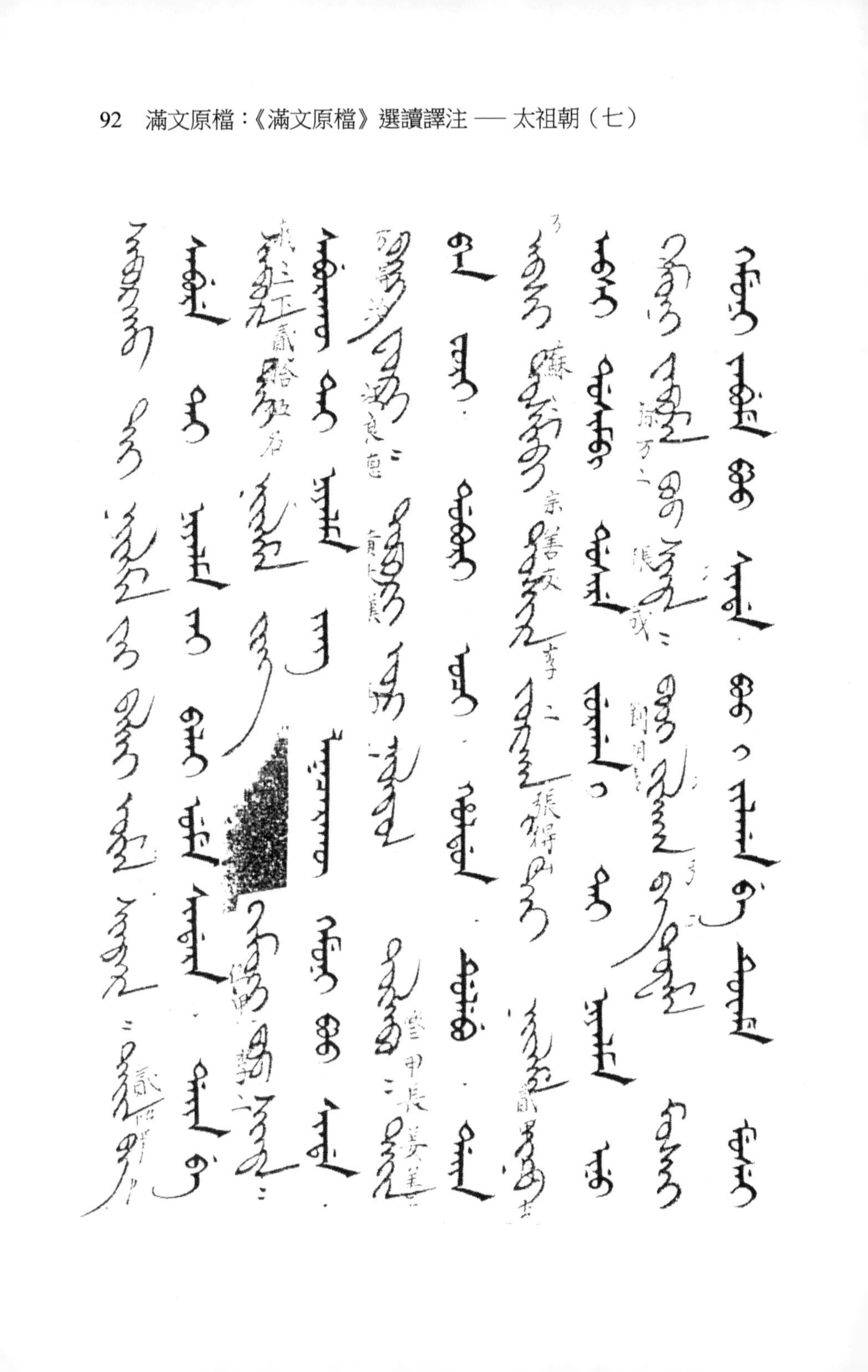

saburakū tai niyalma, jai balai ume sindara, dain be sabure tai niyalma, jing lakcarakū kemuni poo sinda, pan fori, dobori oci, holdon dulebu. dain absi dosimbi, dosire jurgan i tai niyalma, inu kemuni jabume poo sinda, poo i jilgan be tuwame, musei

---

仍不見敵兵[24]之台站人等，勿再妄行放礮；其見敵兵[25]之台站人等，仍須連環不斷放礮擊雲牌，夜間則燃烽火。敵兵往何處進入，其進入路經之台站人等，亦仍放礮呼應，按照礮聲，

仍不见敌兵之台站人等，勿再妄行放炮；其见敌兵之台站人等，仍须连环不断放炮击云牌，夜间则燃烽火。敌兵往何处进入，其进入路经之台站人等，亦仍放炮呼应，按照炮声，

---

[24] 不見敵兵，句中「不見」，《滿文原檔》讀作"sabubakū"；《滿文老檔》讀作"sabure"，滿漢文義不合。

[25] 其見敵兵，句中「見」，《滿文原檔》讀作"sabure"；《滿文老檔》讀作"saburakū"，滿漢文義不合。

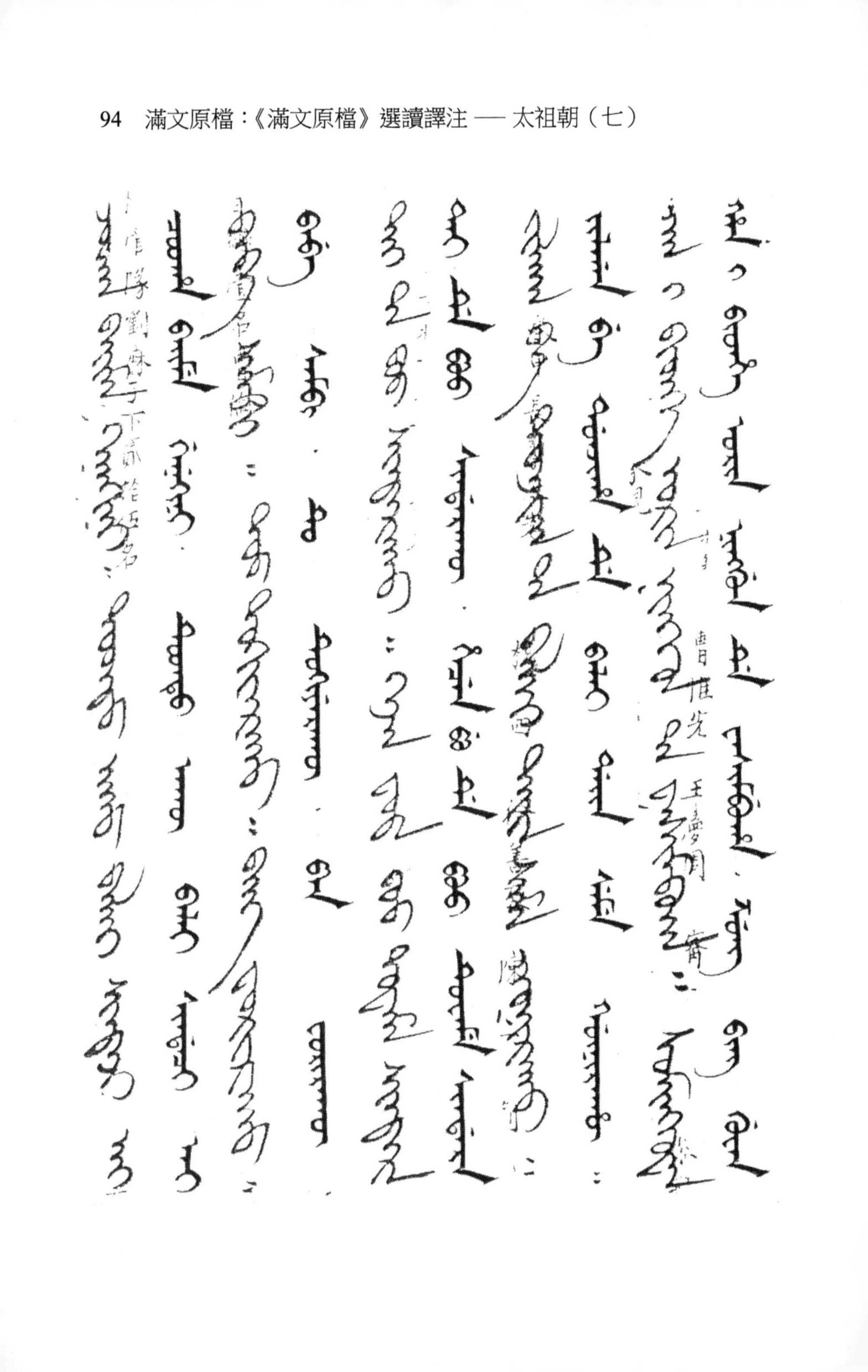

cooha baime genekini. tuttu akū balai sindaci, ai babe sambi. tu tukiyerakū, pan forirakū, tai de poo sindarakū, hecen pu de poo tuwame sindara jilgan be donjiha de, balai dain seme gūnirahū. han i bithe orin ninggun de wasimbuha, dzung bing guwan,

---

我軍可尋礮聲前往。不然，胡亂放礮，焉能得知敵兵在何處？不舉纛，不擊雲牌，台站不放礮，恐城堡聞放礮之聲，以為亂戰也。」二十六日，汗頒書諭曰：

我军可寻炮声前往。不然，胡乱放炮，焉能得知敌兵在何处？不举纛，不击云牌，台站不放炮，恐城堡闻放炮之声，以为乱战也。」二十六日，汗颁书谕曰：

七、禍從己出

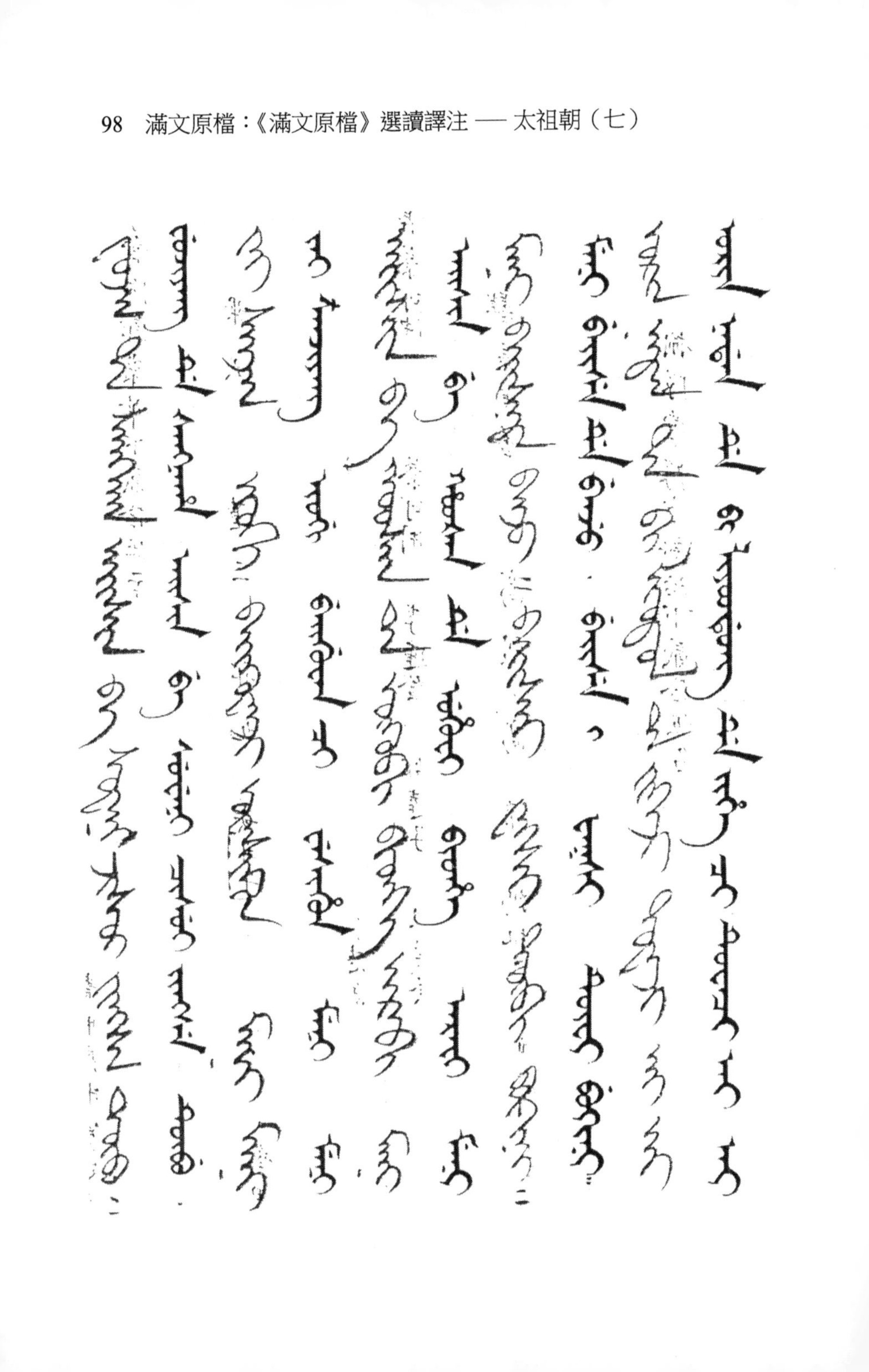

fujiyang de šangnaha aisin be, suweni cisui jingse tūbu, jai ts'anjiyang, iogi, beiguwan ci wesihun meni meni aisin be hoošan de uhufi, bithe arafi meni meni beisede benju, beise i faksi tūfi bukini. orin nadan de bi liyoodung de jihe ci tuwaci, ai ai

---

「着爾等以賞賜總兵官、副將之金，自行打造頂子。至於參將、遊擊、備禦官以上諸員各以紙包金，並書寫文書送交各貝勒，給與各貝勒之工匠打造。」二十七日，我自從來至遼東後察得，

「着尔等以赏赐总兵官、副将之金，自行打造顶子。至于参将、游击、备御官以上诸员各以纸包金，并书写文书送交各贝勒，给与各贝勒之工匠打造。」二十七日，我自从来至辽东后察得，

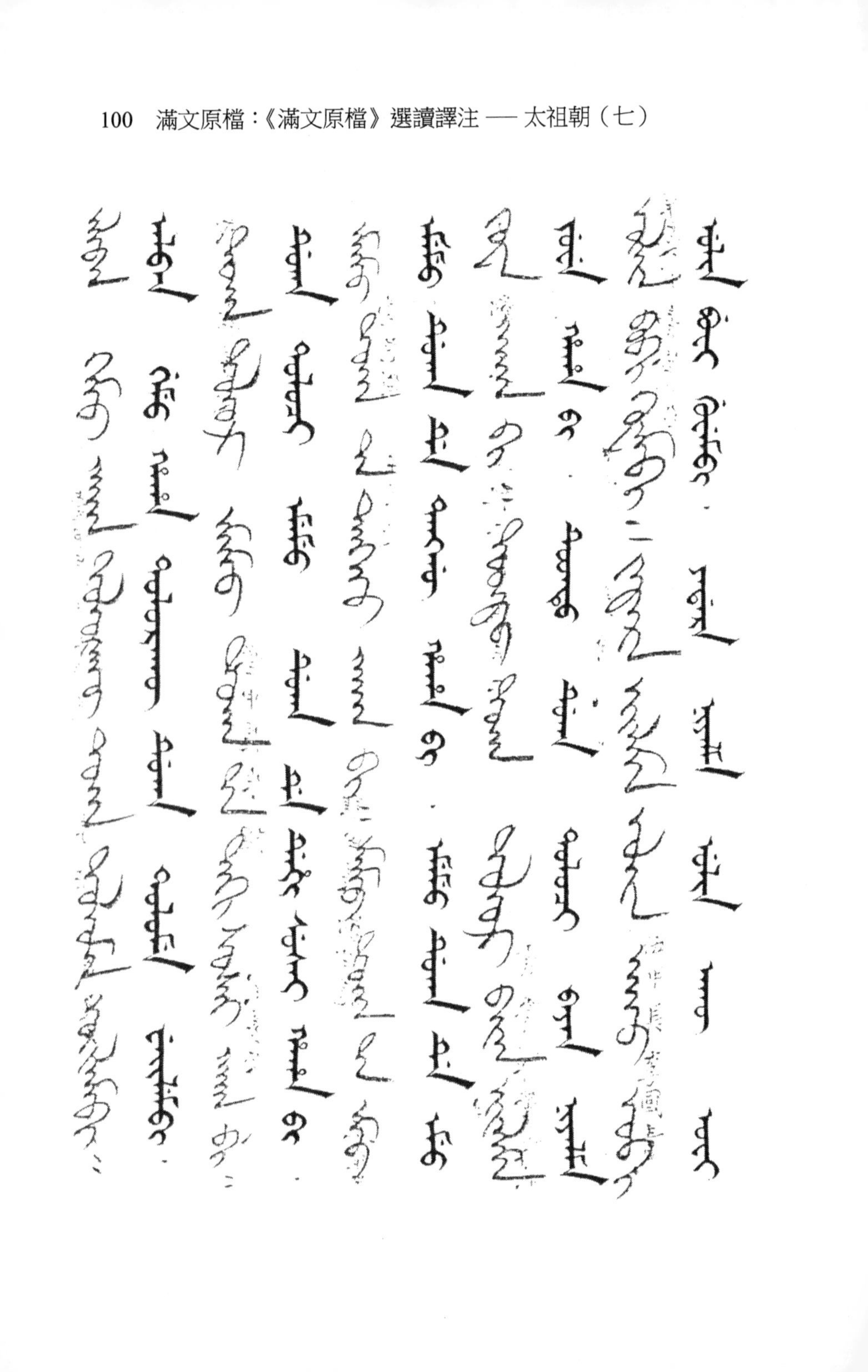

alban gemu haha tolorakū, duka tolome weilembi, duka toloci, ememu duka de dehi susai haha bi, ememu duka de tanggū haha bi, ememu duka de emu juwe haha bi, tuttu duka toloci, bayan niyalma ulin bufi guwembi, yadara niyalma ulin akū ofi

---

凡派差役，皆不按丁計，而按門計。若按門計，或一門有四十、五十丁，或一門有百丁，或一門有一、二丁。若如此按門計數，富人因給財而免，窮人因無財

凡派差役，皆不按丁计，而按门计。若按门计，或一门有四十、五十丁，或一门有百丁，或一门有一、二丁。若如此按门计数，富人因给财而免，穷人因无财

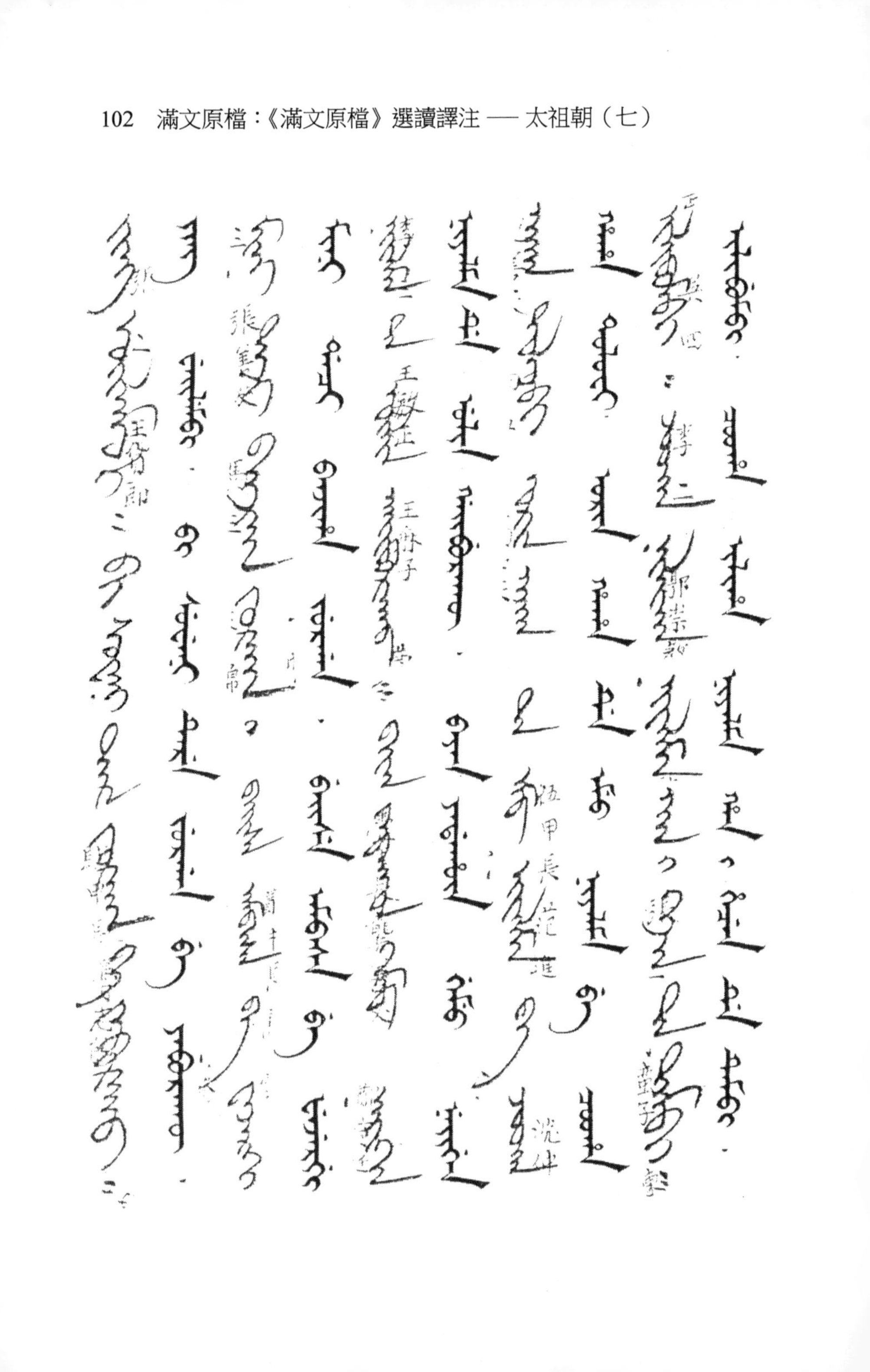

jing weilembi. bi suweni tere jurgan be yaburakū, mini daci banjiha jurgan, beise ambasa be fejergi niyalma de ulin gaiburakū, bayan yadahūn gemu neigen haha tolofi, orin haha de emu niyalma be cooha ilibumbi. cooha iliha niyalma, han i hecen de tembi,

---

而接連充役。我不行爾等之制，按我向來生活之制，不准諸貝勒大臣取財於下人，無論貧富，皆平等按丁計數，每二十丁以一人從軍。從軍之人，駐紮汗城，

而接连充役。我不行尔等之制，按我向来生活之制，不准诸贝勒大臣取财于下人，无论贫富，皆平等按丁计数，每二十丁以一人从军。从军之人，驻扎汗城，

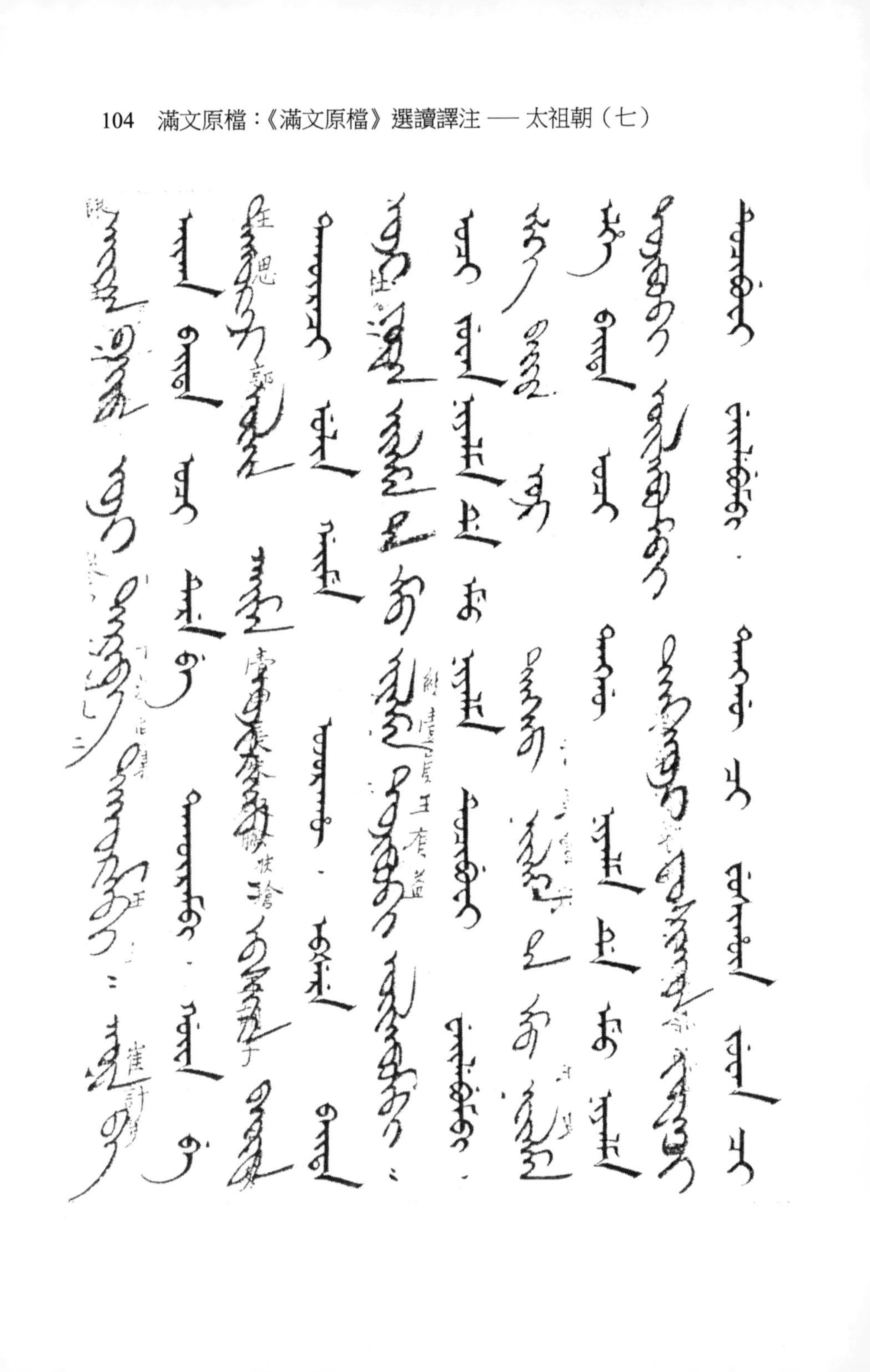

aika baita oci, terebe takūrambi, gūwa be takūraci ulin gaime ojorahū. ebšere baita oci, juwan niyalma de emu niyalma tucibufi weilebumbi, elhe baita oci, tanggū niyalma de emu niyalma tucibufi weilebumbi. tanggūci fusihūn, juwan ci

---

有事即差遣彼等，若差遣別人，恐取財也。若有急事，則每十人派出一人服役。若係安好之事，則每百人派出一人服役。百人以下，

有事即差遣彼等，若差遣别人，恐取财也。若有急事，则每十人派出一人服役。若系安好之事，则每百人派出一人服役。百人以下，

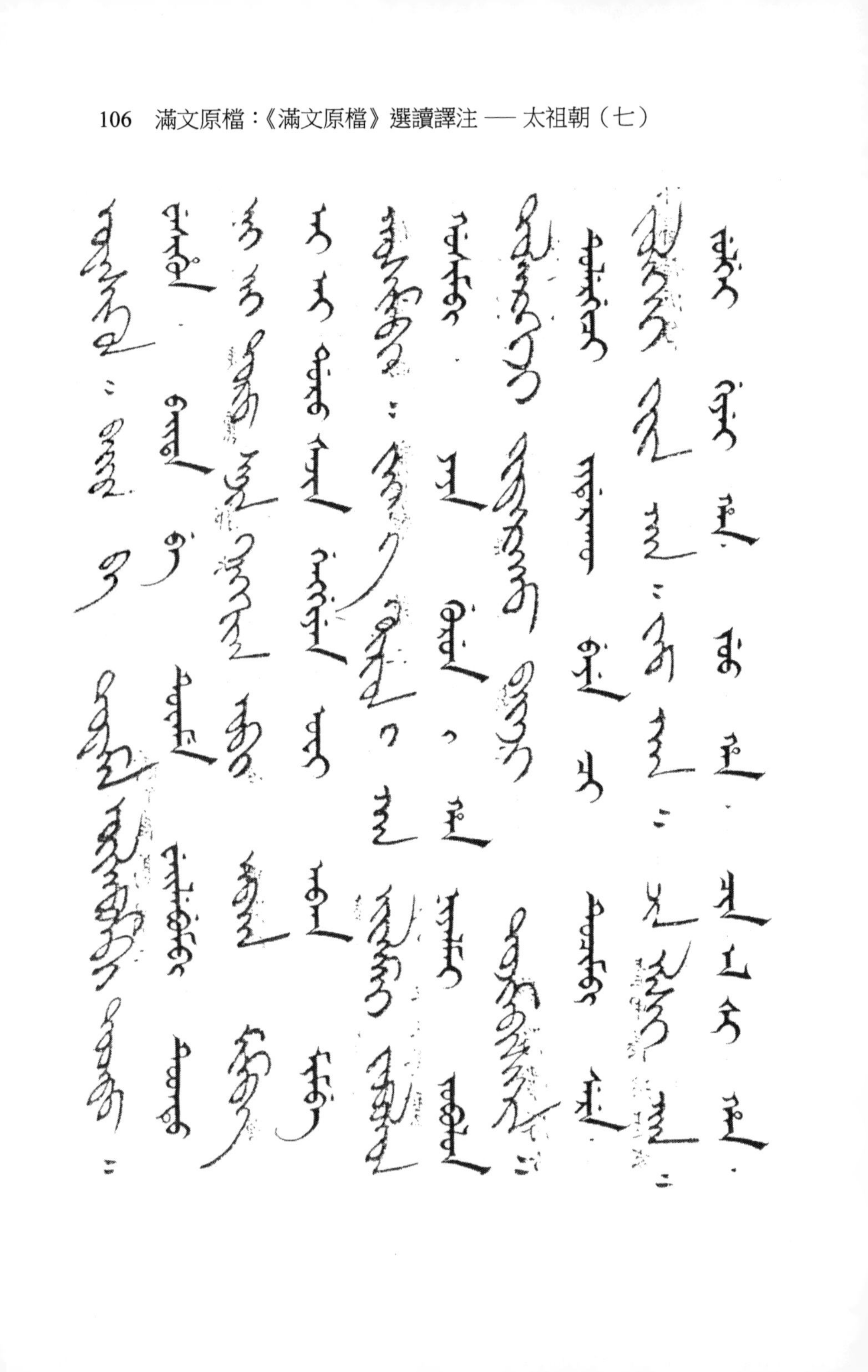

wesihun, baita be tuwame weilebumbi. tuttu ai ai doro šajin genggiyen ofi abka mimbe gosimbi, yaya gurun i han niyalmai jobolon tulergici jiderakū, beye ci tucimbi sere, julgei giyei han, juo han, cin el ši han,

十人以上者，則視事之緩急派人服役。因諸凡政法清明，故蒙天佑我。凡國君人禍，不自外來，而從己出也；昔桀帝、紂王、秦二世、

十人以上者，则视事之缓急派人服役。因诸凡政法清明，故蒙天佑我。凡国君人祸，不自外来，而从己出也；昔桀帝、纣王、秦二世、

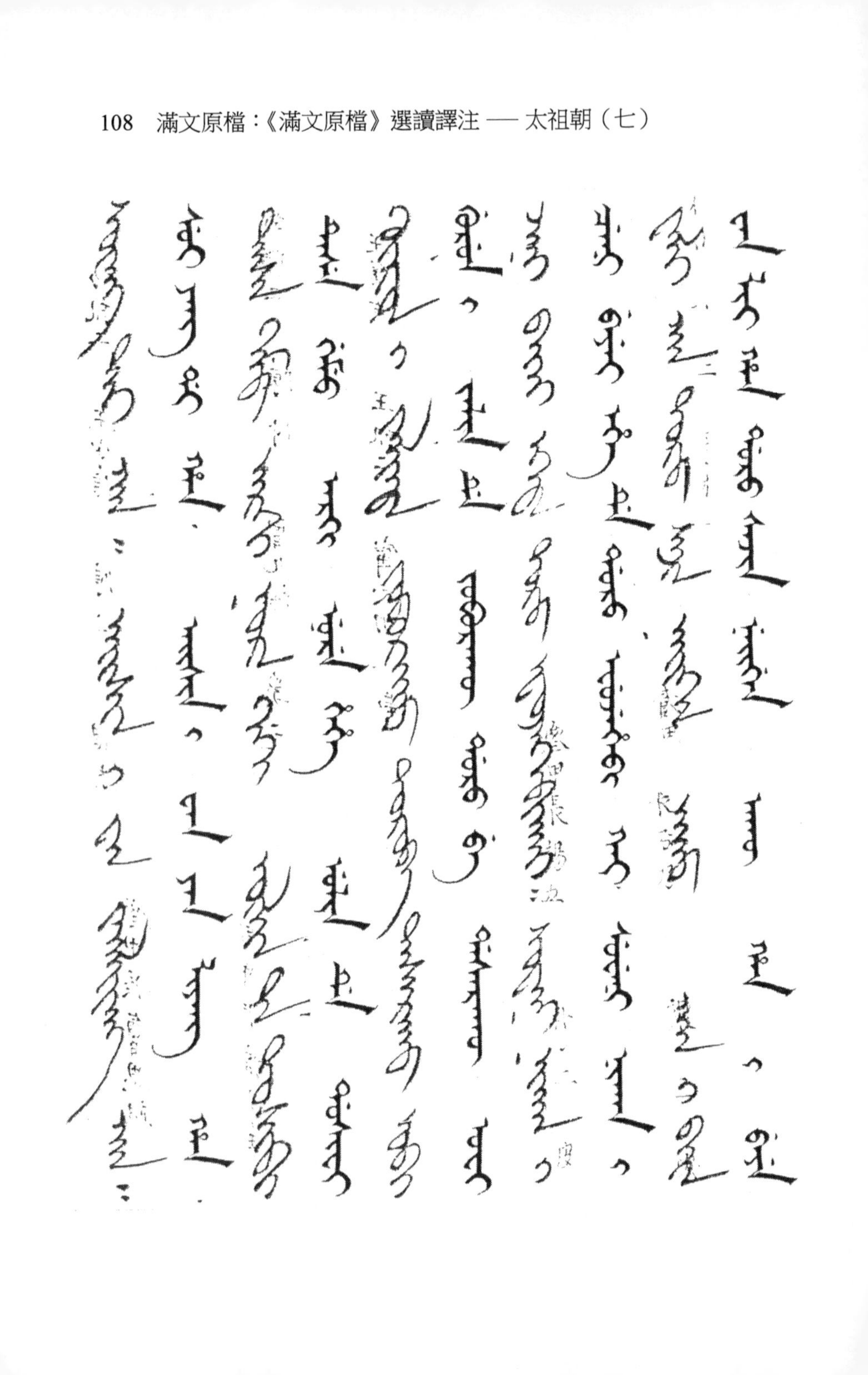

sui yang di han, aisin i wan yan liyang han, tese gemu arki nure hehe ulin de dosifi, gurun i jalinde joborakū dorobe dasarakū ofi ceni beyei ehede doro efujehebikai. suweni nikan i wan lii han, doro šajin neigen akū han i beye

---

隋煬帝、金帝完顏亮，彼等皆嗜酒，貪財[26]好色，不為國劬勞，不修國政，因彼等自身之荒誕而敗壞政權也。爾等明萬曆帝政法不明，帝自身

隋炀帝、金帝完颜亮，彼等皆嗜酒，贪财好色，不为国劬劳，不修国政，因彼等自身之荒诞而败坏政权也。尔等明万历帝政法不明，帝自身

---

[26] 貪財，句中「貪」，《滿文原檔》寫作“tosibi”，《滿文老檔》讀作“dosifi”；兩者滿文俱誤，應更正作“doosifi”，意即「貪圖」。

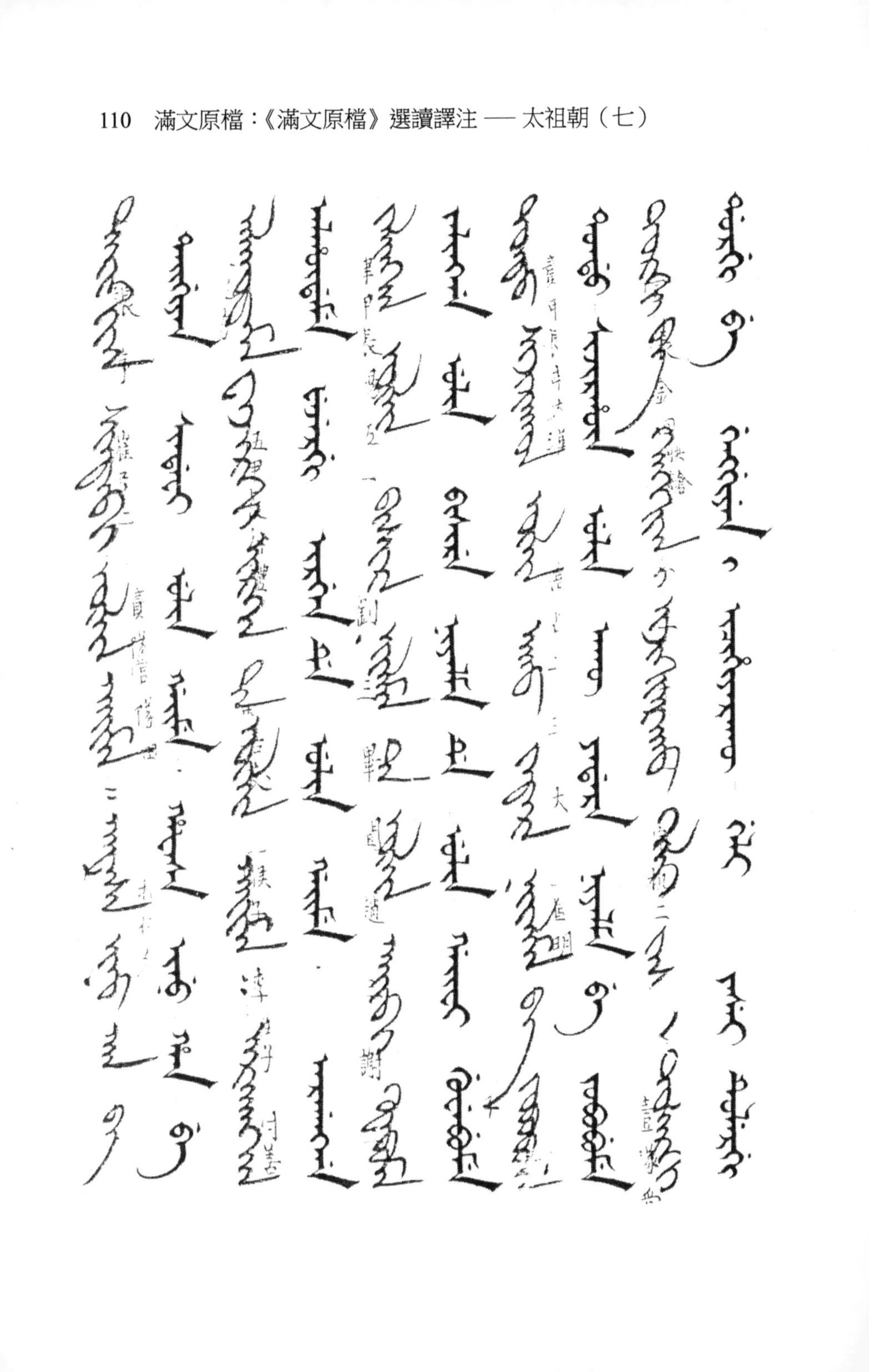

taigiyan sindafi ulin gaime, hafasa inu han de alhūdame fejergi irgen de ulin gaime, argangga jalingga ulin bisire niyalma de ulin gaifi guwebume, tondo sijirhūn ulin akū yadara niyalma be jobobume, dorgi be genggiyen i icihiyarakū, geli jasei tulergi

---

縱放太監斂取民財，眾官員亦效法其帝，搜刮其下民財，詭譎者受賄於有財富人而豁免其罪，擾害正直無財之窮人，不修內政，

纵放太监敛取民财，众官员亦效法其帝，搜刮其下民财，诡谲者受贿于有财富人而豁免其罪，扰害正直无财之穷人，不修内政，

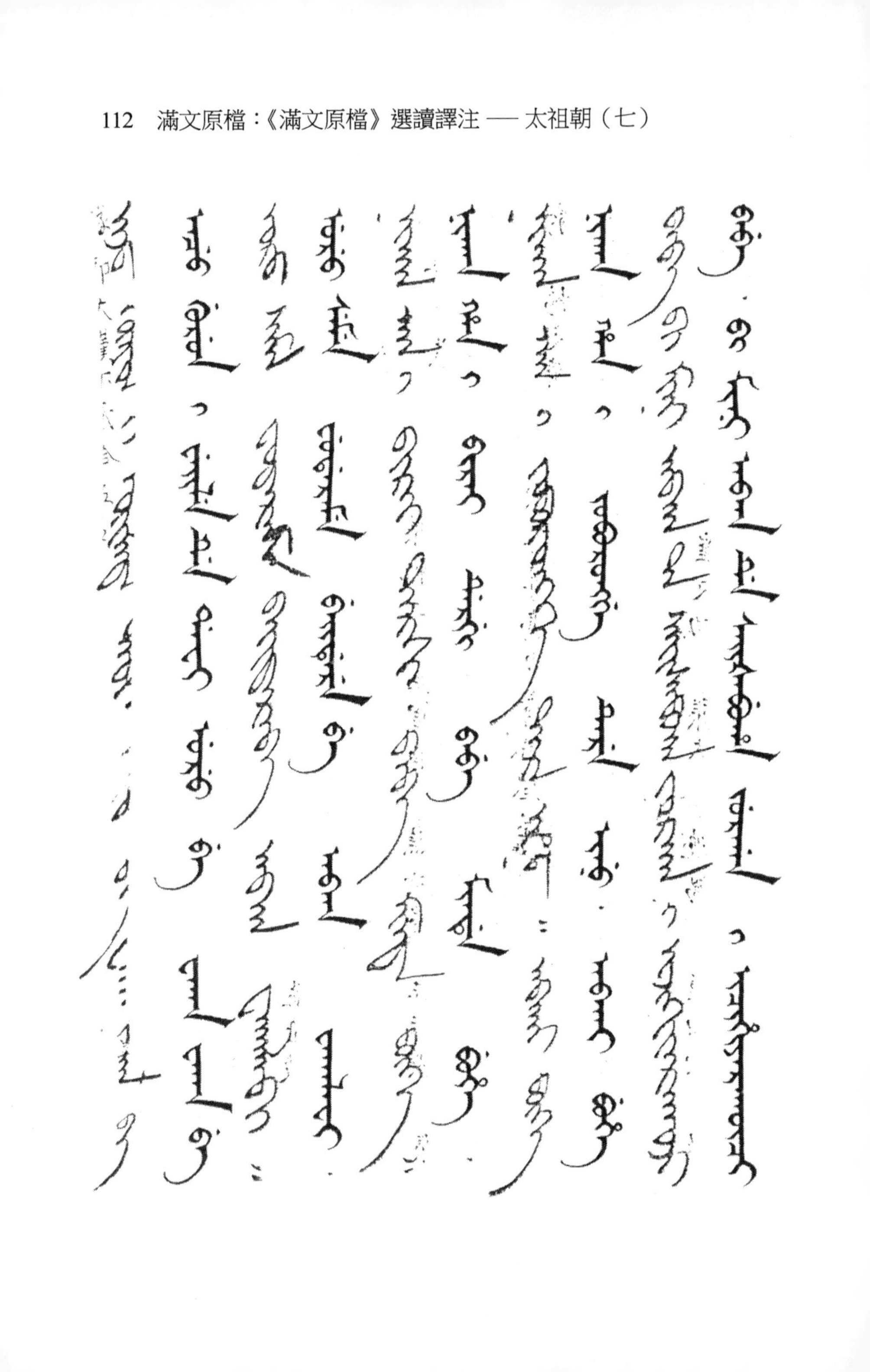

encu gurun i weile de dafi, uru be waka, waka be uru seme fudarame beiderebe abka wakalafi, nikan han i birai dergi babe minde buhe, nikan han i joborongge tere inu. abkai buhe babe, bi mini abka de saišabuha jurgan i icihiyarakūci

---

又妄干界外他國之事，以是為非，以非為是，倒行逆施，妄加剖斷，遂遭天譴，以明帝河東之地畀我，明帝所憂者此也。天所畀之地，倘我不以天嘉我之道治理，

又妄干界外他国之事，以是为非，以非为是，倒行逆施，妄加剖断，遂遭天谴，以明帝河东之地畀我，明帝所忧者此也。天所畀之地，倘我不以天嘉我之道治理，

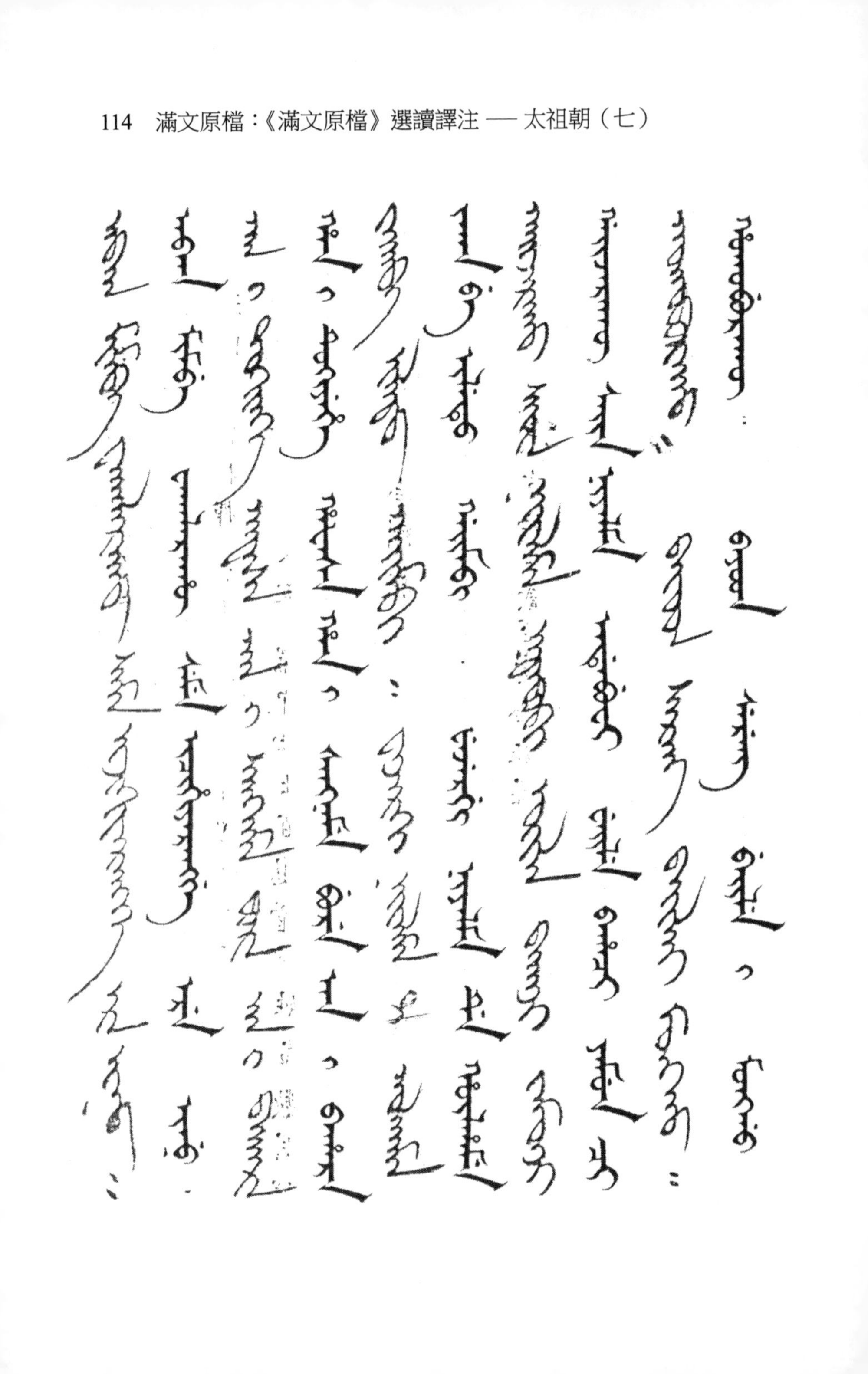

abka mimbe wakalarahū seme icihiyarangge ere inu. han i tukiyehe hafasa, han i šangname bure an i bahara jakabe iletu gaimbi, fejergi niyalma de hūlhame gaijarakū. sain niyalma endebufi weile bahaci, yamun ci hokoburakū. bayot sereng beile i monggo

---

恐受天譴，所治理者此也。汗所擢用之官員，凡汗賞賜尋常應得之物，理當明取，不得竊取於下人。賢人若因過失獲罪，不令離衙門。蒙古巴岳特色楞貝勒屬下

恐受天谴，所治理者此也。汗所擢用之官员，凡汗赏赐寻常应得之物，理当明取，不得窃取于下人。贤人若因过失获罪，不令离衙门。蒙古巴岳特色楞贝勒属下

八、漢官貪財

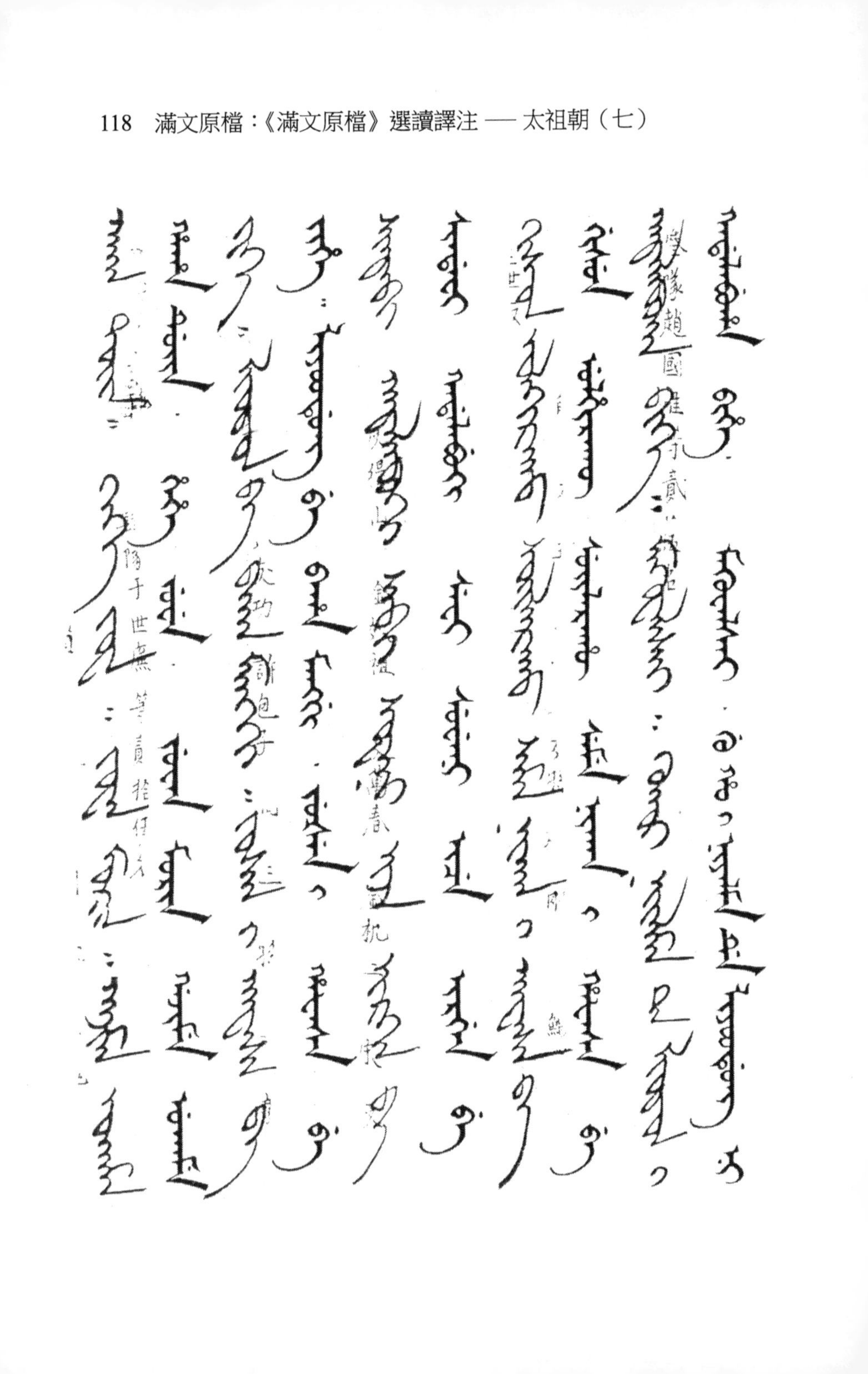

haha duin, hehe juwe, juwan morin gajime ukame jihe. liyoodung be baha manggi, jušen i hafasa be sindafi kadalabuki sefi, suweni ice irgen be gisun ulhirakū suilarahū seme, nikan i hafasa be kadalabuha bihe, makuwalsai gu hoi niyalma de, liyoodung ni

---

男四人、女二人攜馬十匹逃來。得遼東後，本欲設諸申官員管理，然恐爾等新附之民語言不通而受苦，故令漢官管理之。遼東城官員遣人至馬庫瓦勒賽、古河，

男四人、女二人携马十匹逃来。得辽东后，本欲设诸申官员管理，然恐尔等新附之民语言不通而受苦，故令汉官管理之。辽东城官员遣人至马库瓦勒赛、古河，

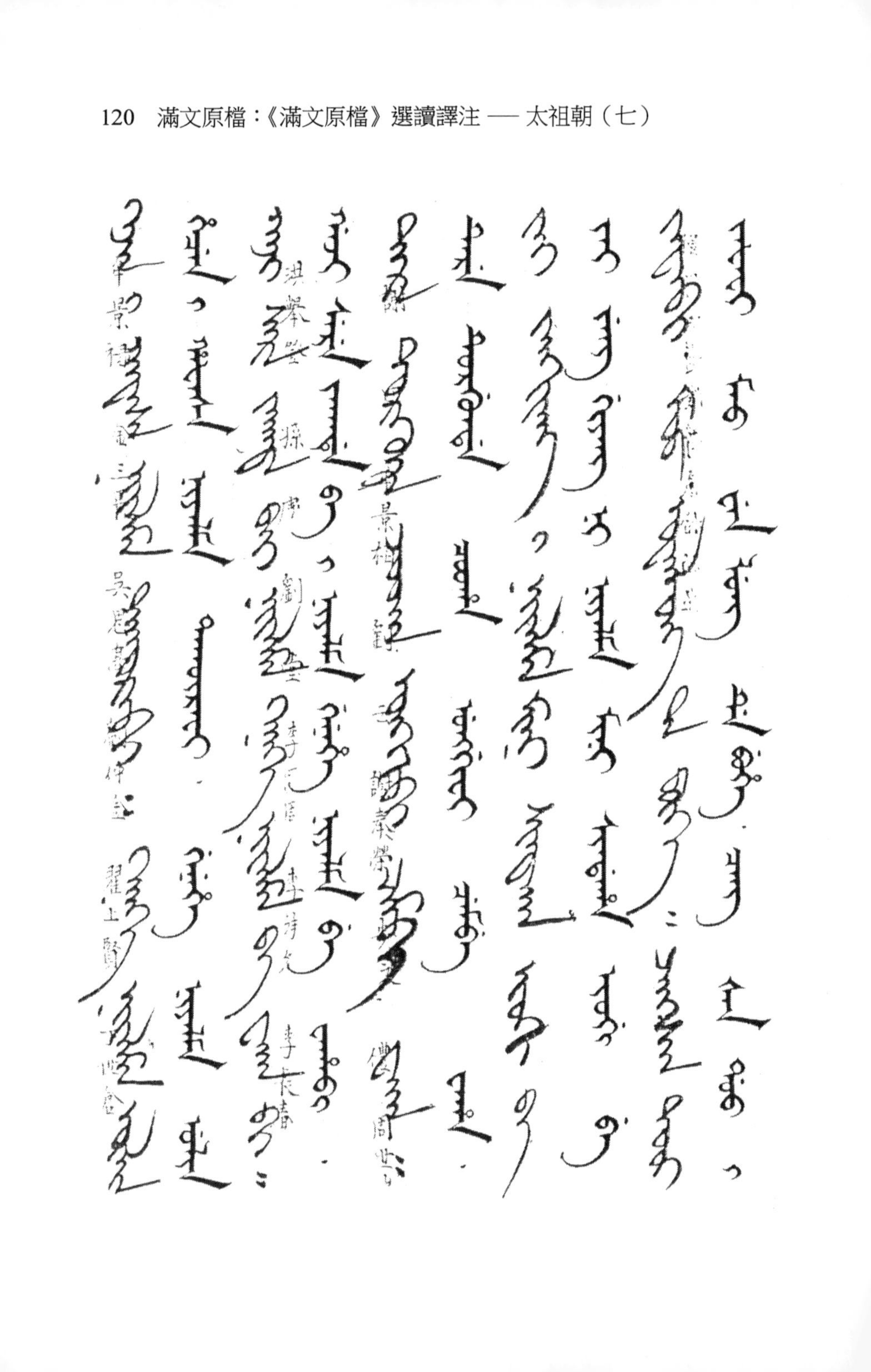

hecen i hafasa niyalma takūrafi, genehe niyalma ulin gaji sere jakade, ba i niyalma genehe niyalma be wahabi, tere turgunde cooha unggifi cembe waha. jai jeng giyang ni niyalma, mini sindaha iogi be jafafi mao wen lung de buhe, cang šan doo i

---

因前往之人索取財物，當地之人遂殺害前往之人，因此，遣兵殺戮彼等。再者，鎮江之人執我所設遊擊獻毛文龍，長山島之人

因前往之人索取财物，当地之人遂杀害前往之人，因此，遣兵杀戮彼等。再者，镇江之人执我所设游击献毛文龙，长山岛之人

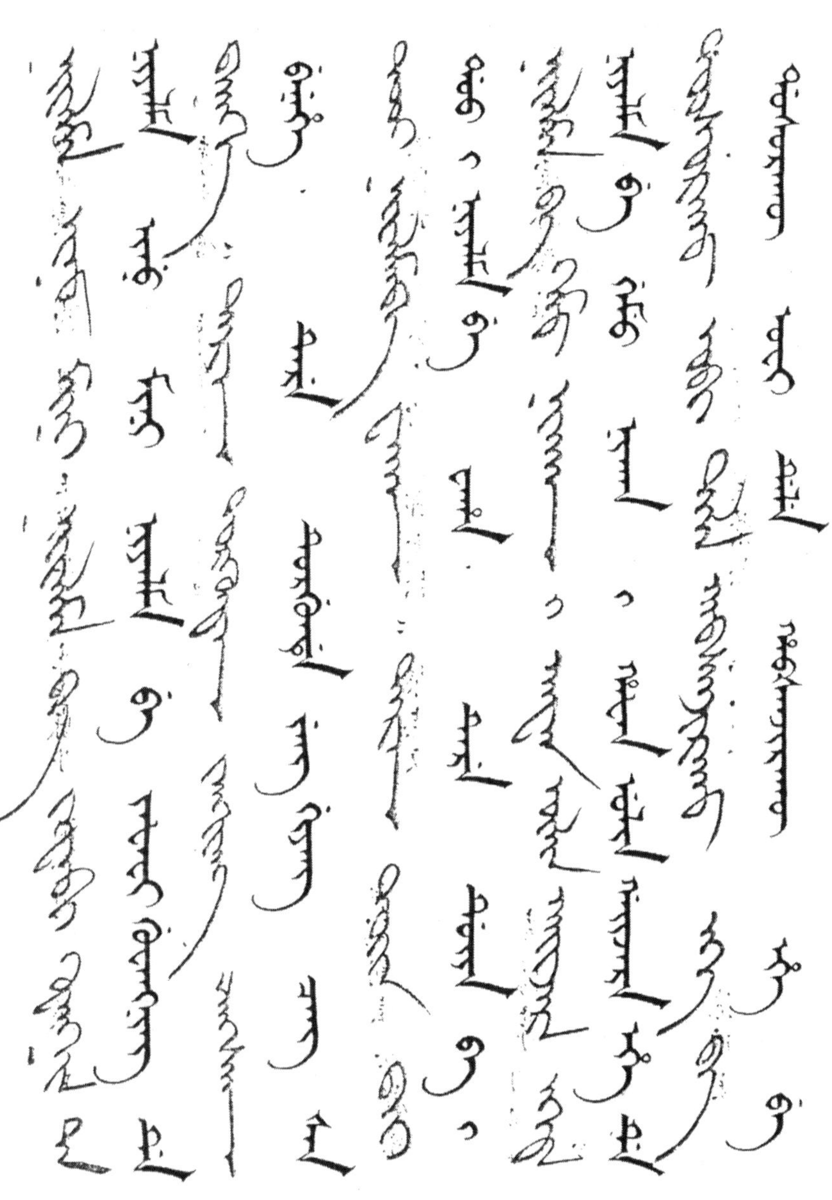

niyalma inu mini niyalma be jafafi guwangning de benehe, tere turgunde jeng giyang, cang šan doo i niyalma be waha. tere duin ba i niyalma be gemu nikan i hafan ulin gaijara ehede dosorakū ofi, dele habšanjirakū ehe be

---

亦執我人送往廣寧，因此，剿殺鎮江、長山島之人。此四處之人皆因漢官索取財物，不堪其擾，既不來上告，

亦执我人送往广宁，因此，剿杀镇江、长山岛之人。此四处之人皆因汉官索取财物，不堪其扰，既不来上告，

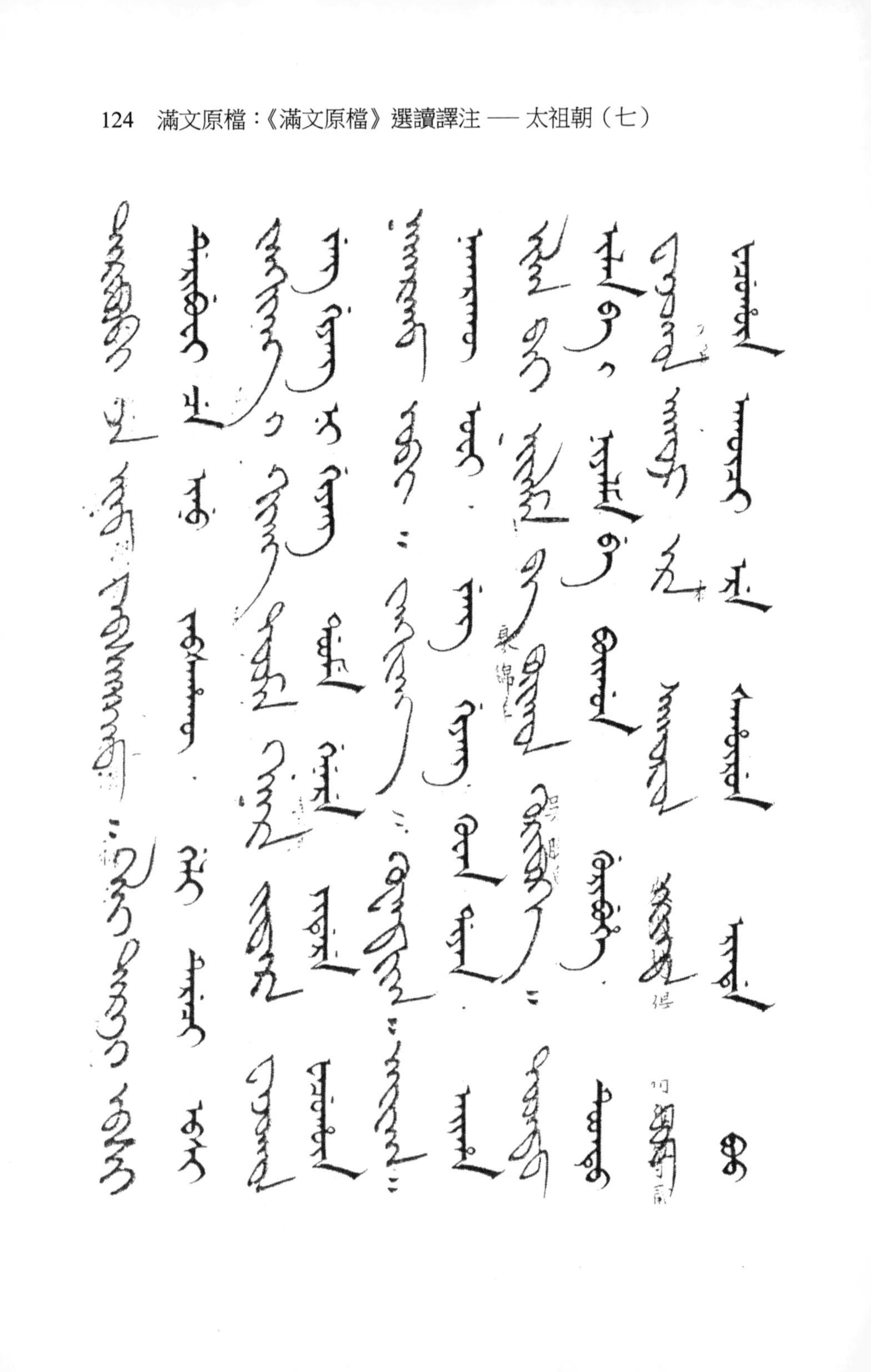

deribufi, ce inu jabšahakū. geli tereci ebsi jeng giyang ni giyang doome genere jidere facuhūn nakarakū ofi, jeng giyang, kuwan diyan, aiha ilan bai niyalma be boigon guribuhe, tuttu facuhūn akūci, ere šahūrun erinde boo

---

其挑起惡端亦未得逞。嗣後，又因渡鎮江往來不停作亂[27]，故令鎮江、寬甸、靉河三處之人遷移戶口，若無此亂，值此嚴寒，

其挑起恶端亦未得逞。嗣后，又因渡镇江往来不停作乱，故令镇江、宽甸、叆河三处之人迁移户口，若无此乱，值此严寒，

---

[27]作亂，《滿文原檔》寫作"wajokon"，《滿文老檔》讀作"facuhūn"。按此為無圈點滿文"wa"與"fa"、"jo(u)"與"cu"、"ko"與"hū"之混用現象。

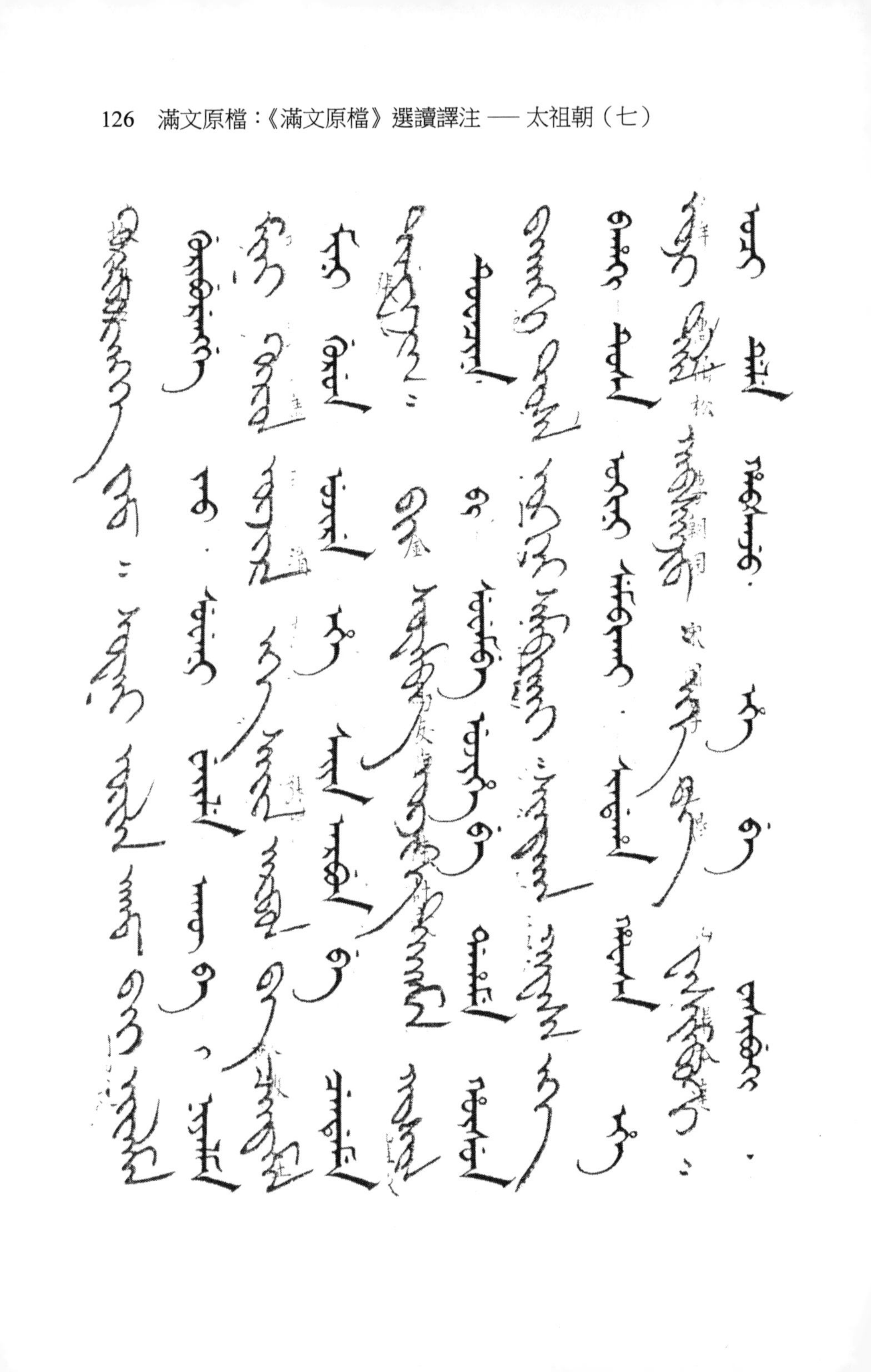

guriburengge jao, suweni weile akū ba i niyalma, mini gurun ujire ehe sain arbun be cendeme tuwacina. bi suwembe ujihe be dahame hūsun bahaki tusa okini sembikai. sindaha hafasa ehe oci dele habšanju, ehe be wasibuki,

---

搬家豈易耶？爾等未肇事無罪地方之人，可試觀我豢養國人好壞之情形。我既豢養爾等，當圖効力[28]有利也。所補放官員若惡劣，則來上告，即貶謫惡劣者，

搬家岂易耶？尔等未肇事无罪地方之人，可试观我豢养国人好坏之情形。我既豢养尔等，当图効力有利也。所补放官员若恶劣，则来上告，即贬谪恶劣者，

---

[28] 效力，句中「力」，《滿文原檔》寫作“koson”，《滿文老檔》讀作“hūsun”。按滿文“hūsun”與蒙文“küčü(n)”係同源詞(“hū”與“kü”混用，輔音“s”與“č”音轉)，源自回鶻文“küch”，意即「力量」。

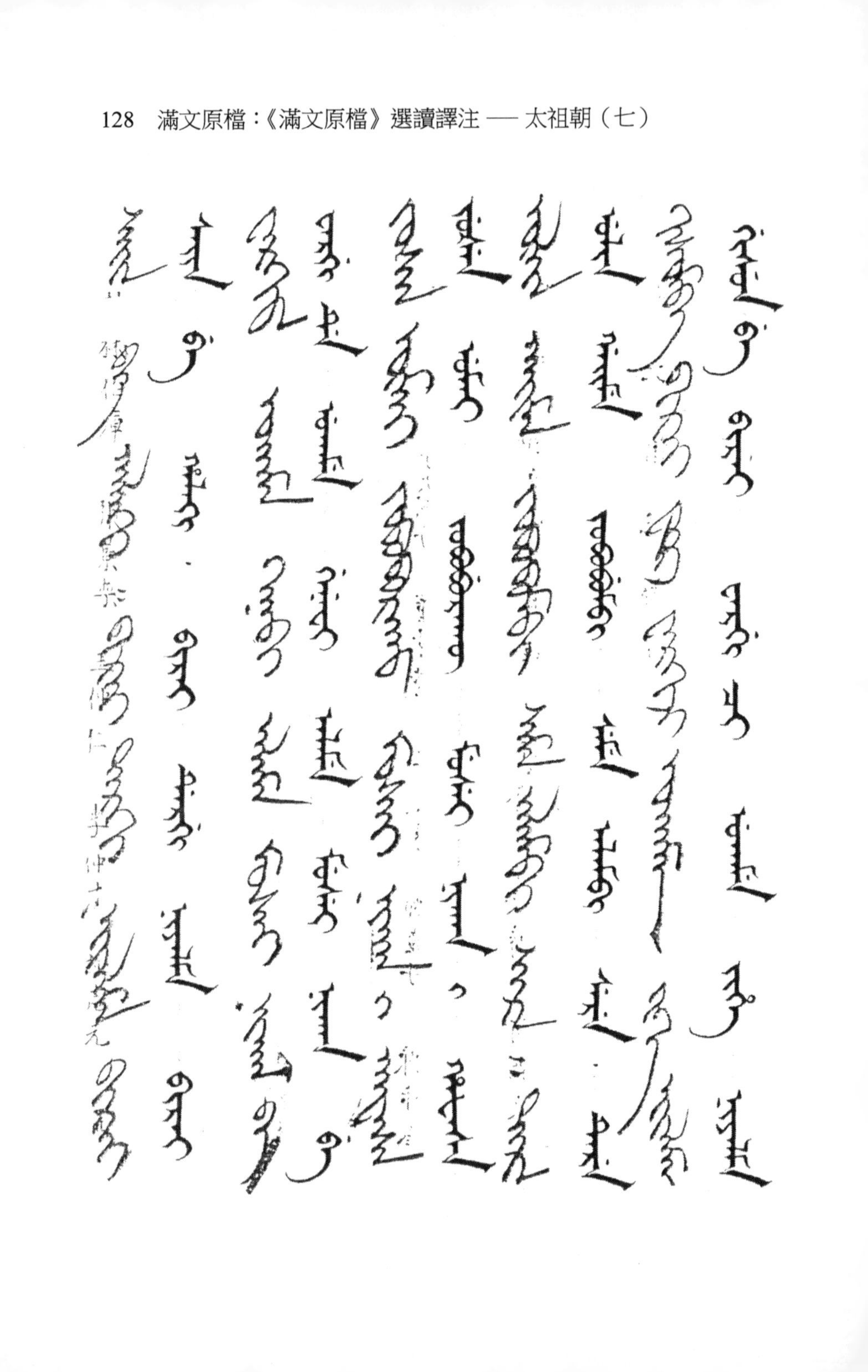

sain be halaki. birai dergi niyalma birai wargide ukame genefi alame, musei nikan be jušen umai joboburakū, musei nikan i hafasa ulin gaime jobobumbi seme alambi sere, tere gisumbe birai wargi ci ukame jihe niyalma

---

更換賢者。據聞河東之人逃往河西告訴稱：「諸申並不虐待我漢人，而我漢人官員却貪財擾害」等語，由河西逃來之人皆訴說此言。

更换贤者。据闻河东之人逃往河西告诉称：「诸申并不虐待我汉人，而我汉人官员却贪财扰害」等语，由河西逃来之人皆诉说此言。

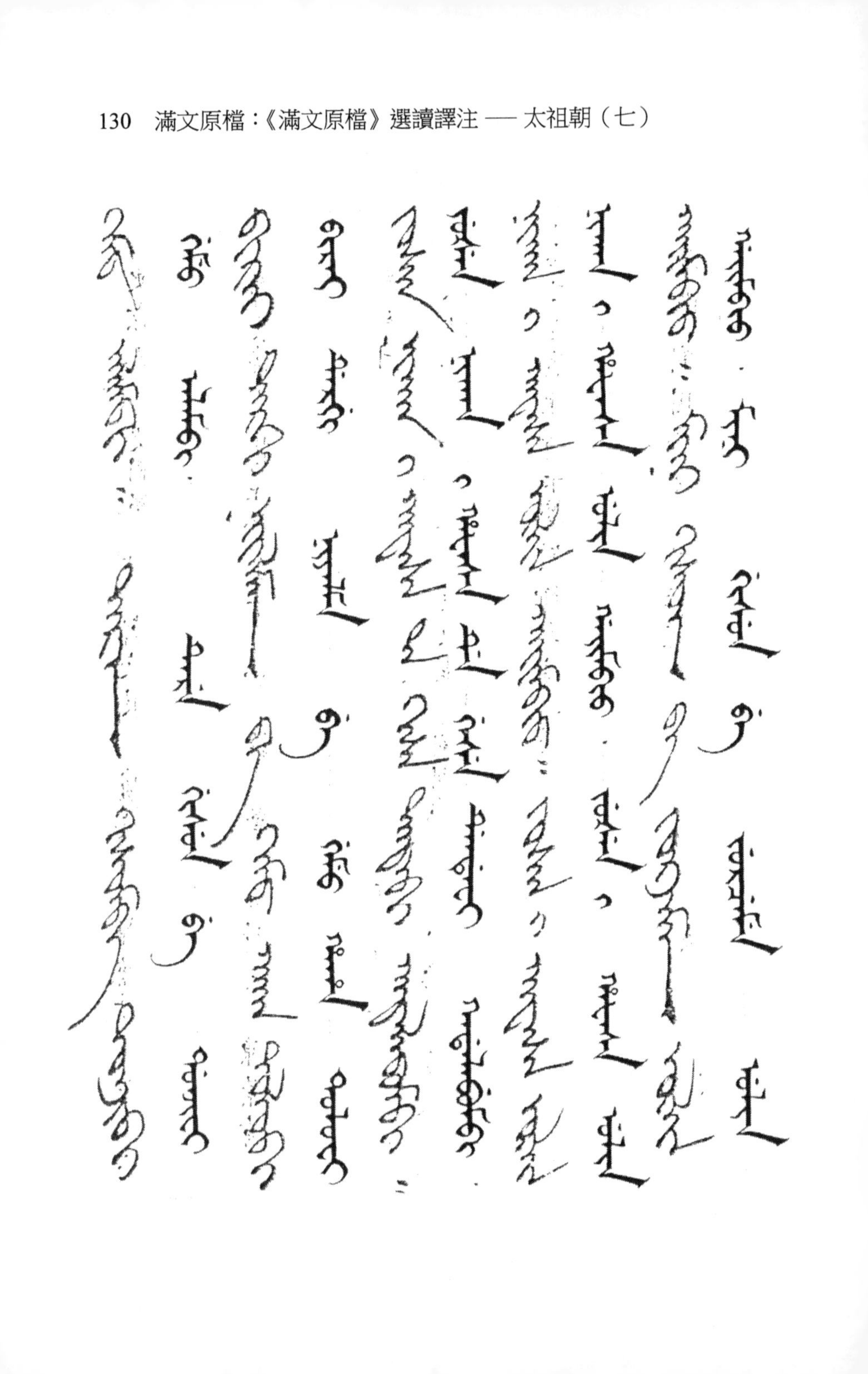

gemu alambi. tere gisumbe donjifi, birai dergi niyalma be gemu haha tolofi, jušen nikan i hafasa de gese dendefi kadalabumbi, nikan i hafasa ulin gaimbio. jušen i hafasa ulin gaimbio. mini gisun be jurceme ulin

---

聞其言後，皆將河東之人按丁計數，平均分給諸申、漢人官員管理，漢人官員貪財乎？諸申官員貪財乎？其違背我言

闻其言后，皆将河东之人按丁计数，平均分给诸申、汉人官员管理，汉人官员贪财乎？诸申官员贪财乎？其违背我言

九、約束兵丁

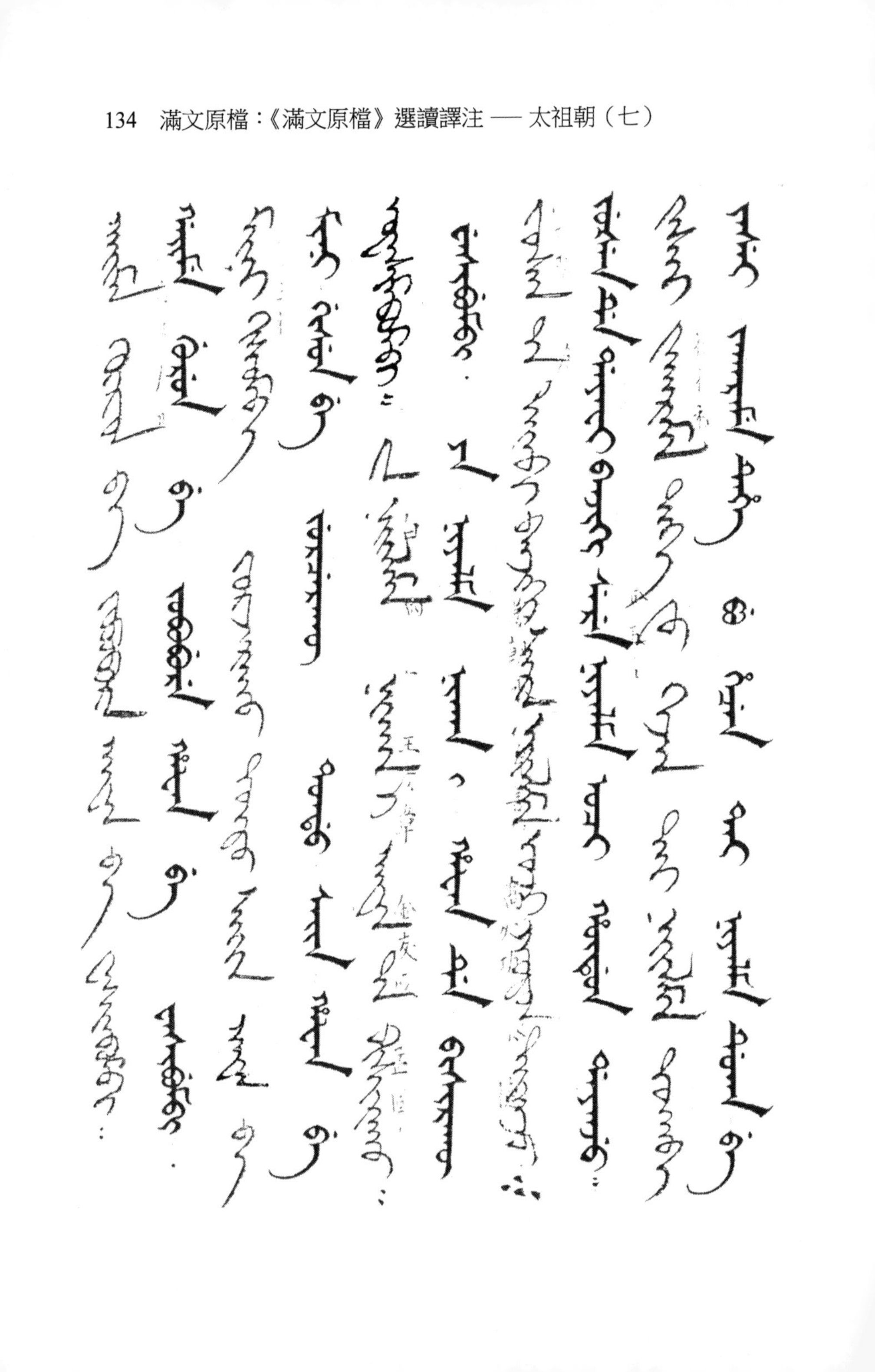

gaime gurun be jobobure hafan be wasibumbi, mini gisumbe jurcerakū tondo sain hafan be wesibumbi. ya niyalma nikan i hafan de bisirakū jušen de dayafi banjiki sere niyalma oci, hūdun dayanju. jasei jakarame tehe pu hecen tai niyalma, dukabe

---

索取財物擾害國人之官員，必加貶謫；其不違背我言，正直賢良之官員，必加擢陞。凡不願在漢官之下而願依附諸申為生之人，可速來依附。着沿邊居住城堡台站人等，

索取财物扰害国人之官员，必加贬谪；其不违背我言，正直贤良之官员，必加擢升。凡不愿在汉官之下而愿依附诸申为生之人，可速来依附。着沿边居住城堡台站人等，

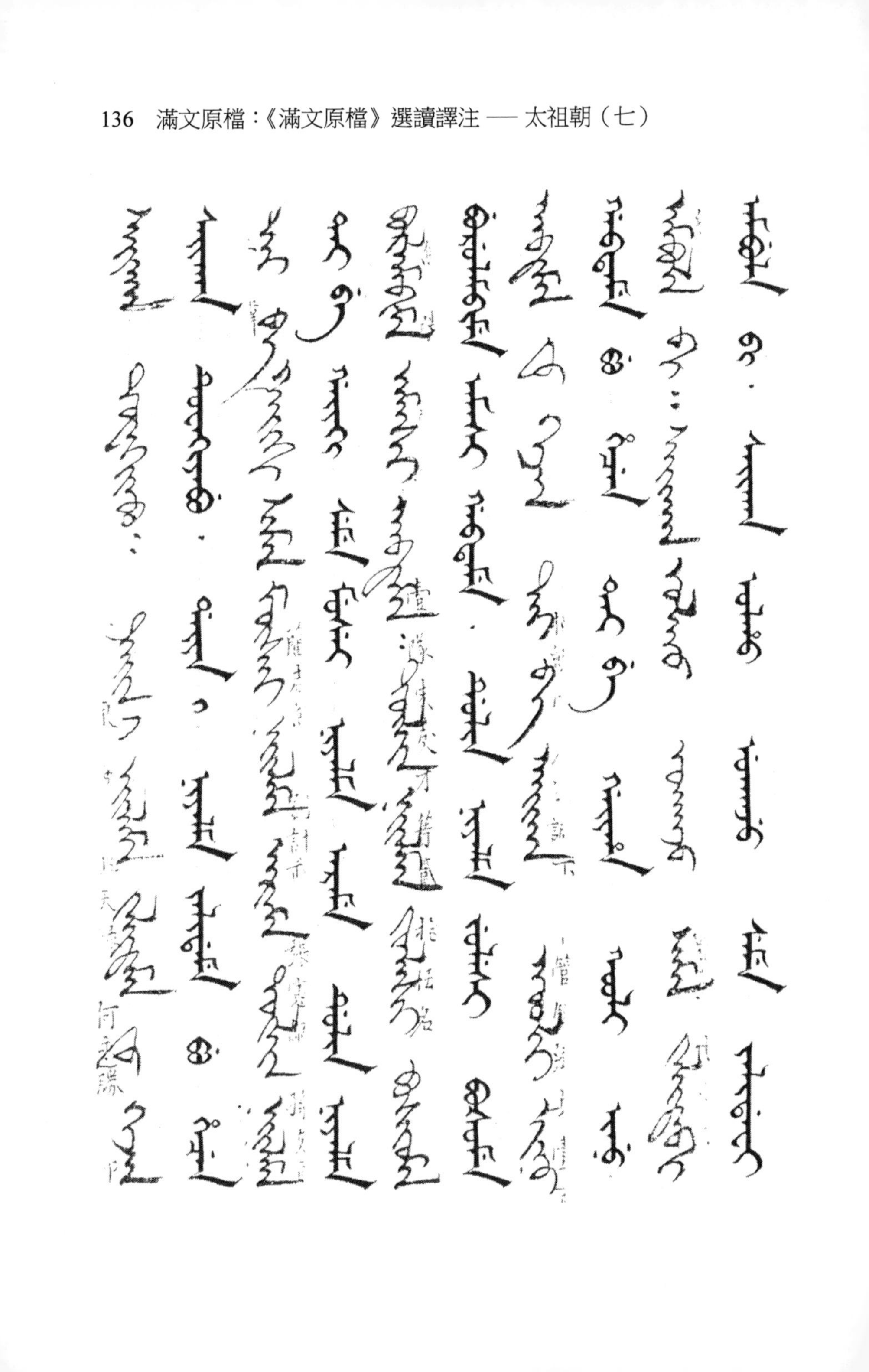

saikan tuwakiyabu, dain i niyalma jalidame pu hecen tai be gaiki seme, musei niyalma arame, dulin niyalma burulambime amasi gabtame, dulin niyalma julesi bošome gabtame, pu hecen tai be gaiha kooli inu ambula bi, saikan olho ukanju seme jalidafi

---

妥善守門。敵人欲襲取我堡城台站，使詭計[29]，佯作我人，以一半之人敗走向後回射，另一半之人向前驅射，襲取堡城台站之例亦甚多。須善加謹慎逃人詭計，

妥善守门。敌人欲袭取我堡城台站，使诡计，佯作我人，以一半之人败走向后回射，另一半之人向前驱射，袭取堡城台站之例亦甚多。须善加谨慎逃人诡计，

---

[29] 使詭計，《滿文原檔》寫作“jalitama(e)”，《滿文老檔》讀作“jalidame”。按滿文“jalidambi”係蒙文“ǰalidaqu”借詞（根詞“jalida-”與“ǰalida-”相同），意即「使奸計」。

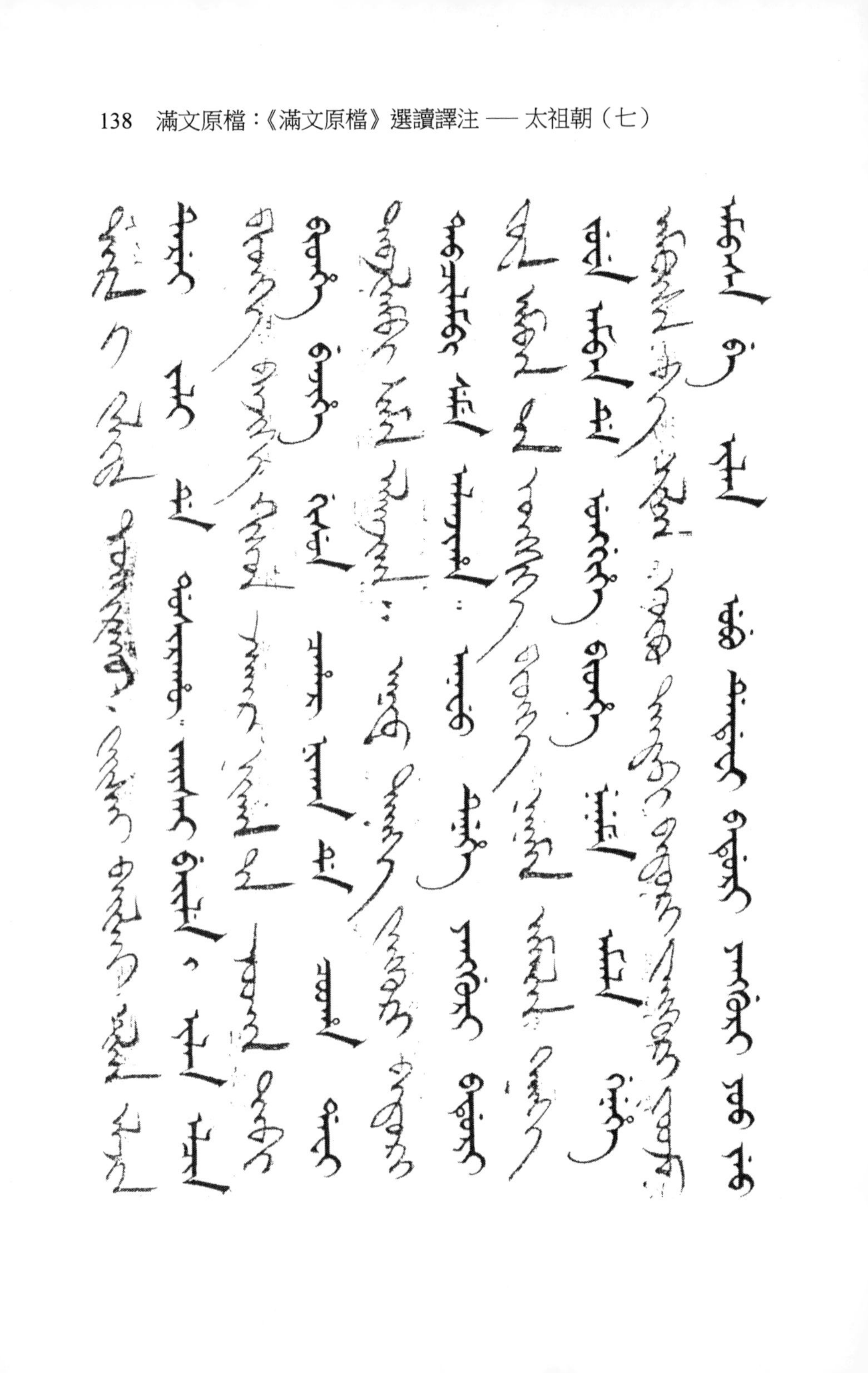

terei jalide dosirahū. jaisai beile i ilan elcin bithe benjihe gisun, cahar, nikan de cooha dafi tabcilambi seme alanjiha. anafu tenehe yangguri, baduri juwe amban de unggihe bithe, neneme amala genehe ambasa be ilan ubu dendefi, baduri, yangguri, yoo jeo

---

恐中其詭計。齋賽貝勒遣使三人賫書來告稱，察哈爾以兵助明擄掠。致書駐守之揚古利、巴都里二大臣曰：「着分先後前往之諸大為三撥，巴都里、揚古利各往耀州、

恐中其诡计。斋赛贝勒遣使三人赍书来告称，察哈尔以兵助明掳掠。致书驻守之扬古利、巴都里二大臣曰：「着分先后前往之诸大为三拨，巴都里、扬古利各往耀州、

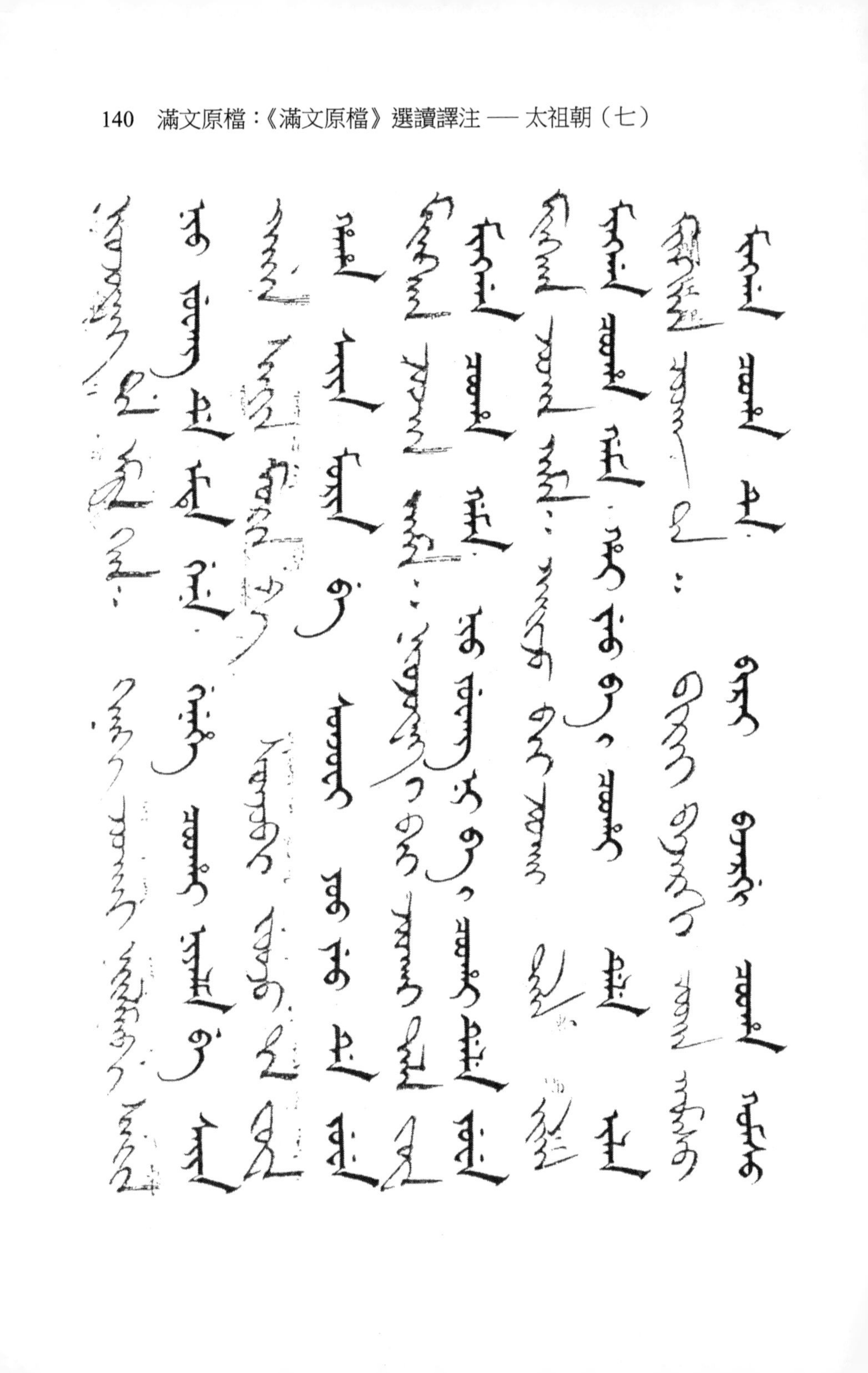

nio juwang de emte gene. genehe coohai niyalmabe sain haha sain morin be sonjofi, yoo jeo de juwe minggan cooha gama, nio juwang ni bai coohai dele juwe minggan cooha gama, hai jeo bai coohai dele ilan minggan cooha te, birai bajargi cooha komso

---

牛莊。從前往兵丁中挑選好男丁優良馬匹，率二千兵往耀州，率二千兵往援牛莊地方兵，率三千兵往援海州地方兵，河對岸少精兵，

牛庄。从前往兵丁中挑选好男丁优良马匹，率二千兵往耀州，率二千兵往援牛庄地方兵，率三千兵往援海州地方兵，河对岸少精兵，

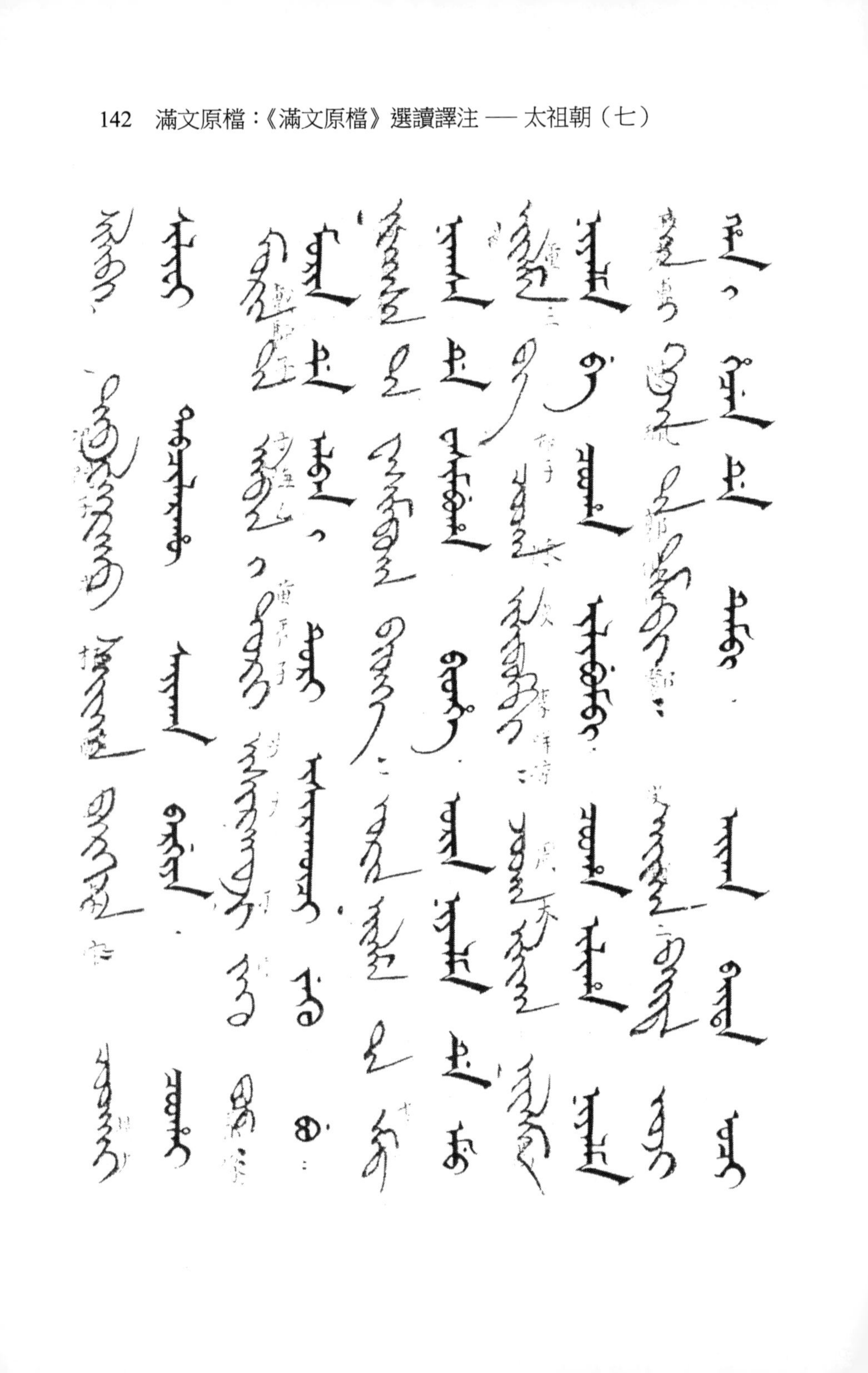

silifi tabcilarahū, saikan bargiya. coohai morin de alban i turi isirakūci, jeku bu. nikasa de wasimbuha bithe, orin niyalma de emu niyalma be cooha ilibumbi, cooha iliha niyalma han i hecen de tembi. aika baita oci

---

恐有擄掠，須善加約束。飼養軍馬之官豆若有不足，可以給糧。」頒書諭眾漢人曰：「着每二十人以一人從軍，其從軍之人駐汗城。

恐有掳掠，须善加约束。饲养军马之官豆若有不足，可以给粮。」颁书谕众汉人曰：「着每二十人以一人从军，其从军之人驻汗城。

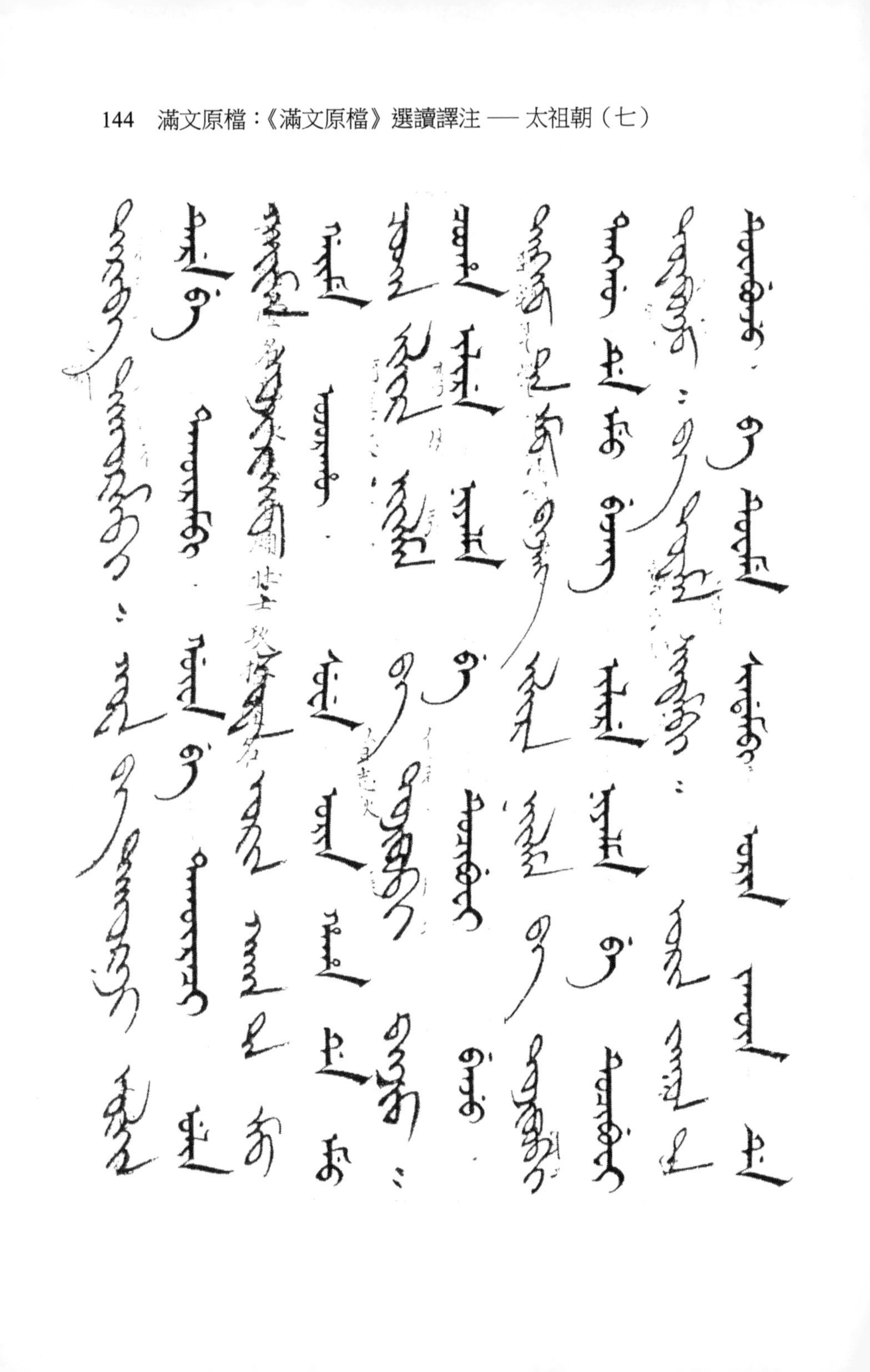

terebe takūrambi, gūwa be takūraci ulin gaime ojorahū. suwe orin haha de emu cooha ilire niyalma be tucibufi benju, tanggū de emu bejang ilire niyalma be tucibufi tuwabunju, ba tuwame sindambi. orin jakūn de

---

有事即差遣彼等，若差遣他人，恐索取財物。着爾等每二十丁挑選一人從軍，派人送來，每百人挑選百長一人派人送來引見，酌情補放。」二十八日，

有事即差遣彼等，若差遣他人，恐索取财物。着尔等每二十丁挑选一人从军，派人送来，每百人挑选百长一人派人送来引见，酌情补放。」二十八日，

十、保全寺廟

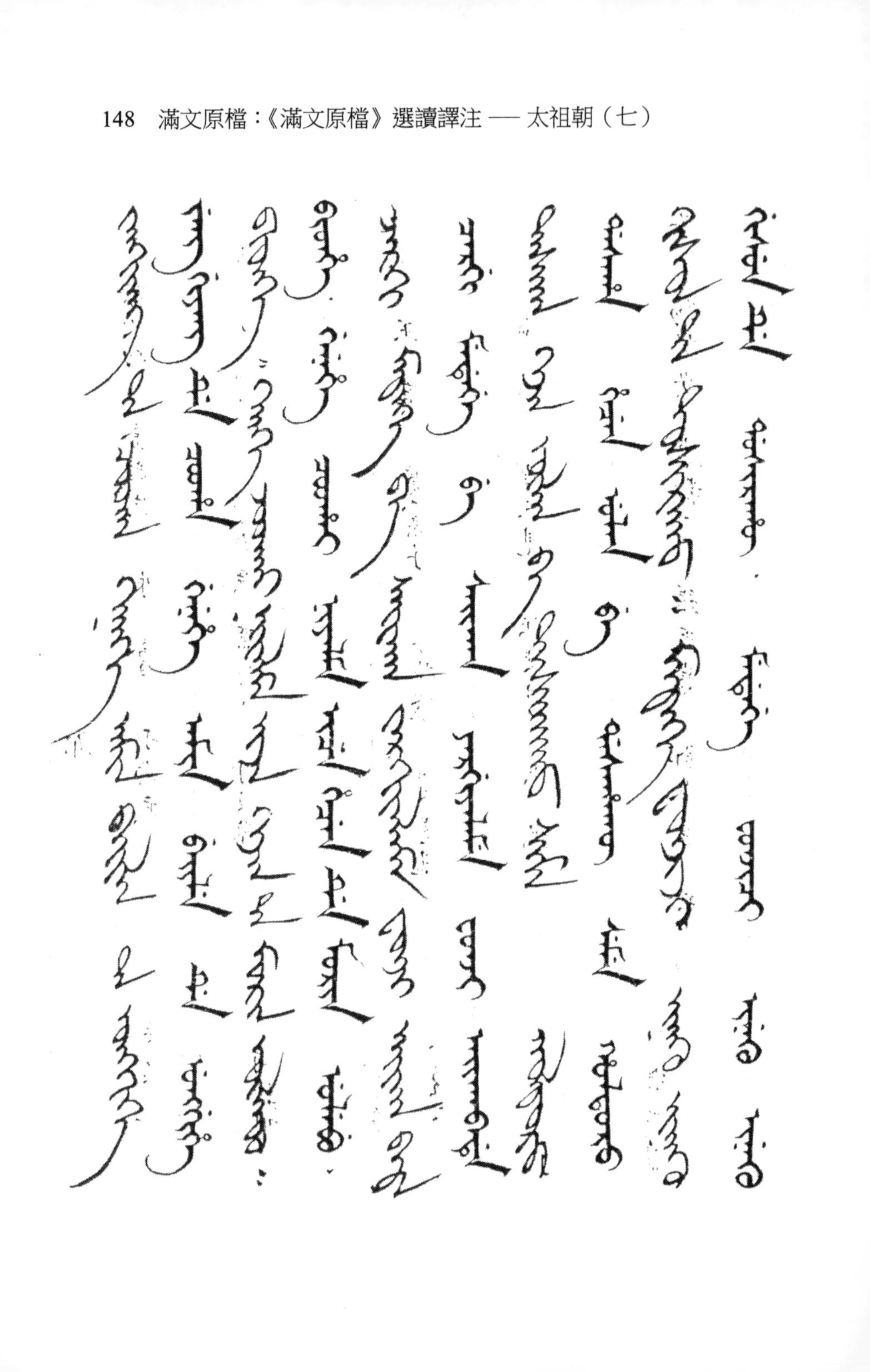

jeng giyang de cooha genehe amin beile de unggihe bithe, genehe coohai niyalma ice hecen de morin ulebu, cargi medege be saikan yargiyalame fonji. aikabade dasaha hecen ulan be dasahakū seme holtoro gisun de dosirahū, medege fonjici, ineku ineku

---

致書率兵前往鎮江之阿敏貝勒曰：「命前往兵丁於新城飼馬，並妥善確實詢問彼方信息。倘若將已修築城壕捏稱未修，恐相信其謊言；若詢問信息，

致书率兵前往镇江之阿敏贝勒曰：「命前往兵丁于新城饲马，并妥善确实询问彼方信息。倘若将已修筑城壕捏称未修，恐相信其谎言；若询问信息，

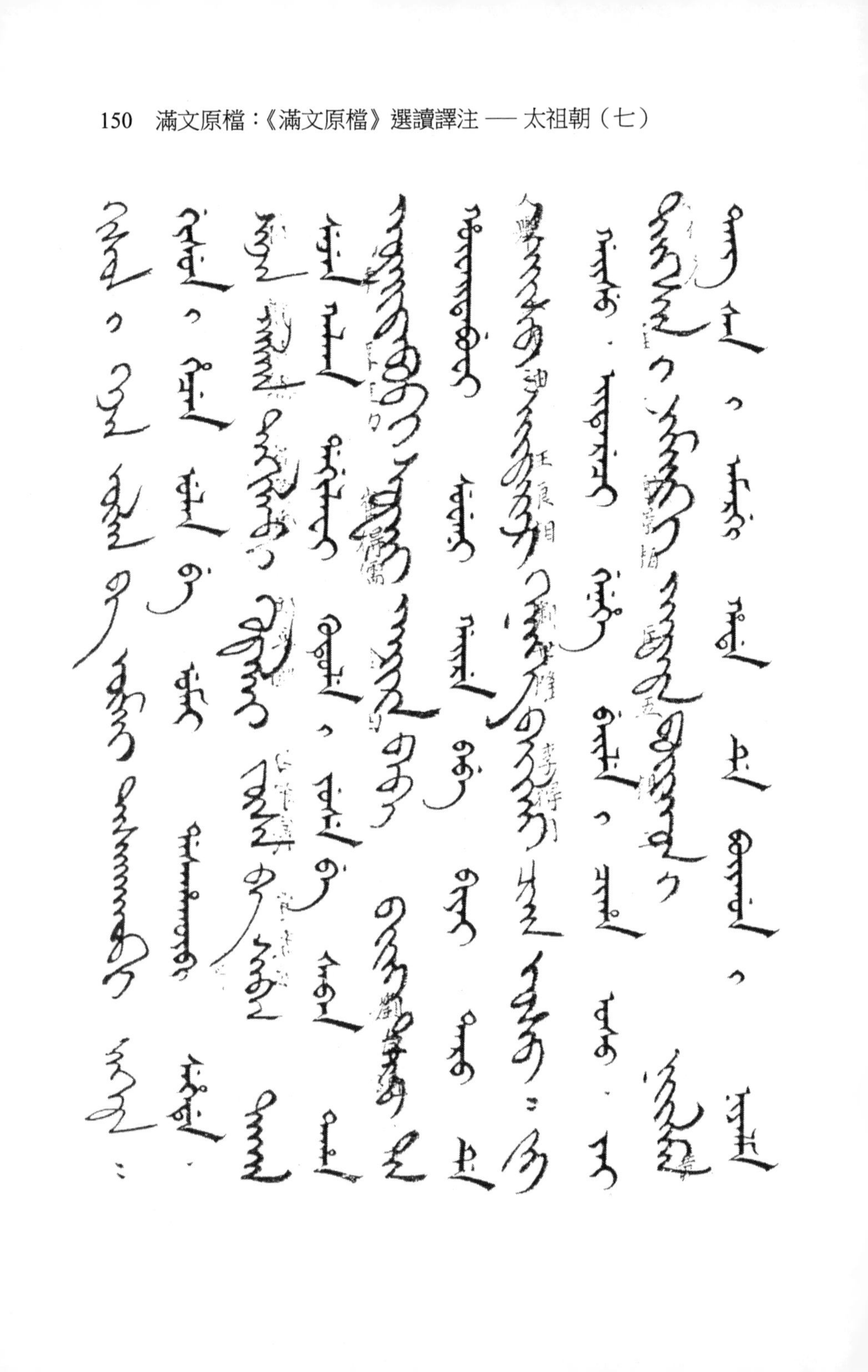

gisun i hecen ulan be umai dasahakūbi sehede, sejen, kalka dagilafi kutule i juse be šaban tahan hūwaitabufi, suweni gaire babe bijai taro de gaisu. eitereci, genehe beile i ciha oso, jai tang šan i amargi hada de boigon i niyalma

---

仍如前言，並未修築城壕，則備辦車、盾，並令跟役[30]之子於靴鞋底下拴繫鐵脚齒，取爾等應取之地[31]。總之，當聽前往貝勒自便相機而行。再者，據聞有家口之人立寨於湯山北峰云云。

仍如前言，并未修筑城壕，则备办车、盾，并令跟役之子于靴鞋底下拴系铁脚齿，取尔等应取之地。总之，当听前往贝勒自便相机而行。再者，据闻有家口之人立寨于汤山北峰云云。

---

30 跟役，《滿文原檔》寫作"kuta(e)la(e)"，《滿文老檔》讀作"kutule"。意即「牽馬人」。按滿文"kutulembi"係蒙文"kötölkü"借詞，意即「牽、拉」。

31 取爾等應取之地，《滿文原檔》讀作"suweni gaire babe bijai taro de gaisu"，句中"bijai taro de gaisu"，晦澀不明。詳察音義，或可改為"beyei dara de gaisu"，意即「以自身腰背(軀幹)取之」，寓意「親身踐履不假他人」。

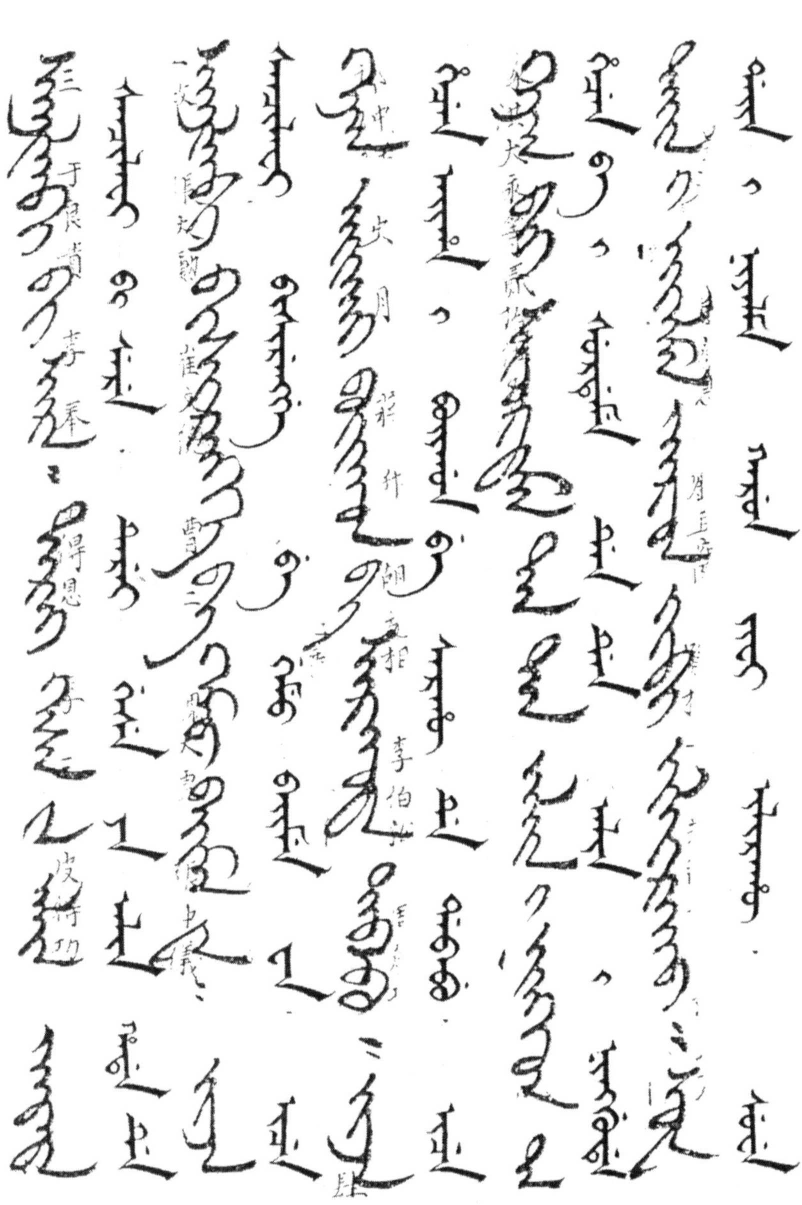

šancilafi bi sere, terei gese ya alin hada de šancilafi bisirengge be gemu baime wa. ice hecen, aiha i boigon be sarhūde dababu. ice hecen ba i šurdeme den den alin i ninggude dain i niyalma karun jifi ilirahū, suwe

---

不論立寨於何山峰，凡有立寨者俱行找出剿殺。將新城、靉河戶口遷至薩爾滸。恐敵人前來設哨探於新城周圍各高山之山巔上，

不论立寨于何山峰，凡有立寨者俱行找出剿杀。将新城、叆河户口迁至萨尔浒。恐敌人前来设哨探于新城周围各高山之山巅上，

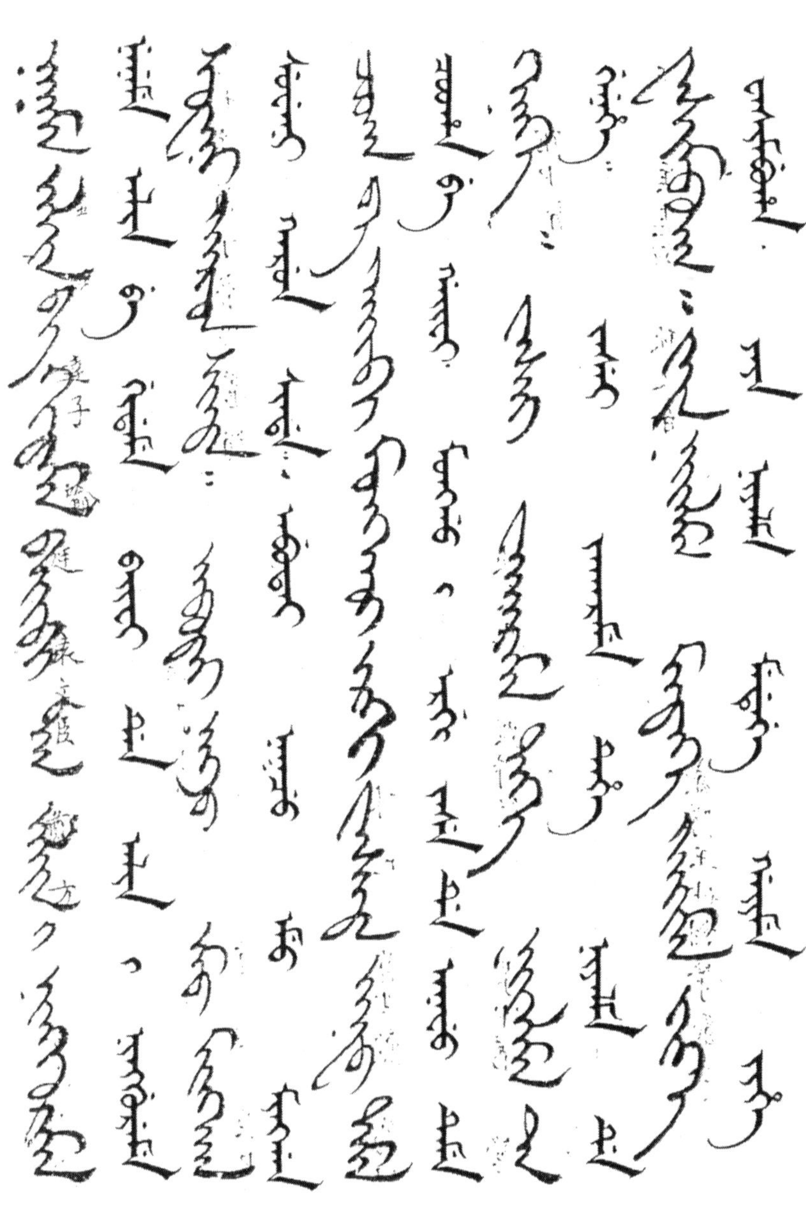

neneme alin be gidame baifi, den alin i ninggureme suweni karun sinda. abutai nakcu emu minggan cooha be gaifi monggoi ergi jase de anafu teme genehe. jasei jakarame tehe niyalma de wasimbuha, yaya niyalma medege gaime jihe

---

爾等須先行巡山[32]，然後在高山上設立爾等之哨卡。」阿布泰舅率兵千人前往蒙古沿邊駐守。諭沿邊居民曰：「凡探信前來之人，

尔等须先行巡山，然后在高山上设立尔等之哨卡。」阿布泰舅率兵千人前往蒙古沿边驻守。谕沿边居民曰：「凡探信前来之人，

---

32 巡山，《滿文原檔》、《滿文老檔》俱讀作“alin be gidame”，滿漢文義不合，應改正為“alin be giyarime baicambi”，意即「巡查山」。

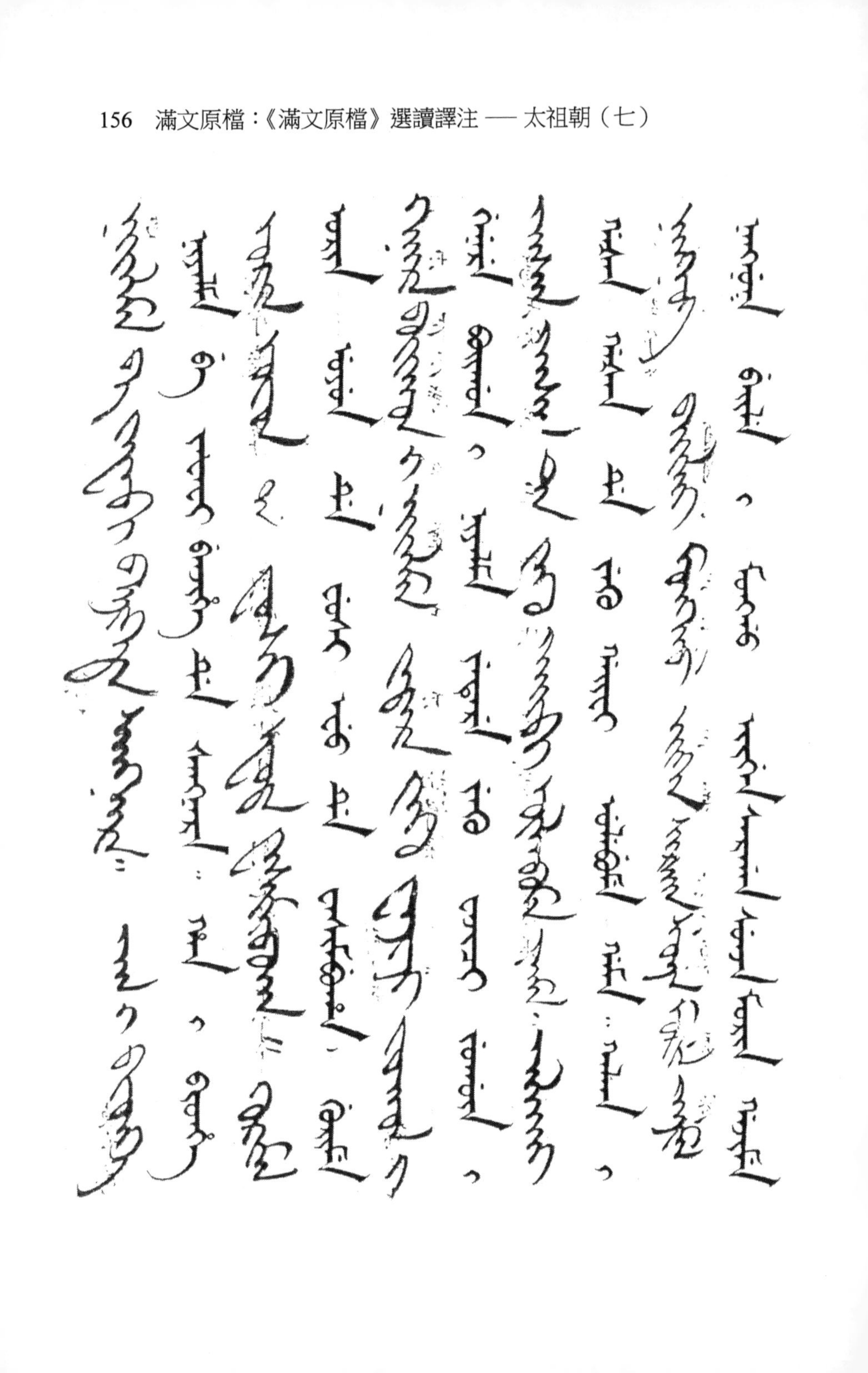

niyalma be jafafi benjihede, šangnara. han i bithe, orin uyun de fusi efu de wasimbuha, gurime genere boigon i niyalma jetere jeku wajici, jugūn i gašan gašan de jeku gaifi ulebume gama. kalkai nangnuk beilei monggo eigen sargan, sunja morin gajime

---

或擒拏敵人來獻者，賞之。」二十九日，汗頒書諭撫順額駙曰：「遷移戶口之人，倘若食糧告罄，即於沿途各屯征糧食用。」喀爾喀囊努克貝勒屬下蒙古夫婦攜馬五匹

或擒拏敌人来献者，赏之。」二十九日，汗颁书谕抚顺额驸曰：「迁移户口之人，倘若食粮告罄，即于沿途各屯征粮食用。」喀尔喀囊努克贝勒属下蒙古夫妇携马五匹

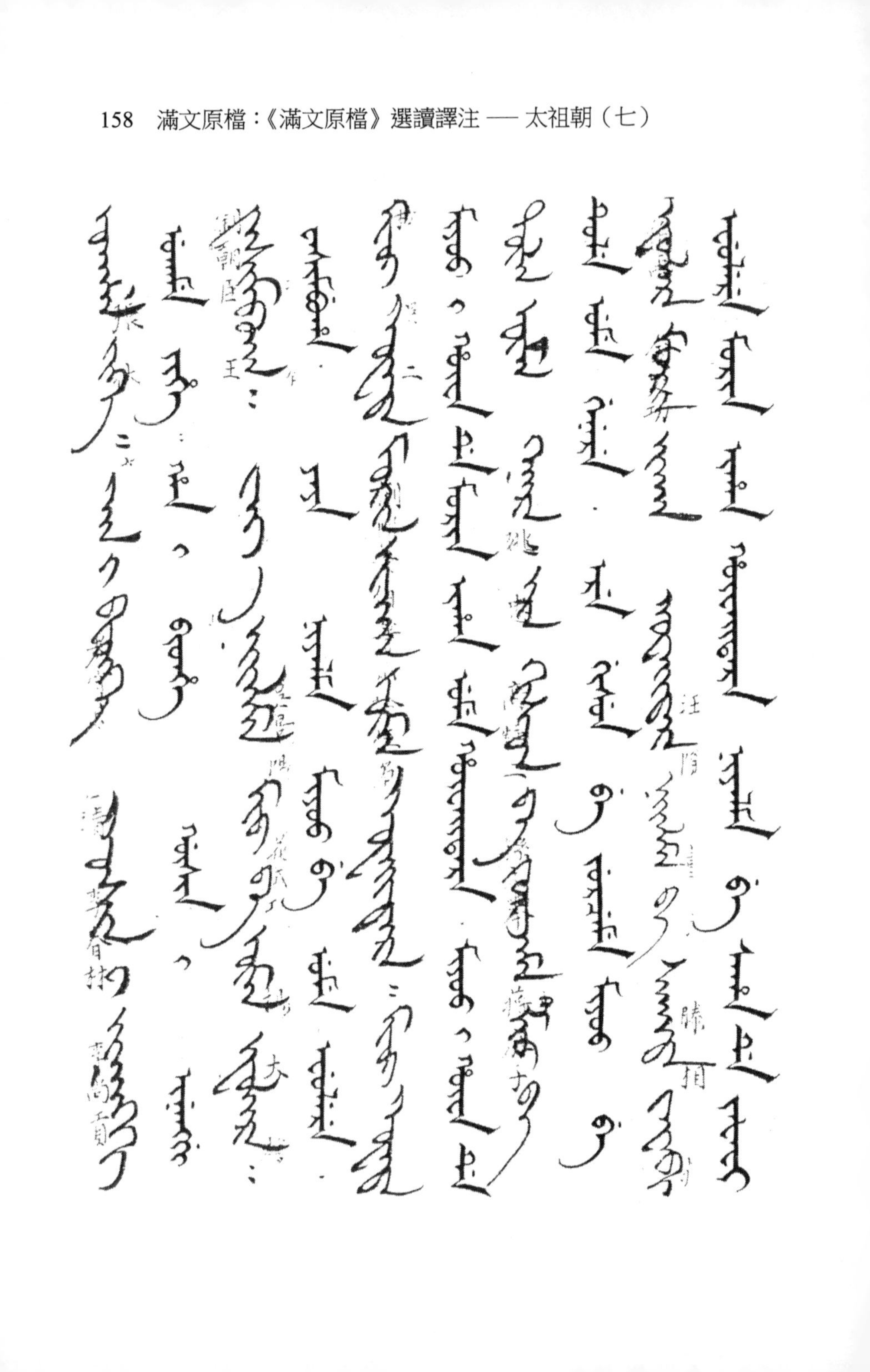

ukame jihe. han i bithe, gūsin i inenggi wasimbuha, yaya niyalma miyoo be ume efulere, miyoo i hūwade morin, ihan ume hūwaitara, miyoo i hūwade tule ume genere, ere gisun be jurceme, miyoo be efulere, morin, ihan hūwaitara niyalma be saha de jafafi

---

逃來。三十日，汗頒書諭曰：「任何人不得拆毀寺廟[33]，不得於寺廟院內拴繫馬牛，不得於寺廟院內便溺。有違此言，拆毀寺廟，拴繫馬牛之人，見即執而

逃来。三十日，汗颁书谕曰：「任何人不得拆毁寺庙，不得于寺庙院内拴系马牛，不得于寺庙院内便溺。有违此言，拆毁寺庙，拴系马牛之人，见即执而

---

[33] 寺廟，《滿文原檔》寫作 "mio"，《滿文老檔》讀作 "miyoo"，為漢字音譯詞。又，康熙、雍正、乾隆中期，寺廟滿文通用作 "juktehen"，乾隆四十六年(1781)三月欽定「寺」作 "juktehen"，「廟」作 "muktehen"，遂分用。

十一、計口授糧

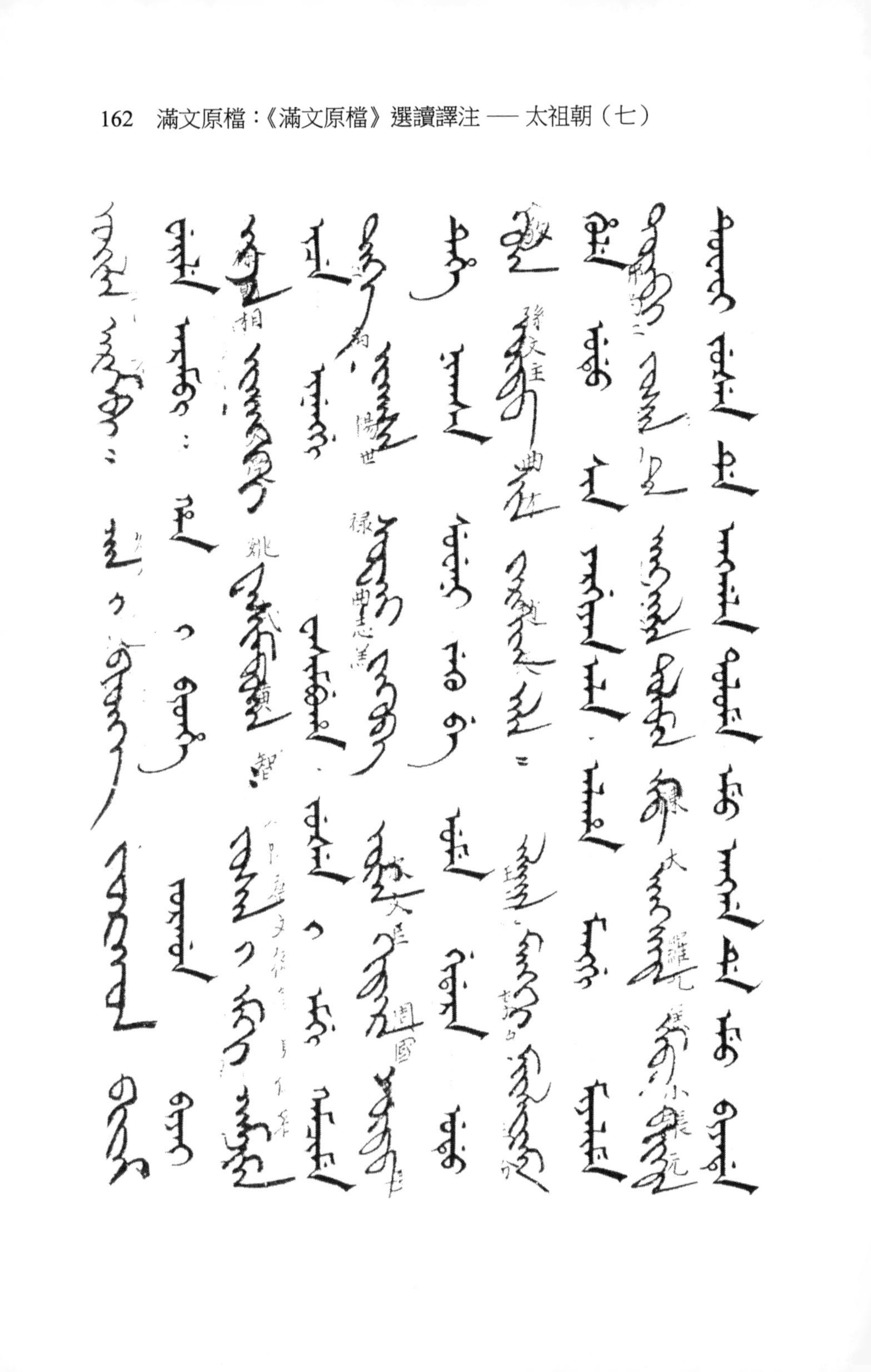

weile arambi. han i bithe, jorgon biyai ice inenggi wasimbuha, jušen i emgi kamcime tehe nikasa, suweni jeku be ume gidara, udu hule, udu sin, yargiyan ala. alaha manggi, miyalime tuwafi jušen de anggala tolome, emu anggade emu biyade

---

治罪。」十二月初一日，汗頒書諭曰：「與諸申雜居之漢人，爾等勿得隱匿糧食，須確實具報幾石幾斗。具報之後，視其稱量，諸申計口，每口每月

治罪。」十二月初一日，汗颁书谕曰：「与诸申杂居之汉人，尔等勿得隐匿粮食，须确实具报几石几斗。具报之后，视其称量，诸申计口，每口每月

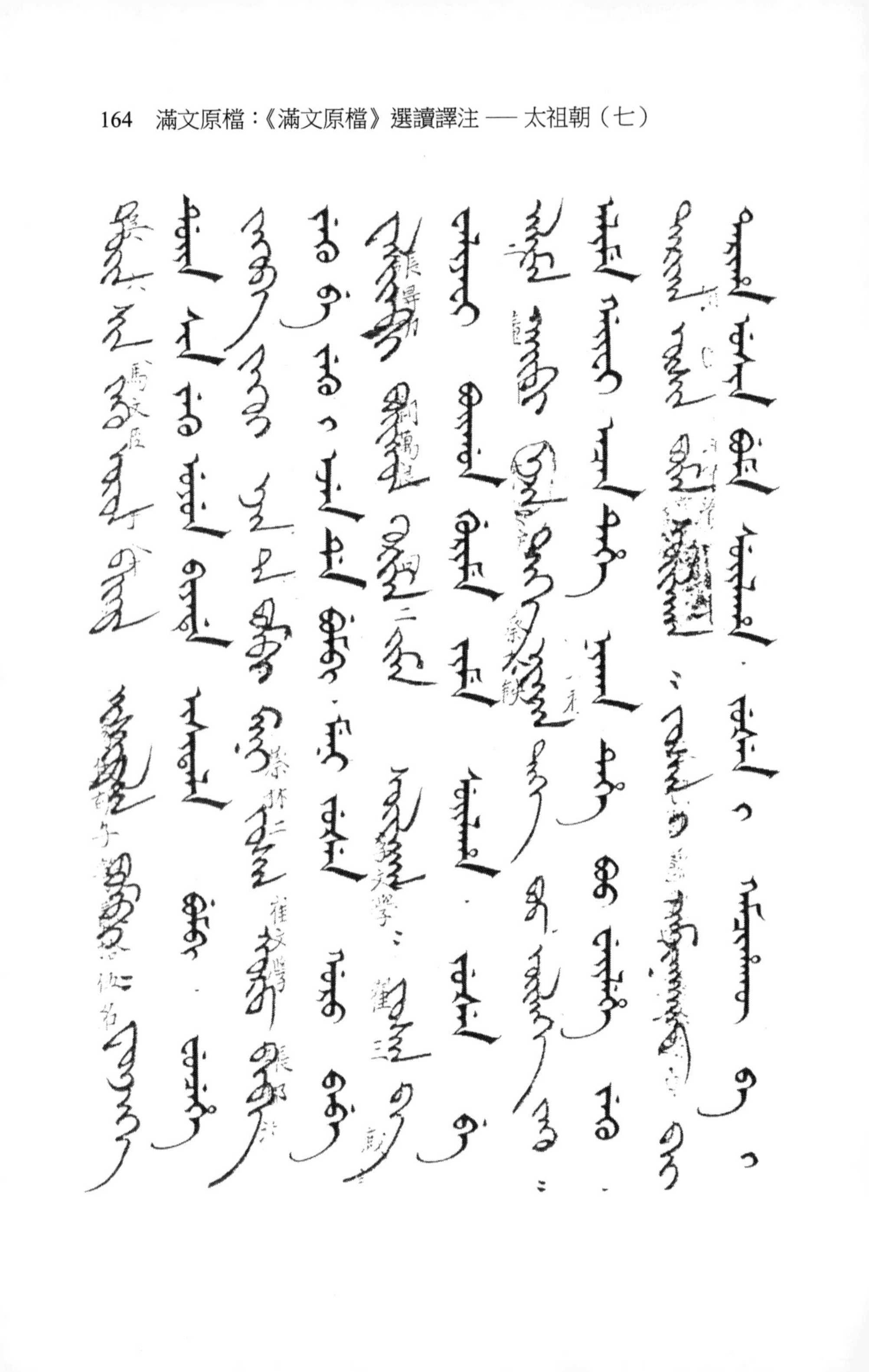

duin sin jeku, uyun biyade isitala bumbi, funcehe jekube jeku i ejen de bumbi. meni jušen goro babe waliyafi boigon gurime jime suilaha, jušen be alime gaifi acan tehe nikan, tehe boo, weilehe jeku, tariha usin bume suilaha. jušen i kamcihakū bai

---

給糧四斗，直至九月，其剩餘糧食，還給糧主。我諸申拋棄遠地，遷移戶口而來，已屬勞苦；而接受諸申，並與之同住之漢人，撥給住屋、工食及耕田，亦甚勞苦。其未與諸申雜居地方之人，

给粮四斗，直至九月，其剩余粮食，还给粮主。我诸申抛弃远地，迁移户口而来，已属劳苦；而接受诸申，并与之同住之汉人，拨给住屋、工食及耕田，亦甚劳苦。其未与诸申杂居地方之人，

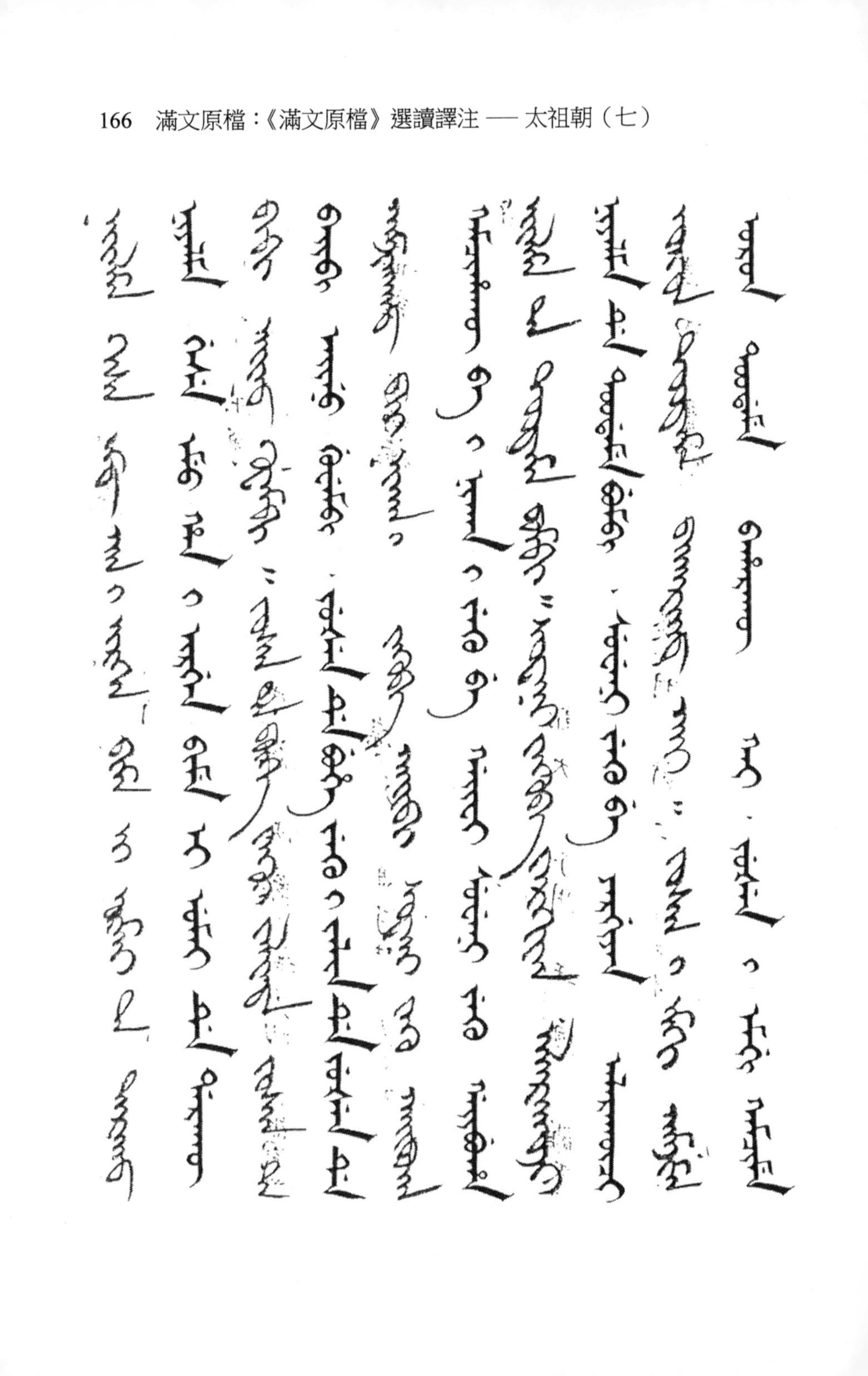

niyalma, gese emu han i irgen bime, i umai de darakū baibi ainu guwembi. jušen de buhe jeku i jalinde, jušen de kamcihakū bai nikan i jekube gaifi, suweni jeku gaibuha niyalma de toodame bumbi. suweni jeku be yargiyan alarakūci oron toodame baharakū kai. jušen i emgi kamcime

---

既已為一汗之民，焉能袖手旁觀耶？至於因為撥給諸申糧食，而徵收未與諸申雜居地方漢人之糧食，則將償還爾等被徵收糧食人等。若不實報爾等糧食數目，則無從照數償還也。與諸申雜居

既已为一汗之民，焉能袖手旁观耶？至于因为拨给诸申粮食，而征收未与诸申杂居地方汉人之粮食，则将偿还尔等被征收粮食人等。若不实报尔等粮食数目，则无从照数偿还也。与诸申杂居

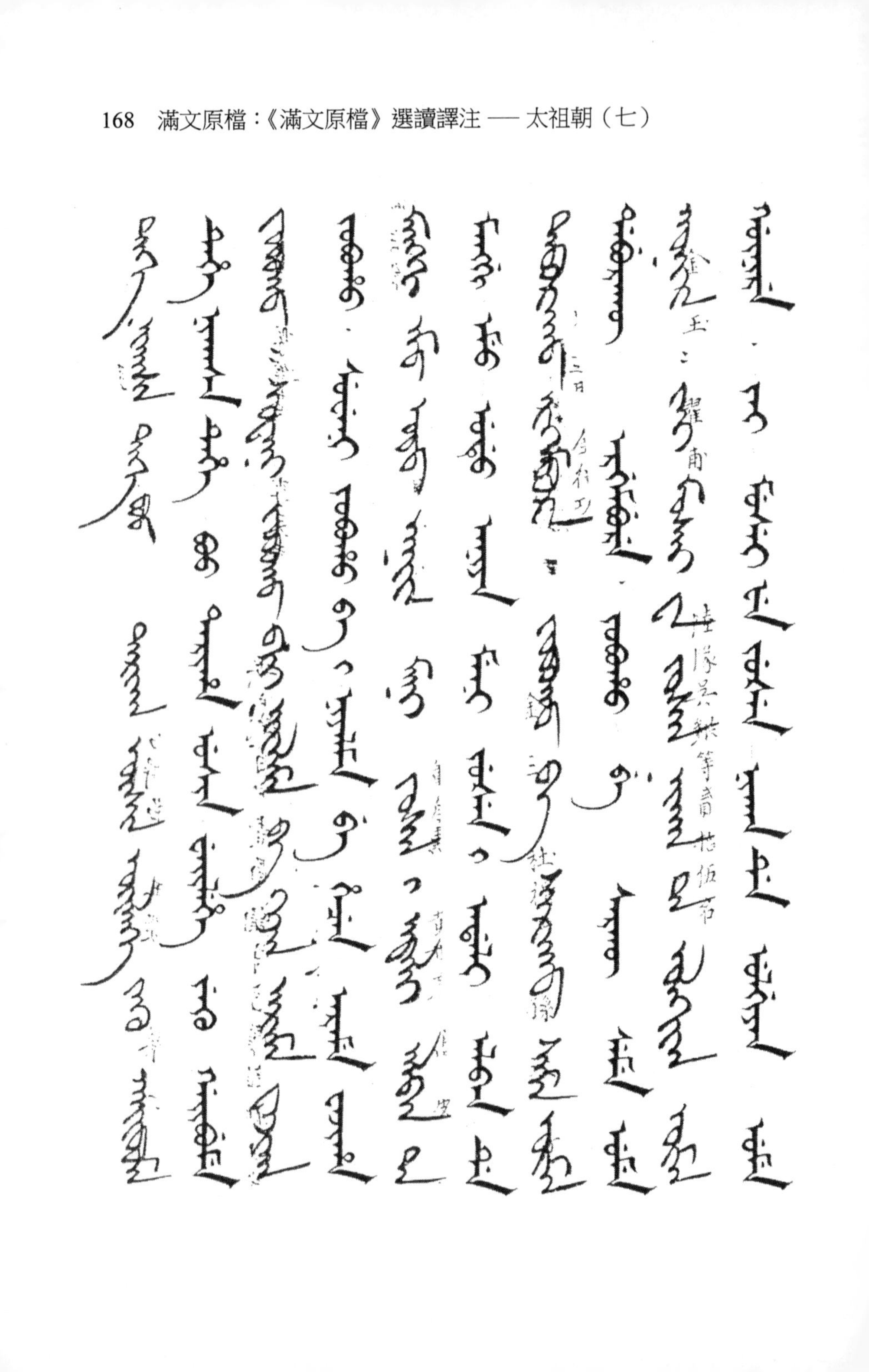

tehe nikasa, tehe boo, tariha usin, weilehe jeku gaibume joboho, suweni joboho ba i niyalma be hecen arame wajiha manggi, emu udu aniya, meni jušen i adali alban de daburakū ergembure, joboho be sarkū seme ume gūnire. jai musei fe jušen nikan de ulgiyan ume

---

之漢人，其住屋、耕田、工糧被徵之苦，爾等地方之人受苦，俟築城工竣後，如同我諸申免徵徭役數年，以資休養，勿以為不知爾等之苦也。再者，我舊諸申，不得向漢人購買豬豖，

之汉人，其住屋、耕田、工粮被征之苦，尔等地方之人受苦，俟筑城工竣后，如同我诸申免征徭役数年，以资休养，勿以为不知尔等之苦也。再者，我旧诸申，不得向汉人购买猪豖，

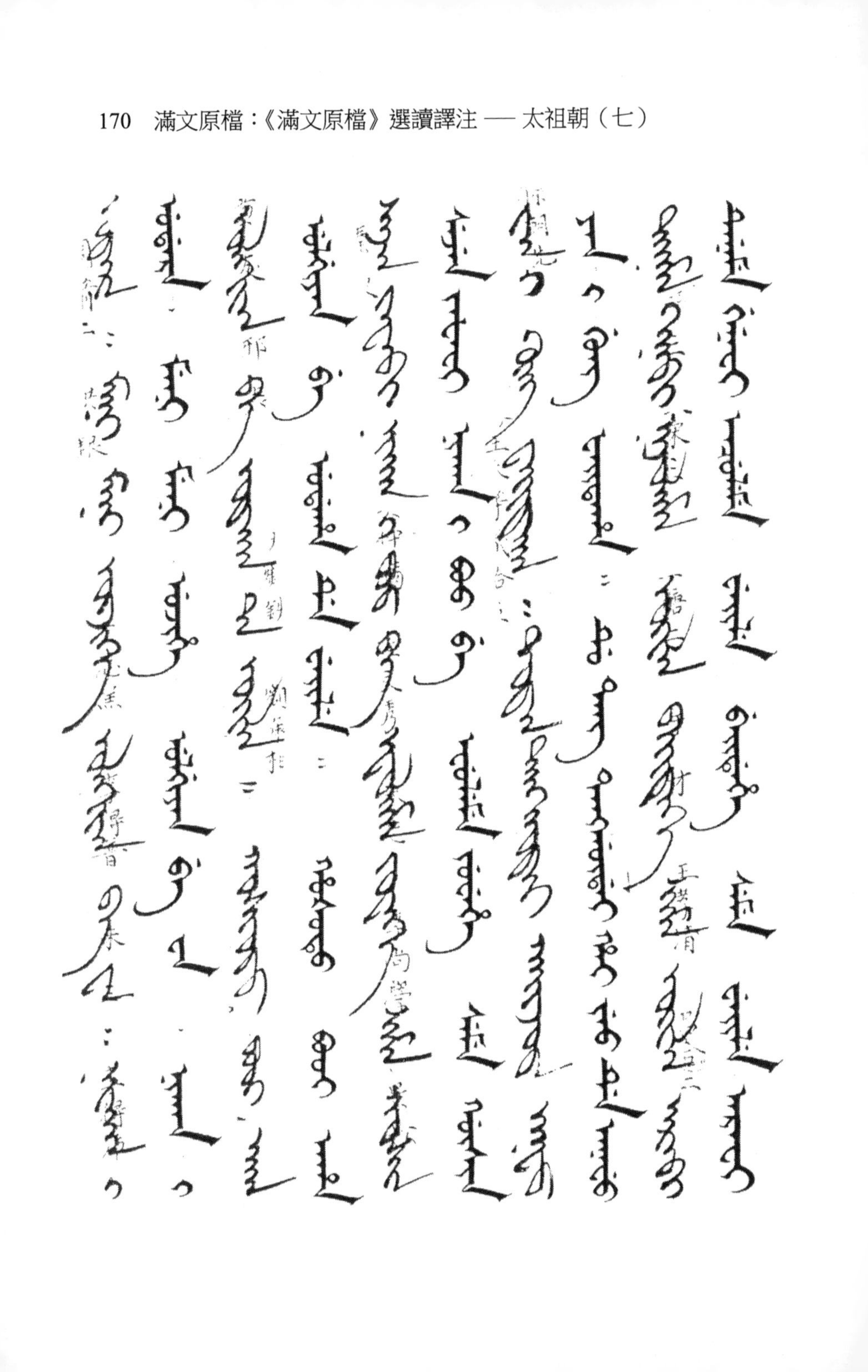

udara, meni meni ujihe ulgiyan be wa, nikan i ulgiyan be udaha de weile. hošotu booi aha, sejen jafafi nikan i boo be efuleme juwehe seme, gūsin yan i gung faitaha. du tang tanggūdai, hai jeo de anafu teneme genefi enculeme weile beidehe seme weile arafi

---

當宰殺各自所養豬豕；購買漢人豬豕者，罪之。」和碩圖因其家奴驅車拆運漢人房屋，罰三十兩之功俸。都堂湯古岱往海州駐守，因擅行聽斷而治其罪，

当宰杀各自所养猪豕；购买汉人猪豕者，罪之。」和硕图因其家奴驱车拆运汉人房屋，罚三十两之功俸。都堂汤古岱往海州驻守，因擅行听断而治其罪，

十二、乘坐雪橇

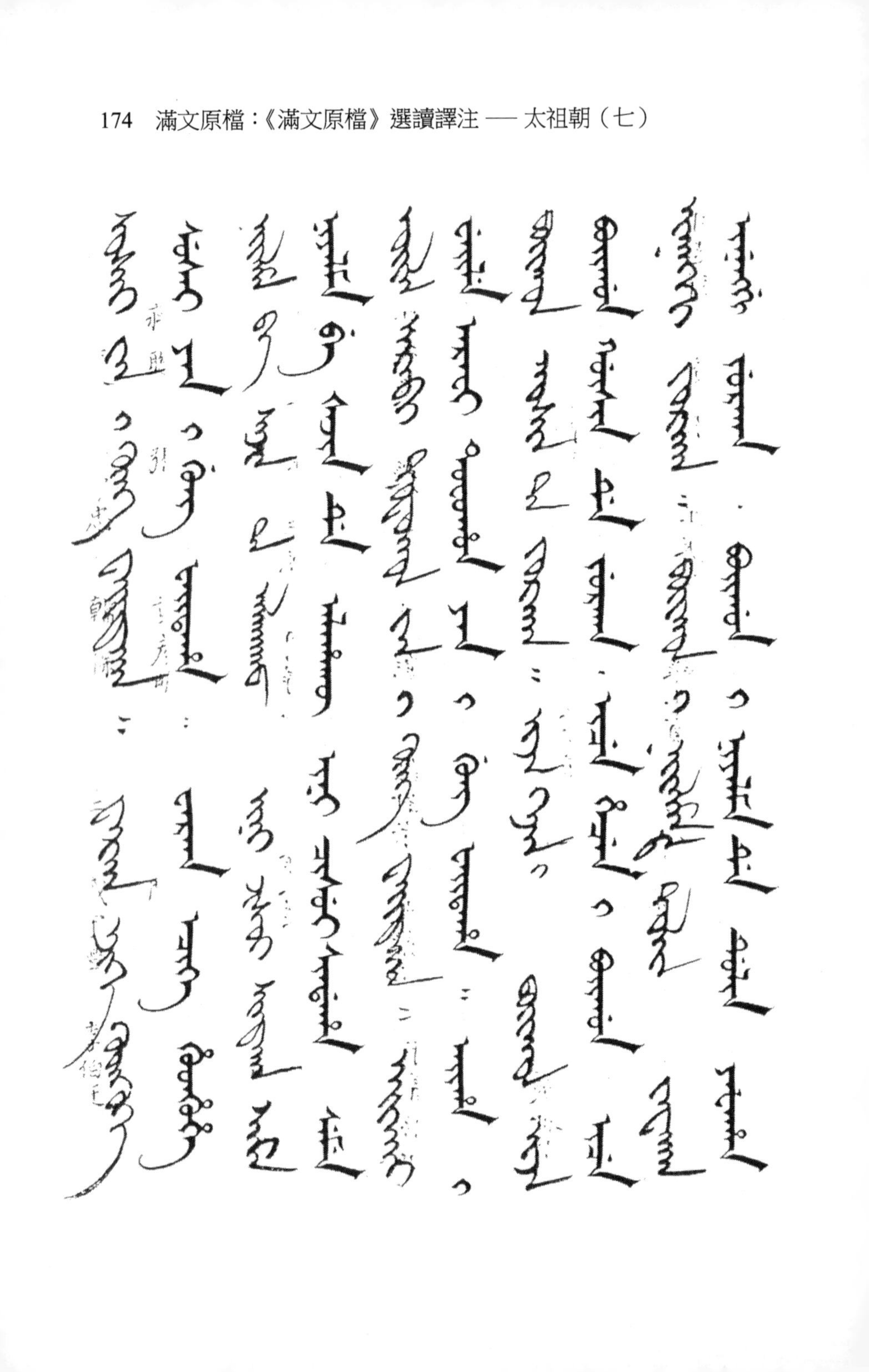

susai yan i gung faitaha. warka ecike, huthuhe niyalma be šajin de alahakū, ini cisui sindaha seme weile arafi, tofohon yan i gung faitaha. aihai boigon, gūsin de juraka, ice hecen i boigon, ice inenggi juraka. boigon i niyalma de, dulin yafahan

---

罰五十兩之功俸。瓦爾喀叔[34]未告知法司，私自釋放捆綁之人而治其罪，罰十五兩之功俸。靉河戶口三十日啟程，新城戶口初一日啟程。戶口之人，一半步行，

罚五十两之功俸。瓦尔喀叔未告知法司，私自释放捆绑之人而治其罪，罚十五两之功俸。叆河户口三十日启程，新城户口初一日启程。户口之人，一半步行，

---

[34] 瓦爾喀叔，句中「叔」，《滿文原檔》寫作“ejike”，《滿文老檔》讀作“ecike”。按滿文“ecike”係蒙文“ečige”借詞，意即「父親、父輩」；規範滿文作“eshen”，意即「叔父」。

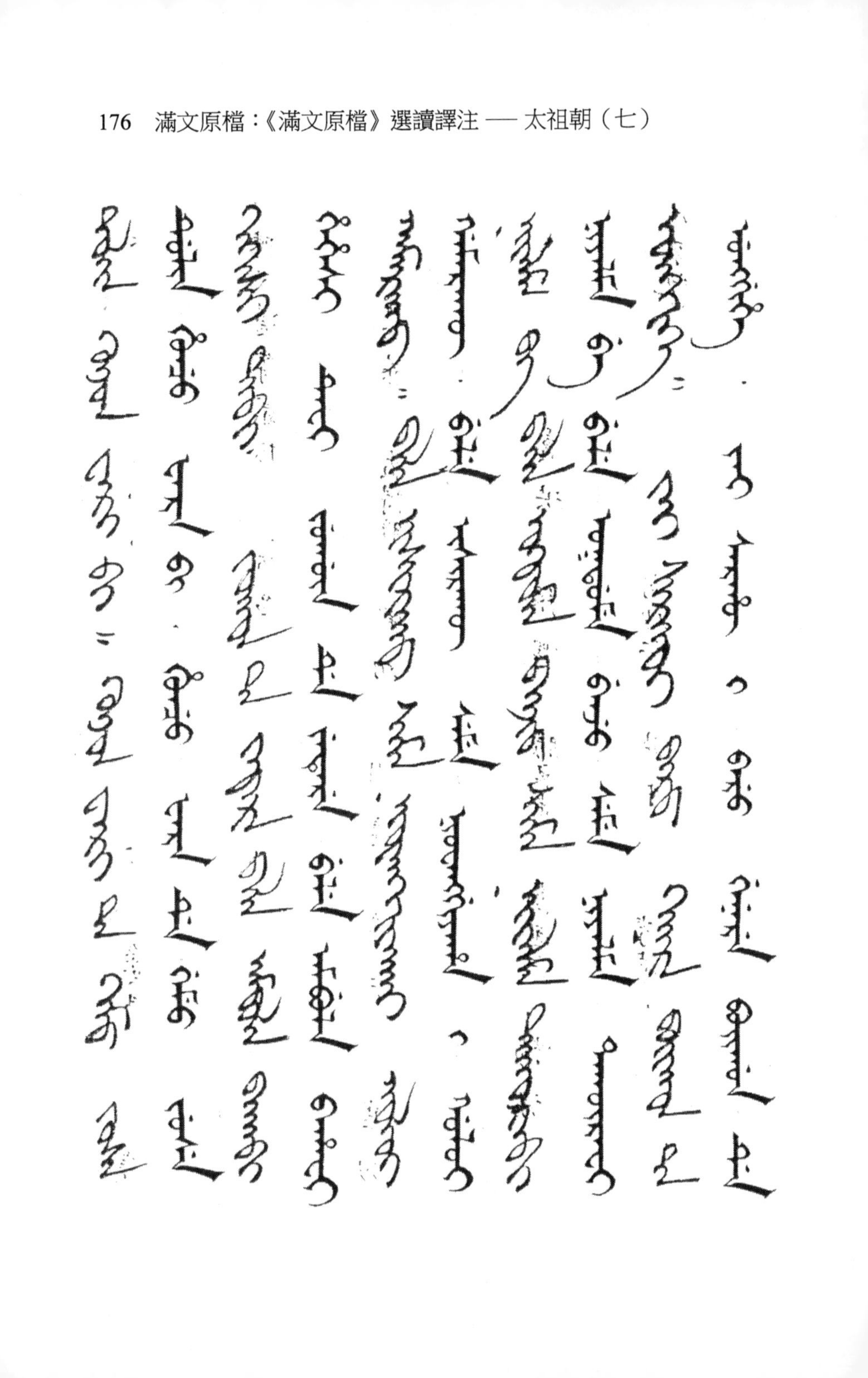

dulin huncu fara bi, huncu fara de, gemu juse hehesi tefi, jugūn de jetere bele ambula bahafi gamarakū, bele isirakū seme, niowanggiyahai goloi niyalma be bele okdome benju seme niyalma takūrafi unggihe, jai sarhūi baru genere boigon de

---

一半備有雪橇[35]，婦孺皆乘雪橇。因途中所帶食米不多，米不敷食用，故遣人傳諭清河路之人送來食米迎之。再者，遷往薩爾滸之戶口

一半备有雪橇，妇孺皆乘雪橇。因途中所带食米不多，米不敷食用，故遣人传谕清河路之人送来食米迎之。再者，迁往萨尔浒之户口

---

[35] 雪橇，《滿文原檔》寫作“kunjun wari”，《滿文老檔》讀作“huncu fara”。詳言之，“huncu”意即「冰上坐人載物的拖床」；“fara”意即「雪天牛拉運草木的木床子」，參見《清文總彙》。

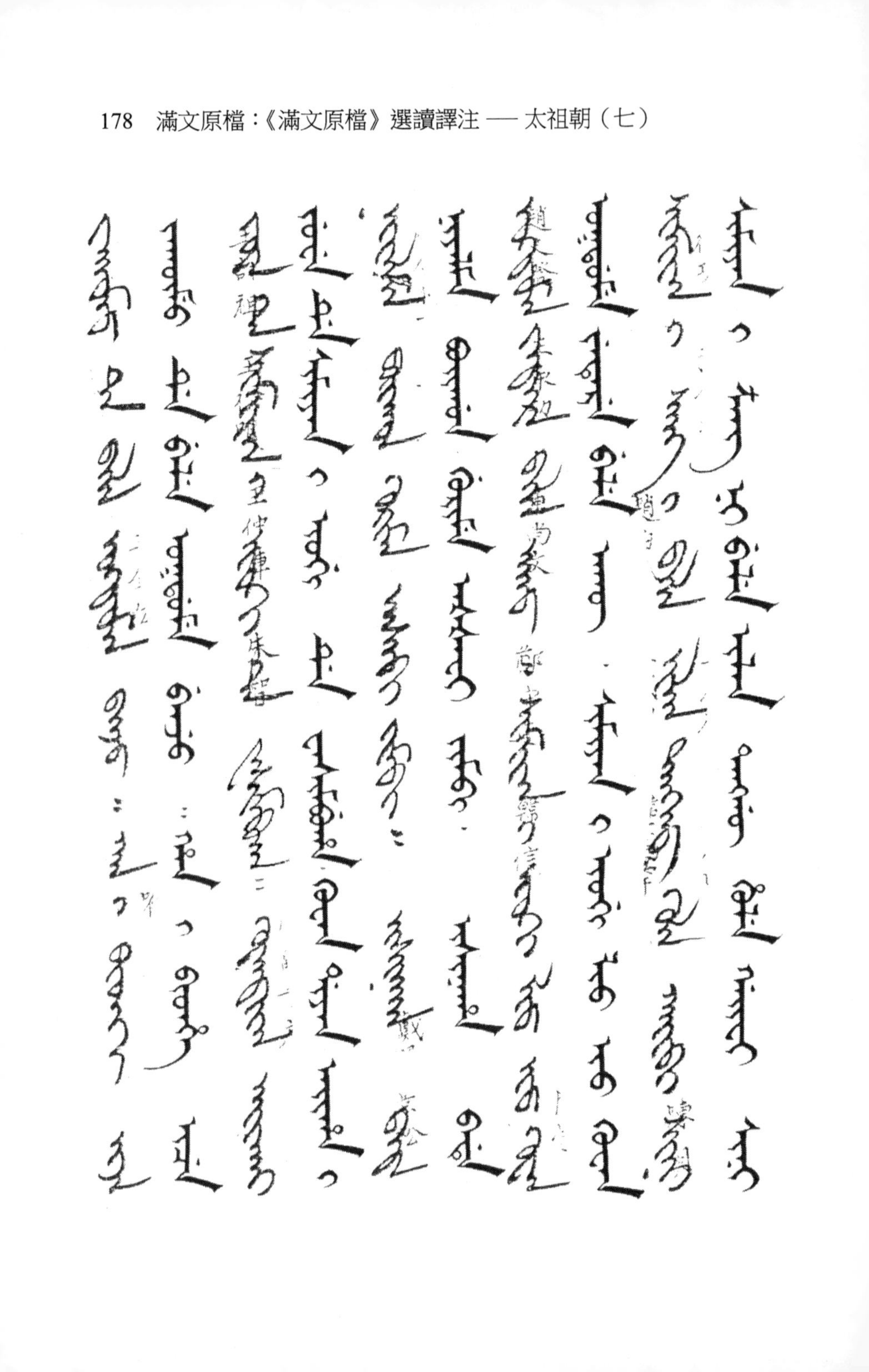

jakūmu de bele okdome benju. han i bithe, ice juwe de simiyan i iogi de wasimbuha, kuwan diyan, aiha i niyalma, boigon gurime aššafi jimbi, isinaha bade okdome jetere bele akū, simiyan i iogi lio io kuwan, simiyan i ts'ang ni bele ilan tanggū hule gaifi, sini

---

於扎庫穆迎接送來食米。初二日，汗頒書諭瀋陽遊擊曰：「寬甸、靉河之人，舉家遷來，抵達之處，無食米相迎，着瀋陽遊擊劉有寬取瀋陽倉米三百石，

于扎库穆迎接送来食米。初二日，汗颁书谕沈阳游击曰：「宽甸、叆河之人，举家迁来，抵达之处，无食米相迎，着沈阳游击刘有宽取沈阳仓米三百石，

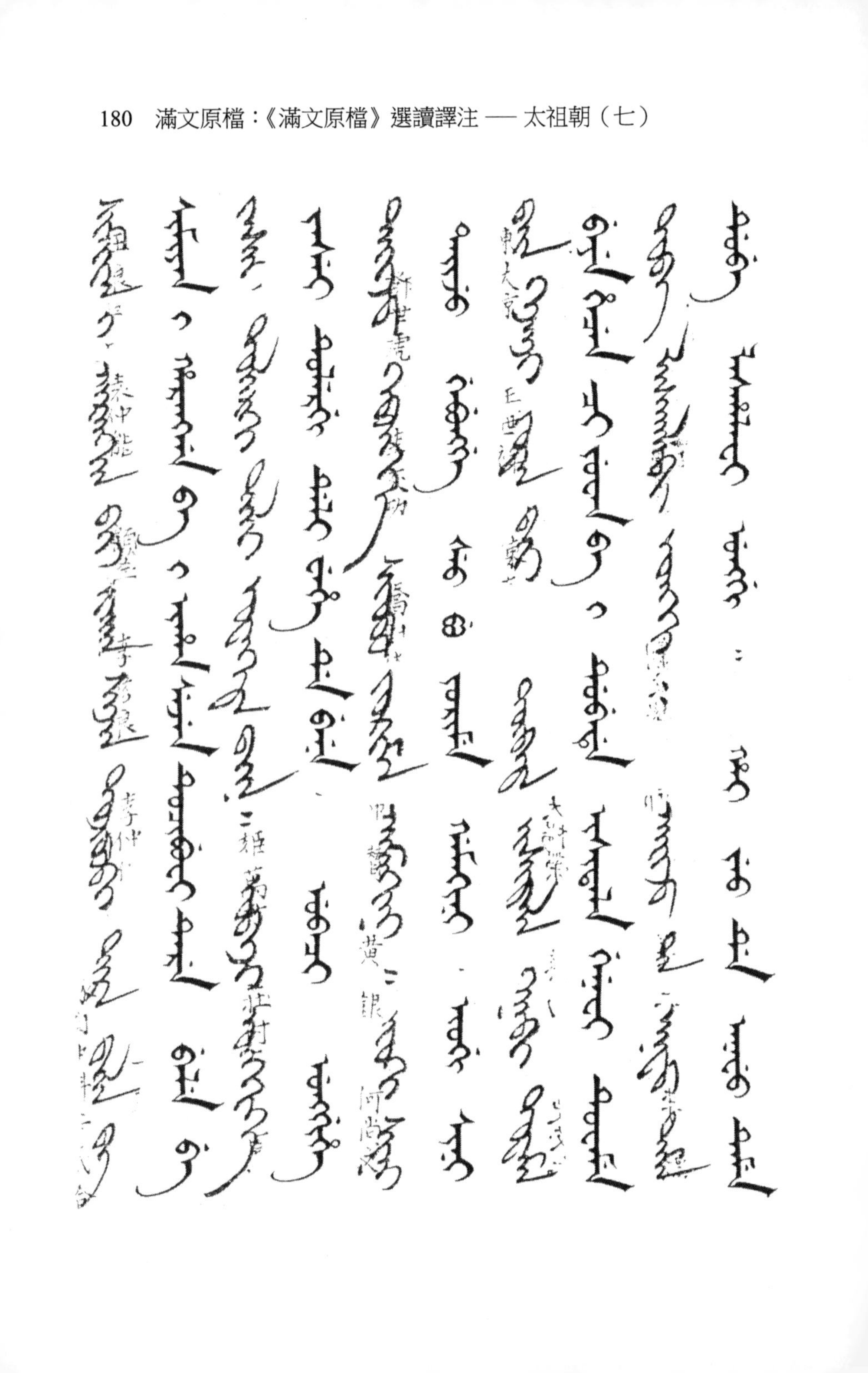

simiyan i harangga bai ihan sejen tucibufi, tere bele be jasei tulergi deli wehede bene, ubaci unggihe taiju gebungge šeo pu jorime gamakini, iogi sini beye hecenci juwan bai dubede isitala genefi tuwame, dube lashalafi unggi. hai jeo de anafu teme

---

派出爾瀋陽所轄地方之牛車，將米運往邊外德里斡赫，由此處指派名叫泰珠守堡運去，遊擊爾亦須出城至十里處視察，直至隊尾結束。」前往駐守海州之

派出尔沈阳所辖地方之牛车，将米运往边外德里斡赫，由此处指派名叫泰珠守堡运去，游击尔亦须出城至十里处视察，直至队尾结束。」前往驻守海州之

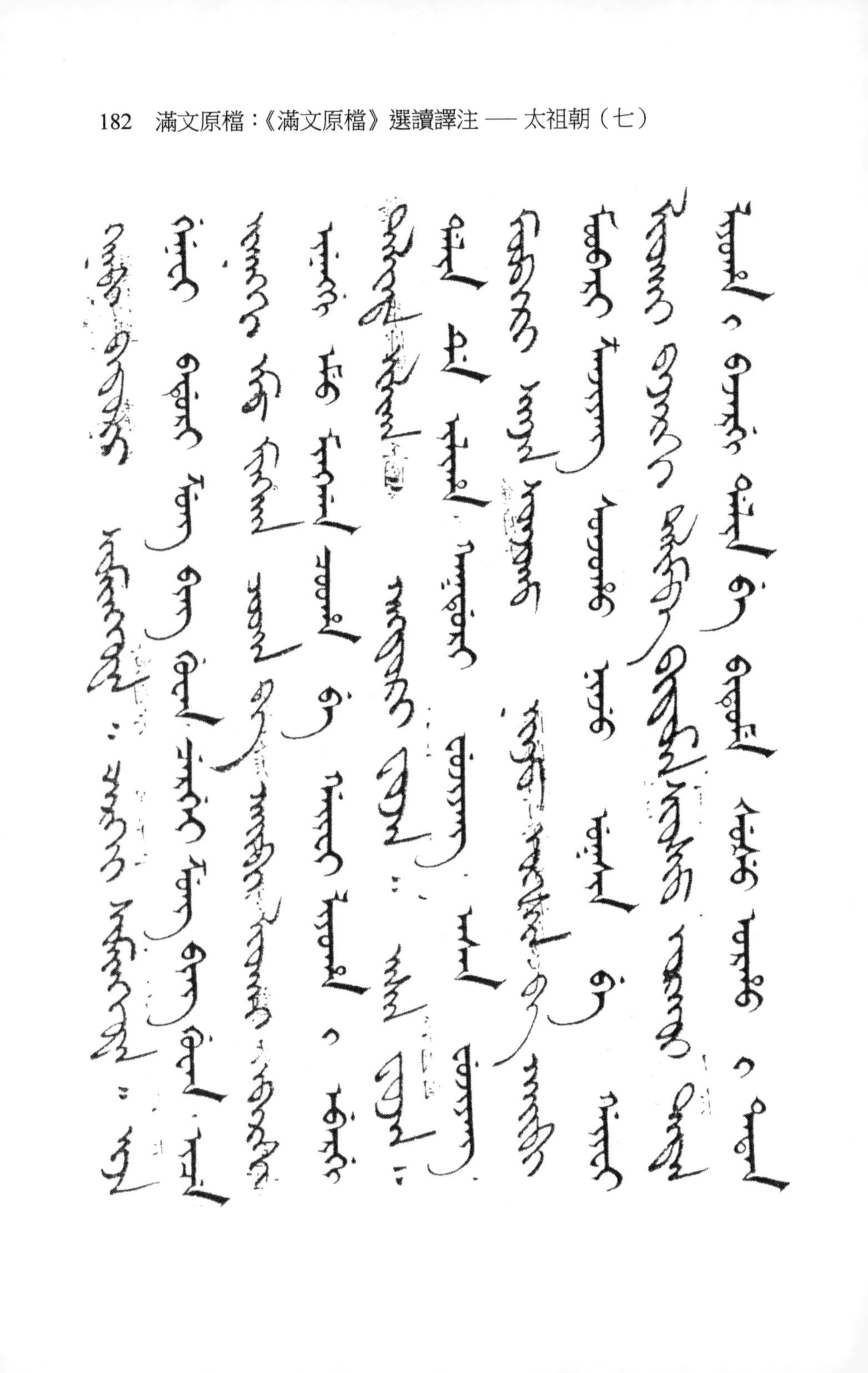

genefi, baduri dzung bing guwan, cergei dzung bing guwan, ice inenggi emu minggan cooha be gaifi, liyohai ebergi dalin de iliha. kakduri fujiyang, asan fujiyang moobari ts'anjiyang, sonjoho ninju uksin be gaifi, liyohai bajargi dalin be bitume šušu orho i tatan

---

巴都里總兵官、車爾格依總兵官於初一日率兵一千名駐遼河此岸。喀克都里副將、阿山副將、毛巴里參將率精銳披甲六十人沿遼河彼岸設秫秸窩鋪，擊敗

巴都里总兵官、车尔格依总兵官于初一日率兵一千名驻辽河此岸。喀克都里副将、阿山副将、毛巴里参将率精锐披甲六十人沿辽河彼岸设秫秸窝铺，击败

十三、設卡置礮

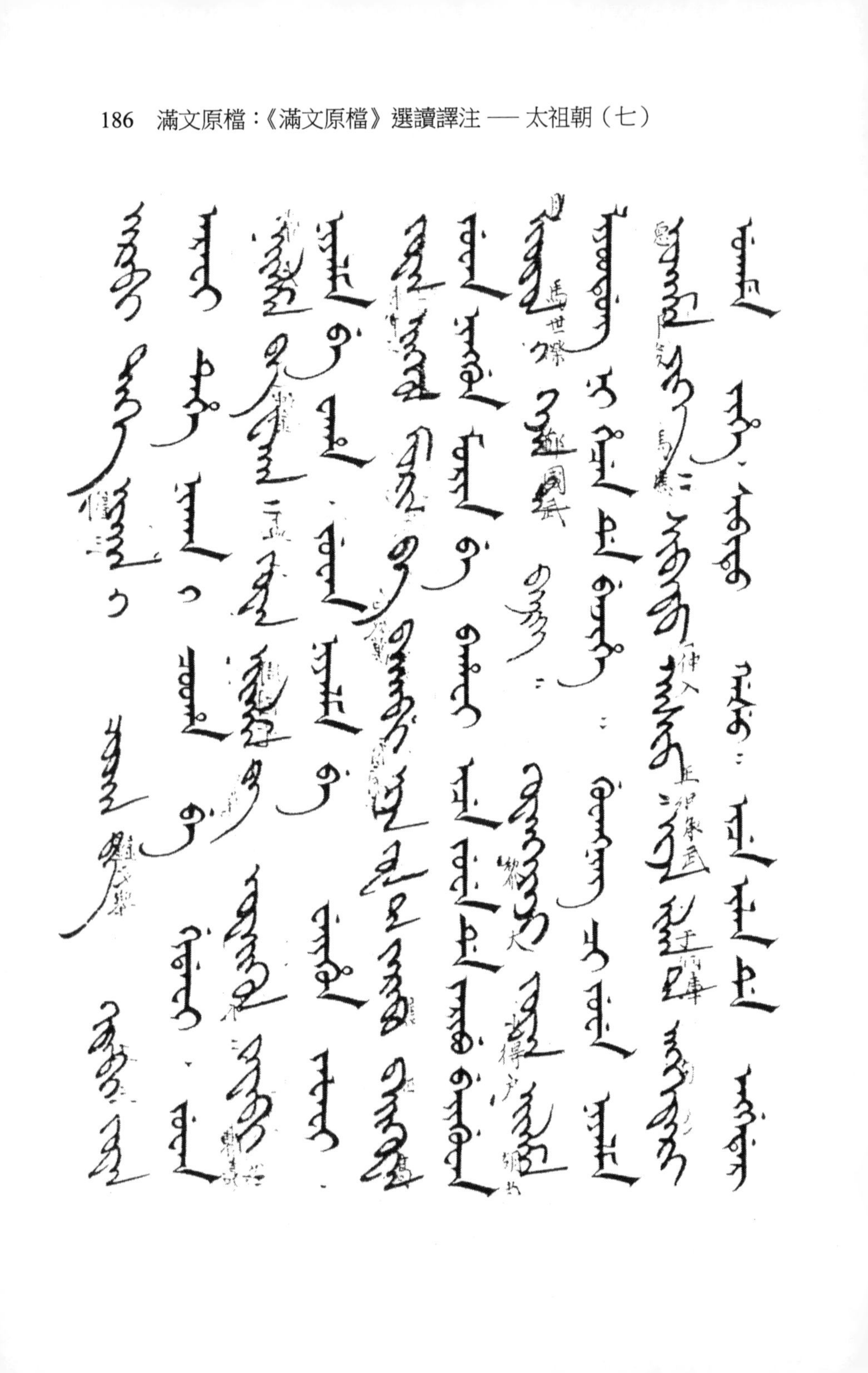

arafi tehe nikan i cooha be gidafi, juwan niyalma be waha, juwan niyalma be weihun jafafi, juwan ninggun morin be bahafi, ice juwe de, jaribu beiguwan liyoodung ni hecen de benjihe. guwangning ci juwe niyalma ukame jihe, sibitu, gašu. ice ilan de, enggeder

---

駐守之明兵，殺十人，生擒十人，獲馬十六匹。初二日，札里布備禦官解送至遼東城。西畢圖、噶舒二人[36]自廣寧逃來。初三日，恩格德爾額駙

驻守之明兵，杀十人，生擒十人，获马十六匹。初二日，札里布备御官解送至辽东城。西毕图、噶舒二人自广宁逃来。初三日，恩格德尔额驸

---

36 二人，《滿文原檔》讀作“juwan niyalma”(十人)，訛誤；《滿文老檔》讀作“juwe niyalma”(二人)，改正。

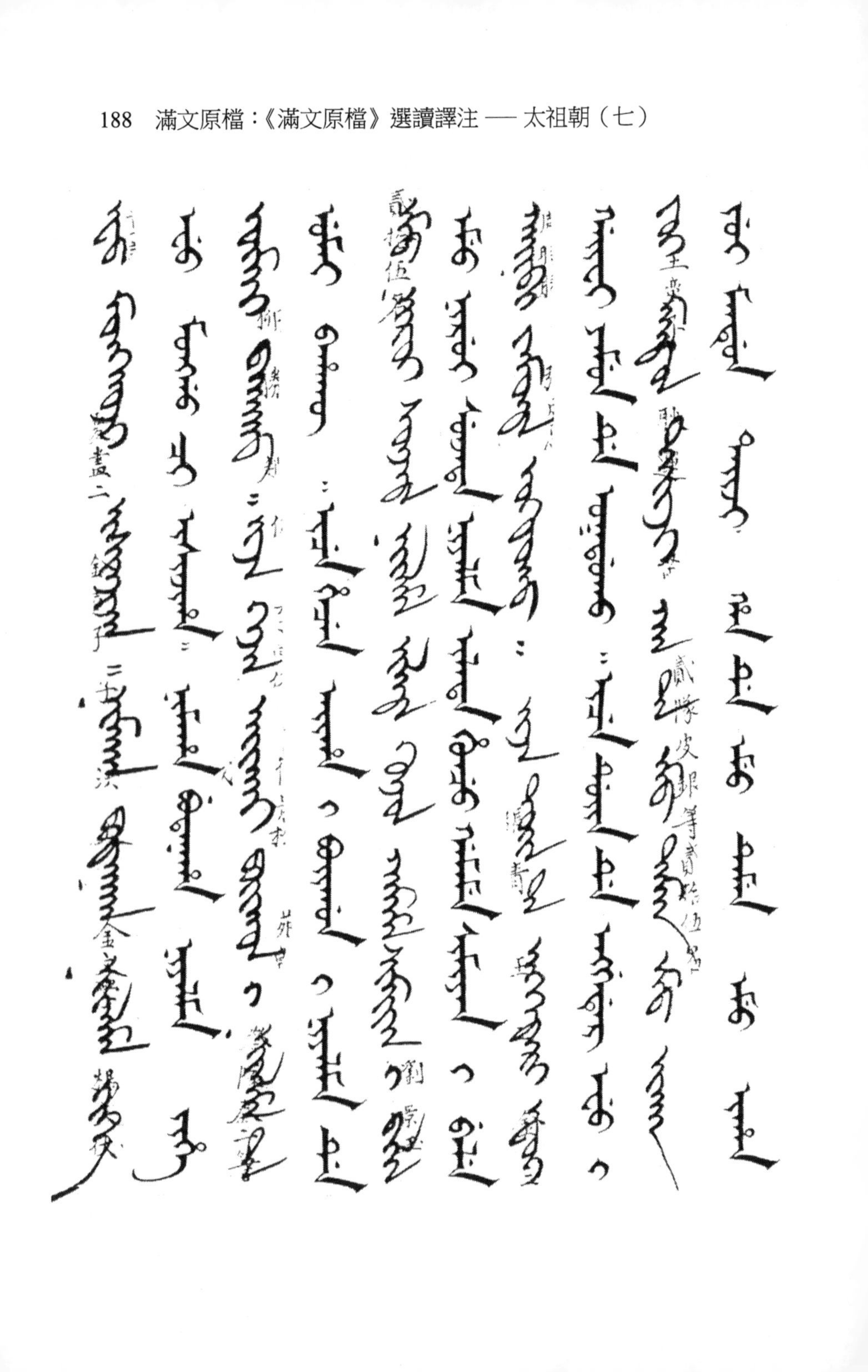

efu monggoci isinjiha. nimaha butanaha niyalma jihe, umai bahakū. ice hecen, aiha i boigon i niyalma de, emu nirui sunjata niyalma, ilata huncu gamame simiyan i bele gaifi yamun de okdoko. ice duin de, enggeder efu i jui mandun taiji han de emu temen, emu ihan

---

自蒙古到來。捕魚人回來，並未捕獲。每牛彔各五人攜帶雪橇各三具，領取瀋陽之米石，迎新城、靉河戶口之人於衙門。初四日，恩格德爾額駙之子滿敦台吉以駝一隻、牛一頭來獻於汗，

自蒙古到来。捕鱼人回来，并未捕获。每牛彔各五人携带雪橇各三具，领取沈阳之米石，迎新城、叆河户口之人于衙门。初四日，恩格德尔额驸之子满敦台吉以驼一只、牛一头来献于汗，

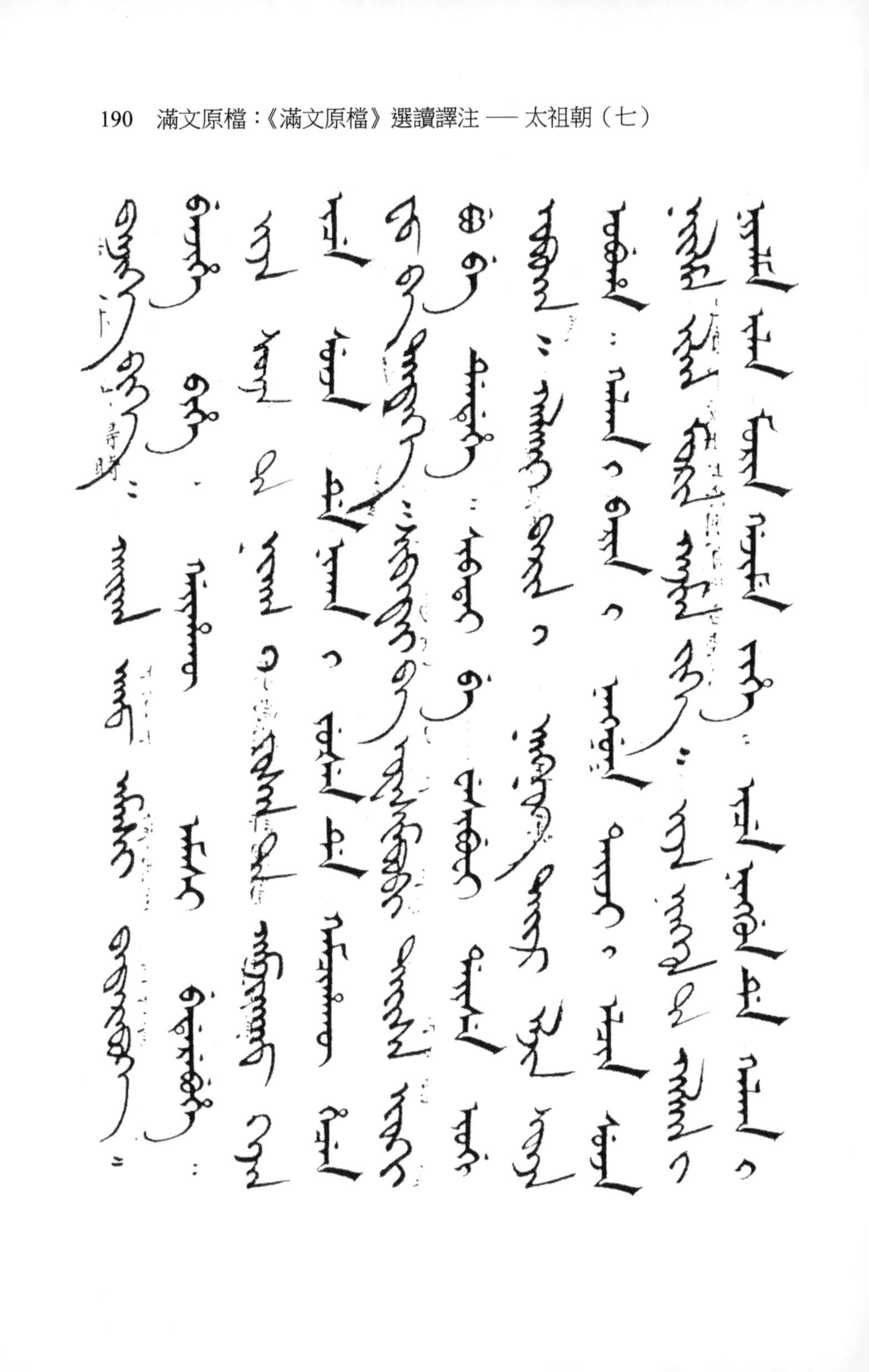

benjihe bihe, gaihakū amasi bederebuhe. ice sunja de nikan i jušen de kamcihakū hecen pu be dendehe. sibatai be wesibufi daise iogi obuha. kalka i barin i nangnuk taiji i elcin sunja niyalma, ilan morin gajime jihe. ice ninggun de kalka i

---

未接受退還。初五日，分未與諸申雜居漢人城堡。擢陞西巴泰為代理遊擊。喀爾喀巴林之囊努克台吉遣使五人攜馬三匹前來。初六日，

未接受退还。初五日，分未与诸申杂居汉人城堡。擢升西巴泰为代理游击。喀尔喀巴林之囊努克台吉遣使五人携马三匹前来。初六日，

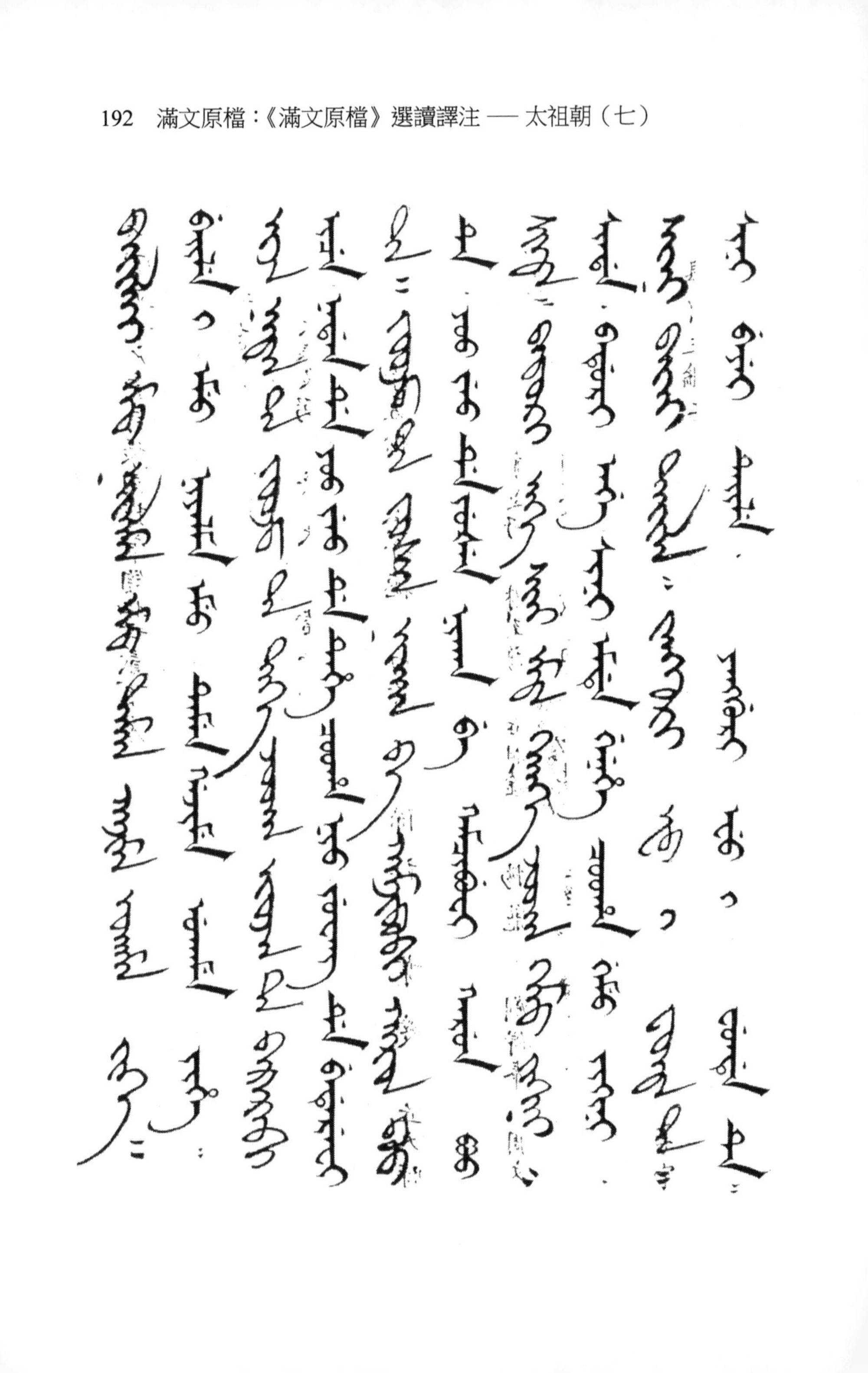

beilei emu niyalma, emu temen gajime ukame jihe. ice nadan de yoo jeo de tehe cooha, nio juwang de bederefi te. yoo jeo de, jušen, nikan be kamcibufi karun, poo sinda. baduri age, sini emde genehe cooha gemu jikini, sini beyei teile yangguri efu i funde te.

喀爾喀貝勒屬下一人攜駝一隻逃來。初七日，撤耀州駐兵，命回駐牛莊。着諸申、漢人雜居耀州設卡置礮。命巴都里阿哥與爾同往之兵皆回來，僅爾本人代揚古利額駙駐守。

喀尔喀贝勒属下一人携驼一只逃来。初七日，撤耀州驻兵，命回驻牛庄。着诸申、汉人杂居耀州设卡置炮。命巴都里阿哥与尔同往之兵皆回来，仅尔本人代扬古利额驸驻守。

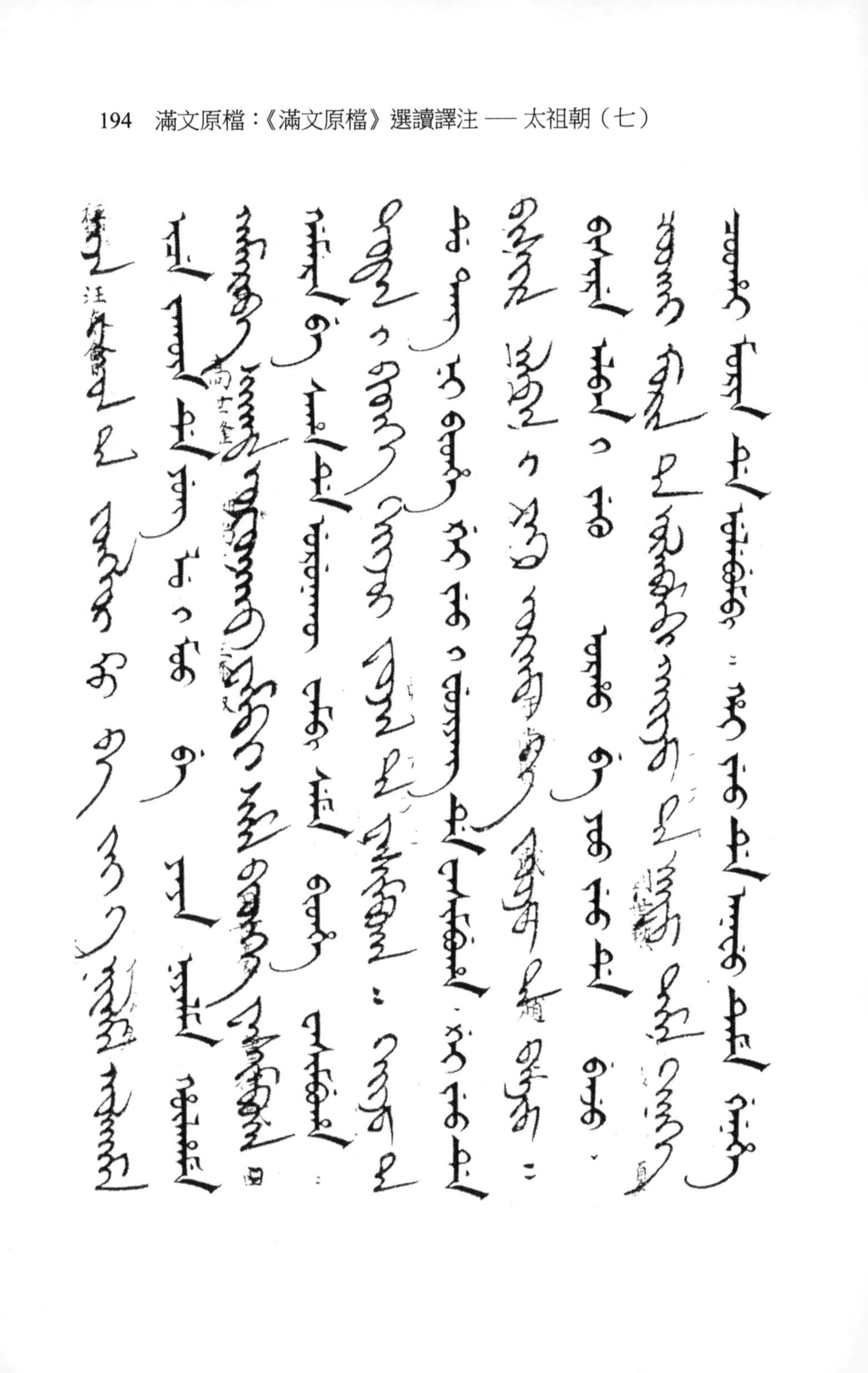

ice jakūn de yunglu i moo be, yaya niyalma hūlhame gamarabe saha de, urunakū wambi seme bithe wasimbuha. du tang ni bithe, g'ai jeo i fujiyang de wasimbuha, g'ai jeo de bisire alban i jeku orho be yoo jeo de benju, coohai morin de ulebumbi. hai jeo de anafu teme genehe

---

初八日，頒書諭曰：「凡竊取甬路樹木者，無論何人，知必殺之。」都堂致書蓋州副將云：「着將蓋州現有官糧草送來耀州，以秣兵馬。」

初八日，颁书谕曰：「凡窃取甬路树木者，无论何人，知必杀之。」都堂致书盖州副将云：「着将盖州现有官粮草送来耀州，以秣兵马。」

十四、停徵雜稅

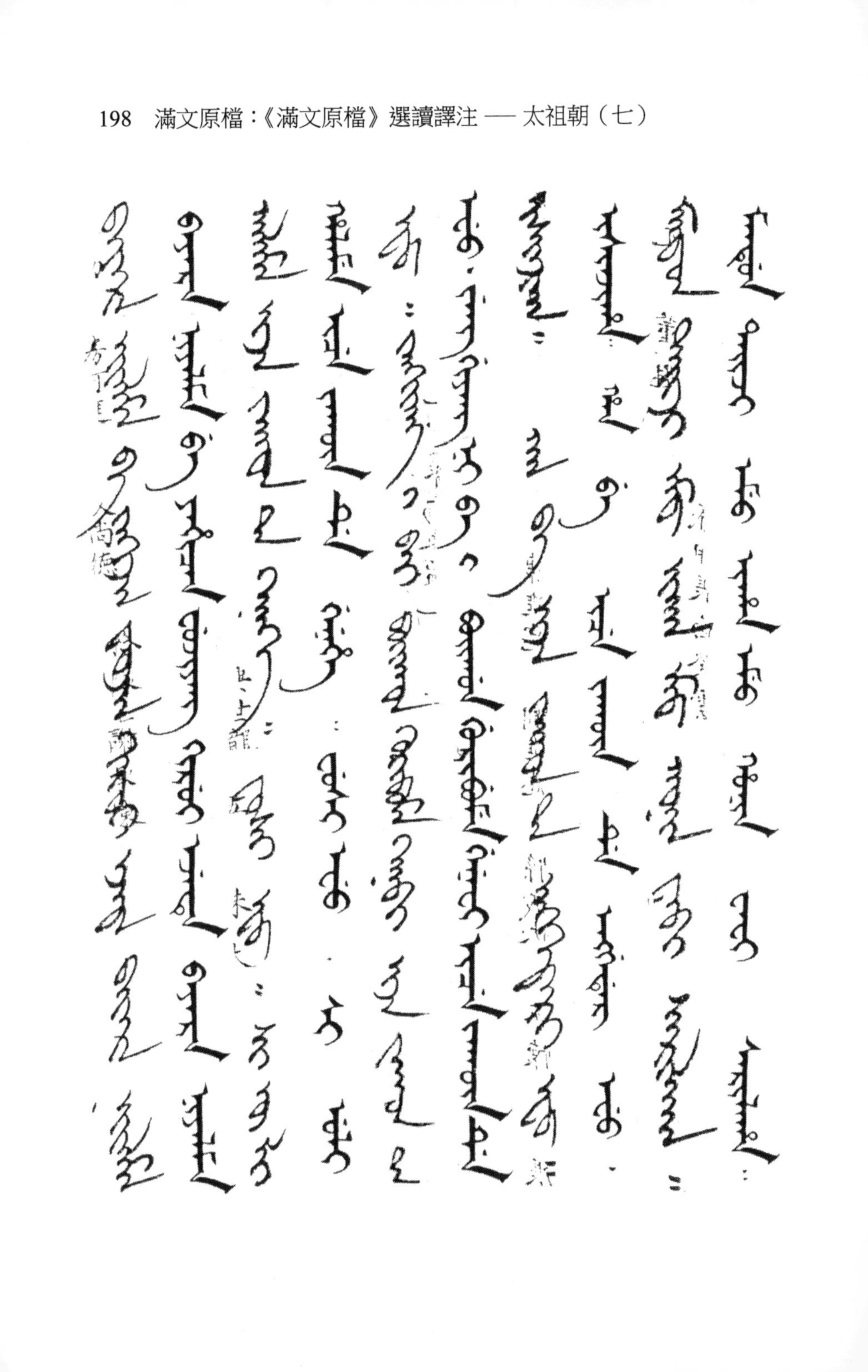

bayara niyalma be, yahican fujiyang, kirui ejete bayara niyalma halame ice jakūn de genehe. fusi efu, si uli efu jeng giyang ni bai boigon guribume genefi, ice jakūn de isinjiha. han be, ice jakūn de enggeder efu, mandun taiji emu ihan, emu honin wafi sarilaha.

命雅希禪副將率眾掌旗各額真及巴牙喇人等，於初八日啟程前往替換駐守海州之巴牙喇人等。前往遷移鎮江地方戶口之撫順額駙、西烏里額駙於初八日到來。初八日，恩格德爾額駙、滿敦台吉宰牛一頭、羊一隻宴汗。

命雅希禪副将率众掌旗各额真及巴牙喇人等，于初八日启程前往替换驻守海州之巴牙喇人等。前往迁移镇江地方户口之抚顺额驸、西乌里额驸于初八日到来。初八日，恩格德尔额驸、满敦台吉宰牛一头、羊一只宴汗。

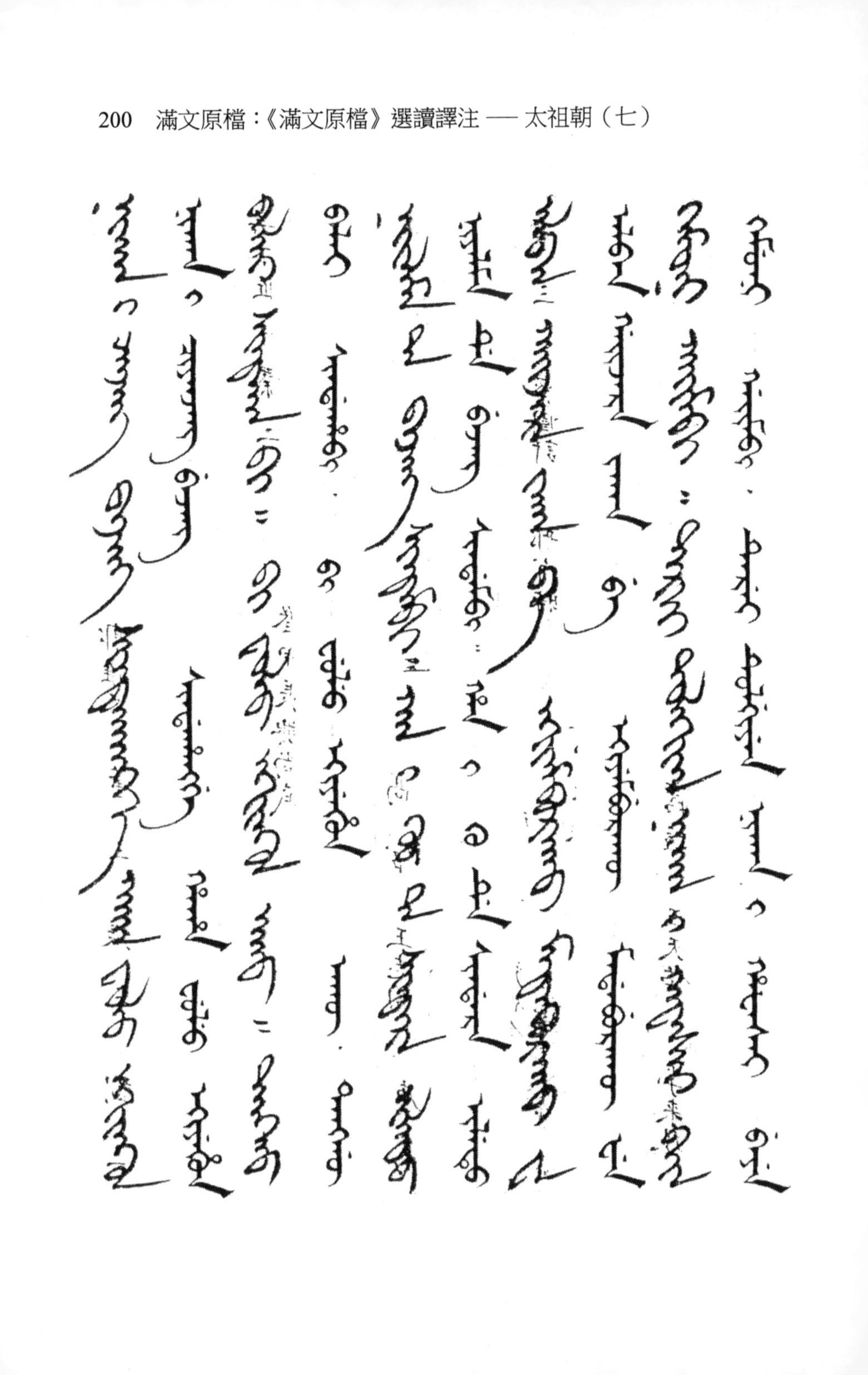

nikan i ciyanjang, bejang sindahangge, haha fulu ekiyehun balai sindahabi, bi fulu ekiyehun akū, tanggū niyalma de bejang sindambi. han i ku de sindara iletu alban gaijara jaka be ekiyemburakū madaburakū, fe kemuni gaimbi, terei tulgiyen nikan i hafasai beye

---

明人所設千長、百長，不論丁數多寡，隨意濫設；而我不多不少，百人設百長。汗庫徵收賦稅，不增不減，仍按舊例徵收。此外，

明人所设千长、百长，不论丁数多寡，随意滥设；而我不多不少，百人设百长。汗库征收赋税，不增不减，仍按旧例征收。此外，

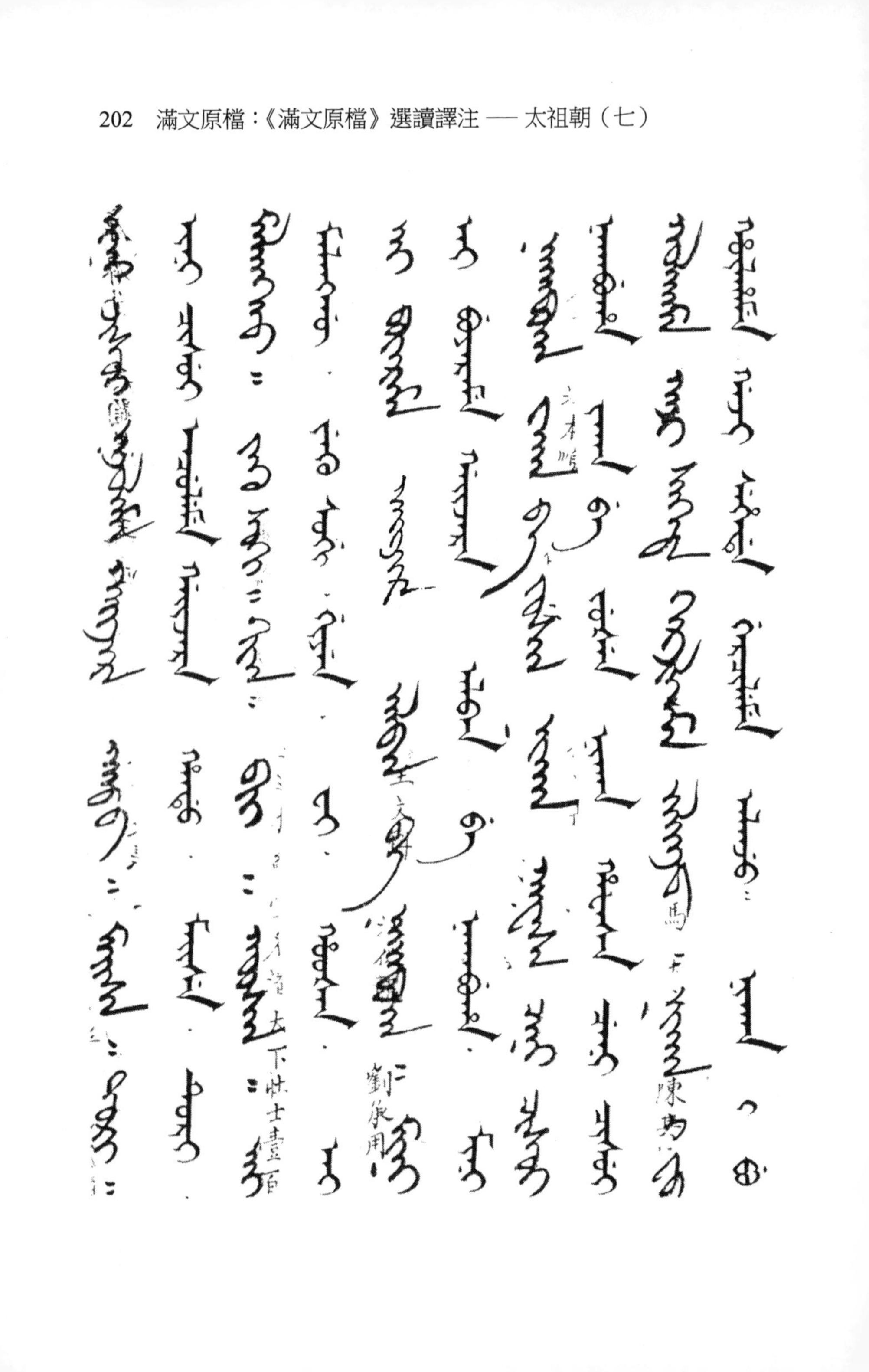

ini cisui enculeme gaijara handu, maise, turi, malanggū, jeku, sogi, giyen, fi, hoošan, ai ai buyarame gaijara alban be nakabuha. mini nakabuha jaka be, jušen nikan hafasa ceni cisui hūlhame gaji sehede, gercileme alanju. nikan i pu

---

漢官擅自私徵之稻、麥、豆、芝麻、糧、菜、藍靛、筆[37]、紙等各項雜稅，已令停徵。諸申、漢人官員彼等如仍有私徵我頒諭停徵之物者，即來首告[38]。

汉官擅自私征之稻、麦、豆、芝麻、粮、菜、蓝靛、笔、纸等各项杂税，已令停征。诸申、汉人官员彼等如仍有私征我颁谕停征之物者，即来首告。

---

37 筆，《滿文原檔》寫作“bii”，《滿文老檔》讀作“fi”。

38 首告，《滿文原檔》寫作“kerjila(e)ma(e)”，《滿文老檔》讀作“gercileme”。按滿文“gercilembi”係蒙文“gerečilekü”借詞，意即「作證」。滿蒙文義略有差異。

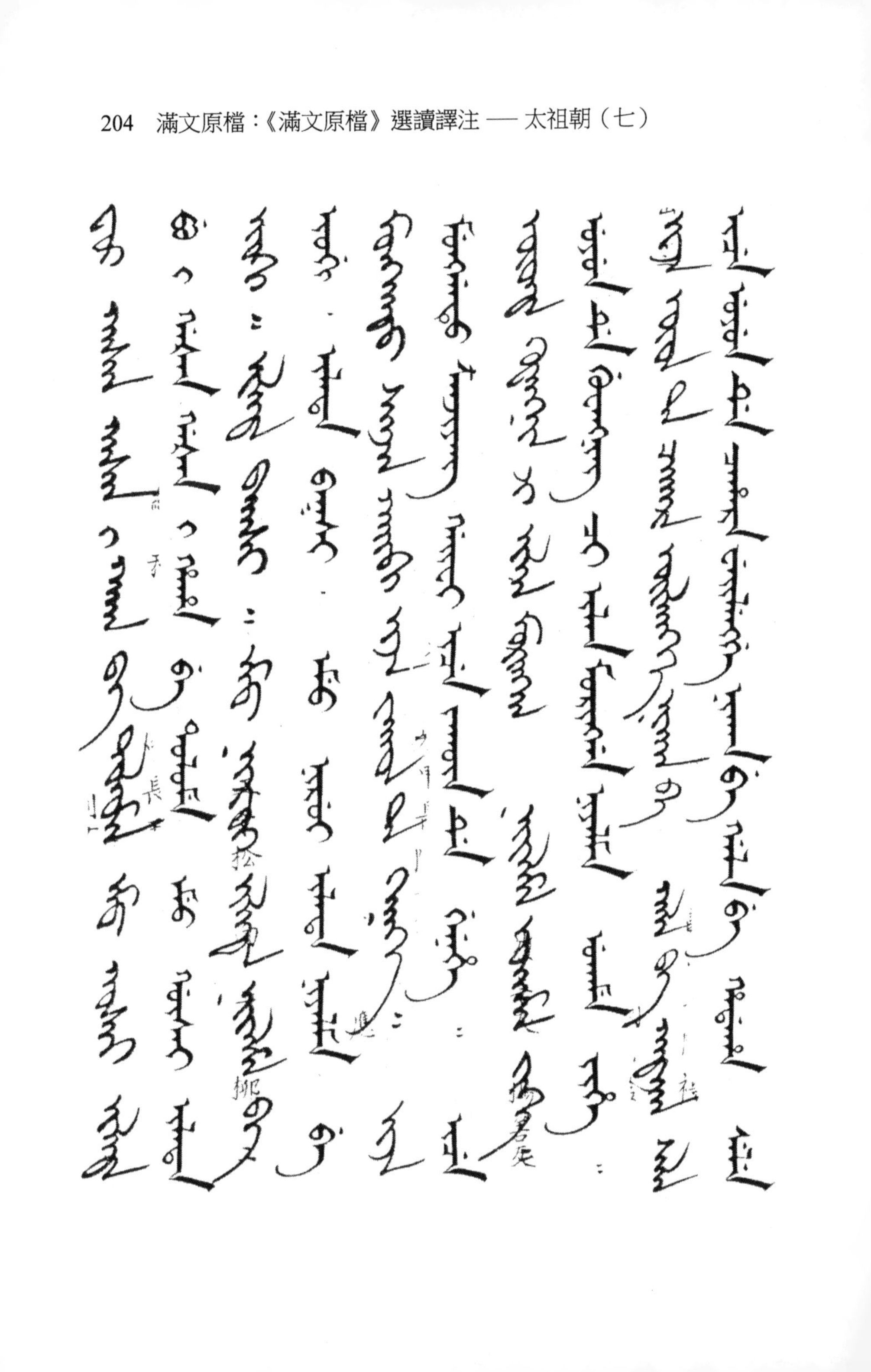

pui gašan gašan i haha be tolome, emu gūsai ilata iogi, ilata baksi, emu nirui ilata niyalma be, munggatu ts'anjiyang gaifi ice jakūn de genehe. ice uyun de, guwangning ci ilan moringga niyalma ukame jihe. ice uyun de, cahara, weilengge nikan be gala be hadaha sele

---

每旗派遊擊各三人、巴克什各三人、每牛彔各三人，於初八日由參將蒙噶圖率領，前往漢人各屯堡清點男丁數目。初九日，以察哈拉解脫[39]有罪漢人手銬，

每旗派游击各三人、巴克什各三人、每牛彔各三人，于初八日由参将蒙噶图率领，前往汉人各屯堡清点男丁数目。初九日，以察哈拉解脱有罪汉人手铐，

---

[39] 解脫，《滿文原檔》寫作"okjaka (k 陰性)"，《滿文老檔》讀作"ukcaha (k 陽性)"。按滿文"ukcambi"，係蒙文"uɣčaraqu"借詞，意即「脫開」。

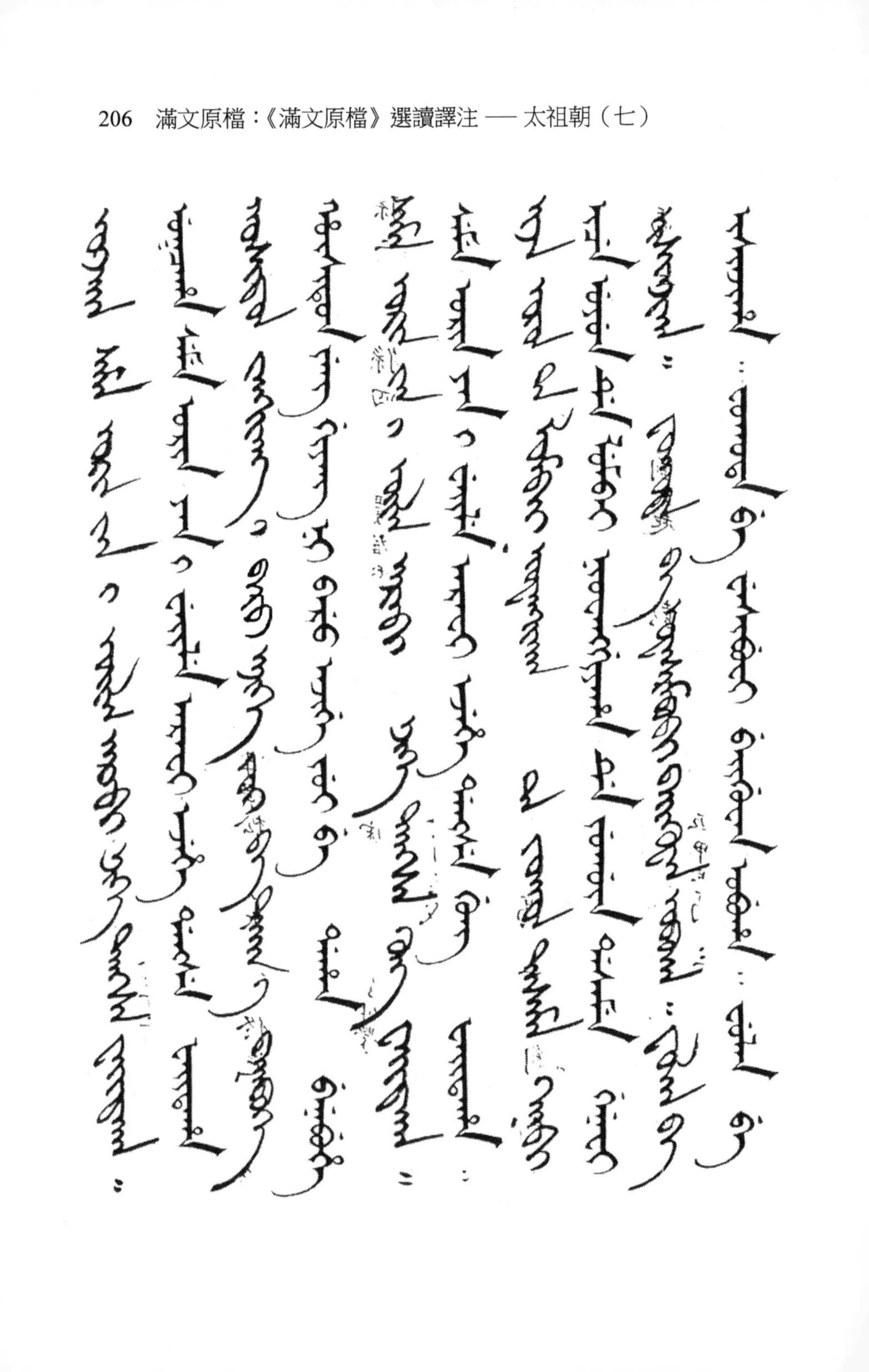

ukcaha seme, orin yan i weile arafi, ejehe（gung）dangse faitaha. hūsitun, jeng giyang ni baru ajige jui be dahan benebuhe seme, orin yan i weile arafi, ejehe dangse gung faitaha. ice uyun de, lumbai niowanggiyaha de jugūn dasame genefi isinjiha. fokota be wesibufi beiguwan obuha, fulan be

---

罰二十兩，銷去記檔之功。胡希吞因令小兒送馬駒[40]往鎮江，罰二十兩，銷去記檔之功。初九日，前往清河修路之魯穆拜到來。擢陞佛闊塔為備禦官，

罚二十两，销去记档之功。胡希吞因令小儿送马驹往镇江，罚二十两，销去记档之功。初九日，前往清河修路之鲁穆拜到来。擢升佛阔塔为备御官，

---

40 馬駒，《滿文原檔》寫作“taka-n”，《滿文老檔》讀作“dahan”。按滿文“dahan”係蒙文“daɣ-a(n)”借詞，意即「二歲馬」。

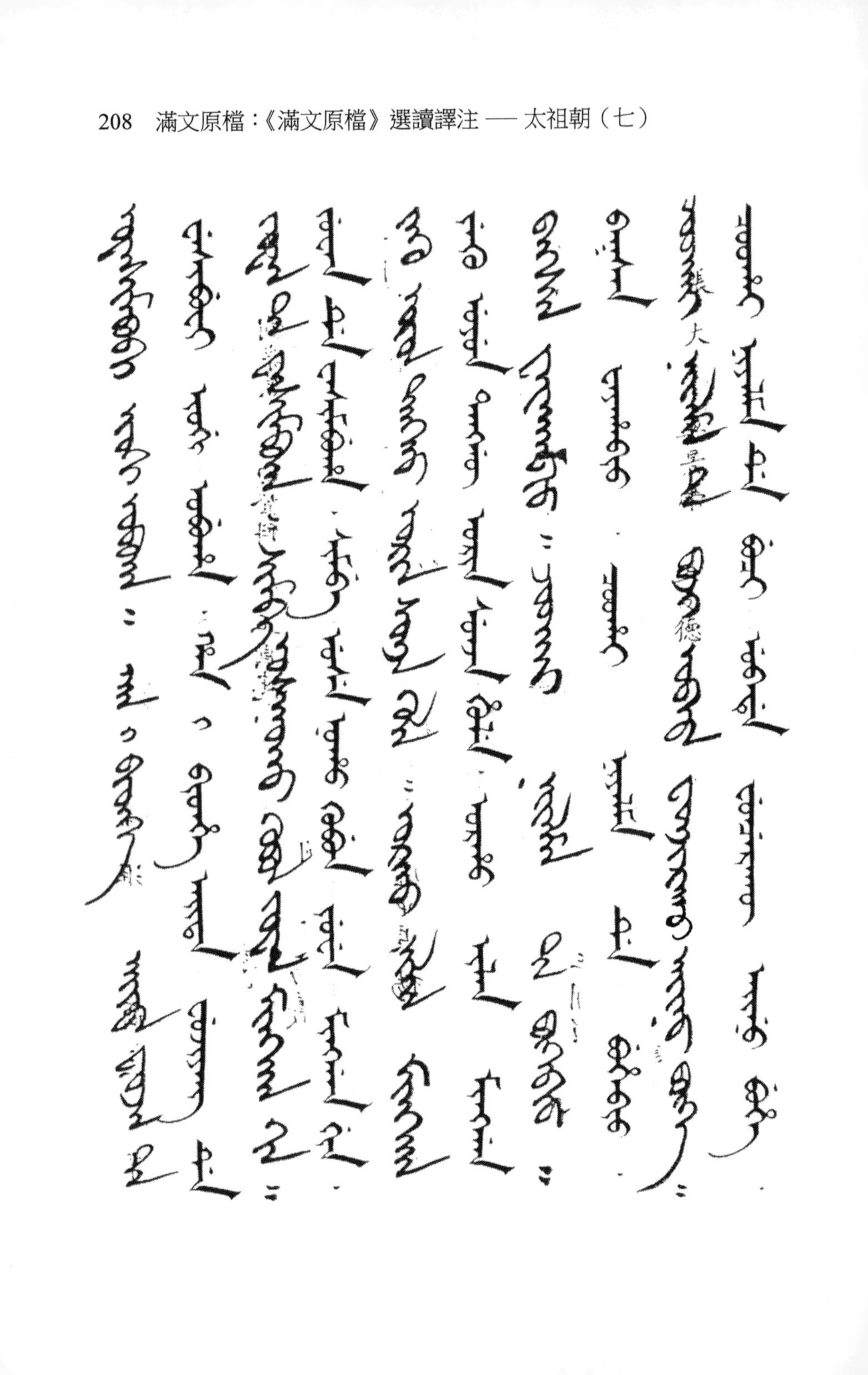

wesibufi iogi obuha. han i bithe, aita fujiyang de juwan de wasimbuha, simbe use noho kubun juwe minggan gin, jeku uyun tanggū orin sunja hule, orho ilan minggan baksan fayahabio. coohai niyalma de buhebio. coohai niyalma de buci, ubade funcerakū ainu buhe.

擢陞富蘭為遊擊。初十日，汗頒書諭愛塔副將曰：「爾將籽棉[41]二千斤、糧食九百二十五石、草三千束已用盡耶？或已發給兵丁耶？倘若已發給兵丁，此處無所剩餘，為何發給？

擢升富兰为游击。初十日，汗颁书谕爱塔副将曰：「尔将籽棉二千斤、粮食九百二十五石、草三千束已用尽耶？或已发给兵丁耶？倘若已发给兵丁，此处无所剩余，为何发给？

---

[41] 籽棉，句中「籽」，《滿文原檔》寫作“osanoko”，《滿文老檔》讀作“use noho”，意即「籽粒」。

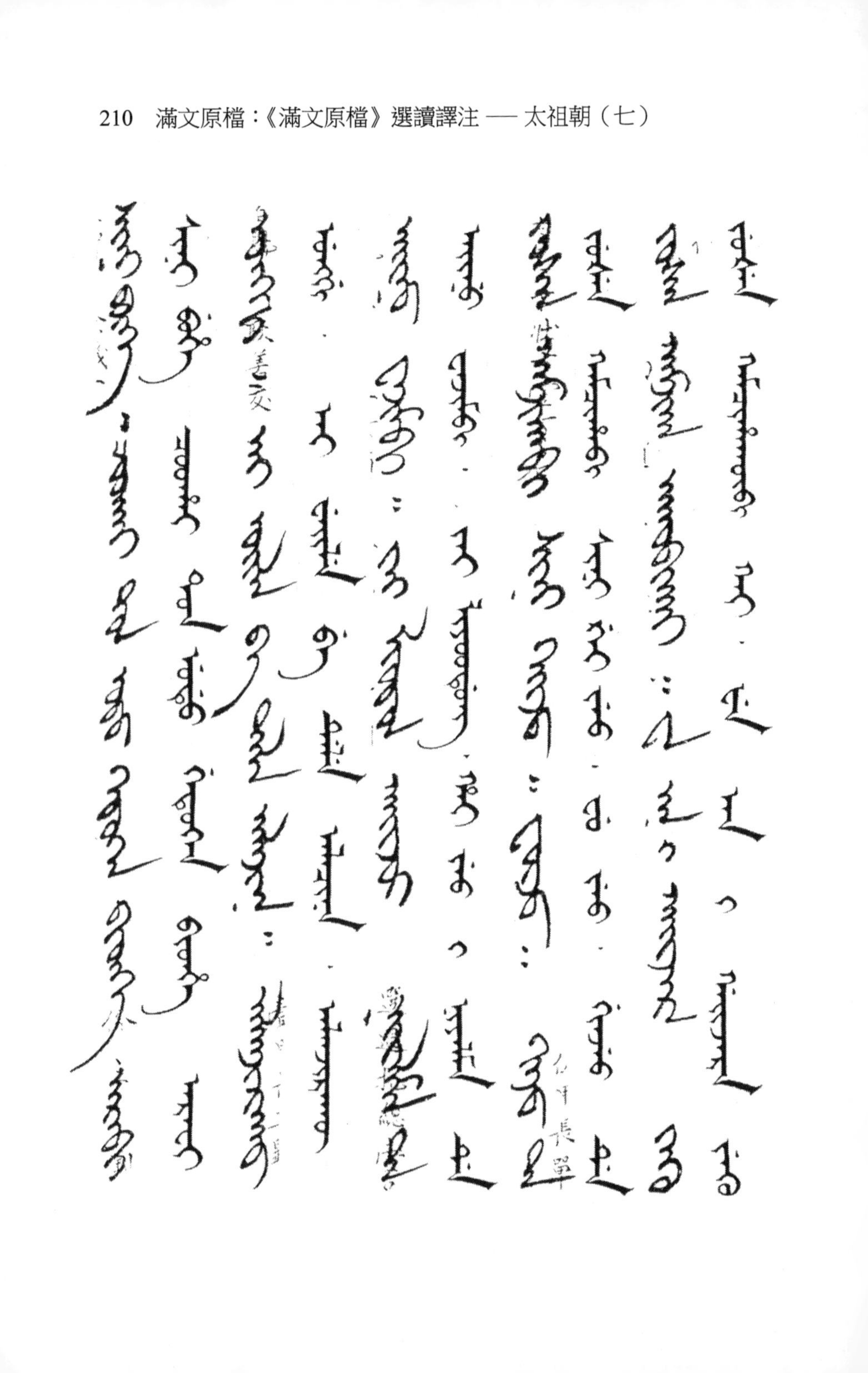

sini buhe coohai ton udu. getuken bithe arafi unggi. ai weile be dele alacina, alanjirakū ainu wajimbi. jai liyoodung, hai jeo i niyalma de jušen kamcihabi, sini g'ai jeo, fu jeo, ginjeo de jušen kamcihakūbi kai. fe an i gaijara jeku

---

爾所給兵丁數目多少？須明白具文咨行。凡事必須上報，不報為何完結？再者，遼東、海州之人已與諸申雜居，爾所屬蓋州、復州、金州尚無諸申雜居也。其舊例常徵糧、

尔所给兵丁数目多少？须明白具文咨行。凡事必须上报，不报为何完结？再者，辽东、海州之人已与诸申杂居，尔所属盖州、复州、金州尚无诸申杂居也。其旧例常征粮、

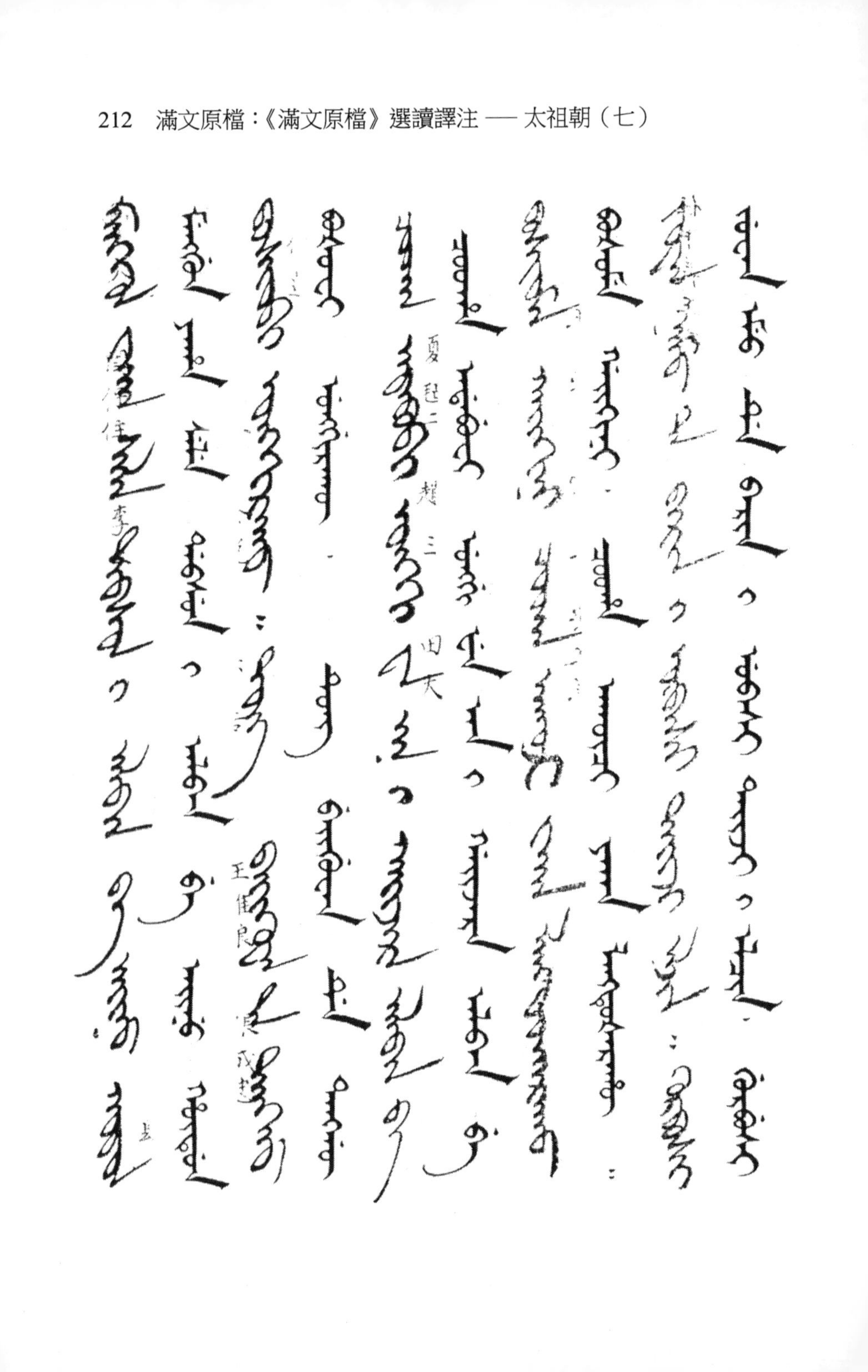

menggun, yaha, sele, dabsun i alban be ainu hūdun bošofi unggirakū, tung beiguwan de tanggū cooha adabufi unggi, fe an i gaijara alban be bošome gaikini, cooha akūci yaka langtušarahū. juwan emu de, barin i ubasi taiji i elcin, gurbusi

---

銀、炭、鐵、鹽等官賦，為何不速行催徵齎送？着遣佟備禦官率兵百人前去催徵舊例常徵官賦，倘若無兵，恐為漢人襲劫也。」十一日，巴林烏巴錫台吉之使者、固爾布什之

银、炭、铁、盐等官赋，为何不速行催征赍送？着遣佟备御官率兵百人前去催征旧例常征官赋，倘若无兵，恐为汉人袭劫也。」十一日，巴林乌巴锡台吉之使者、固尔布什之

十五、刀不敵棍

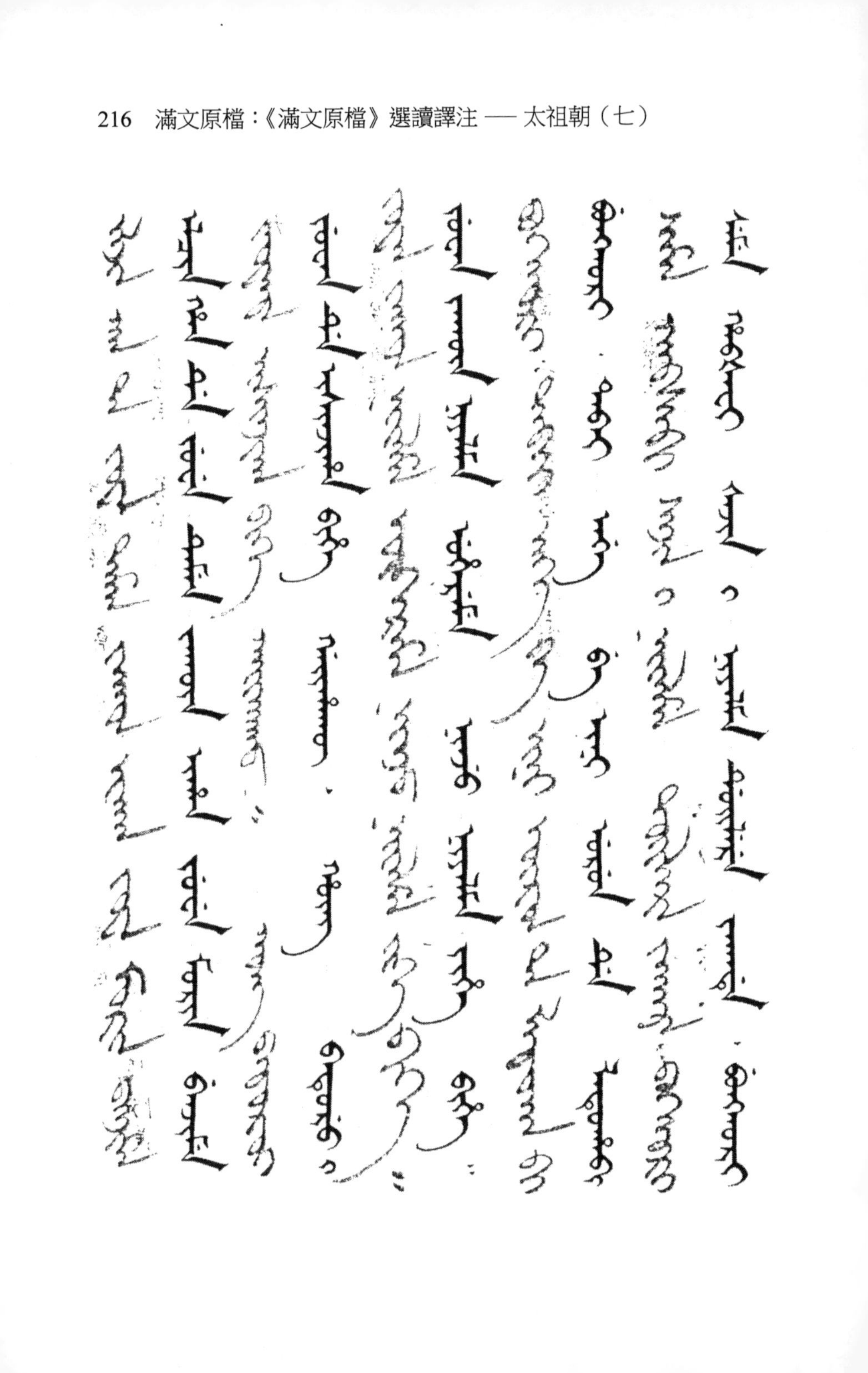

elcin han de juwe temen, jakūn ihan, juwe morin benjime juwan de isinjiha bihe, gaihakū. hūng baturu i juwan jakūn niyalma, uhereme ninju niyalma jihe bihe. bungkori, tabai age be, ini urun de latuhabi seme habšafi, šajin i niyalma duilere jakade, bungkori

---

使者於初十日到來，送來駝二隻、牛八頭、馬二匹獻於汗，未接受。含洪巴圖魯之十八人，共計六十人前來。崩闊里控告塔拜阿哥與其兒媳私通，經法司審訊，

使者于初十日到来，送来驼二只、牛八头、马二匹献于汗，未接受。含洪巴图鲁之十八人，共计六十人前来。崩阔里控告塔拜阿哥与其儿媳私通，经法司审讯，

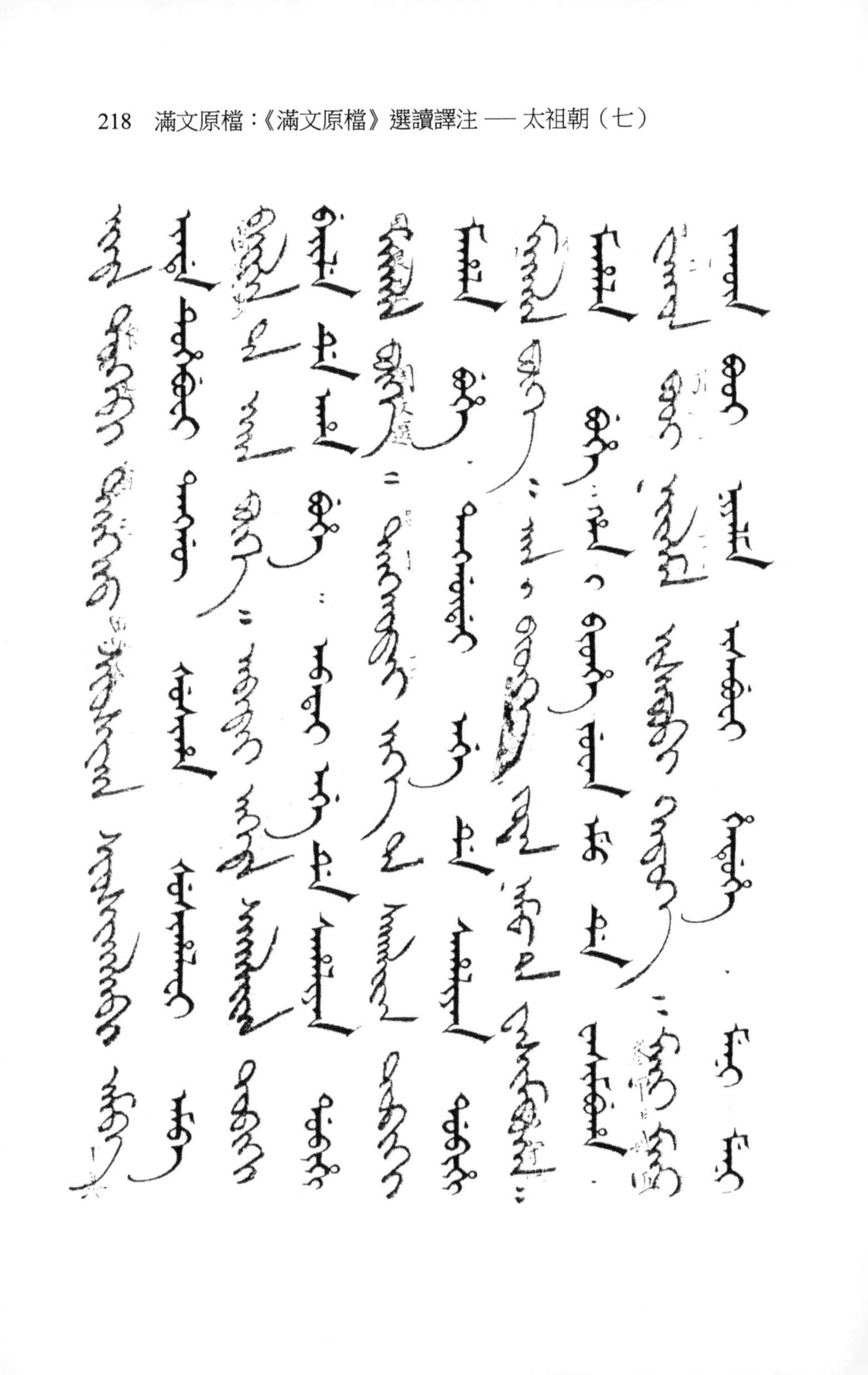

inde tuhebufi tanggū šusiha šusihalafi, amba beile de aha buhe. abatai age de, sahaliyan dobihi mahala buhe, tanggūdai age de sahaliyan dobihi mahala buhe. han i bithe, juwan emu de wasimbuha, jakūn booi niyalma isabufi henduhe, meni meni

---

擬崩闊里誣告罪，鞭一百，給大貝勒為奴。賜阿巴泰阿哥黑狐皮帽，賜湯古岱阿哥黑狐皮帽。十一日，汗召八家之人頒書諭曰：

拟崩阔里诬告罪，鞭一百，给大贝勒为奴。赐阿巴泰阿哥黑狐皮帽，赐汤古岱阿哥黑狐皮帽。十一日，汗召八家之人颁书谕曰：

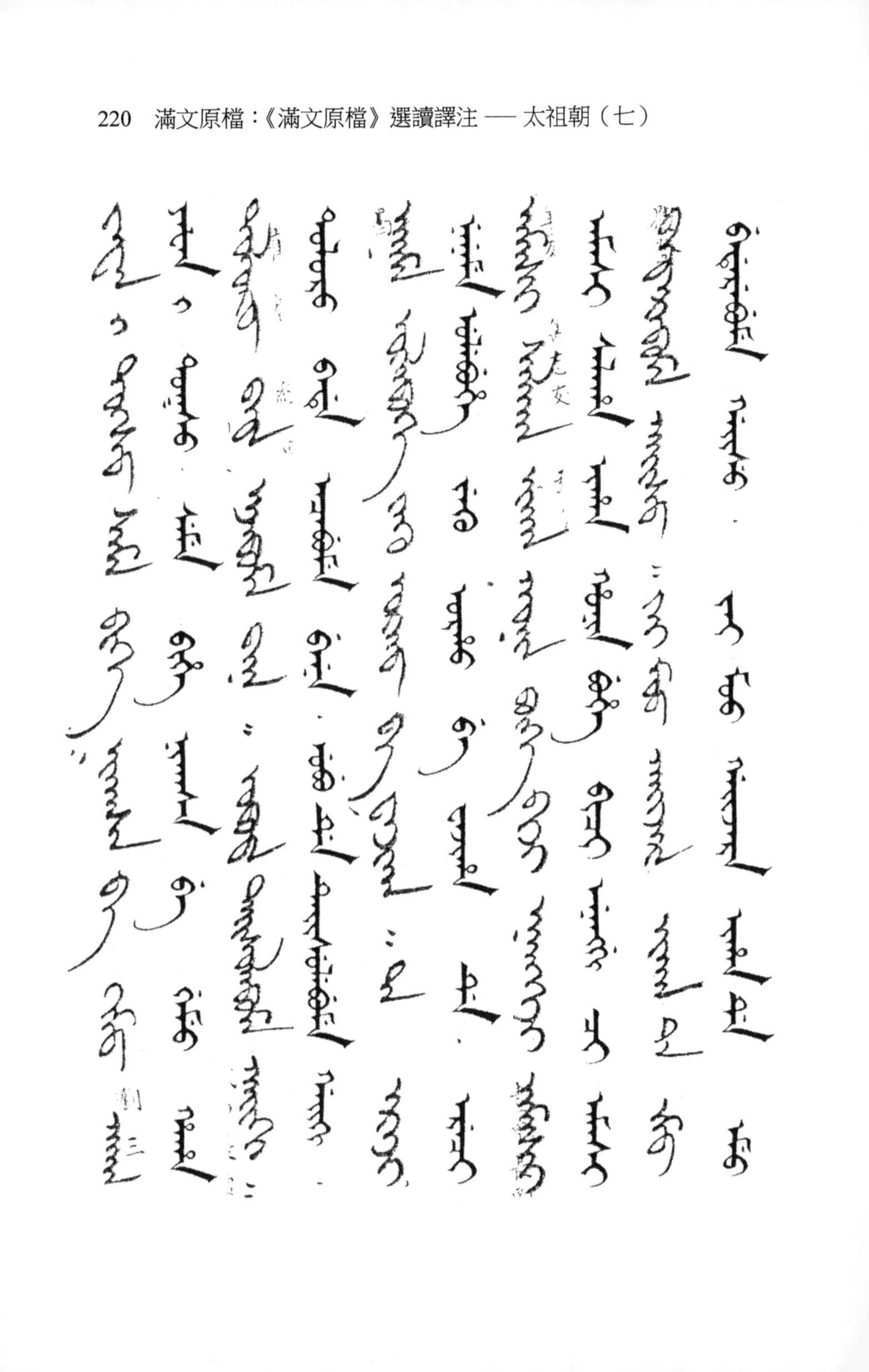

yafan i tokso seme bihe nikasa be, gemu haha toloro bade acabume bene, ubude teisulebume gaiki. neneme ulebuhe jeku orho be wajiha de, ereci amasi salaha ihan honin buhe bici, enenggici amasi bederebume gaisu, jai moo gaijara ihan de emu

---

「着將各園莊所有漢人皆送往清點男丁處集結，按應得之份領取。其先前發放餵養之糧草告罄時，嗣後發放牛羊即自今日起抽回。再者，運木之牛，

「着将各园庄所有汉人皆送往清点男丁处集结，按应得之份领取。其先前发放喂养之粮草告罄时，嗣后发放牛羊即自今日起抽回。再者，运木之牛，

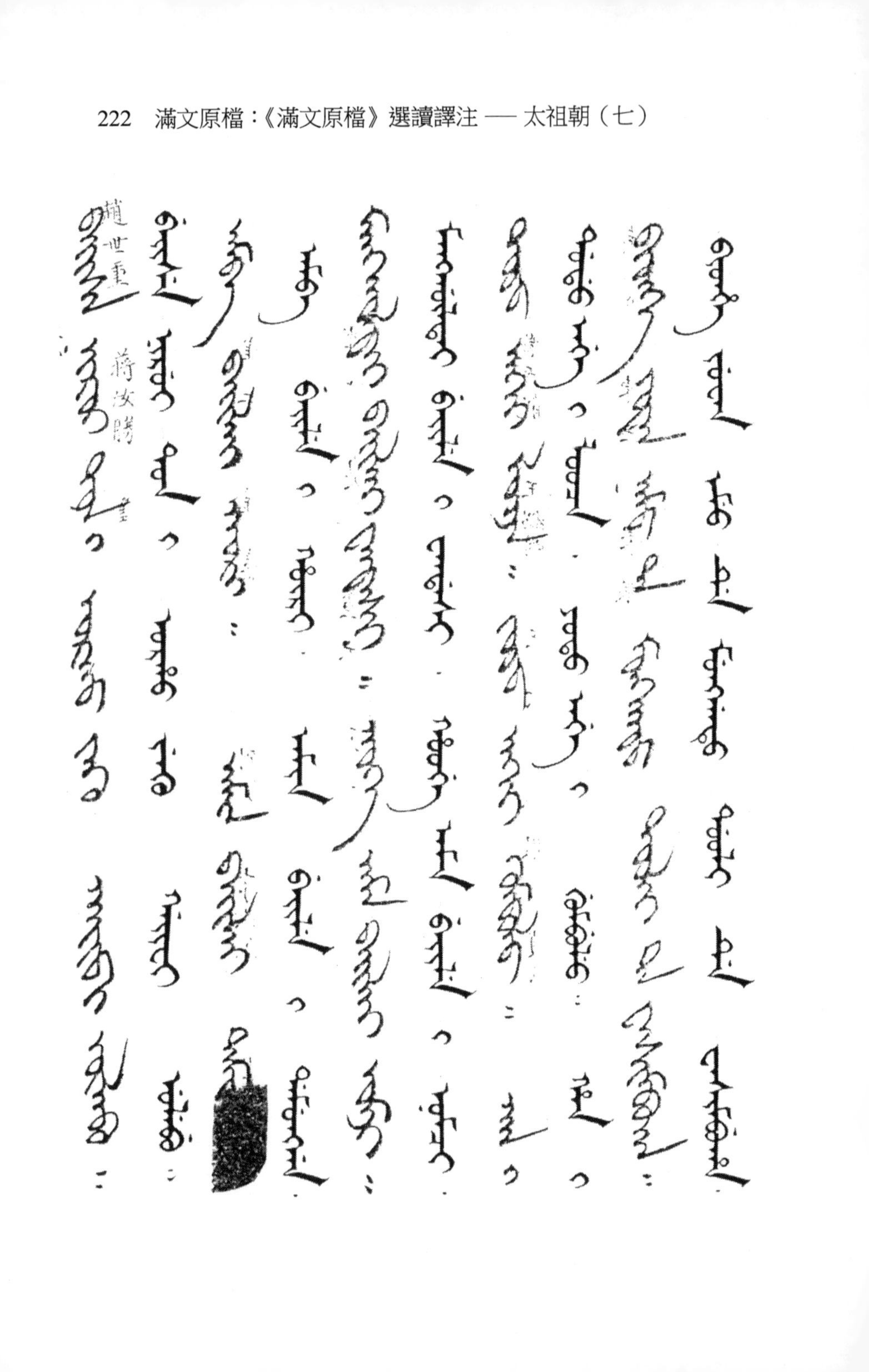

beise, nirui ton i orho jeku gaifi ulebu. amba beile i hūri, amin beile i damungga, manggūltai beile i wandasi, hooge ama beile i nomci, dodo age i looca, yoto age i gumbulu. han i bithe, juwan emu de munggatu dooli de wasimbuha,

---

着每貝勒按牛彔數領取糧草餵養之。」大貝勒之胡里、阿敏貝勒之達孟阿、莽古爾泰貝勒之萬達西、豪格父貝勒之諾木齊、多鐸阿哥之勞察、岳托阿哥之古木布祿。十一日，汗頒書諭道員蒙噶圖曰：

着每贝勒按牛彔数领取粮草喂养之。」大贝勒之胡里、阿敏贝勒之达孟阿、莽古尔泰贝勒之万达西、豪格父贝勒之诺木齐、多铎阿哥之劳察、岳托阿哥之古木布禄。十一日，汗颁书谕道员蒙噶图曰：

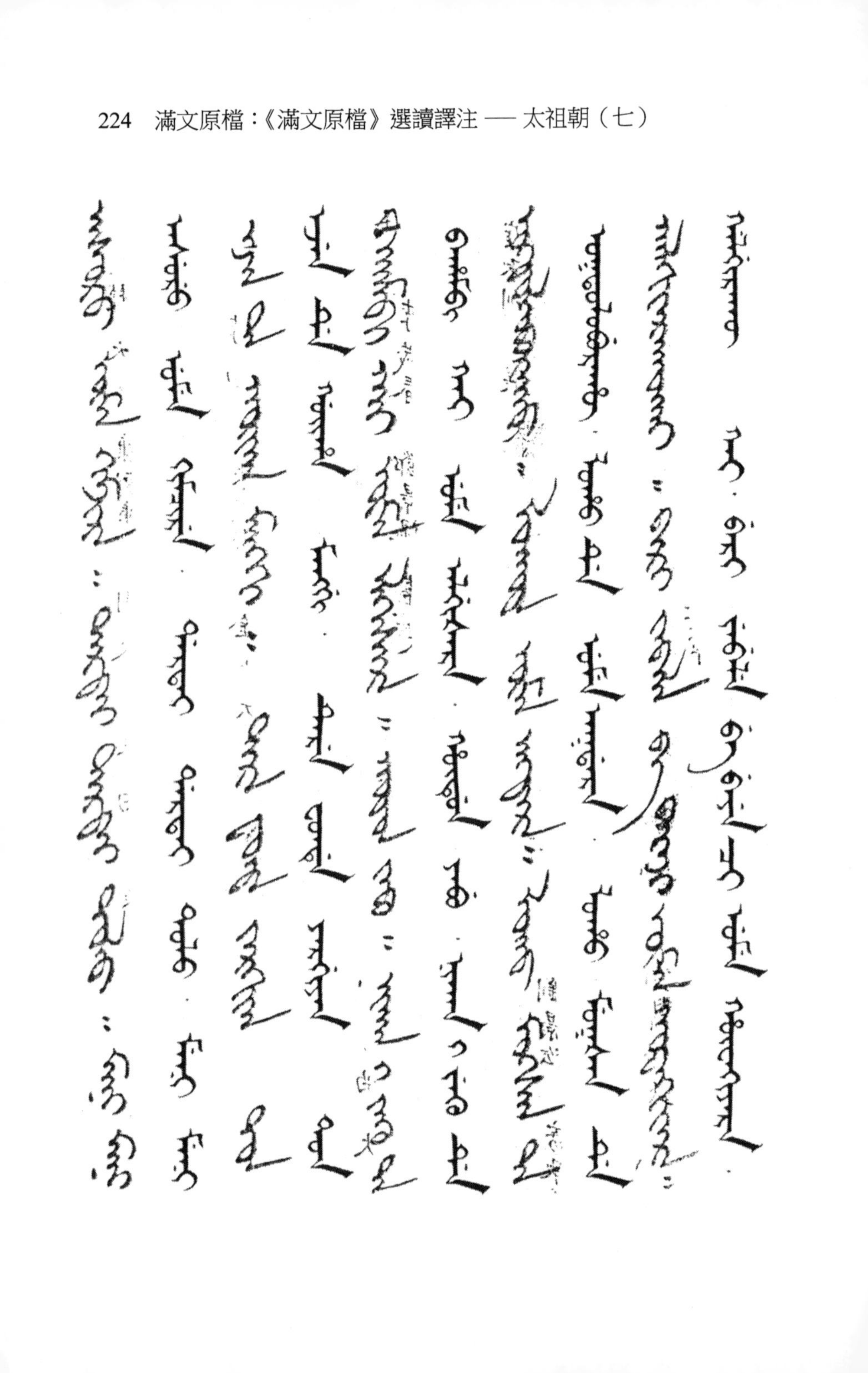

asuru ume kimcire, dartai dartai tolo, meni meni ejen de goiha manggi, tere fonde yargiyan ton bahambi kai. ume algišara, hūdun yabu, nikan i jeku de oktoloburahū, lohode ume akdara, loho mukšan de galgirakūkai. beri jebele be beyeci ume hūwakiyara,

---

「着從速清點，不必過詳。各主既經分得，其時必得實數也。不得聲張，從速前行，恐漢人下毒於糧。勿靠腰刀，不敵棍也。弓箭不得離身，

「着从速清点，不必过详。各主既经分得，其时必得实数也。不得声张，从速前行，恐汉人下毒于粮。勿靠腰刀，不敌棍也。弓箭不得离身，

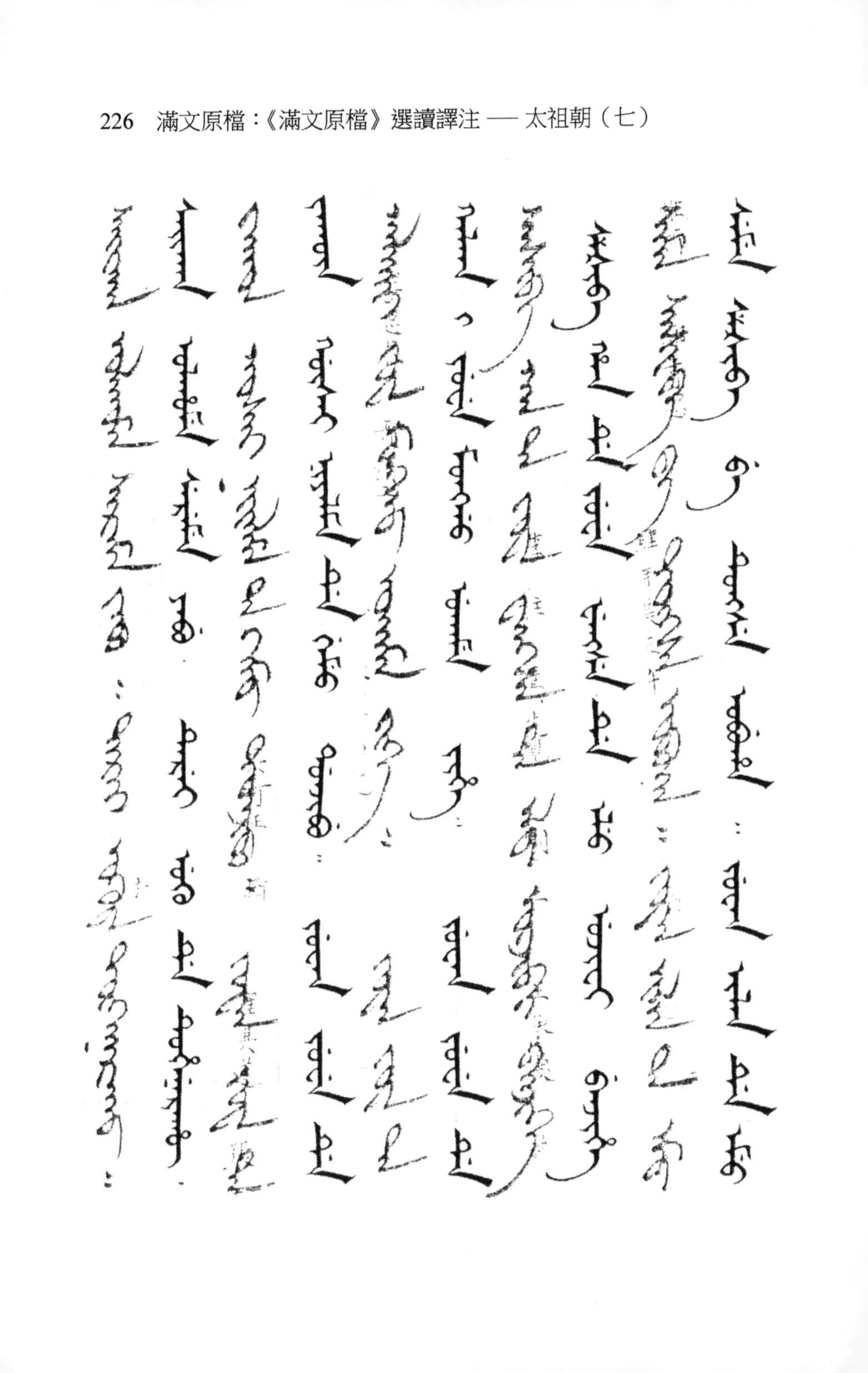

saikan olhome sereme yabu, terei ukude tuhenerahū. jakūn gūsai niyalma de gemu donjibu. juwan juwe de, kalkai juwe monggo ukame jihe. juwan juwe de, syšiba han de, juwe fengse de elu ujifi benjihe seme syšiba be tungse obuha. juwan ilan de, emu

---

妥善謹慎而行，恐落入其圈套。着傳諭八旗人皆聞知。」十二日，喀爾喀蒙古二人逃來。十二日，四十八以養葱二盆獻於汗，而授四十八為通事。十三日，

妥善谨慎而行，恐落入其圈套。着传谕八旗人皆闻知。」十二日，喀尔喀蒙古二人逃来。十二日，四十八以养葱二盆献于汗，而授四十八为通事。十三日，

十六、催徵官賦

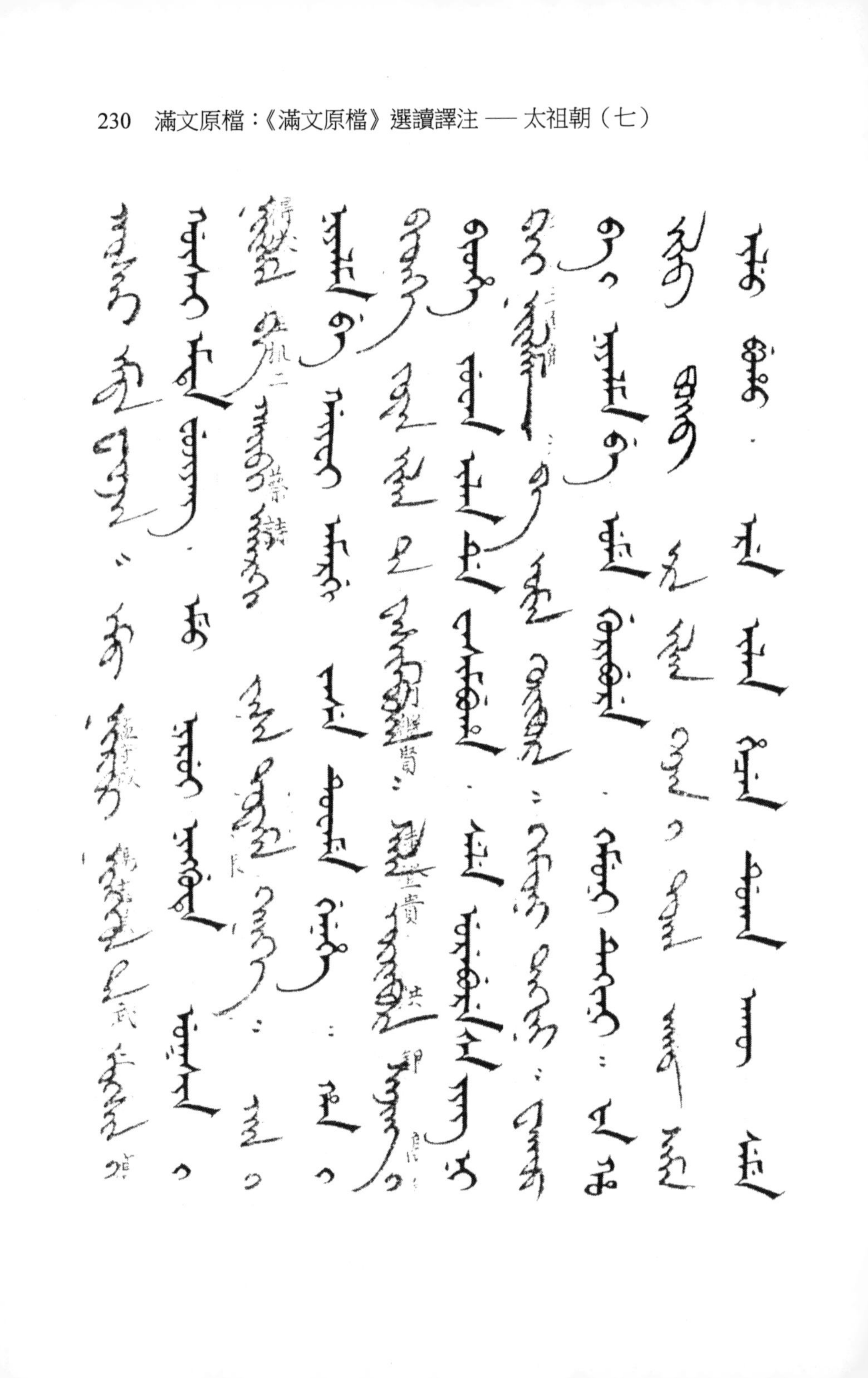

gūsai emte fujiyang, emu nirui ninggute uksin i niyalma be gaifi amargi jase tuwame genehe. han i bithe, juwan ilan de wasimbuha, sele urebure ša jing ni ba i niyalma be, ume guribure, kemuni tekini. fa ho, ilu, puho, ere ilan hecen duka akū seme

---

每旗以副將各一人率每牛彔披甲各六人，前往視察北界。十三日，汗頒書諭曰：「沙井地方煉鐵之人，勿令遷移，仍住該處。」因范河、懿路、蒲河此三城無門，

每旗以副将各一人率每牛彔披甲各六人，前往视察北界。十三日，汗颁书谕曰：「沙井地方炼铁之人，勿令迁移，仍住该处。」因范河、懿路、蒲河此三城无门，

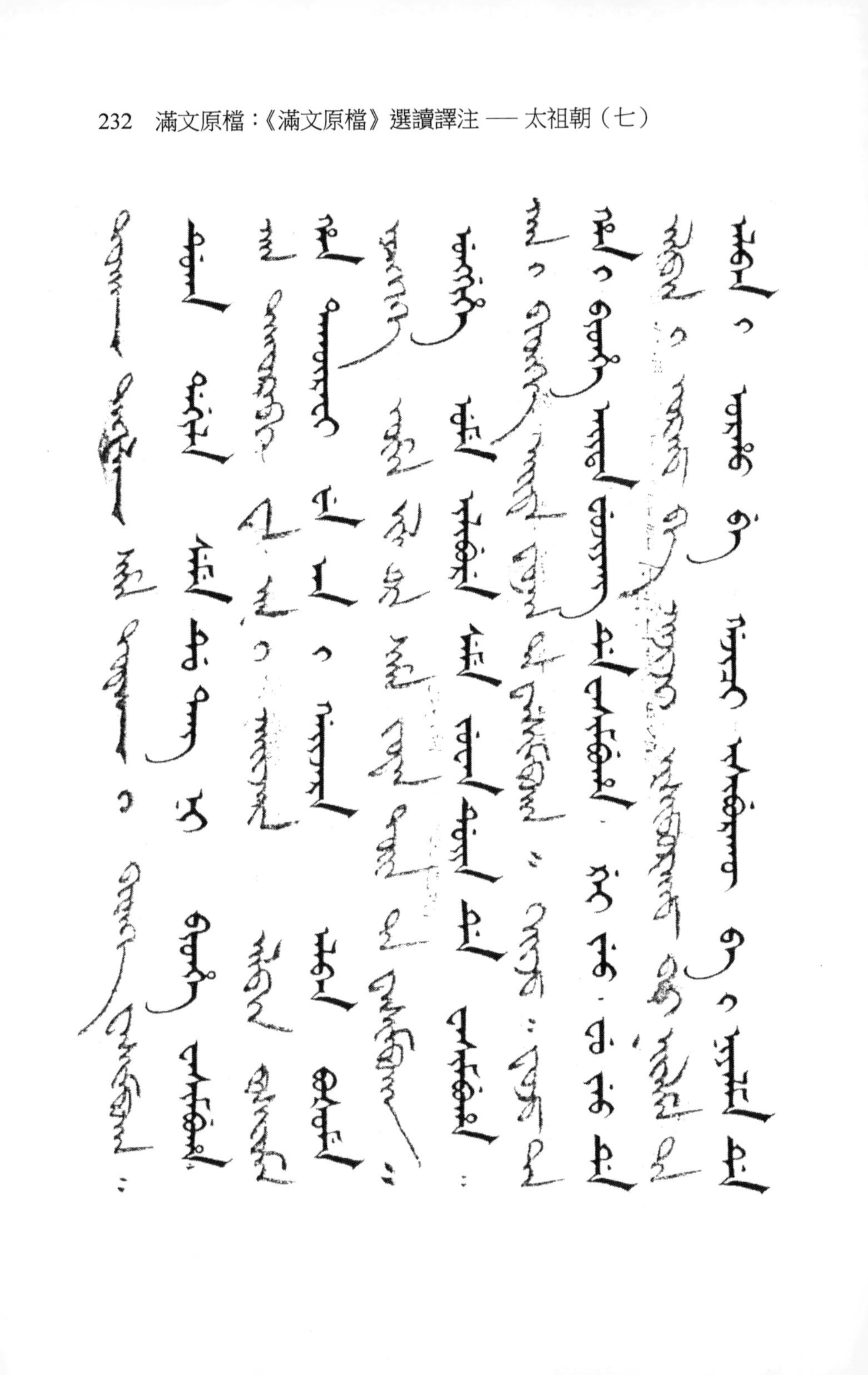

duka dagila seme, du tang ni bithe wasimbuha. han takūrafi, fe an i gaijara alban bošome unggihe, ume ilibure seme, juwan duin de wasimbuha. han i bithe, aita fujiyang de wasimbuha, g'ai jeo, fu jeo de alban i orho be gajici isiburakū ba i niyalma de

---

而由都堂頒書令其修門。十四日，汗頒書諭曰：「着遣人催徵舊日常例官賦，勿令停止。」汗頒書諭愛塔副將曰：「着將蓋州、復州所徵官草運至，其未送地方之人，

而由都堂颁书令其修门。十四日，汗颁书谕曰：「着遣人催征旧日常例官赋，勿令停止。」汗颁书谕爱塔副将曰：「着将盖州、复州所征官草运至，其未送地方之人，

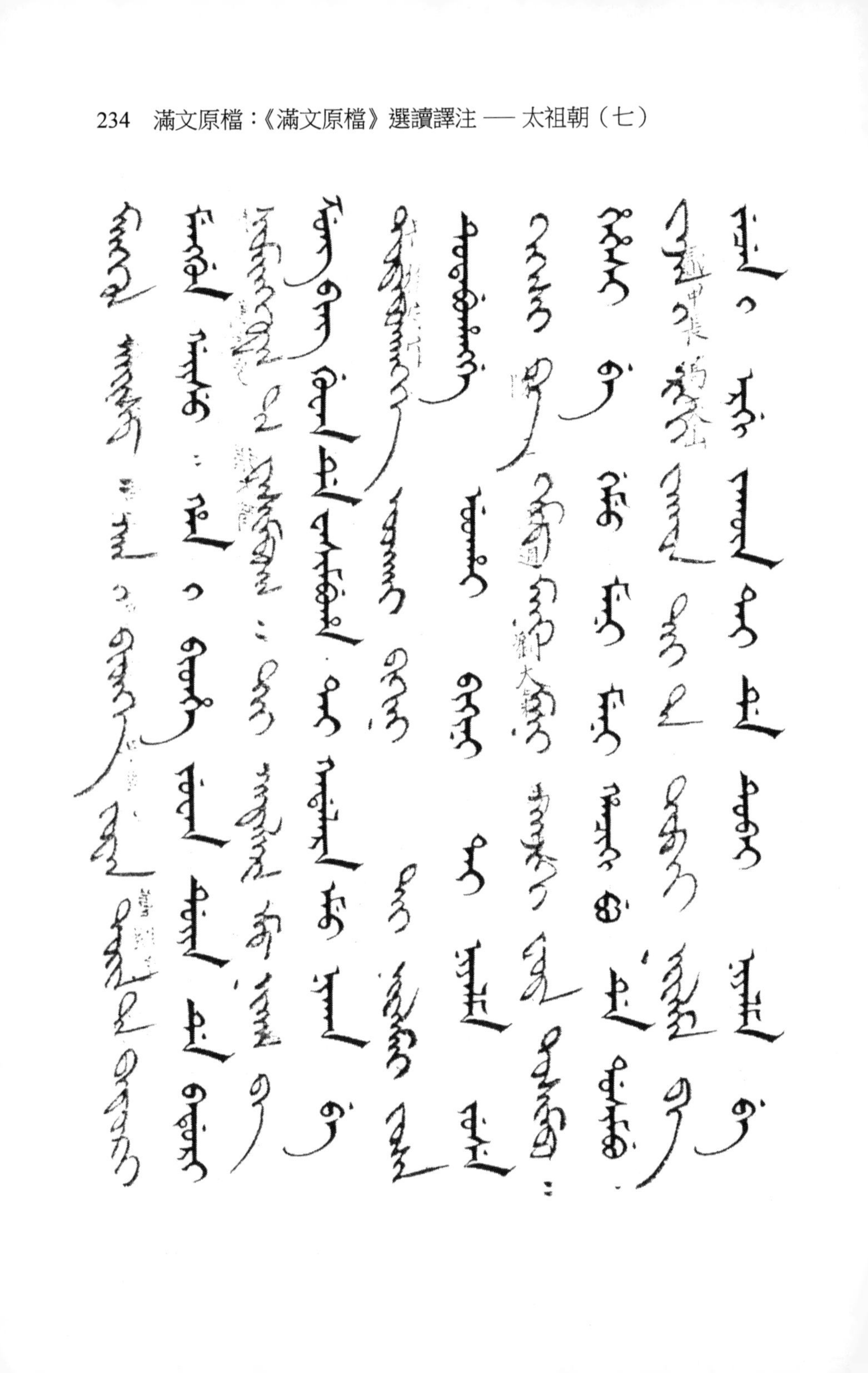

menggun gaisu. han i bithe, juwan duin de baduri dzung bing guwan de wasimbuha, tai kadalara emu nikan be tutabuhangge uthai bikini, tai niyalma juse hehesi be, gemu meni meni hanciki pu de dosimbu. jecen i ergi jakūn tai de tubai niyalma be

---

則徵以銀兩。」十四日，汗頒書諭巴都里總兵官曰：「其留管台一漢人者，即留之，台人妻孥皆令遷入鄰近各堡。沿邊境八台，

则征以银两。」十四日，汗颁书谕巴都里总兵官曰：「其留管台一汉人者，即留之，台人妻孥皆令迁入邻近各堡。沿边境八台，

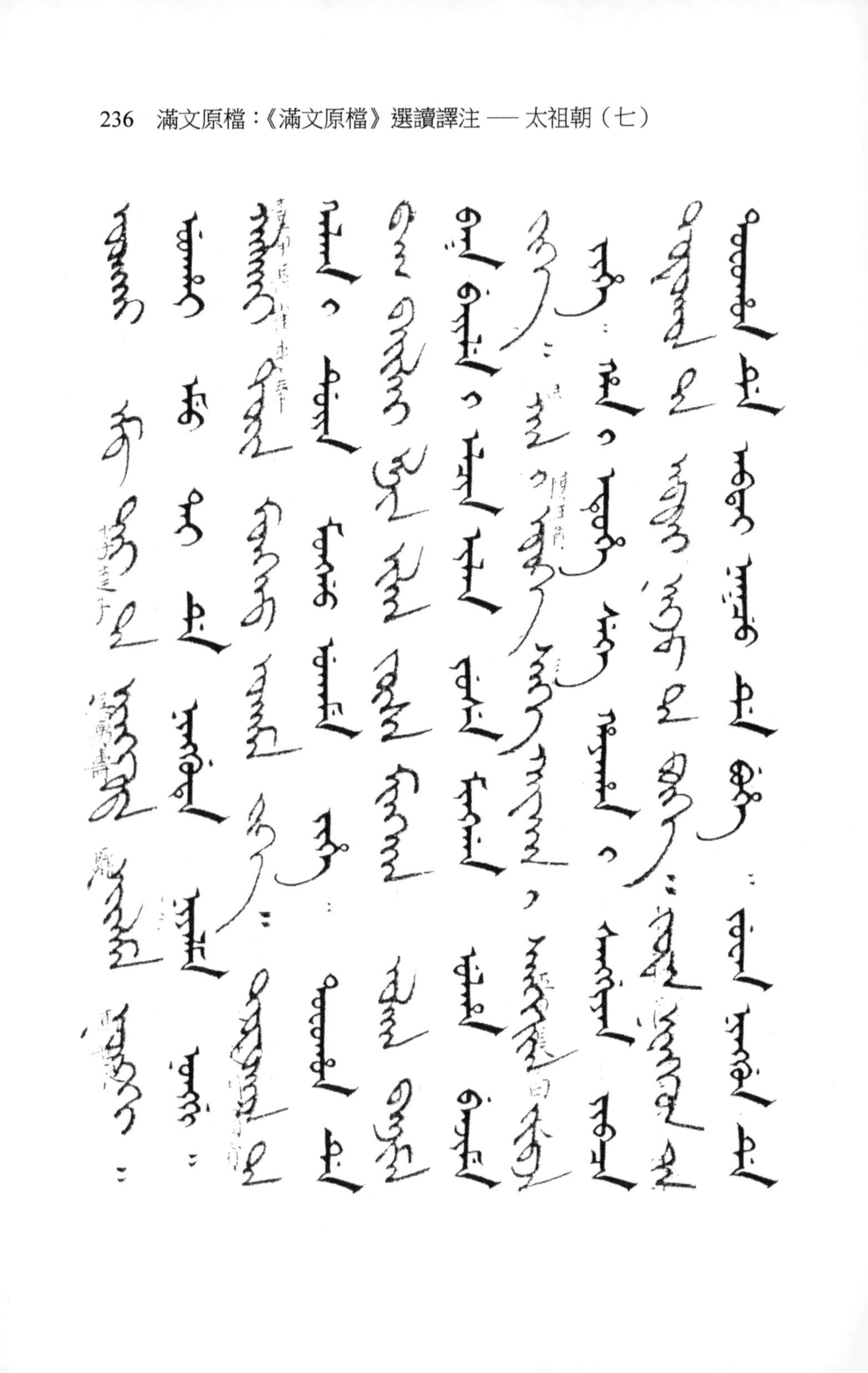

uthai emu tai de ninggute niyalma unggi. kalkai duin monggo ukame jihe. tofohon de, bak beile i elcin, ilan juse minggan ulha benjime jihe. han i etuhe seke hayahan i šanggiyan jibca, tofohon de abtai nakcu de buhe. juwan ninggun de

---

每台即加派當地之人各六名。」喀爾喀蒙古四人逃來。十五日，巴克貝勒之使者送三子及一千牲畜前來。十五日，汗以御用貂鑲白皮襖賜阿布泰舅舅。十六日，

每台即加派当地之人各六名。」喀尔喀蒙古四人逃来。十五日，巴克贝勒之使者送三子及一千牲畜前来。十五日，汗以御用貂镶白皮袄赐阿布泰舅舅。十六日，

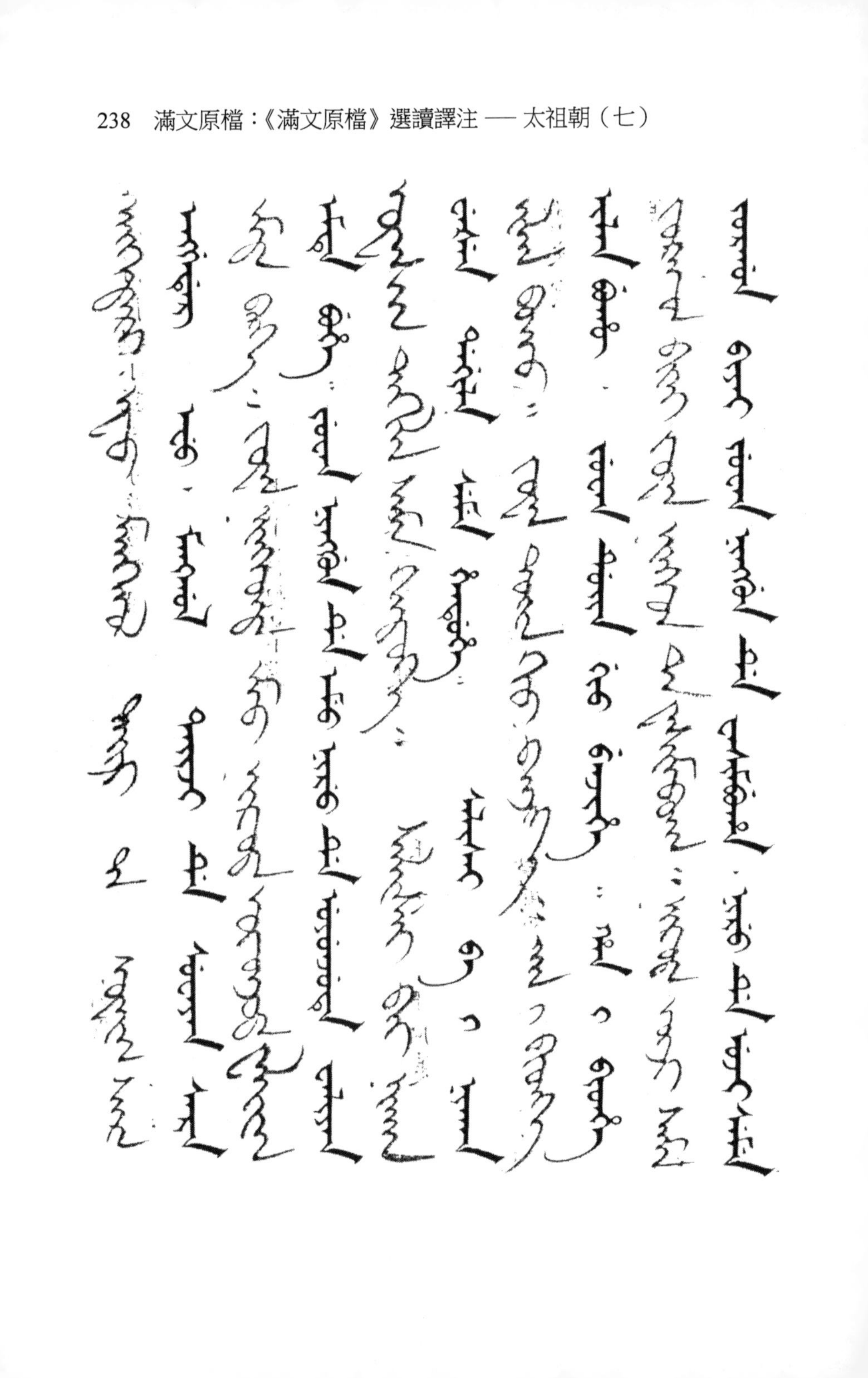

enggeder efu, manggol taiji de suwayan sara emte buhe. juwan ninggunde, emu niru de uyunjute waliyan wešen dagila seme henduhe. salisai bai nikan, ilan buhū, juwan duin gio benjihe. han i bithe, jorgon biyai juwan ninggun de wasimbuha, niru de uji seme

---

賜恩格德爾額駙、莽古勒台吉黃傘各一把。十六日，令每牛彔備辦打獸套網[42]各九十副。薩里賽地方之漢人來獻鹿三隻、狍十四隻。十二月十六日，汗頒書諭曰：

賜恩格德尔额驸、莽古勒台吉黄伞各一把。十六日，令每牛录备办打兽套网各九十副。萨里赛地方之汉人来献鹿三只、狍十四只。十二月十六日，汗颁书谕曰：

---

[42] 打獸套網，《滿文原檔》寫作“walijan uwasan (uwesen)”，《滿文老檔》讀作“waliyan wešen”。句中“waliyan”，疑為衍詞。

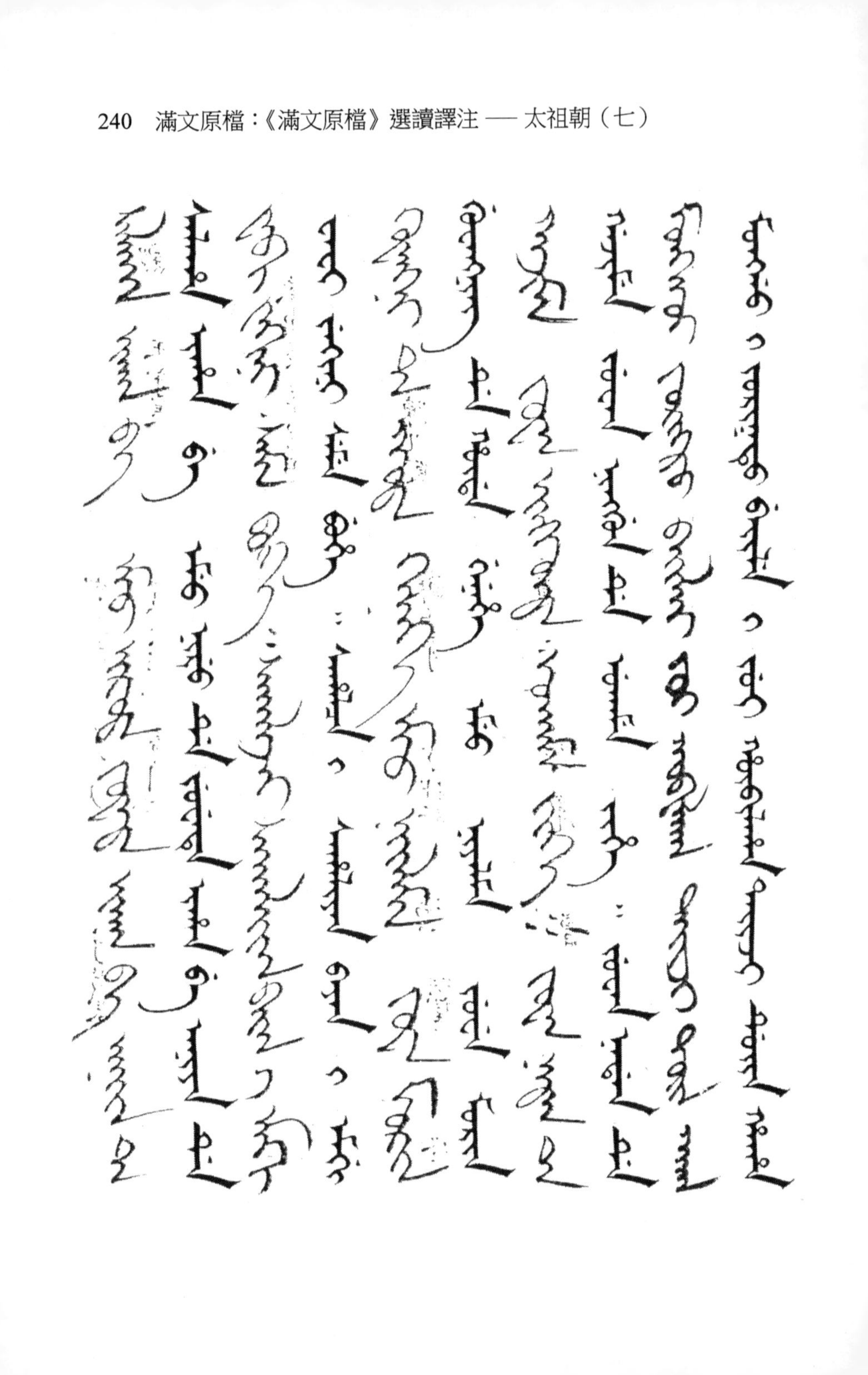

salaha ihan be emu nirude juwete ihan be aniya de wafi jekini seme buhe. sahalca i sahaliyan bayan i emgi guwangning de hūda genehe emu niyalma, juwe morin gajime juwan ninggun de ukame jihe. juwan nadan de monggoi joriktu beile i jui hūbilhan taiji, duin haha

---

新年[43]時，准每牛彔宰殺散給各牛彔飼養之牛各二頭食用。與薩哈勒察之薩哈連巴顏同往廣寧貿易之一人於十六日攜馬二匹逃來。十七日，蒙古卓里克圖貝勒之子呼畢勒罕[44]台吉屬下

新年时，准每牛录宰杀散给各牛录饲养之牛各二头食用。与萨哈勒察之萨哈连巴颜同往广宁贸易之一人于十六日携马二匹逃来。十七日，蒙古卓里克图贝勒之子呼毕勒罕台吉属下

---

43 新年，《滿文原檔》、《滿文老檔》俱讀作“aniya”，訛誤，應改正作“aniya inenggi”，意即「元旦」。

44 呼畢勒罕，《滿文原檔》寫作“kobilkan”，《滿文老檔》讀作“hūbilhan”。按滿文“hūbilhan”係蒙文“qubilɣan”借詞，意即「化身」。

十七、尋毛文龍

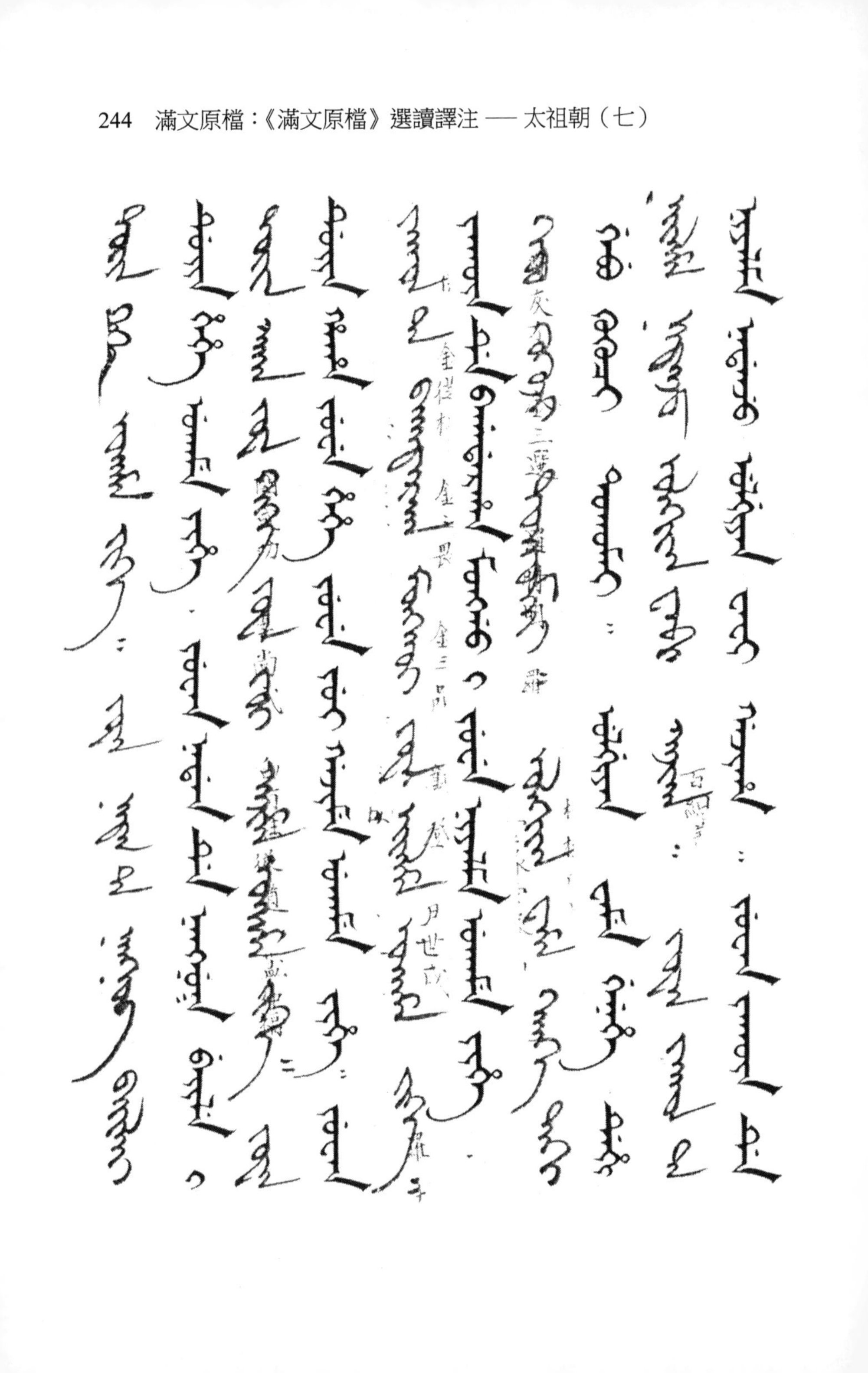

duin hehe ukame jihe. juwan nadan de nangnuk beilei duin haha, juwe hehe, juwe jui gajime ukame jihe. juwan jakūn de bagadarhan monggoi juwe niyalma ukame jihe, gebu kukuci, tokomai. ulgiyan wame genehe dehi niyalma, nadanju ulgiyan wafi gajiha. juwan jakūn de

---

四男四女逃來。十七日，囊努克貝勒屬下四男二女攜二子逃來。十八日，蒙古巴噶達爾漢所屬二人逃來，名庫庫齊、托闊麥。前往殺豬之四十人，殺豬七十隻攜至。十八日，

四男四女逃来。十七日，囊努克贝勒属下四男二女携二子逃来。十八日，蒙古巴噶达尔汉所属二人逃来，名库库齐、托阔麦。前往杀猪之四十人，杀猪七十只携至。十八日，

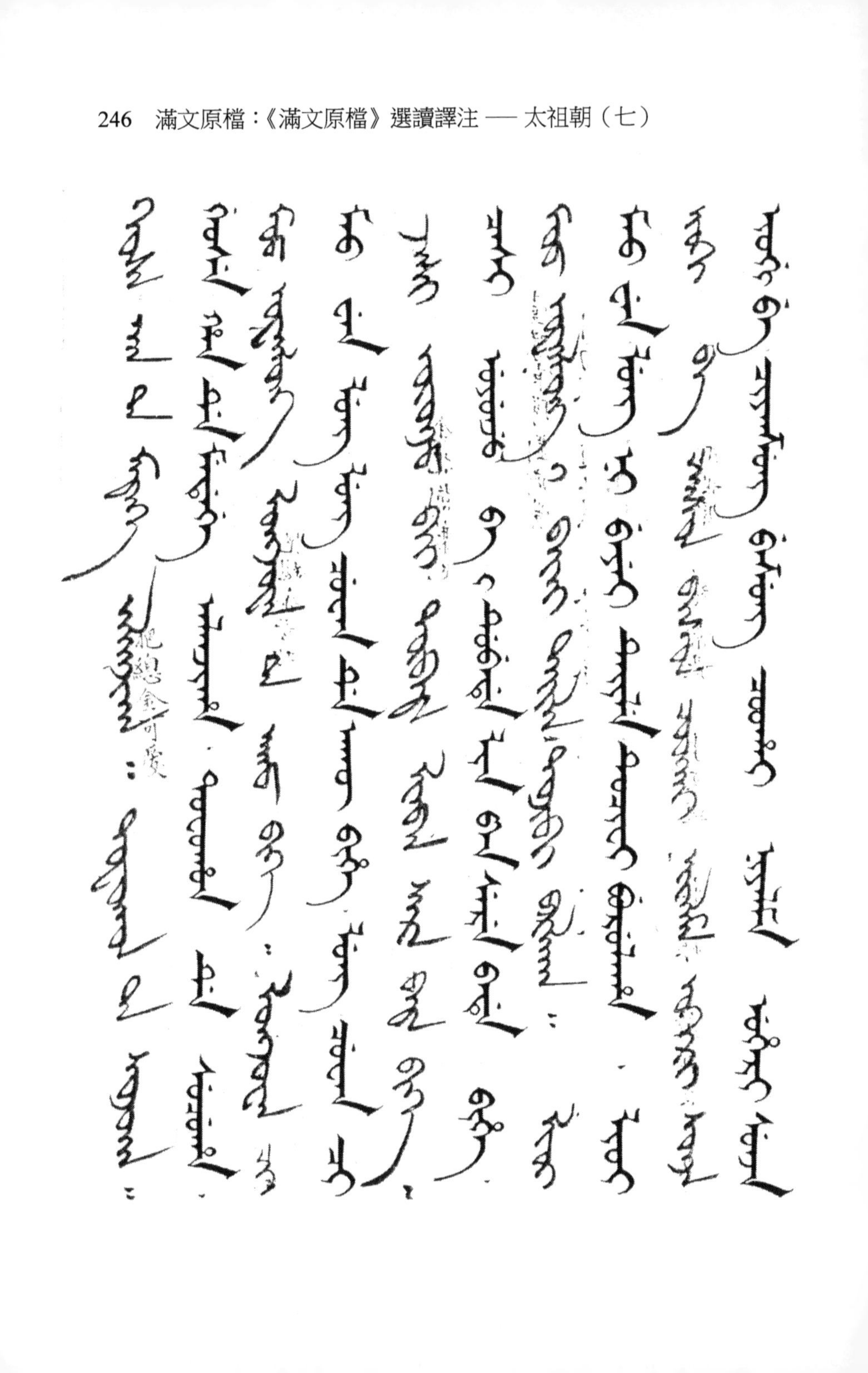

geose han de medege alanjiha, tofohon de sucuha, mao wen lung, lung cuwan de akū bihe, lung cuwan ci casi uyunju bai dubede lin pan sere bade bihe. mao wen lung ni beyei teile tucifi burulaha, lioi iogi be, ciyandzung, bedzung coohai niyalma uheri sunja

---

苟色前來告知汗信息：「十五日衝殺毛文龍，時毛文龍不在龍川，而在距龍川九十里外林畔地方。毛文龍隻身敗走，擒殺呂遊擊、千總、百總及兵丁

苟色前来告知汗信息：「十五日冲杀毛文龙，时毛文龙不在龙川，而在距龙川九十里外林畔地方。毛文龙只身败走，擒杀吕游击、千总、百总及兵丁

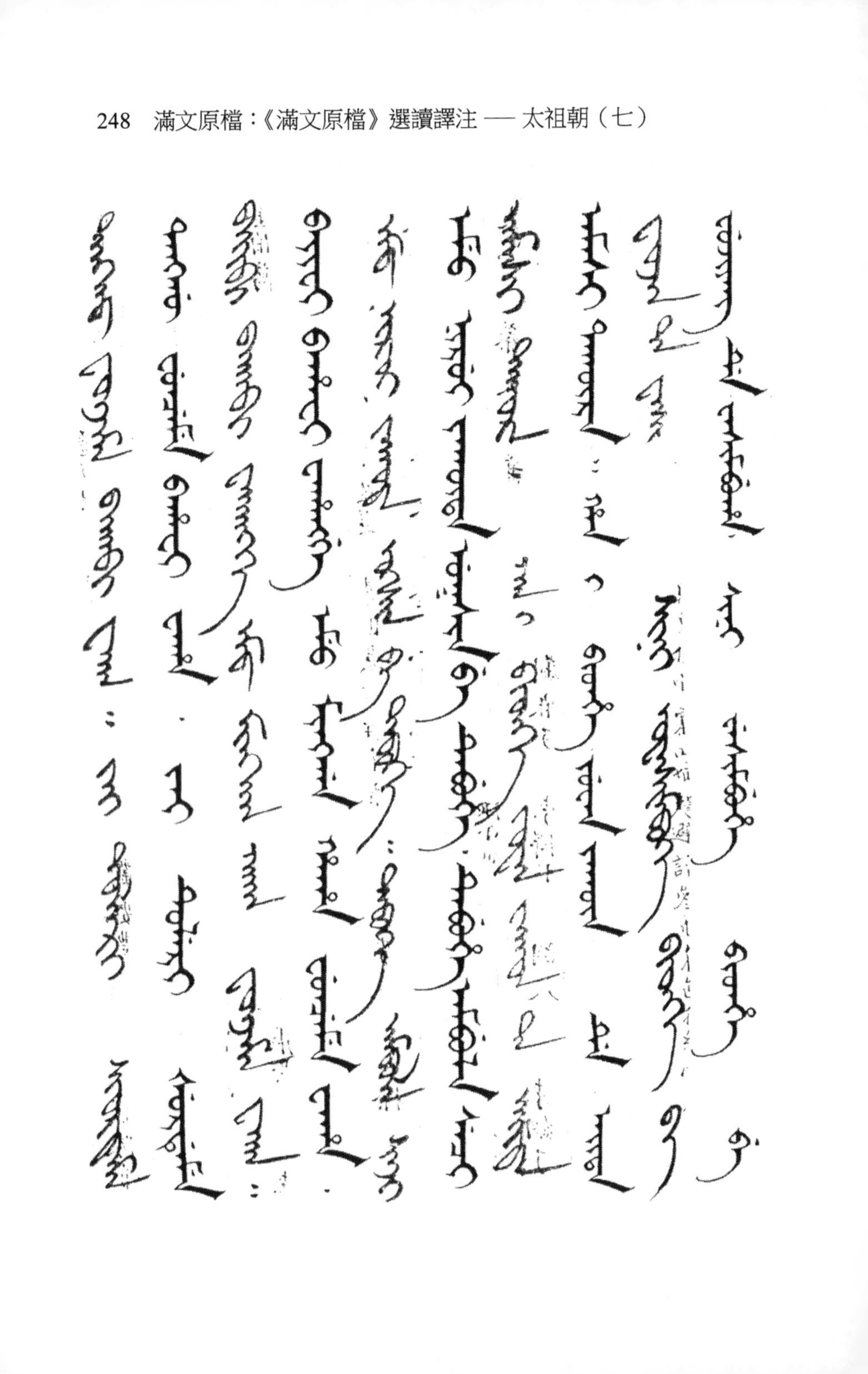

tanggū funceme bahafi waha. jai tuleri šurdeme baifi bahafi wahangge, emu minggan haha funceme waha. emu nirui jakūta uksin be tebuhe, tebuhe ambula seci amasi takūra. han i bithe, juwan jakūn de aita fujiyang de wasimbuha, sini wesimbuhe bithe be

---

共五百餘人。又於外圍搜索擒殺者，殺男丁一千餘人。每牛彔留披甲各八人駐守，若駐兵過多，可以遣回。十八日，汗頒書諭愛塔副將曰：「爾所奏之書

共五百余人。又于外围搜索擒杀者，杀男丁一千余人。每牛彔留披甲各八人驻守，若驻兵过多，可以遣回。十八日，汗颁书谕爱塔副将曰：「尔所奏之书

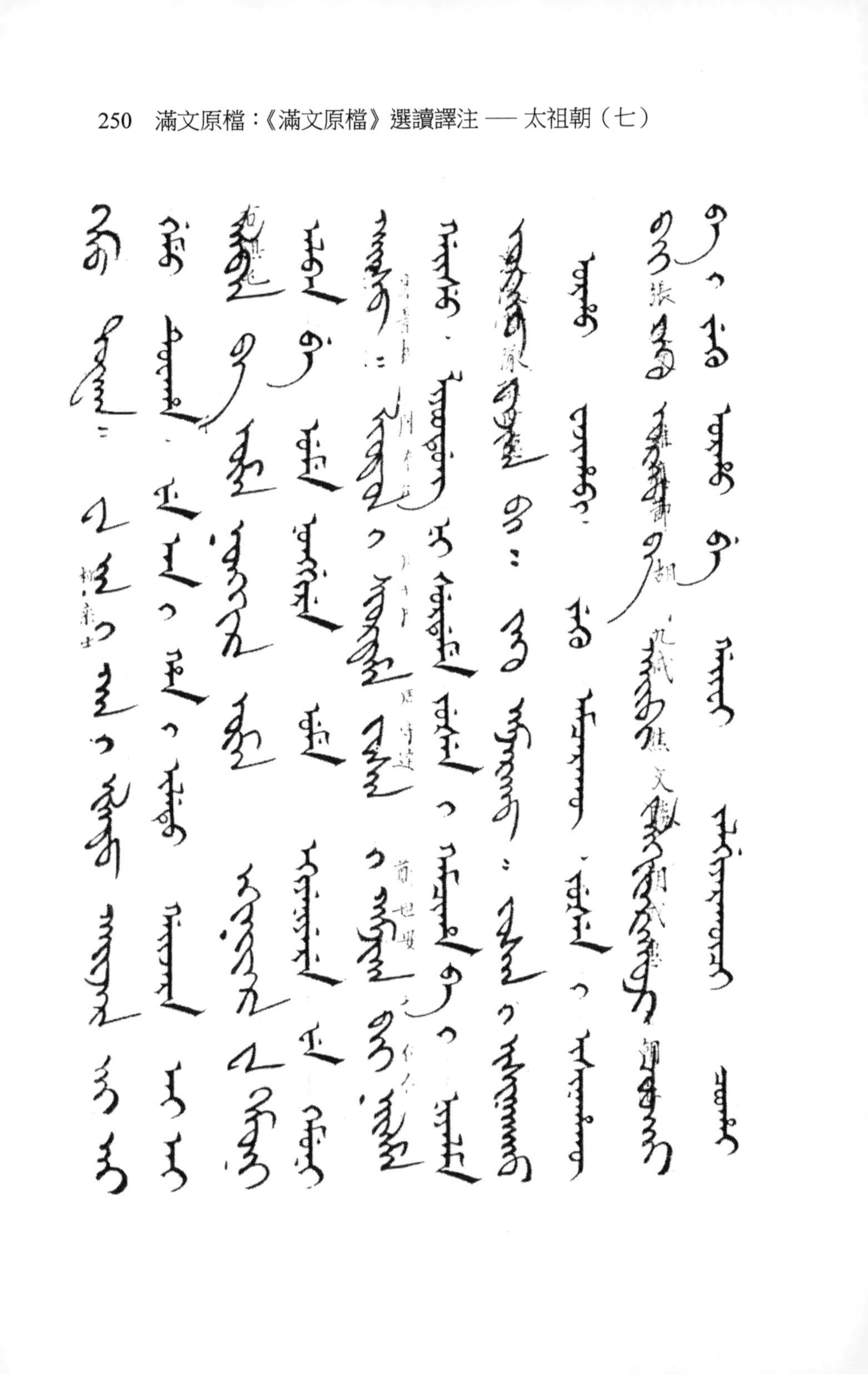

gemu tuwaha. fe an i han i iletu gaijara ai ai alban be ume nonggire, ume ekiyeniyere, fe kemuni gaisu. liyoodung ni šurdeme jušen i kamciha bai niyalma, orho wajihabi, jeku amcarakū, jušen i isinahakū bai jeku orho be gaifi jalgiyarakūci, coohai

---

皆已覽矣。汗沿明舊制明徵各項官賦，勿增勿減[45]，仍照舊例徵收。遼東周圍與諸申雜居地方之人，草已用盡，糧亦不繼，倘不取諸申未到地方之糧草添補，

皆已览矣。汗沿明旧制明征各项官赋，勿增勿减，仍照旧例征收。辽东周围与诸申杂居地方之人，草已用尽，粮亦不继，倘不取诸申未到地方之粮草添补，

---

45 勿減，句中「減」，《滿文原檔》寫作"ekinija(e)ra(e)"，《滿文老檔》讀作"ekiyeniyere"。

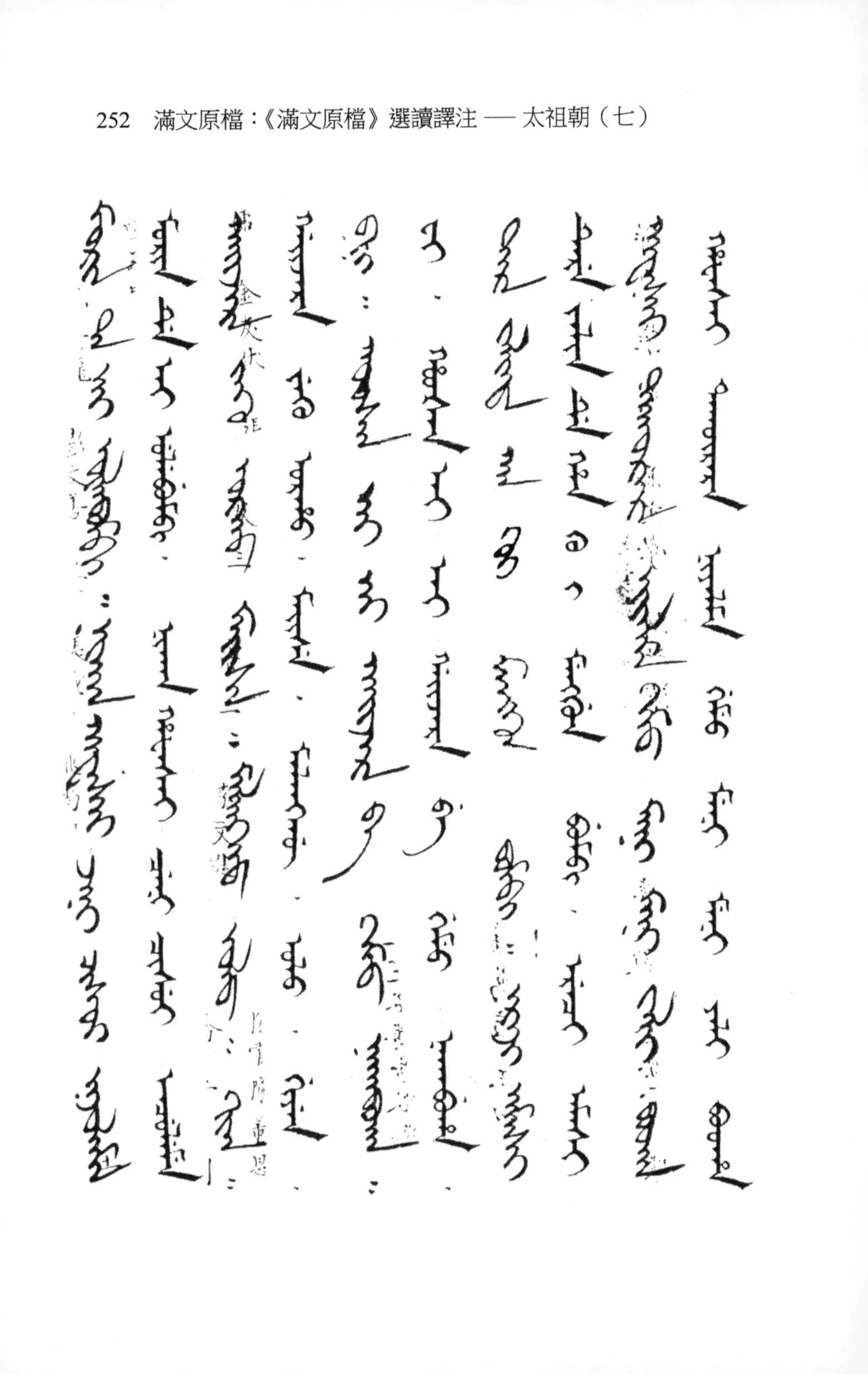

morin de ai ulebumbi. nikan hafasai ceni cisui enculeme gaijara jeku orho, maise, malanggū, olo, giyen, fi, hoošan ai ai gaijara be gemu nakabuha. tere jalin de, han, kui menggun bumbi. ereci amasi hafasai takūrara niyalma gemu meni meni yali booha

---

何以餵養兵馬？漢官擅自徵收糧草、麥、芝麻、線麻、藍靛、筆、紙等諸物，俱令停徵。為此，汗將發給庫銀。嗣後，官差人等皆須各自攜帶購買肉殽之價銀，

何以喂养兵马？汉官擅自征收粮草、麦、芝麻、线麻、蓝靛、笔、纸等诸物，俱令停征。为此，汗将发给库银。嗣后，官差人等皆须各自携带购买肉殽之价银，

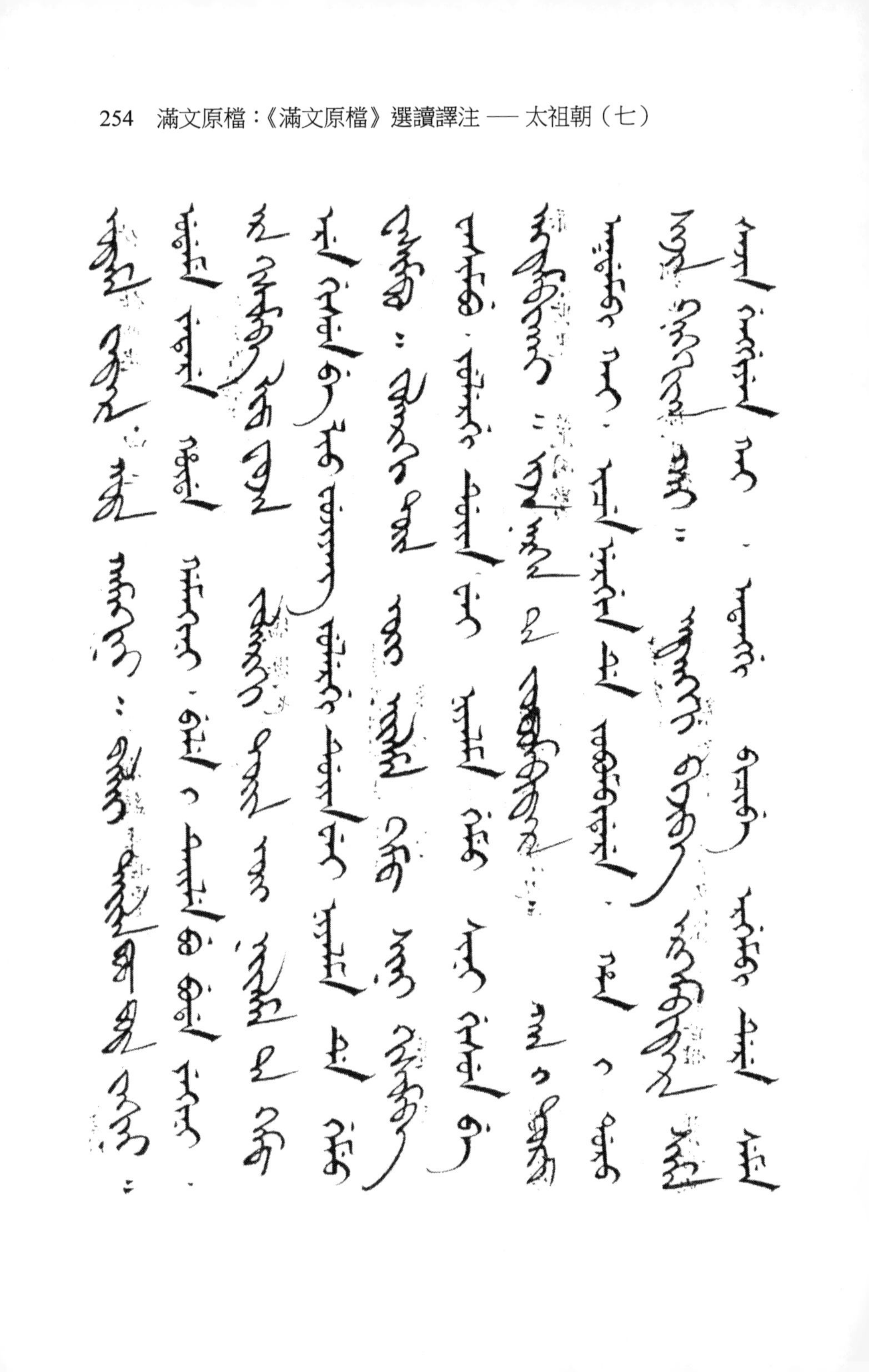

udame jetere hūda gamakini, bele i teile bu buda jekini. ere gisumbe lio fujiyang, julergi duin wei niyalma de gemu wasimbu, julergi duin wei niyalma, gemu sini gisumbe akdambi kai. ice nergin de jobombidere, han i doro šajin genggiyen kai, atanggi bicibe ergembidere seme

---

盡給米吃飯。着劉副將將此言皆傳諭南四衛之人，南四衛之人皆信爾言也。起初雖屬艱難，然汗之政法清明也，終究有安逸之日等語，

尽给米吃饭。着刘副将将此言皆传谕南四卫之人，南四卫之人皆信尔言也。起初虽属艰难，然汗之政法清明也，终究有安逸之日等语，

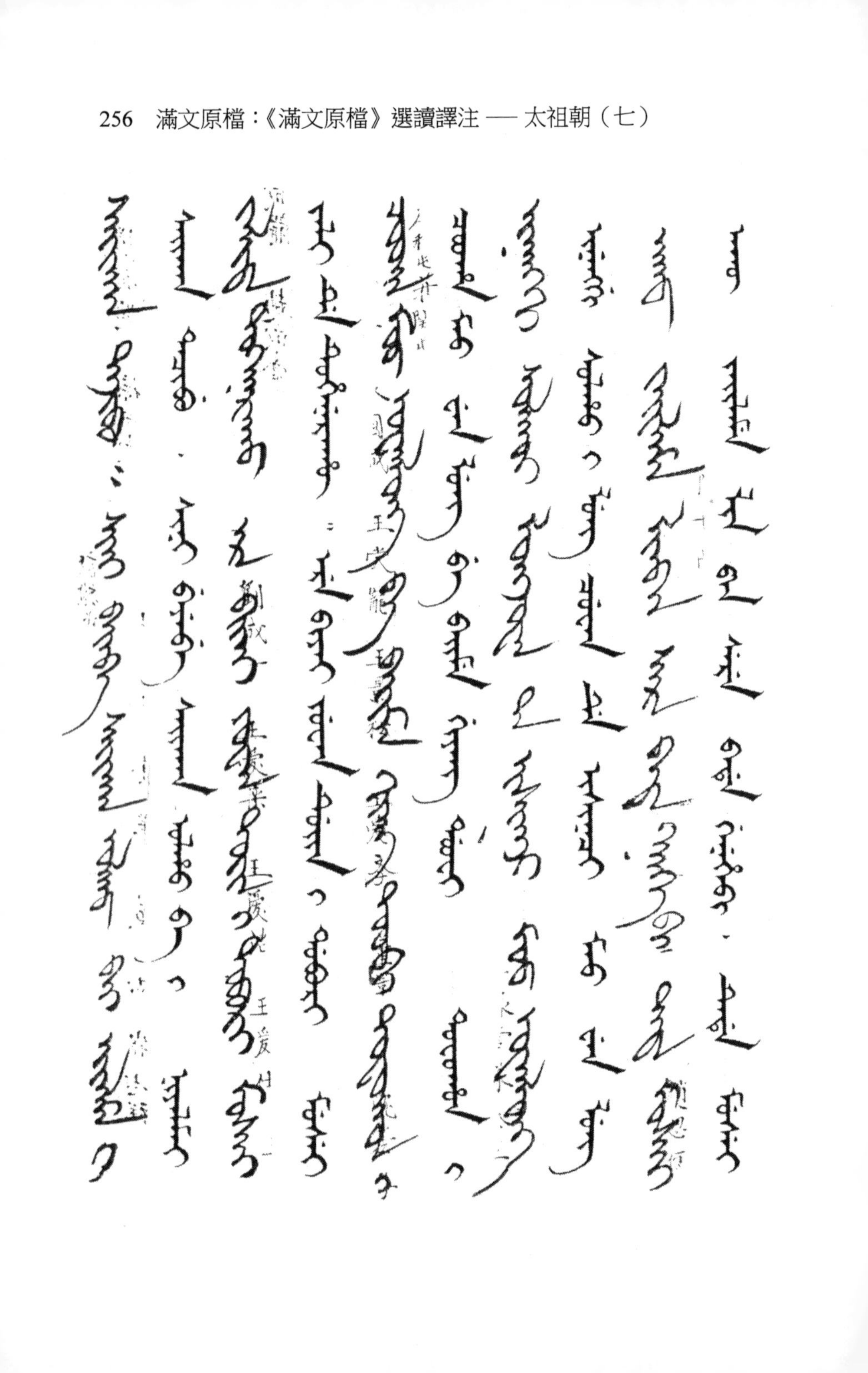

saikan tacibu. sini beyebe saikan olho, ba i niyalmai jalide tuhenerahū. ere biyai juwan duin i dobori, musei cooha mao wen lung be baime giyang doofi, tofohon i inenggi solhoi lung cuwan de isinaci, mao wen lung akū, jailame lin pan sere bade genehebi. tede musei

---

善加訓諭。爾本人當善加謹慎，恐墮地方人之詭計也。」本月十四日夜，我軍渡江往尋毛文龍。十五日至朝鮮龍川，毛文龍不在，已避往林畔地方。

善加训谕。尔本人当善加谨慎，恐堕地方人之诡计也。」本月十四日夜，我军渡江往寻毛文龙。十五日至朝鲜龙川，毛文龙不在，已避往林畔地方。

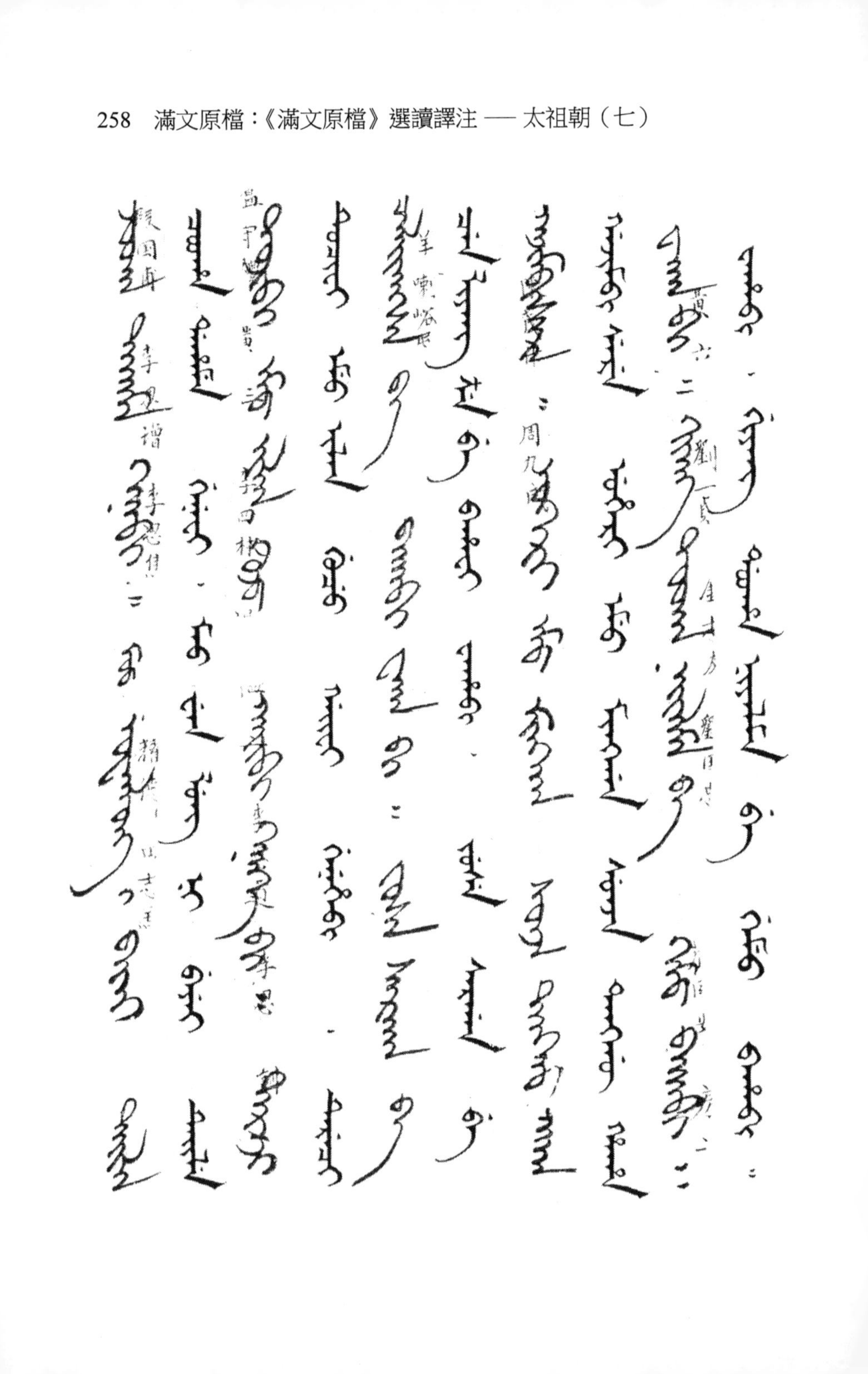

cooha dahame genefi, mao wen lung ni beyei teile tucifi, emu ilan gucu gaifi genehebi. tereci cen liyang ts'e be bahafi wahabi, juse sargan be gajimbi sere uheri emu minggan sunja tanggū haha wahabi, giyang dooha niyalma be gemu bahabi.

我軍尾隨前往該地，毛文龍隻身遁去，僅率僚友數人而去。遂擒殺陳良策，俘其妻孥。共斬男丁一千五百人，俱獲其渡江之人。

我军尾随前往该地，毛文龙只身遁去，仅率僚友数人而去。遂擒杀陈良策，俘其妻孥。共斩男丁一千五百人，俱获其渡江之人。

十八、子襲父職

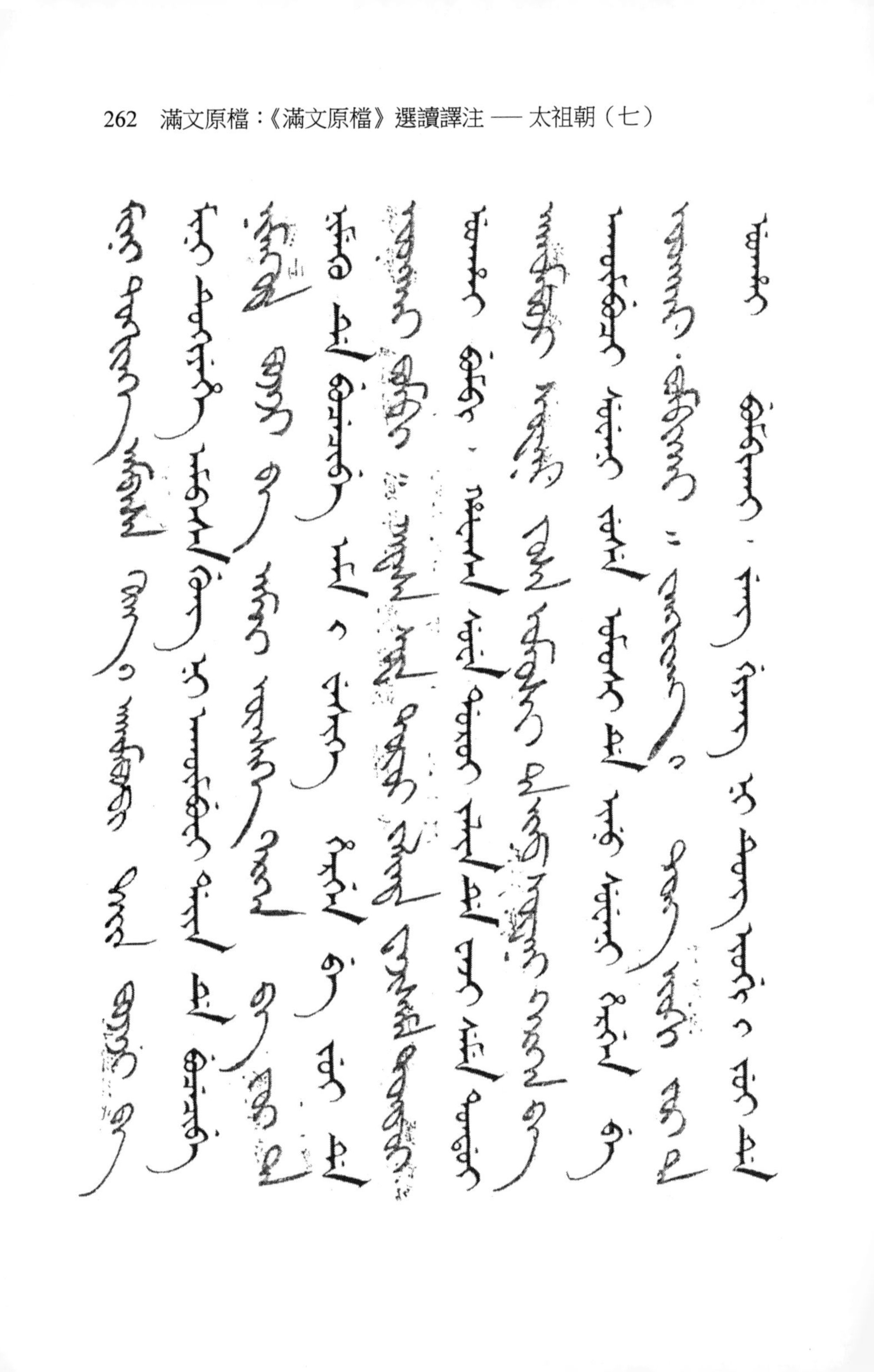

mini tukiyehe ambasa gung ni akūmbufi dain de bucecibe nimeku de bucecibe, ama i wesike hergen be jui de uthai bumbi. hafasa suwe doroi jalin de waji seme tondoi akūmbuci suweni juse omosi de inu suweni hergen be uthai bumbikai, jeng giyang ni tung iogi i jui de

---

我所擢用之大臣，凡竭盡有功者，或陣亡，或病故，即令其子承襲其父所陞之職。爾等官員倘為國捐軀盡忠，則爾等之子孫即可襲爾等之職也。鎮江佟遊擊之子，

我所擢用之大臣，凡竭尽有功者，或阵亡，或病故，即令其子承袭其父所升之职。尔等官员倘为国捐躯尽忠，则尔等之子孙即可袭尔等之职也。镇江佟游击之子，

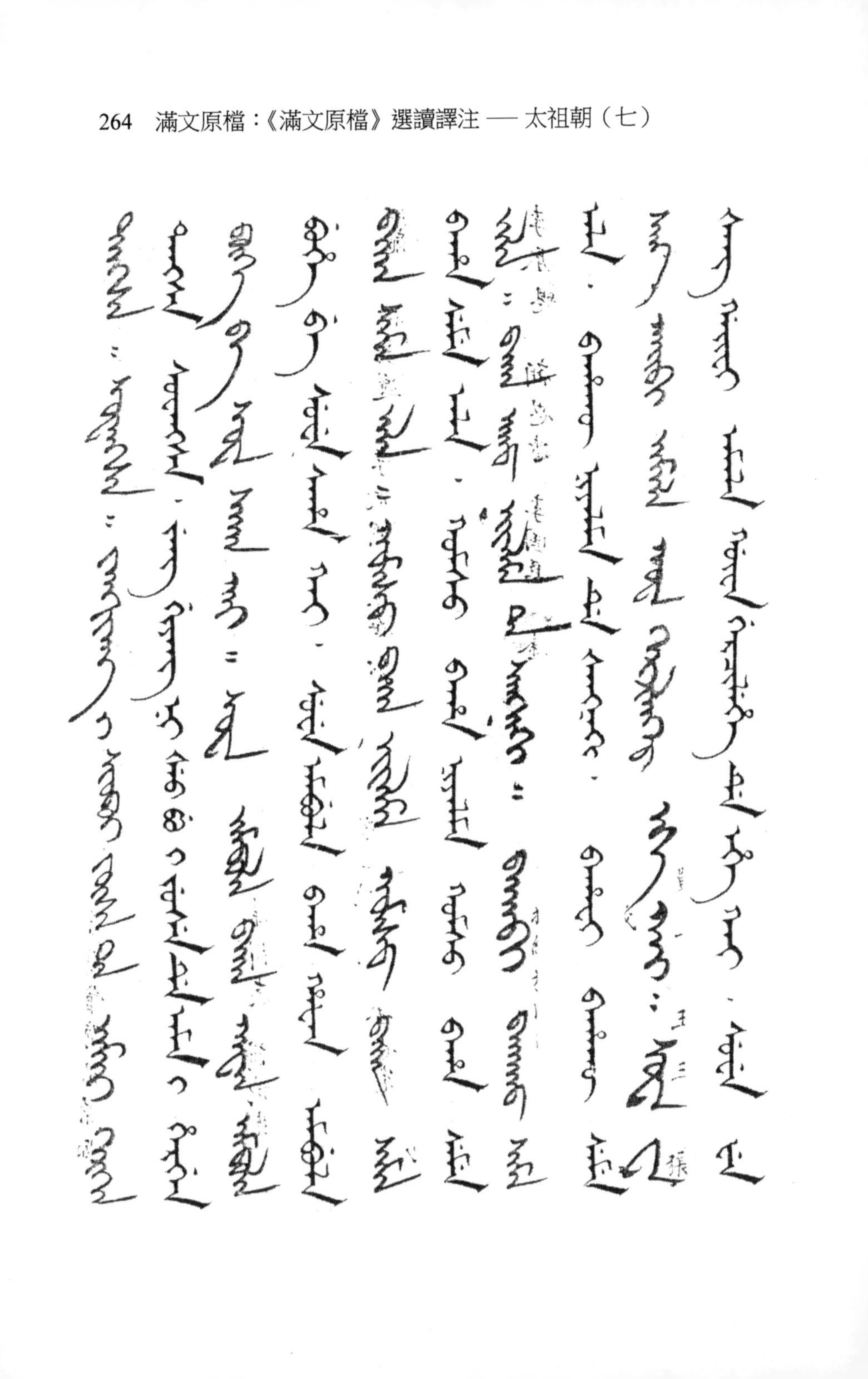

tangsa, sowangsa, jeng giyang ni šeopui juse de ama i hergen buhe be suwe saha kai. suwe ambula baha hafan ambula baha seme ala, komso baha niyalma, komso baha seme ala, bahakū niyalma de šangnaki, bahafi, bahakū seme šang gaifi, amala gūwa gercilehe de ehe kai. suwe fe

---

湯山、雙山、鎮江守堡之子皆襲父職，乃爾等所知也。爾等多得之官則說多得，爾等少得之人，則說少得，其未得之人，則賞之。既有所得，揑稱未得而取賞，其後被他人告發時，豈非很不好耶？

汤山、双山、镇江守堡之子皆袭父职，乃尔等所知也。尔等多得之官则说多得，尔等少得之人，则说少得，其未得之人，则赏之。既有所得，揑称未得而取赏，其后被他人告发时，岂非很不好耶？

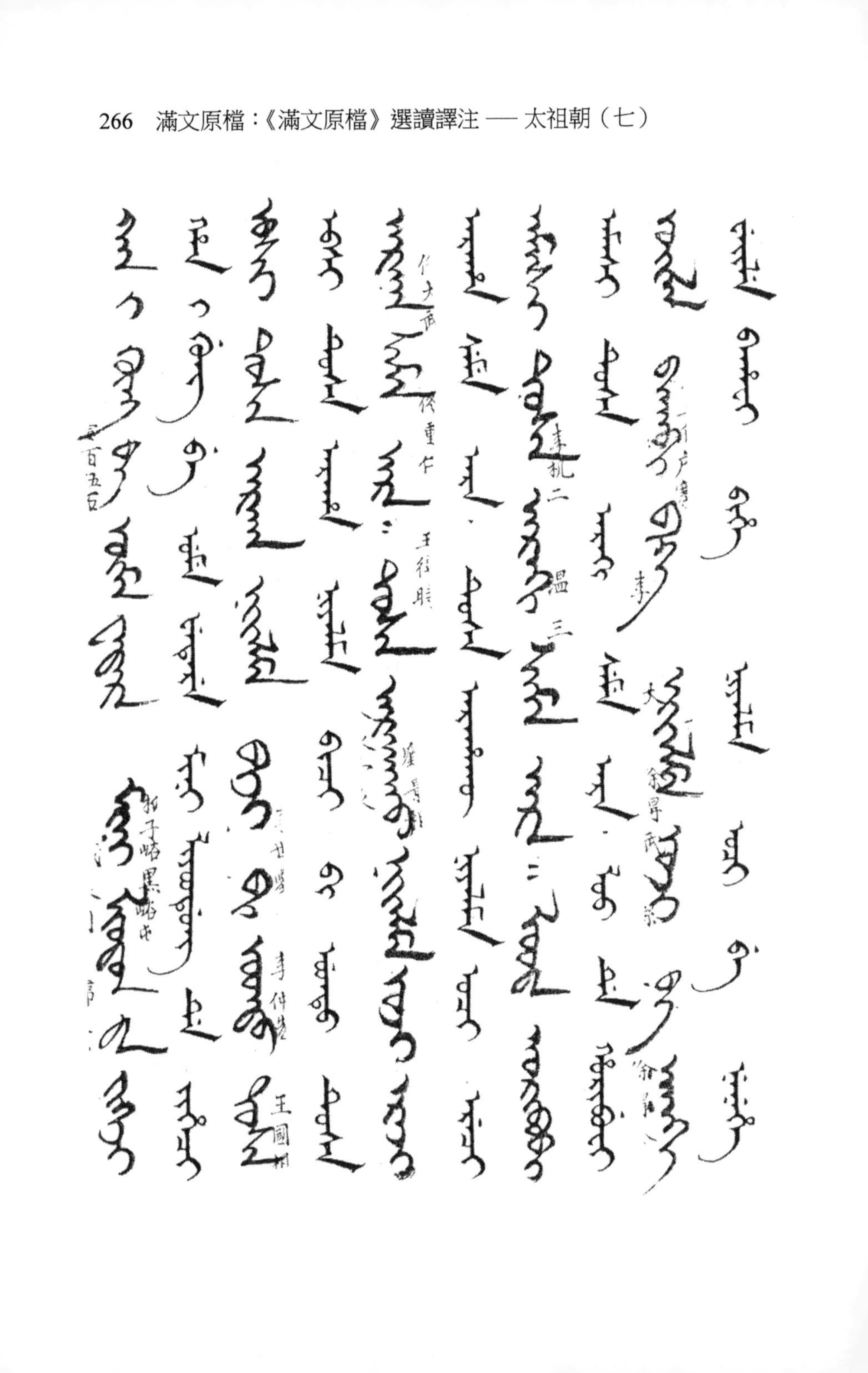

han i gung be ume fetere, mini liyoodung de jiheci ebsi, tusa araha niyalma bici, bi uttu tusa araha seme ara, tusa arahakū niyalma oci, ereci amasi tusa araki seme ara. loo de horibufi weile bahafi bihe niyalma oci, be nenehe

---

爾等勿追究舊帝之功，自從我來到遼東以來，若有出力之人，我即寫所出之力，若是未出力之人，則寫以後待出力。其曾被囚於獄中獲罪之人，

尔等勿追究旧帝之功，自从我来到辽东以来，若有出力之人，我即写所出之力，若是未出力之人，则写以后待出力。其曾被囚于狱中获罪之人，

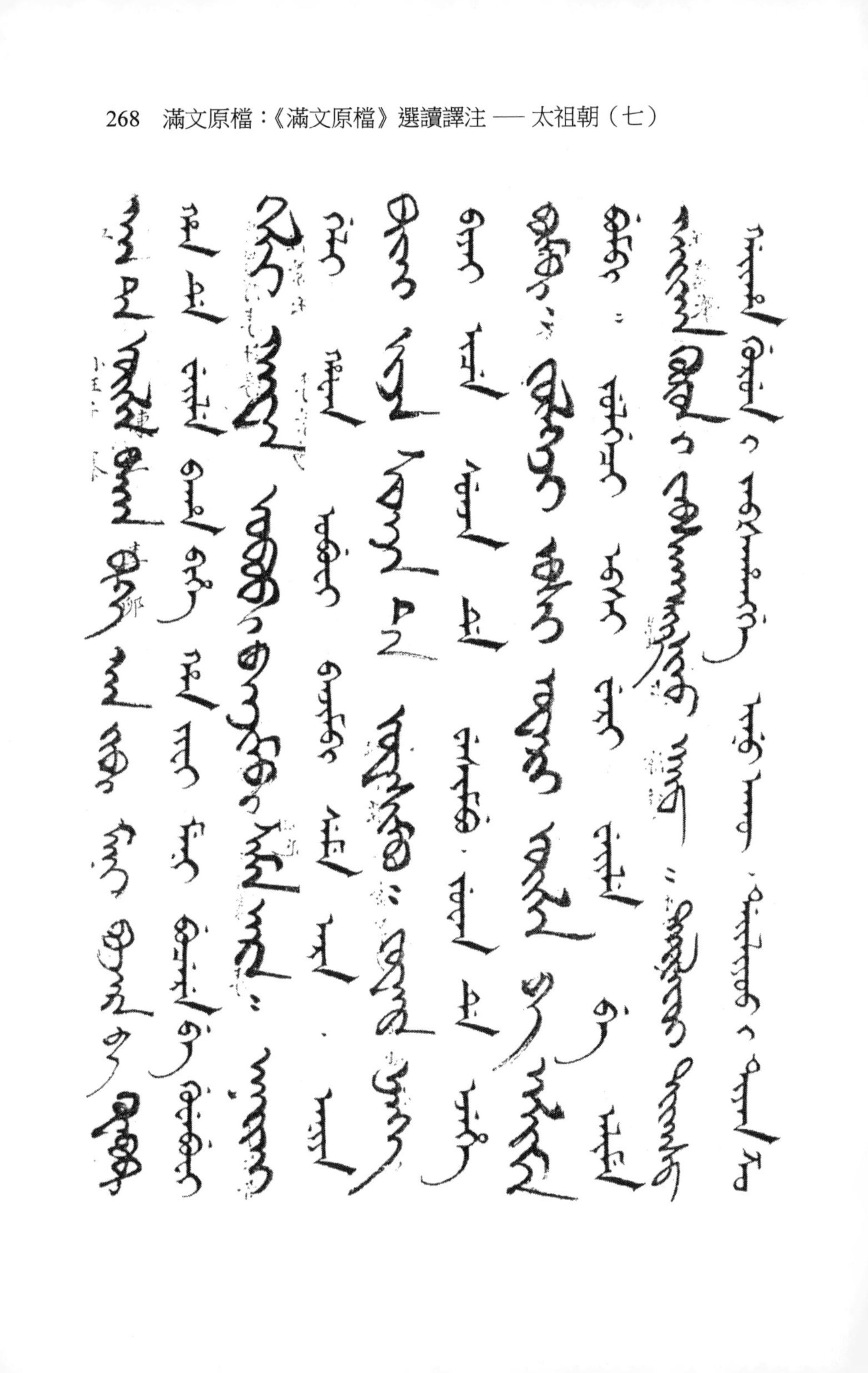

han de weile baha bihe, han jifi meni bucere be guwebufi geli hafan obufi banjimbi seme ara. aniya biyai ice sunja de wesimbu, juwan de ejehe bumbi. julgeci ebsi, weri weile be alime gaiha gurun i jabšahangge inu akū, dailiyoo i tiyan dzo

---

则寫我等先曾獲罪於帝，汗來後免我等一死，又授官職為生等語，着於正月初五日具奏，初十日頒給敕書。自古以來，亦無接納他人罪責之國而得僥倖者。

则写我等先曾获罪于帝，汗来后免我等一死，又授官职为生等语，着于正月初五日具奏，初十日颁给敕书。自古以来，亦无接纳他人罪责之国而得侥幸者。

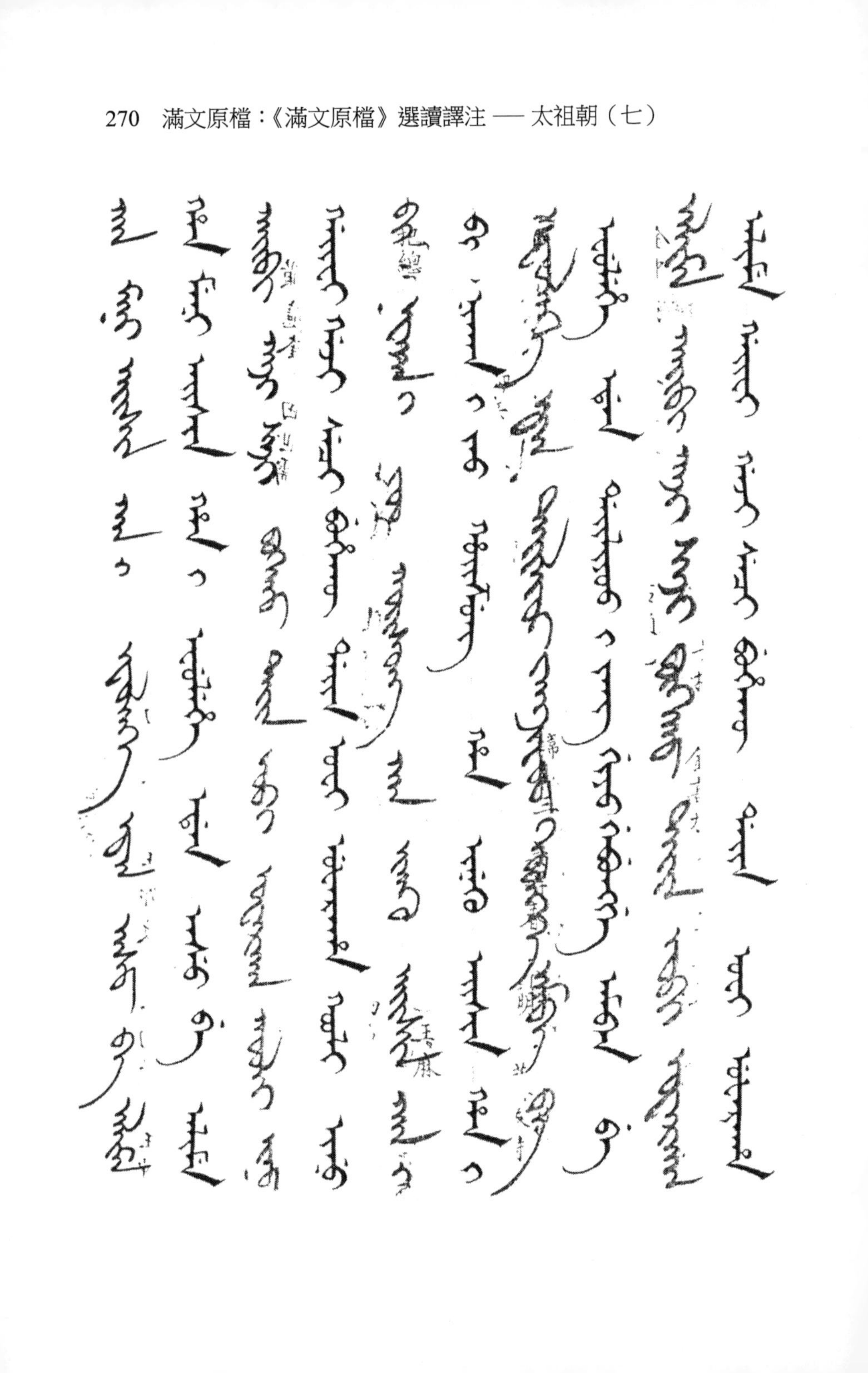

han, meni aisin han i efulehe eden asu be alime gaifi, gaji seci buhekū, dain ofi ufaraha kooli inu bi. nikan i jao hoidzung han, ineku aisin han i efulehe eden dailiyoo i jang giyo gebungge amban be alime gaifi, gaji seci buhekū dain ofi ufaraha

---

譬如大遼天祚帝因接納我金汗所敗之阿蘇，索之不與，遂啟戰端而有失敗之例；宋趙徽宗同樣亦因接納金汗所敗大遼張覺之大臣，索之不與，遂啟戰端，

譬如大辽天祚帝因接纳我金汗所败之阿苏，索之不与，遂启战端而有失败之例；宋赵徽宗同样亦因接纳金汗所败大辽张觉之大臣，索之不与，遂启战端，

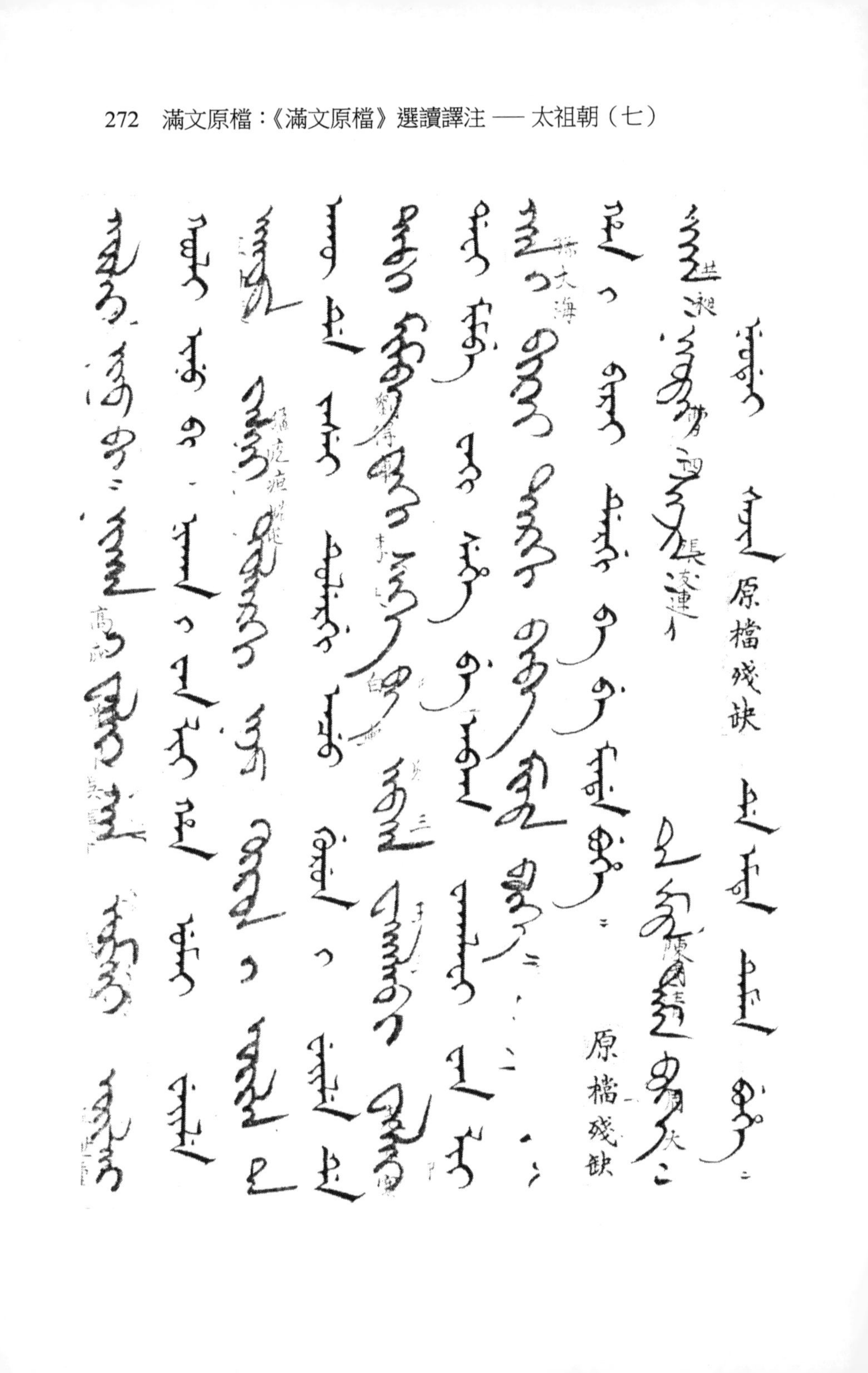

原檔殘缺

原檔殘缺

kooli inu bi. nikan i wan lii han, umai weile akūde, jasei tulergi encu gurun i weile de dafi, mimbe waki sehe be abka wakalafi, wan lii han i birai dergi babe minde buhe. [原檔殘缺] neodei, šajin [原檔殘缺] de emte temen buhe.

而有失敗之例。明萬曆帝無辜干預邊外異國之事，欲殺害我，天遂譴之，以萬曆帝河東之地畀我。[原檔殘缺]紐德依、沙金[原檔殘缺]賜駝各一隻。

而有失败之例。明万历帝无辜干预边外异国之事，欲杀害我，天遂谴之，以万历帝河东之地畀我。[原档残缺]纽德依、沙金[原档残缺]赐驼各一只。

十九、譴責朝鮮

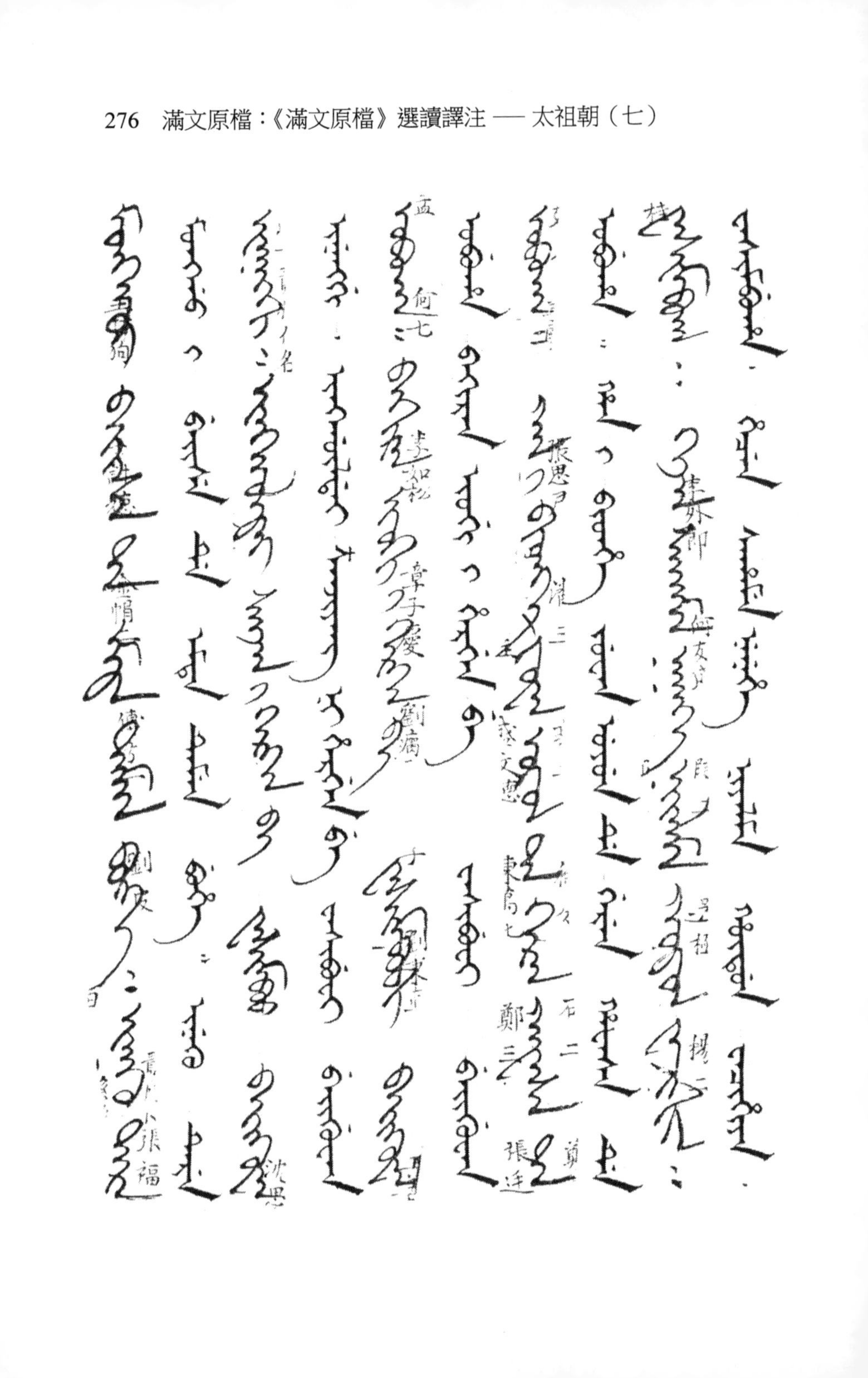

monggoi beise de emte temen buhe. ineku tere inenggi, inggūldai ts'anjiyang ni hergen be wasibufi beiguwan obuha, bakiran iogi i hergen be wasibufi beiguwan obuha. han i bithe, juwan uyun de geren hafasa de wasimbuha, hecen sahame nenehe niyalma hūdun wacihiya,

---

賜蒙古諸貝勒駝各一隻。本日，降英古勒岱參將之職為備禦官，降巴奇蘭遊擊之職為備禦官。十九日，汗頒書諭衆官曰：「務令先往築城之人速行竣工，

赐蒙古诸贝勒驼各一只。本日，降英古勒岱参将之职为备御官，降巴奇兰游击之职为备御官。十九日，汗颁书谕众官曰：「务令先往筑城之人速行竣工，

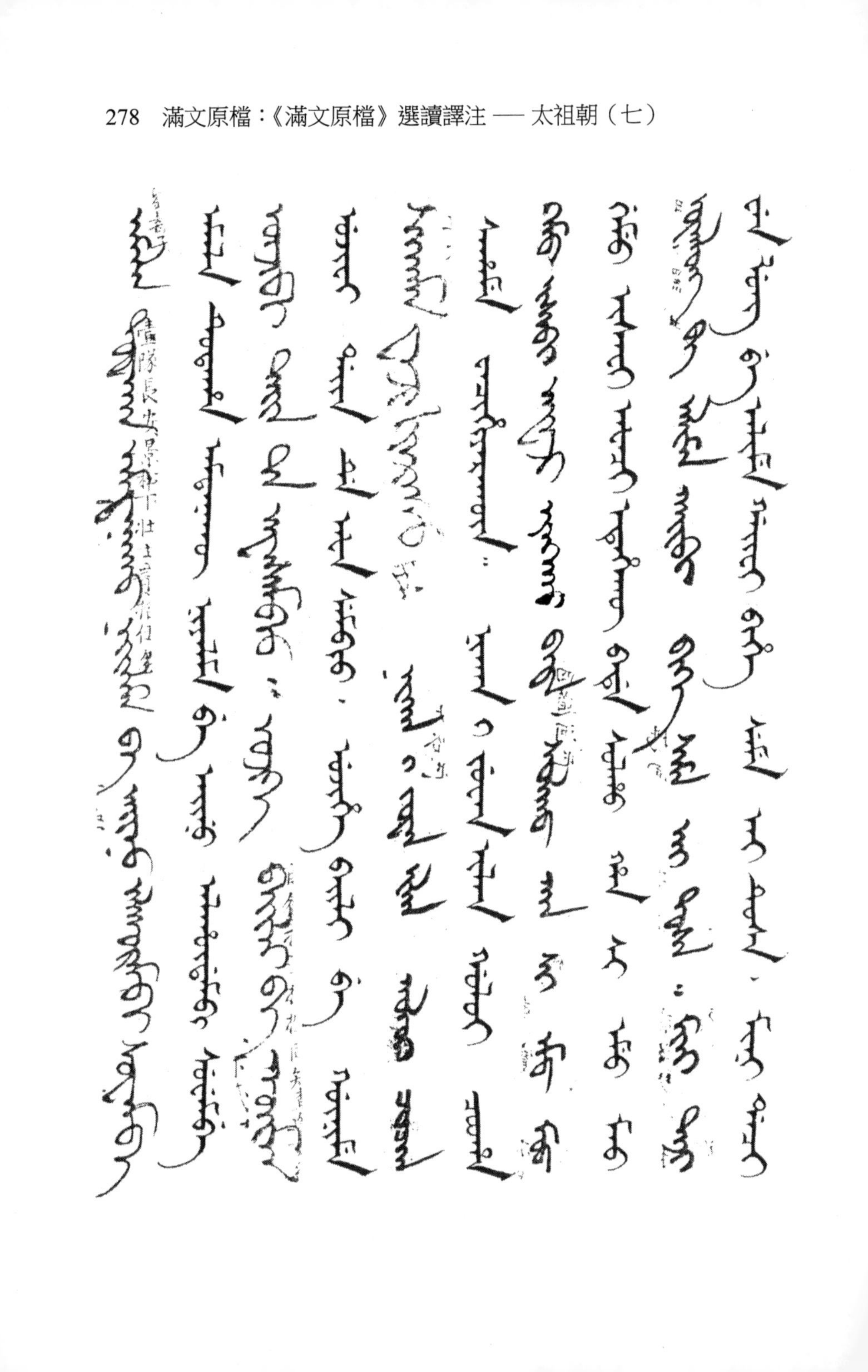

amala tutaha amtanakū niyalma be ainu alhūdambi. suwembe ujifi dain de afa sembio. ujihe baili be gūnime sahame wacihiyarakūn. nikan i juwan ilan goloi cooha gemu isafi afaci etehekū bade, solho han si emu mao wen lung be alime gaifi bihe seme ai tusa. mini daci

---

為何倣效落後不足為奇之人耶？養育爾等僅為上陣攻戰耶？何不念養育之恩作速砌築竣工耶？明集十三省之兵來戰而不能勝，爾朝鮮王接納一毛文龍有何益？

为何仿效落后不足为奇之人耶？养育尔等仅为上阵攻战耶？何不念养育之恩作速砌筑竣工耶？明集十三省之兵来战而不能胜，尔朝鲜王接纳一毛文龙有何益？

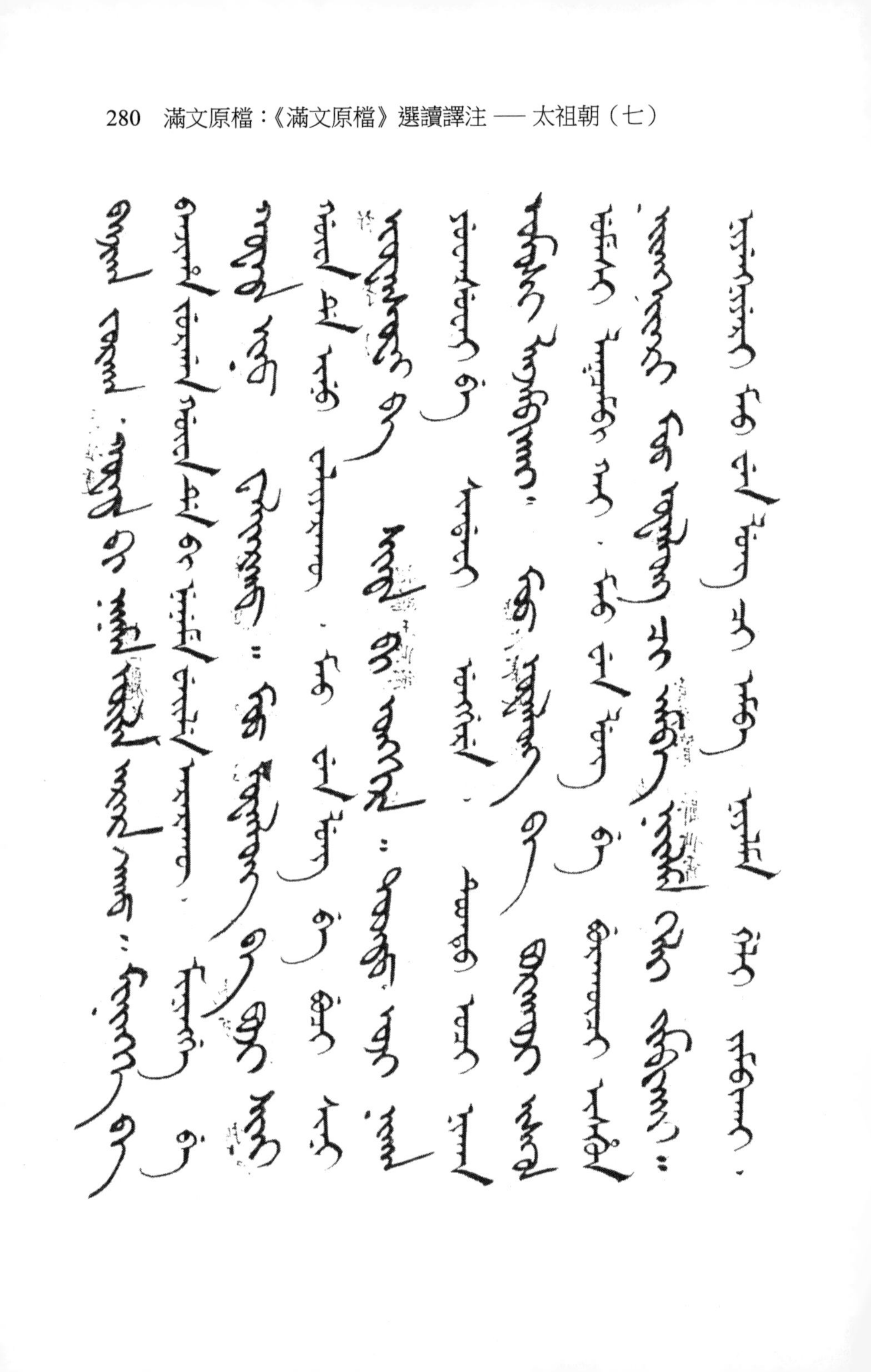

banjiha jurgan, gūwade bi neneme weile ararakū, miningge be gūwa de inu waliyarakū. mao wen lung be buci, sini yuwanšuwai be sindafi unggire, tuttu oci, nikan umesi lakcambikai. mao wen lung be burakūci ishun niyengniyeri mao wen lung ci amba niyalma geli jimbikai,

---

我向來所遵循之道，我不先行犯他人，亦不棄屬我者於他人。若給毛文龍，亦放還爾元帥，如此則與明斷絕也；若不給毛文龍，則明春又有大於毛文龍之人前來也。

我向来所遵循之道，我不先行犯他人，亦不弃属我者于他人。若给毛文龙，亦放还尔元帅，如此则与明断绝也；若不给毛文龙，则明春又有大于毛文龙之人前来也。

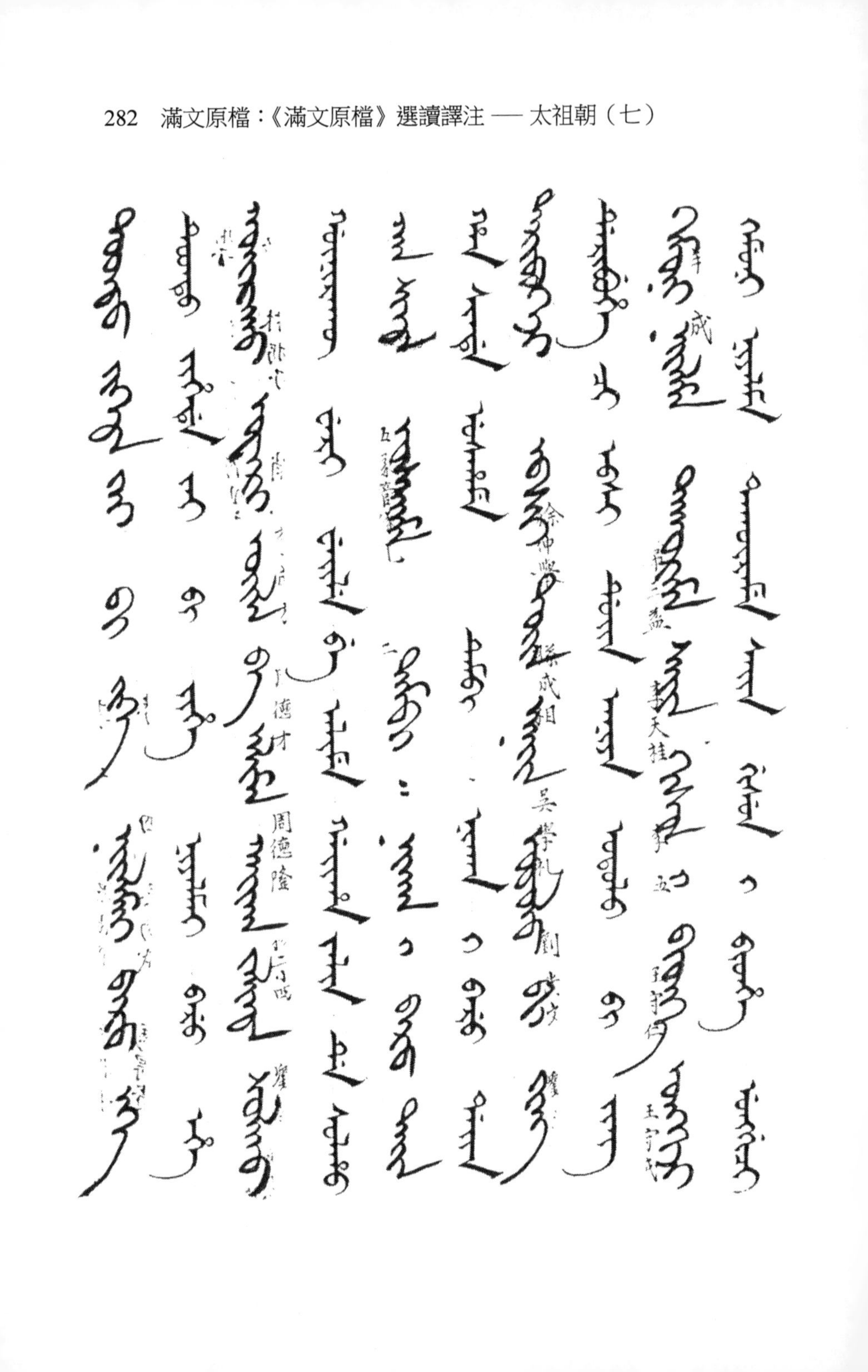

tuttu jihede, jai bi jihe niyalmai baru ehe gūnirakū, weri weile be alime gaiha jalinde solho han sinde ushame tembi. nikan i baru dain deribuheci ebsi, duin aniya otolo, bi jing kemuni niyalma takūrame sain gisun i bithe unggici

---

彼人到來時，我不與來人交惡，朝鮮王因接納他人罪孽而惱怒於爾。自與明啟釁以來，迄今四年之久，我經常遣人以善言致書，

彼人到来时，我不与来人交恶，朝鲜王因接纳他人罪孽而恼怒于尔。自与明启衅以来，迄今四年之久，我经常遣人以善言致书，

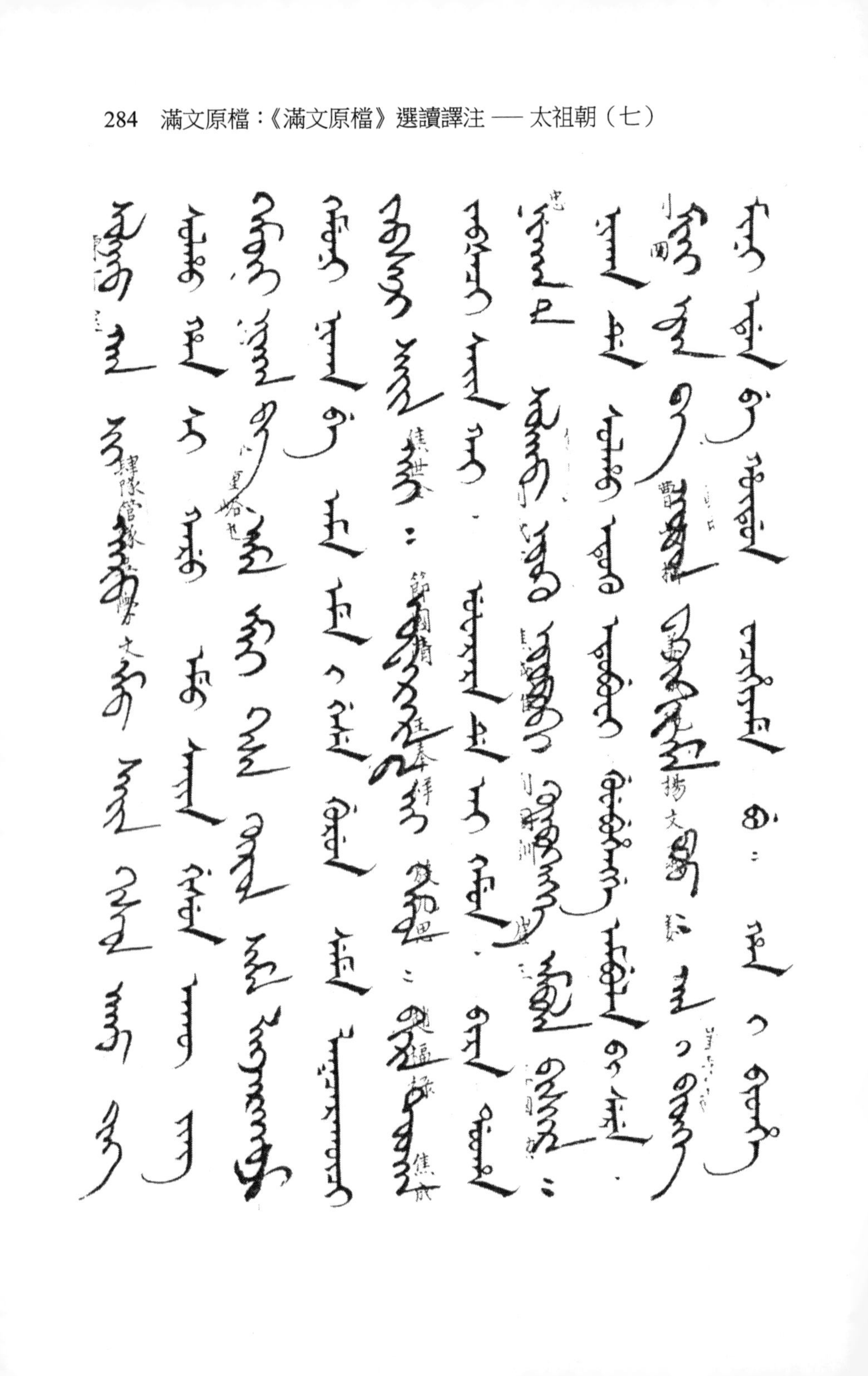

solho han si karu emu sain gisun akū, jing kemuni nikan be ama eme i gese gurun seme lakcarakūci, jabšaci sain kai. ufarara de ai kemun. bira dooha nikan de solho etuku etubufi guwebuhengge ambula bi sere, mini eden be hūdun wacihiyame bu. han i bithe

---

爾朝鮮國王並無一善言相報，竟仍以明為父母之國，不肯與之斷絕。倘能僥幸，則善哉！倘有所失，則不可估量也。據聞渡河之漢人穿戴朝鮮衣服而幸免者頗多，爾速將我逃人[46]盡數給還。

尔朝鲜国王并无一善言相报，竟仍以明为父母之国，不肯与之断绝。倘能侥幸，则善哉！倘有所失，则不可估量也。据闻渡河之汉人穿戴朝鲜衣服而幸免者颇多，尔速将我逃人尽数给还。

---

[46] 逃人，《滿文原檔》寫作“eten”，《滿文老檔》讀作“eden”，意即「殘缺的」。按逃人，規範滿文讀作“ukanju”。

二十、演放火礮

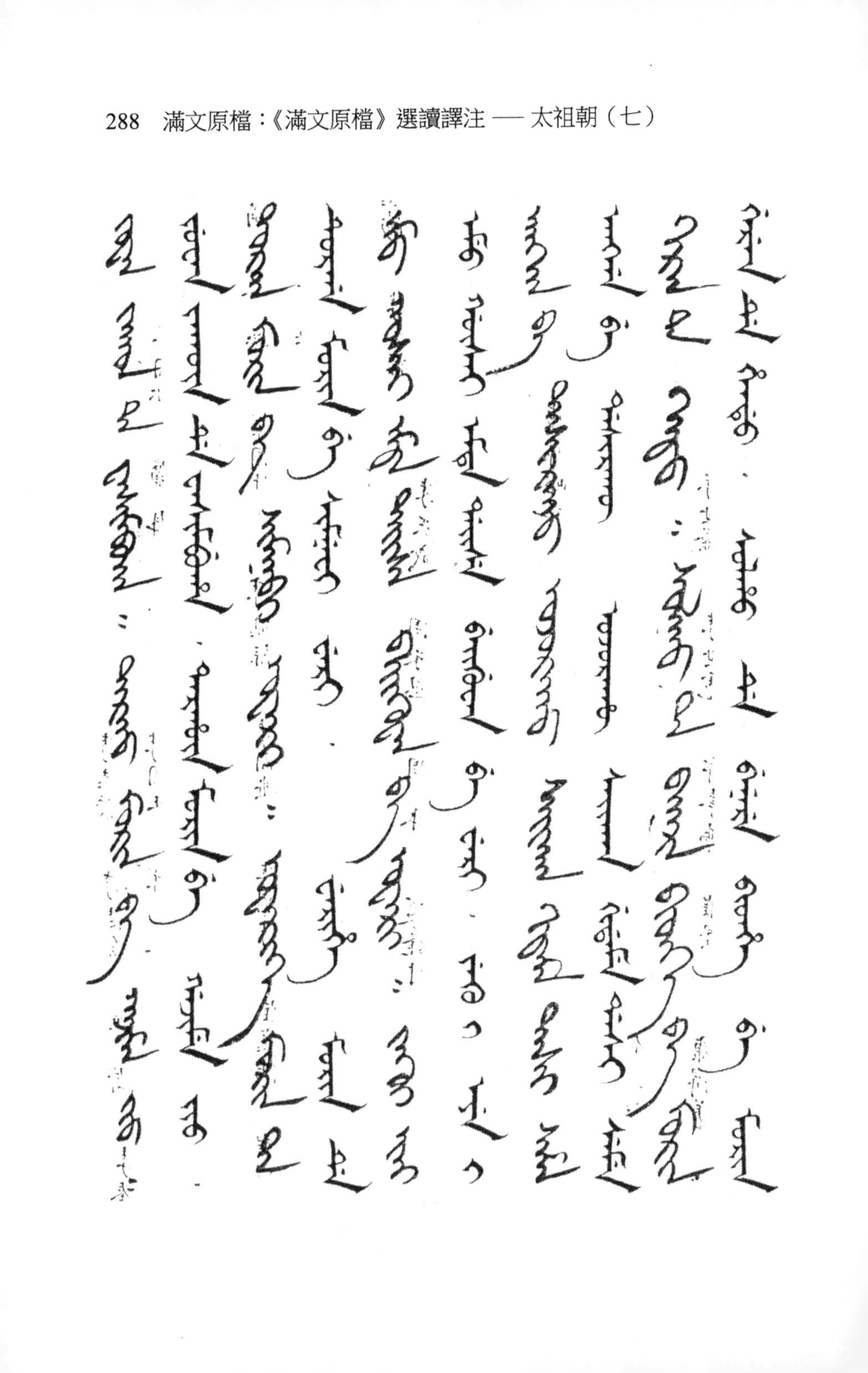

juwan jakūn de wasimbuha, tarhūn morin be gajime jio, turga morin be simnefi weri. werihe morin de emu gūsai emte daise beiguwan be weri, jeku i eye i angga be dasirakū ojorahū, saikan gidame dasi seme geren de hendu. solho de benere bithe be morin

---

十八日，汗頒書諭曰：「着將肥馬攜來，挑選瘦馬留下。其所留馬匹，每旗留代理備禦官各一人看管。又恐有不蓋糧窖口者，務諭衆人善加掩蓋。」其致朝鮮之書，

十八日，汗颁书谕曰：「着将肥马携来，挑选瘦马留下。其所留马匹，每旗留代理备御官各一人看管。又恐有不盖粮窖口者，务谕众人善加掩盖。」其致朝鲜之书，

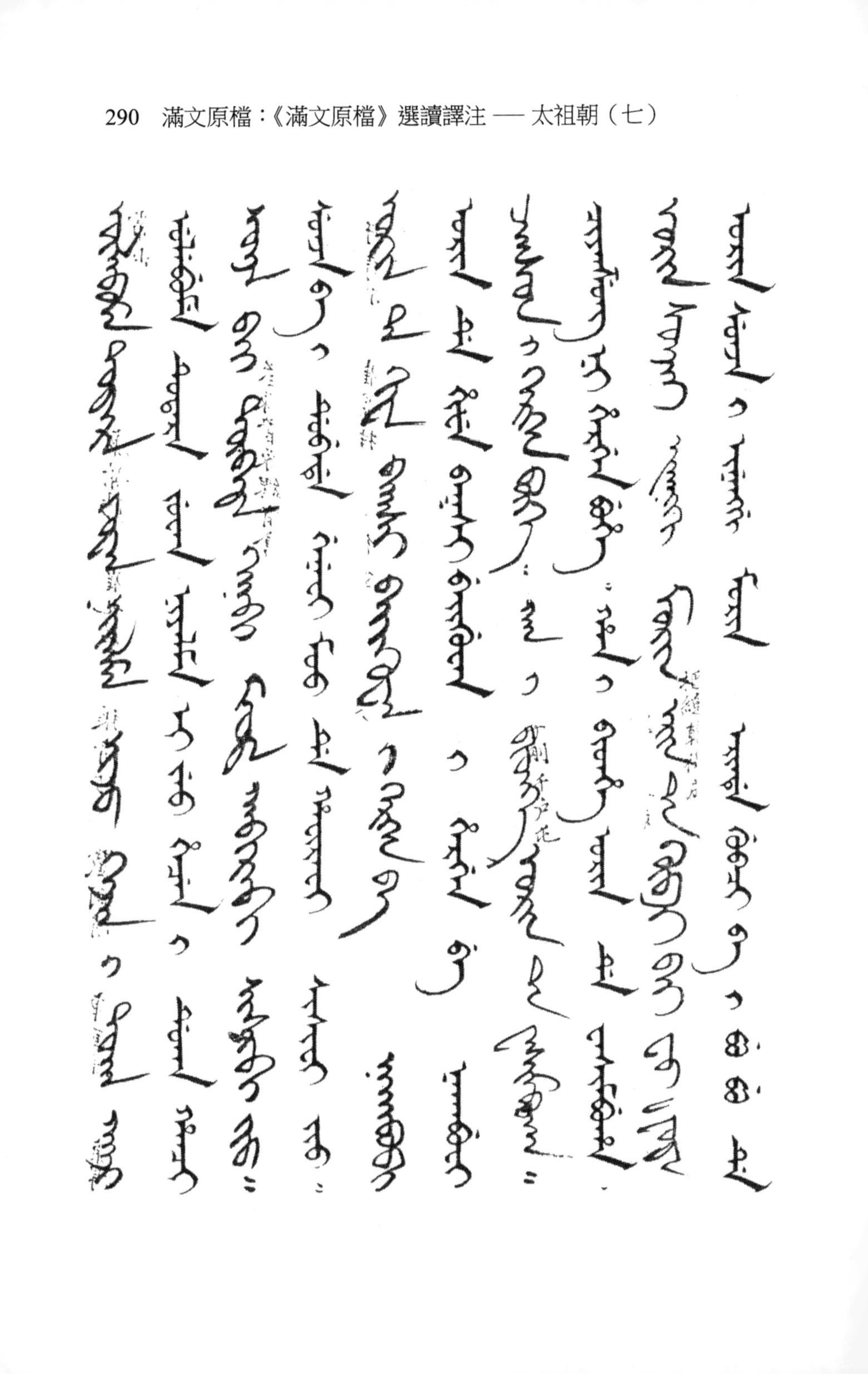

ulebume tutara juwan niyalma, i jeo hecen i duka hanci sunja ba i dubede genefi moo de hafirafi sisifi jio. orin de hife baksi beiguwan i hergen be nakabufi, ciyandzung ni hergen buhe. han i bithe, orin de wasimbuha, orin sunja i inenggi morin erinde, gubci bai pu pude

---

命留下餵養馬匹之十人，攜往接近義州城門五里外，懸於樹上[47]而歸。」二十日，革巴克什希福備禦官之職，賜千總之職。二十日，汗頒書諭曰：「擬於二十五日午時，全境[48]各堡

命留下喂养马匹之十人，携往接近义州城门五里外，悬于树上而归。」二十日，革巴克什希福备御官之职，赐千总之职。二十日，汗颁书谕曰：「拟于二十五日午时，全境各堡

---

47 懸於樹上，句中「懸」，《滿文原檔》寫作“kabirabi sisibi”，《滿文老檔》讀作“hafirafi sisifi”，意即「夾插著」。

48 全境，句中「全」，《滿文原檔》寫作“kübji”，《滿文老檔》讀作“gubci”。按滿文“gubci”係蒙文“köbčin”借詞，意即「全、全部」。

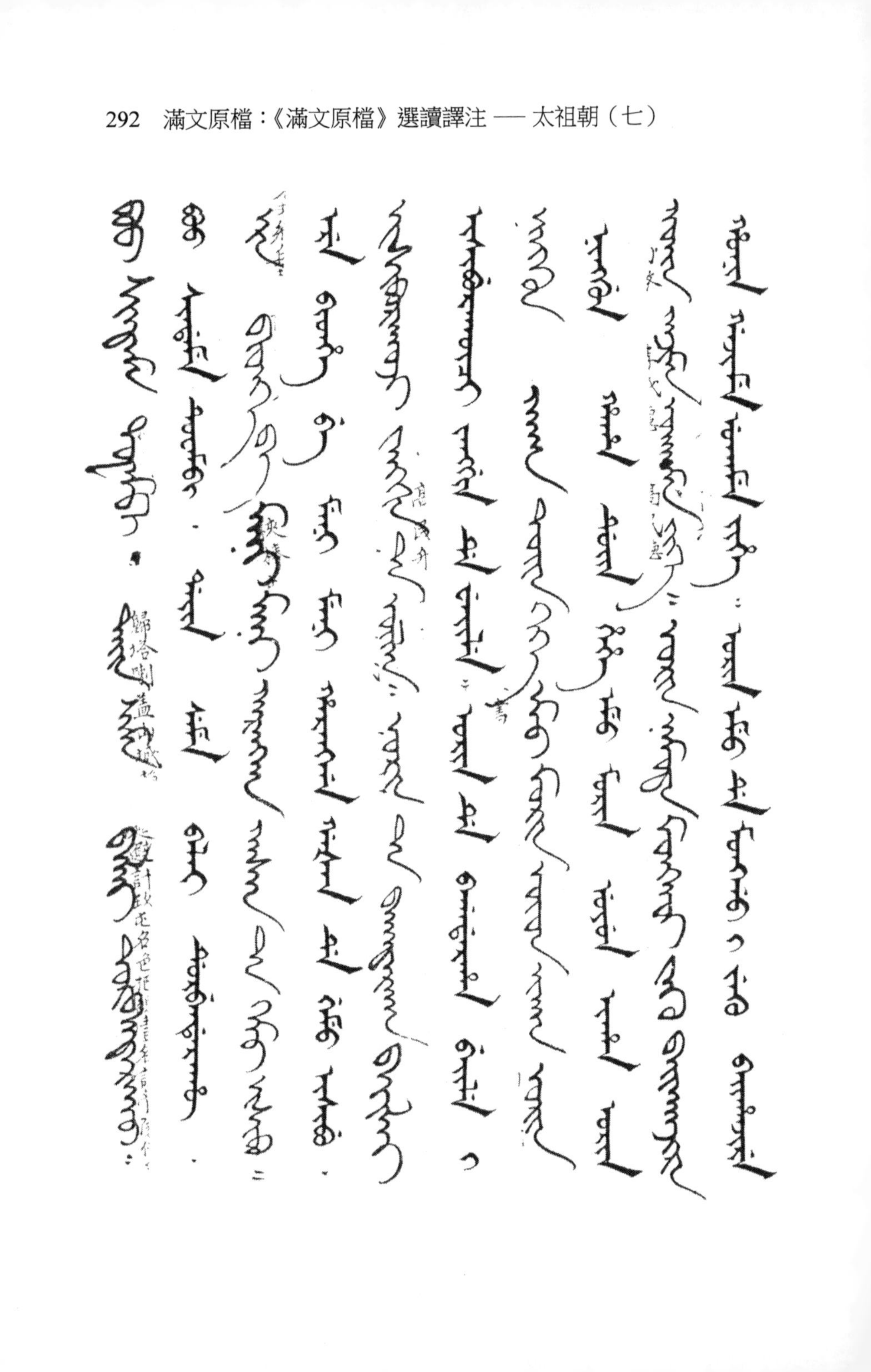

poo sindame tuwambi. dain seme balai durbenderahū, ere bithe be meni meni harangga gašan de gemu isibu, isiburakūci janggin de weile. orin de, bagadarhan beile i ninggun haha, duin hehe, emu morin, uyun ihan, orin honin gajime ukame jihe. orin emu de monggo i jeku baihanjire

---

演放火礮。恐以為兵至而驚嚇，令將此書俱傳諭所屬各屯。若不傳諭，則治章京之罪。」二十日，巴噶達爾漢貝勒屬下六男四女攜馬一匹、牛九頭、羊二十隻逃來。二十一日，有蒙古前來求糧之

演放火炮。恐以为兵至而惊吓，令将此书俱传谕所属各屯。若不传谕，则治章京之罪。」二十日，巴噶达尔汉贝勒属下六男四女携马一匹、牛九头、羊二十只逃来。二十一日，有蒙古前来求粮之

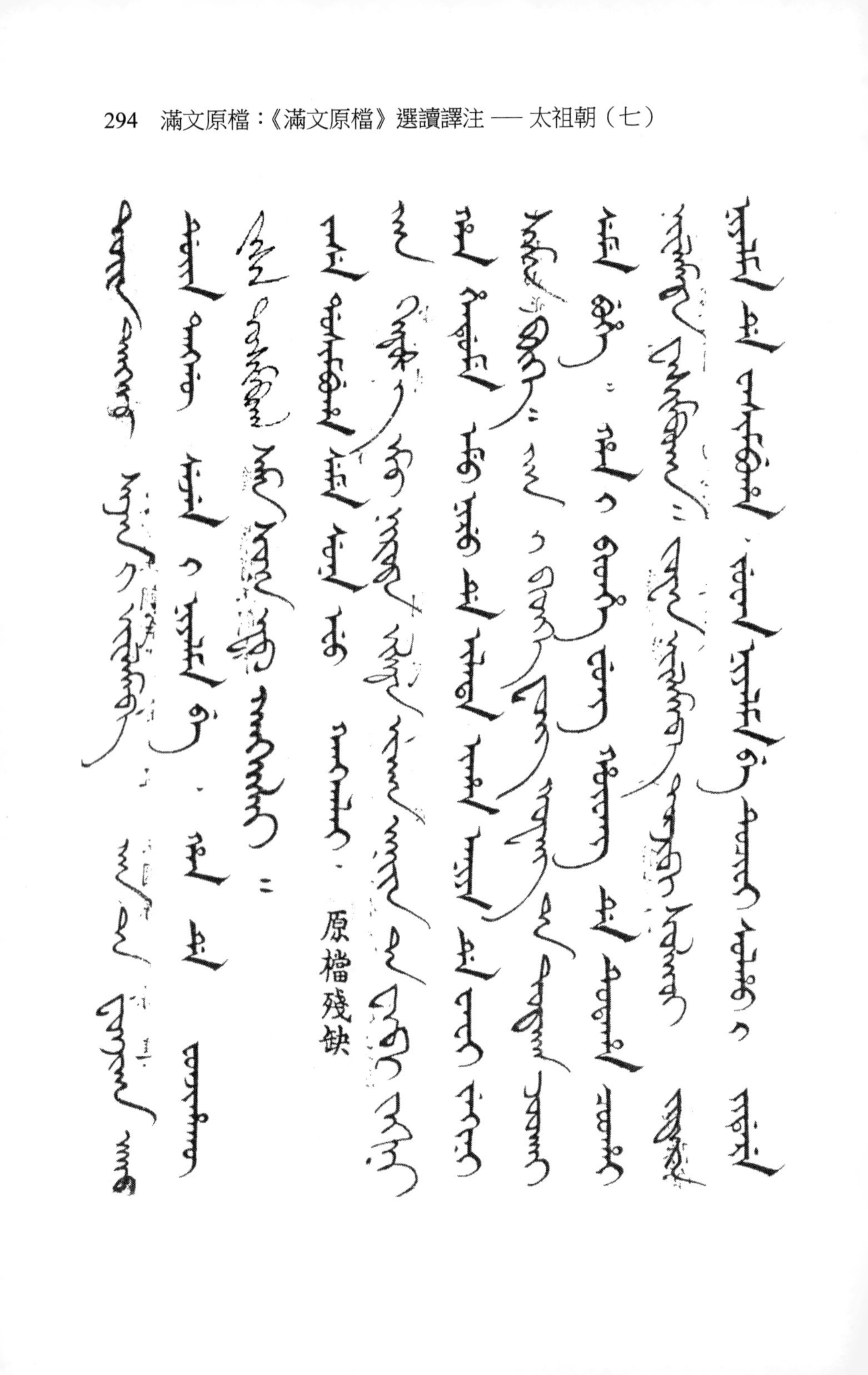

原檔殘缺

duin tanggū sejen i niyalma be, han de fonjihakū jase dosimbuha seme, suna efu, kangkalai, [原檔殘缺] han hendume, emu nirude ilata ihan, aniya de wafi jekini seme buhe. han i bithe, fung hūwang de tutaha coohai niyalma de wasimbuha, juwan niyalma be tucifi, solho i jidere

四百輛車之人，未詢問汗即行入境，以蘇納額駙、康喀賴[原檔殘缺]。汗曰：「着每牛彔宰牛各三頭，以供年終食之。」汗頒書諭留駐鳳凰城之兵丁曰：「着派出十人，

四百辆车之人，未询问汗即行入境，以苏纳额驸、康喀赖[原档残缺]。汗曰：「着每牛彔宰牛各三头，以供年终食之。」汗颁书谕留驻凤凰城之兵丁曰：「着派出十人，

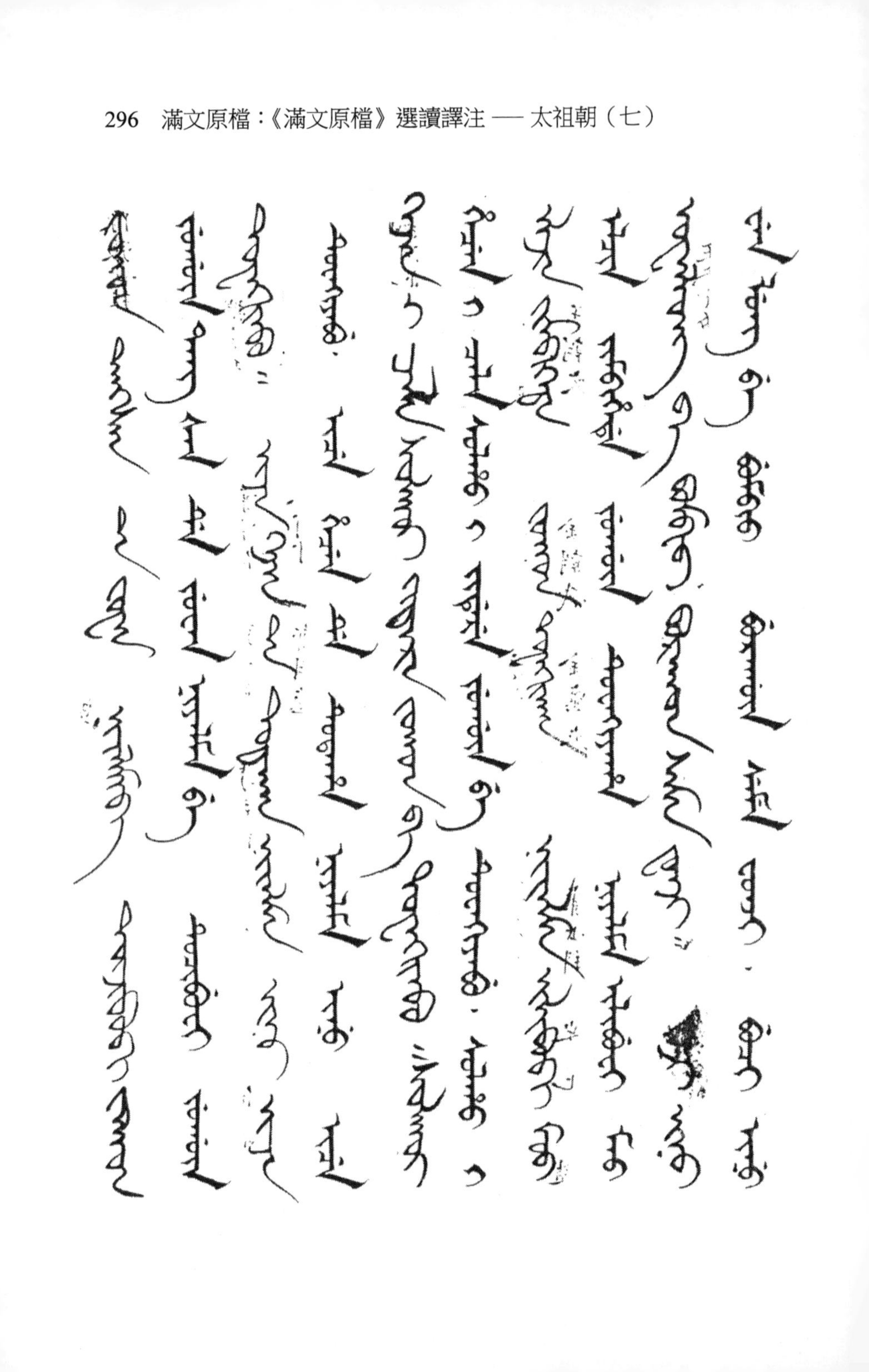

jugūn, tang šan de juwan niyalmabe tucibufi jugūn tuwakiyabu. ice hecen de tutaha niyalma, inu ice hecen i cala solho i jidere jugūn be tuwakiyabu. solhoi elcin jimbihede, jugūn tuwakiyaha niyalma ilibufi, mao wen lung be bumbio burakūn seme fonji, buci, inu

---

往守朝鮮前來之路，湯山派出十人守路。留駐新城之人，亦令防守新城那邊朝鮮之來路。朝鮮使臣來時，守路之人即可止之，詢問給或不給毛文龍；

往守朝鲜前来之路，汤山派出十人守路。留驻新城之人，亦令防守新城那边朝鲜之来路。朝鲜使臣来时，守路之人即可止之，询问给或不给毛文龙；

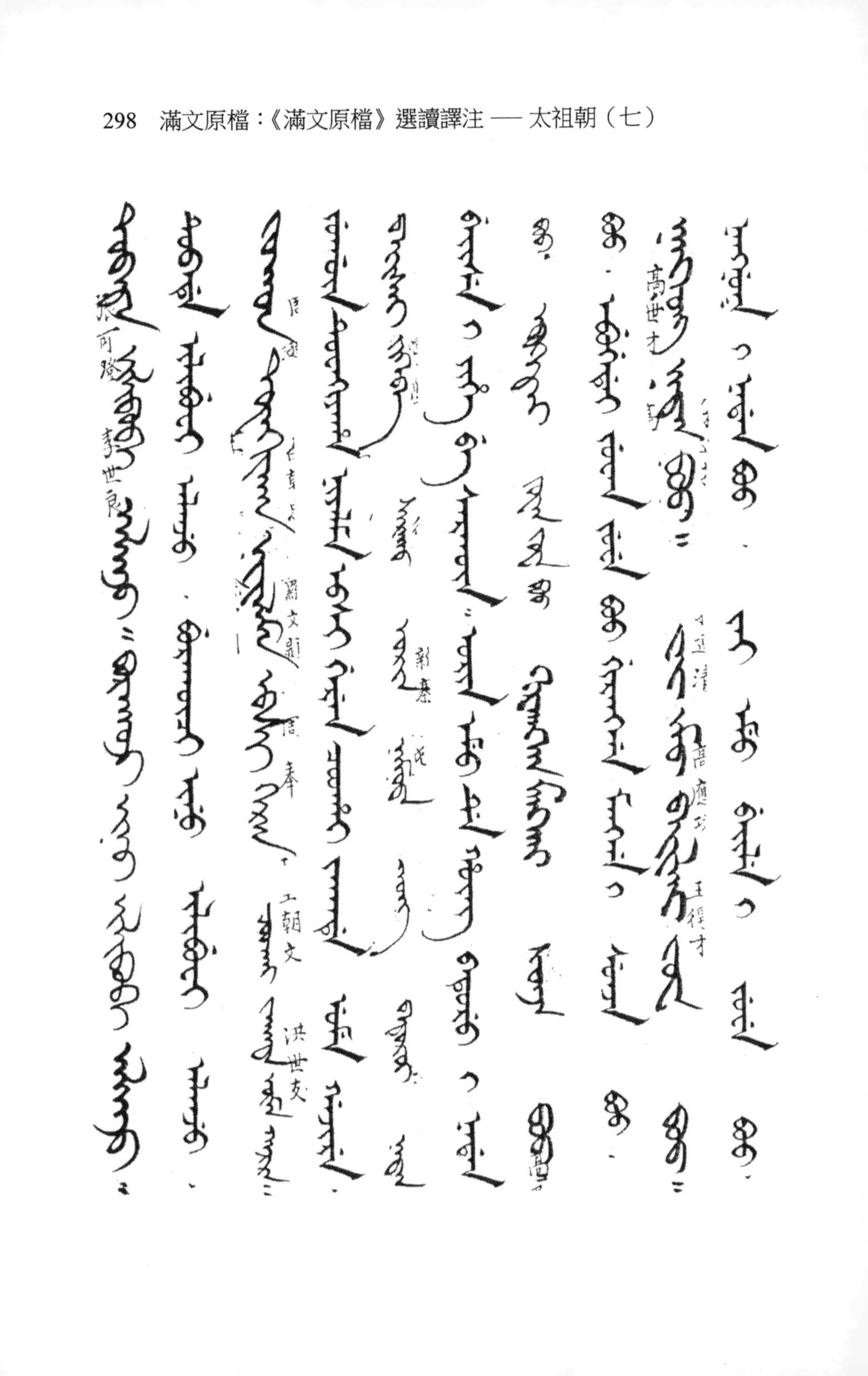

tubade ilibufi alanju, burakūci, inu ilibufi alanju. jugūn tuwakiyaha niyalma ebsi geren coohai jakade ume gajire. beise i jihe be sarkūn. orin emude, hūng baturui nadan boo, ebugedei juwan juwe boo, girangga, manggai sunja boo, nangnuk i nadan boo, jai emu beilei juwe boo,

---

若給則將其留於彼處後前來稟告，若不給亦將其留於彼處後前來稟告。守路之人，不得領其來至我這裡眾兵之處。不知諸貝勒已來否？」二十一日，洪巴圖魯所屬七戶，額布格德依所屬十二戶，吉朗阿、莽阿所屬五戶，囊努克所屬七戶及另一貝勒所屬二戶，

若给则将其留于彼处后前来禀告，若不给亦将其留于彼处后前来禀告。守路之人，不得领其来至我这里众兵之处。不知诸贝勒已来否？」二十一日，洪巴图鲁所属七户，额布格德依所属十二户，吉朗阿、莽阿所属五户，囊努克所属七户及另一贝勒所属二户，

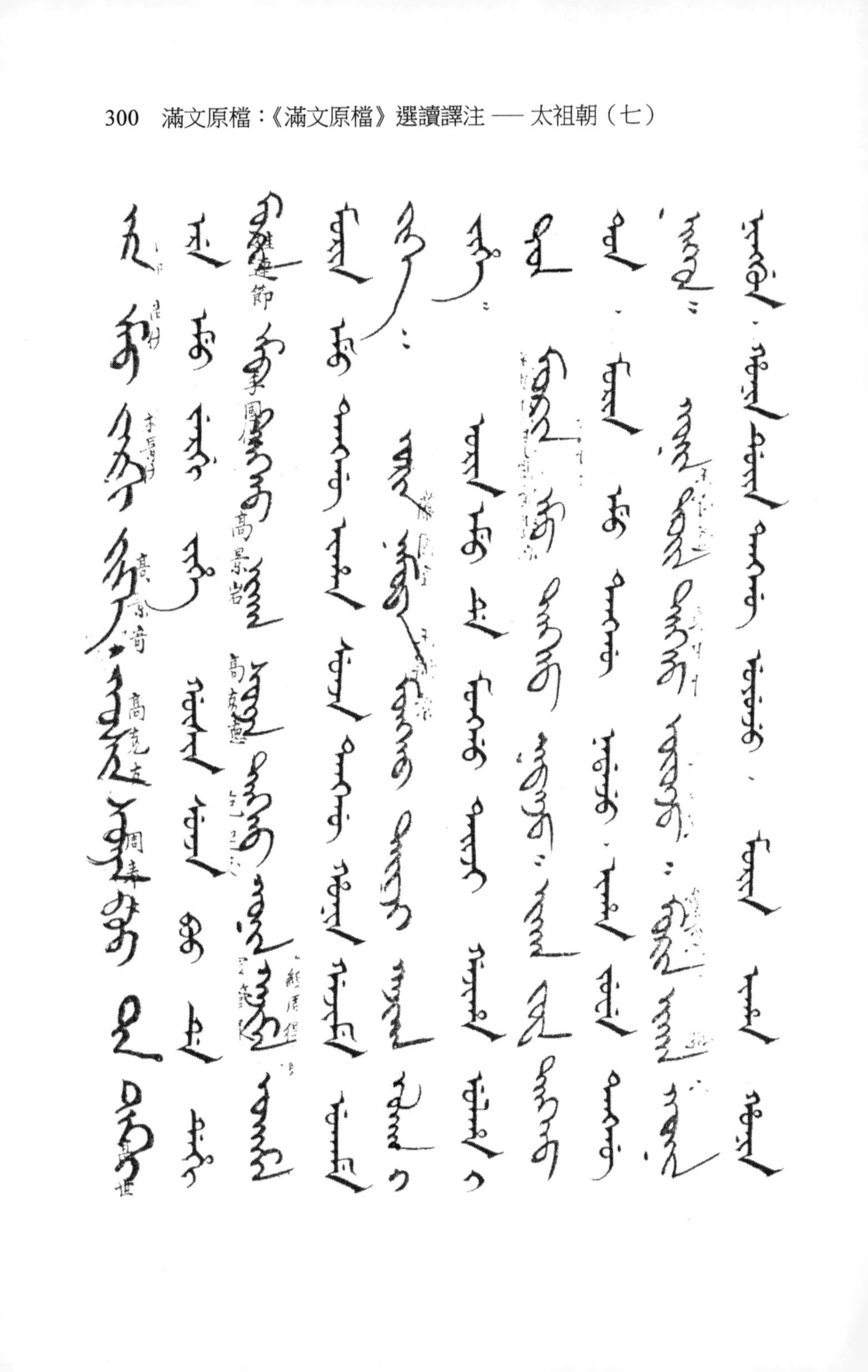

ere emu jergi jihe gūsin sunja boo de dehi morin, emu tanggū ihan, sunja tanggū honin gajime ukame jihe. orin emu de, monggo taiji gajiha ulha i ton, morin emu tanggū nadanju, ihan juwe tanggū ninggun, honin duin tanggū uyunju. morin, ihan, honin

---

此同陣前來共三十五戶，攜馬四十匹、牛一百頭、羊五百隻逃來。二十一日，孟國台吉攜來牲畜之數：馬一百七十匹、牛二百零六頭、羊四百九十隻。

此同阵前来共三十五户，携马四十匹、牛一百头、羊五百只逃来。二十一日，孟国台吉携来牲畜之数：马一百七十匹、牛二百零六头、羊四百九十只。

二十一、得衆得國

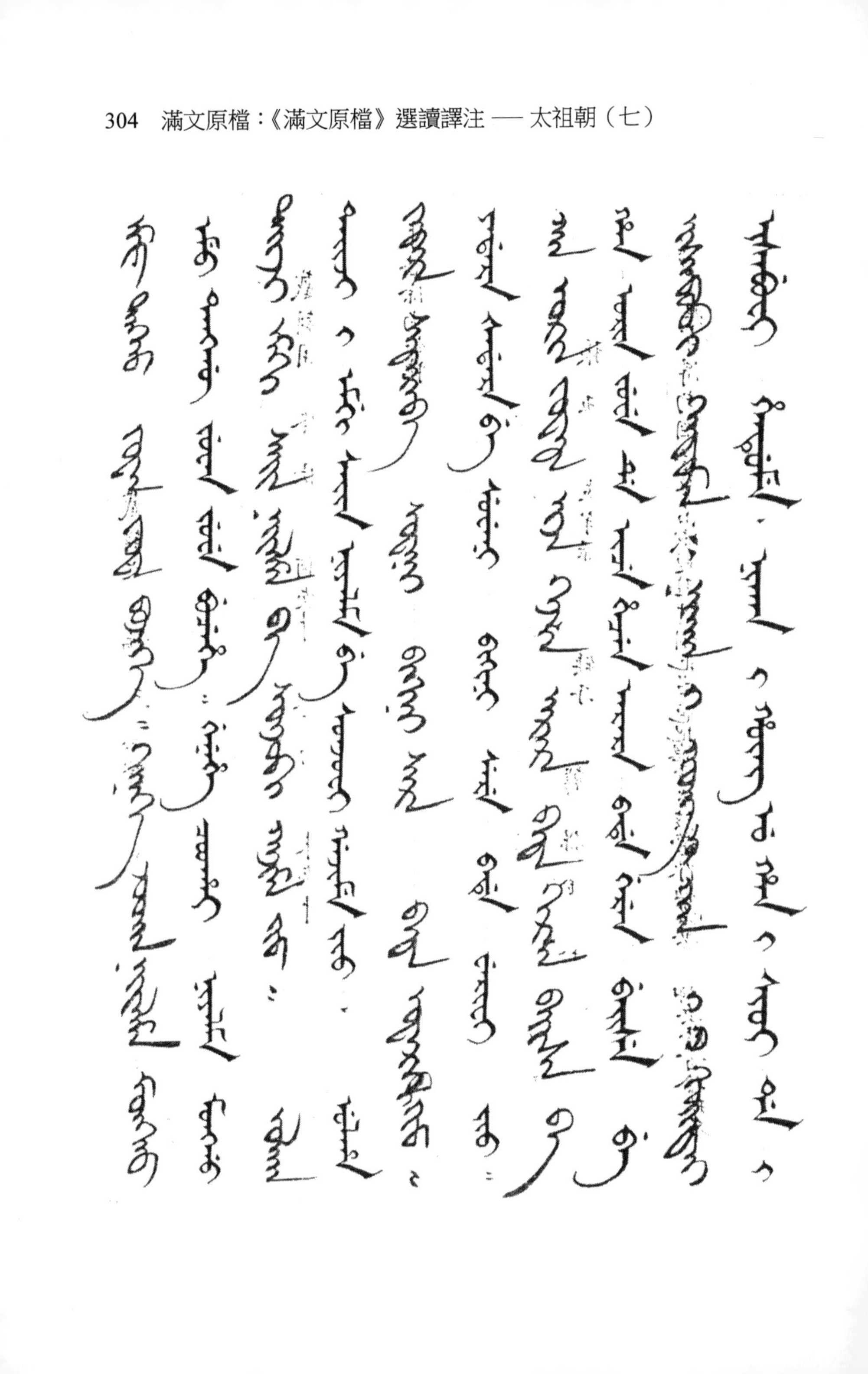

emu tanggū juwan juwe bucehe. genehe coohai niyalma monggo taiji emgi sain niyalma be sonjofi gajime jio. ulha yadara šadarabe suweni bikini sere bade werifi jio. han, orin juwede, ice hecen arara bade geren beise be isabufi hendume, nikan i hūng u han i sioi dai

---

倒斃馬、牛、羊一百一十二。着前往兵丁與孟國台吉一同挑選善者帶來。至於疲乏之牲畜，由爾等擇地留下後回來。二十二日，汗集諸貝勒於修築新城之地曰：「如同明洪武帝之徐達

倒毙马、牛、羊一百一十二。着前往兵丁与孟国台吉一同挑选善者带来。至于疲乏之牲畜，由尔等择地留下后回来。二十二日，汗集诸贝勒于修筑新城之地曰：「如同明洪武帝之徐达

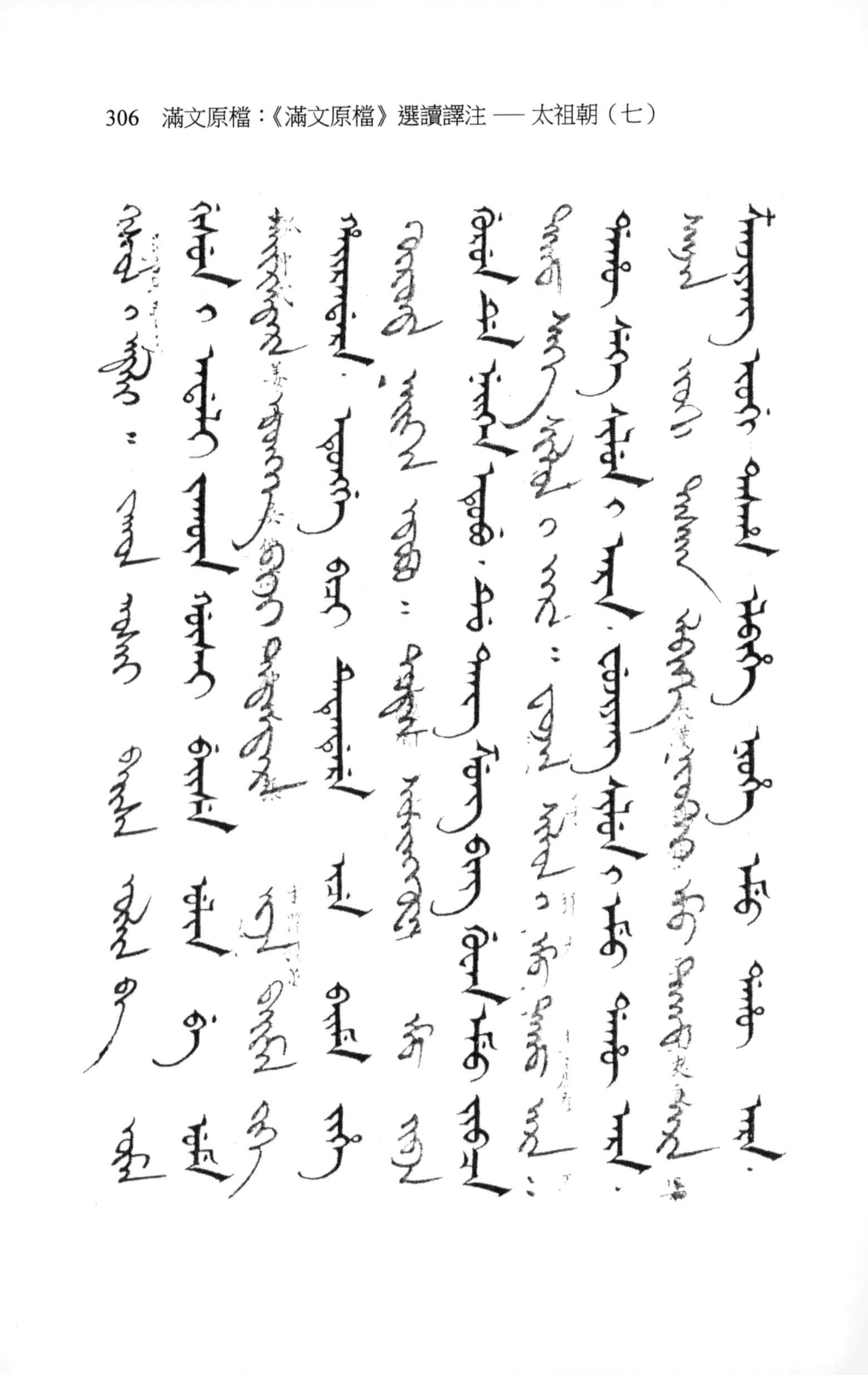

gisun i adali, jakūn gūsai beise ulin be ume hairandara, etungge bici tetendere, ice baime jihe gurun de neigen etubu. du tang, dzung bing guwan, emu jibca, dahū, seke silun i ara, fujiyang, silun i emu dahū ara, ts'anjiyang, iogi, tasha elbihe niohe i emu dahū ara,

---

所言，八旗貝勒不可愛財，有衣穿則已，應均分給與新附之國人穿用。都堂、總兵官各製作貂、猞猁猻皮襖、皮端罩一襲，副將製作猞猁猻皮端罩一襲，參將、遊擊製作虎、貉、狼皮端罩一襲，

所言，八旗贝勒不可爱财，有衣穿则已，应均分给与新附之国人穿用。都堂、总兵官各制作貂、猞猁狲皮袄、皮端罩一袭，副将制作猞猁狲皮端罩一袭，参将、游击制作虎、貉、狼皮端罩一袭，

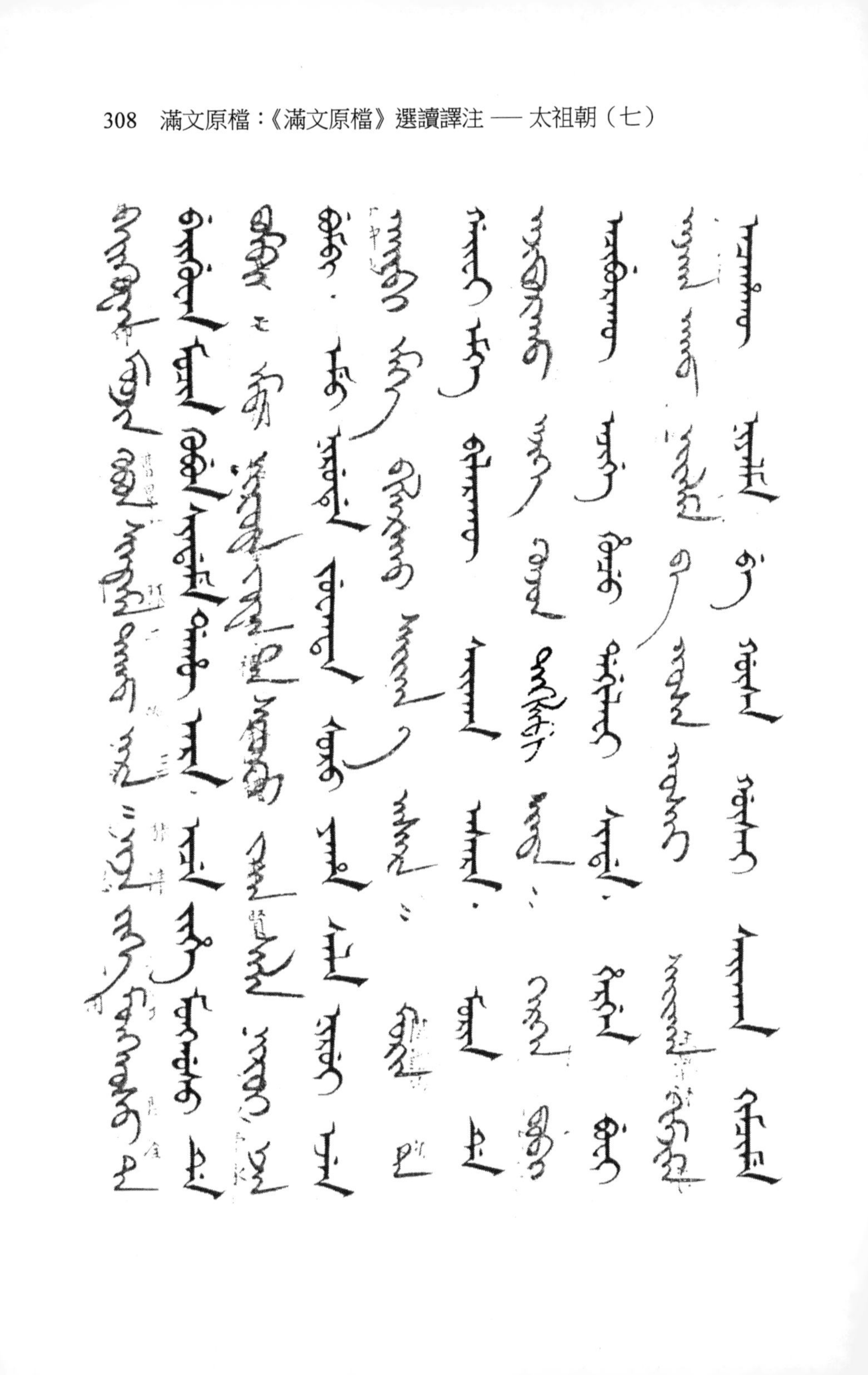

beiguwan, mocin kubun sindame dahū ara, ice jihe monggoso de bumbi. emu nirude juwanta šoro yaha sala nirui ejen gaifi emke bilarakū saikan asara. morin de aciburakū, ajige huncu dagilafi sinda. hergen bufi acahakū niyalma be, gūsa gūsai saikan kimcime

---

備禦官製作毛青布放棉皮端罩，以給新來之蒙古人等。每牛彔散給炭十筐，由牛彔額真領取，一件也不折損，善加收藏。勿以馬馱，應備小雪橇置放。各旗善加詳察授給職銜後不稱職之人。

备御官制作毛青布放棉皮端罩，以给新来之蒙古人等。每牛彔散给炭十筐，由牛彔额真领取，一件也不折损，善加收藏。勿以马驮，应备小雪橇置放。各旗善加详察授给职衔后不称职之人。

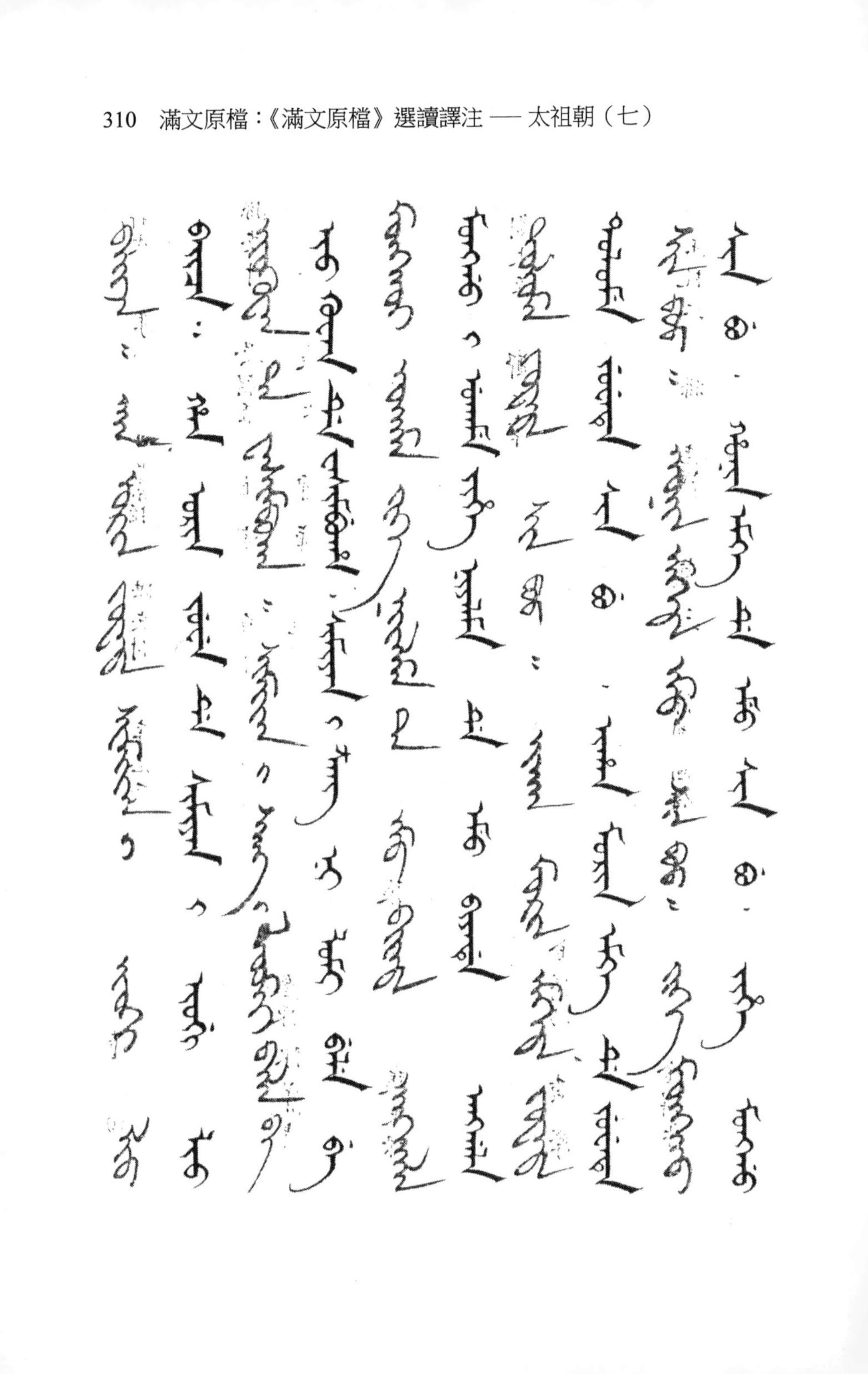

baica. han, orin juwe de simiyan i iogi lio io kuwan de wasimbuha, simiyan i ts'ang ni lomi bele be, monggoi ukame jihe niyalma de, emu biyade anggala tolome juwete sin bu, ihan morin, emke de juwete sin bu, honin emke de emu sin bu. jihe monggo

---

二十二日，汗頒書諭瀋陽遊擊劉有寬曰：「取瀋陽倉老米[49]發給蒙古逃來之人，每口月給各二斗，牛每頭、馬每匹給各二斗，羊每隻給一斗。前來之蒙古

二十二日，汗颁书谕沈阳游击刘有宽曰：「取沈阳仓老米发给蒙古逃来之人，每口月给各二斗，牛每头、马每匹给各二斗，羊每只给一斗。前来之蒙古

---

[49] 老米，《滿文原檔》寫作"loomi bala"，《滿文老檔》讀作"lomi bele"；規範滿文讀作"fe bele"。

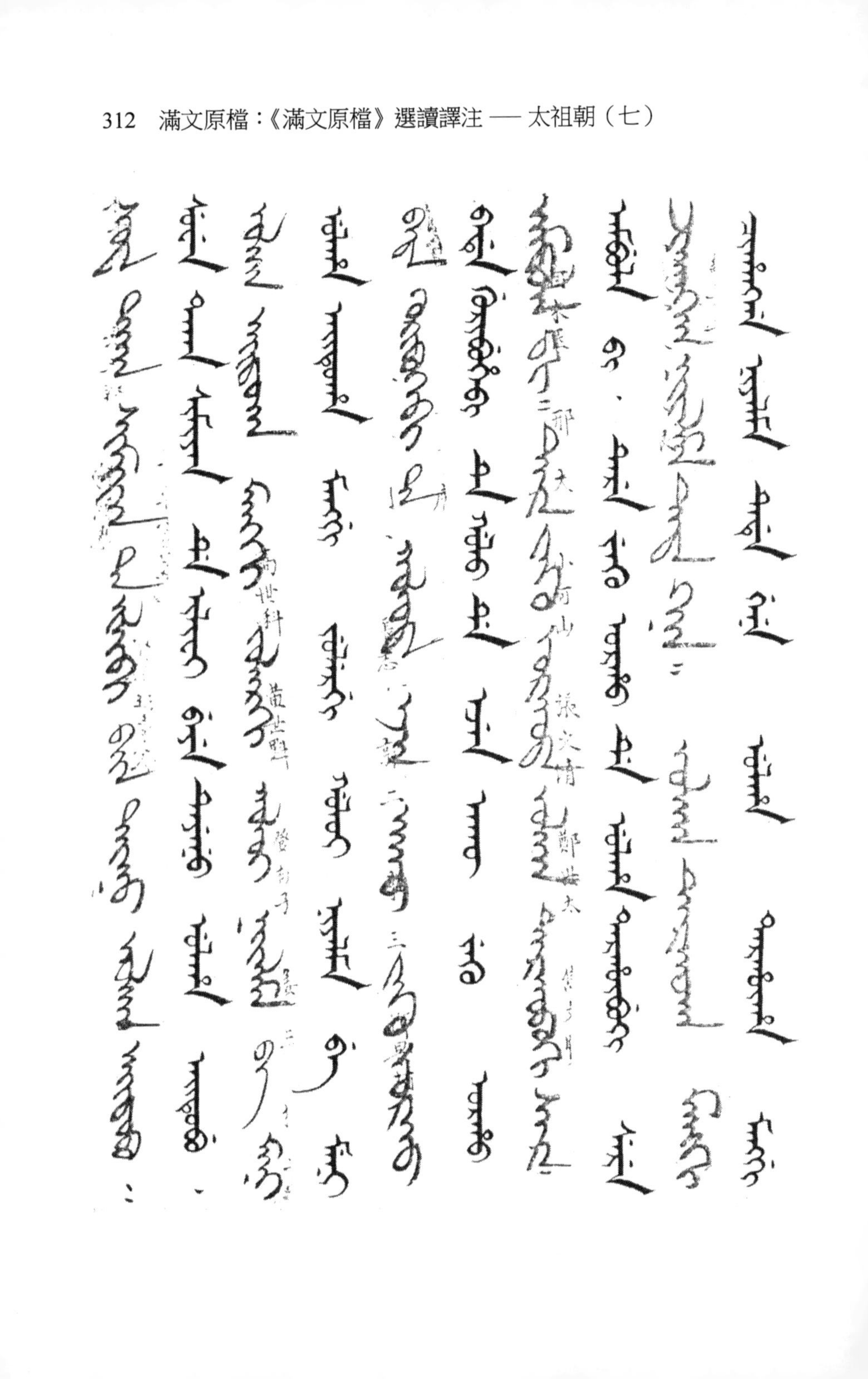

suwe taka simiyan de ilifi beye teyenu, ulha aitubu. ulha aituha manggi julergi goloi niyalma be meni bade guribuhebi, te golo de ejen akū jeku orho ambula bi, tere jeku orhode ulha tarhūbuki sere cihangga niyalma tede gene, ulha tarhūha manggi

---

爾等暫居瀋陽歇息，圈活牲畜。俟牲畜圈活後，南路之人已遷入我處，今此路無主糧草頗多，若有願往彼處取糧草飼養牲畜之人，准其前往。俟牲畜肥壯後，

尔等暂居沈阳歇息，圈活牲畜。俟牲畜圈活后，南路之人已迁入我处，今此路无主粮草颇多，若有愿往彼处取粮草饲养牲畜之人，准其前往。俟牲畜肥壮后，

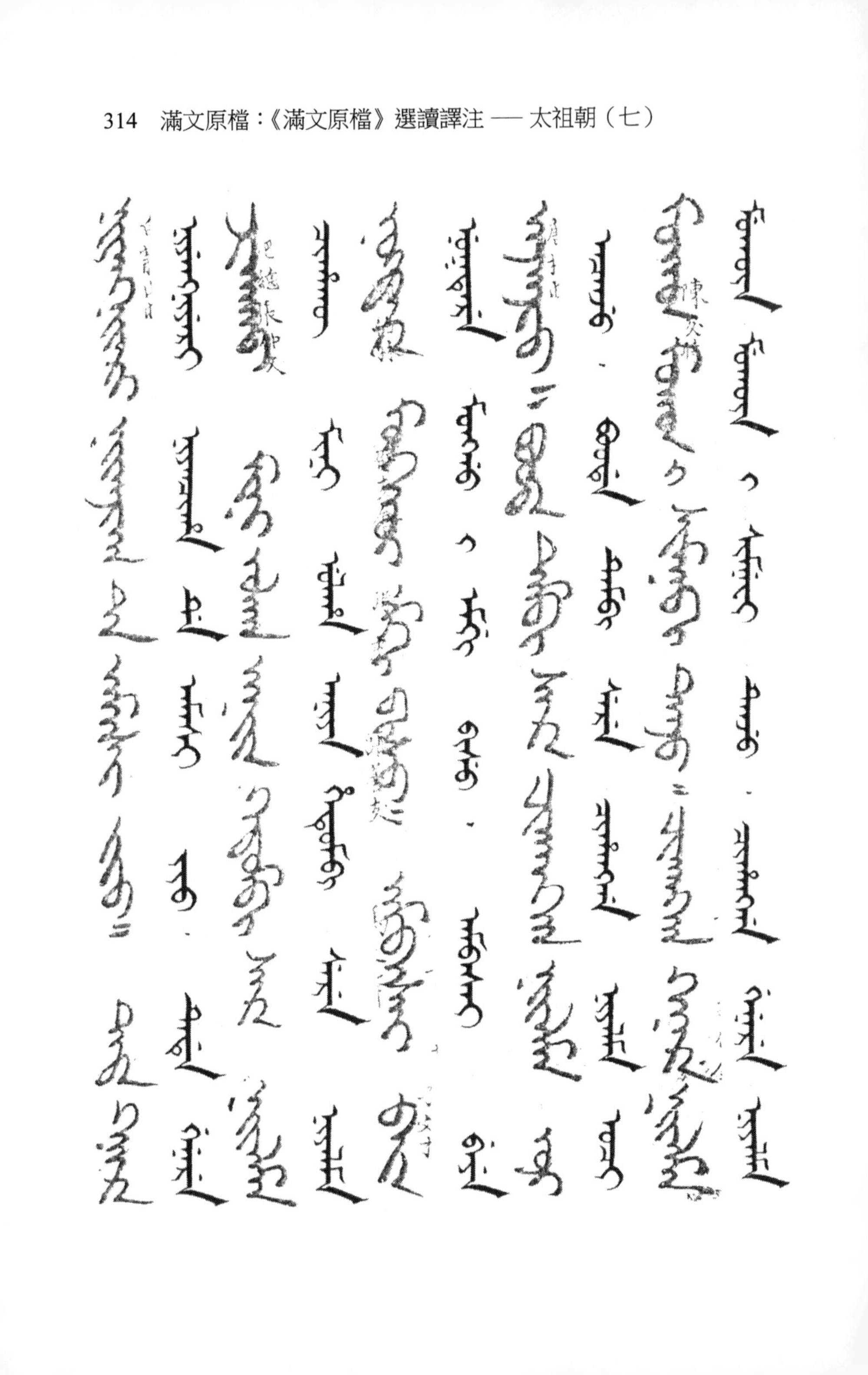

niyengniyeri niyanciha de amasi jio. tede genere cihakū mini ulha aniya hetumbi sere niyalma, nuktere monggo i emgi bisu, ambasai beye acanju. boode tembi sere cihangga niyalma oci, mukūn mukūn i simnefi tenju. cihangga genere niyalma

---

於春天踏青回來。其不願前往彼處、自以為我牲畜能過冬之人，可與游牧蒙古一同留下，着大臣等親自來見。有願住家定居之人，則由各族簡拔前來居住。願往之人

于春天踏青回来。其不愿前往彼处、自以为我牲畜能过冬之人，可与游牧蒙古一同留下，着大臣等亲自来见。有愿住家定居之人，则由各族简拔前来居住。愿往之人

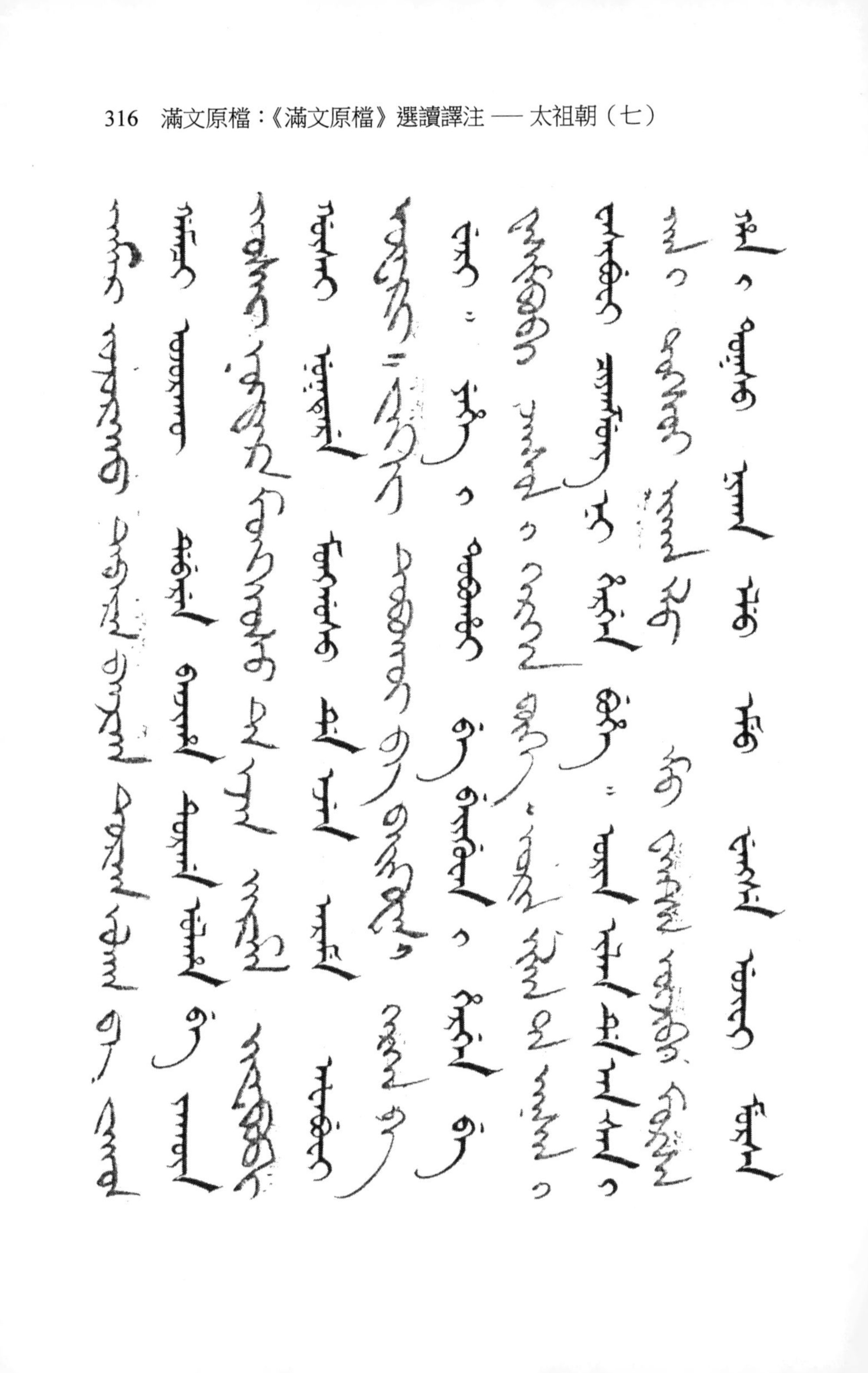

gamaci ojorakū deberen banjiha turga ulha be, jakūn gūsai nuktere monggoso de ejen arame afabufi weri. yehe i tobohoi be, beiguwan i hergen be wasibufi ciyandzung ni hergen buhe. orin ilan de, an šan i han i toksoi nikan, elu emu fengse ujifi, mursa

---

可將產羔[50]後不可攜往之羸瘦牲畜，交由八旗游牧蒙古作主留養。將葉赫之托博輝降其備禦官之職，授千總之職。二十三日，鞍山汗莊之漢人獻養葱一盆、蘿蔔二斗。

可将产羔后不可携往之羸瘦牲畜，交由八旗游牧蒙古作主留养。将叶赫之托博辉降其备御官之职，授千总之职。二十三日，鞍山汗庄之汉人献养葱一盆、萝卜二斗。

---

[50]產羔，句中「羔」，《滿文原檔》寫作“teba(e)ra(e)n”，《滿文老檔》讀作“deberen”。按滿文“deberen”係蒙文“deber”借詞，意即「崽子」。

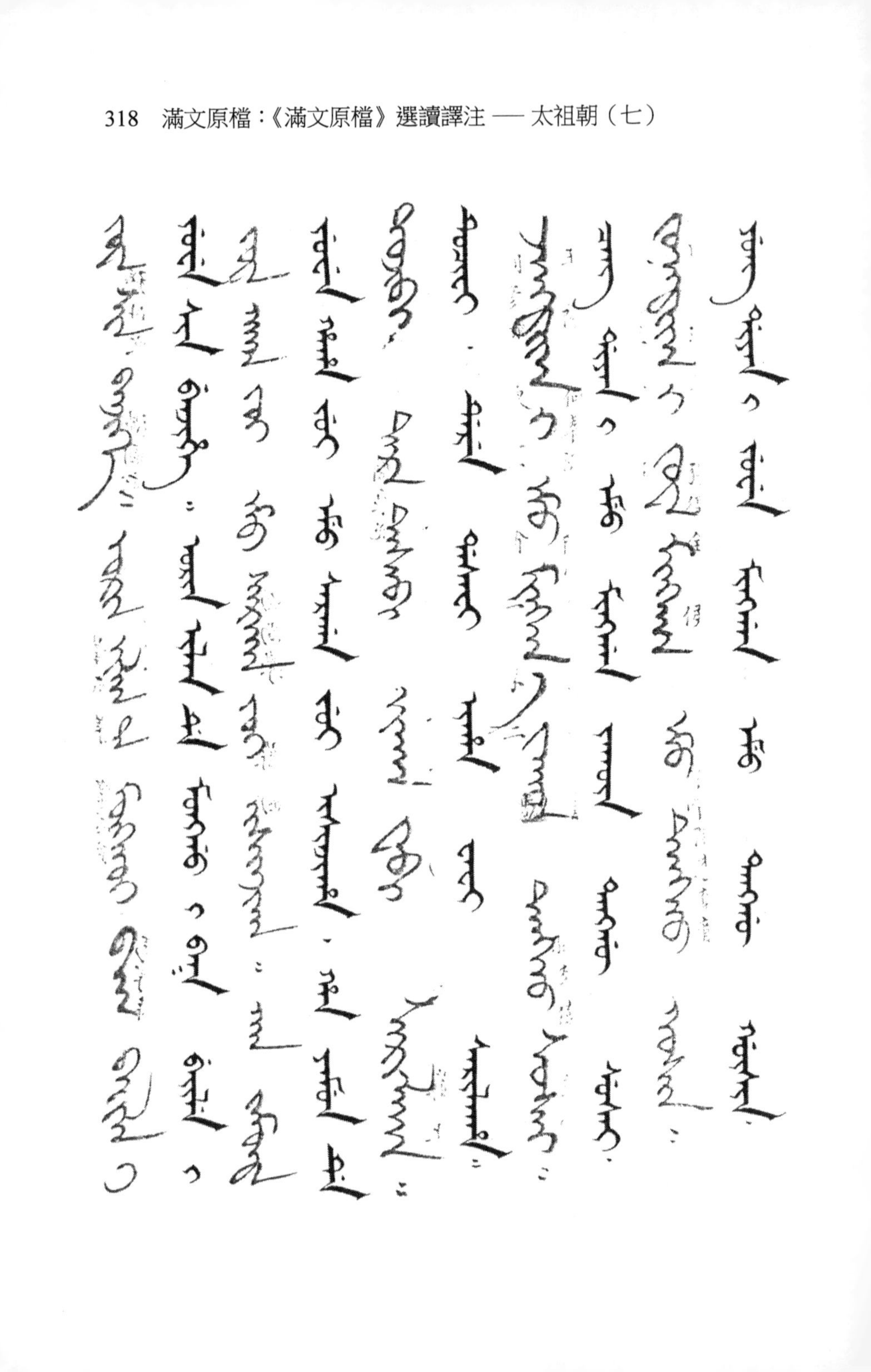

juwe sin benjihe. orin ilan de, monggoi bak beile i juwe haha jui, emu sargan jui isinjiha. han yamunde tucifi, dere dasafi ihan wafi sarilaha. cang diyan i emu minggan jakūn tanggū susai, yung diyan i juwe minggan emu tanggū gūsin,

---

二十三日，蒙古巴克貝勒之二子、一女到來。汗御衙門，宰牛擺桌設筵宴之。長甸之一千八百五十，永甸之二千一百三十，

二十三日，蒙古巴克贝勒之二子、一女到来。汗御衙门，宰牛摆桌设筵宴之。长甸之一千八百五十，永甸之二千一百三十，

二十二、筵宴肴饌

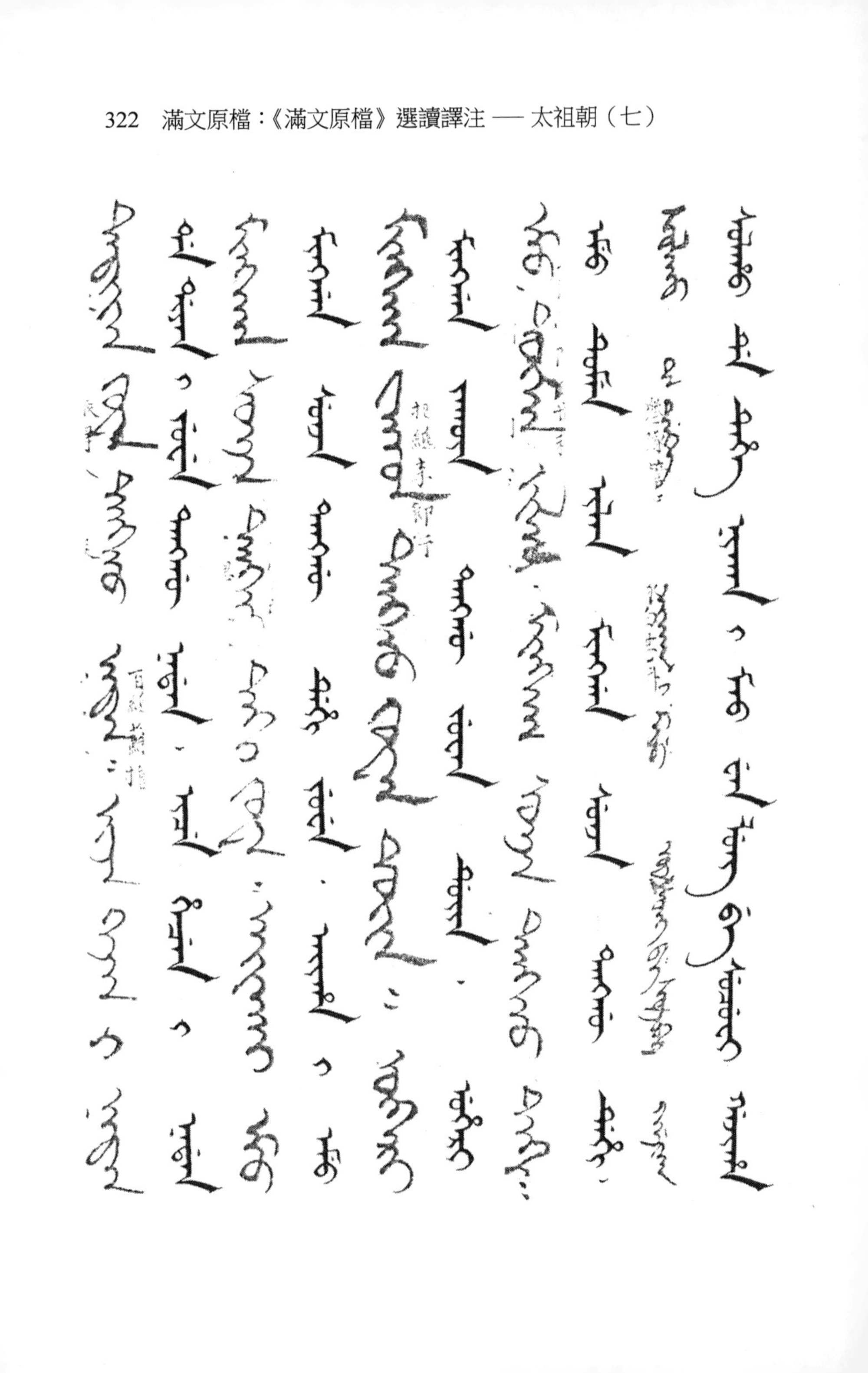

da diyan i juwe tanggū nadan, ice hecen i nadan minggan sunja tanggū dehi juwe, aihai emu minggan jakūn tanggū juwan duin, uheri emu tumen ilan minggan sunja tanggū dehi, solho de tehe nikan i mao wen lung be sucufi gajiha

---

大甸之二百零七、新城之七千五百四十二，靉河之一千八百一十四，共一萬三千五百四十。擊敗住朝鮮之明人毛文龍，

大甸之二百零七、新城之七千五百四十二，叆河之一千八百一十四，共一万三千五百四十。击败住朝鲜之明人毛文龙，

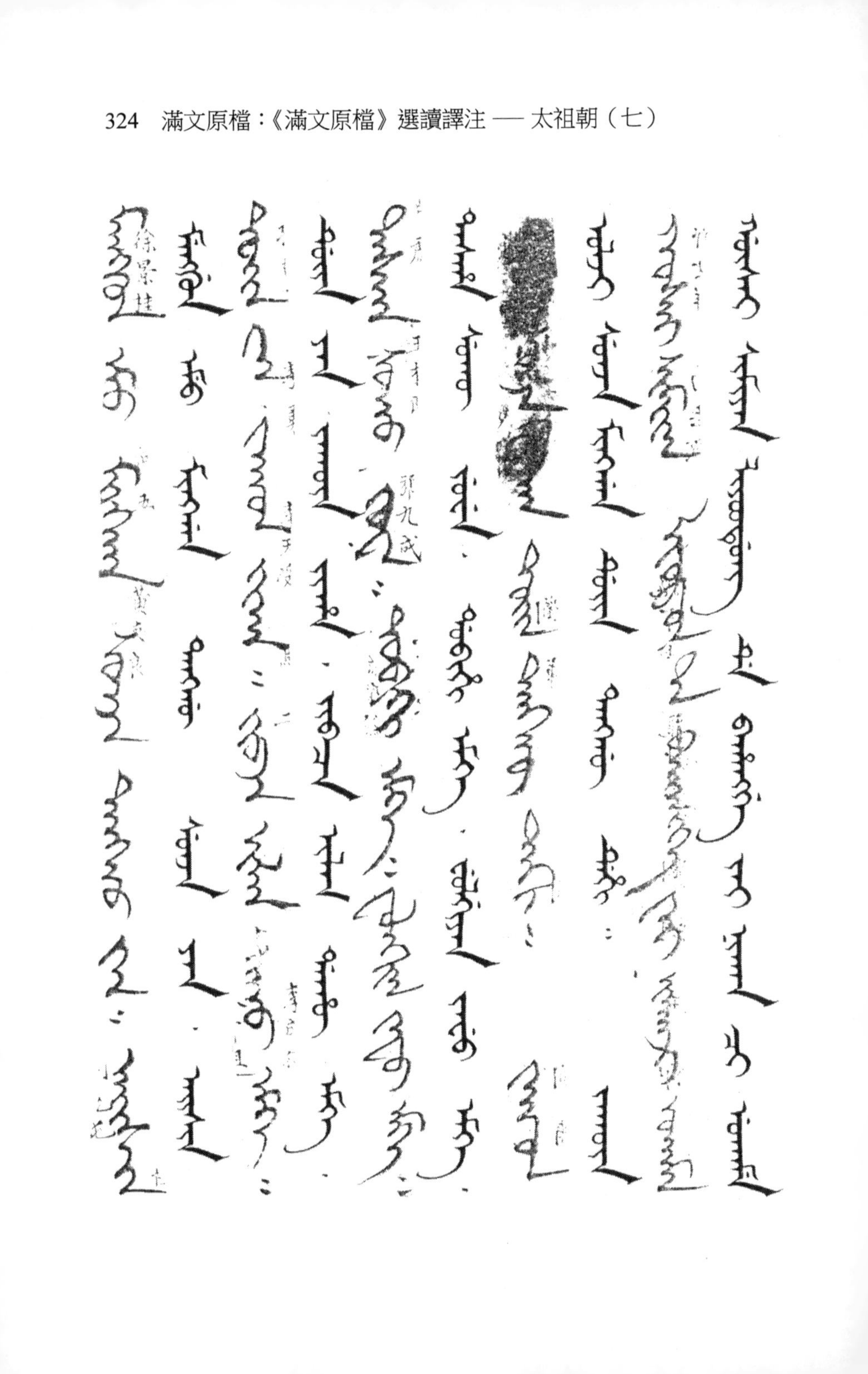

menggun emu minggan sunja tanggū yan, aisin duin yan jakūn jiha, jibca ilan, dahū emke, tasha sukū juwe, dobihi emke, fulgiyan jafu emke, olji sunja minggan duin tanggū dehi. jakūn gūsai simiyan, liyoodung de bahangge, jai nikanci ukame

---

獲銀一千五百兩、金四兩八錢、皮襖三襲、皮端罩一襲、虎皮二張、狐皮一張、紅毡一塊及俘虜五千四百四十人。八旗於瀋陽、遼東所俘獲及由明逃來者，

获银一千五百两、金四两八钱、皮袄三袭、皮端罩一袭、虎皮二张、狐皮一张、红毡一块及俘虏五千四百四十人。八旗于沈阳、辽东所俘获及由明逃来者，

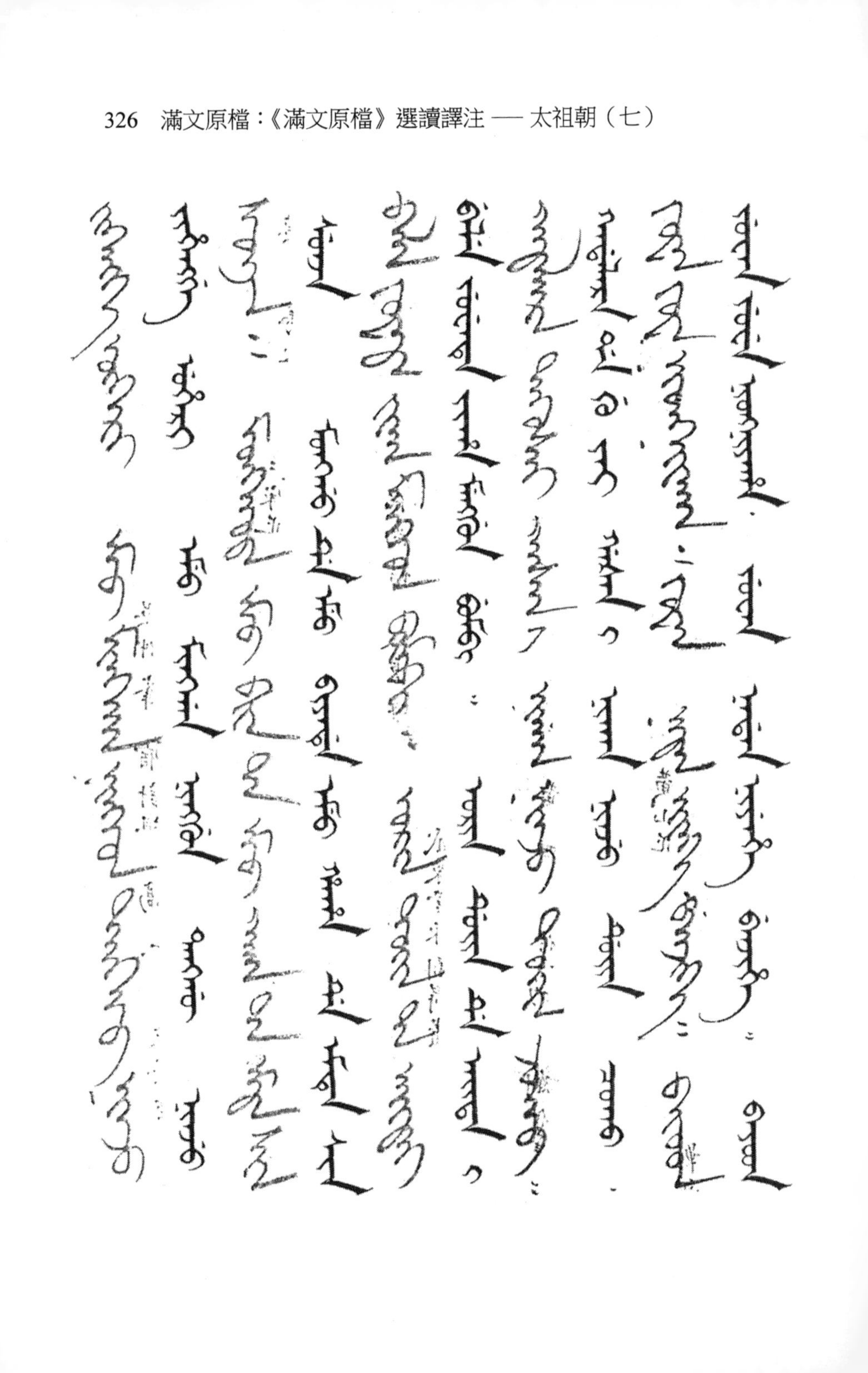

jihengge, uheri emu minggan ninggun tanggū ninju sunja monggode, emu biyade emu haha de emte sin bele, juwete jiha menggun bumbi. orin duin de, aita i kadalara da gu jai gašan i nikan, ninju duin coko, juwan juwe niongniyaha, juwan nadan niyehe benjihe. bayot

---

共一千六百六十五人，蒙古每一男丁每月發給米各一斗及銀各二錢。二十四日，愛塔所轄大孤寨屯漢人來獻鷄六十四隻、鵝十二隻、鴨十七隻。

共一千六百六十五人，蒙古每一男丁每月发给米各一斗及银各二钱。二十四日，爱塔所辖大孤寨屯汉人来献鸡六十四只、鹅十二只、鸭十七只。

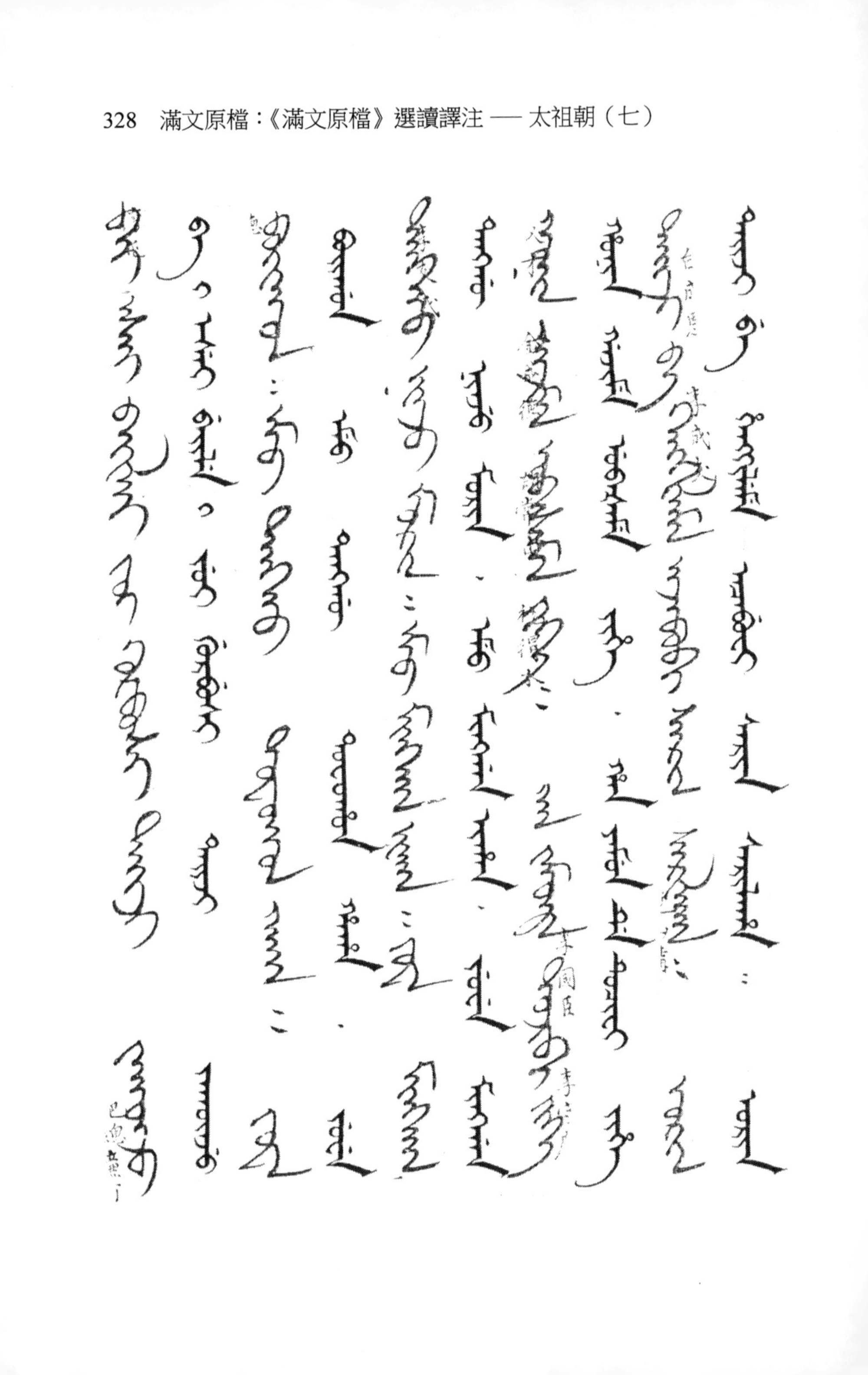

bai esei beilei jui gurbusi taiji, jakūnju boigon emu tanggū tofohon haha, juwe tanggū ninju morin, emu minggan ihan, juwe minggan honin gajime ubašame jihe. han, yamunde tucifi, jihe taiji be hengkileme acabufi sarin sarilaha. orin

---

巴岳特地方額色依貝勒之子固爾布什台吉率八十戶計一百一十五名男丁，攜馬二百六十匹、牛一千頭、羊二千隻叛逃而來。汗御衙門，命前來台吉叩見畢，設筵宴之。

巴岳特地方额色依贝勒之子固尔布什台吉率八十户计一百一十五名男丁，携马二百六十匹、牛一千头、羊二千只叛逃而来。汗御衙门，命前来台吉叩见毕，设筵宴之。

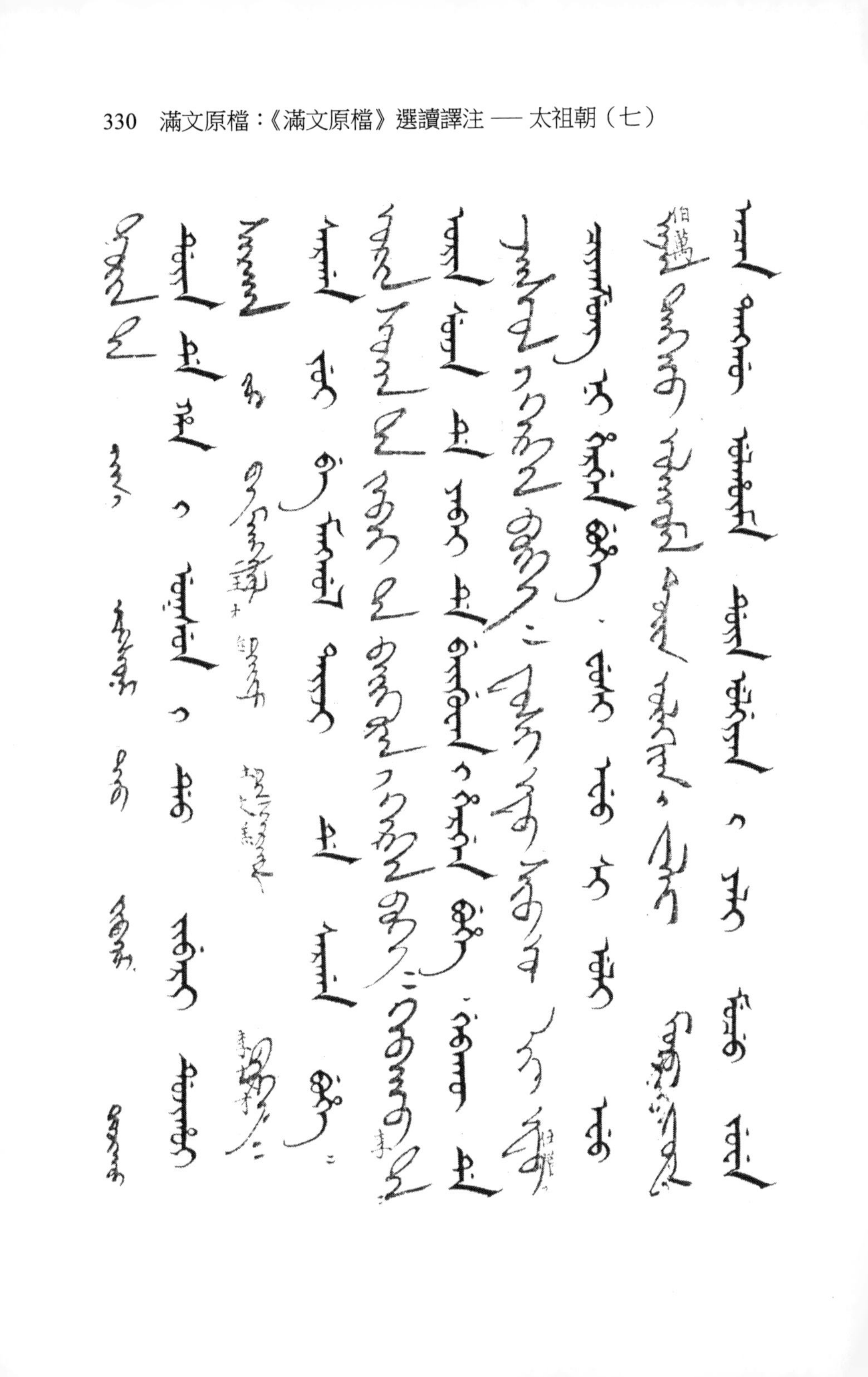

duin de han i uksun i deo jiberi dujihoi sargan jui be manggol taiji de sargan buhe. orin sunja de, yabai de beiguwan i hergen buhe, gebakū de ciyandzung ni hergen buhe. fusi efu, si uli efu, acan tanggū ulhūma, duin ulgiyan i yali, mucu juwe

---

二十四日，以汗之族弟吉伯里都吉霍之女妻莽古勒台吉。二十五日，授雅拜為備禦官之職，授格巴庫為千總之職。撫順額駙、西烏里額駙合獻野鷄一百隻、豬肉四隻、葡萄二盒；

二十四日，以汗之族弟吉伯里都吉霍之女妻莽古勒台吉。二十五日，授雅拜为备御官之职，授格巴库为千总之职。抚顺额驸、西乌里额驸合献野鸡一百只、猪肉四只、葡萄二盒；

二十三、曝背獻芹

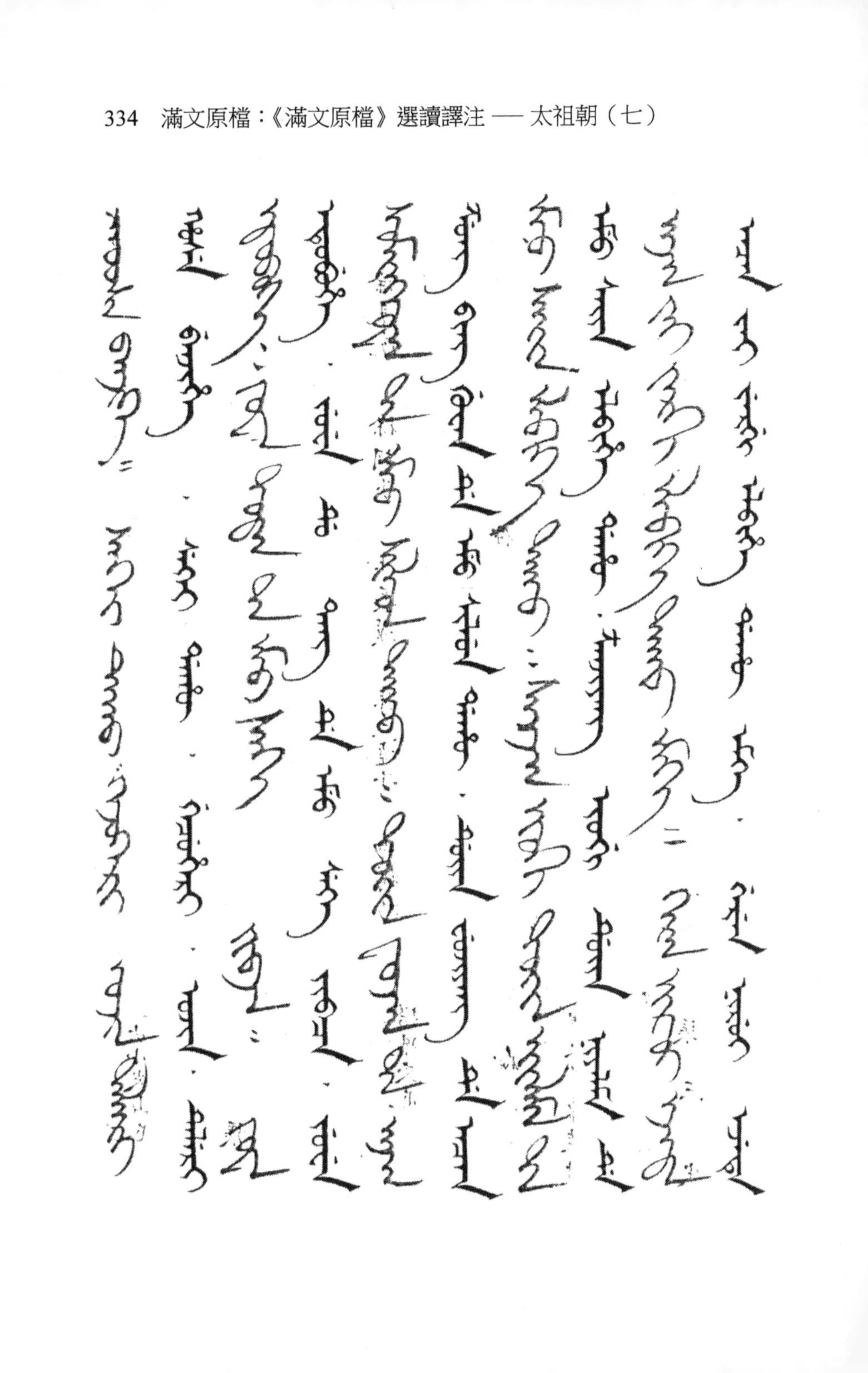

hose benjihe, sekei dahū, gecuheri, ojin, teleri etubuhe. juwe du tang de emu seke jibca, juwe dzung bing guwan de emu silun dahū, duin fujiyang de acan emu sain elbihe dahū, ts'anjiyang, iogi, duin niyalma de acan jai jergi elbihe dahū emke, geren nirui ejete

---

以貂皮端罩、蟒緞、女朝褂、女朝衣，使之穿着。二都堂出貂皮襖一襲，二總兵官出猞猁猻皮端罩一襲，四副將合出上等貉皮端罩一襲，參將、遊擊四人合出二等貉皮端罩一襲，衆牛彔各額真、

以貂皮端罩、蟒缎、女朝褂、女朝衣，使之穿着。二都堂出貂皮袄一袭，二总兵官出猞猁狲皮端罩一袭，四副将合出上等貉皮端罩一袭，参将、游击四人合出二等貉皮端罩一袭，众牛彔各额真、

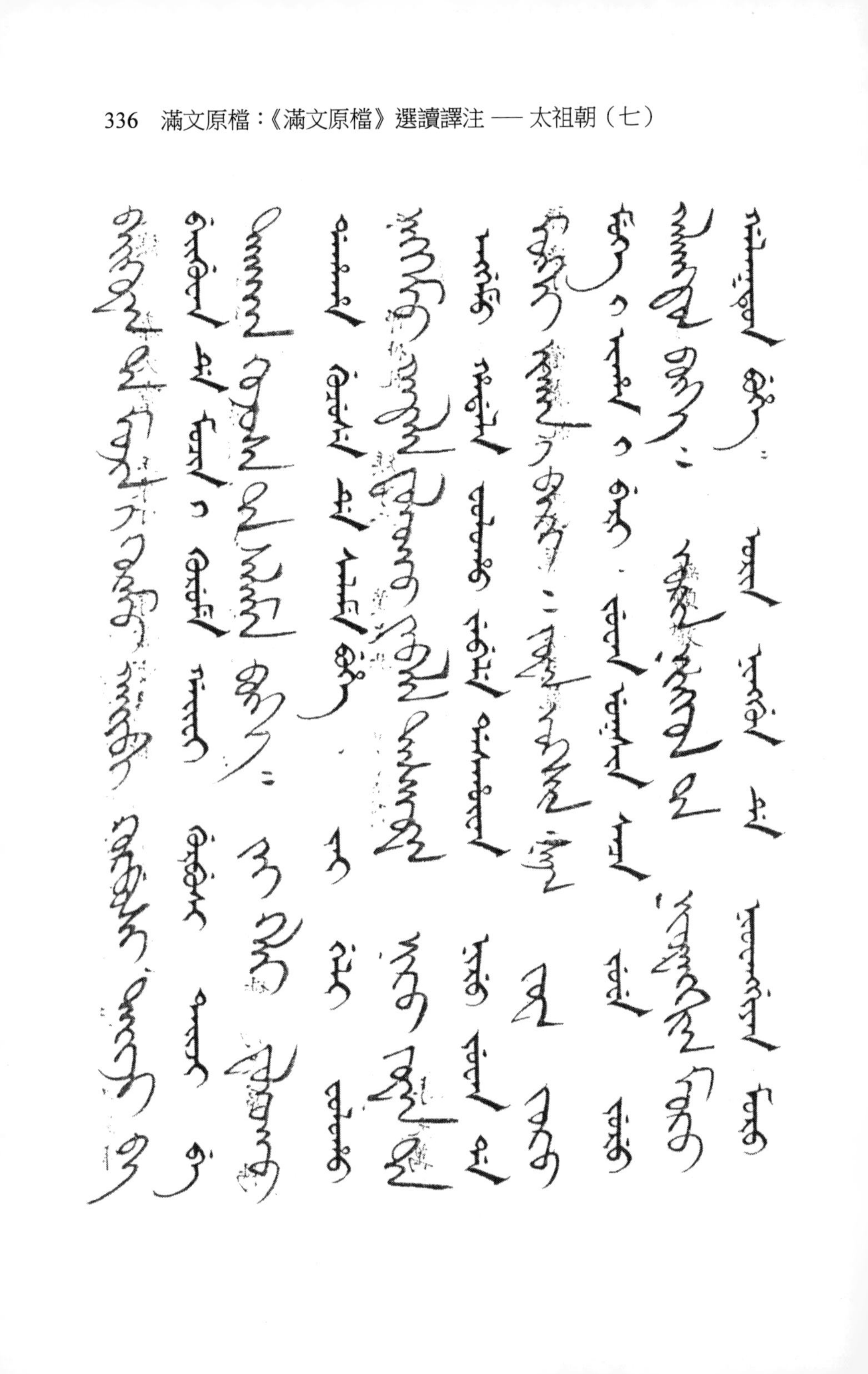

beiguwan de mocin i kurume gaifi, gurbusi taiji be dahaha gucuse de salame buhe. jai geli foloho enggemu hadala, foloho jebele, dashūwan, niru juwan da, muke i ihan i beri, juwan uksin saca, juwe juru galaktun buhe. orin ninggun de, niowanggiyan moro,

---

備禦官出毛青布外褂[51]，散給隨從固爾布什之僚友們。又再賜以雕鑲鞍轡、雕鑲撒袋、弓套、箭十根、水牛皮弓、盔甲十件、亮袖二對。二十六日，獻綠碗、

备御官出毛青布外褂，散给随从固尔布什之僚友们。又再赐以雕镶鞍辔、雕镶撒袋、弓套、箭十根、水牛皮弓、盔甲十件、亮袖二对。二十六日，献绿碗、

---

[51]外褂，句中「褂」，《滿文原檔》讀作“kuremu”，《滿文老檔》讀作“kurume”。

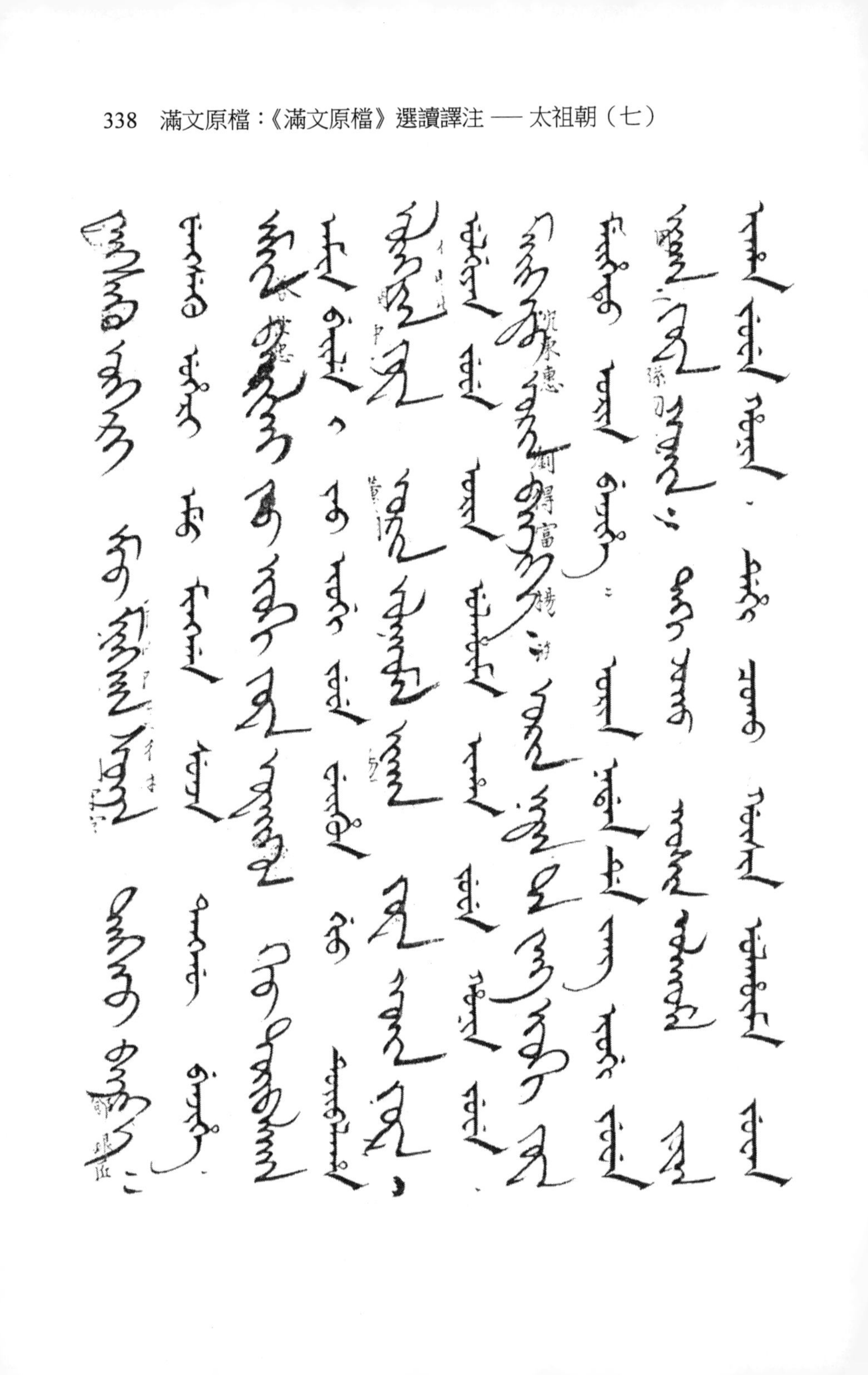

fengseku uheri emu minggan sunja tanggū benjihe. amin beilei jao iogi juwe weihun gio, tuibalaha ulgiyan juwe, orin ulhūma, ihan juwe honin juwe, meihetu orin benjihe. orin nadan de, jang iogi, juwe ihan, juwe honin, dehi coko, gūsin ulhūma, juwan

---

盆共一千五百件。阿敏貝勒屬下趙遊擊獻活麅二隻、退毛[52]豬二隻、雉二十隻、牛二頭、羊二隻、鱔魚二十尾。二十七日，張遊擊獻牛二頭、羊二隻、鷄四十隻、雉三十隻、

盆共一千五百件。阿敏贝勒属下赵游击献活狍二只、退毛猪二只、雉二十只、牛二头、羊二只、鳝鱼二十尾。二十七日，张游击献牛二头、羊二只、鸡四十只、雉三十只、

---

[52]退毛，《滿文原檔》寫作"toibalaka"，《滿文老檔》讀作"tuibalaha"，意即「刨掉毛」，訛誤；應讀作"tuilehe"，意即「退掉毛」，改正。

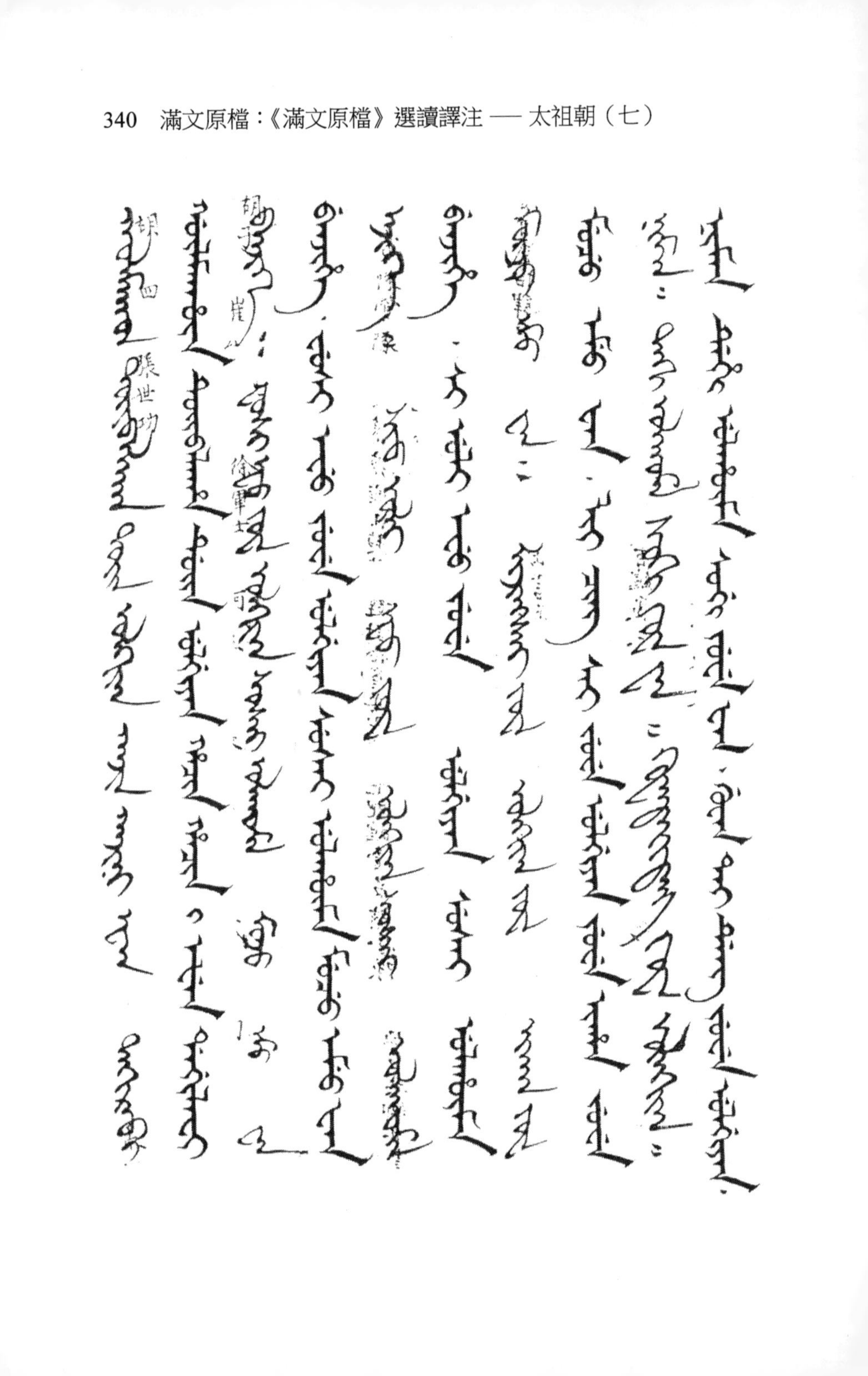

gūlmahūn, tuibalaha duin ulgiyan, hacin hacin i efen dagilafi benjihe, fusi efu, juwe ulgiyan, susai ulhūma, mucu emu fan benjihe. si uli efu, juwe ulgiyan, susai ulhūma, mucu emu fan. lii cing sai, juwe ulgiyan, juwe ihan, juwe niman, dehi ulhūmasogi juwe fan, guwan tai deng, juwe ulgiyan,

---

兔十隻、退毛豬四隻及各樣餑餑。撫順額駙獻豬二隻、雉五十隻、葡萄一盤。西烏裏額駙獻豬二隻、雉五十隻、葡萄一盤。李慶賽獻豬二隻、牛二頭、山羊二隻、雉四十隻、菜二盤。關泰登獻豬二隻、

兔十只、退毛猪四只及各样饽饽。抚顺额驸献猪二只、雉五十只、葡萄一盘。西乌里额驸献猪二只、雉五十只、葡萄一盘。李庆赛献猪二只、牛二头、山羊二只、雉四十只、菜二盘。关泰登献猪二只、

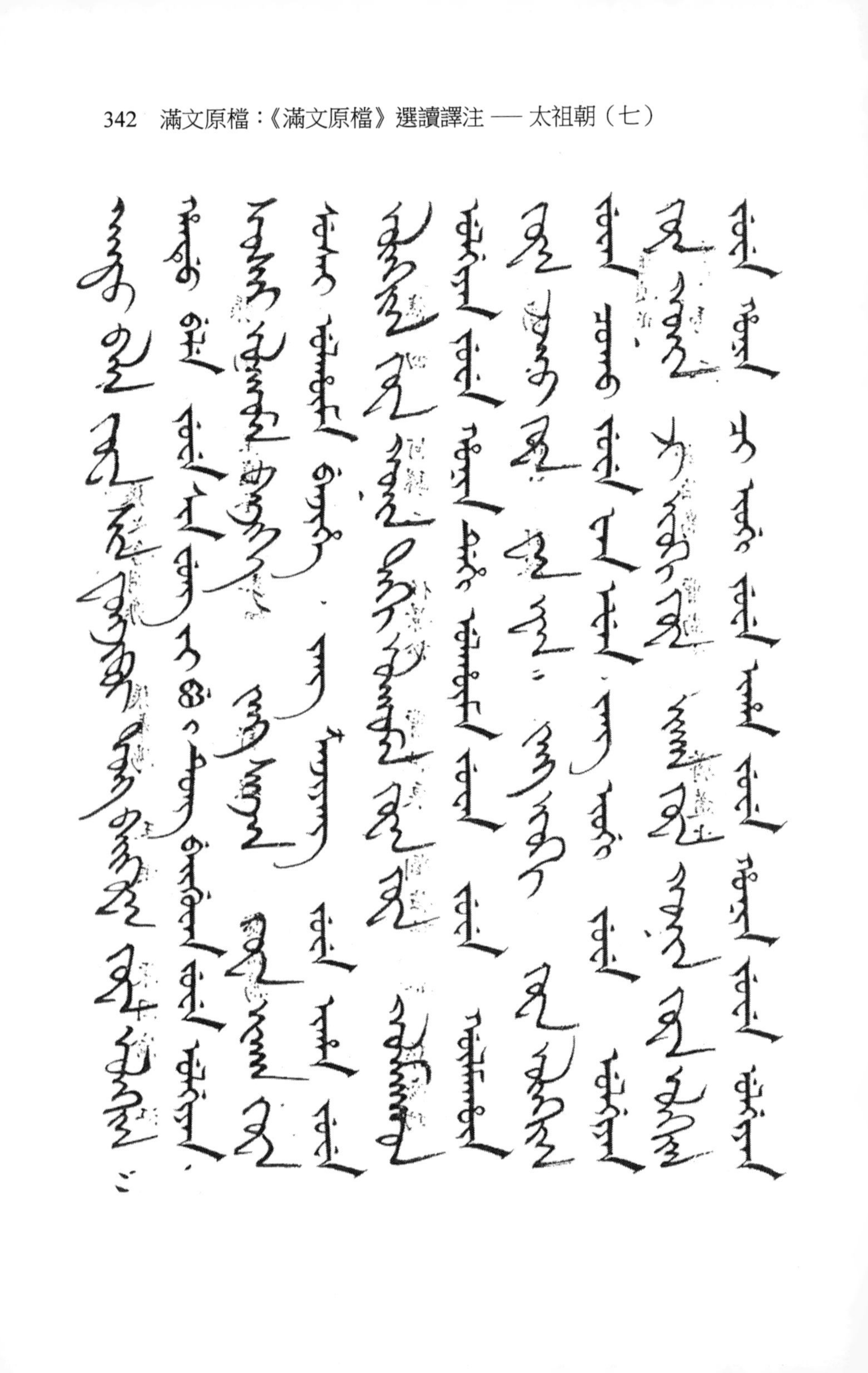

handu bele juwe sin. fung ji pui tung beiguwan, juwe ulgiyan, susai ulhūma benjihe. jang ts'anjiyang, juwe ihan, juwe ulgiyan, juwe honin, dehi ulhūma, juwan juwe gūlmahūn, juwan coko, juwe fan efen. jang iogi, juwe ulgiyan, juwe honin. ci iogi juwe ihan, juwe honin, juwe ulgiyan,

---

稻米二鬥。奉集堡佟備禦官獻豬二隻、雉五十隻。張參將獻牛二頭、豬二隻、羊二隻、雉四十隻、兔十二隻、鷄十隻、餑餑二盤。張遊擊獻豬二隻、羊二隻。齊遊擊獻牛二頭、羊二隻、豬二隻、

稻米二斗。奉集堡佟备御官献猪二只、雉五十只。张参将献牛二头、猪二只、羊二只、雉四十只、兔十二只、鸡十只、饽饽二盘。张游击献猪二只、羊二只。齐游击献牛二头、羊二只、猪二只、

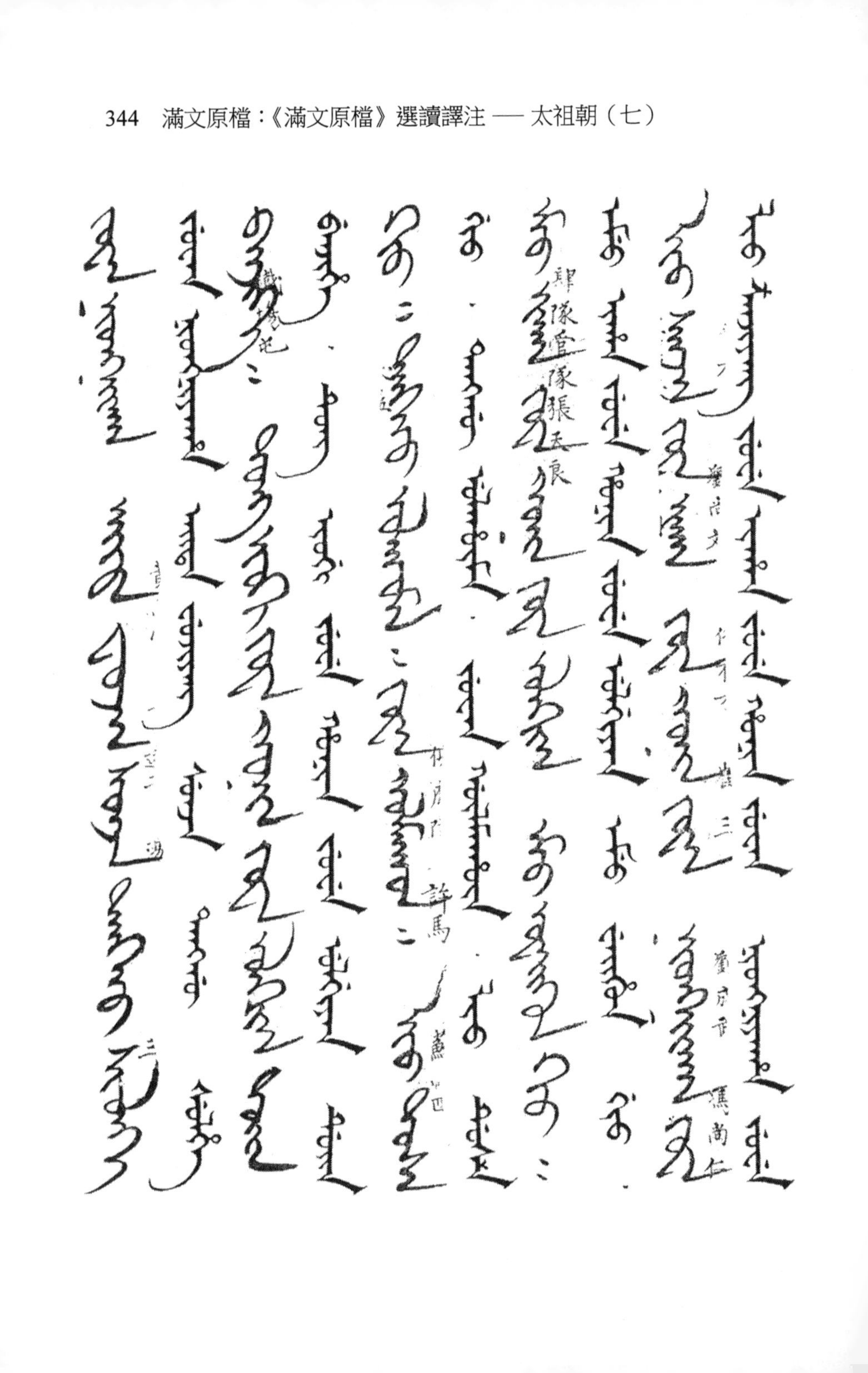

juwan niongniyaha. aita fujiyang, sunja tanggū šulhe benjihe. tung iogi, juwe honin, juwe ulgiyan, duin gio, tanggū ulhūma, juwan gūlmahūn. lio dusy, emu ihan, juwe honin, juwe ulgiyan, emu weihun gio. lio ts'anjiyang, juwe ihan, juwe honin, juwan niongniyaha, juwe

---

鵝十隻。爱塔副將獻梨五百個。佟遊擊獻羊二隻、豬二隻、麅四隻、雉一百隻、兔十隻。劉都司獻牛一頭、羊二隻、豬二隻、活麅一隻。劉參將獻牛二頭、羊二隻、鵝十隻、

鹅十只。爱塔副将献梨五百个。佟游击献羊二只、猪二只、狍四只、雉一百只、兔十只。刘都司献牛一头、羊二只、猪二只、活狍一只。刘参将献牛二头、羊二只、鹅十只、

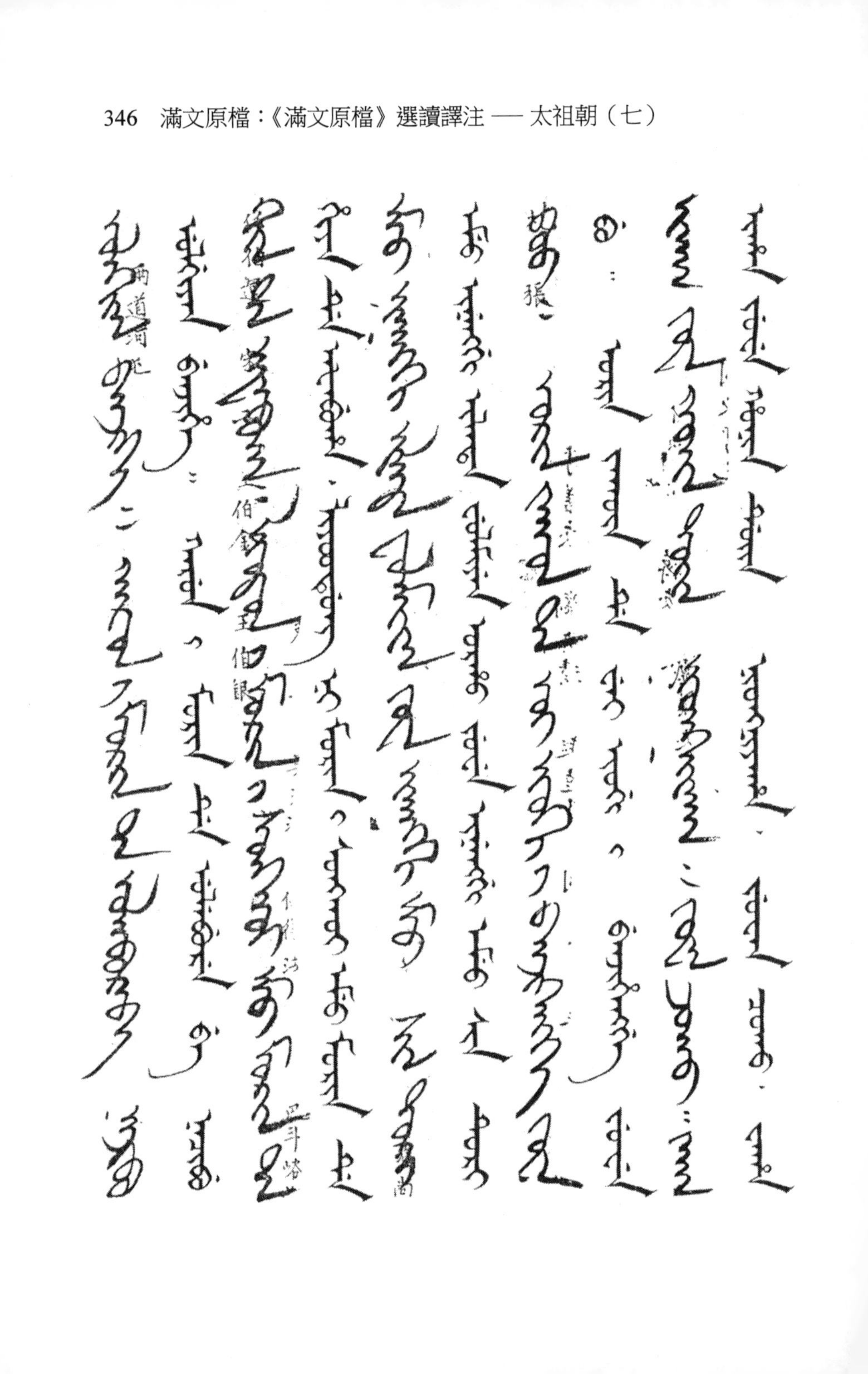

ulgiyan benjihe. karun i morin de uleburebe, nacibu hiya de afabuha, liyoodung ni morin i songkoi emu morin de emu inenggi ilata fulmiyen orho, juwe inenggi emu sin turi bu. orin jakūn de, wei iogi i benjihengge, juwe ihan, juwe honin, duin niongniyaha, juwan coko, waha

---

豬二隻。交付納齊布侍衛督養哨地馬匹。按照遼東之馬匹，每匹馬一日給草各三束，二日給豆一斗。二十八日，魏遊擊獻牛二頭、羊二隻、鵝四隻、鷄十隻、

猪二只。交付纳齐布侍卫督养哨地马匹。按照辽东之马匹，每匹马一日给草各三束，二日给豆一斗。二十八日，魏游击献牛二头、羊二只、鹅四只、鸡十只、

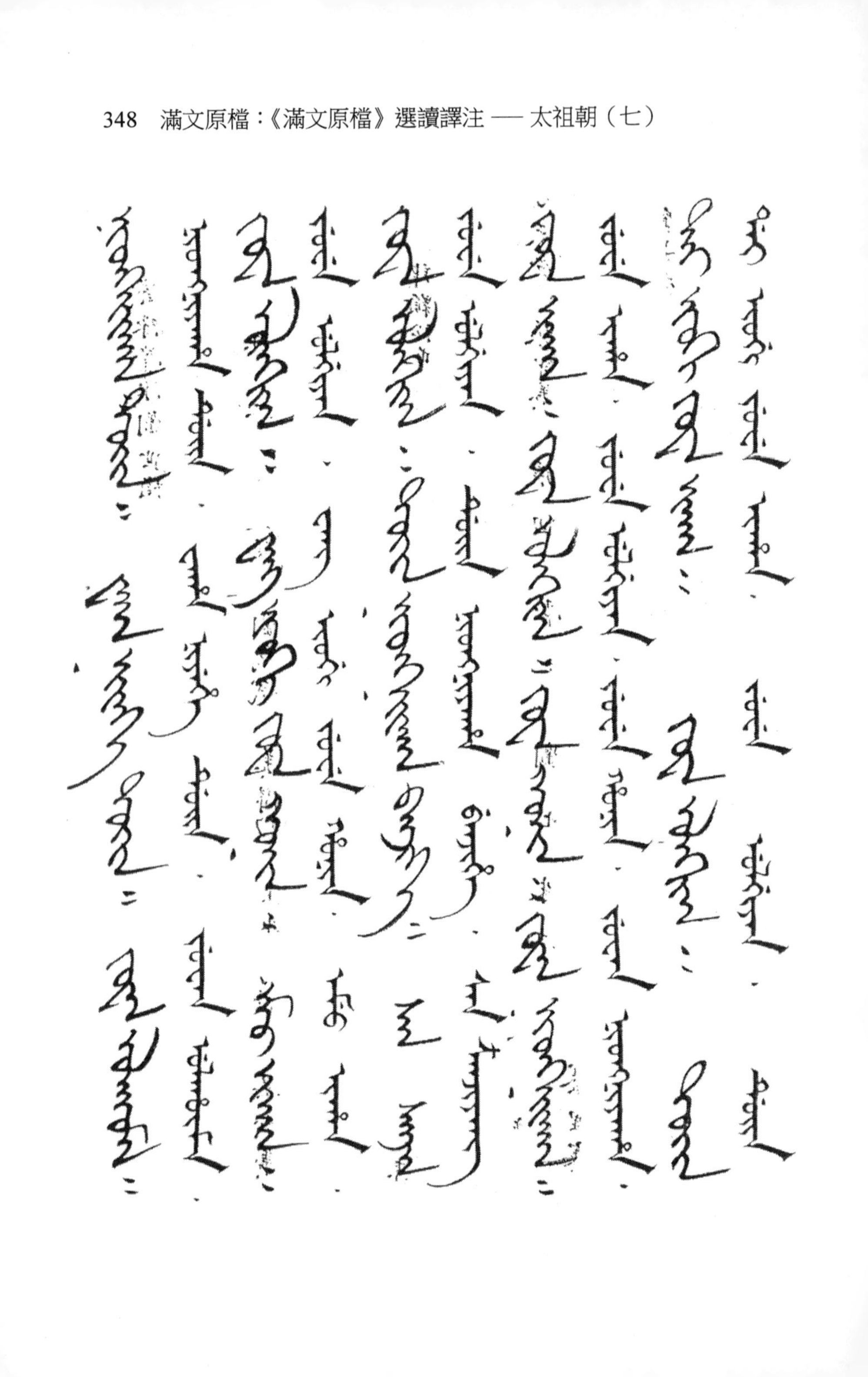

niongniyaha duin, waha niyehe duin, juwan ulhūma, juwe ulgiyan. wang iogi, juwe honin, emu ihan, juwe ulgiyan, duin niongniyaha benjihe. san ts'anjiyang, juwe ihan, juwe ulgiyan, juwe honin, juwan niongniyaha. dai iogi juwe ihan, juwe ulgiyan, duin

---

已殺之鵝四隻、已殺之鴨四隻、雉十隻、豬二隻。王遊擊獻羊二隻、牛一頭、豬二隻、鵝四隻。單参將獻牛二頭、豬二隻、羊二隻、鵝十隻。戴遊擊獻牛二頭、豬二隻、

已杀之鹅四只、已杀之鸭四只、雉十只、猪二只。王游击献羊二只、牛一头、猪二只、鹅四只。单参将献牛二头、猪二只、羊二只、鹅十只。戴游击献牛二头、猪二只、

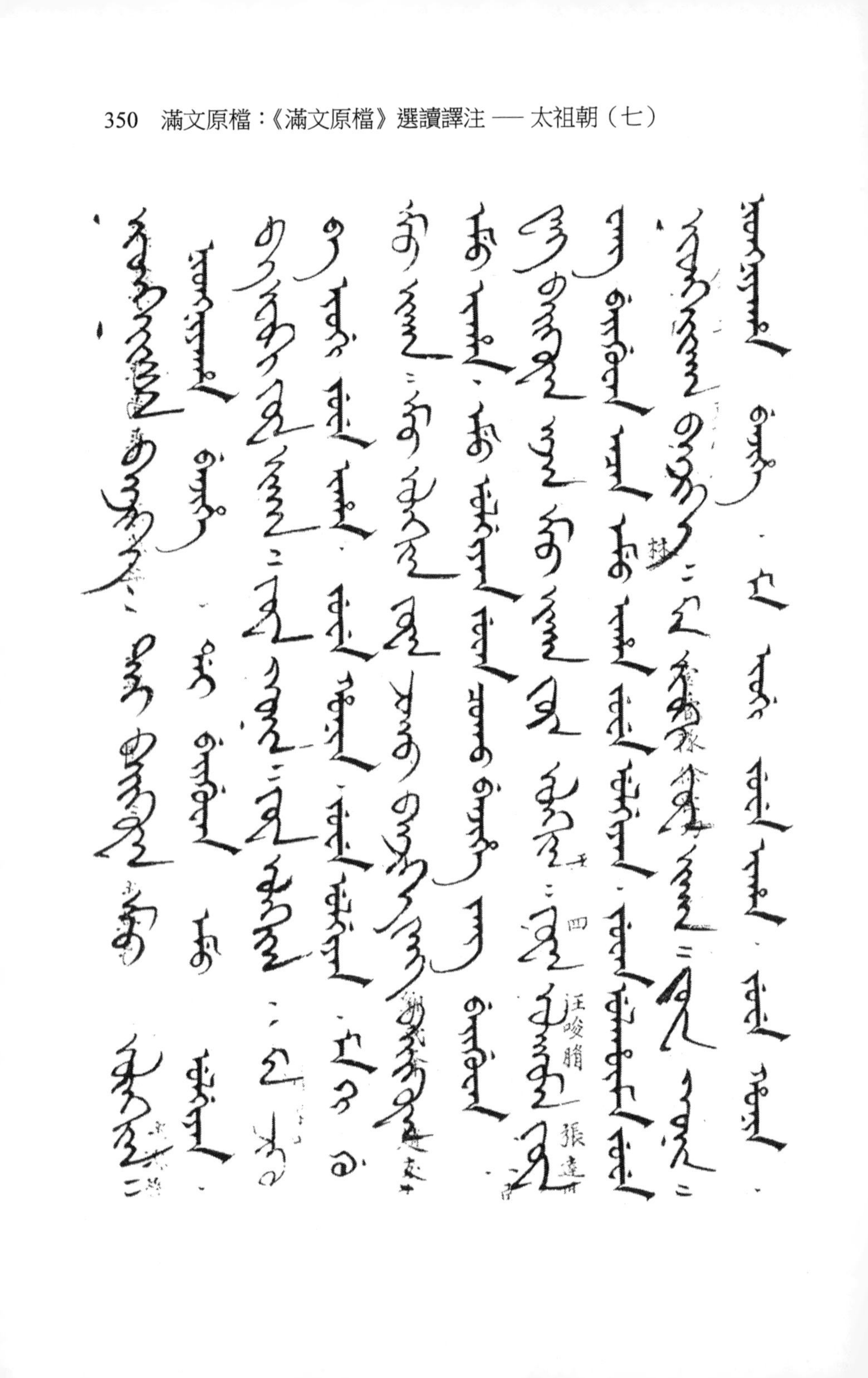

niongniyaha benjihe. dai beiguwan emu ulgiyan. ba iogi, juwe ihan, juwe honin, juwe ulgiyan. ma ki gu, emu ihan, emu ulgiyan, juwan coko benjihe. jang beiguwan, wang beiguwan acan emu ihan, juwe ulgiyan, juwan ulhūma, juwe niongniyaha benjihe. ma iogi juwe ihan, juwe honin,

---

鵝四隻。戴備禦官獻豬一隻。巴遊擊獻牛二頭、羊二隻、豬二隻。馬奇古獻牛一頭、豬一隻、鷄十隻。張備禦官、王備禦官合獻牛一頭、豬二隻、雉十隻、鵝二隻。馬遊擊獻牛二頭、羊二隻、

鹅四只。戴备御官献猪一只。巴游击献牛二头、羊二只、猪二只。马奇古献牛一头、猪一只、鸡十只。张备御官、王备御官合献牛一头、猪二只、雉十只、鹅二只。马游击献牛二头、羊二只、

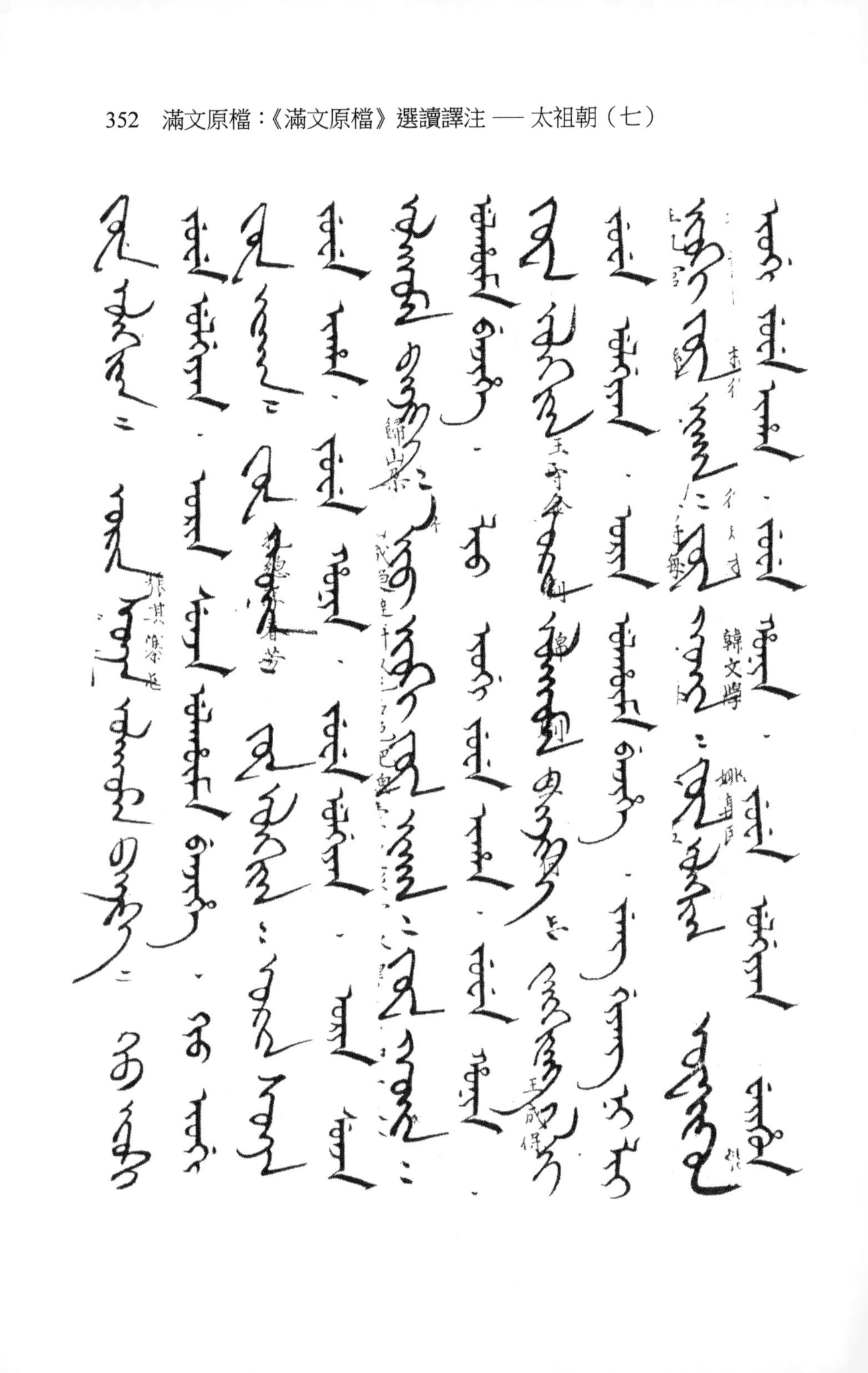

juwe ulgiyan, orin sunja ulhūma benjihe. kio iogi, juwe ihan, juwe honin, juwe ulgiyan, orin sunja ulhūma benjihe. lio iogi, juwe ihan, juwe honin, juwe ulgiyan, orin ulhūma benjihe. jeng giyang ni lii iogi, juwe ihan, juwe honin, juwe ulgiyan, weihun

---

豬二隻、雉二十五隻。邱遊擊獻牛二頭、羊二隻、豬二隻、雉二十五隻。劉遊擊獻牛二頭、羊二隻、豬二隻、雉二十隻。鎮江李遊擊獻牛二頭、羊二隻、豬二隻、

猪二只、雉二十五只。邱游击献牛二头、羊二只、猪二只、雉二十五只。刘游击献牛二头、羊二只、猪二只、雉二十只。镇江李游击献牛二头、羊二只、猪二只、

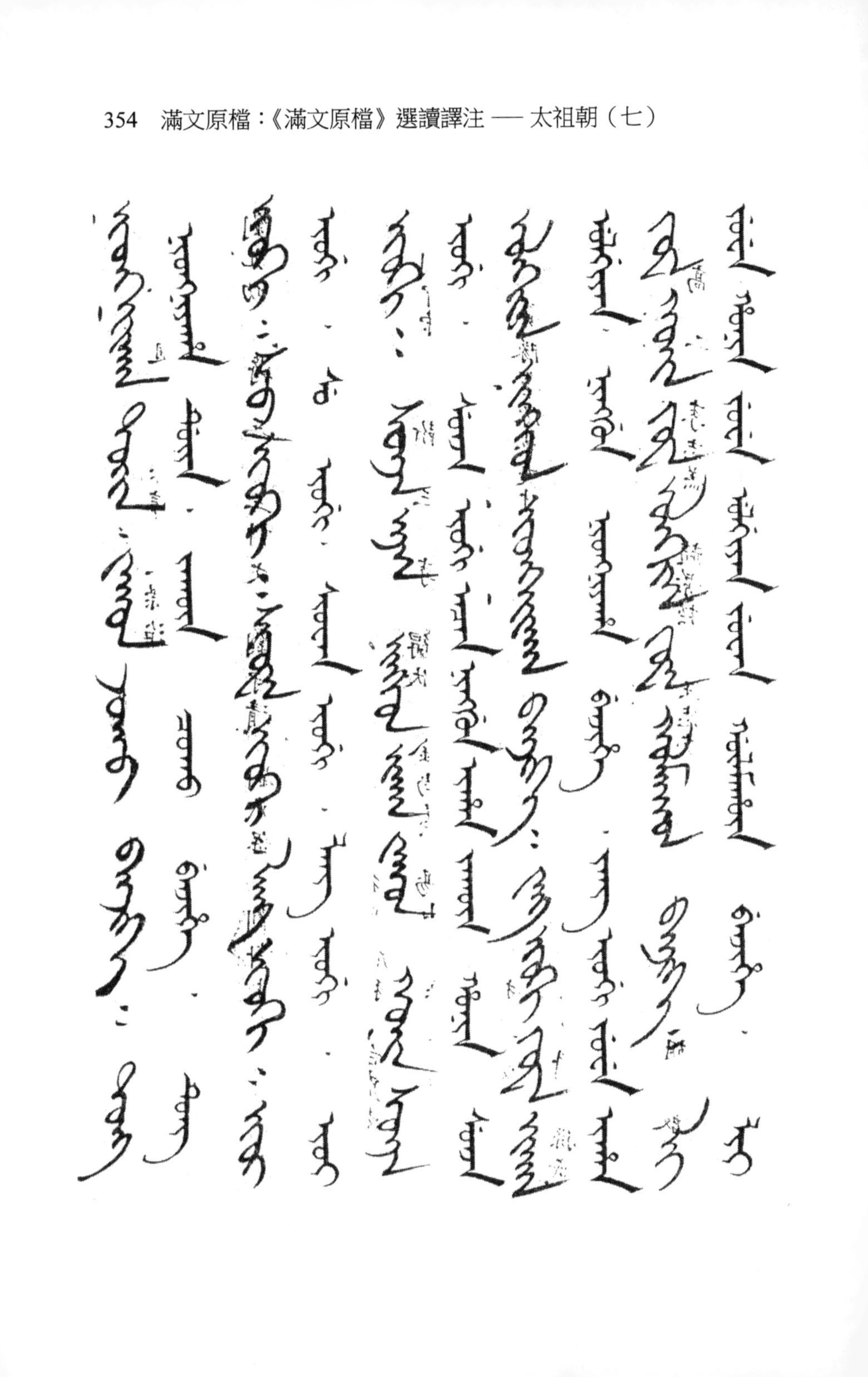

niongniyaha duin, jakūn coko benjihe. tung iogi, su iogi, siowan iogi, lang iogi, ioi iogi sunja iogi acan ninggun ihan, jakūn honin, sunja ulgiyan, ninggun niongniyaha benjihe. jang iogi, juwe ihan, juwe honin, juwe ulgiyan, juwan gūlmahūn benjihe. lii

---

活鵝四隻、雞八隻。佟遊擊、蘇遊擊、宣遊擊、郎遊擊、于遊擊五遊擊合獻牛六頭、羊八隻、豬五隻、鵝六隻。張遊擊獻牛二頭、羊二隻、豬二隻、兔十隻。

活鹅四只、鸡八只。佟游击、苏游击、宣游击、郎游击、于游击五游击合献牛六头、羊八只、猪五只、鹅六只。张游击献牛二头、羊二只、猪二只、兔十只。

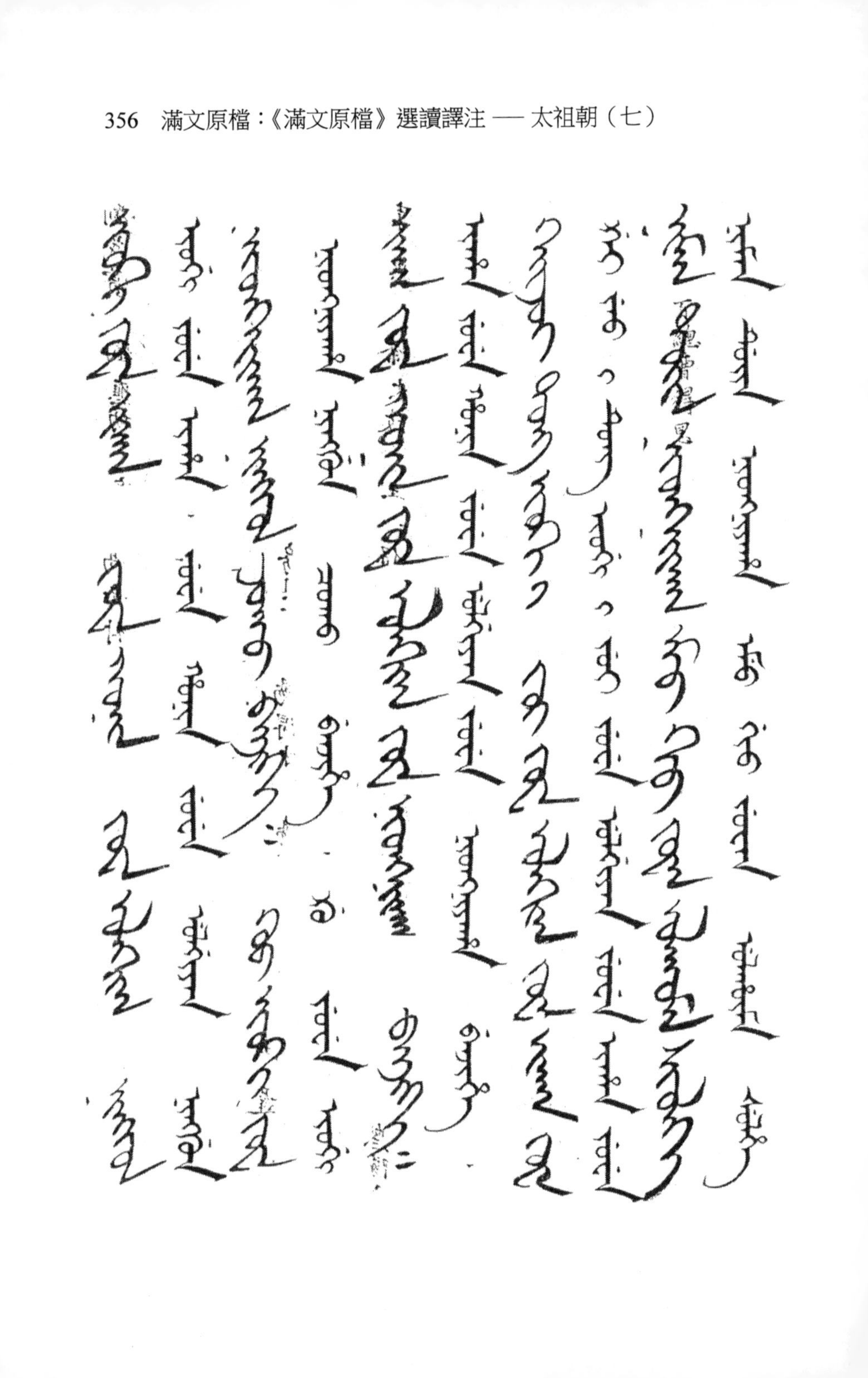

iogi juwe ihan, juwe honin, juwe ulgiyan, ninggun niongniyaha, ninggun coko benjihe. g'o iogi, juwe ihan, juwe honin, juwe ulgiyan, juwe niongniyaha benjihe. g'ai jeo i tung iogi i jui, juwe ulgiyan, juwe ihan, juwe niman, duin niongniyaha, emu gio, juwan ulhūma, šulhe

---

李遊擊獻牛二頭、羊二隻、豬二隻、鵝六隻、鷄六隻。郭遊擊獻牛二頭[53]、羊二隻、豬二隻、鵝二隻。蓋州佟遊擊之子獻豬二隻、牛二頭、山羊二隻、鵝四隻、麅一隻、雉十隻、

李游击献牛二头、羊二只、猪二只、鹅六只、鸡六只。郭游击献牛二头、羊二只、猪二只、鹅二只。盖州佟游击之子献猪二只、牛二头、山羊二只、鹅四只、狍一只、雉十只、

---

[53] 郭遊擊、牛二頭，《滿文原檔》寫作"kuu ioki"、"jo(u)wa(e) ikan"，《滿文老檔》讀作"g'o juwe"、"iogi ihan"。《滿文老檔》詞句顛倒，應改正作"g'o iogi"、"juwe ihan"。

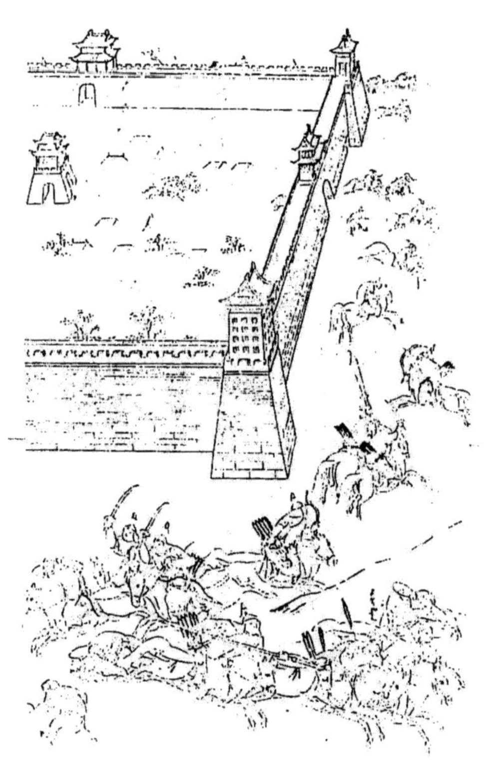

二十四、晉謁堂子

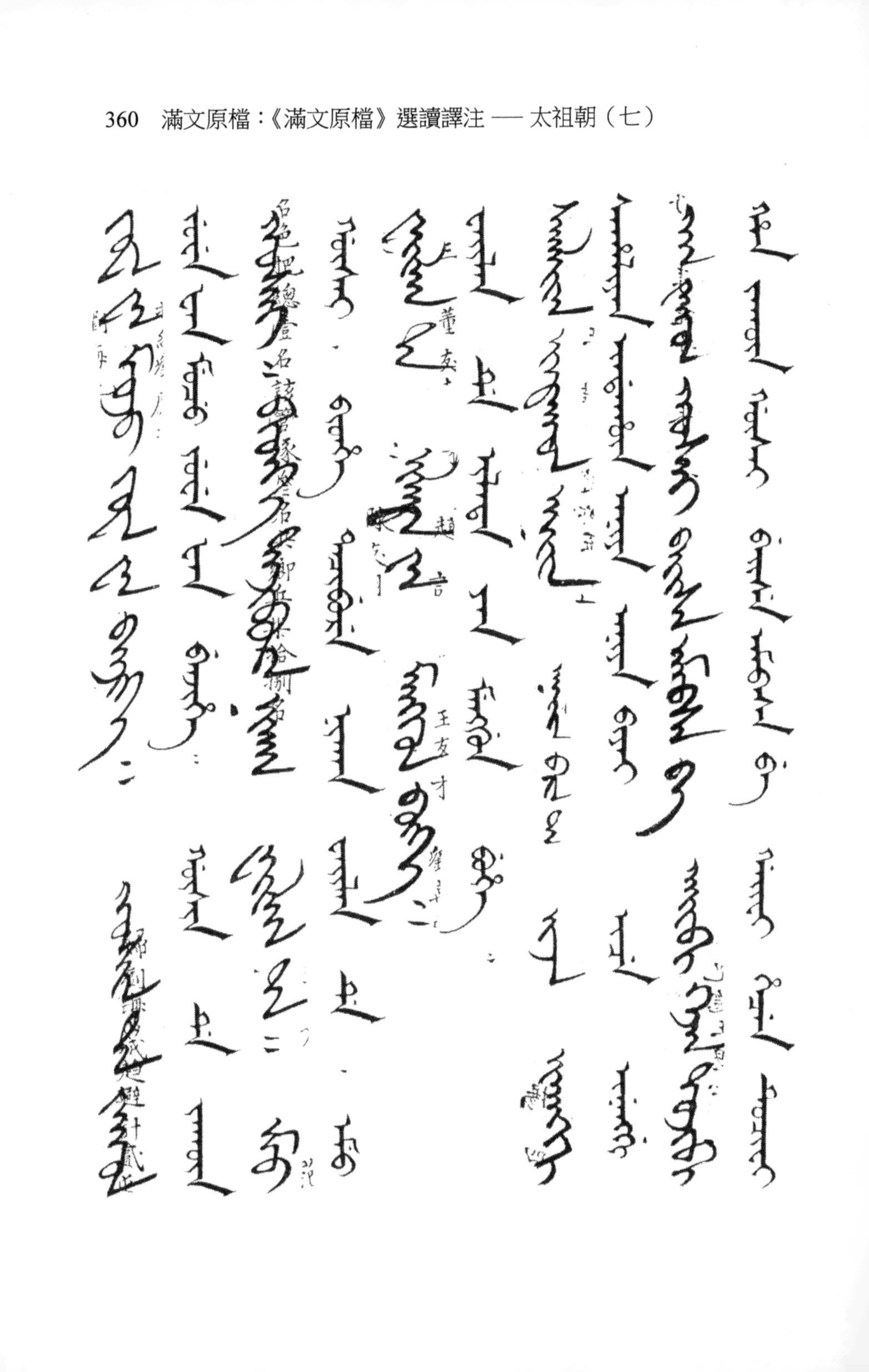

juwe fan, mucu juwe fan benjihe. gūsin de, jakūn gūsai bithe tacibure nikan wailan de, emu wailan de ilata yan menggun buhe.
sahaliyan indahūn aniya aniya biyai ice inenggi han, jakūn gūsai beise ambasa be gaifi, hecen tucifi

---

梨二盤、葡萄二盤。三十日，賜八旗教書之漢外郎，每外郎銀各三兩。
壬戌年正月初一日，汗率八旗貝勒大臣等出城

梨二盘、葡萄二盘。三十日，赐八旗教书之汉外郎，每外郎银各三两。
壬戌年正月初一日，汗率八旗贝勒大臣等出城

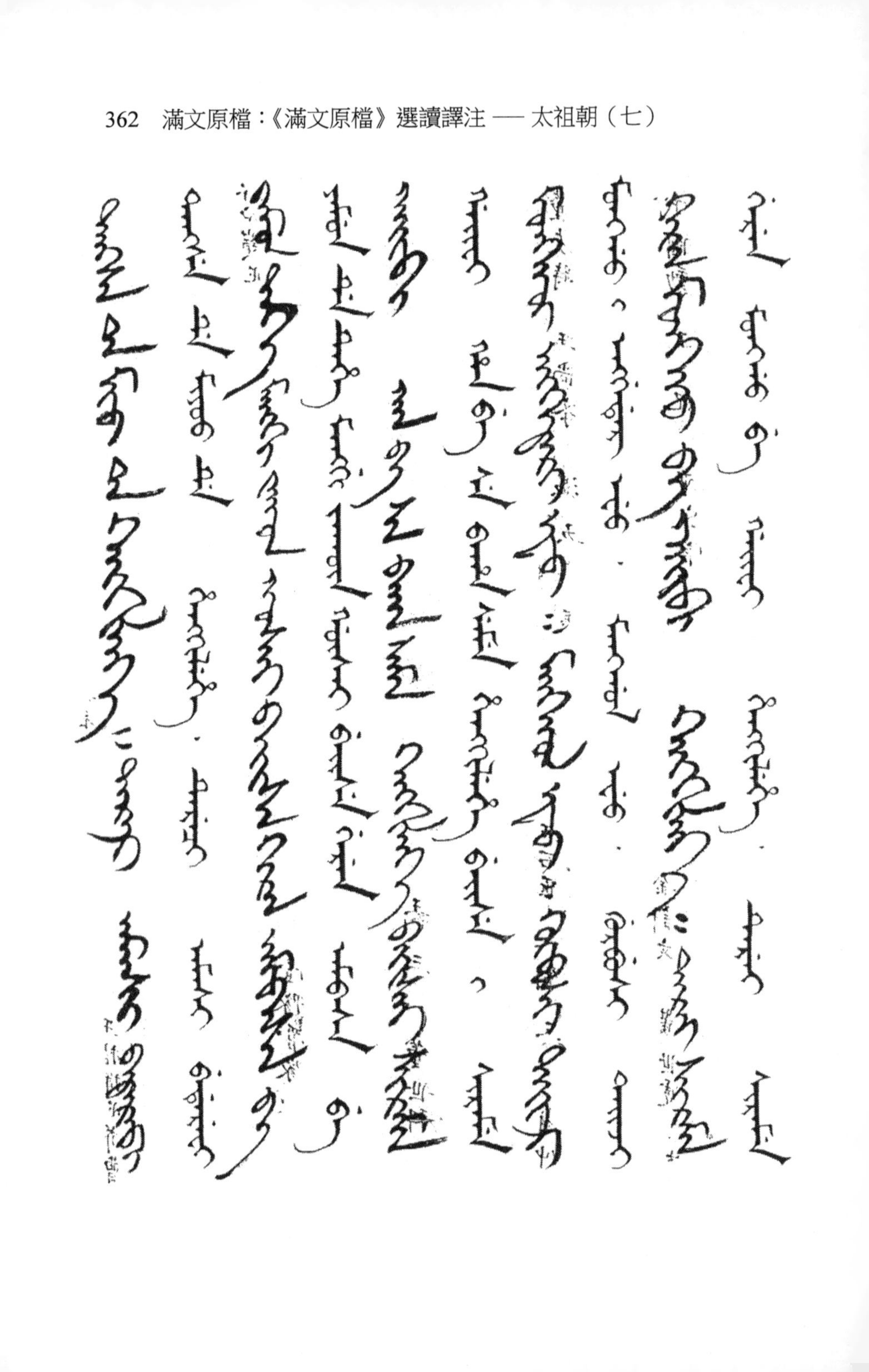

tangse de miyoo de hengkilehe, tereci amasi bederefi yamun de tehe manggi, jakūn gūsai beise, geren ambasa be gaifi han be se baha seme hengkilehe. beisei sirame monggoi enggeder efu, manggol efu, gurbusi taiji, geren monggo be gaifi hengkilehe. terei sirame

---

叩謁堂子、寺廟，然後，返回衙門升座。八旗諸貝勒率群臣叩祝汗添壽。繼諸貝勒之次，蒙古恩格德爾額駙、莽古勒額駙、固爾布什台吉率衆蒙古叩祝。

叩谒堂子、寺庙，然后，返回衙门升座。八旗诸贝勒率群臣叩祝汗添寿。继诸贝勒之次，蒙古恩格德尔额驸、莽古勒额驸、固尔布什台吉率众蒙古叩祝。

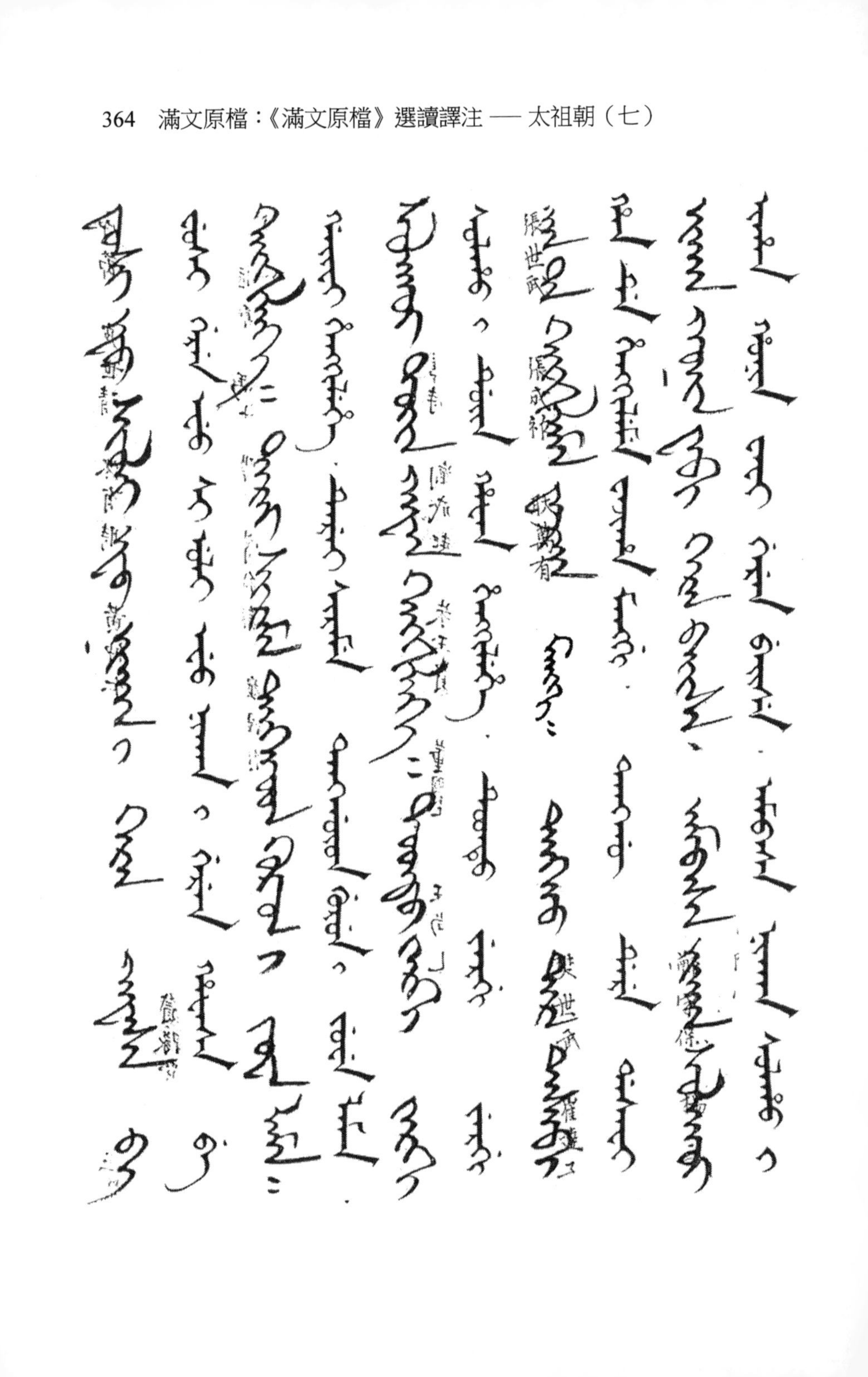

fusi efu, si uli efu, nikan i geren hafasa be gaifi hengkilehe. terei sirame tanggūt gurun i juwe lama, solhoi duin hafan hengkilehe. tuttu jergi jergi han de hengkileme wajiha manggi, tanggū dere dasafi, ihan honin wafi, geren beise ambasa, nikan, solho i

---

其次撫順額駙、西烏里額駙率衆漢官叩祝。其次唐古特國二喇嘛及朝鮮四官員叩祝。依次叩祝汗畢後，宰殺牛羊，擺設百桌，召集諸貝勒大臣，漢、朝鮮

其次抚顺额驸、西乌里额驸率众汉官叩祝。其次唐古特国二喇嘛及朝鲜四官员叩祝。依次叩祝汗毕后，宰杀牛羊，摆设百桌，召集诸贝勒大臣，汉、朝鲜

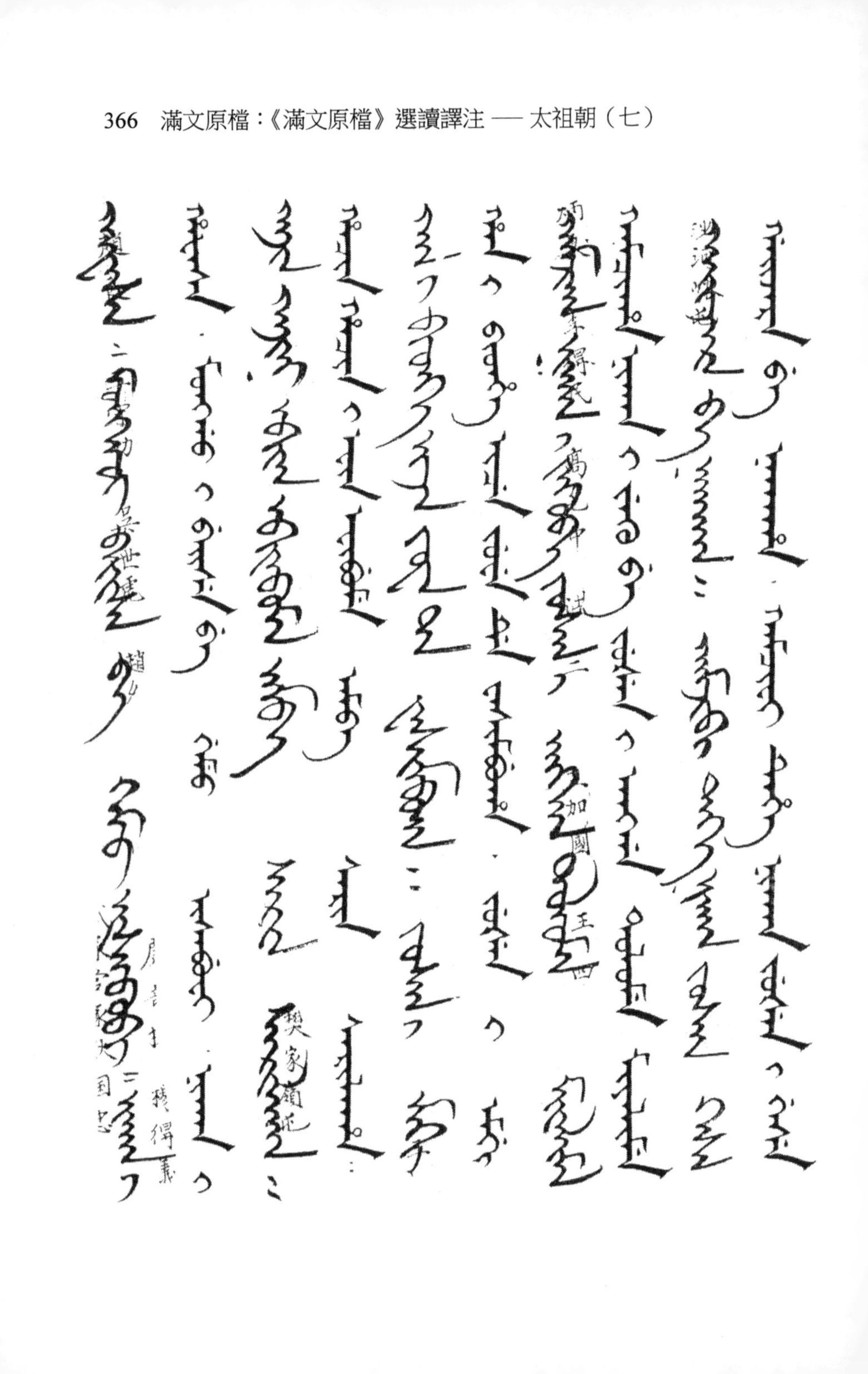

hafasa, monggo i beise be gemu isabufi, nikan i hacin hacin i efin efibume amba sarin sarilaha. han i bithe, ice juwe de wasimbuha, jušen i emgi kamciha nikan i jekube jušen i angga tolome miyalime gaijara be nakaha, kamcifi tehe nikan jušen i gese

---

官員及蒙古諸貝勒，備陳各種漢人樂舞[54]，設大筵。初二日，汗頒書諭曰：「着停止向與諸申雜居之漢人徵收諸申口糧。雜居之漢人，亦同諸申

官员及蒙古诸贝勒，备陈各种汉人乐舞，设大筵。初二日，汗颁书谕曰：「着停止向与诸申杂居之汉人征收诸申口粮。杂居之汉人，亦同诸申

---

[54] 樂舞，《滿文原檔》寫作“ebijan ebijaboma”，讀作“efiyen efiyebume”，《滿文老檔》讀作“efin efibume”。

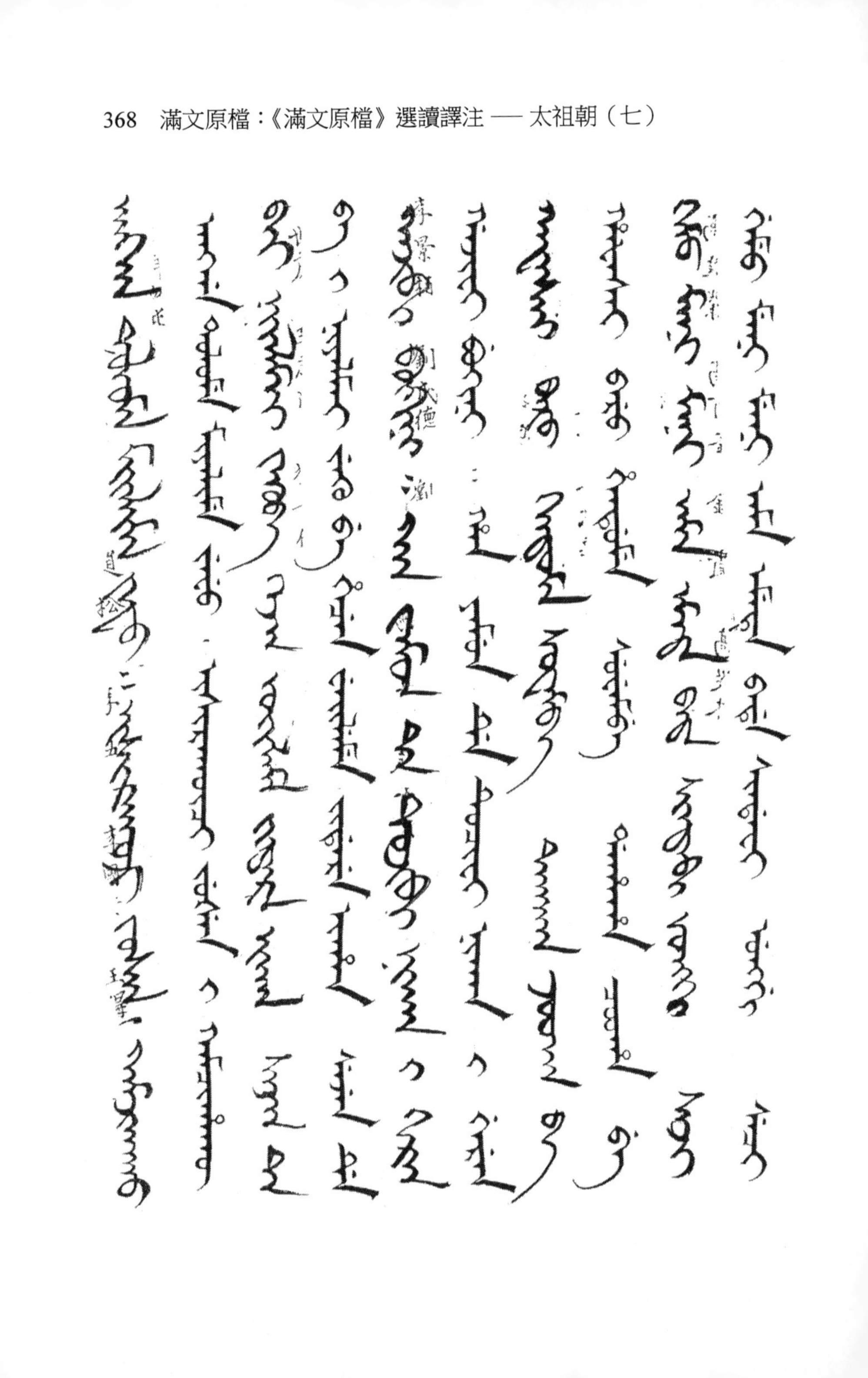

angga tolome miyalime jefu. isirakūci, jušen i kamcihakū bai niyalmai jeku be, hecen weileme jidere ihan sejen de gajifi bukini. han, yamun de tucifi nikan i geren hafasai baru hendume, suwembe dahaha cooha be gemu meni meni ama emete bade sindafi unggi seci

---

一樣按口計糧食之。若有不足，可向未與諸申雜居地方之人徵收糧食，並以前來築城之牛車運來發放。」汗御衙門諭衆漢官曰：「曾令爾等將降兵俱放歸其父母所在地，

一样按口计粮食之。若有不足，可向未与诸申杂居地方之人征收粮食，并以前来筑城之牛车运来发放。」汗御衙门谕众汉官曰：「曾令尔等将降兵俱放归其父母所在地，

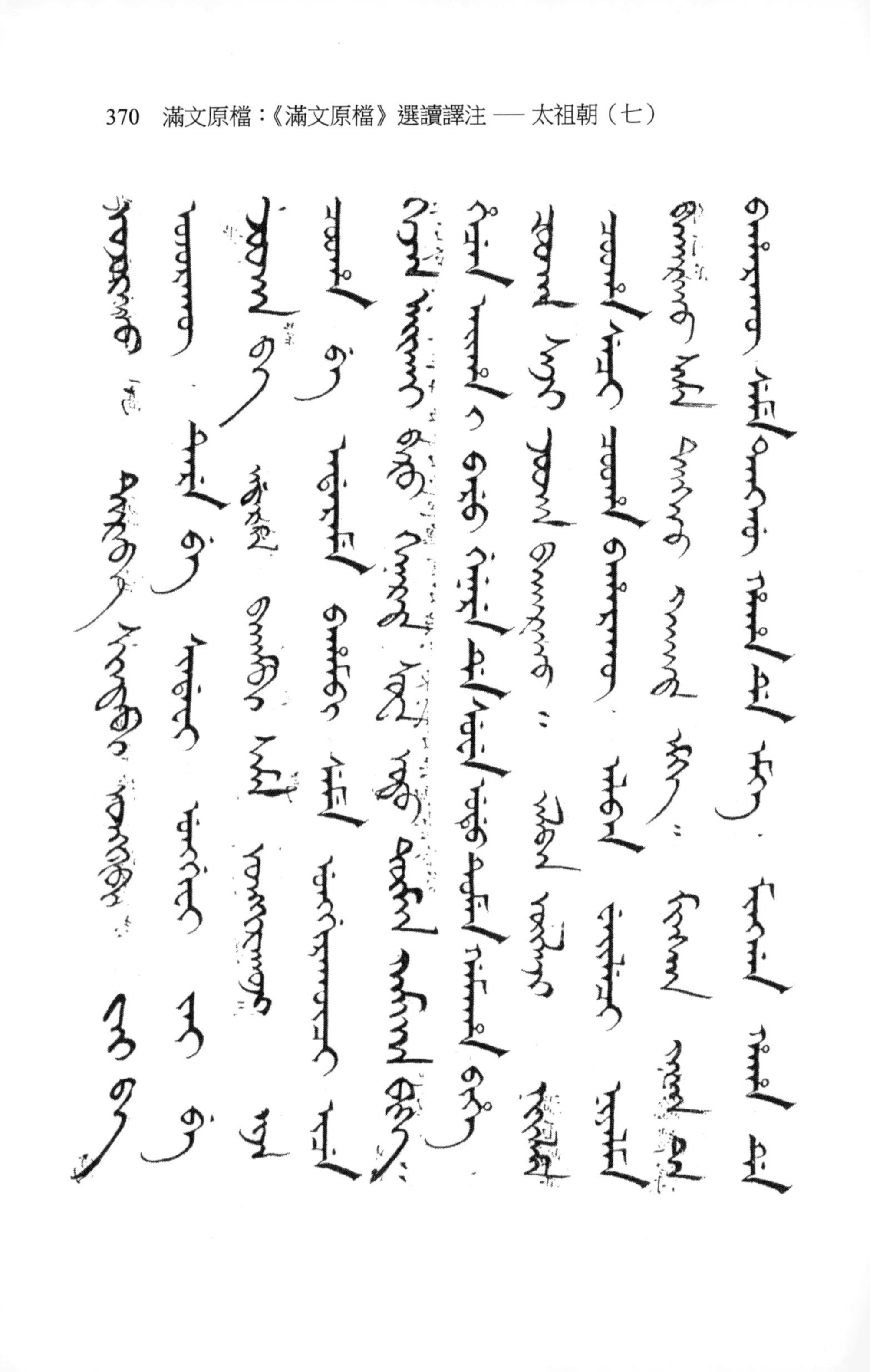

ojorakū, terebe sindafi unggifi, jai be cooha be adarame bahambi seme unggirakūci, ice hecen, aiha i baru genere de suwe udu tumen gamaha bihe, cooha seci, cooha baharakū, alban weileci, niyalma baharakū seme, tanggū haha de emke, minggan haha de

---

然爾等不肯。爾等以將兵放歸何以復得為詞，而不加遣還，則前往新城、靉河時，爾等曾帶往數萬人，仍然以從徵無兵、服役無人為由，而百丁抽一，千丁抽一，

然尔等不肯。尔等以将兵放归何以复得为词，而不加遣还，则前往新城、叆河时，尔等曾带往数万人，仍然以从征无兵、服役无人为由，而百丁抽一，千丁抽一，

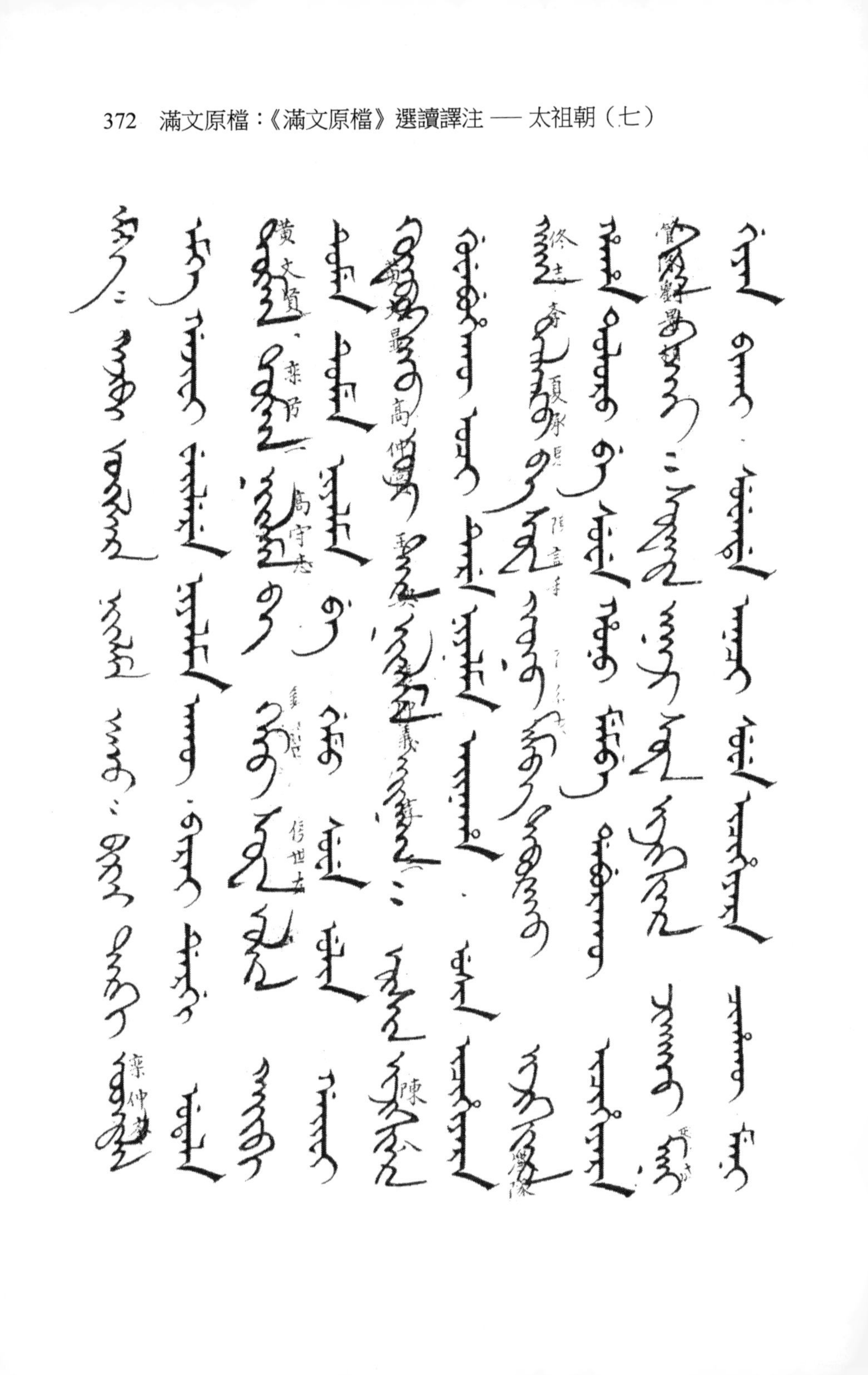

emke gajifi, weilere niyalma akū, birai dergi utala tumen tumen niyalma be, gemu suwe ulin gaifi guwebuhekū oci tere niyalma ainaha. usin icihiyara haha toloro be, suwe hono membe daburakū icihiyara giyan bikai. suwende anaci suwe icihiyara cihakū, meni

---

仍無服役之人。其河東之數萬人，倘若爾等未曾納財免之，何勞無人？至於治田派丁之事，爾等尚且不勞我干預，則爾等理當自理。委以爾等，爾等不願辦理，

仍无服役之人。其河东之数万人，倘若尔等未曾纳财免之，何劳无人？至于治田派丁之事，尔等尚且不劳我干预，则尔等理当自理。委以尔等，尔等不愿办理，

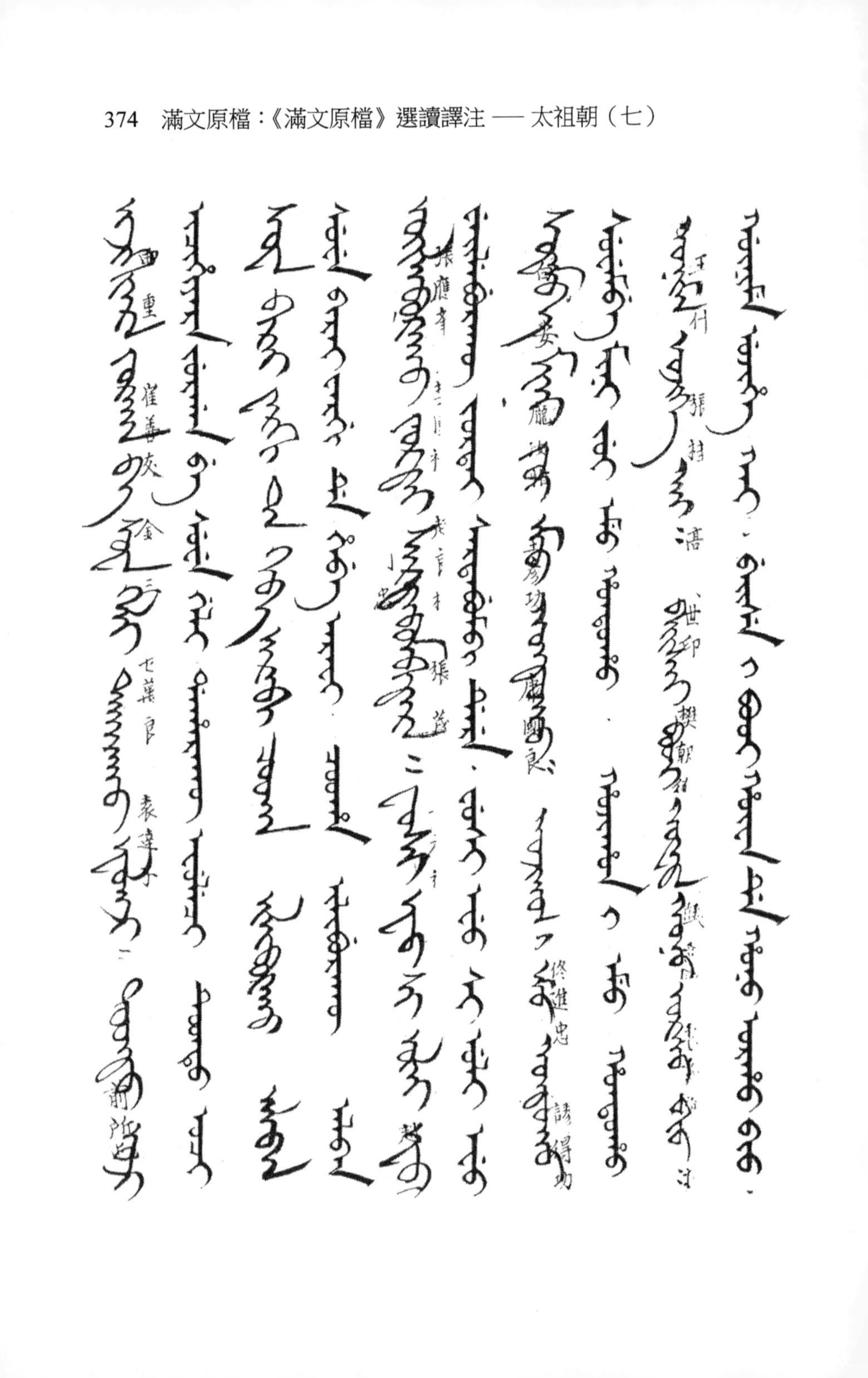

icihiyara jurgan be, suwe geli daharakū efuleci tuttu oci suwe birai wargi de hebe arafi cooha iliburakū, alban weileburakū, jortai sartabumbidere. fusi efu, si uli efu suwembe mini jui emu hontoho, hojihon i emu hontoho gūnime ujihe kai. beise i booi hūwade hono orho bio,

---

又不依從我辦理之道，復加以破壞。是乃爾等相謀於河西不充兵、不服役，而有意遲誤也。撫順額駙、西烏里額駙，我念一半是子，一半是婿，子婿之情，而豢養爾等也。諸貝勒之宅院尚有草料乎？

又不依从我办理之道，复加以破坏。是乃尔等相谋于河西不充兵、不服役，而有意迟误也。抚顺额驸、西乌里额驸，我念一半是子，一半是婿，子婿之情，而豢养尔等也。诸贝勒之宅院尚有草料乎？

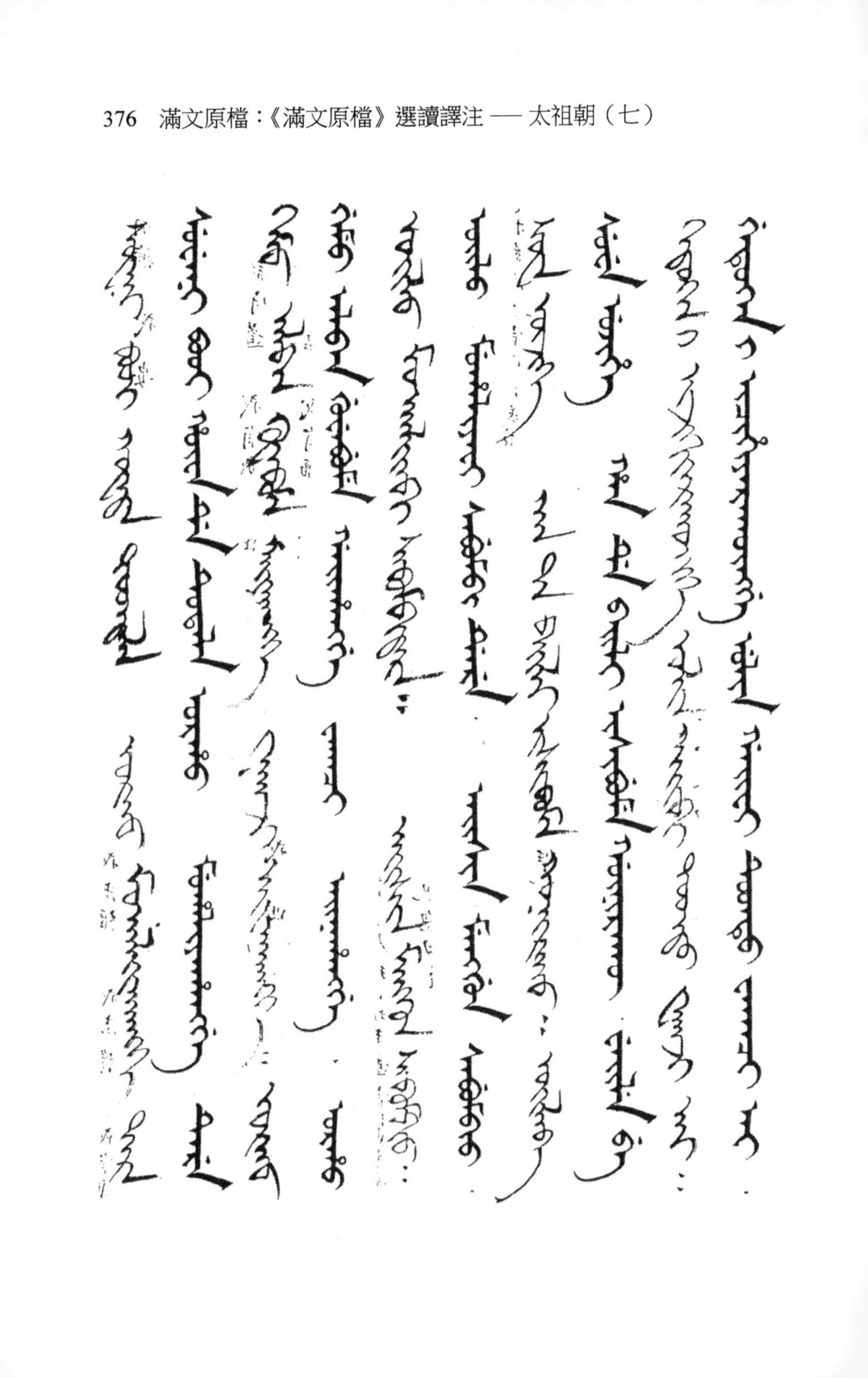

suweni booi hūwa de tutala orho muhaliyahangge, tere gemu alban guwebume gaihangge wakaci, ainahangge. orho oilo muhaliyafi sabumbi dere. aisin menggun sabumbio, suwe ujihe han de baili isibume gūnirakū, weilebe getuken i icihiyarakūngge, ulin gaifi tuttu wakaci ai.

爾等宅院草料所堆積者，皆為免賦而獲者，否則何以得之？草料堆積在上面，顯而易見。至於金銀豈可得見耶？爾等不圖報答汗豢養之恩，辦事不明，一味貪財，非此為何？

尔等宅院草料所堆积者，皆为免赋而获者，否则何以得之？草料堆积在上面，显而易见。至于金银岂可得见耶？尔等不图报答汗豢养之恩，办事不明，一味贪财，非此为何？

二十五、父母之國

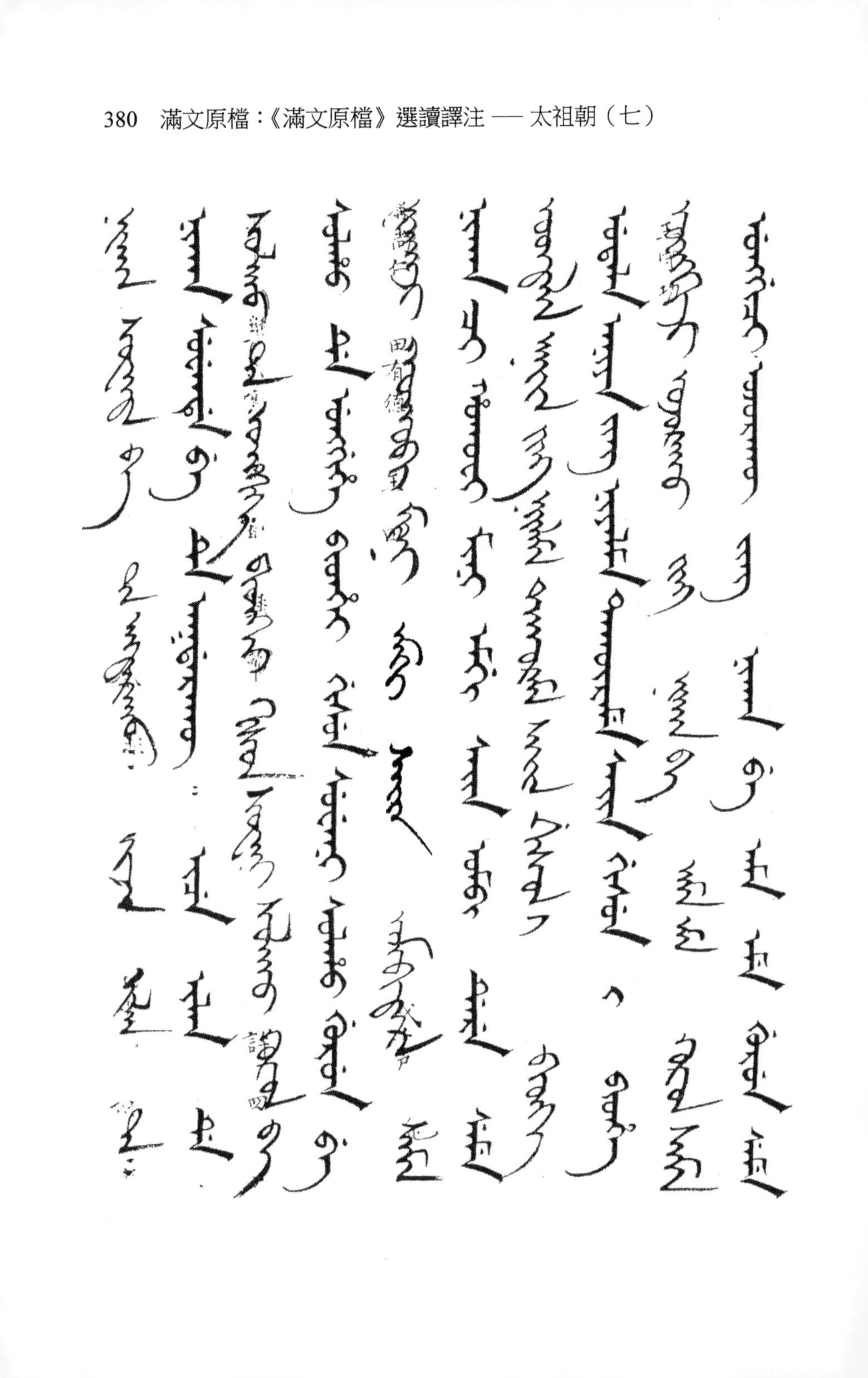

nikan suwende, be te akdarakū. ice ilan de, solho de unggihe bithei gisun, suweni solho gurun be, nikan ci hokofi mini emgi sain ombi dere seme, utala aniya jing niyalma takūrame, sain gisun i bithe unggici, ojorakū, jing nikan be ama eme gurun seme

---

而今爾等漢人已不可信矣！」初三日，致朝鮮書曰：「願爾朝鮮與明斷絕，而與我修好。此數年來，雖常遣人，以善言致書，爾竟不從，仍舊以明為父母之國，

而今尔等汉人已不可信矣！」初三日，致朝鲜书曰：「愿尔朝鲜与明断绝，而与我修好。此数年来，虽常遣人，以善言致书，尔竟不从，仍旧以明为父母之国，

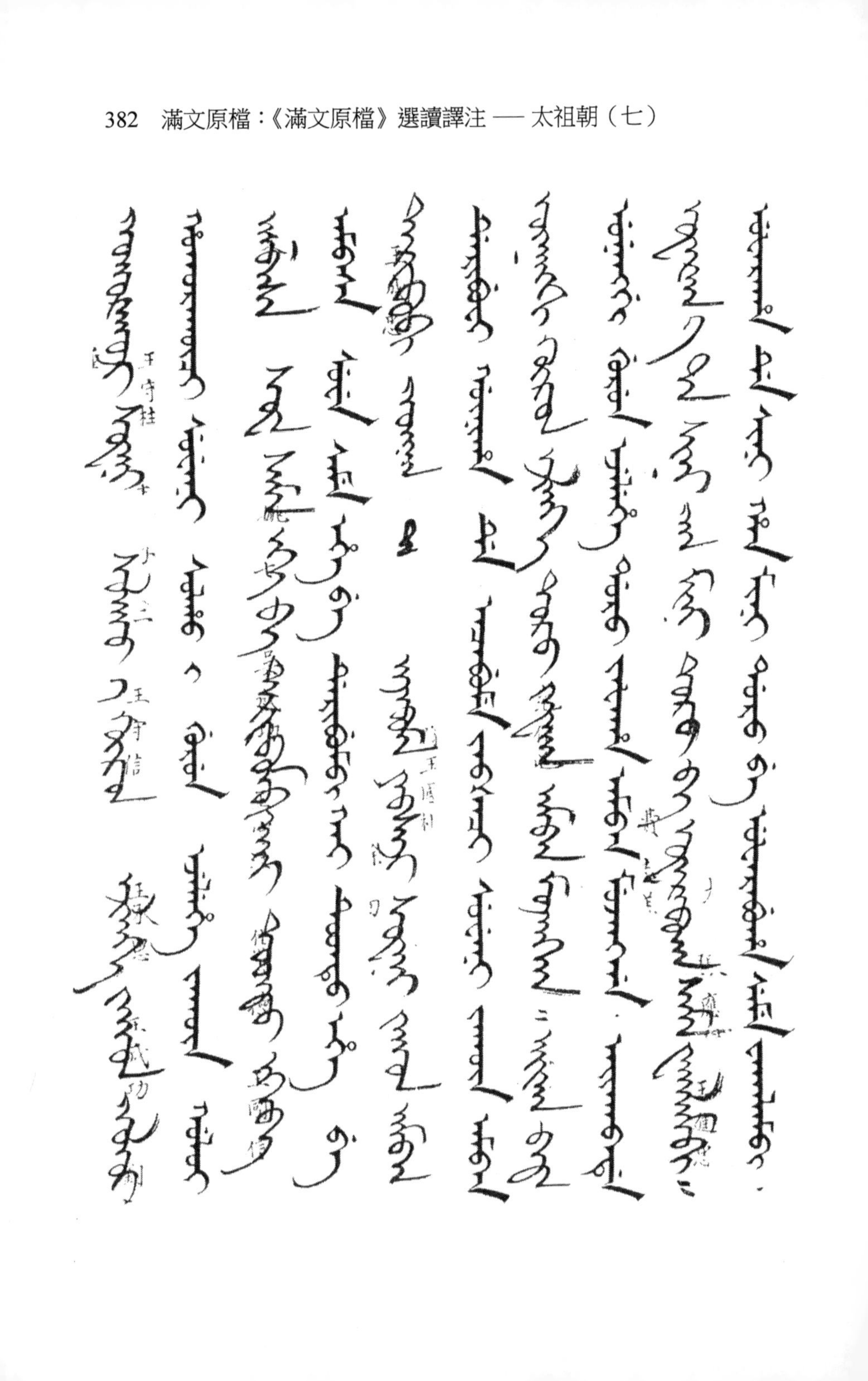

hokorakūci, suweni solho i gurun ejelehe jakūn goloi ambasa, suwe same ehe be deribumbikai. tuttu ehebe deribufi, gūniha de acabume jabšaci, suweni jakūn amban unenggi gurun ejelehe doro jafaha amban mujangga. aikabade ufaraha de, sini han mini doro be ufarabuha seme wakalambi,

---

若不與明斷絕，乃主宰爾朝鮮國八道大臣故意啟釁也。若啟釁端，遂其心願而僥倖取勝，則爾八大臣實可稱為掌國執政之大臣。倘有一失，則爾王必責之敗我政權，

若不与明断绝，乃主宰尔朝鲜国八道大臣故意启衅也。若启衅端，遂其心愿而侥幸取胜，则尔八大臣实可称为掌国执政之大臣。倘有一失，则尔王必责之败我政权，

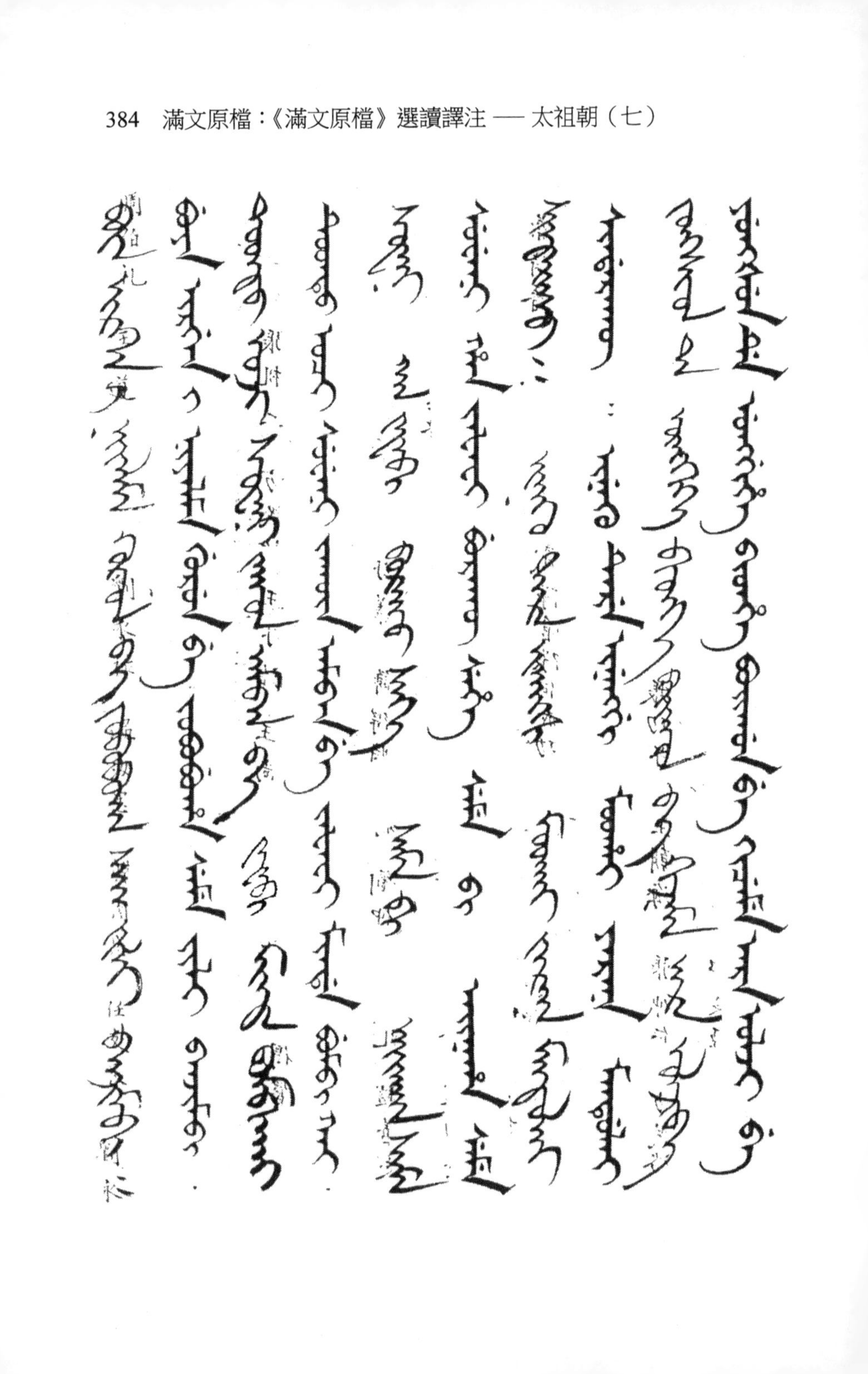

buya irgen i niyalma, gurun be jobobuha seme jili banjimbi. tuttu oci, suweni jakūn amban be jafafi minde bumbikai. suweni han jafafi burakū sehe seme, bi ainaha seme sindarakū. ineku tere inenggi, moohai, yarana, mandulai yungšun de unggihe bithe, boigon be kiceme ara, oljibe

---

小百姓必怒斥之害我國家。如此，則將執爾八大臣與我也。爾王即或不與，我亦斷不放過。」是日，傳諭茂海、雅喇納、滿都賴、永順曰：「着勤辦編戶事宜，

小百姓必怒斥之害我国家。如此，则将执尔八大臣与我也。尔王即或不与，我亦断不放过。」是日，传谕茂海、雅喇纳、满都赖、永顺曰：「着勤办编户事宜，

二十六、修築汗城

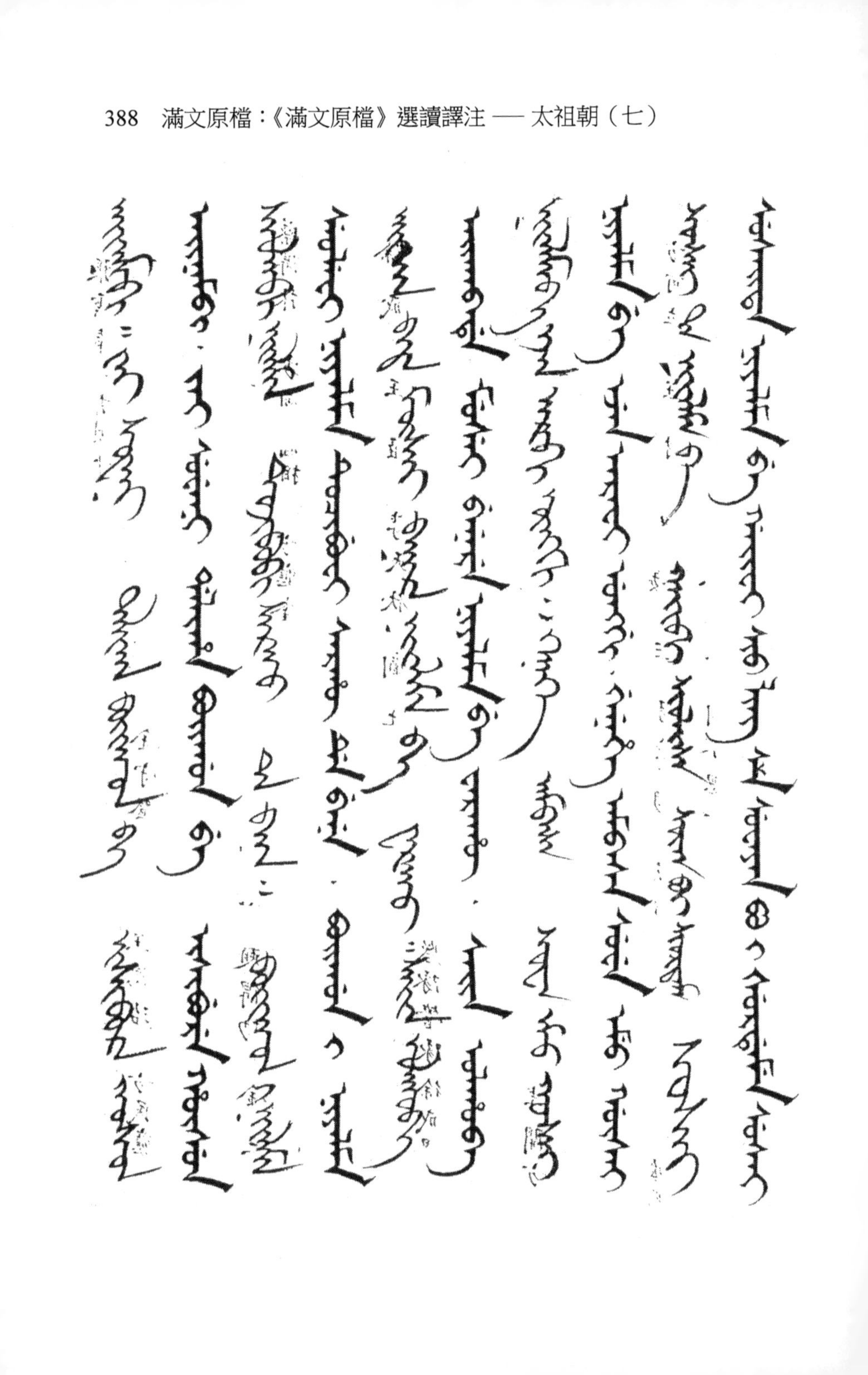

ainambi. jai suweni daliha boigon be isibure hūsun seolefi niyalma tucibufi sarhū de bene, boigon i niyalma aikabade musei benere niyalma be warahū, sain olhoba niyalmabe ejen arafi unggi. genehe ambasa, suwe emu gūsai susaita niyalma be gaifi, sio ling sy, suwayan poi šurdeme susai

---

俘獲如何？再者，爾等趕回之戶口，可量力遣人送至薩爾滸。恐編戶之人殺害我遣送之人，可遣精幹謹慎之人為主督率。前往之大臣，爾等須率每旗各五十人前往，並由駐秀靈寺、蘇瓦延坡一帶之

俘获如何？再者，尔等赶回之户口，可量力遣人送至萨尔浒。恐编户之人杀害我遣送之人，可遣精干谨慎之人为主督率。前往之大臣，尔等须率每旗各五十人前往，并由驻秀灵寺、苏瓦延坡一带之

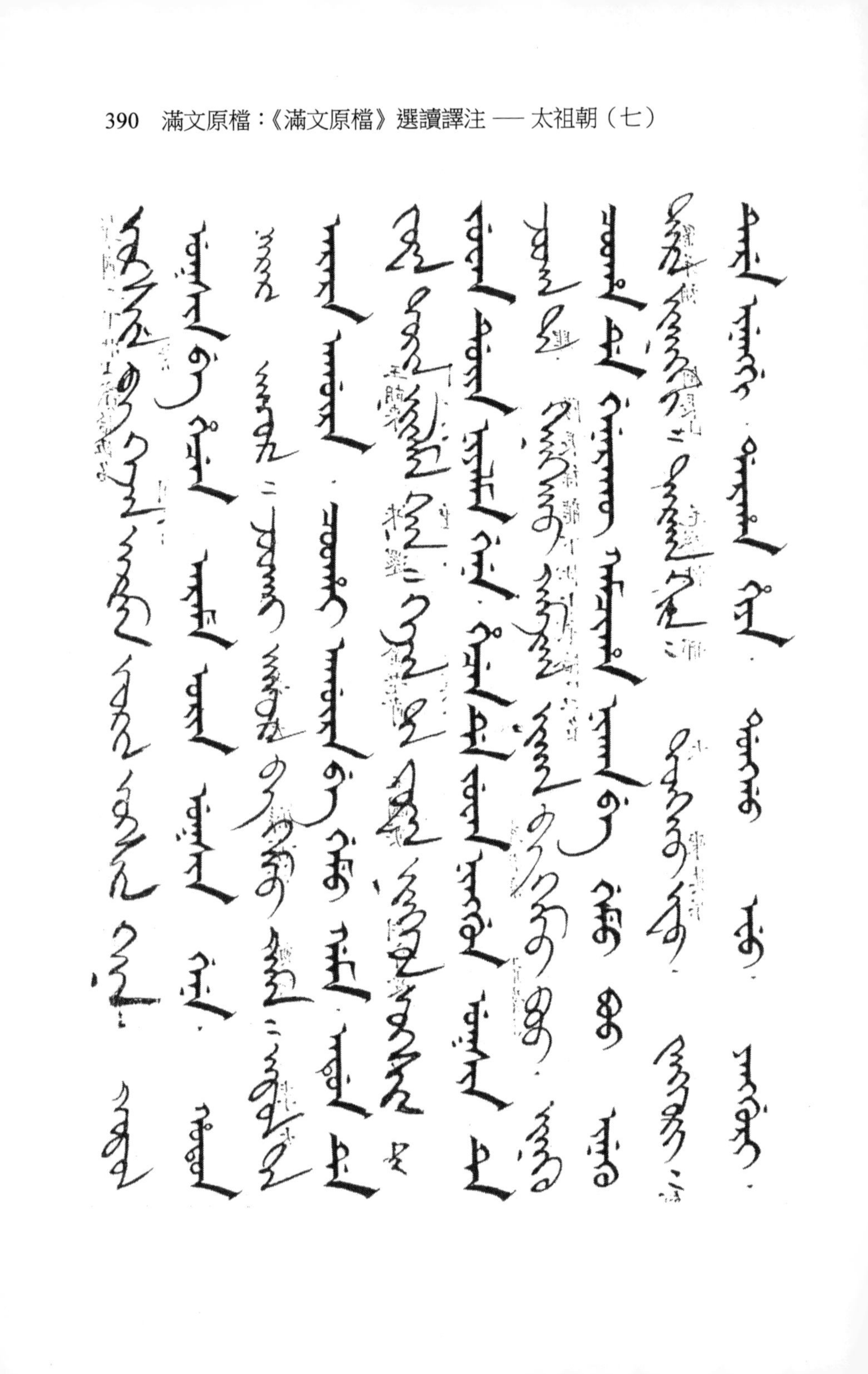

uksin be, hecen arame orin uksin gene, hoton arara agūra, coohai agūra be gemu gama. adun de juwan duin niyalma gene, hecen de juwan ninggun uksin te, cooha de generakū kamciha nikan be, gemu boo ineku [原檔殘缺] tere inenggi, darhan hiya, donggo efu, yangguri,

---

披甲五十人中撥披甲二十人前往築城，其築城所需工具、兵器均行帶往。再撥十四人前往牧場，其餘披甲十六人駐城。其雜居未從軍之漢人，皆將其家[原檔殘缺]。」是日，汗傳諭達爾漢侍衛、棟鄂額駙、揚古利、

披甲五十人中拨披甲二十人前往筑城，其筑城所需工具、兵器均行带往。再拨十四人前往牧场，其余披甲十六人驻城。其杂居未从军之汉人，皆将其家[原档残缺]。」是日，汗传谕达尔汉侍卫、栋鄂额驸、扬古利、

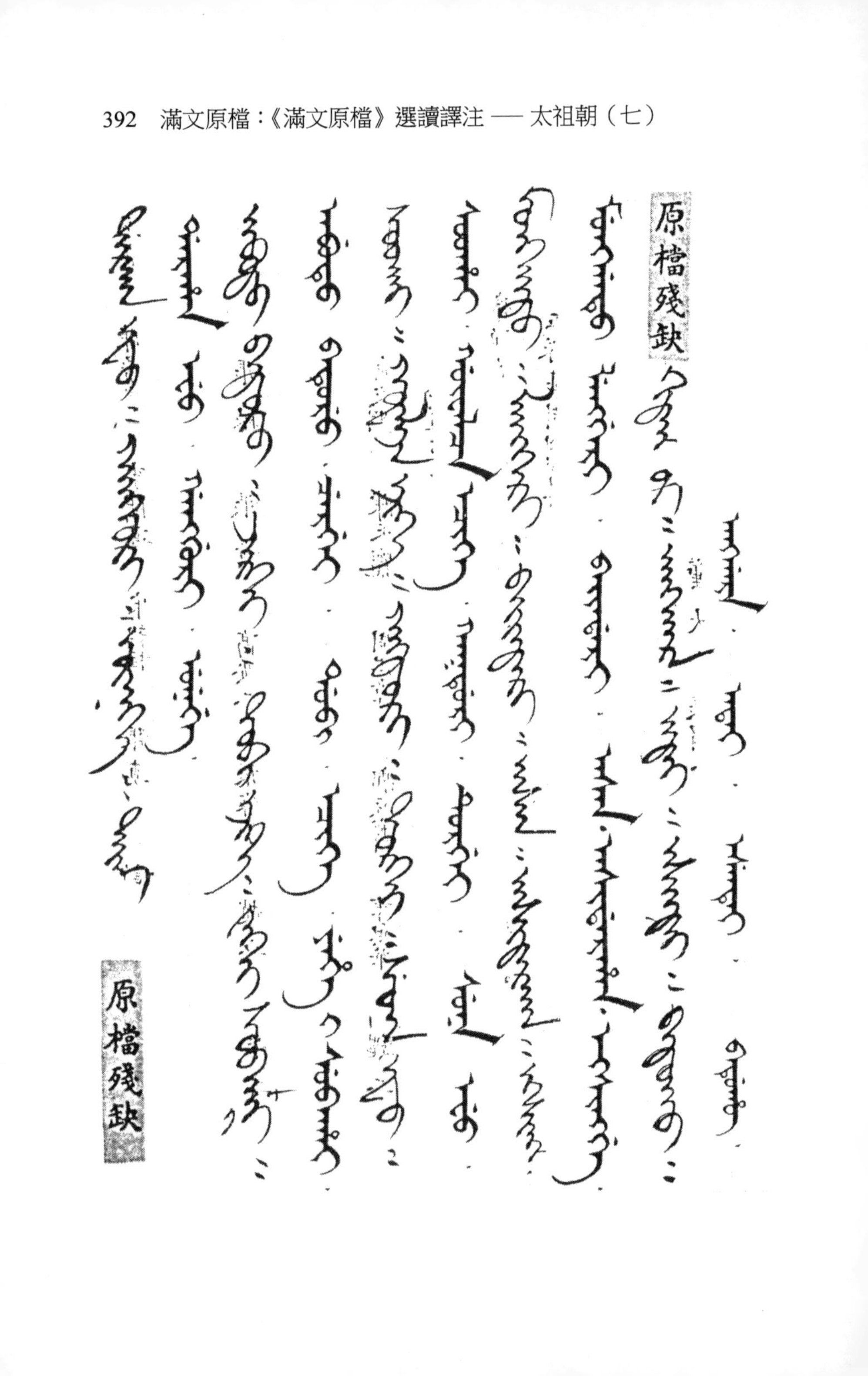

原檔殘缺

原檔殘缺

darhan efu, gangguri, unege, [原檔殘缺] , abutu baturu cergei, dobi ecike, yehe i subahai, soohai, gūwalca ecike, kakduri, turgei, suna efu, munggatu, lenggeri, baindari, asan, asidarhan, eksingge, [原檔殘缺] anggara, atai, esentei, baduhū,

---

達爾漢額駙、剛古里、烏訥格、[原檔殘缺]、阿布圖巴圖魯、車爾格依、多璧叔父、葉赫之蘇巴海、索海、卦勒察叔父、喀克都里、圖爾格依、蘇納額駙、蒙噶圖、冷格里、拜音達里、阿山、阿什達爾漢、額克興額、[原檔殘缺]、昂阿拉、阿泰、額森特依、巴都虎曰：

达尔汉额驸、刚古里、乌讷格、[原档残缺]、阿布图巴图鲁、车尔格依、多璧叔父、叶赫之苏巴海、索海、卦勒察叔父、喀克都里、图尔格依、苏纳额驸、蒙噶图、冷格里、拜音达里、阿山、阿什达尔汉、额克兴额、[原档残缺]、昂阿拉、阿泰、额森特依、巴都虎曰：

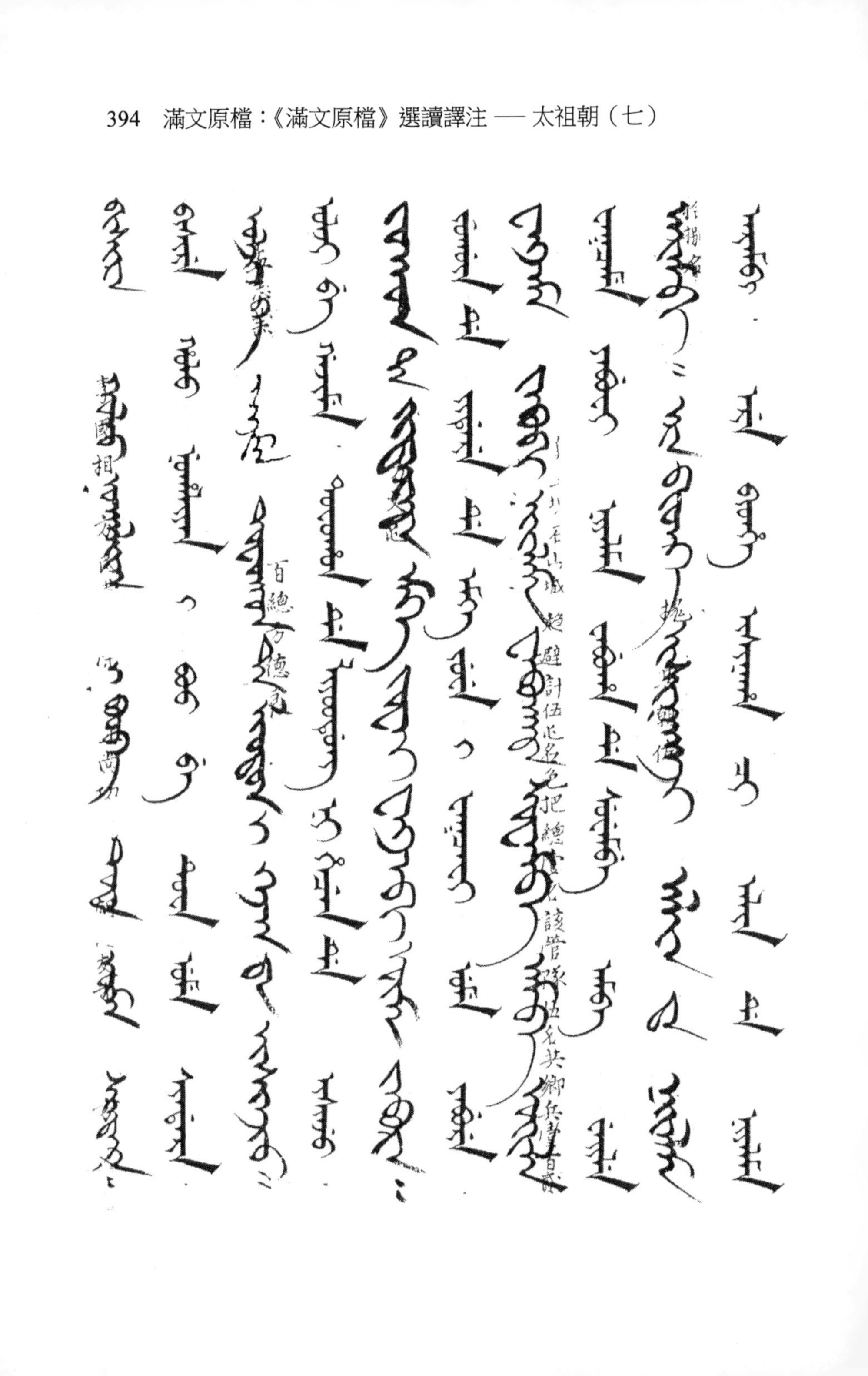

bisire holo nuhaliyan i boobe tuwa ume sindara. olji be gajime tofohon de, liyoodung ni hecen de isinju. jugūn de jiderede, emke juwei fakcafi ume yabure, fakcame yabufi niyalma wabuhade, suwembe amba weile arambi. ere bithe isinahaci, alin de niyalma

---

「凡建於山谷窪地之房屋，不得放火焚燒。限於本月十五日將俘虜攜至遼東城，途中行走時，不得一二人分散而行。分散而行，人被殺害，則治爾等以重罪。此旨到後，

「凡建于山谷洼地之房屋，不得放火焚烧。限于本月十五日将俘虏携至辽东城，途中行走时，不得一二人分散而行。分散而行，人被杀害，则治尔等以重罪。此旨到后，

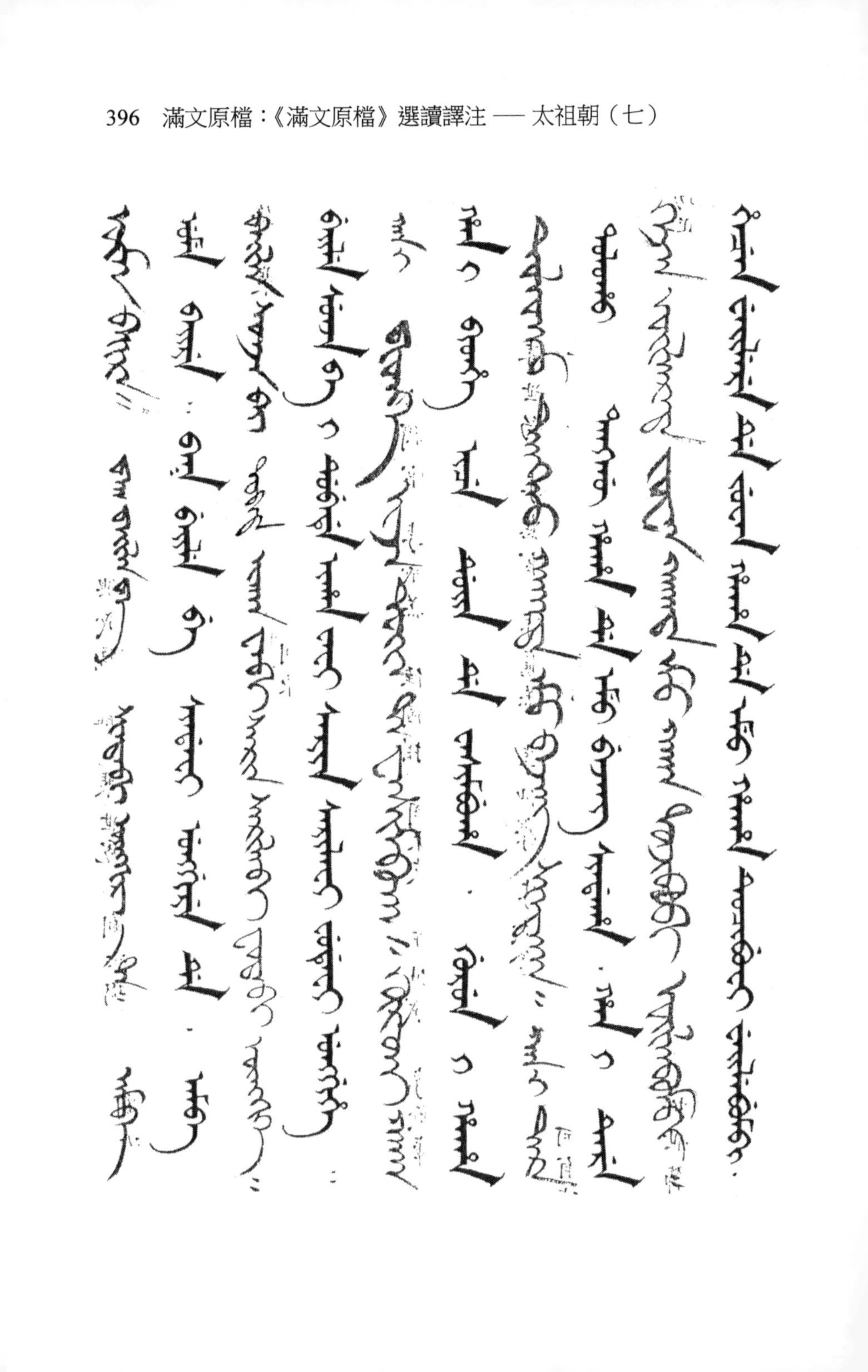

ume baire. bak beile be sindafi unggire de, amba beile sunja ba i dubede ihan wafi sarin sarilafi fudefi unggihe. han i bithe, ice duin de wasimbuha, gurun i haha toloho, tanggū hahade emu bejang sindaha, han i tere hecen weilerede, juwan hahade emu haha tucibufi weilebumbi.

勿再進山搜人。」釋歸巴克貝勒時，大貝勒送至五里外，殺牛設筵餞行。初四日，汗頒書諭曰：「着查點國中男丁，每百丁設百長一名。修築汗城，每十丁派出一丁修築，

勿再进山搜人。」释归巴克贝勒时，大贝勒送至五里外，杀牛设筵饯行。初四日，汗颁书谕曰：「着查点国中男丁，每百丁设百长一名。修筑汗城，每十丁派出一丁修筑，

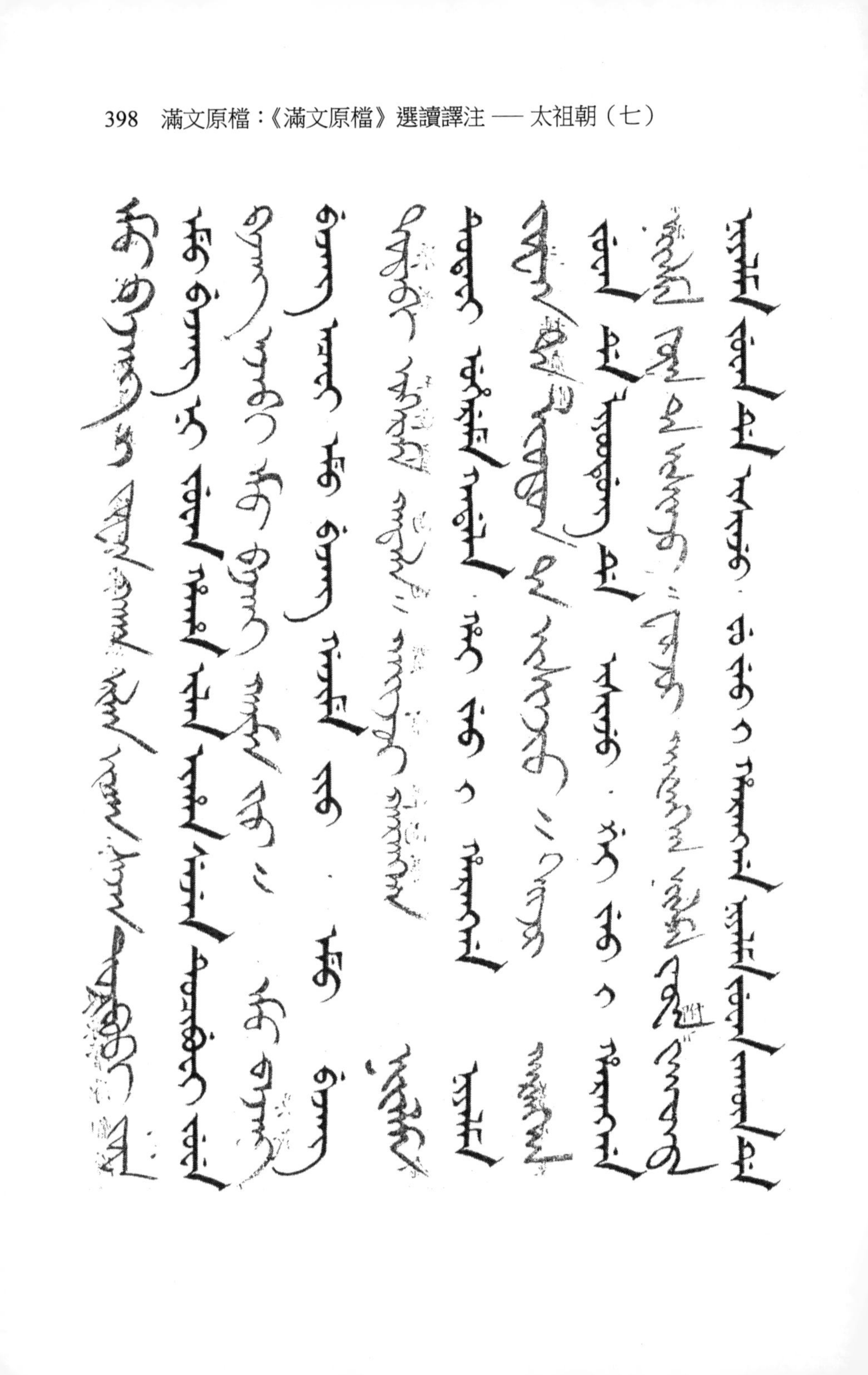

emu bejang ni juwan haha ilan ihan sejen tucibufi, juwe bejang acafi emu bejang gajime jio, emu bejang tutafi uhereme kadala. hai jeo i harangga niyalma, juwan de liyoodung de isinju. g'ai jeo i harangga niyalma, juwan de isinju. fu jeo i harangga niyalma, juwan jakūnde

---

每一百長派出男丁十人、牛車三輛，每二百長，以一百長攜之而來，另一百長留駐統轄。海州所屬之人，着於本月初十日抵達遼東；蓋州所屬之人，於初十日抵達；復州所屬之人，於十八日抵達，

每一百长派出男丁十人、牛车三辆，每二百长，以一百长携之而来，另一百长留驻统辖。海州所属之人，着于本月初十日抵达辽东；盖州所属之人，于初十日抵达；复州所属之人，于十八日抵达，

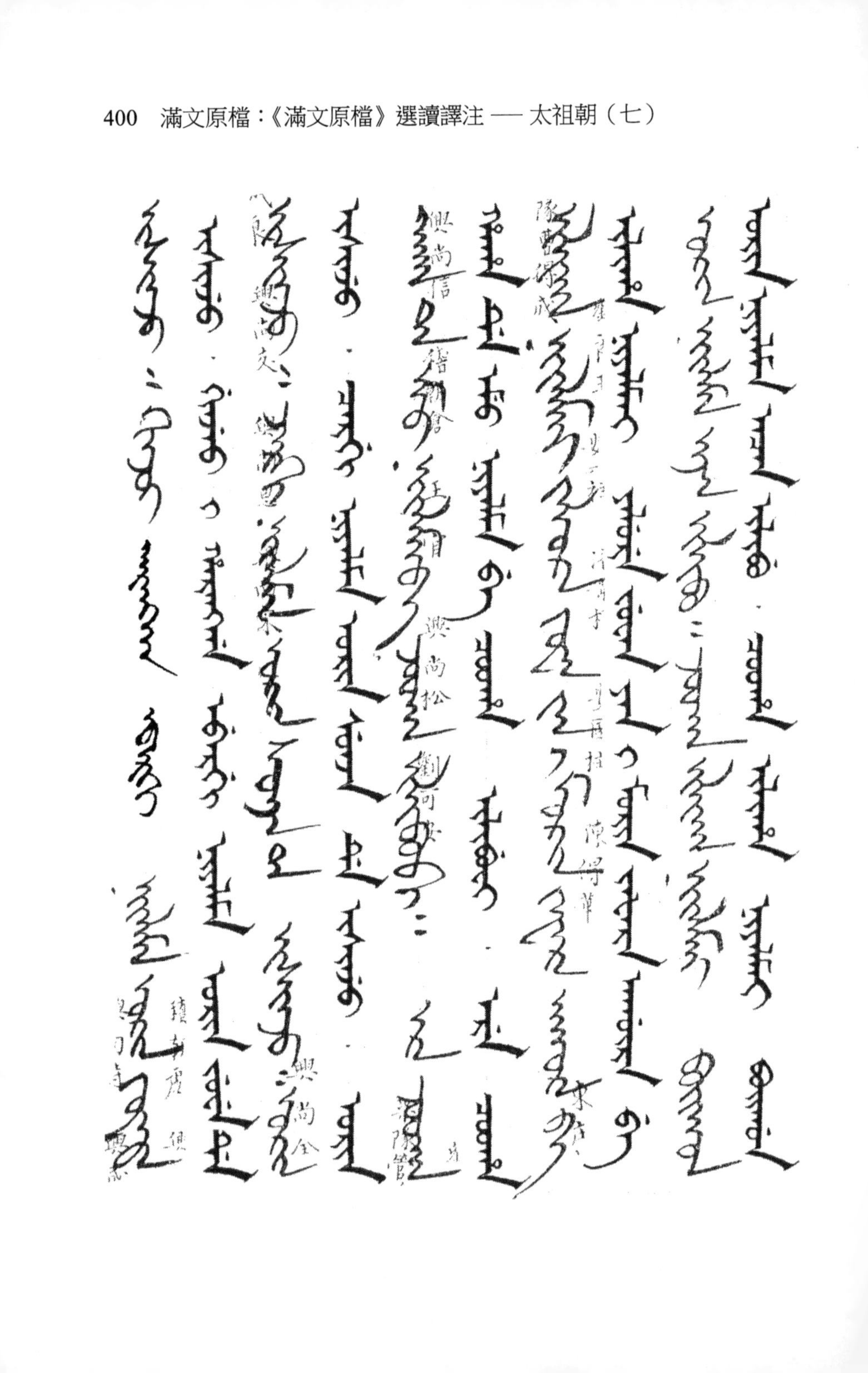

isinju. ginjeo i harangga ebergi niyalma, orin juwe de isinju, cargi niyalma, orin sunja de isinju. orin haha de, emu niyalmabe cooha ilibufi, ere cooha iliha niyalmai yalure juwan yan i morin, jafara agūra be, orin niyalma acan ilibu, cooha iliha niyalmai boigon

---

金州所屬這邊之人，於二十二日抵達，那邊之人，於二十五日抵達。二十男丁內，抽一人充兵，其充兵之人所騎價銀十兩之馬匹及所執器械，由二十人合攤；充兵人之家口，

金州所属这边之人，于二十二日抵达，那边之人，于二十五日抵达。二十男丁内，抽一人充兵，其充兵之人所骑价银十两之马匹及所执器械，由二十人合摊；充兵人之家口，

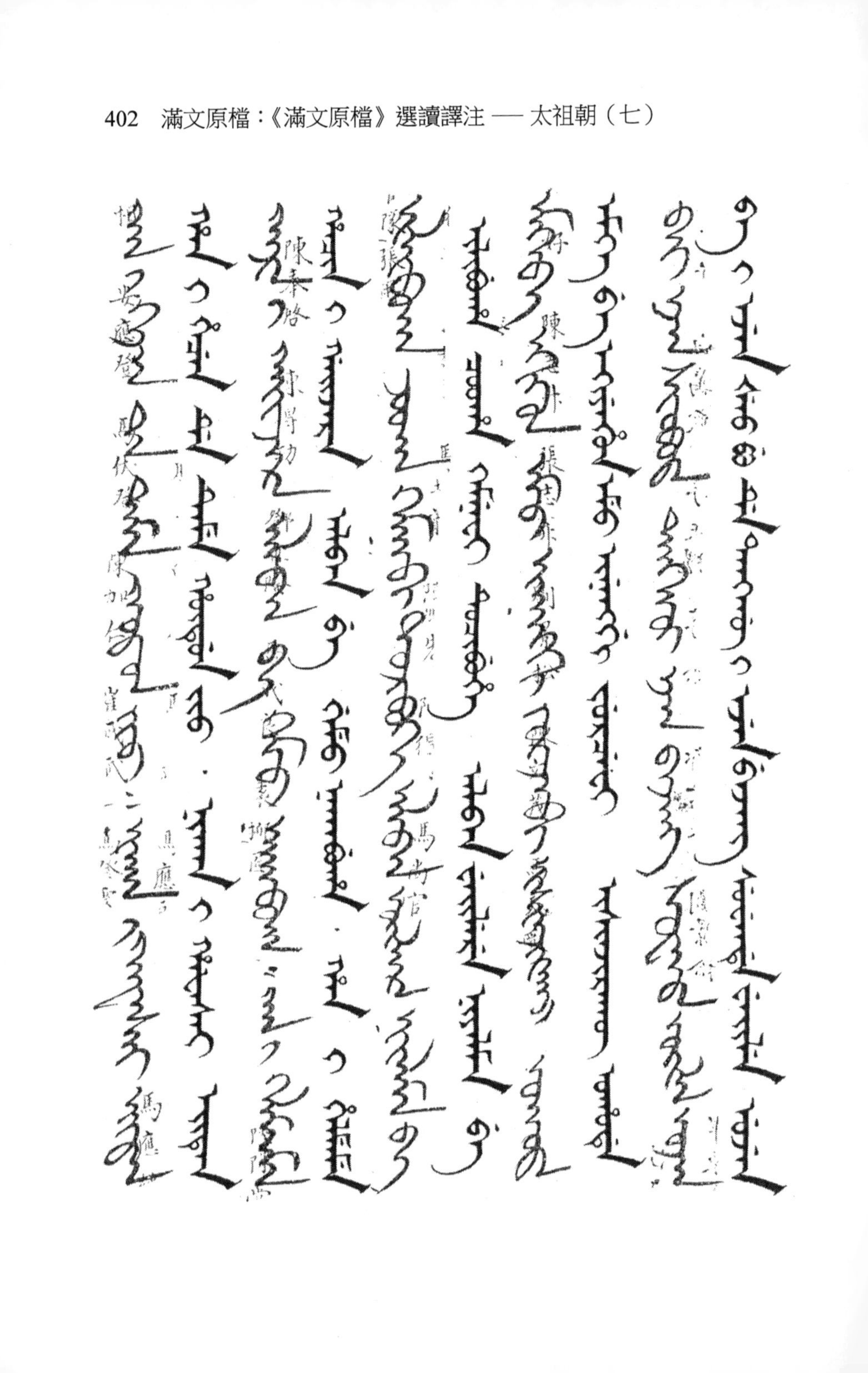

han i hecen de teme hūdun jio. nikan i hafasai eiten hacin i gaijara alban be gemu nakabuha, han i helmeme ilibuha cooha, kemnefi tucibuhe alban weilere niyalma be, emkebe ekiyehun, emu inenggi jurcefi isinjirakū ohode, ba i ejen šeo pu de, tanggū i ejen bejang suwende weile ujen

---

令其速來汗城居住。漢官徵收之一切官賦，悉令停止。汗所徵調之兵及所點派之役夫，若缺一人或逾一日不到時，則將爾等地方長官守堡及百長從重治罪。」

令其速来汗城居住。汉官征收之一切官赋，悉令停止。汗所征调之兵及所点派之役夫，若缺一人或逾一日不到时，则将尔等地方长官守堡及百长从重治罪。」

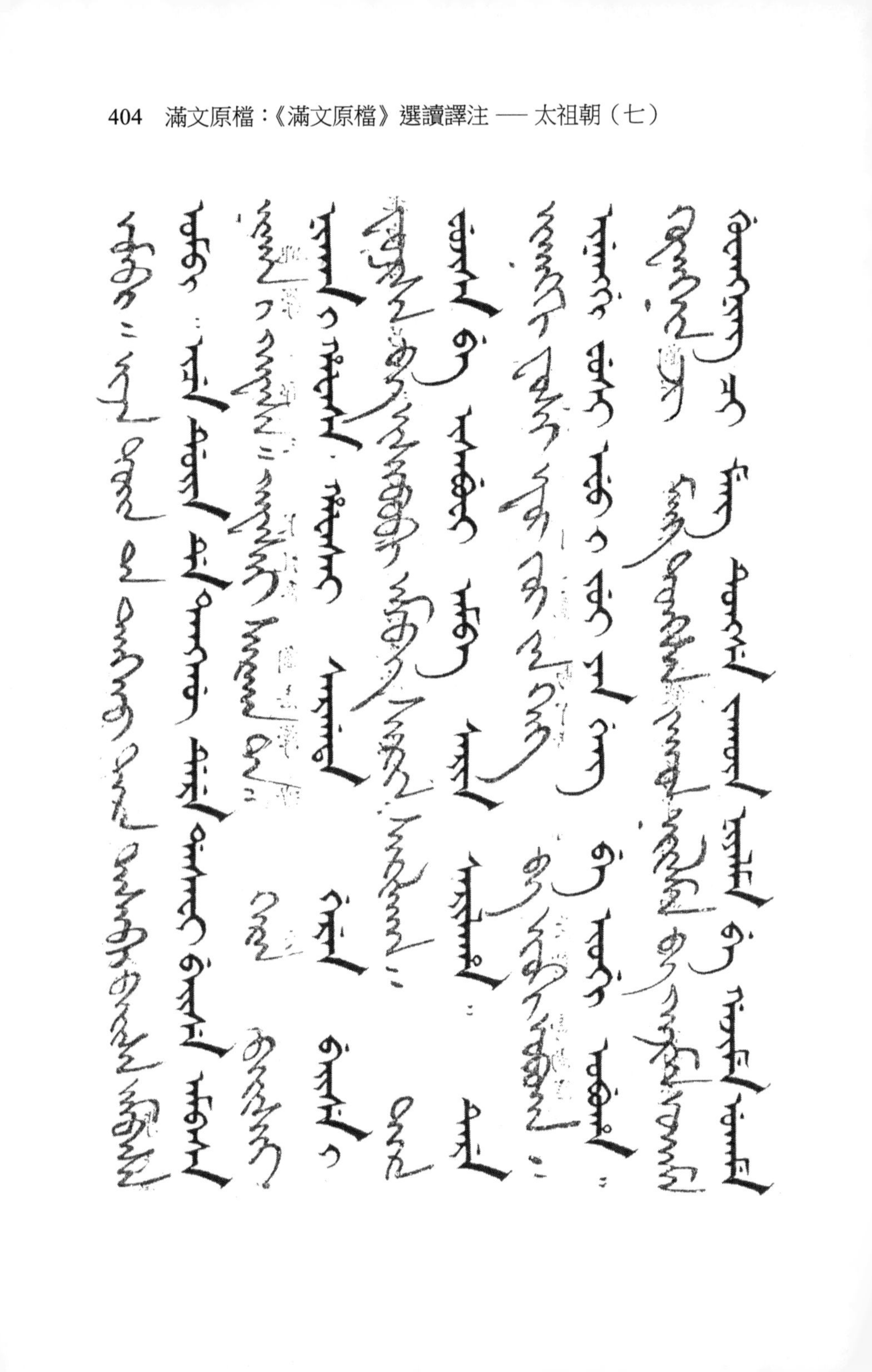

ombi. ice duin de, tanggū dere dasafi, beise ambasa, nikan i hafasa, hafasai sargata, geren beisei fujisa be isabufi amba sarin sarilaha. tere inenggi, fusi efu i jui yan geng be iogi obuha. guwangning ci meng tungse, jakūn niyalma be gajime ukame

---

初四日，設百席，集諸貝勒大臣及衆漢官、各官之妻、諸貝勒之福晉等大筵宴之。是日，以撫順額駙之子彥庚為遊擊。孟通事[55]率八人自廣寧逃來。

初四日，设百席，集诸贝勒大臣及众汉官、各官之妻、诸贝勒之福晋等大筵宴之。是日，以抚顺额驸之子彦庚为游击。孟通事率八人自广宁逃来。

---

[55] 通事，《滿文原檔》、《滿文老檔》俱讀作"tungse"，係漢文音譯詞；規範滿文讀作"hafumbukū"。

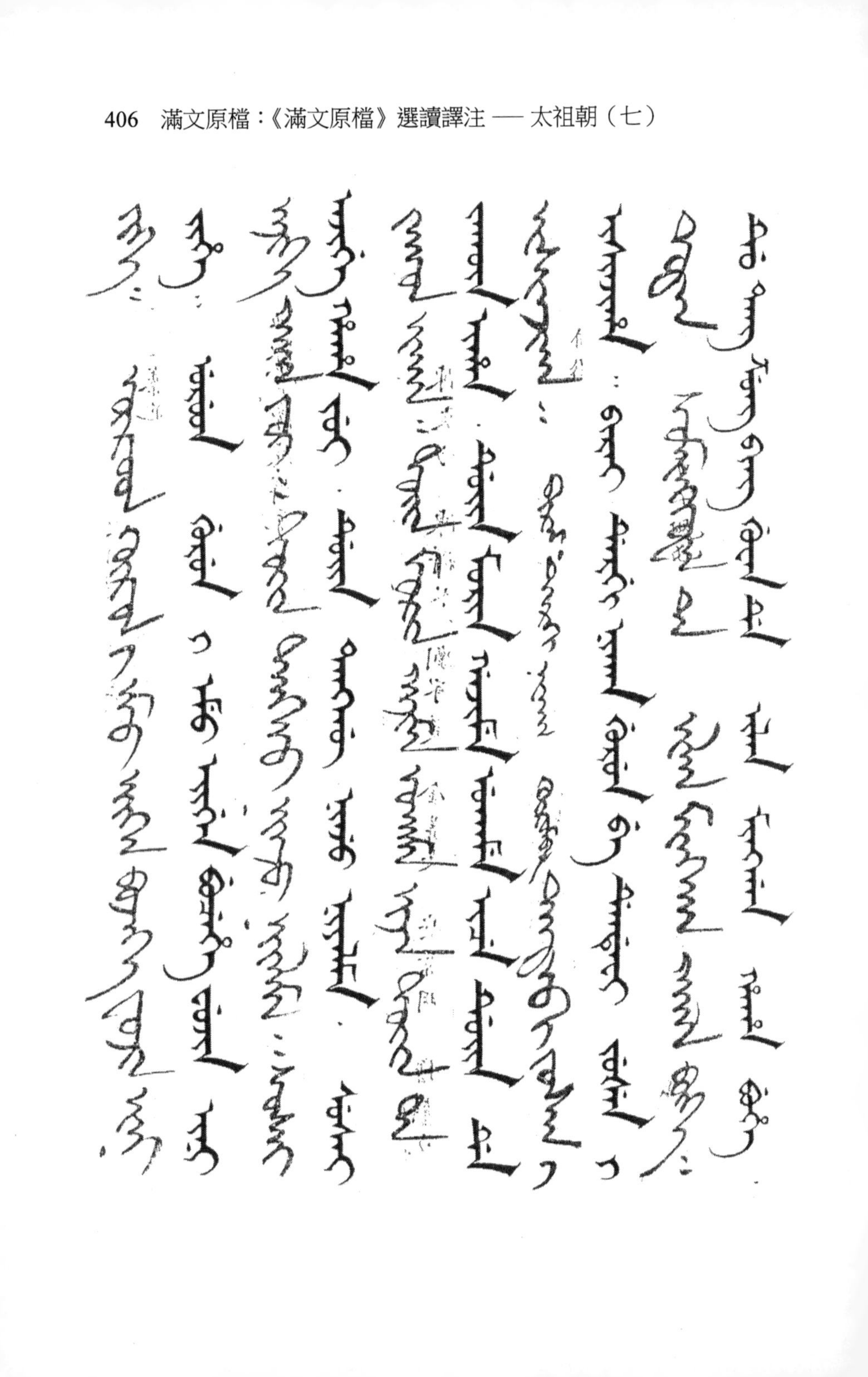

jihe. urut gurun i emu eigen bucehe fujin, ini ajige haha jui, duin tanggū ninju niyalma, susai jakūn ihan, duin morin gajime ukame ice duin de isinjiha. birai dergi nikan gurumbe dendefi, jušen i du tang, dzung bing guwan de ilan minggan haha buhe,

---

兀魯特部一喪夫之福晉，率其幼子及四百六十人，攜牛五十八頭、馬四匹於初四日逃來。分河東明國人給諸申都堂、總兵官三千丁，

兀鲁特部一丧夫之福晋，率其幼子及四百六十人，携牛五十八头、马四匹于初四日逃来。分河东明国人给诸申都堂、总兵官三千丁，

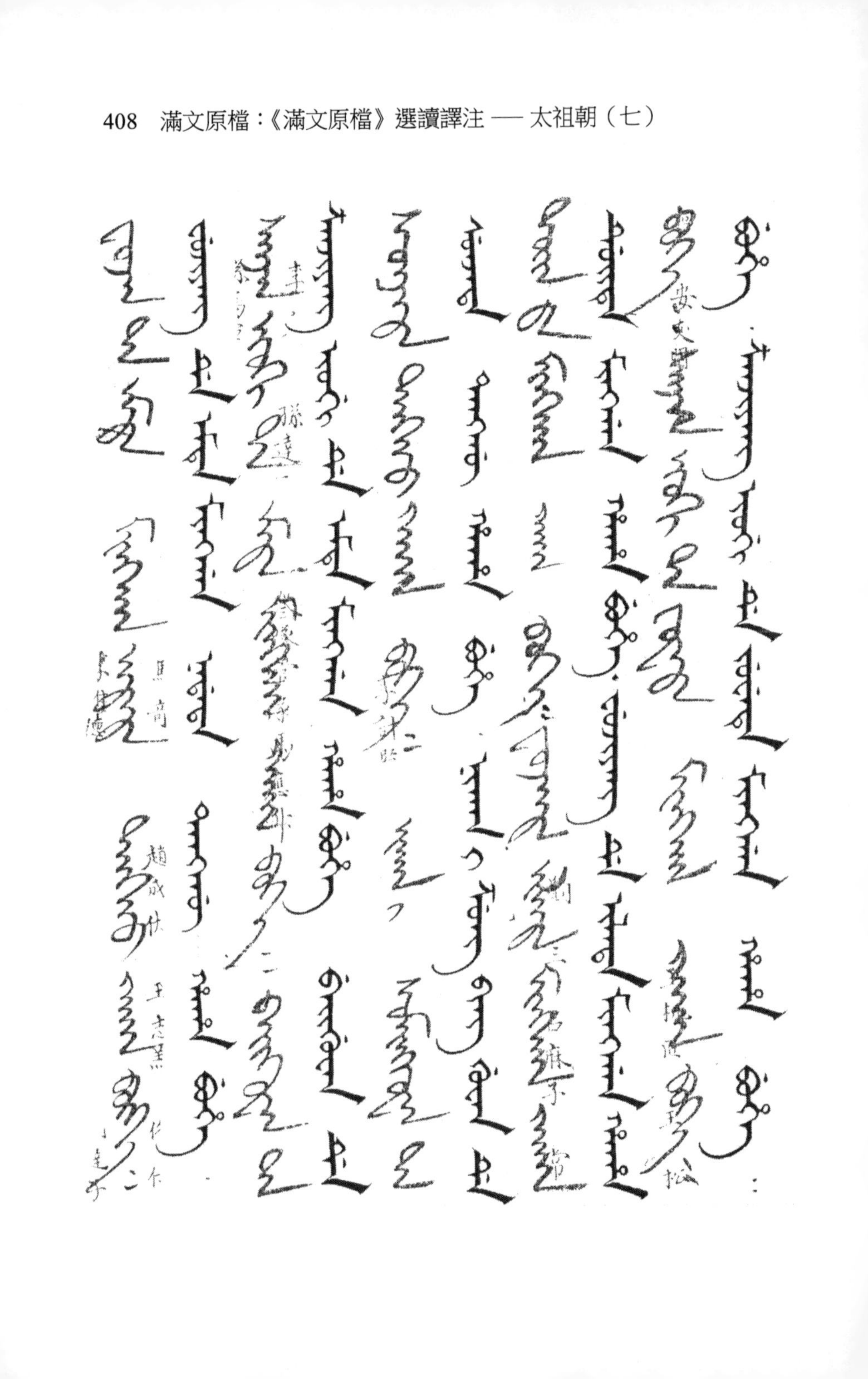

fujiyang de emte minggan nadata tanggū haha buhe, ts'anjiyang, iogi de emte minggan haha buhe, beiguwan de sunjata tanggū haha buhe, nikan i dzung bing guwan de duite minggan haha buhe, fujiyang de ilata minggan haha buhe, ts'anjiyang, iogi de juwete minggan haha buhe.

給副將各一千七百丁，給參將、遊擊各一千丁，給備禦官各五百丁，給漢人總兵官各四千丁，給副將各三千丁，給參將、遊擊各二千丁。

给副将各一千七百丁，给参将、游击各一千丁，给备御官各五百丁，给汉人总兵官各四千丁，给副将各三千丁，给参将、游击各二千丁。

二十七、分編漢人

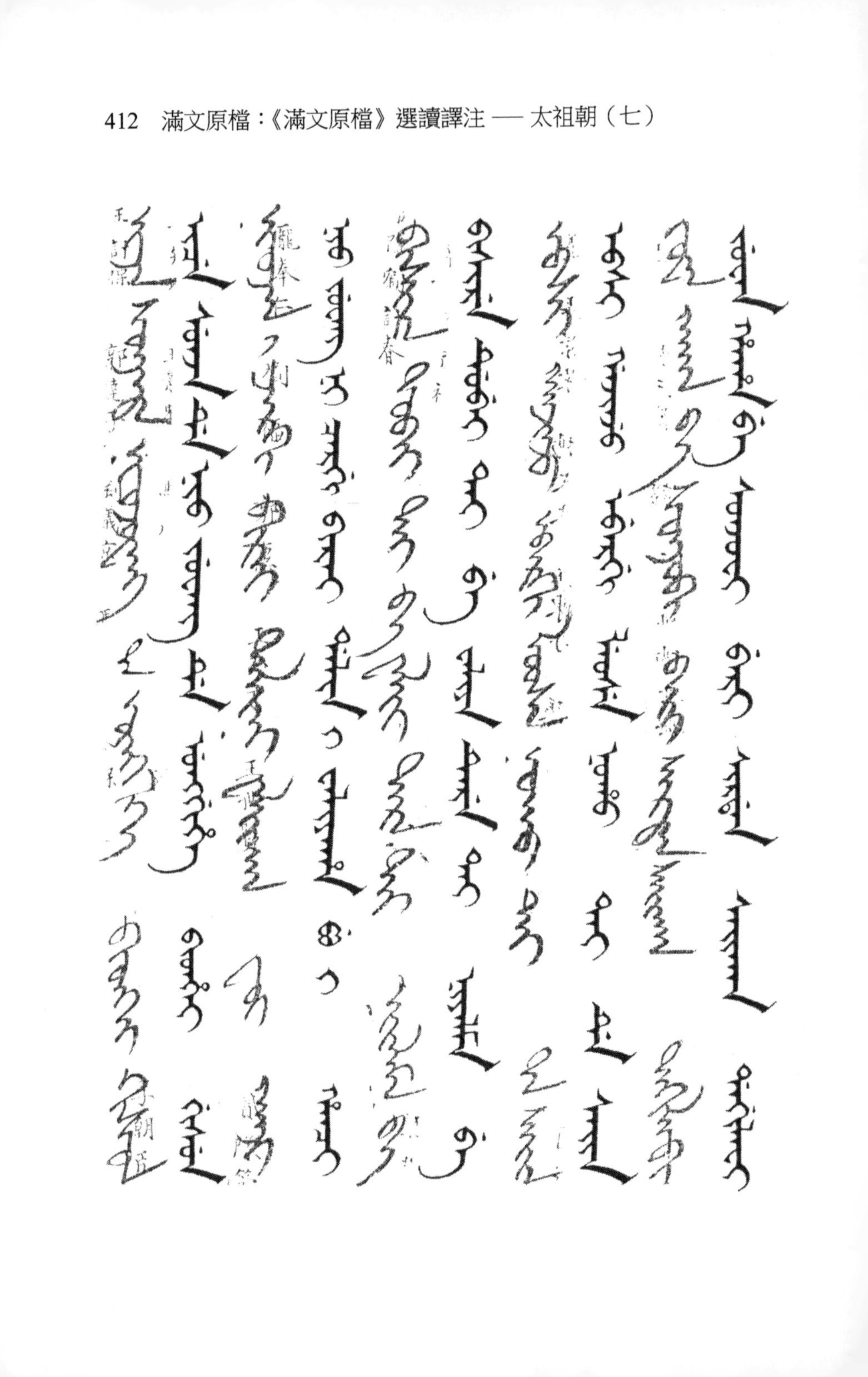

ice sunja de, nio juwang de unggihe bithei gisun, nio juwang ni cargi birai dalin i waliyaha pui hanci bisire dubei tai be waliya. tere tai niyalma be ebsi gajinju, ebergi leose noho tai de, sain juwan haha be sonjofi beri sirdan saikan dagilafi

---

初五日，傳諭牛莊曰：「牛莊那邊河岸所棄堡子附近所有最末端台站，着令棄之。其台站之人，攜來這邊。在這邊樓台[56]，挑選壯丁十人，妥備弓箭

初五日，传谕牛庄曰：「牛庄那边河岸所弃堡子附近所有最末端台站，着令弃之。其台站之人，携来这边。在这边楼台，挑选壮丁十人，妥备弓箭

---

[56] 樓台，《滿文原檔》寫作“loosa noko tai”，《滿文老檔》讀作“leose noho tai”；規範滿文讀作“taktu noho tai”。

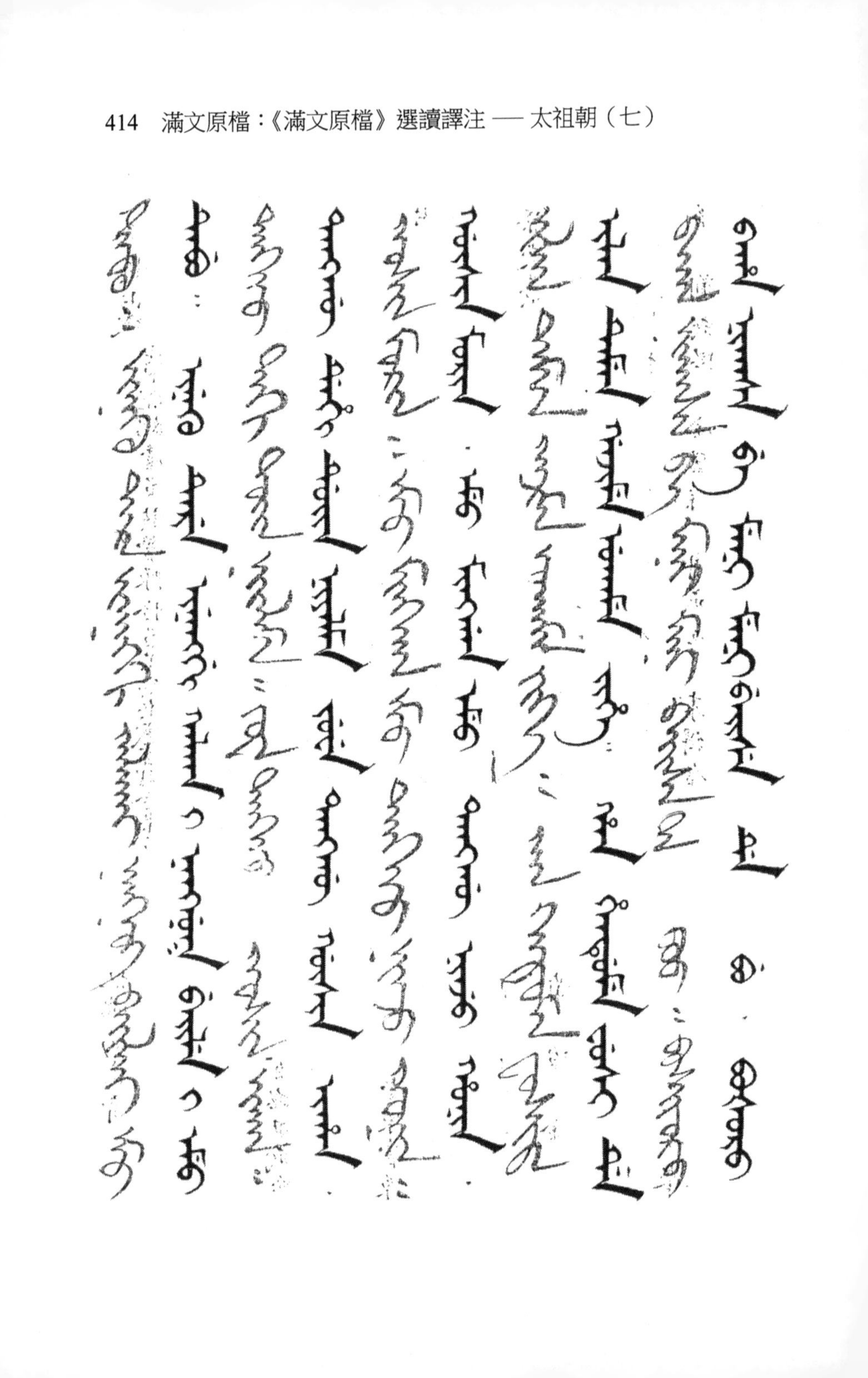

tebu. ineku tere inenggi, kalkai nangnuk beilei emu tanggū dehi duin niyalma, juwe tanggū gūsin ihan, gūsin morin, emu minggan emu tanggū ninju honin, ilan temen gajime ukame jihe. han hendume, fusi de baha nikasa be meni meni beise de bu, bošoro

---

駐守。」是日，喀爾喀囊努克貝勒屬下一百四十四人，攜牛二百三十頭、馬三十匹、羊一千一百六十隻、駝三隻逃來。汗曰：「着將於撫順所獲之漢人給與各貝勒，

驻守。」是日，喀尔喀囊努克贝勒属下一百四十四人，携牛二百三十头、马三十匹、羊一千一百六十只、驼三只逃来。汗曰：「着将于抚顺所获之汉人给与各贝勒，

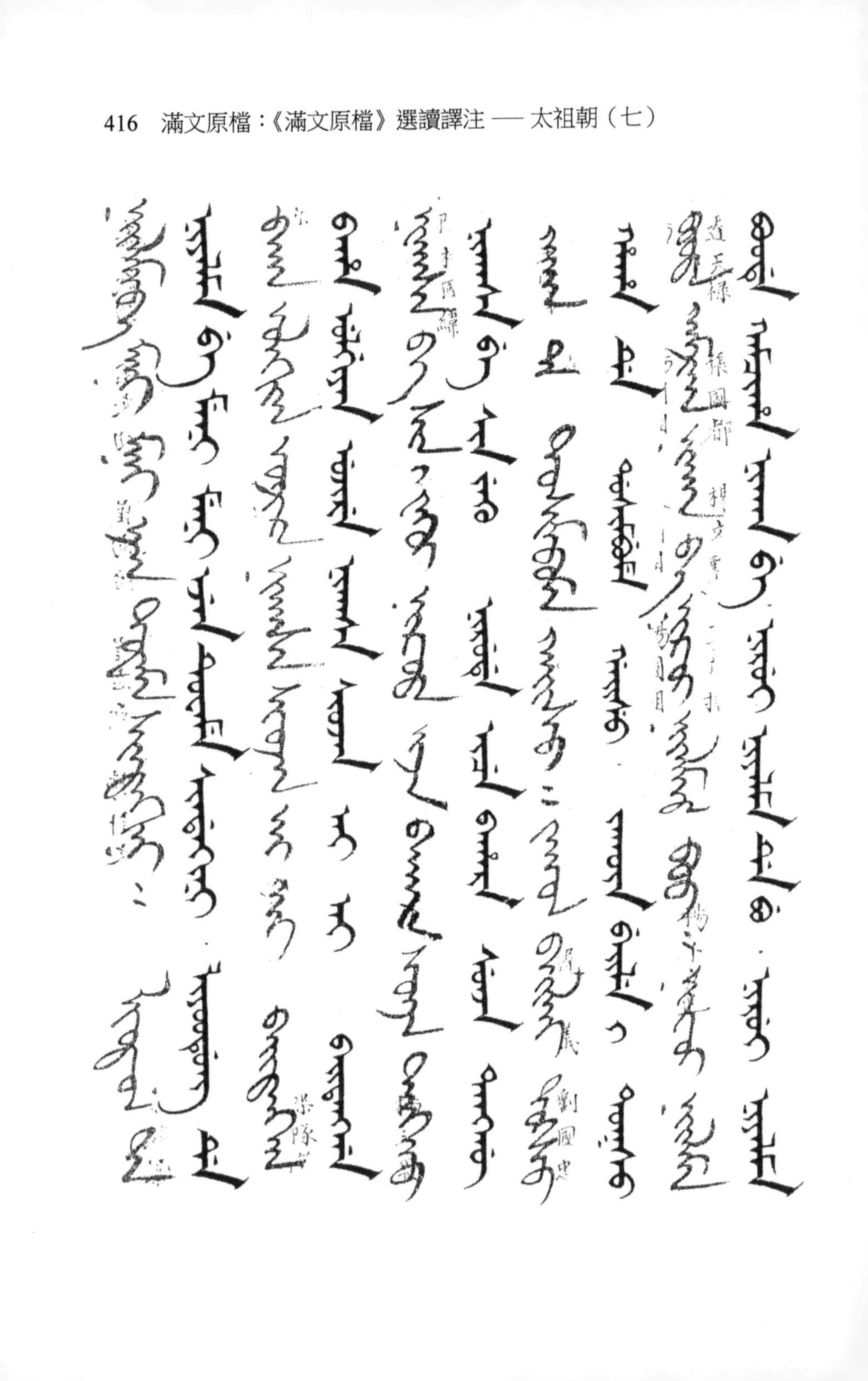

niyalmabe, meni meni ejen tuwame sindakini. liyoodung de baha ulgiyan ujire nikasa, siojan ai ai baitangga nikasa be, sin jeku nirude ice bahara sunja tanggū haha de dosimbume gaisu. jakūn beile i tokso boode kamciha nikan be, nirui niyalma de bu, nirui niyalma

---

並由各該主子酌放催管之人。於遼東所獲養豬之漢人及繡匠等種種有用之漢人，收入食金斗糧牛彔新獲之五百丁中。將八貝勒莊屯雜居之漢人給與牛彔之人，

并由各该主子酌放催管之人。于辽东所获养猪之汉人及绣匠等种种有用之汉人，收入食金斗粮牛彔新获之五百丁中。将八贝勒庄屯杂居之汉人给与牛彔之人，

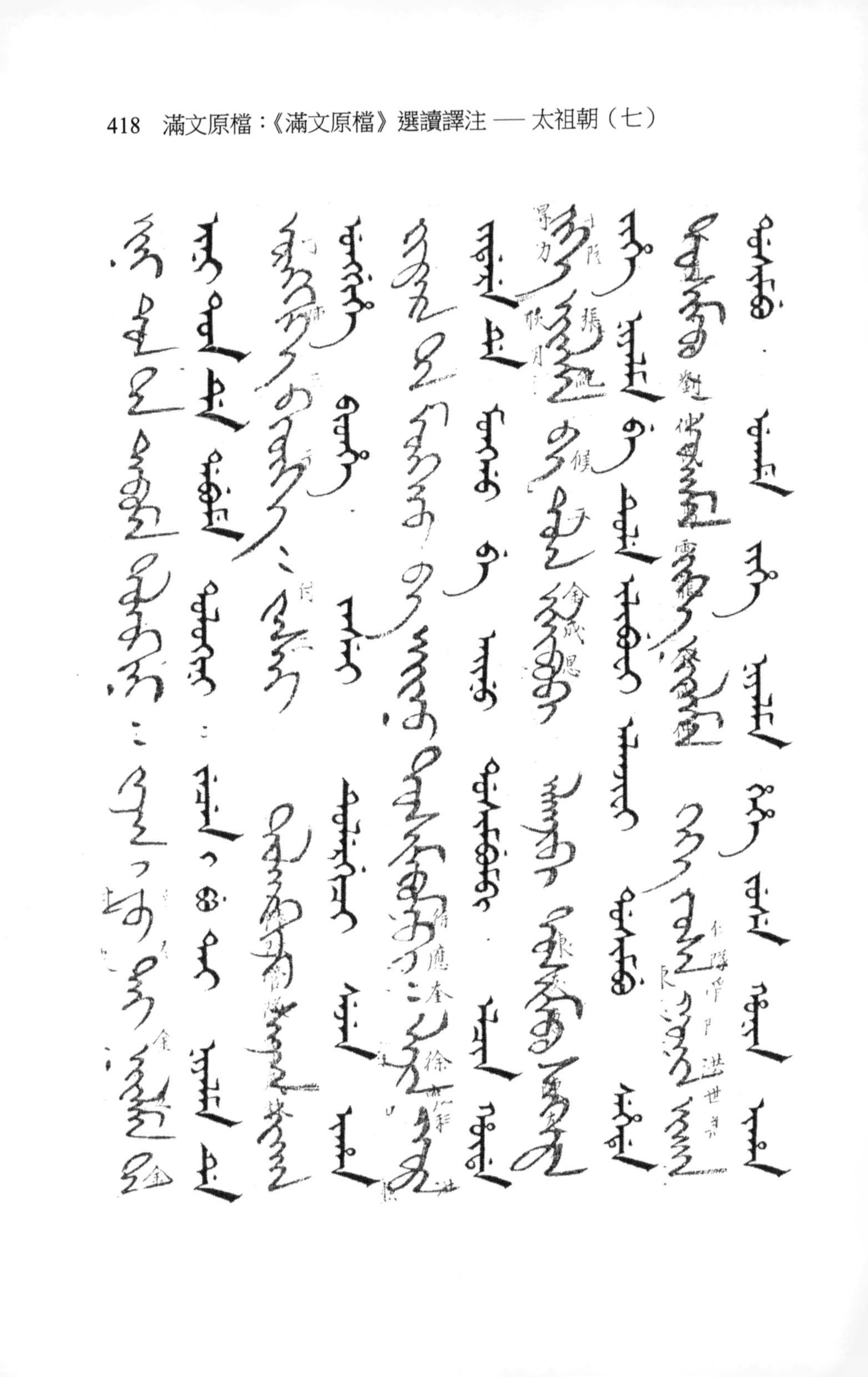

ini ton de dabume tolokini. jecen i pu tai niyalma de unggihe bithe, jasei tulergici sejen, ihan jidere de, monggo be ainu dosimbumbi. elcin, hūda jihe niyalma be tule ilibufi alanjifi, dosimbu sehede dosimbu. ukame jihe niyalma, hehe, juse honin, ihan

並計數算入其牛彔人數之內。傳諭沿邊各堡台人等曰：「有車、牛自邊外前來時，為何准蒙古進入？曾諭凡使臣及商賈前來之人，悉令於邊外等候，俟入告獲准後方令其入境。逃來之人及其所攜帶妻孥、牛羊

并计数算入其牛彔人数之内。传谕沿边各堡台人等曰：「有车、牛自边外前来时，为何准蒙古进入？曾谕凡使臣及商贾前来之人，悉令于边外等候，俟入告获准后方令其入境。逃来之人及其所携带妻孥、牛羊

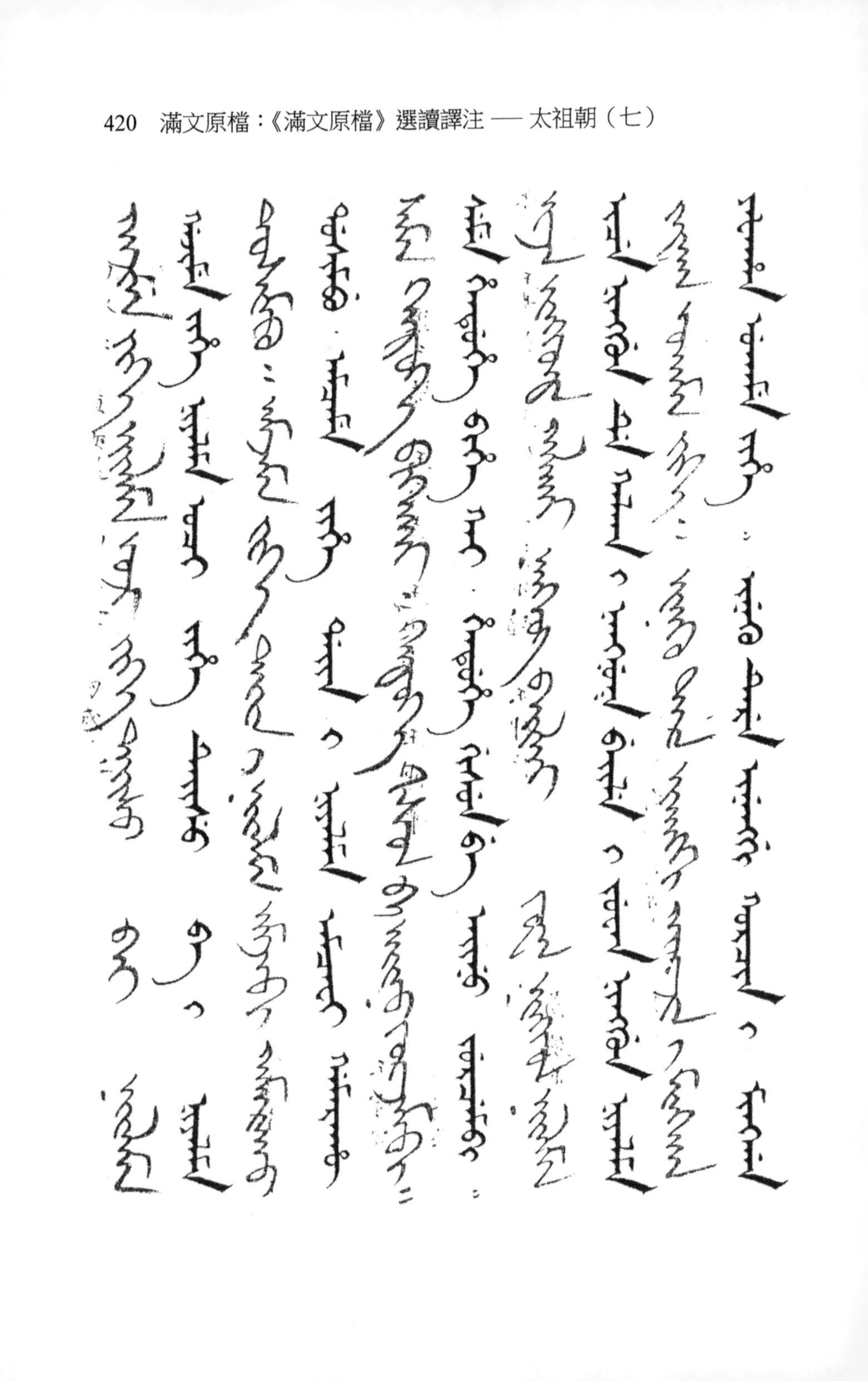

gajime jihe niyalma oci jihe teisu bai niyalma dosimbu, amcame jihe dain i niyalma amcafi gamarahū seme henduhebihe kai. henduhe gisun be ainu jurcembi. ice ninggunde, kalkai nangnuk beile i juwan ninggun niyalma yafahan ukame jihe. ineku tere inenggi, korcin i minggan

---

由前來該汛地之人令前來之人入境，恐為前來追趕之敵人追獲也等語，為何違悖此諭耶？」初六日，喀爾喀囊努克貝勒十六人徒步而來。是日，科爾沁明安

由前来该汛地之人令前来之人入境，恐为前来追赶之敌人追获也等语，为何违悖此谕耶？」初六日，喀尔喀囊努克贝勒十六人徒步而来。是日，科尔沁明安

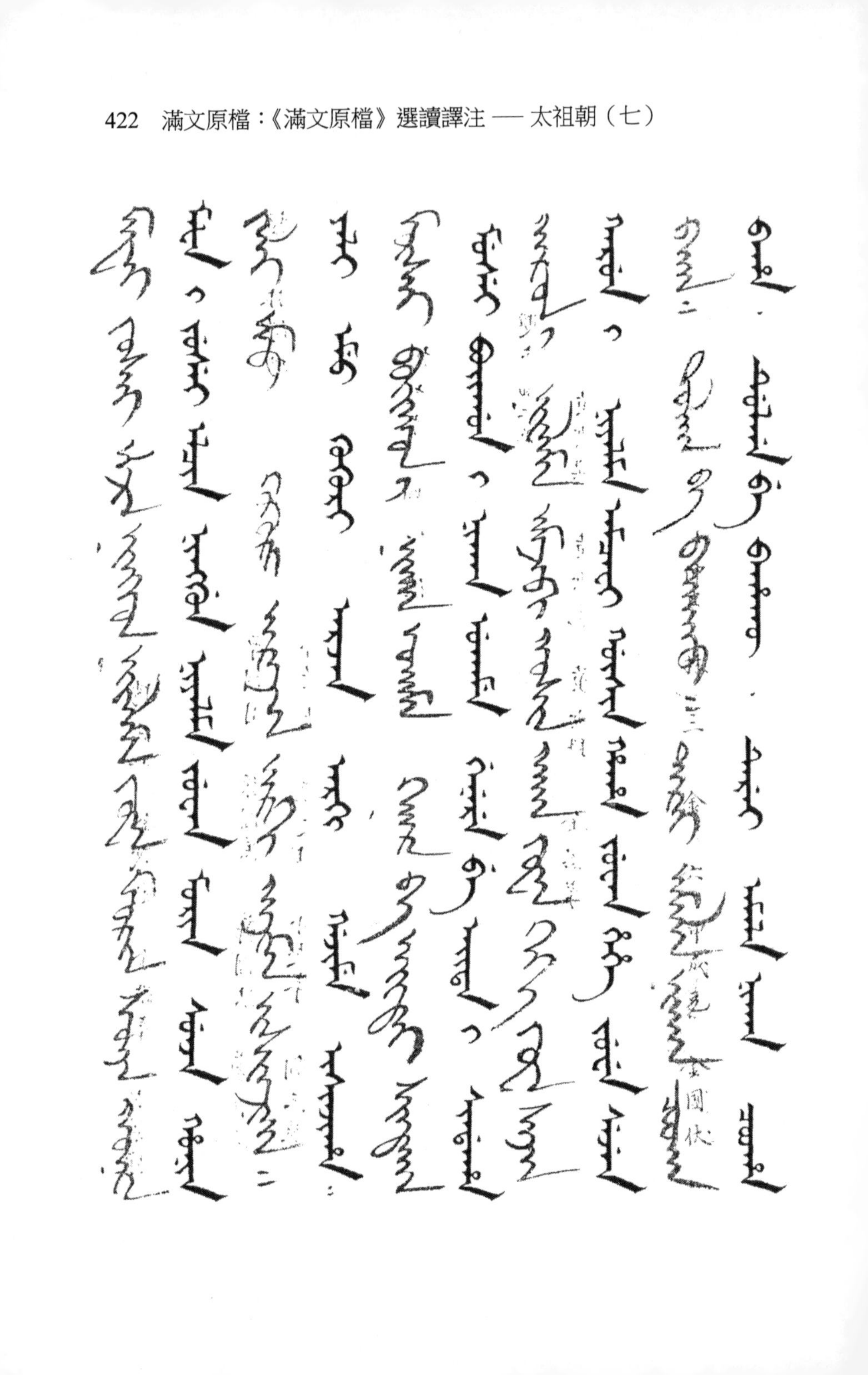

mafai jusei elcin, ninggun niyalma, juwan morin, sunja honin yali, emu kukuri arjan arki gajime isinjiha. musei boigon i nikan ukame genere be aitai sindaha karun i niyalma amcafi, gūsin haha, juwan hehe, juwe sejen baha, dulga be bahakū. terei amala, nikan cooha

---

老人諸子之使臣攜六人、馬十匹、羊五隻之肉、奶子酒[57]一壺到來。愛塔所設哨卡之人追捕編入我戶口之漢人逋逃，拏獲男三十人、女十人、車二輛，其餘半數未獲。其後明兵

老人诸子之使臣携六人、马十匹、羊五只之肉、奶子酒一壶到来。爱塔所设哨卡之人追捕编入我户口之汉人逋逃，拏获男三十人、女十人、车二辆，其余半数未获。其后明兵

---

[57] 奶子酒，《滿文原檔》寫作“arajan arki”，《滿文老檔》讀作“arjan arki”。按滿文“arjan”係蒙文“araǰa”借詞，意即「頭次回鍋奶酒」。

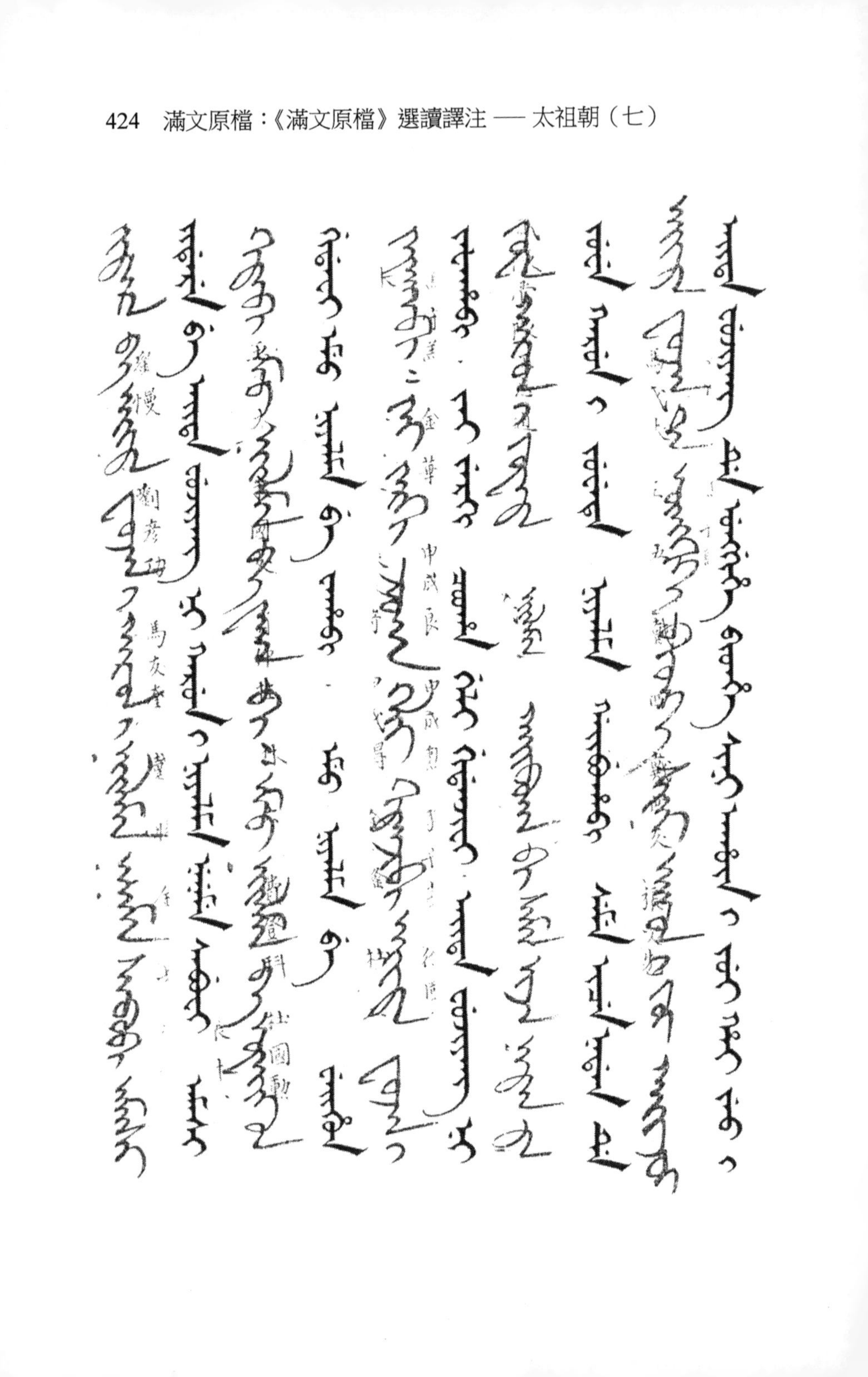

jidere be aita fujiyang ni karun i niyalma neneme sabufi amasi gidafi emu niyalma be wahabi, emu niyalma be weihun jafahabi. jai jergi cooha geli gidanjifi, aita fujiyang ni juwe karun i juwete niyalma gaibuhabi seme. ice nadan de aita fujiyang de unggihe bithe, sini ahūn i jui, hai jeo i

---

前來，愛塔副將哨卡之人先行看見後回擊，殺一人，生擒一人。明兵又再次來犯，愛塔副將之二哨卡各二人被擄去。初七日，頒書諭愛塔副將曰：「爾兄之子海州

前来，爱塔副将哨卡之人先行看见后回击，杀一人，生擒一人。明兵又再次来犯，爱塔副将之二哨卡各二人被掳去。初七日，颁书谕爱塔副将曰：「尔兄之子海州

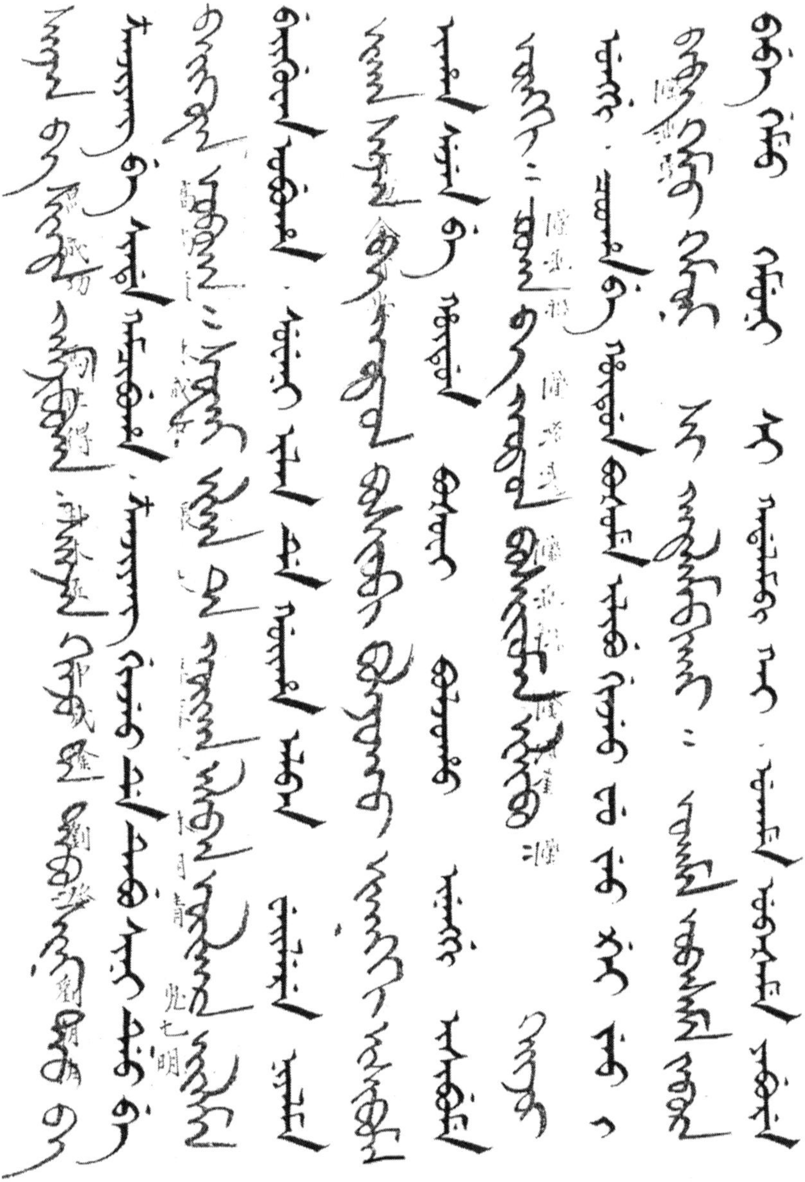

ts'anjiyang be sinde kamcibuha, ts'anjiyang, ginjeo de tebu, sini deo be beiguwan obuha. suweni ilan de goiha alban weilere niyalma, ihan sejen be hūdun bošofi, boljoho inenggi isibume unggi. cooha be hūdun bošome ilibu. ginjeo, fu jeo, g'ai jeo i babe, gemu kemuni si kadalambikai. ukame ubašame yabure

---

參將由爾兼任，參將駐金州。授爾弟為備禦官。着爾三人從速催辦應派官役之人、牛、車如期遣至。至於兵額，着從速催徵。金州、復州、蓋州等處，俱仍由爾管轄。

参将由尔兼任，参将驻金州。授尔弟为备御官。着尔三人从速催办应派官役之人、牛、车如期遣至。至于兵额，着从速催征。金州、复州、盖州等处，俱仍由尔管辖。

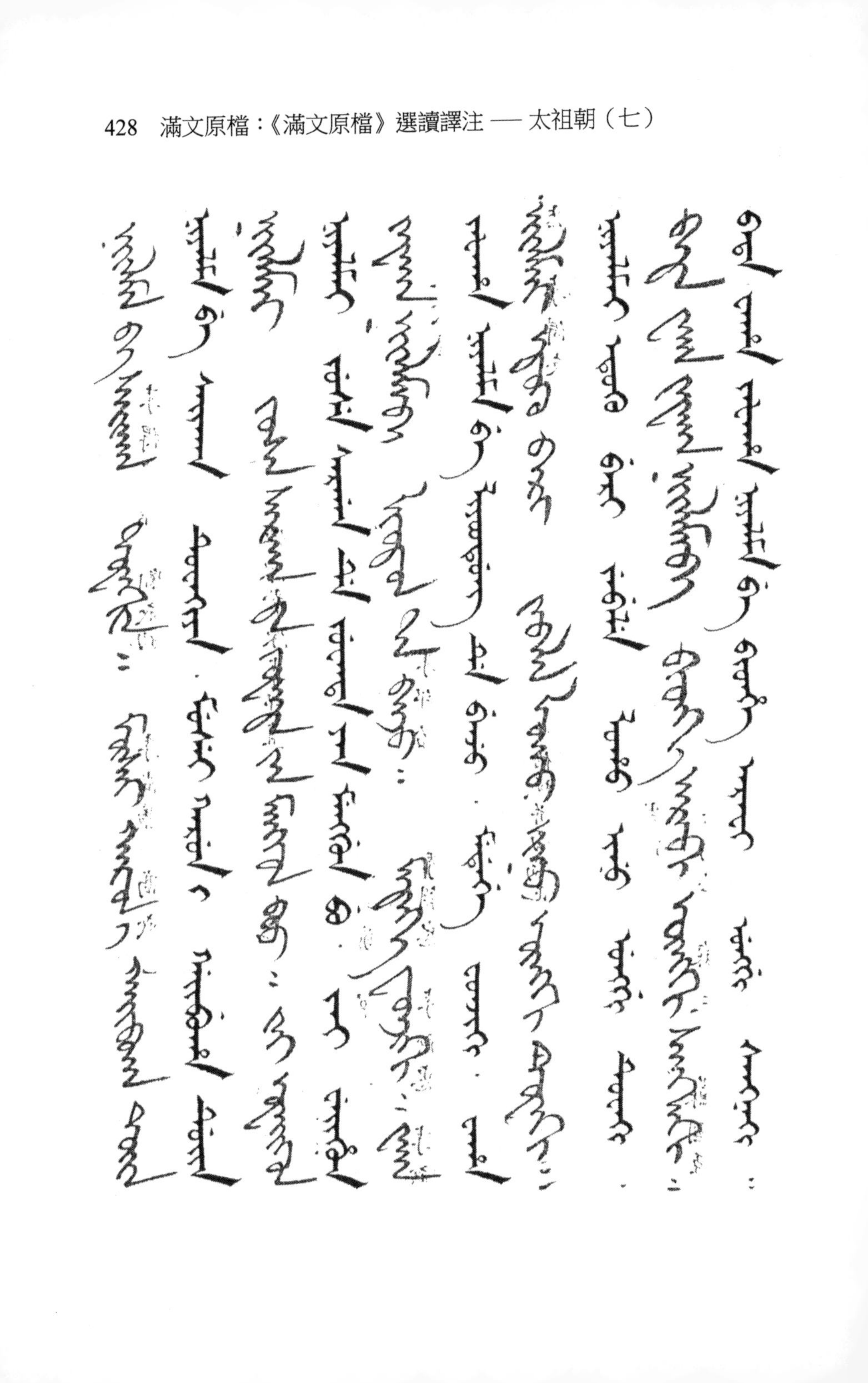

niyalma be saikan tuwakiya. musei karun i gaibuha duin niyalmai juse sargan de juwanta yan menggun bu. jai weihun jafaha niyalma be liyoodung de benju, medege fonjiki. waha niyalmai etuku, beri, jebele, loho inu unggi tuwaki. bata waha jafaha niyalmabe bithe arafi unggi, šangnaki.

當妥加看守叛逃之人。我哨卡被俘四人之妻孥，着給銀各十兩。再者，生擒之人，着送來遼東，以備探詢信息。被殺者之衣服、弓、撒袋、腰刀，亦令送來查看。其擒殺敵人者，則具文送來，以便賞賜。」

当妥加看守叛逃之人。我哨卡被俘四人之妻孥，着给银各十两。再者，生擒之人，着送来辽东，以备探询信息。被杀者之衣服、弓、撒袋、腰刀，亦令送来查看。其擒杀敌人者，则具文送来，以便赏赐。」

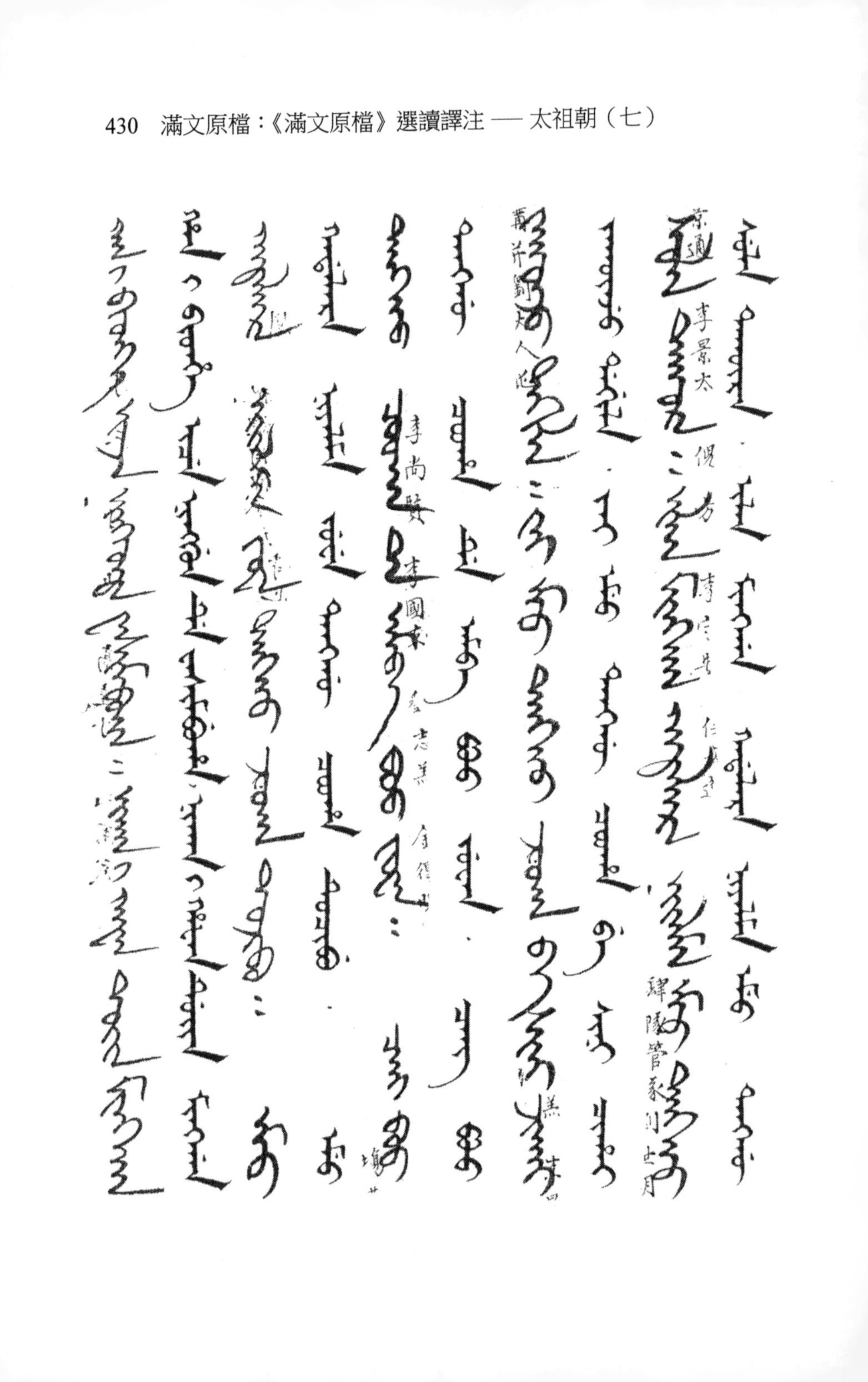

han i bithe, ice ninggun de wasimbuha, nikan i hafan duin minggan kadalara niyalma, juwe tanggū cooha tucibu, emu tanggū cooha de, amba poo juwan, cang poo jakūnju dagila, jai emu tanggū cooha be sini cihai sula takūra. ilan minggan kadalara niyalma, emu tanggū

初六日，汗頒書諭曰：「着漢官管四千人者，派出二百人充兵，一百兵備大礮十門、鳥槍[58]八十枝，另一百兵聽爾自行差遣；管三千人者，

初六日，汗颁书谕曰：「着汉官管四千人者，派出二百人充兵，一百兵备大炮十门、鸟枪八十枝，另一百兵听尔自行差遣；管三千人者，

---

[58] 鳥槍，《滿文原檔》寫作"cang boo"，《滿文老檔》讀作"cang poo"。按〈簽注〉:「謹思，"cang poo"，蓋為鳥槍。」，此與滿文"miyoocan"同義。

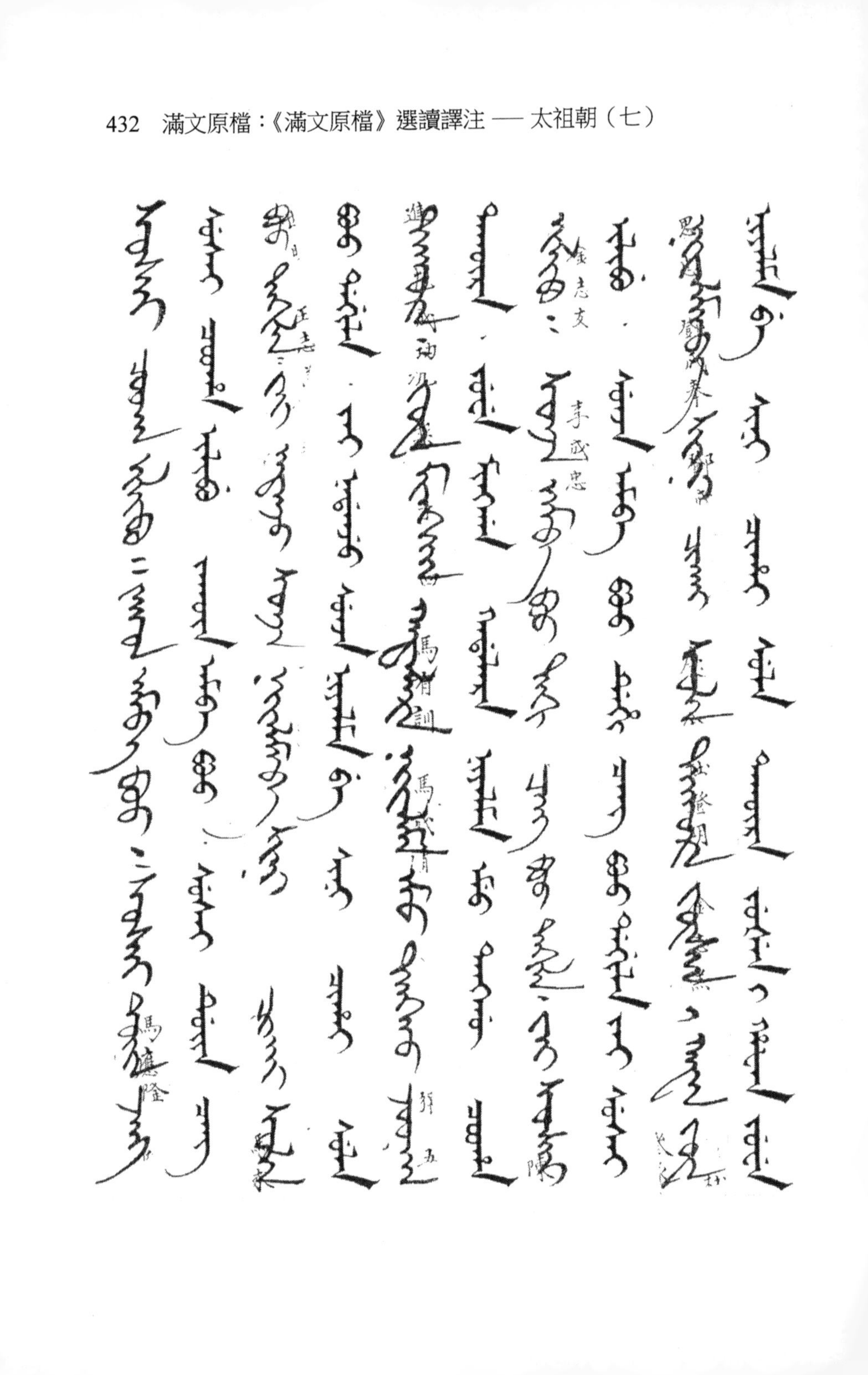

susai cooha ilibu, jakūn amba poo, susai duin cang poo dagila, jai nadanju sunja niyalmabe sini cihai sula takūra. juwe minggan kadalara niyalma, emu tanggū cooha ilibu, sunja amba poo, dehi cang poo dagila, jai susai niyalmabe sini cihai sula takūra, jušen i hafan. juwe

---

以一百五十人充兵，備大礮八門、鳥槍五十四枝，另七十五人聽爾自行差遣；管二千人者，以一百人充兵，備大礮五門、鳥槍四十枝，另五十人聽爾自行差遣。諸申官

以一百五十人充兵，备大炮八门、鸟枪五十四枝，另七十五人听尔自行差遣；管二千人者，以一百人充兵，备大炮五门、鸟枪四十枝，另五十人听尔自行差遣。诸申官

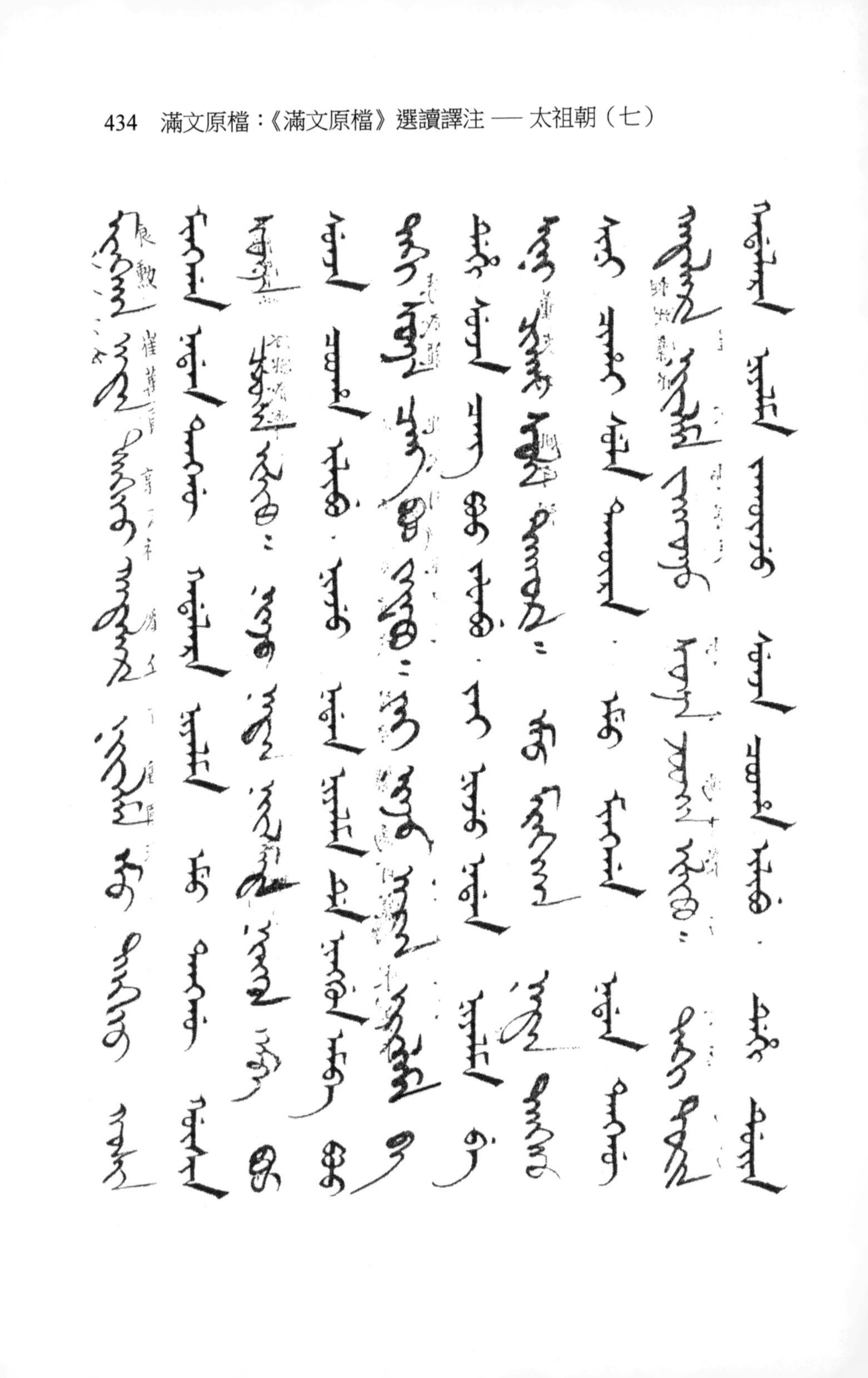

minggan nadan tanggū kadalara niyalma, emu tanggū gūsin sunja cooha ilibu, ninju nadan niyalmade, ninggun amba poo, dehi sunja cang poo jafabu, jai ninju nadan niyalma be sini cihai sula takūra. emu minggan nadan tanggū kadalara niyalma, jakūnju sunja cooha ilibu, dehi duin

---

管二千七百人者，以一百三十五人充兵，其六十七人備大礮六門、執鳥槍四十五枝，另六十七人聽爾自行差遣；管一千七百人者，以八十五人充兵，

管二千七百人者，以一百三十五人充兵，其六十七人备大炮六门、执鸟枪四十五枝，另六十七人听尔自行差遣；管一千七百人者，以八十五人充兵，

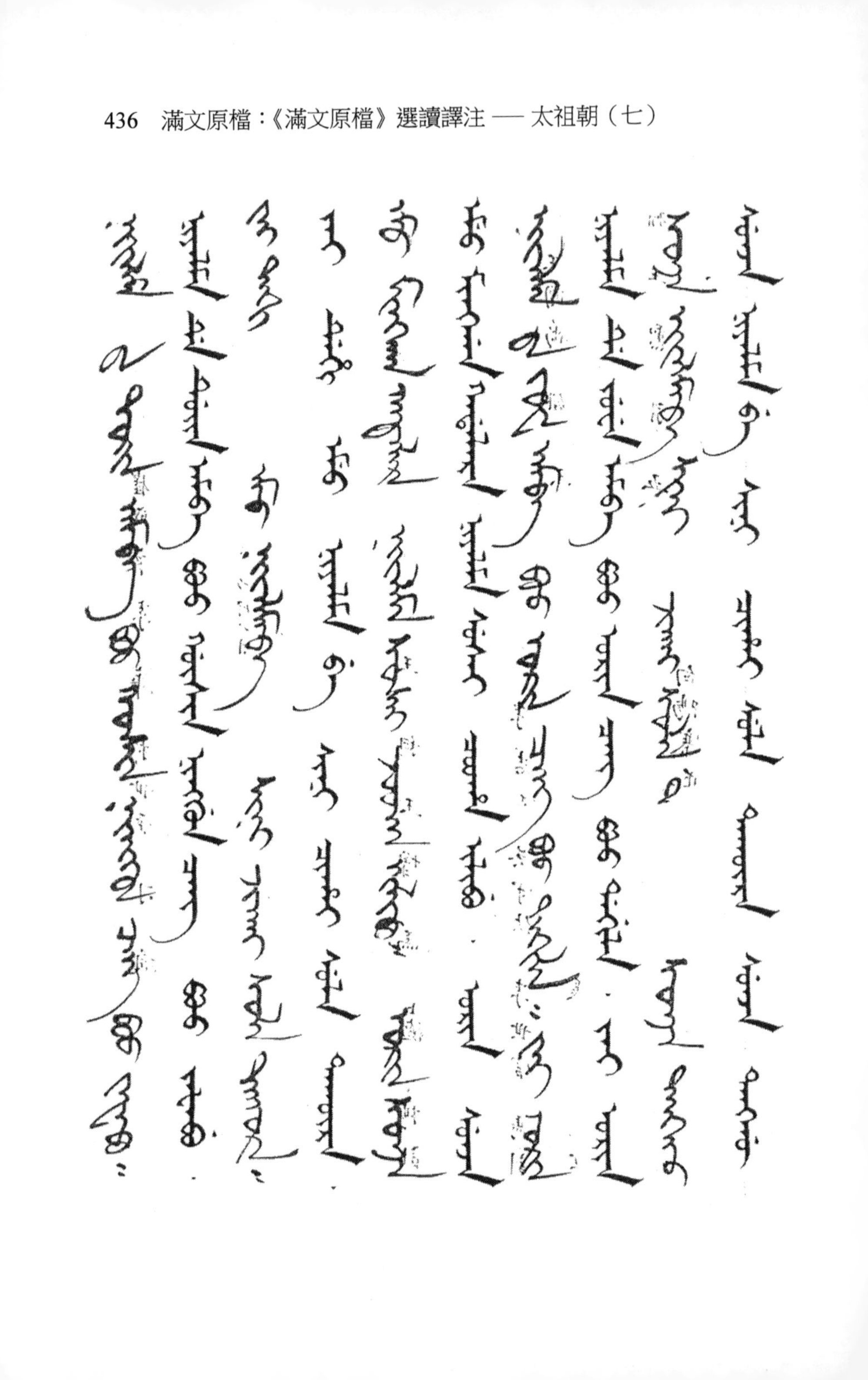

niyalma de duin amba poo, gūsin ninggun cang poo jafabu, jai dehi emu niyalmabe sini cihai sula takūra. emu minggan kadalara niyalma, susai cooha ilibu, orin sunja niyalma de juwe amba poo, orin cang poo dagila, jai orin sunja niyalmabe sini cihai sula takūra. sunja tanggū

其四十四人備大礮四門、執鳥槍三十六枝，另四十一人聽爾自行差遣；管一千人者，以五十人充兵，其二十五人備大礮二門、鳥槍二十枝，另二十五人聽爾自行差遣；

其四十四人备大炮四门、执鸟枪三十六枝，另四十一人听尔自行差遣；管一千人者，以五十人充兵，其二十五人备大炮二门、鸟枪二十枝，另二十五人听尔自行差遣；

二十八、賞不遺賤

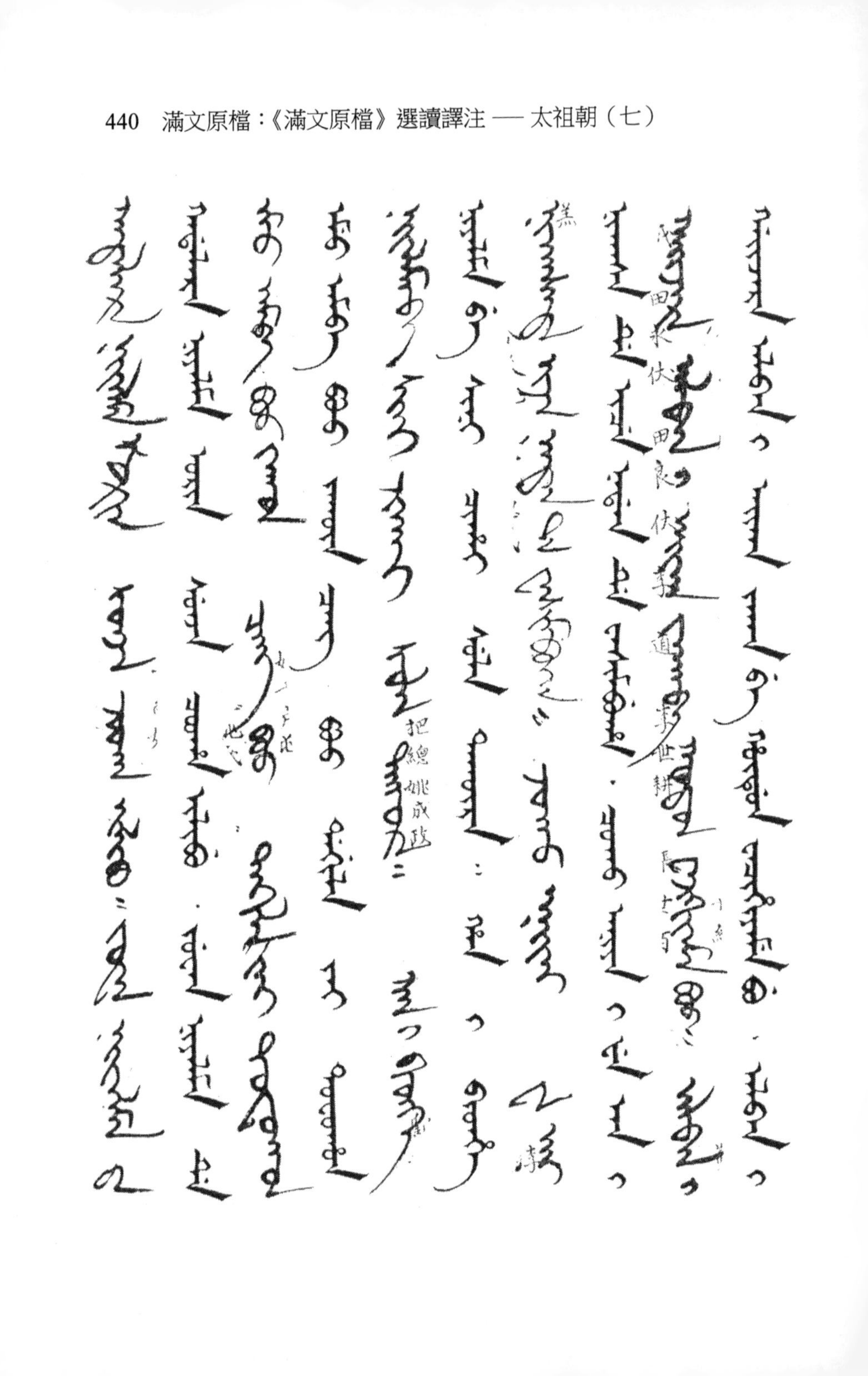

kadalara niyalma, orin sunja cooha ilibu, juwan niyalma de emu amba poo, jakūn cang poo dagila, jai tofohon niyalmabe sini cihai sula takūra. han i bithe, nikasade ice nadan de wasimbuha, coko aniya i fe an i gaijara alban i aika jakabe hūdun wacihiyame bu, alban i

---

管五百人者，以二十五人充兵，其十人備大礮一門、鳥槍八枝，另十五人聽爾自行差遣。」初七日，汗頒書諭衆漢人曰：「凡酉年舊例應徵官賦諸物，着從速完納。

管五百人者，以二十五人充兵，其十人备大炮一门、鸟枪八枝，另十五人听尔自行差遣。」初七日，汗颁书谕众汉人曰：「凡酉年旧例应征官赋诸物，着从速完纳。

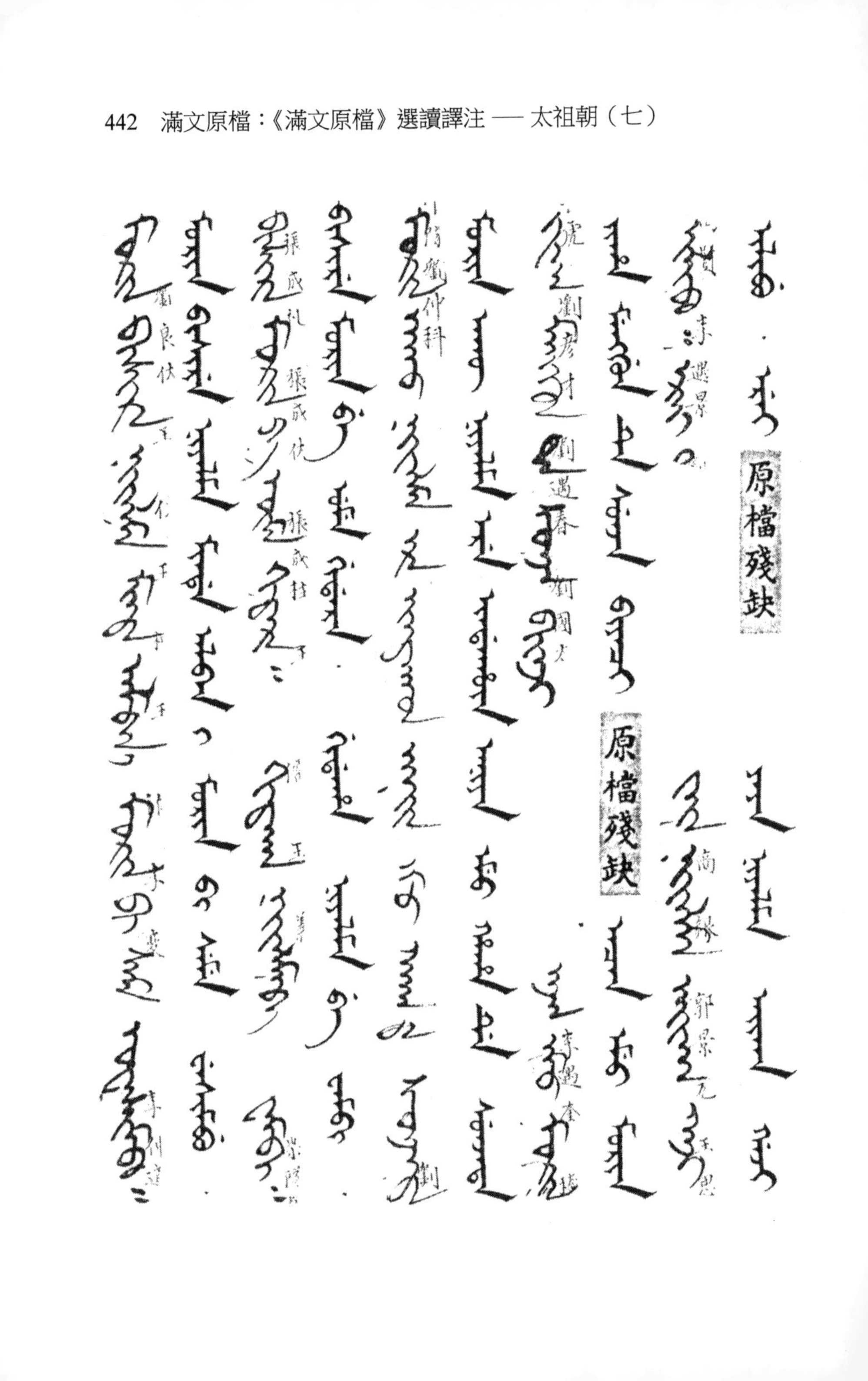

原檔殘缺

原檔殘缺

morin bisire niyalma, minde alban i morin bi seme wesimbu, bisire morin be ume gidara, gidaha niyalmabe wambi. morin akū niyalma ere indahūn aniya, emu haha de sunjata jiha menggun. te sunja biyaci [原檔殘缺] acan emu morin ilibu, erei [原檔殘缺] yaya niyalma aika gaji

---

有官馬之人，具奏我有官馬，有馬匹勿隱匿，其隱匿之人殺之。無馬之人，本戌年每丁納錢各五錢。自今年五月起 [原檔殘缺] 合出一馬，此 [原檔殘缺] 諸凡人如何交納 [原檔殘缺]。」

有官马之人，具奏我有官马，有马匹勿隐匿，其隐匿之人杀之。无马之人，本戌年每丁纳钱各五钱。自今年五月起[原档残缺] 合出一马，此 [原档残缺] 诸凡人如何交纳 [原档残缺] 。」

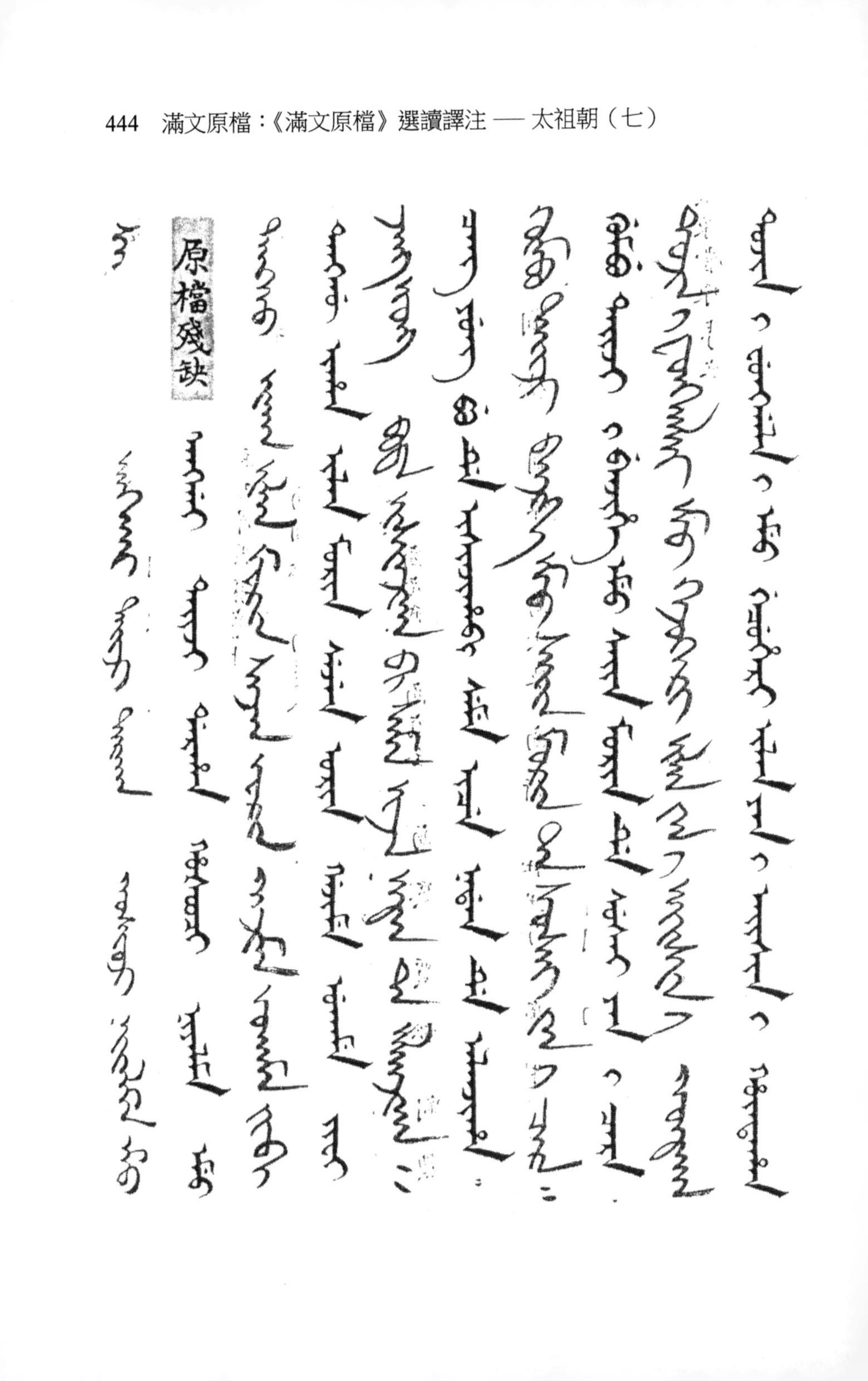

原檔殘缺

[原檔殘缺] anggai taiji, darhan hošooci, niyalma emu tanggū, ihan ilan, morin sejen orin gajime ukame jifi cang yung pu de isinjihabi seme ice nadan de alanjiha. gumbu taiji benjihe emu sain morin de susai yan i cara, tojin i funggalai, emu gecuheri, ilan yan i aisin i hūntahan,

---

[原檔殘缺] 初七日來告稱：昂愛台吉、達爾漢和碩齊率一百人，攜牛三頭、馬車二十輛逃來，已抵長永堡。古木布台吉獻良馬一匹，遂賜以重五十兩之酒海、孔雀翎、蟒緞一疋，重三兩之金杯

[原档残缺] 初七日来告称：昂爱台吉、达尔汉和硕齐率一百人，携牛三头、马车二十辆逃来，已抵长永堡。古木布台吉献良马一匹，遂赐以重五十两之酒海、孔雀翎、蟒缎一疋，重三两之金杯

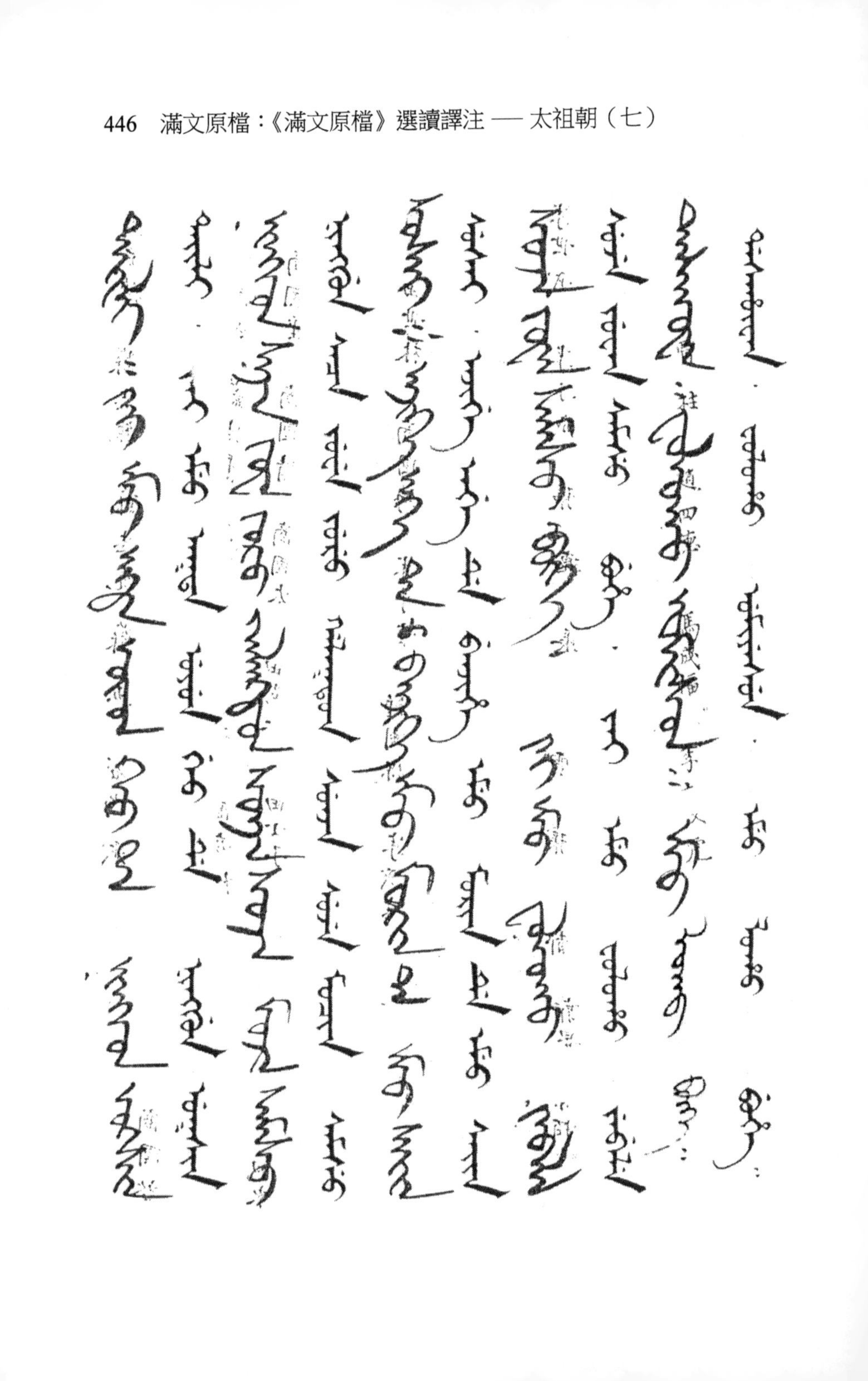

taili, jai emu akta, uyun geo de, ninggun uksin, ninggun saca, juwe juru galaktun, sunja suje, mocin samsu susai, ajige age de benjihe emu morin de emu sain suje, juwan samsu buhe. jai emu foloho jebele, dashūwan, foloho umiyesun, emu loho buhe.

及托碟；又獻騸馬一匹、騍馬九匹，遂賜甲六副、盔六頂、亮袖二對、緞五疋、毛青布五十疋。獻阿濟格阿哥馬一匹，回賜上等緞一疋、翠藍布十疋。另賜鑲嵌撒袋、弓韌、鐫花腰帶一套、腰刀一把。

及托碟；又献骟马一匹、骒马九匹，遂赐甲六副、盔六顶、亮袖二对、缎五疋、毛青布五十疋。献阿济格阿哥马一匹，回赐上等缎一疋、翠蓝布十疋。另赐镶嵌撒袋、弓韧、镌花腰带一套、腰刀一把。

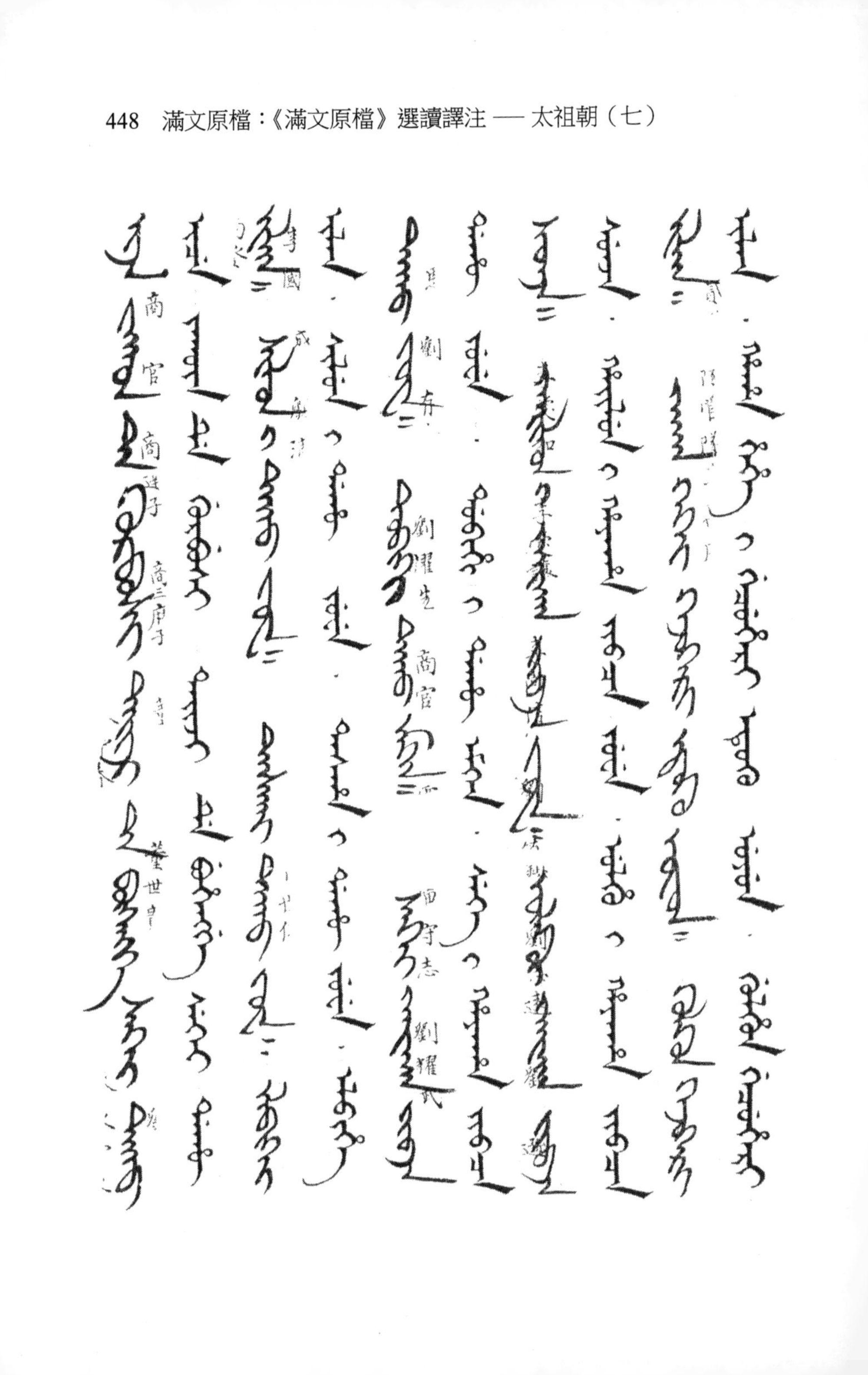

ice jakūn de, gurbusi taiji de buhengge, sekei dahū ilan, silun i dahū juwe, tasha i dahū juwe, elbihei dahū juwe, dobihi dahū emken, sekei hayaha jibca sunja, hailun i hayaha jibca juwe, ulhui hayaha jibca ilan, haha hehe i gecuheri etuku uyun, gulhun gecuheri

---

初八日，賜固爾布什台吉貂皮端罩三襲、猞猁猻皮端罩二襲、虎皮端罩二襲、貉皮端罩二襲、狐皮端罩一襲、貂鑲皮襖五襲、獺鑲皮襖二襲、鼠鑲皮襖三襲、男女蟒緞衣九襲、完整大蟒緞六疋、

初八日，赐固尔布什台吉貂皮端罩三袭、猞猁狲皮端罩二袭、虎皮端罩二袭、貉皮端罩二袭、狐皮端罩一袭、貂镶皮袄五袭、獭镶皮袄二袭、鼠镶皮袄三袭、男女蟒缎衣九袭、完整大蟒缎六疋、

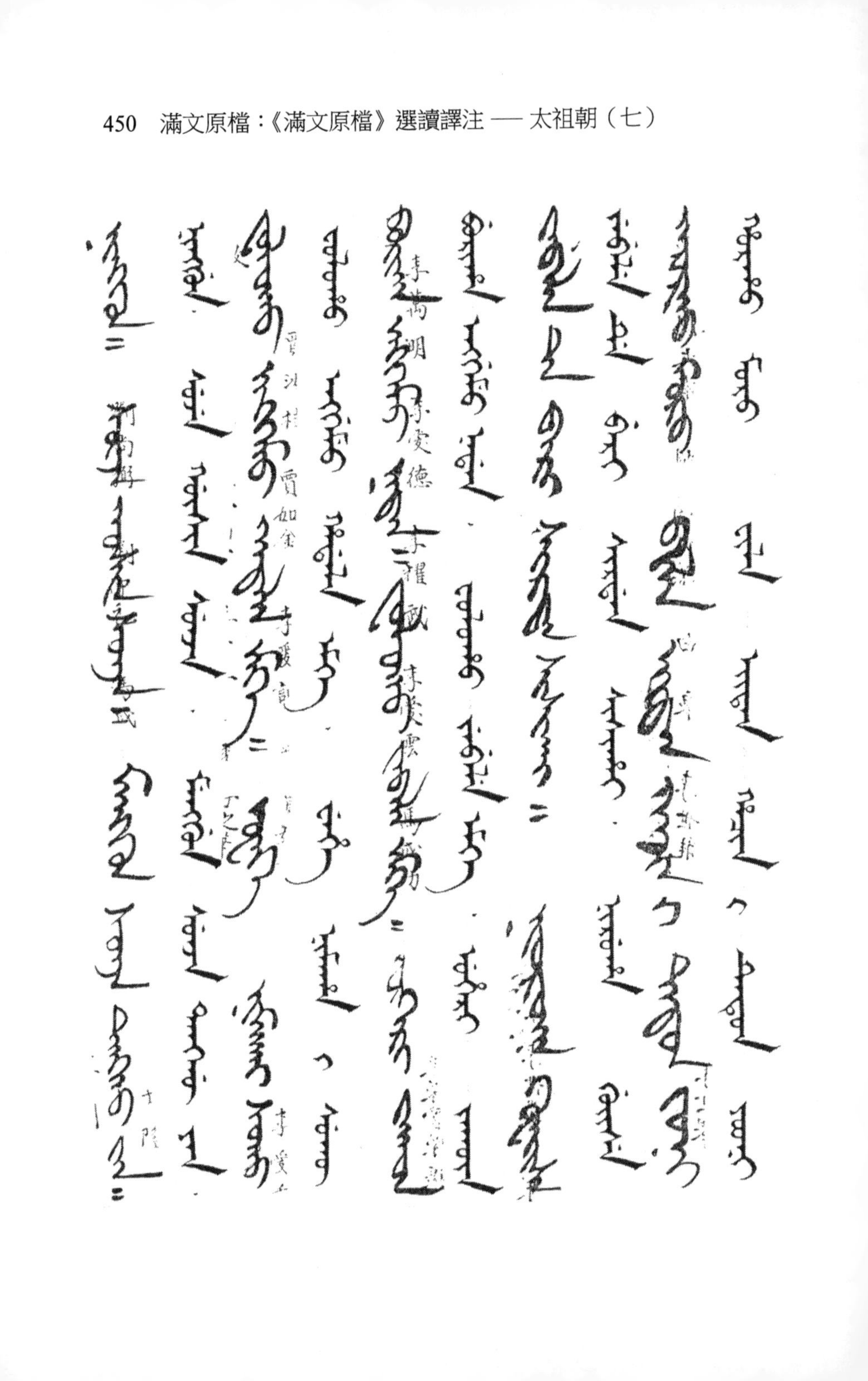

ninggun, suje gūsin sunja, menggun sunja tanggū yan, foloho enggemu hadala emke, wehe nimahai sukū buriha enggemu nadan, foloho jebele emke, uheri jakūn jebele de beri sirdan sisihai, niruha guise, horho, moro, fila, eiten hacin i tetun yooni

---

緞三十五疋、銀五百兩、鑲嵌鞍轡一副、鯊魚皮鞍七件、鑲嵌撒袋一件、插有弓矢之撒袋共八件及彩櫃、竪櫃、碗、碟等各樣器皿俱賜給。

缎三十五疋、银五百两、镶嵌鞍辔一副、鲨鱼皮鞍七件、镶嵌撒袋一件、插有弓矢之撒袋共八件及彩柜、竖柜、碗、碟等各样器皿俱赐给。

二十九、送往迎來

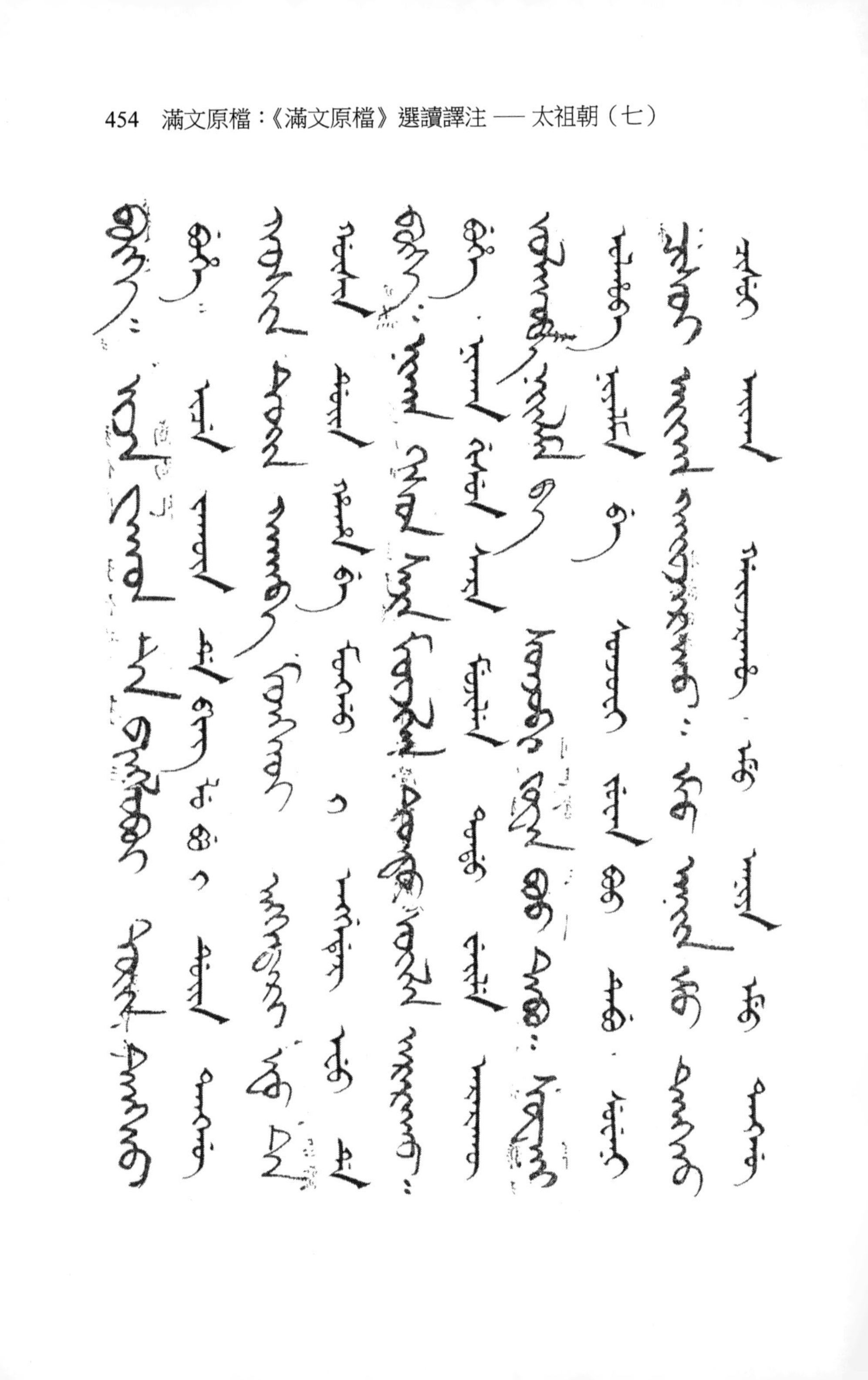

buhe. ice jakūn de, ping lu pui duin tanggū gūsin duin hahabe, monggoi enggeder efu de buhe. nikan gisun sara, mujilen tondo, weile ararakū olhoba niyalma be sonjofi juwan boo tebu, suweni cisui aika gaijarahū, emu aniya emu tanggū

初八日，命將平虜堡之四百三十四丁賜給蒙古恩格德爾額駙。揀選通曉漢語、心術公正、守法謹慎之人，編為十戶安置。恐爾等自行徵收，將每年之銀百兩、

初八日，命将平虏堡之四百三十四丁赐给蒙古恩格德尔额驸。拣选通晓汉语、心术公正、守法谨慎之人，编为十户安置。恐尔等自行征收，将每年之银百两、

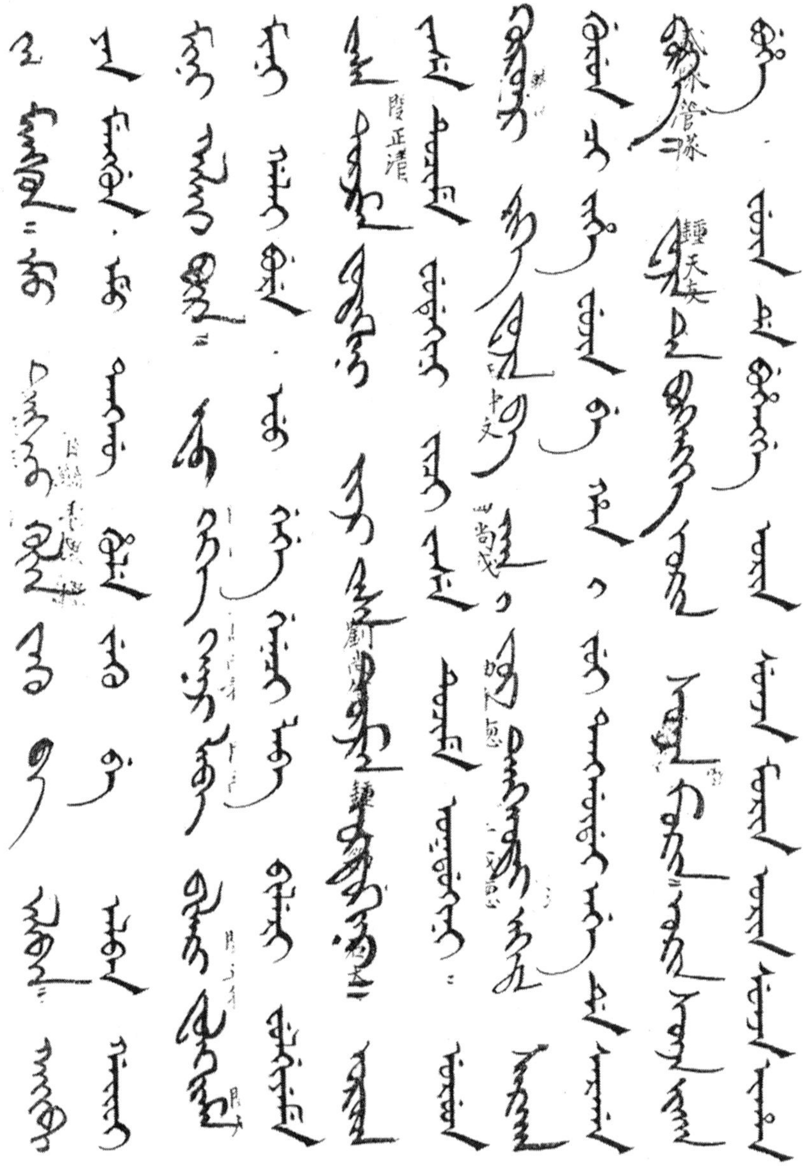

yan menggun, emu tanggū hule jeku be alban gaifi, mini galai bure. efu, gege geneci laba, bileri fulgiyeme jase tucime fudekini, jici, jase tucime okdokini. urut gurun ci jihe fujin be han i jui tanggūdai agede sargan buhe, fujin de buhengge, orin sunja morin, orin sunja ihan

---

糧一百石，官為徵收，由我親自賜給。額駙、格格前往，吹奏喇叭、嗩吶，送出界外；若前來，則出界迎之。從兀魯特部前來之福金，嫁給汗子湯古岱阿哥為妻；賜福金馬二十五匹、牛二十五頭、

粮一百石，官为征收，由我亲自赐给。额驸、格格前往，吹奏喇叭、唢呐，送出界外；若前来，则出界迎之。从兀鲁特部前来之福金，嫁给汗子汤古岱阿哥为妻；赐福金马二十五匹、牛二十五头、

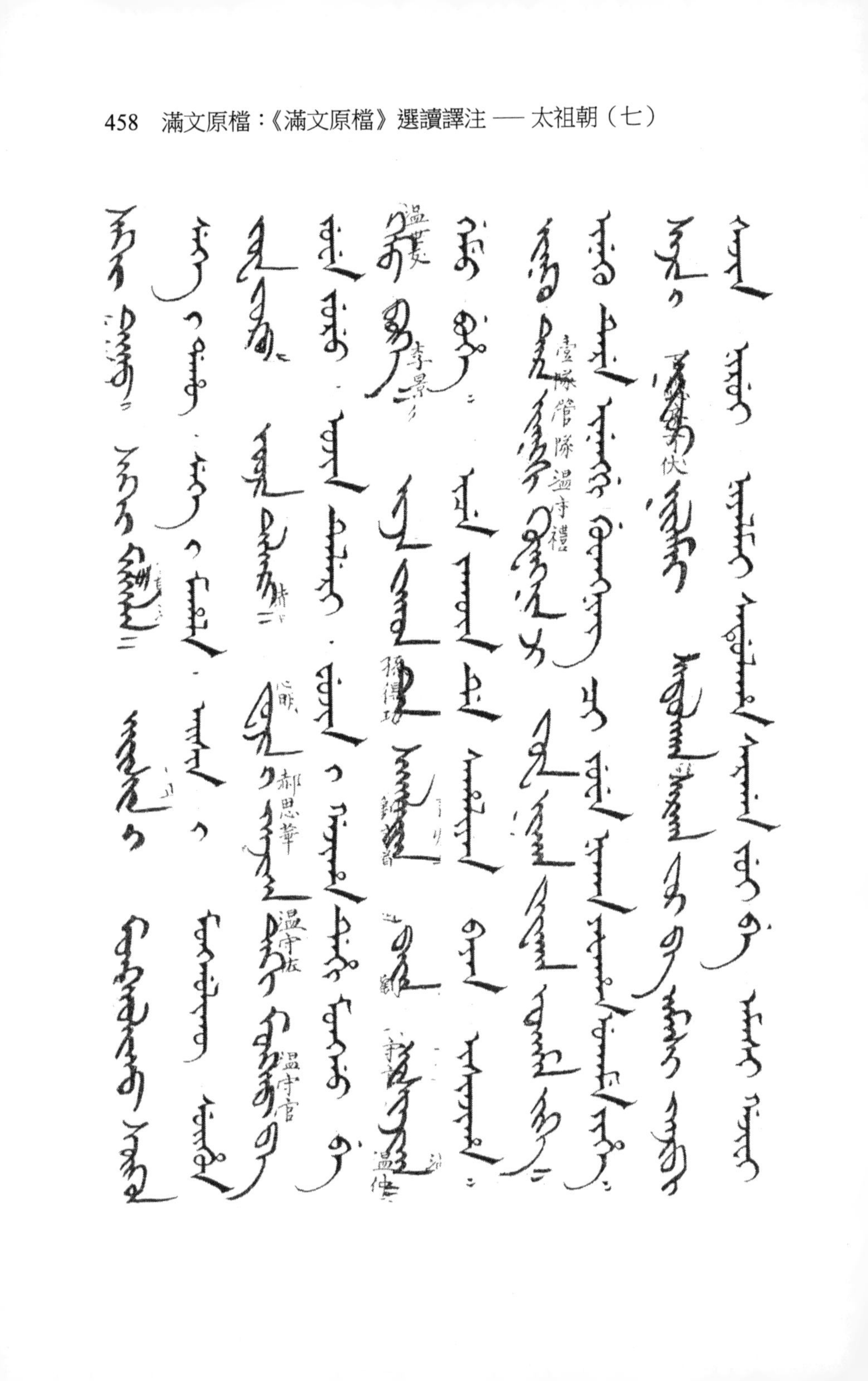

sekei dahū, seke i mahala, aisin i monggolikū, suihun juwe juru, ojin, teleri, fujin i gajiha dehi monggo be gemu buhe. ice jakūn de, sahaliyan bayan isinjiha. ineku tere inenggi, guwangning ci juwe nikan yafahan ukame jihe. šajin nirui niyalmai sadulaha sargan jui be, amasi gajifi

---

貂皮端罩、貂皮帽、金項圈、耳環二對、捏摺女朝褂、捏摺女朝衣。福金所帶來之四十名蒙古俱賜之。初八日，薩哈連巴彥到來。是日，有漢人二名自廣寧徒步逃來。沙金牛彔之人因接回已聘之女

貂皮端罩、貂皮帽、金项圈、耳环二对、捏折女朝褂、捏折女朝衣。福金所带来之四十名蒙古俱赐之。初八日，萨哈连巴彦到来。是日，有汉人二名自广宁徒步逃来。沙金牛彔之人因接回已聘之女

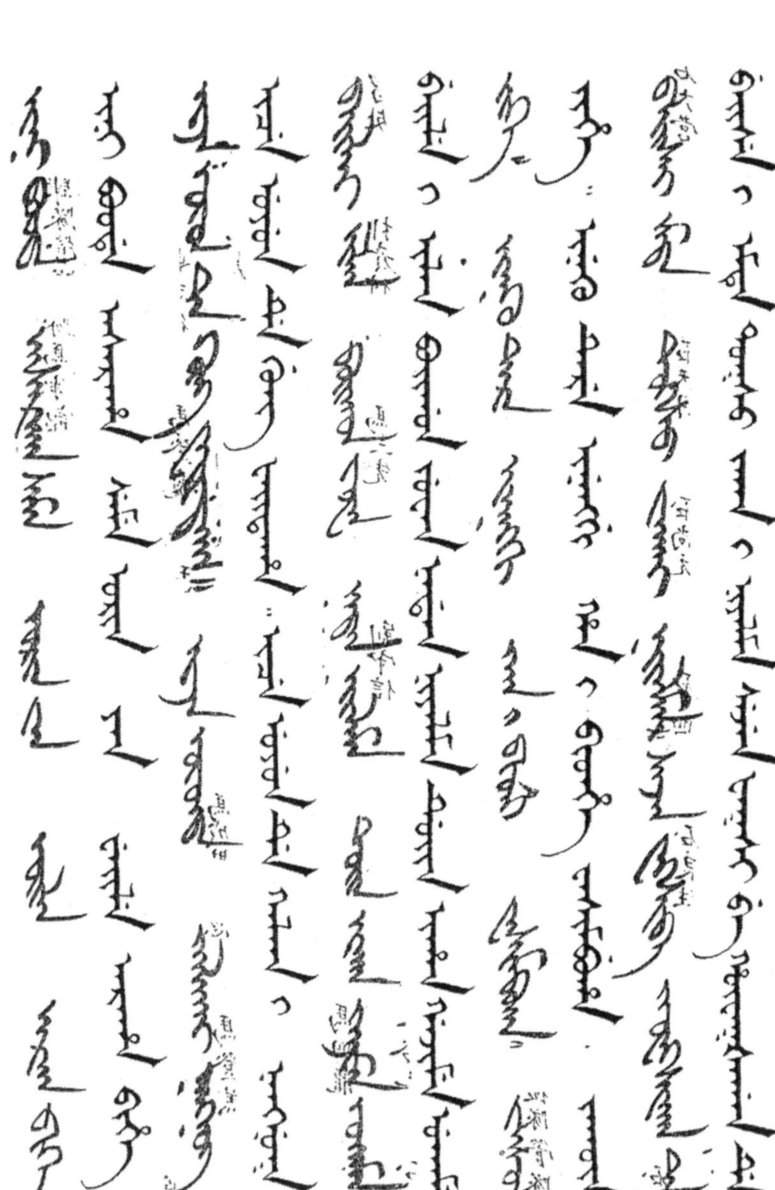

ini boode asaraha seme, orin yan weile araha bihe, ice uyun de gung faitaha. ice uyunde, kalkai nangnuk beile i ilan boigon juwan nadan niyalma, duin ihan gajime ukame jihe. ineku tere inenggi han i bithe wasimbuha, jakūn beise i emte tokso jakai niyalma sejen faksibe hūwakšagan de

藏匿[59]於家，曾罰銀二十兩治罪，初九日又銷其功。初九日，喀爾喀囊努克貝勒所屬三戶十七人攜牛四頭逃來。同日與車匠往花克沙干。

藏匿于家，曾罚银二十两治罪，初九日又销其功。初九日，喀尔喀囊努克贝勒所属三户十七人携牛四头逃来。同日与车匠住花克沙干。

59 藏匿，《滿文原檔》、《滿文老檔》俱讀作“asaraha”，意即「收藏」，滿漢文義略有出入，應改正作“gidaha”，意即「隱藏」。

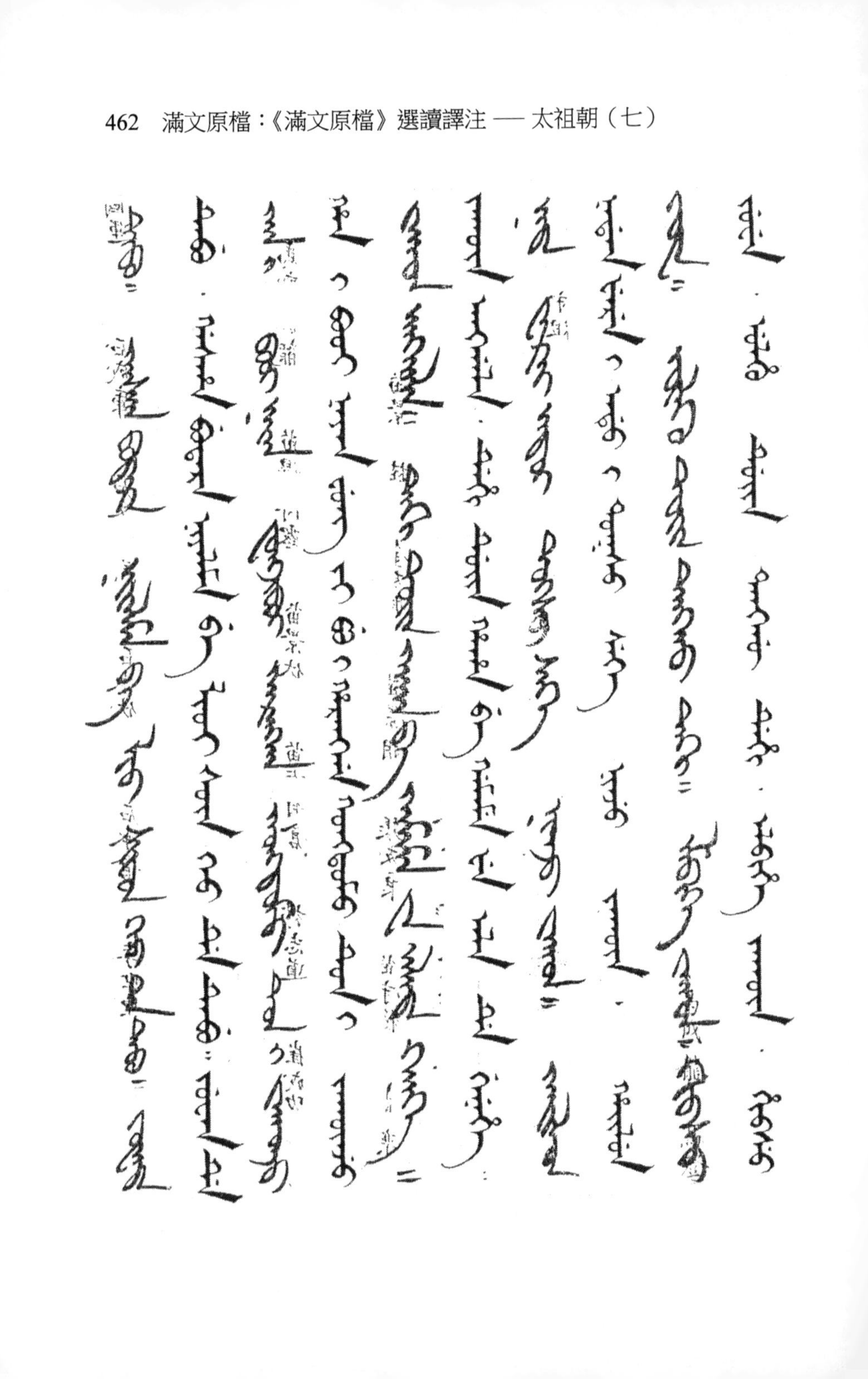

tebu, gasha butara niyalma be, lioi šūn keo de tebu. juwande han i booi nayan, fung ji pu i harangga kongtomo tun i jakūnju jakūn anggala, dehi duin haha be gamame fe alade genehe. nadan fere i adui tokso, seke ninju jakūn, hailun juwe, ulhu duin tanggū dehi, elbihe jakūn, hibsu

---

捕鳥人住旅順口。」初十日，命汗之包衣納彥將奉集堡所屬孔托模屯人八十八口、四十四丁攜往費阿拉。那丹佛勒之阿都莊屯獻貂皮六十八張、水獺皮二張、銀鼠皮四百四十張、貉皮八張、蜂蜜一瓶。

捕鸟人住旅顺口。」初十日，命汗之包衣纳彦将奉集堡所属孔托模屯人八十八口、四十四丁携往费阿拉。那丹佛勒之阿都庄屯献貂皮六十八张、水獭皮二张、银鼠皮四百四十张、貉皮八张、蜂蜜一瓶。

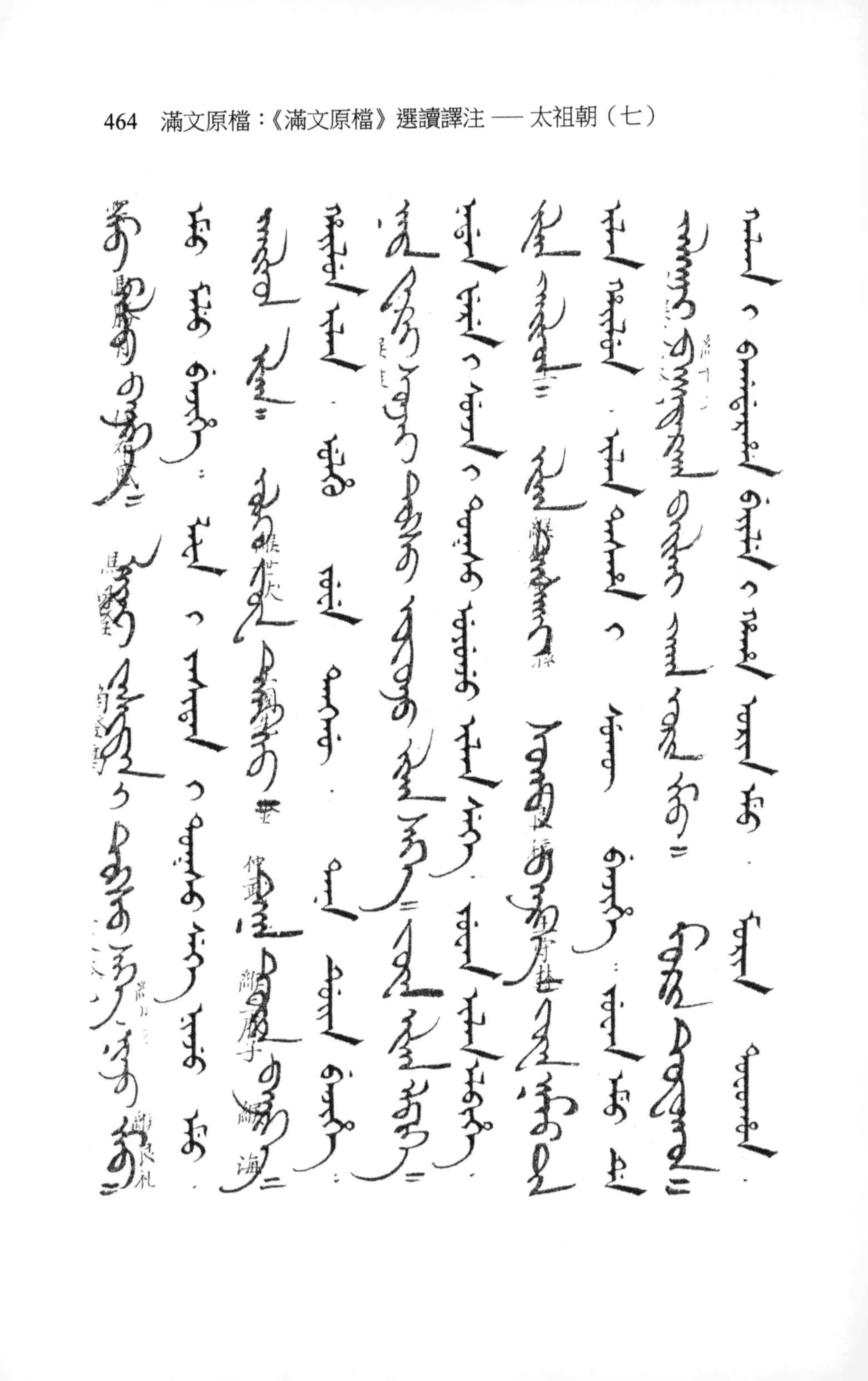

emu malu benjihe. lafai jasitan i tokso, seke ninju emu, hailun ilan, ulhu juwe tanggū, tana duin benjihe. nadan fere i sunja i tokso, uyunju ilan seke, juwan ilan elbihe, ilan hailun, ilan tashai sukū benjihe. juwan emu de, kalkai bagadarhan beilei haha orin emu, morin tofohon,

---

拉法之扎西莊屯獻貂皮六十一張、水獺皮三張、銀鼠皮二百張、東珠四顆。那丹佛勒之孫扎莊屯獻貂皮九十三張、貉皮十三張、水獺皮三張、虎皮三張。十一日，喀爾喀巴噶達爾漢貝勒屬下男丁二十一人，攜馬十五匹、

拉法之扎西庄屯献貂皮六十一张、水獭皮三张、银鼠皮二百张、东珠四颗。那丹佛勒之孙扎庄屯献貂皮九十三张、貉皮十三张、水獭皮三张、虎皮三张。十一日，喀尔喀巴噶达尔汉贝勒属下男丁二十一人，携马十五匹、

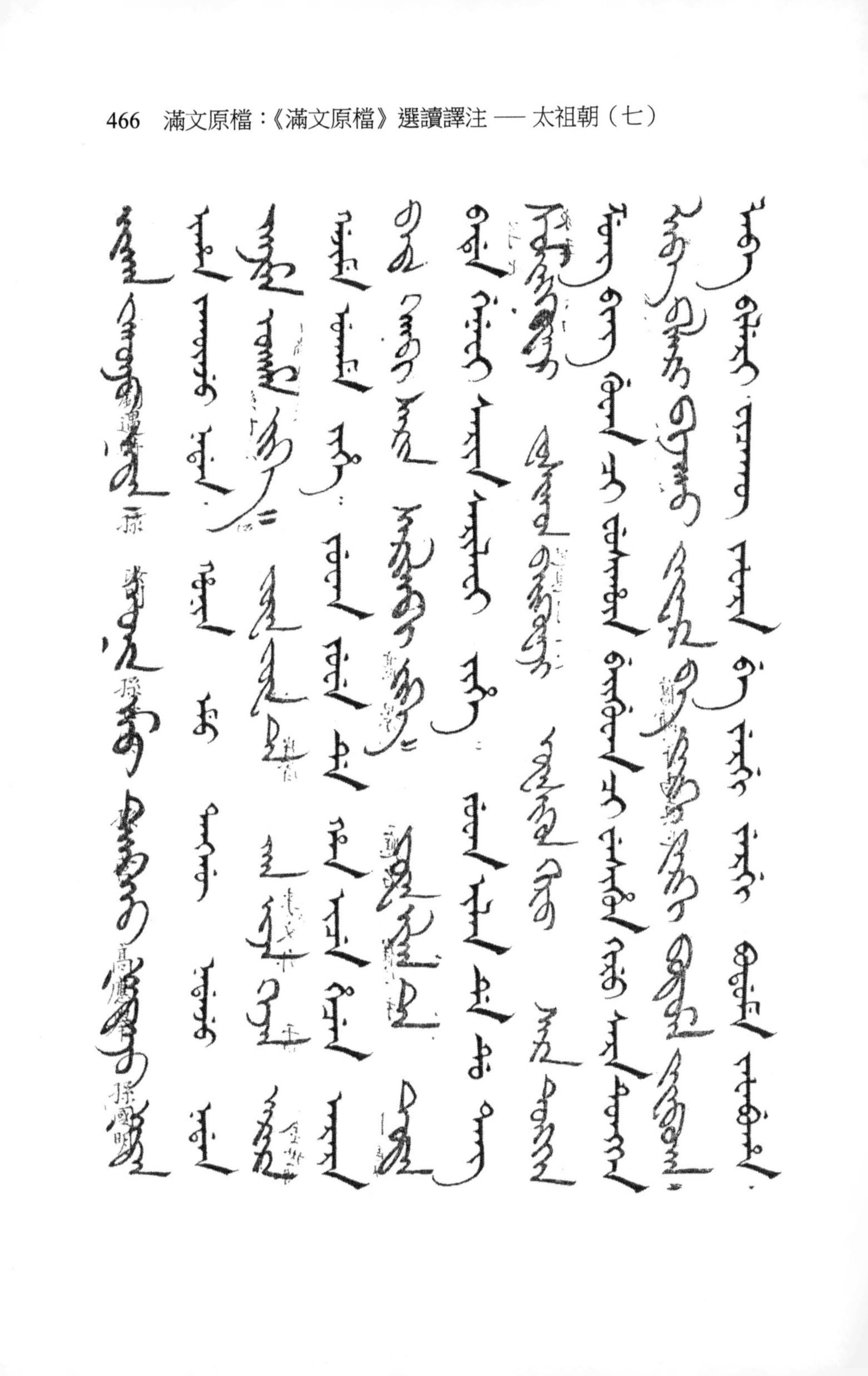

ihan jakūnju nadan, honin emu tanggū nadanju nadan gajime ukame jihe. juwan juwe de, han ice hecen arara bade genefi sarin sarilafi jihe. juwan ilan de, du tang, dzung bing guwan ci fusihūn, beiguwan ci wesihun, kiru, sara, tungken, laba, bileri, ficakū jafara be, jergi jergi bodome jafabuha.

牛八十七頭、羊一百七十七隻逃來。十二日，汗前往修築新城地方，筵宴後回來。十三日，都堂、總兵官以下，備禦官以上，按等級賜給旗、傘、鼓、喇叭、嗩吶、簫[60]等物。

牛八十七头、羊一百七十七只逃来。十二日，汗前往修筑新城地方，筵宴后回来。十三日，都堂、总兵官以下，备御官以上，按等级赐给旗、伞、鼓、喇叭、唢呐、箫等物。

---

60 簫，《滿文原檔》寫作“bijako”，《滿文老檔》讀作“ficakū”。按此為無圈點滿文“bi”與“fi”、“ja”與“ca”、“ko”與“kū”之混用現象。

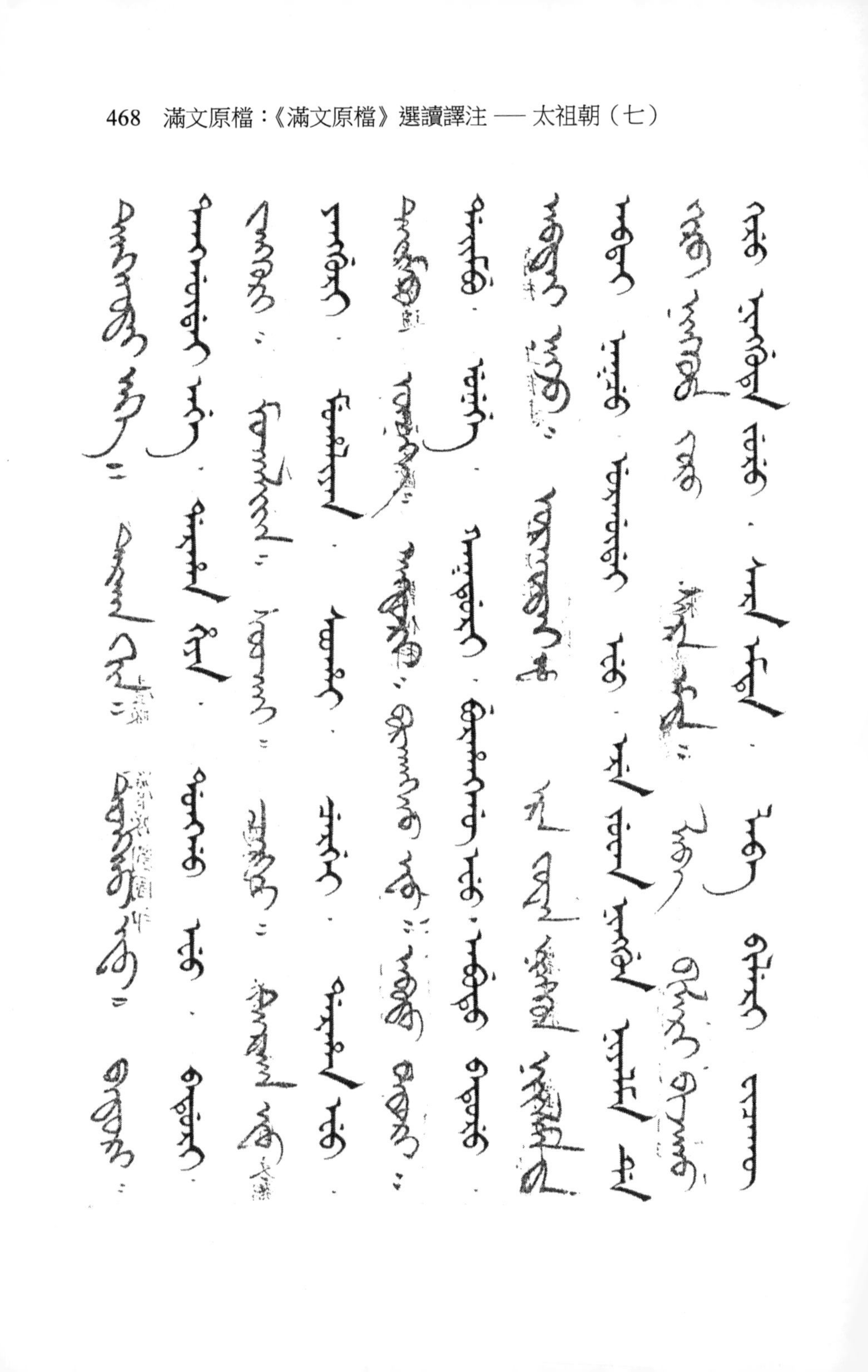

tanggūdai age, darhan hiya, donggo efu, baduri, yangguri, muhaliyan, soohai, cergei, darhan efu, daimbu, unege, kakduri, burhanggū efu, abutu baturu, abtai nakcu, urgūdai efu, ere juwan ninggun niyalma de kiru ninggute juru, sara emte, laba, bileri, ficakū

湯古岱阿哥、達爾漢侍衛、棟鄂額駙、巴都里、揚古利、穆哈連、索海、車爾格依、達爾漢額駙、戴木布、烏訥格、喀克都里、布爾杭古額駙、阿布圖巴圖魯、舅父阿布泰、烏爾古岱額駙等十六人，俱賜給小旗各六對、傘各一柄、喇叭、嗩吶、簫、

汤古岱阿哥、达尔汉侍卫、栋鄂额驸、巴都里、扬古利、穆哈连、索海、车尔格依、达尔汉额驸、戴木布、乌讷格、喀克都里、布尔杭古额驸、阿布图巴图鲁、舅父阿布泰、乌尔古岱额驸等十六人，俱赐给小旗各六对、伞各一柄、喇叭、唢呐、箫、

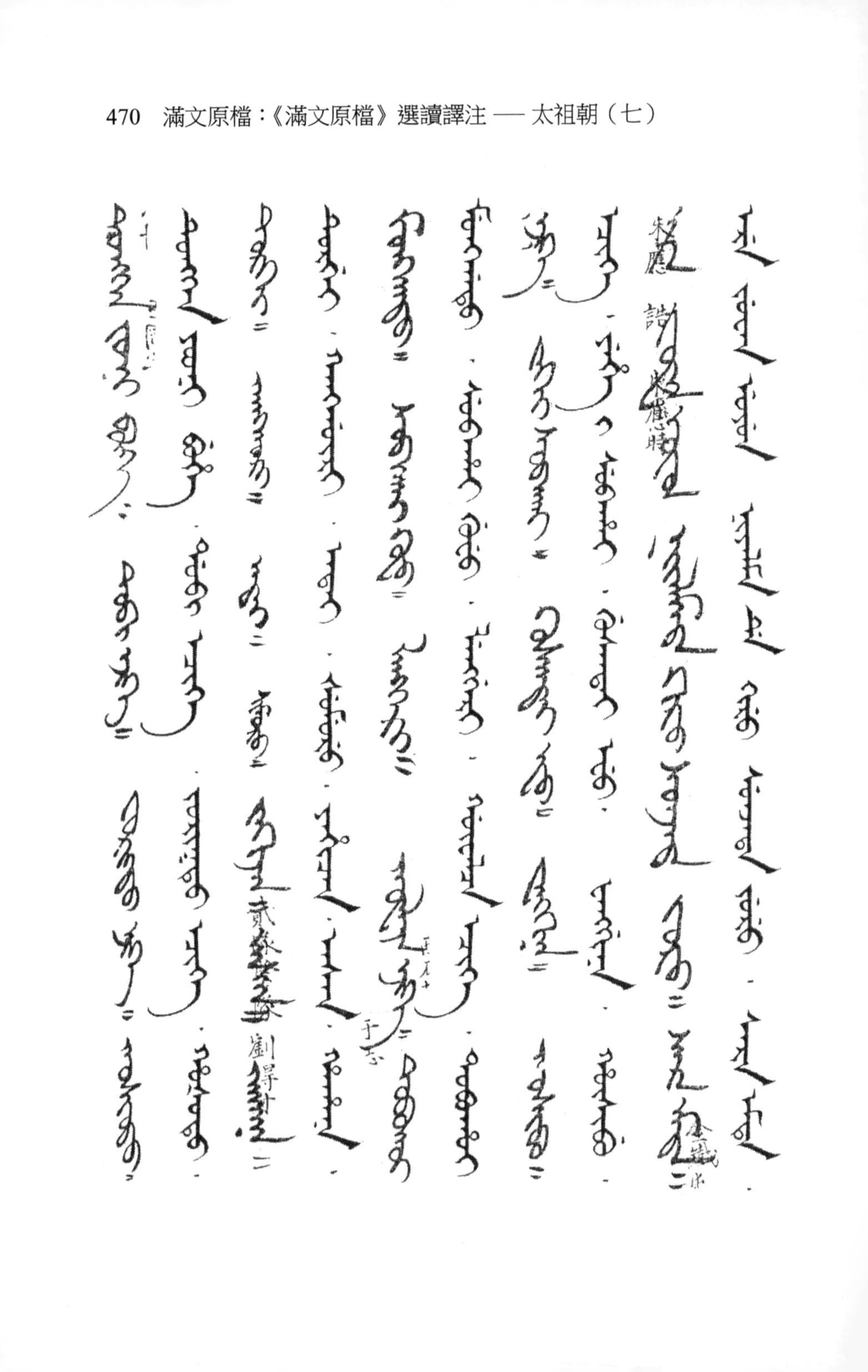

tungken yooni buhe. dobi ecike, joriktu ecike, hošotu, turgei, kanggūri, atai, šumuru, yahican, asan, hahana, munggatu, subahai gufu, lenggeri, gūwalca ecike, tobohoi ecike, yehe i subahai, gusantai efu, fanggina, hūsibu, ere juwan uyun niyalma de kiru sunjata juru, sara emte,

---

鼓。叔父多璧、叔父卓里克圖、和碩圖、圖爾格依、康古里、阿泰、舒木路、雅希禪、阿山、哈哈納、蒙噶圖、姑父蘇巴海、冷格里、叔父卦勒察、叔父托博輝、葉赫之蘇巴海、顧三泰額駙、方吉納、胡希布等十九人賜給小旗各五對，傘各一柄、

鼓。叔父多璧、叔父卓里克图、和硕图、图尔格依、康古里、阿泰、舒木路、雅希禪、阿山、哈哈纳、蒙噶图、姑父苏巴海、冷格里、叔父卦勒察、叔父托博辉、叶赫之苏巴海、顾三泰额驸、方吉纳、胡希布等十九人赐给小旗各五对，伞各一柄、

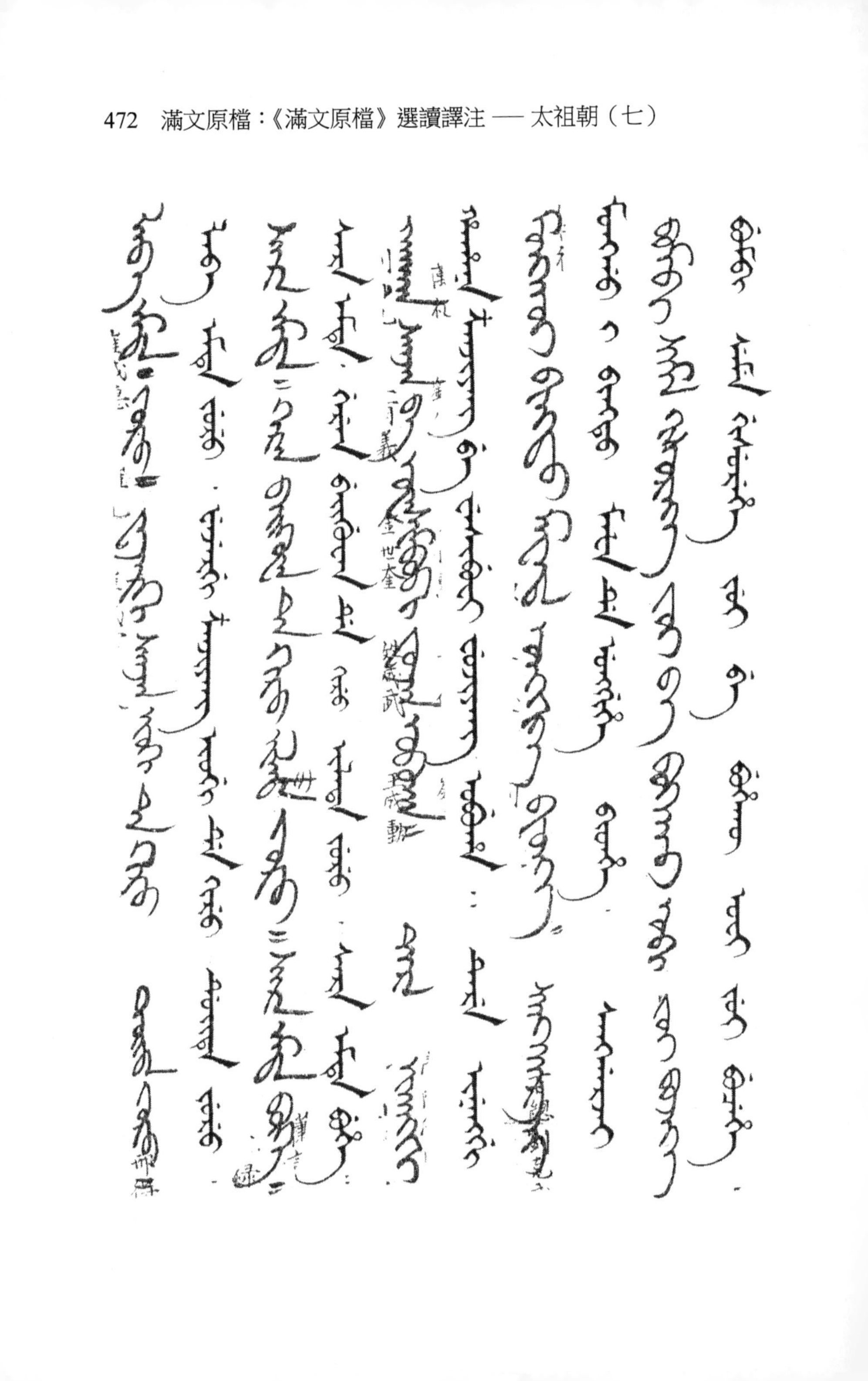

laba emte juru, fejergi ts'anjiyang, iogi de kiru duite juru, sara emte. geren beiguwan de kiru ilata juru, sara emte buhe. hahana ts'anjiyang be wesibufi fujiyang obuha. tere inenggi monggoi bingtu mafade unggihe bithe, sanggarjai bumbi seme gisurehe jui be buhekū ofi, jui bucehe,

---

喇叭各一對。其下參將、遊擊賜給小旗各四對、傘各一柄。衆備禦官賜給小旗各三對、傘各一柄。陞哈哈納參將為副將。是日，致書蒙古冰圖老翁曰：「桑噶爾寨因不嫁已聘之女，女遂死，

喇叭各一对。其下参将、游击赐给小旗各四对、伞各一柄。众备御官赐给小旗各三对、伞各一柄。升哈哈纳参将为副将。是日，致书蒙古冰图老翁曰：「桑噶尔寨因不嫁已聘之女，女遂死，

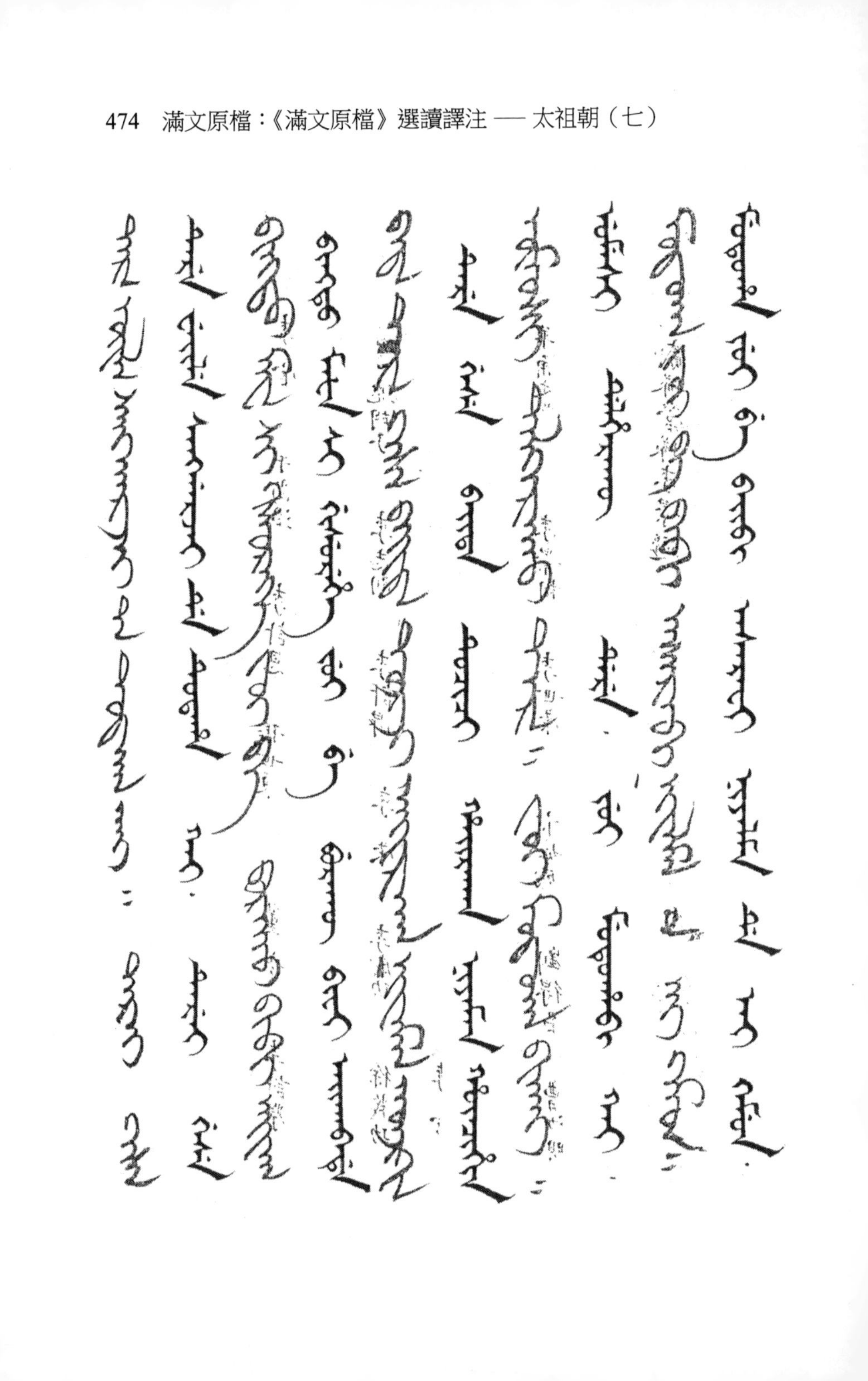

tere weile sanggarjai de tutaha kai. terei gese bingtu mafa si gisurehe jui be burakū bifi, aikabade tere gese baita tucici hairakan, niyaman hūncihin umesi delherakū dere. jui mutuhabi kai, mutuha jui be baibi asarafi, niyalma de ai kemun.

其罪殃及桑噶爾寨也。同樣，冰圖老翁，爾若不嫁已聘之女，倘出同樣之事，誠可惜也。縱然親人極不忍分離，但女已成人也；將長成之女徒藏閨中，於人成何制度？

其罪殃及桑噶尔寨也。同样，冰图老翁，尔若不嫁已聘之女，倘出同样之事，诚可惜也。纵然亲人极不忍分离，但女已成人也；将长成之女徒藏闺中，于人成何制度？

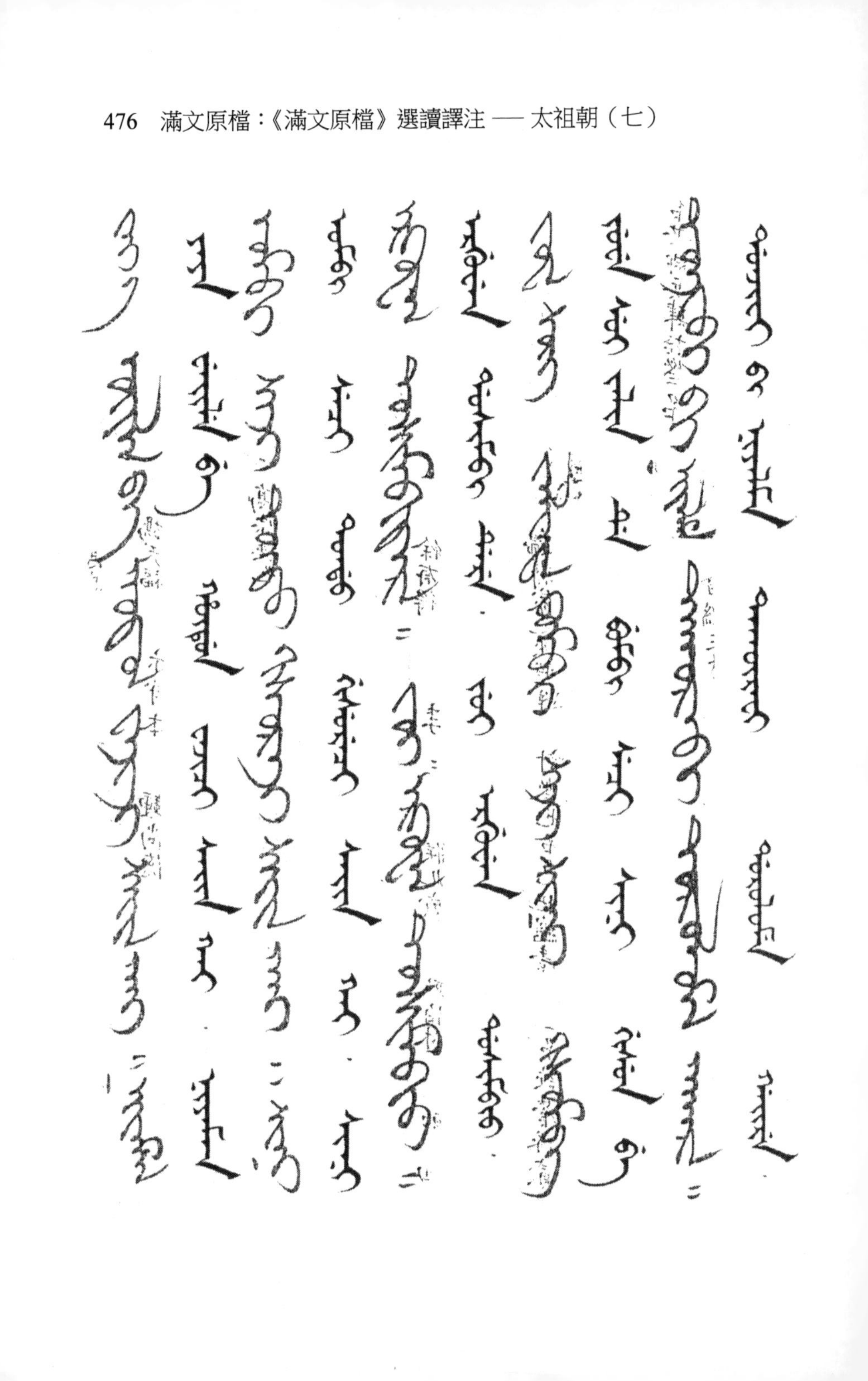

yaya weile be hūdun wajici sain kai. niyaman ombi seci tondo gisureci sain kai. sini erguwen dosimbidere, jui erguwen dosimbio. juwe sui jalinde bumbi seci, sini gisumbe donjifi, bi niyalma takūrafi dorolome gaire,

---

凡事速結為善也。既是親人，直言為善也。爾已年邁，亦令女年邁乎[61]？爾若許嫁[62]，聞爾言後，我即差人以禮接娶。

凡事速结为善也。既是亲人，直言为善也。尔已年迈，亦令女年迈乎？尔若许嫁，闻尔言后，我即差人以礼接娶。

---

61 爾已年邁，亦令女年邁乎，《滿文老檔》讀作 "sini erguwen dosimbi dere, jui erguwen dosimbio." ，按〈簽注〉:「意蓋爾自身老矣，亦令子老乎？」茲參照迻譯之。

62 爾若許嫁，《滿文老檔》讀作 "juwe sui jalin de" ，按〈簽注〉:「蓋許嫁其女之意。」茲參照迻譯之。

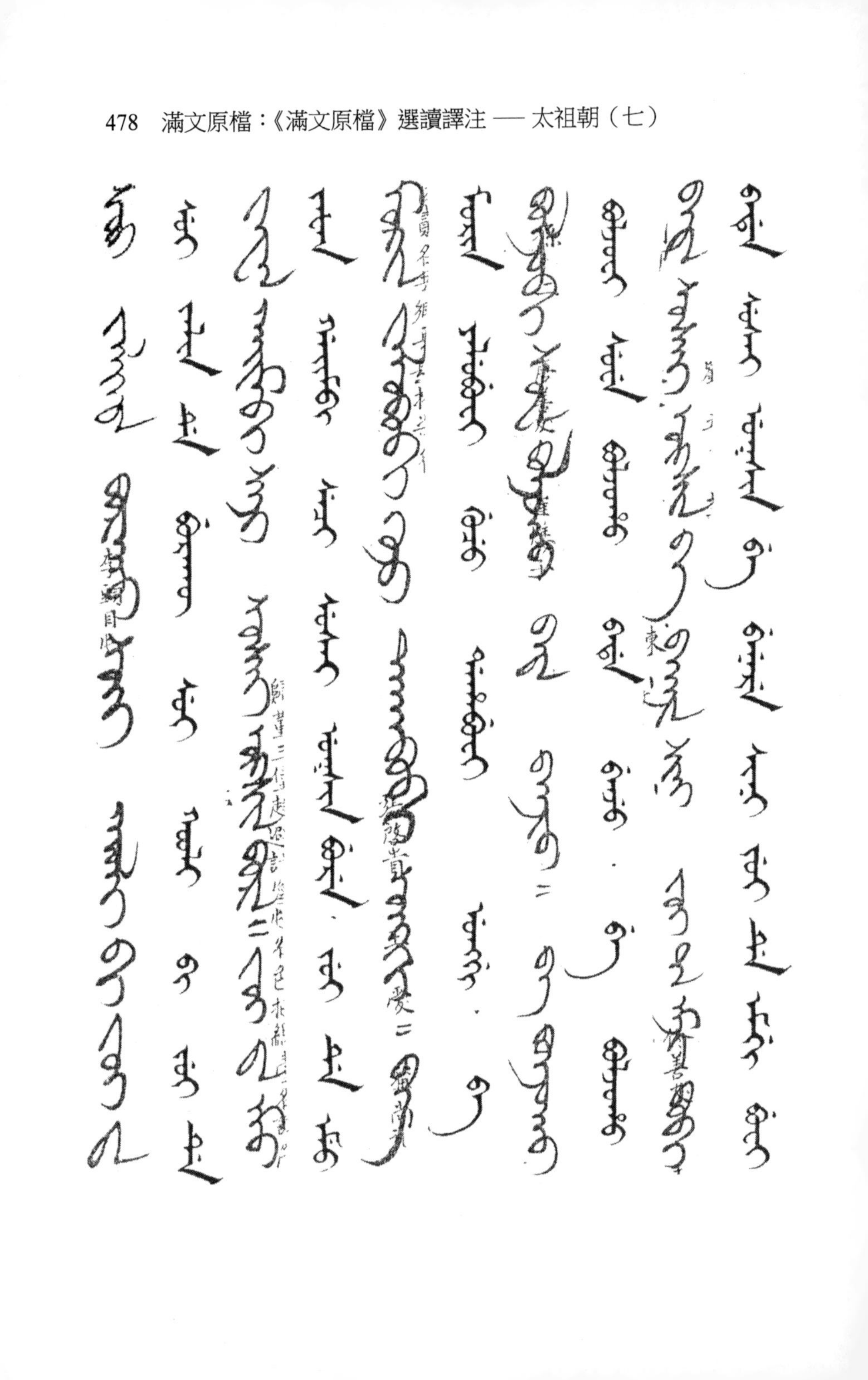

sui jalinde burakū, sui kooli bi, jui de jafan gaimbi seci susai uksin bure, jui de emu morin yalubufi gucu dahabufi unggi, ba boljofi suwe boljoho bade benju, be boljoho bade susai uksin be benere, sini jui de emgi bufi

---

女若不嫁[63]，則殃及其身。若要聘禮，則給甲五十副，可令女乘馬一匹，伴侶相隨，送至約定之地，我等亦將甲五十副送至約定之地，交與爾女一同而來。」

女若不嫁，则殃及其身。若要聘礼，则给甲五十副，可令女乘马一匹，伴侣相随，送至约定之地，我等亦将甲五十副送至约定之地，交与尔女一同而来。」

---

[63] 女若不嫁，《滿文老檔》讀作 “sui jilin de burakū, sui kooli bi.”，按〈簽注〉：「意蓋有因未嫁女而得罪之例。」茲參照迻譯之。

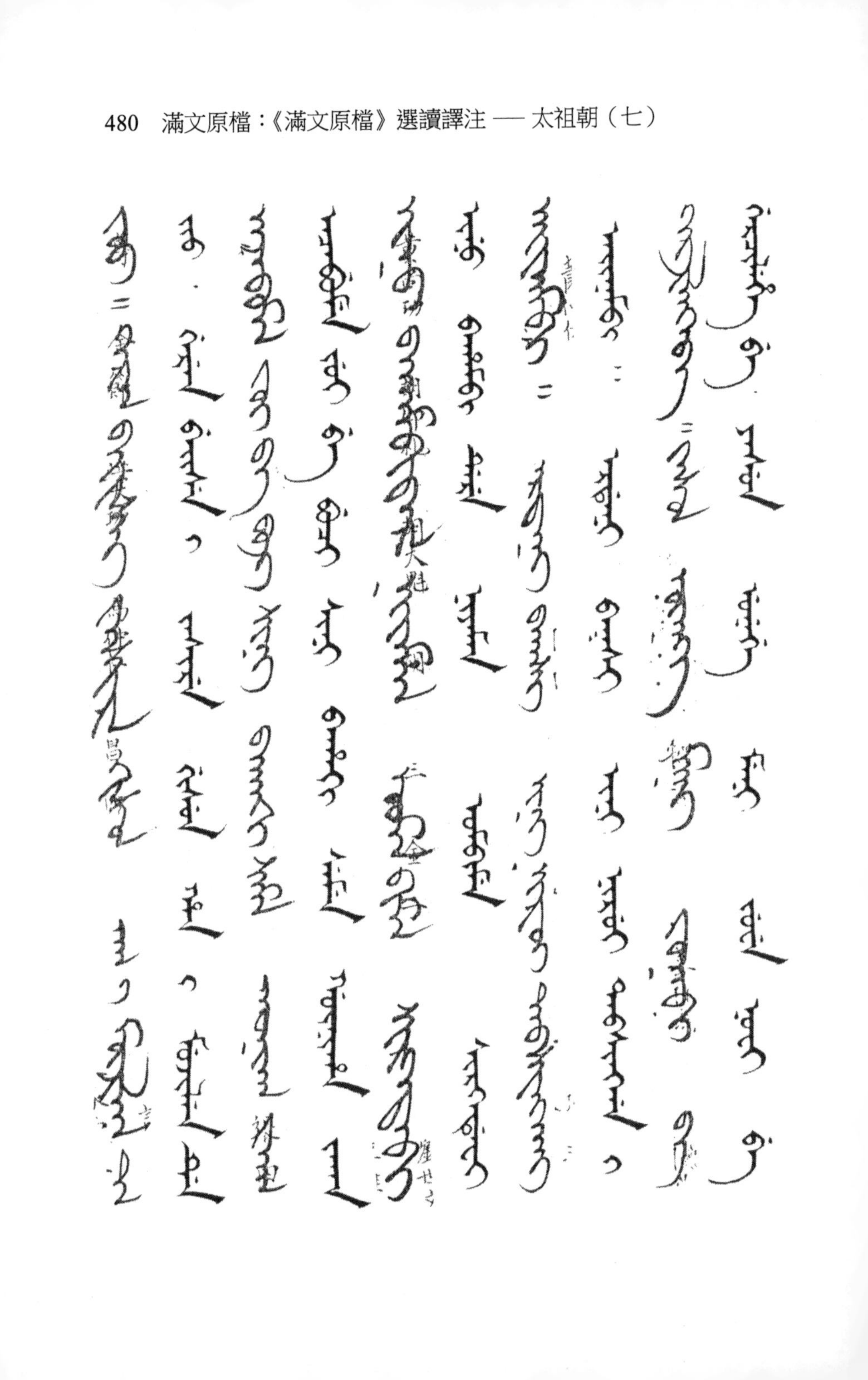

jio. geren beisei jasire gisun, han i mujilen de acabume jui be buci, sini bahaki seme gūniha jaka, inu bahambidere. niyaman ombime sirkedefi ainambi. erdeni baksi, ini nirui tabsinggai gercilehebe, yasun, unege meni juwe nofi be

---

衆貝勒寄信曰：「若能迎合汗意嫁女，則爾欲得之物盡皆可得也。既已結親，為何執拗？」額爾德尼巴克什因其牛彔之塔布興阿首告，遂稟告豪格父貝勒曰：「雅蓀、烏訥格我等二人

众贝勒寄信曰：「若能迎合汗意嫁女，则尔欲得之物尽皆可得也。既已结亲，为何执拗？」额尔德尼巴克什因其牛彔之塔布兴阿首告，遂禀告豪格父贝勒曰：「雅荪、乌讷格我等二人

三十、漢官餽送

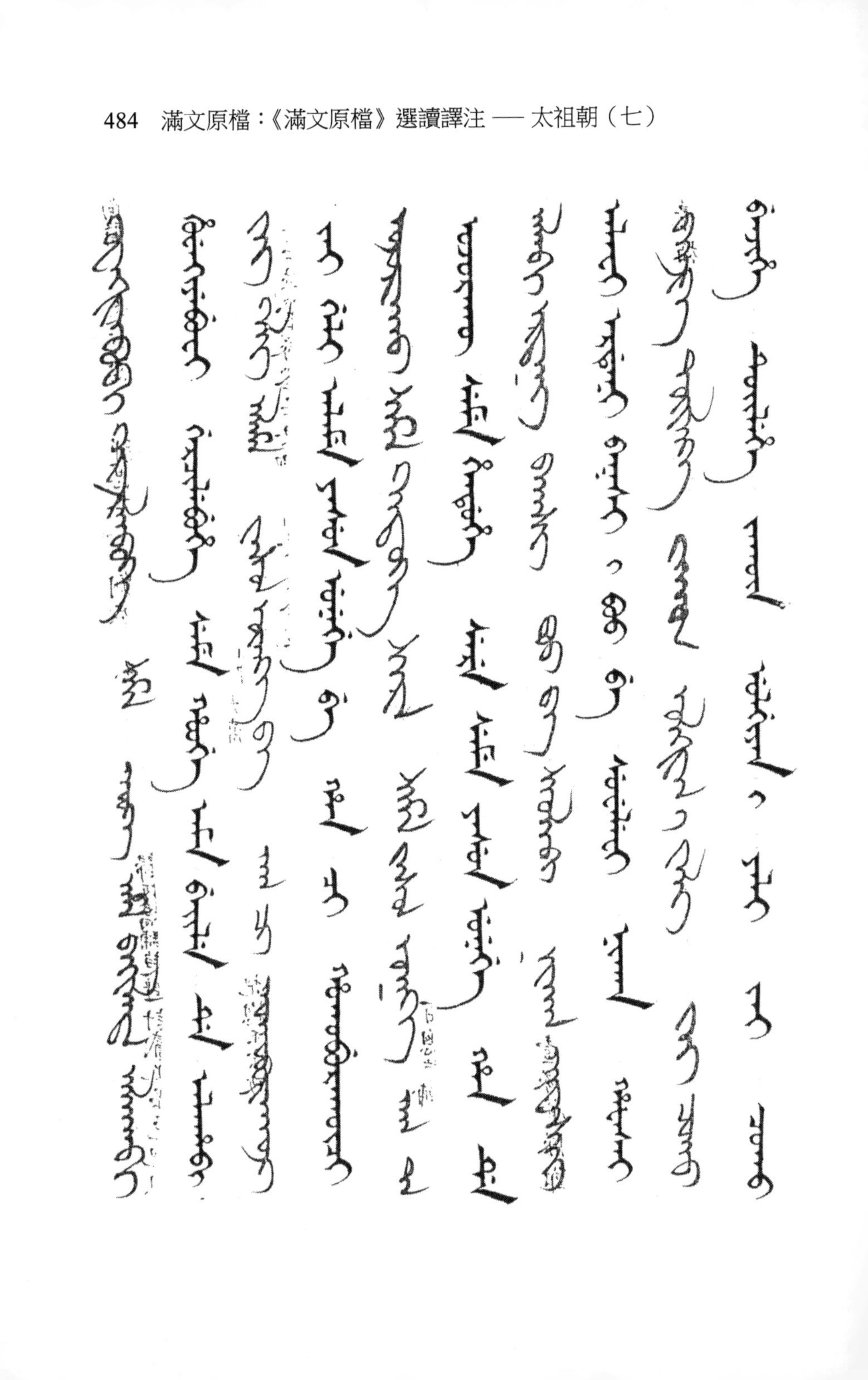

huwekiyebufi gercilebuhe seme, hooge ama beile de alahabi. jai geli alame, yasun, unege be han ci hokoburakūci ojorakū seme henduhe sere seme, yasun, unege han de alafi, erdeni baksi i boo be suwelefi, nikan hafasai benjihe tuilehe jakūn ulgiyan i yali, jai coko

---

調唆告發。」又再稟告曰：「不可不令雅蓀、烏訥格離開汗。」雅蓀、烏訥格以其言告汗後，遂搜檢[64]額爾德尼巴克什之家，搜出漢官所饋送之退毛豬肉八隻及家鷄、

调唆告发。」又再禀告曰：「不可不令雅荪、乌讷格离开汗。」雅荪、乌讷格以其言告汗后，遂搜检额尔德尼巴克什之家，搜出汉官所馈送之退毛猪肉八只及家鸡、

---

64 搜檢，《滿文原檔》讀作"seolefi"，意即「思慮」，訛誤；《滿文老檔》讀作"suwelefi"，意即「搜查」，改正。

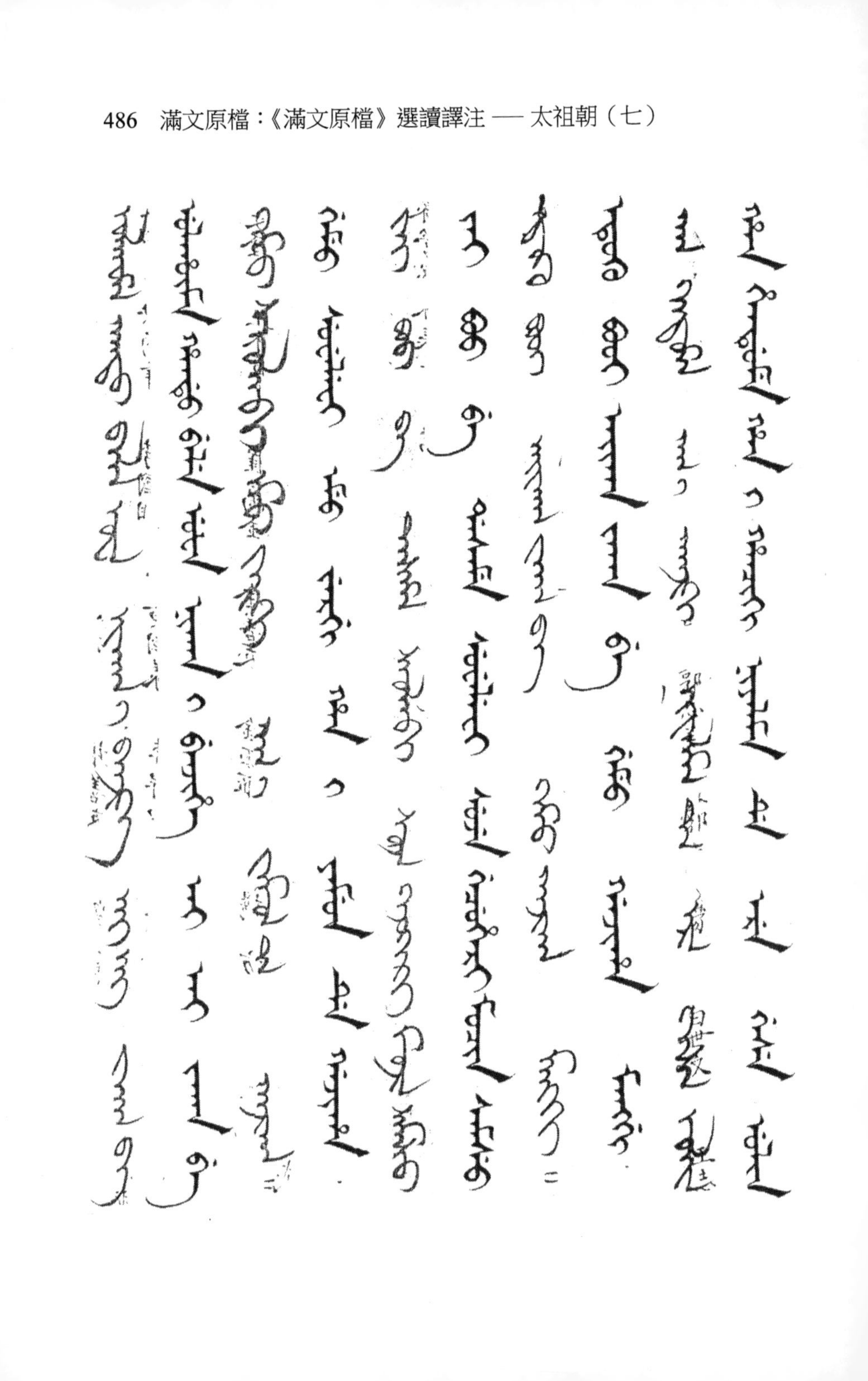

ulhūma, handu bele, ufa, nikan i benjihe ai ai jaka be gemu suwelefi, emu jergi han i yamun de gajiha. jai boo be dasame suwelefi suje, gecuheri, mocin, samsu, etuku, booi aika jaka be gemu gajiha manggi, han hendume, han i hanciki niyalma de ere gese ulin

---

野鷄、稻米、麵等，將漢人所送一切物件皆搜出，一併攜至汗衙門内。復搜其家，將綢緞、蟒緞、毛青布、翠藍布、衣服等家中一切物件皆攜來後，汗曰：「汗之近人，

野鸡、稻米、面等，将汉人所送一切对象皆搜出，一并携至汗衙门内。复搜其家，将绸缎、蟒缎、毛青布、翠蓝布、衣服等家中一切对象皆携来后，汗曰：「汗之近人，

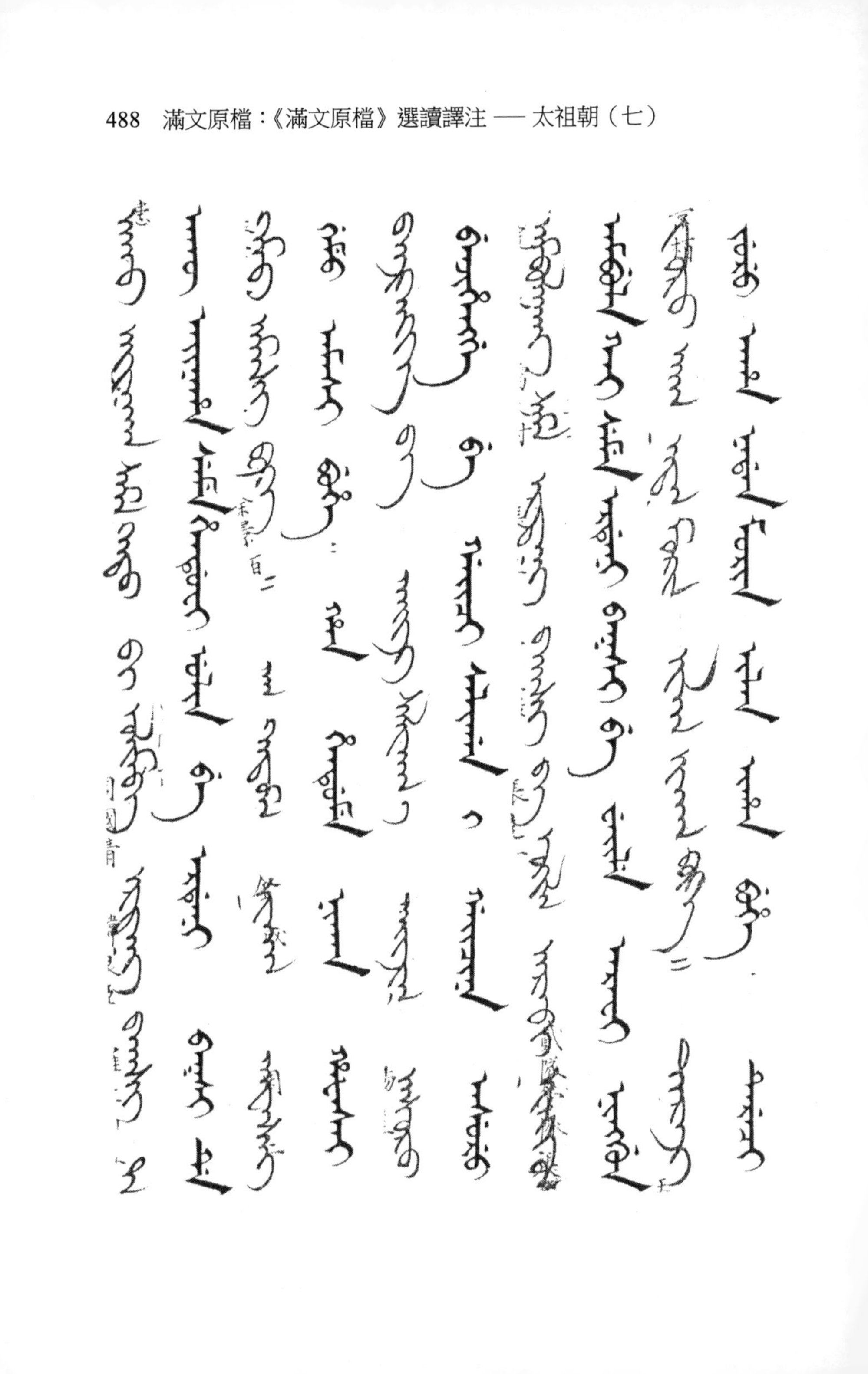

akū ainaha seme hendufi, ulin be erdeni baksi de gemu amasi buhe. han hendume, nikan hafasai benjihengge be gaici, saligan i gaicina, asuru ambula kai seme, erdeni baksi be weile arafi, ninggun juru aha, nadan morin, ilan ihan buhe, tereci

---

什麼人無似此財物？」遂將財物俱還給額爾德尼巴克什。汗曰：「接受漢官饋送，少受尚可，所受過多也！」遂將額爾德尼巴克什治罪，還給奴僕六對、馬七匹、牛三頭，

什么人无似此财物？」遂将财物俱还给额尔德尼巴克什。汗曰：「接受汉官馈送，少受尚可，所受过多也！」遂将额尔德尼巴克什治罪，还给奴仆六对、马七匹、牛三头，

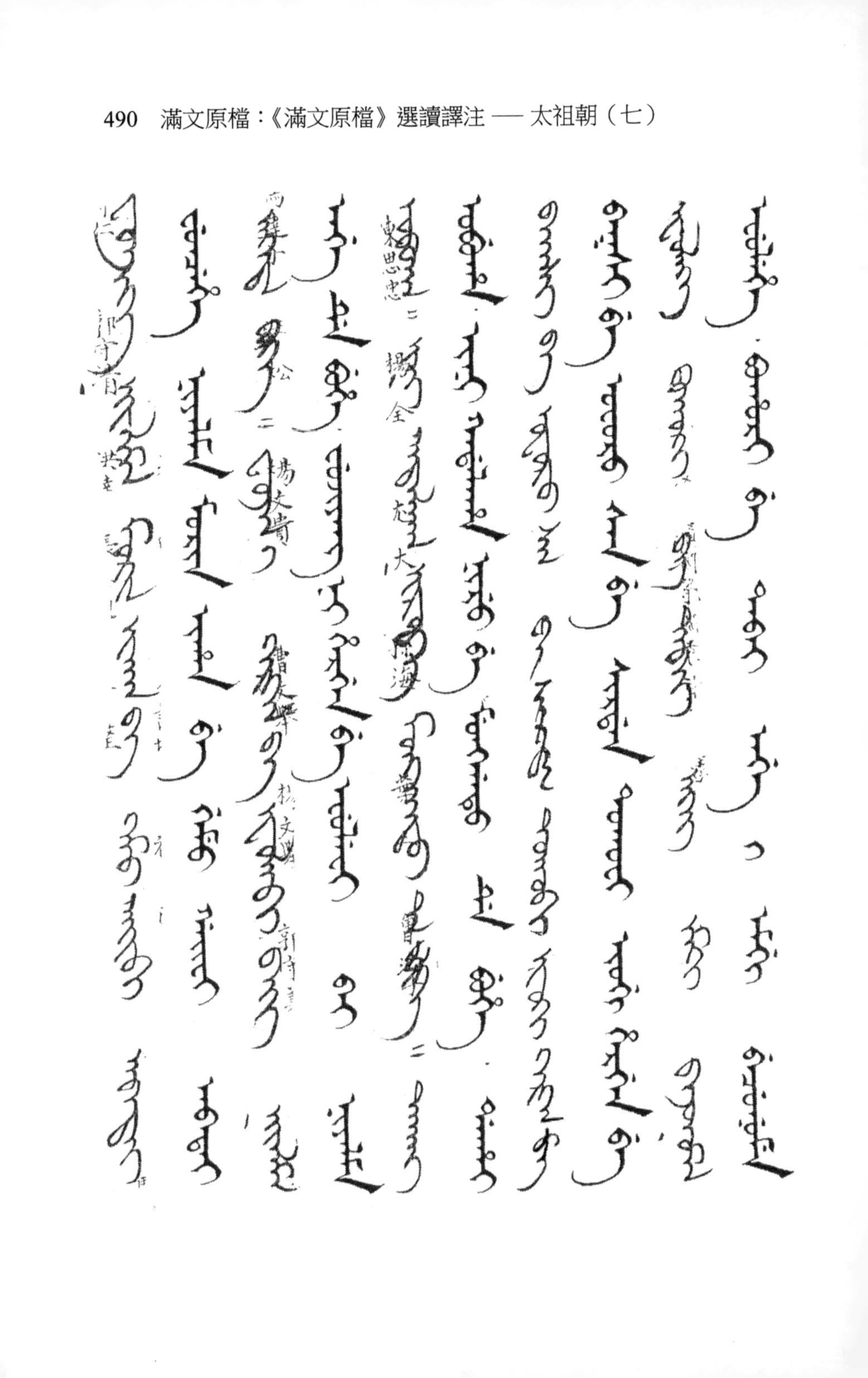

funcehe niyalma, morin, ihan be gemu gaifi, abatai age de buhe. fujiyang ni hergen be efulefi, bai niyalma obuha, ini kadalaha nirube munggatu de buhe. dahai baksi be, oforo, šan be sirdan tokofi, iogi hergen be efulehe. bohori be, tabai agei emgi becunume

---

其餘人、馬、牛，俱沒收，賜給阿巴泰阿哥。革副將之職，貶為庶人，其所管牛彔，賜給蒙噶圖。達海巴克什，箭刺其耳、鼻，革遊擊之職。博和里因與塔拜阿哥抓衣鬥毆，

其余人、马、牛，俱没收，赐给阿巴泰阿哥。革副将之职，贬为庶人，其所管牛录，赐给蒙噶图。达海巴克什，箭刺其耳、鼻，革游击之职。博和里因与塔拜阿哥抓衣斗殴，

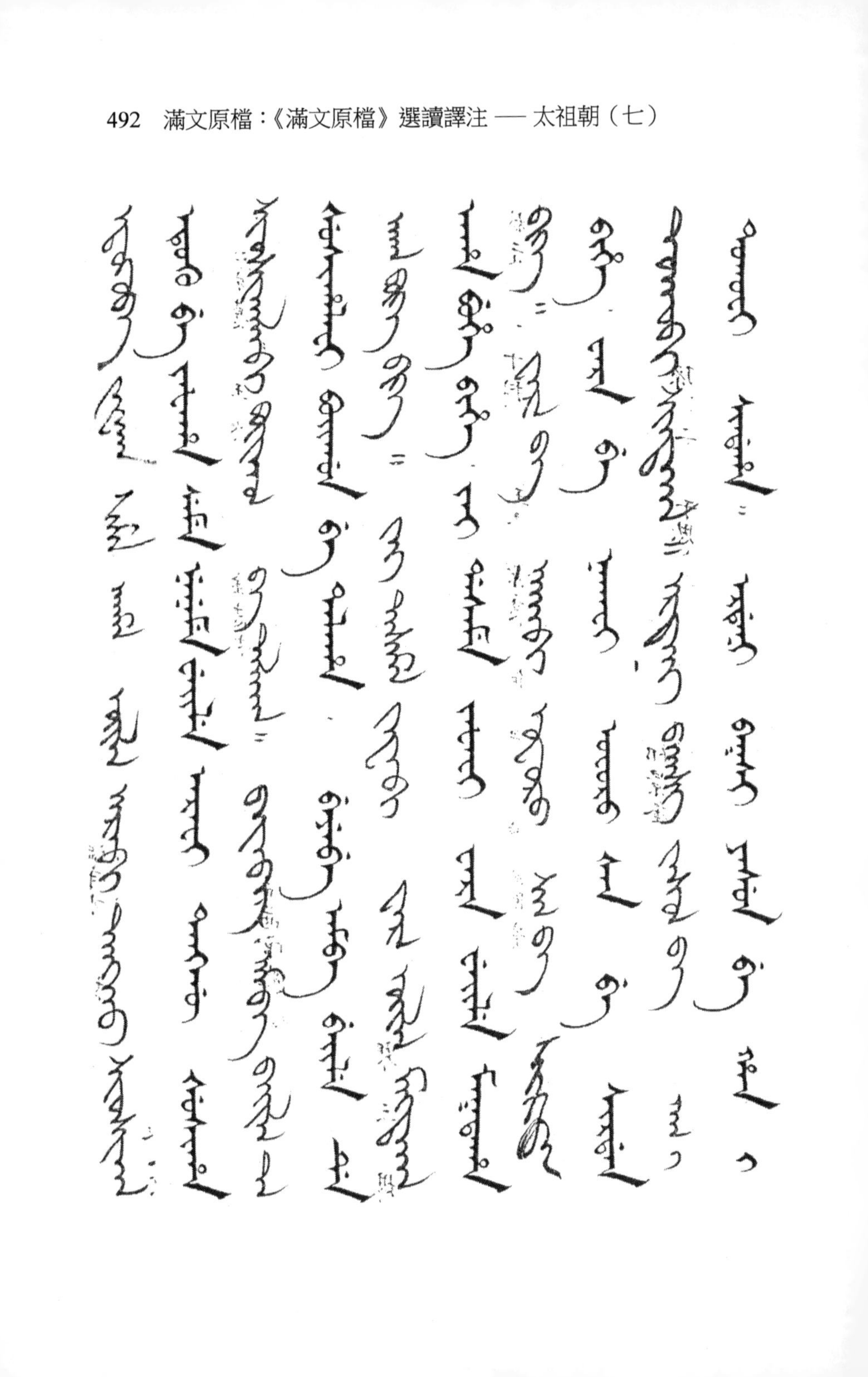

etukube jafaha seme, neneme weile arafi, tanggū šusiha šusihalafi, boigon be talaha, beyebe amba beile de aha buhe bihe. jai dasame jafafi, wara weile maktaha bihe, wara be nakafi oforo, šan be sirdan tokofi sindaha. erdeni baksi, yasun be han i

---

原先擬其罪，鞭責一百，籍沒家產，其本身則賜給大貝勒為奴；復又執而擬以死罪，其後又免其死，箭刺耳、鼻後釋放。因額爾德尼巴克什

原先拟其罪，鞭责一百，籍没家产，其本身则赐给大贝勒为奴；复又执而拟以死罪，其后又免其死，箭刺耳、鼻后释放。因额尔德尼巴克什

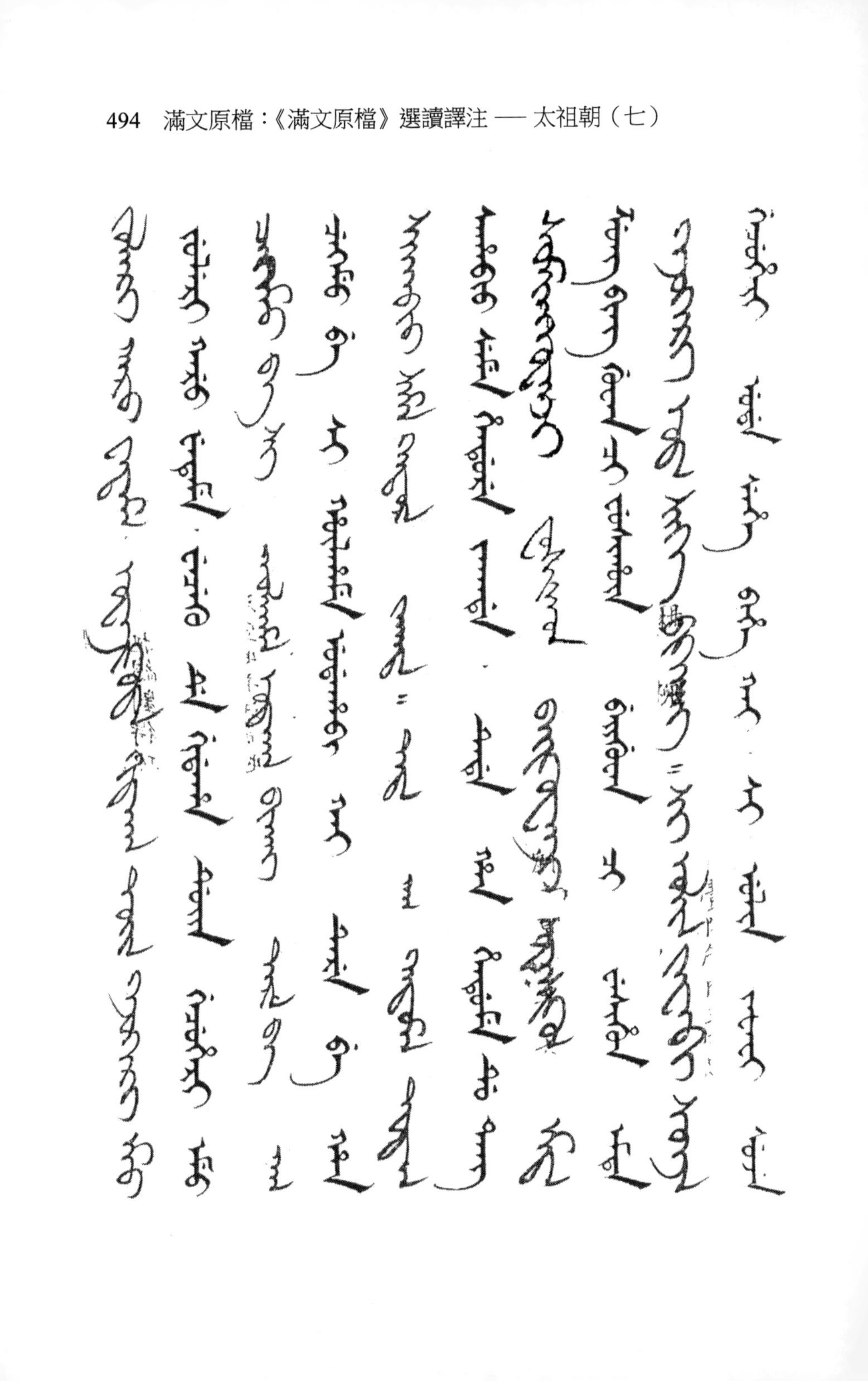

juleri karu feteme, weceku de gidaha duin gecuheri, emu cekemu be, si hūlhame udahabi kai, tere be han sahabio seme hendure jakade, tede han hendume, du tang, dzung bing guwanci fusihūn, beiguwanci wesihun, emte gecuheri uda sehe bihe kai, si ulin jafafi suje

---

復於汗前揭雅蓀之短稱：「爾偷購覆蓋祭器之蟒緞四疋、倭緞一疋，此事汗可知否？」汗為此事諭曰：「前曾頒諭，都堂、總兵官以下，備禦官以上，限購蟒緞各一疋也，爾若以財

复于汗前揭雅荪之短称：「尔偷购覆盖祭器之蟒缎四疋、倭缎一疋，此事汗可知否？」汗为此事谕曰：「前曾颁谕，都堂、总兵官以下，备御官以上，限购蟒缎各一疋也，尔若以财

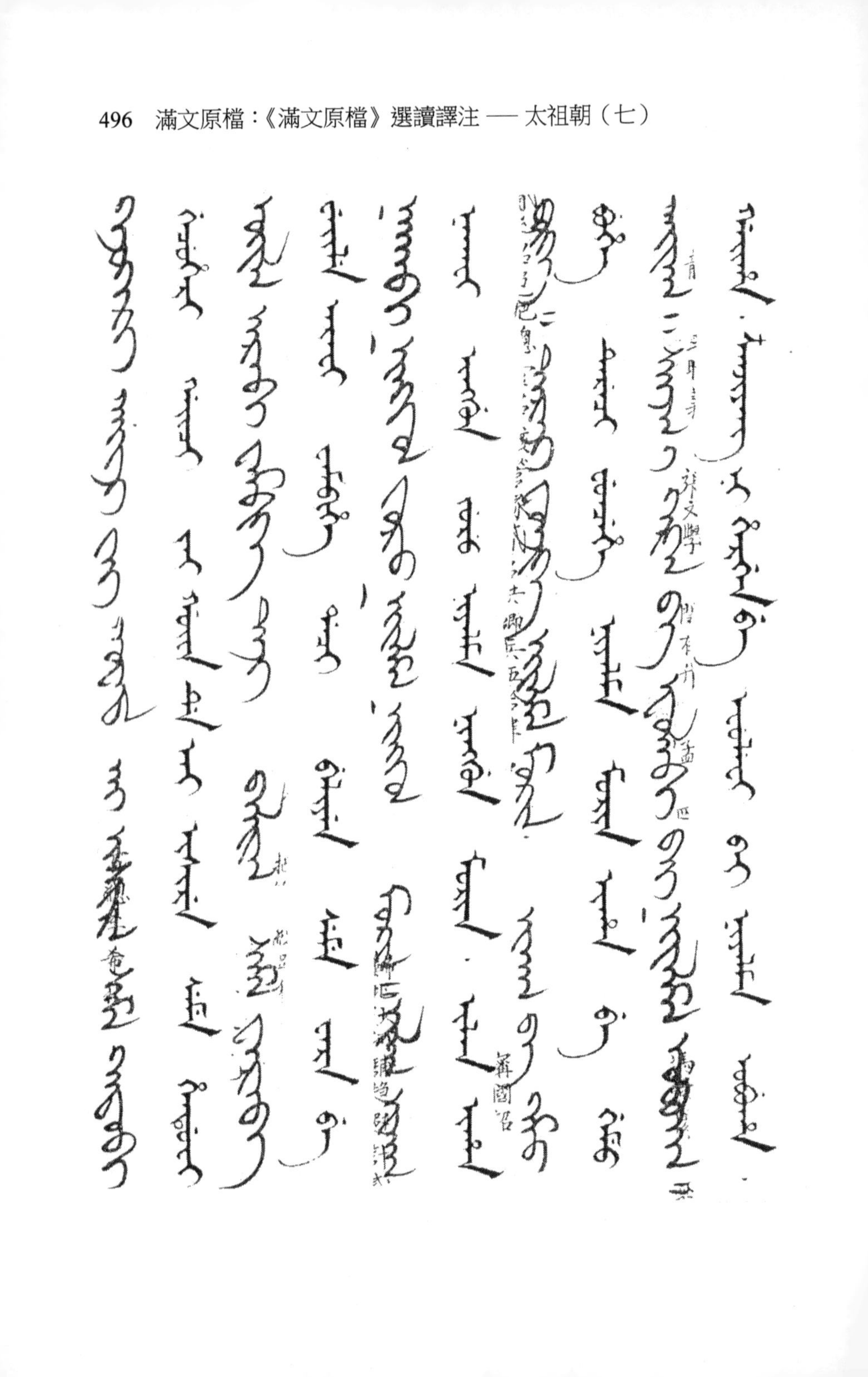

gecuheri gaici, jai gūwade ai isire seme hendufi, weile arafi wambihe, daci beliyen seme wara be nakafi, ninggun juru niyalma, ninggun morin, ilan ihan buhe, tereci funcehe niyalma, morin, ihan be gemu gaiha, ts'anjiyang ni hergen be efulefi, bai niyalma obuha.

隨意購取綢緞、蟒緞，則怎麼足够他人購用？」乃擬以死罪，但因向來癡呆，而免其死罪，還給人六對、馬六匹、牛三頭，其餘人、馬、牛，俱沒收；革其參將之職，貶為庶人。

随意购取绸缎、蟒缎，则怎么足够他人购用？」乃拟以死罪，但因向来痴呆，而免其死罪，还给人六对、马六匹、牛三头，其余人、马、牛，俱没收；革其参将之职，贬为庶人。

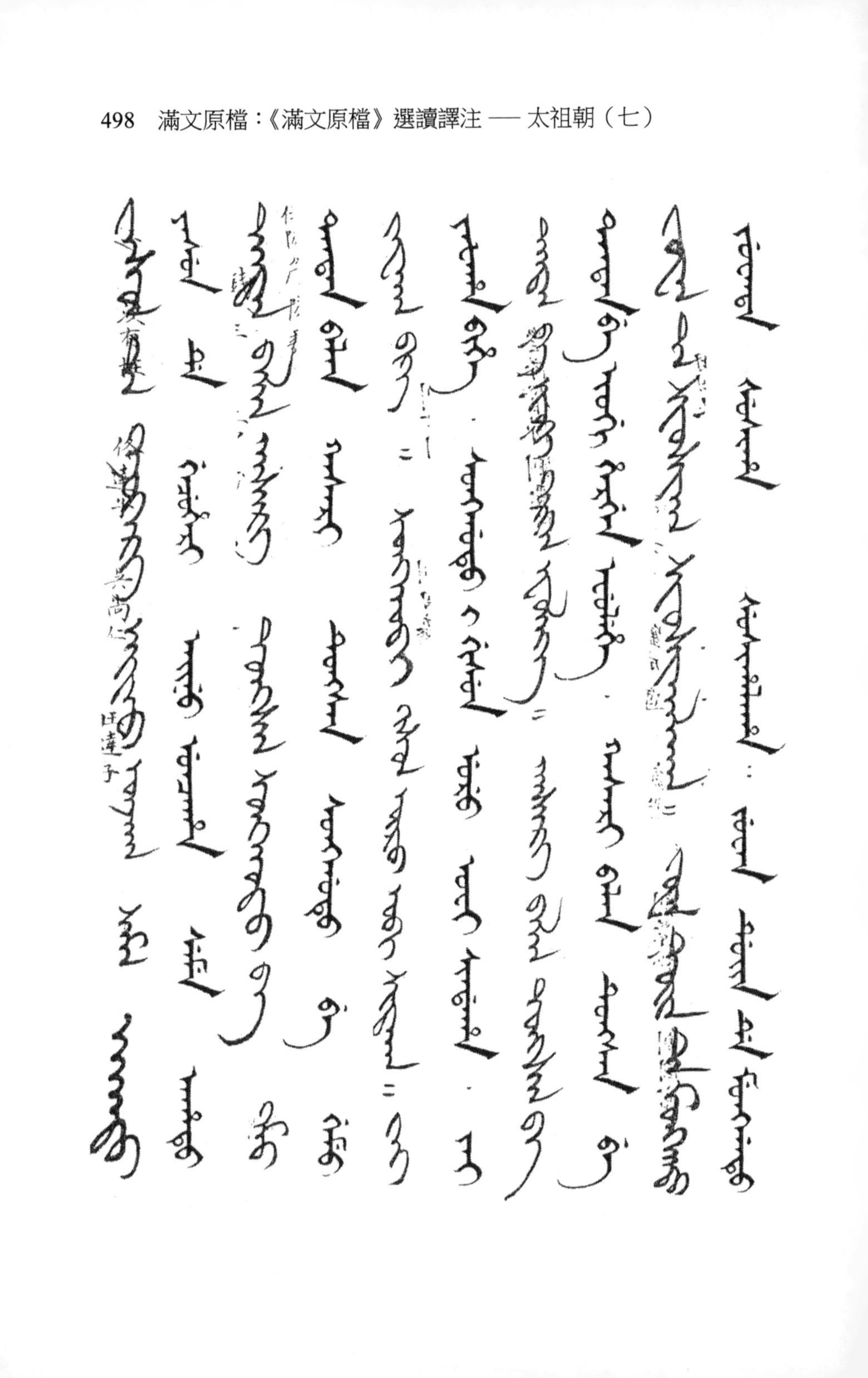

yasun de gecuheri ainu uncaha seme, ahatu, tantan, balan, kasari, tungsan, songgotu be gemu jafaha bihe. songgotu i gisun uru ofi sindaha. jai tantan be iogi hergen efulehe, kasari, balan, tungsan be juwanta šusiha šusihalaha. juwan duin de munggatu

---

以阿哈圖、坦坦、巴蘭、喀薩里、佟三、松古圖因何將蟒緞售予雅蓀，俱行捕拏。因松古圖所言有理而釋之。再者，革坦坦遊擊之職，喀薩里、巴蘭、佟三鞭打各十鞭。十四日，

以阿哈图、坦坦、巴兰、喀萨里、佟三、松古图因何将蟒缎售予雅荪，俱行捕拏。因松古图所言有理而释之。再者，革坦坦游击之职，喀萨里、巴兰、佟三鞭打各十鞭。十四日，

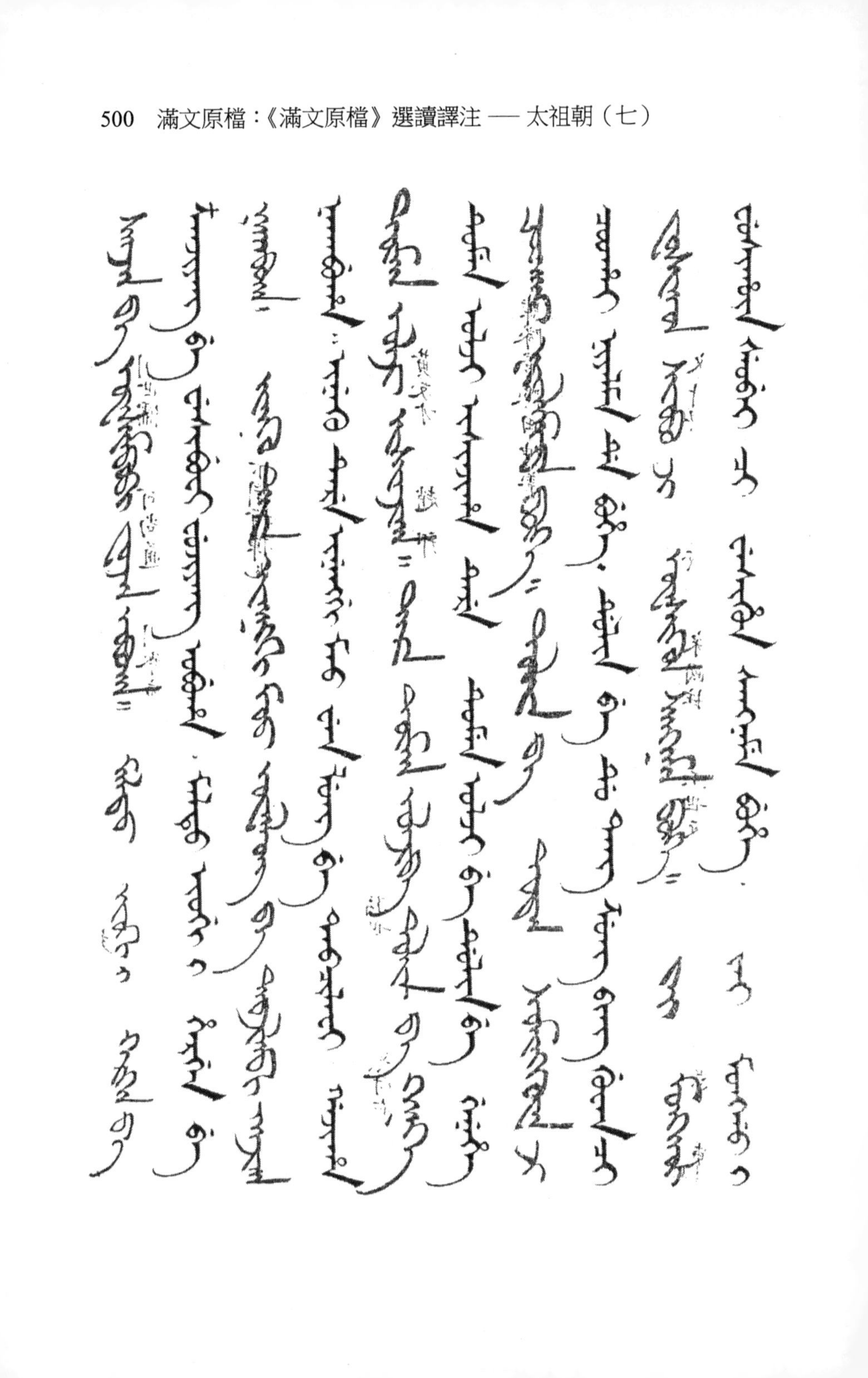

ts'anjiyang be wesibufi fujiyang obuha, maltu iogi i hergen be nakabuha. ineku tere inenggi, mao wen lung be tabcilafi gajiha tumen olji isinjiha, tere tumen oljibe dulin be genehe coohai niyalma de buhe, dulin be du tang, dzung bing guwan ci fusihūn, šeobei ci wesihun šangname buhe. jai monggo i

---

陞蒙噶圖參將為副將，革馬勒圖遊擊之職。是日，攜至搶掠毛文龍俘虜萬人，其俘虜萬人一半分給出征兵丁，一半賞給都堂、總兵官以下守備以上各官。

升蒙噶图参将为副将，革马勒图游击之职。是日，携至抢掠毛文龙俘虏万人，其俘虏万人一半分给出征兵丁，一半赏给都堂、总兵官以下守备以上各官。

三十一、制禮作樂

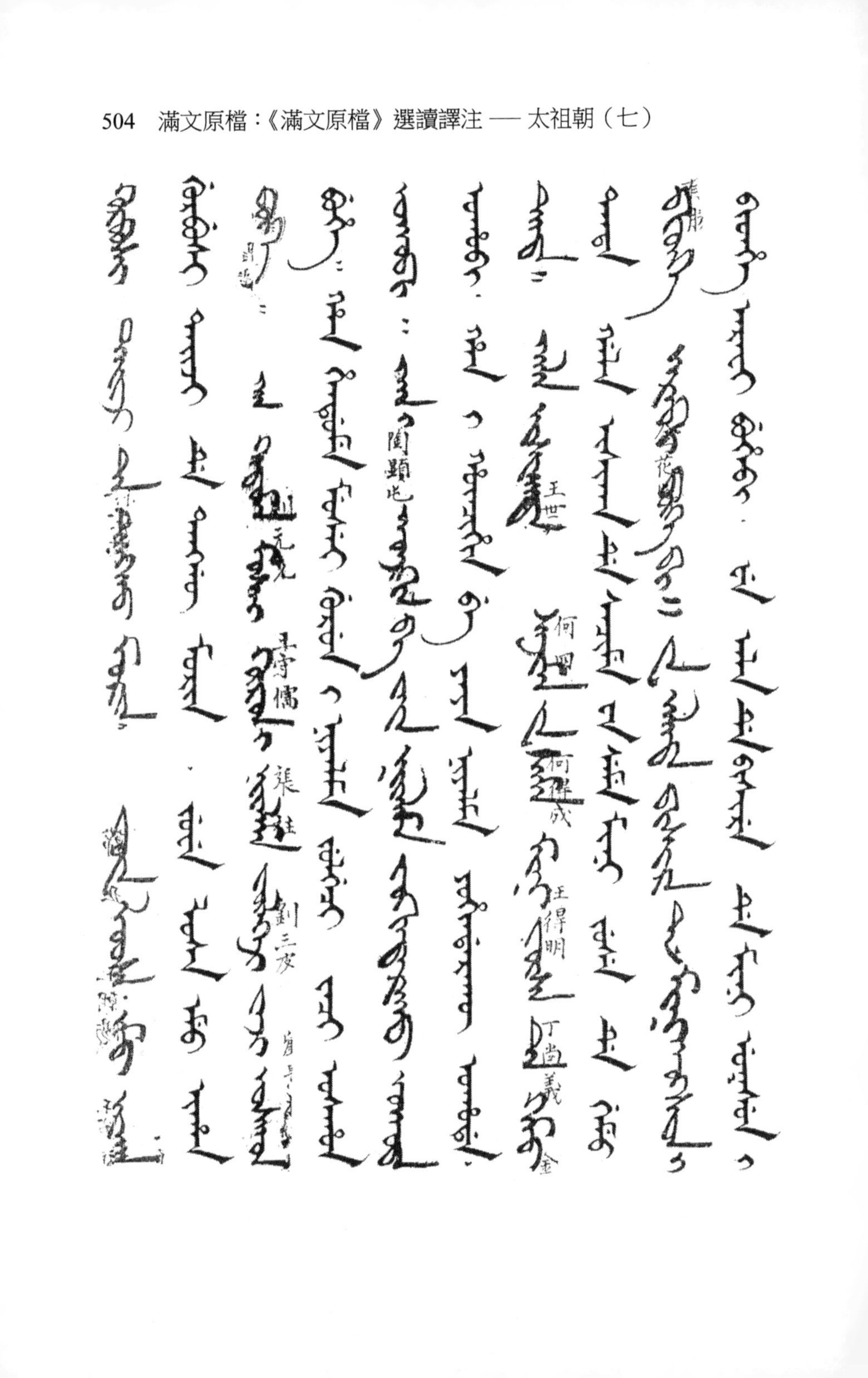

gurbusi taiji de tanggū morin, juwe losa, emu ihan buhe. han hendume, musei gurun i niyalma, julgeci jaci oshon ohobi. han i hūncihin be yaya niyalma yohindarakū ohode tanta, gala isika de sacime wa seme, mini juse de gemu bithe arafi buhebi. fe alade bisire de, mini uksun i

---

再者，賜蒙古固爾布什台吉馬百匹、騾二隻、牛一頭。汗曰：「我國之人較昔日暴虐尤甚。凡藐視汗之親族者，責打之；其動手毆打者，斬之。均已寫書，頒給我諸子。昔居費阿拉時，

再者，赐蒙古固尔布什台吉马百匹、骡二只、牛一头。汗曰：「我国之人较昔日暴虐尤甚。凡藐视汗之亲族者，责打之；其动手殴打者，斩之。均已写书，颁给我诸子。昔居费阿拉时，

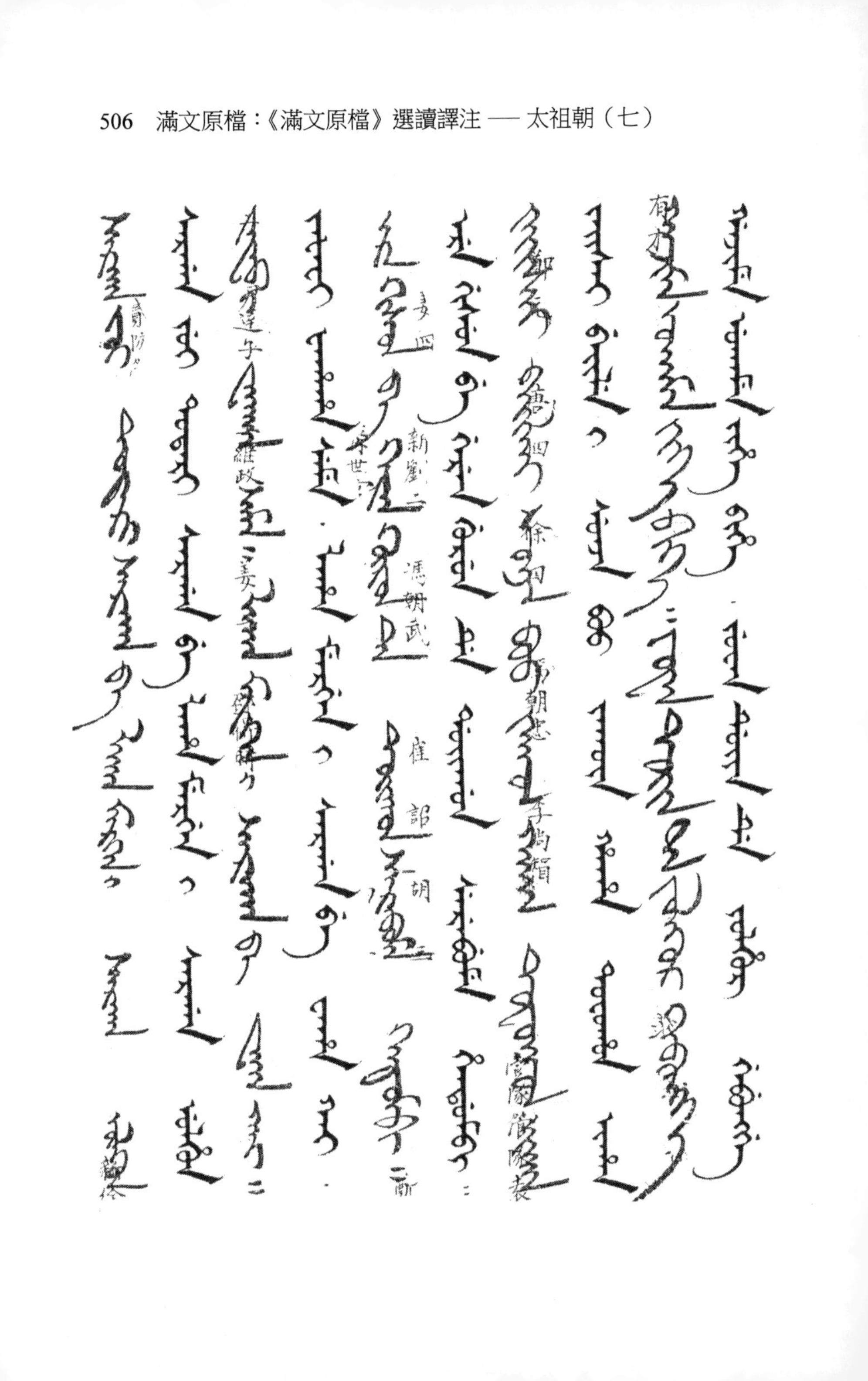

sargan jui totari sargan be, laha mergen i sargan ulhun jafafi fahaha seme, laha mergen i sargan be waha kai. ere gisun be geren gurun de doigon serebume hendumbi. jaisai beilei sunja boo, jakūn haha, tofohon ihan gajime ukame jihe bihe, juwan duin de jolhur gebungge

---

拉哈默爾根之妻揪我宗室女托塔里之妻衣領毆打，遂殺拉哈默爾根之妻也。茲將此言預先宣諭衆國人。」齋賽貝勒所屬五戶，男丁八人，攜牛十五頭逃來，於十四日交名為卓勒呼爾

拉哈默尔根之妻揪我宗室女托塔里之妻衣领殴打，遂杀拉哈默尔根之妻也。兹将此言预先宣谕众国人。」斋赛贝勒所属五户，男丁八人，携牛十五头逃来，于十四日交名为卓勒呼尔

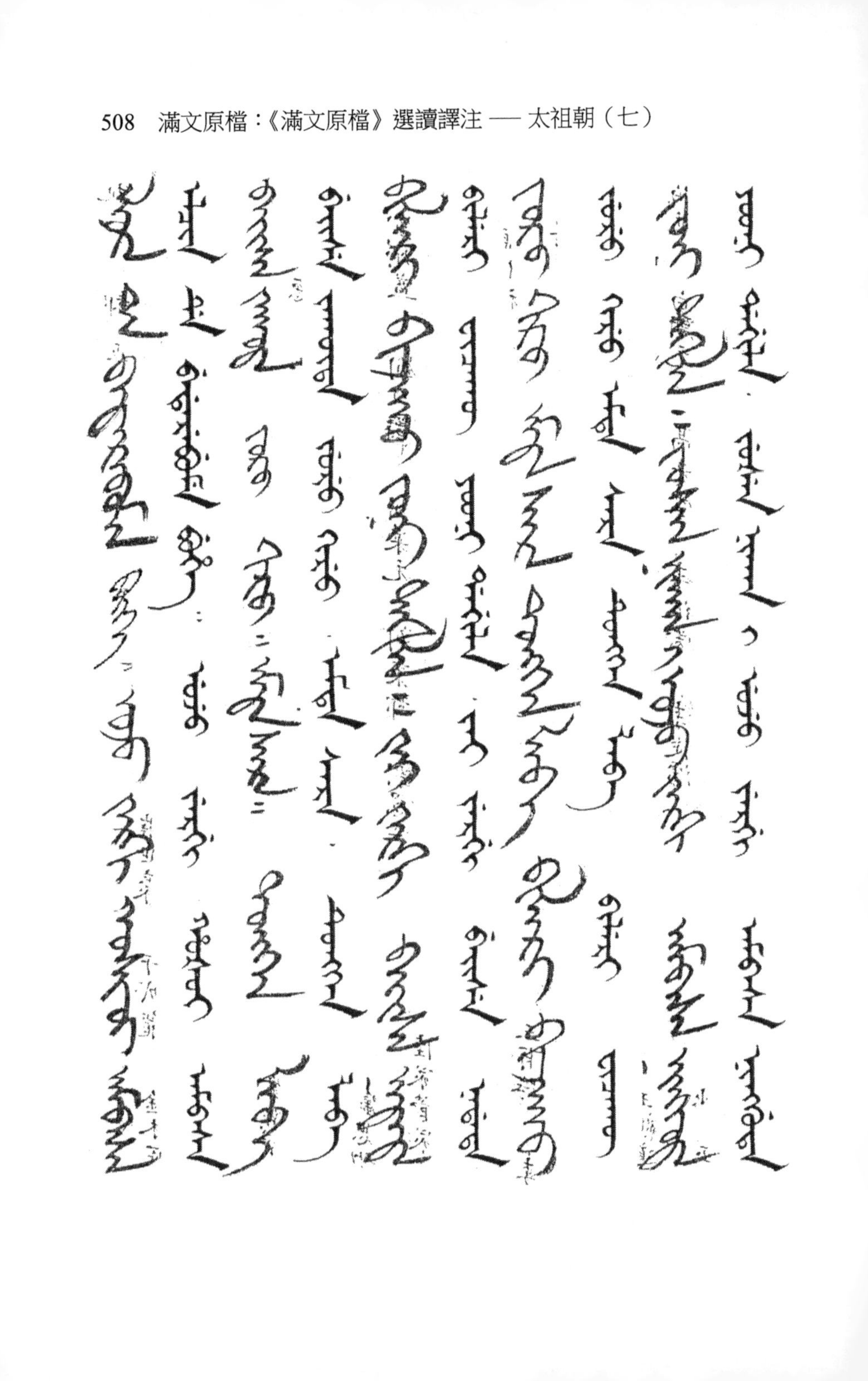

elcin de bederebume buhe. uju jergi hošoi ambasa beise jakūta juru kiru, emte sara, tungken, laba, bileri ficakū yooni dagila, jai jergi beise nadata juru kiru, emte sara, tungken, laba, bileri, ficakū yooni dagila, jušen, nikan i uju jergi ambasa, ninggute

---

使者帶回。一等和碩貝勒大臣等俱備齊旗各八對、傘各一柄、鼓、喇叭、嗩吶、簫；二等貝勒等俱備齊旗各七對、傘各一柄、鼓、喇叭、嗩吶、簫；諸申、漢人一等大臣等

使者带回。一等和硕贝勒大臣等俱备齐旗各八对、伞各一柄、鼓、喇叭、唢呐、箫；二等贝勒等俱备齐旗各七对、伞各一柄、鼓、喇叭、唢呐、箫；诸申、汉人一等大臣等

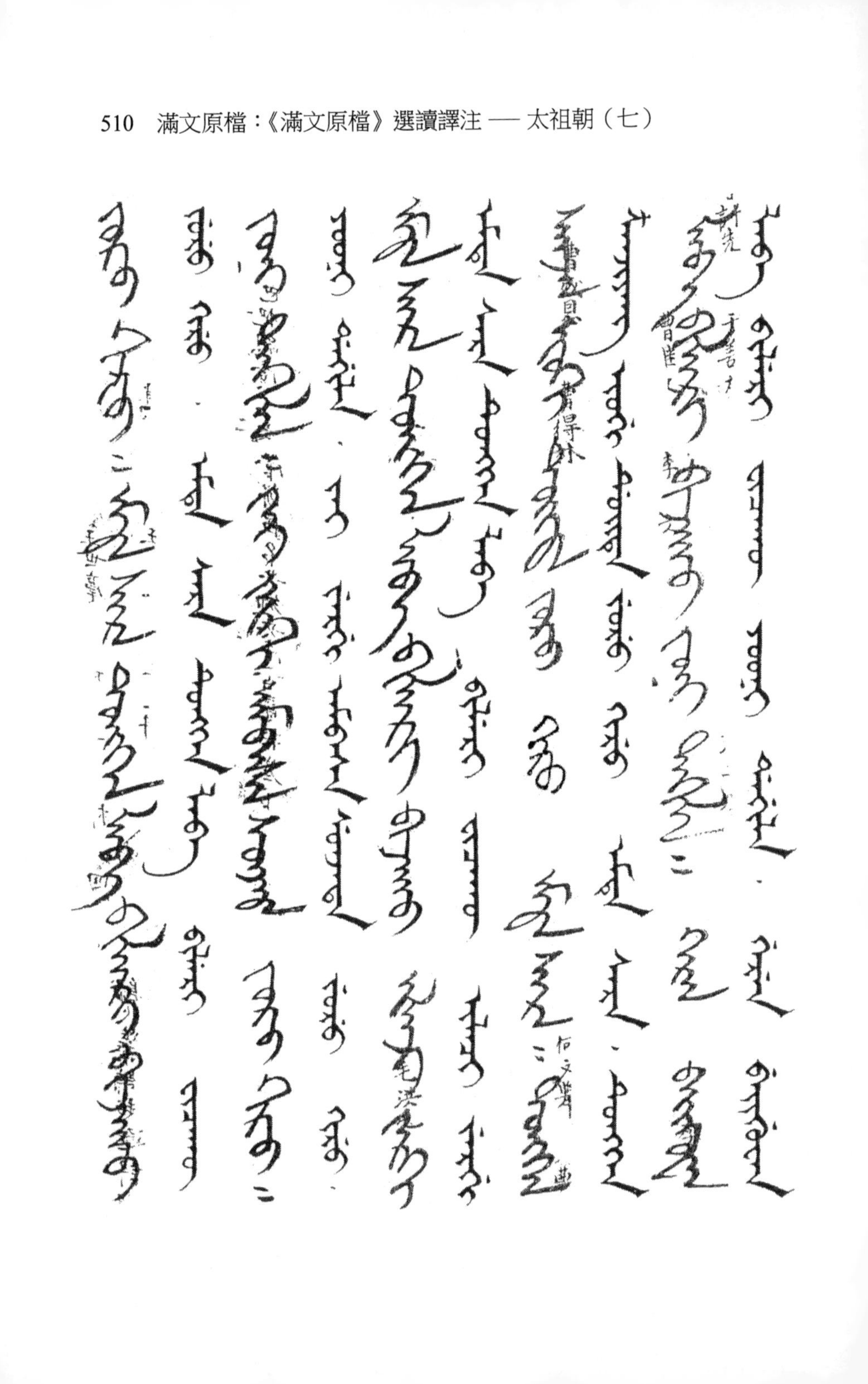

juru kiru, emte sara, tungken, laba, bileri, ficakū yooni dagila, jai jergi ambasa sunjata juru kiru, emte sara, tungken, laba, bileri, ficakū, ilaci jergi ts'anjiyang, iogi duite juru kiru, emte sara, tungken, laba, bileri, ficakū yooni dagila, geren beiguwan

---

俱備齊旗各六對、傘各一柄、鼓、喇叭、嗩吶、簫；二等大臣俱備齊旗各五對、傘各一柄、鼓、喇叭、嗩吶、簫；三等參將、遊擊俱備齊旗各四對、傘各一柄、鼓、喇叭、嗩吶、簫；衆備禦官

俱备齐旗各六对、伞各一柄、鼓、喇叭、唢呐、箫；二等大臣俱备齐旗各五对、伞各一柄、鼓、喇叭、唢呐、箫；三等参将、游击俱备齐旗各四对、伞各一柄、鼓、喇叭、唢呐、箫；众备御官

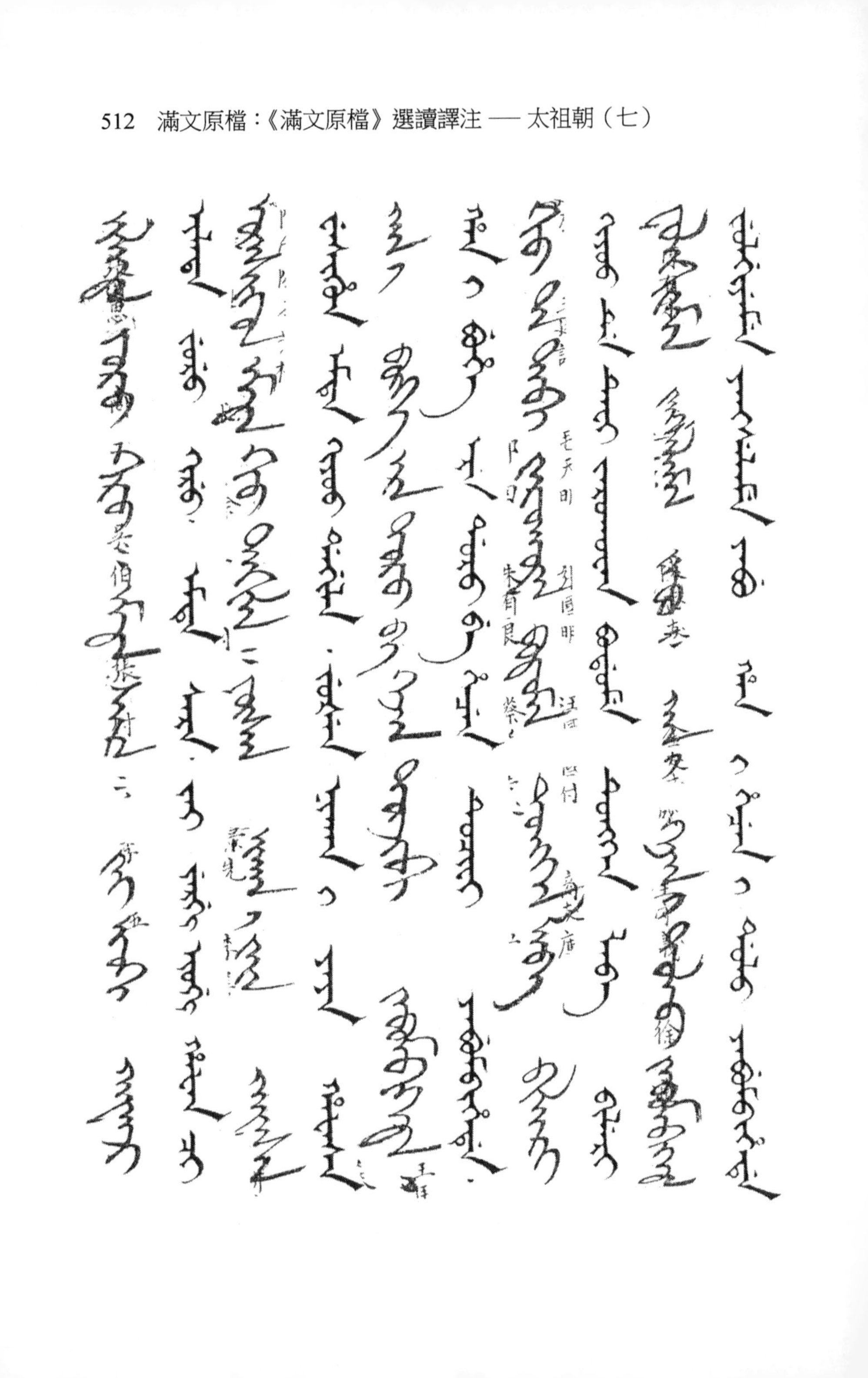

ilata juru kiru, emte sara, jai jergi iogi hafanci wesihun, emte kiyoo dagila. jušen, nikan i yaya hafasa han i buhe ere doro be hecen tucifi yabumbihede, kiyoo de tefi jarokowan bodome, tungken, laba, bileri fulgiyeme yangselame yabu. han i hecen i dolo yabumbihede

---

備旗各三對、傘各一柄。二等遊擊官以上備轎各一乘。諸申、漢人各官出城時，須照汗所頒禮制行走，乘轎後依儀擊鼓、吹喇叭、吹嗩吶裝點而行。在汗城內行走時，

备旗各三对、伞各一柄。二等游击官以上备轿各一乘。诸申、汉人各官出城时，须照汗所颁礼制行走，乘轿后依仪击鼓、吹喇叭、吹唢呐装点而行。在汗城内行走时，

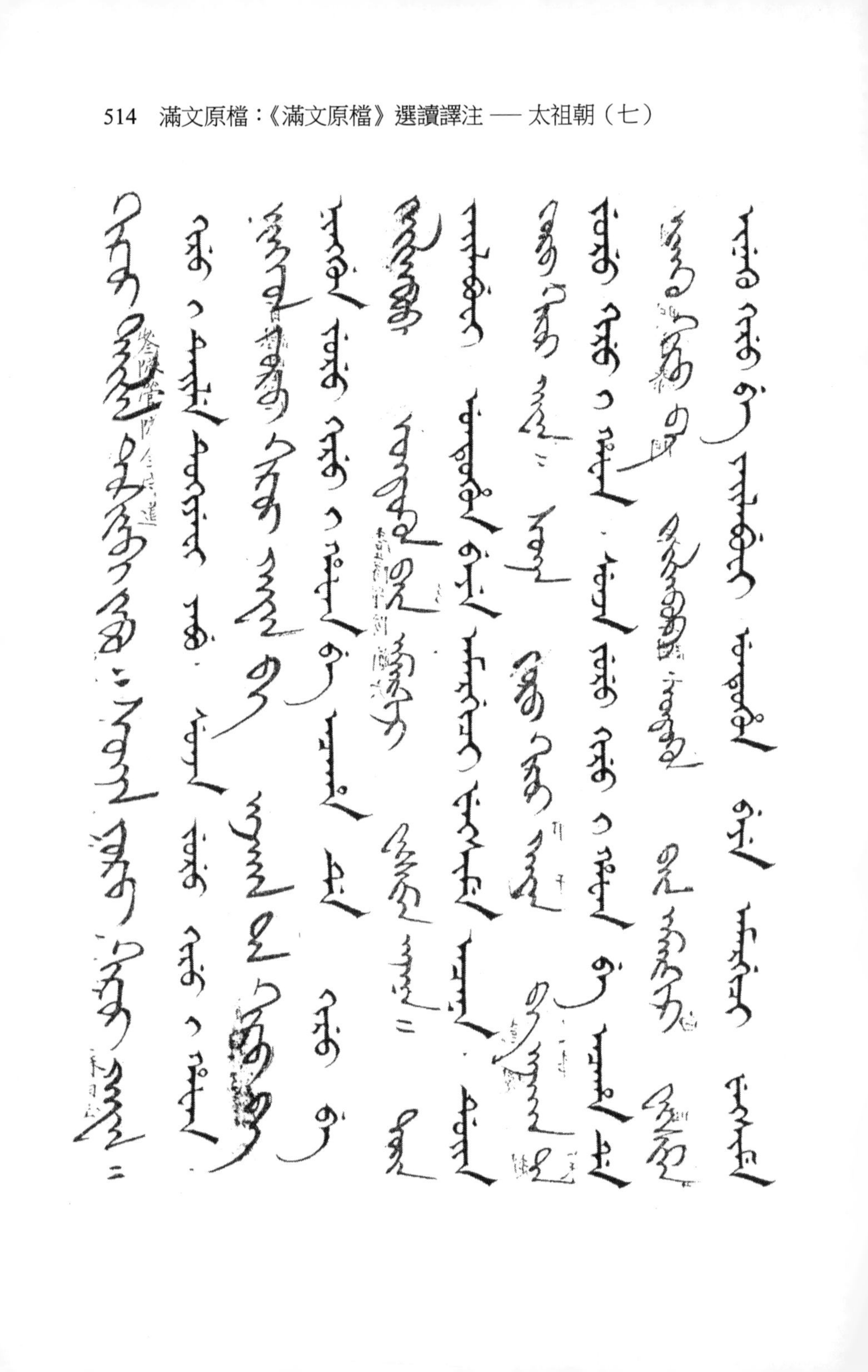

kirui teile tukiyefi yabu, sunja juru kiru i hafan, ninggun juru kirui hafan be acaha de, kiru be jailabufi untuhun beye amargici feksime acana. duin juru kirui hafan, sunja juru kirui hafan be acaha de, ineku kiru be jailabufi, untuhun beye amargici feksime

---

僅舉旗而行。五對旗之官遇六對旗之官時，則偃旗[65]隻身從後趨步相見。四對旗之官遇五對旗之官，亦偃旗隻身從後趨步相見。

仅举旗而行。五对旗之官遇六对旗之官时，则偃旗只身从后趋步相见。四对旗之官遇五对旗之官，亦偃旗只身从后趋步相见。

---

65 偃旗，《滿文原檔》、《滿文老檔》俱讀作“kiru be jailabufi”，意即「避開旗子」。按滿文“jailambi”與蒙文“ǰailaqu”為同源詞（根詞“jaila-”與“ǰaila-”相同），意即「讓開、回避」。

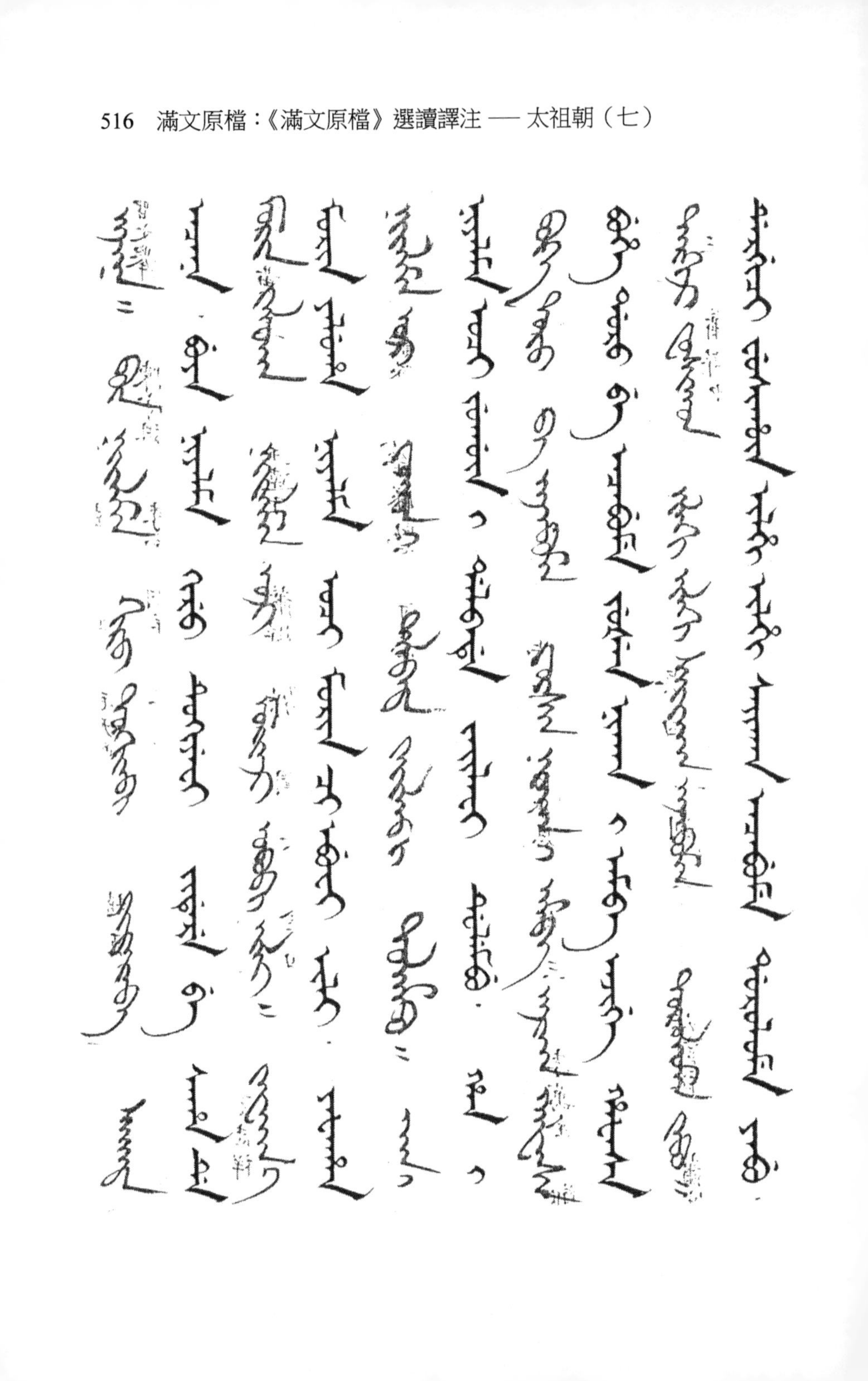

acana. buya niyalma, kiru tukiyefi jiderebe saha de, morin yaluha niyalma oci, morin ci ebufi ili, yafahan niyalma oci jugūn i dalbade jailafi dulembu. han i buhe doro be acabume, jušen, nikan i amba ajige hafasa, dergici fusihūn ilhi ilhi saikan acabume dorolome yabu.

小民見舉旗而來時，騎馬之人，下馬而立，步行之人，避於路旁，等候經過。仰合汗所頒禮制，諸申、漢人大小官員，自上而下依次循禮而行。

小民见举旗而来时，骑马之人，下马而立，步行之人，避于路旁，等候经过。仰合汗所颁礼制，诸申、汉人大小官员，自上而下依次循礼而行。

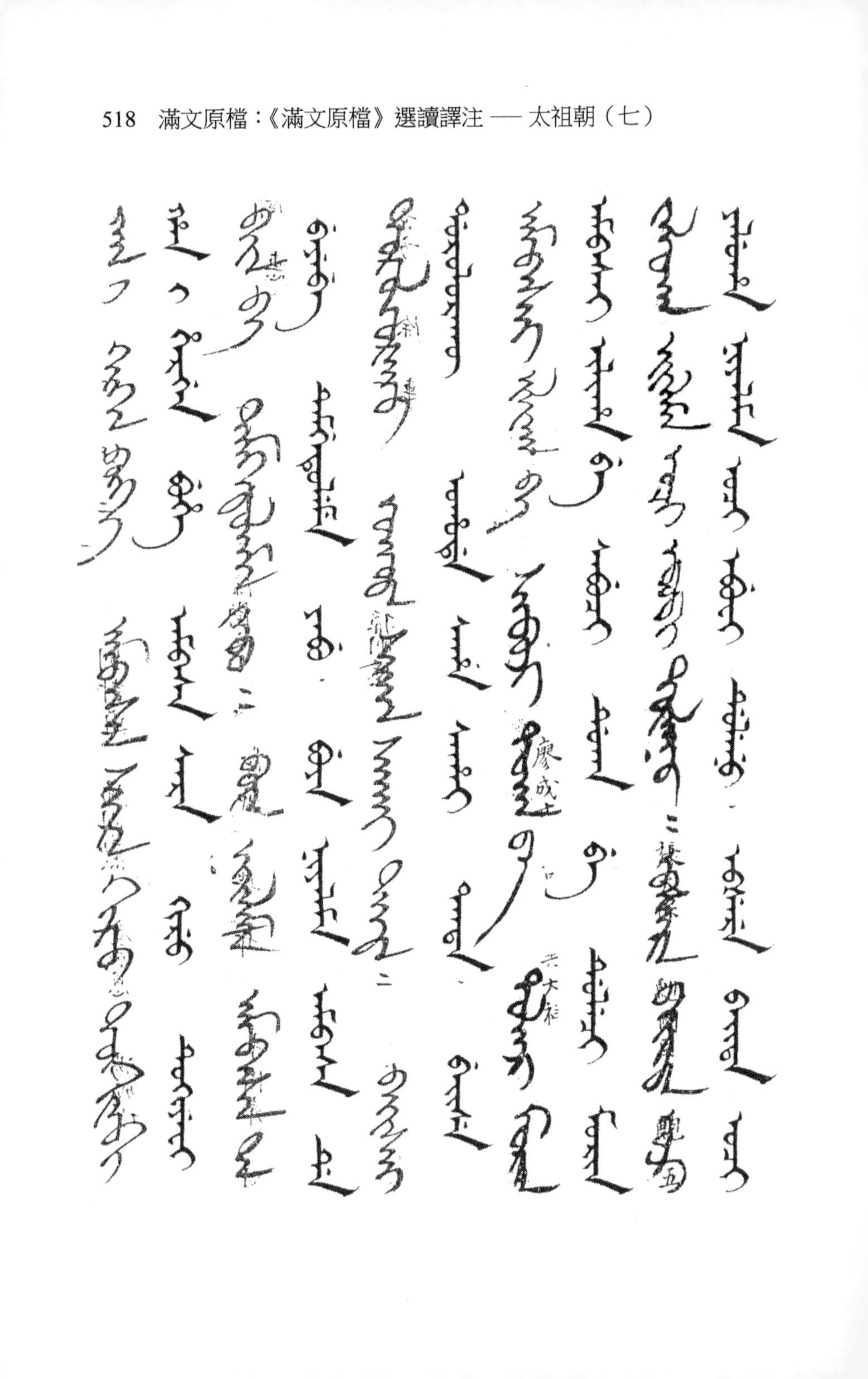

han i hergen buhe ambasa sara kiru tukiyefi, beye be temgetuleme yabu, buya niyalma ambasa de dorolorakū ohode, saha sahai tanta. beise ambasai iliha be sabuci, duka be duleci morin yaluha niyalma oci, ebufi dulenu, ebšere baita oci

---

凡汗所賜職銜之大臣舉旗執傘，證明身分而行。庶人見大臣不行禮者，見即責打。見貝勒大臣則站立，路過其門，騎馬之人，下馬而過[66]；若有急事，

凡汗所赐职衔之大臣举旗执伞，证明身分而行。庶人见大臣不行礼者，见即责打。见贝勒大臣则站立，路过其门，骑马之人，下马而过；若有急事，

---

[66] 下馬而過，句中「過」，《滿文原檔》寫作"tülano"，《滿文老檔》讀作"dulenu"，舊清語，意同"duleme gene"，意即「過去吧」。

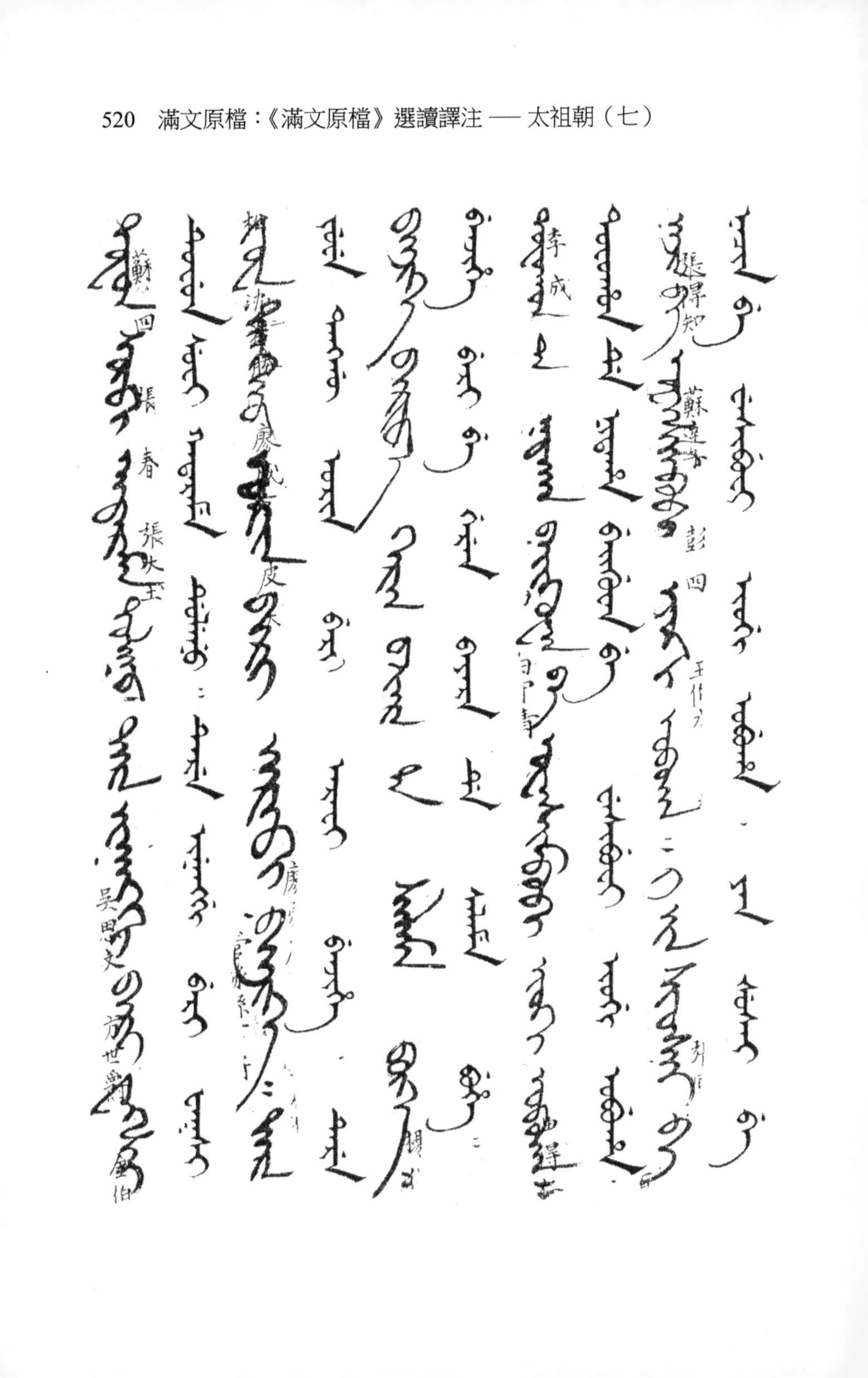

tufun sufi katarame dulenu. tere inenggi, beri faksi juwe tanggū orin beri arafi benjihe, tere benjihe beribe geren bayara de salame buhe. tofohon de, nitaha beiguwan be wesibufi iogi obuha, nacin be wesibufi iogi obuha, yan šusai be

---

亦須脫鐙急步而過。是日，弓匠送來所造弓二百二十張，遂將所送來之弓散給衆巴牙喇。十五日，陞尼塔哈備禦官為遊擊，陞納欽為遊擊，陞嚴生員

亦须脱镫急步而过。是日，弓匠送来所造弓二百二十张，遂将所送来之弓散给众巴牙喇。十五日，升尼塔哈备御官为游击，升纳钦为游击，升严生员

三十二、君臣之道

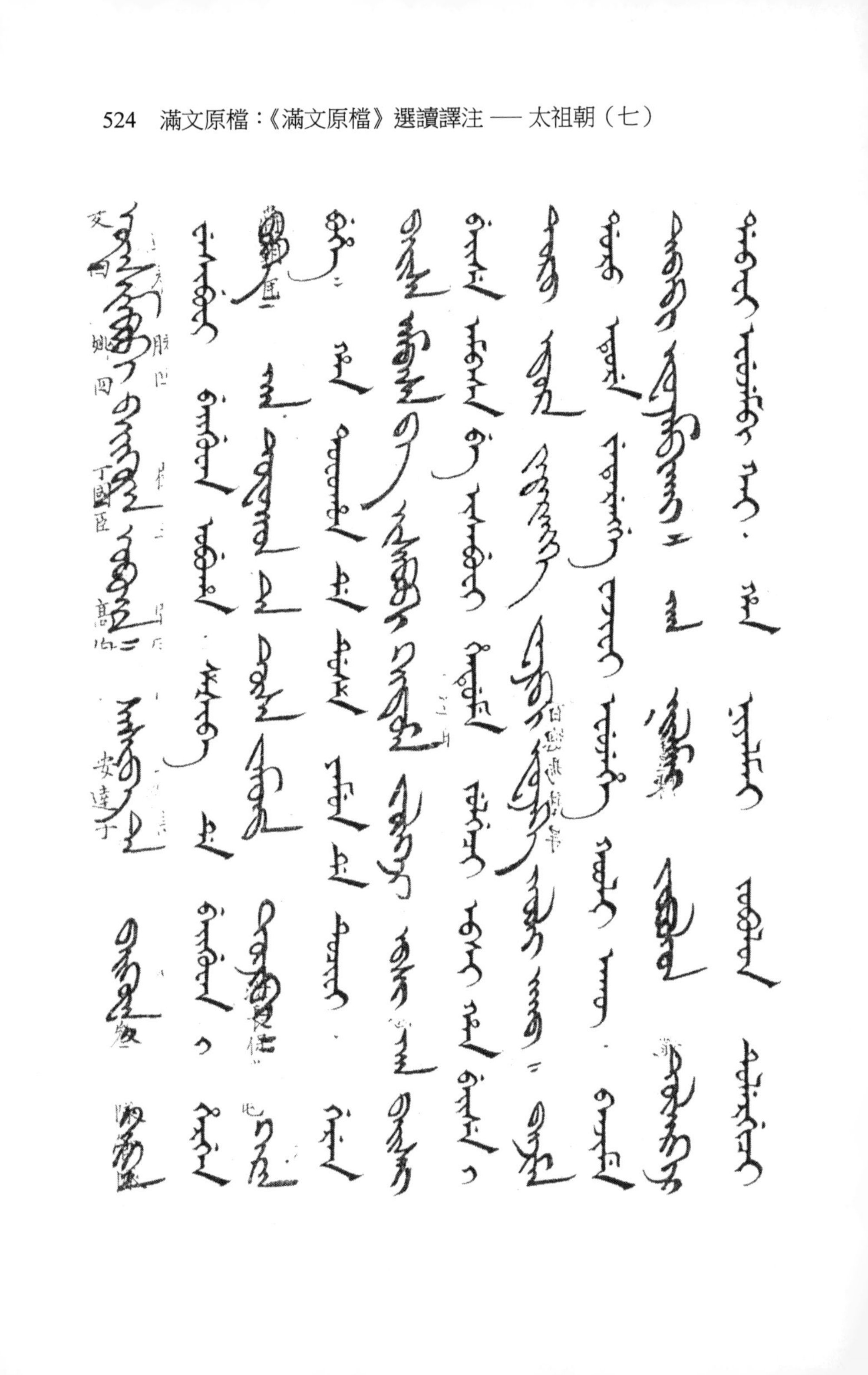

wesibufi beiguwan obuha, syšiba de beiguwan i hergen buhe. han tofohon de dusy yamunde tucifi, geren beise ambasa be isabufi hendume, julgeci ebsi han beisei doro, eture jeterengge wajifi efujehe kooli akū, banjime dabafi efujembikai. han niyalmai jobolon tulergici

為備禦官，授四十八備禦官之職。十五日，汗御都司衙門，集諸貝勒大臣曰：「自古以來，君臣之道，未有因衣食竭盡而敗亡之例，皆因驕奢淫逸[67]而敗亡也。人君之禍，

为备御官，授四十八备御官之职。十五日，汗御都司衙门，集诸贝勒大臣曰：「自古以来，君臣之道，未有因衣食竭尽而败亡之例，皆因骄奢淫逸而败亡也。人君之祸，

[67] 驕奢淫逸，《滿文原檔》、《滿文老檔》俱讀作“banjime dabafi”，意即「生活過度」。

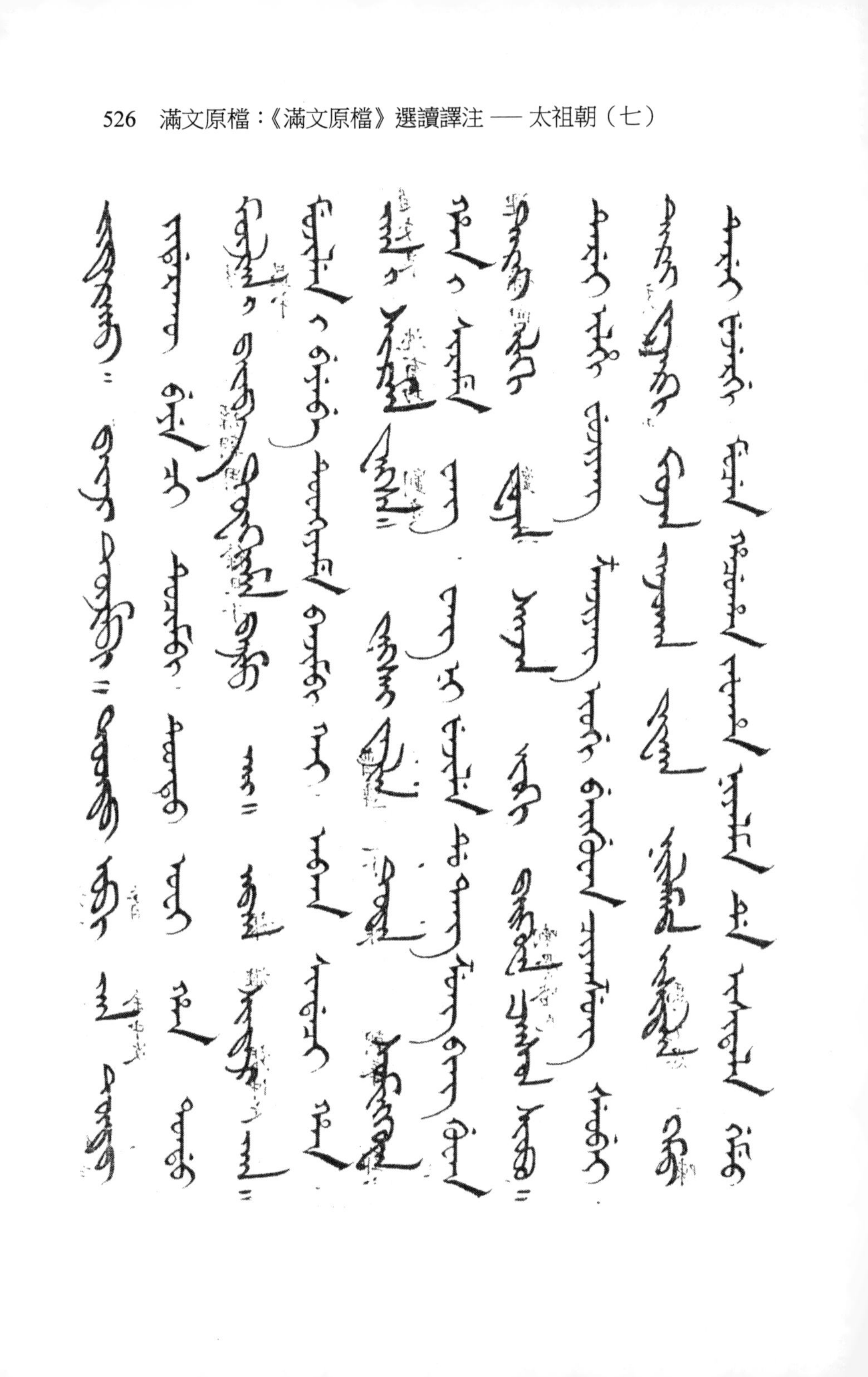

jiderakū beye ci tucimbi. tuttu ofi han tondo mujilen i beyebe tuwakiyame banjimbi kai. abka sindaci han, han i sirame wang, wang ni fejile du tang, dzung bing guwan, terei ilhi fujiyang, ts'anjiyang, iogi, beiguwan, ciyandzung šeobei, terei fejergi mucen hacuhan jafaha niyalma de isitala, gemu

---

非自外來，皆自己出。因此，汗以正直之心律己也。天命為君，君下有王，王下有都堂、總兵官，其次有副將、參將、遊擊、備禦官、千總、守備，其下以至厨役，

非自外来，皆自己出。因此，汗以正直之心律己也。天命为君，君下有王，王下有都堂、总兵官，其次有副将、参将、游击、备御官、千总、守备，其下以至厨役，

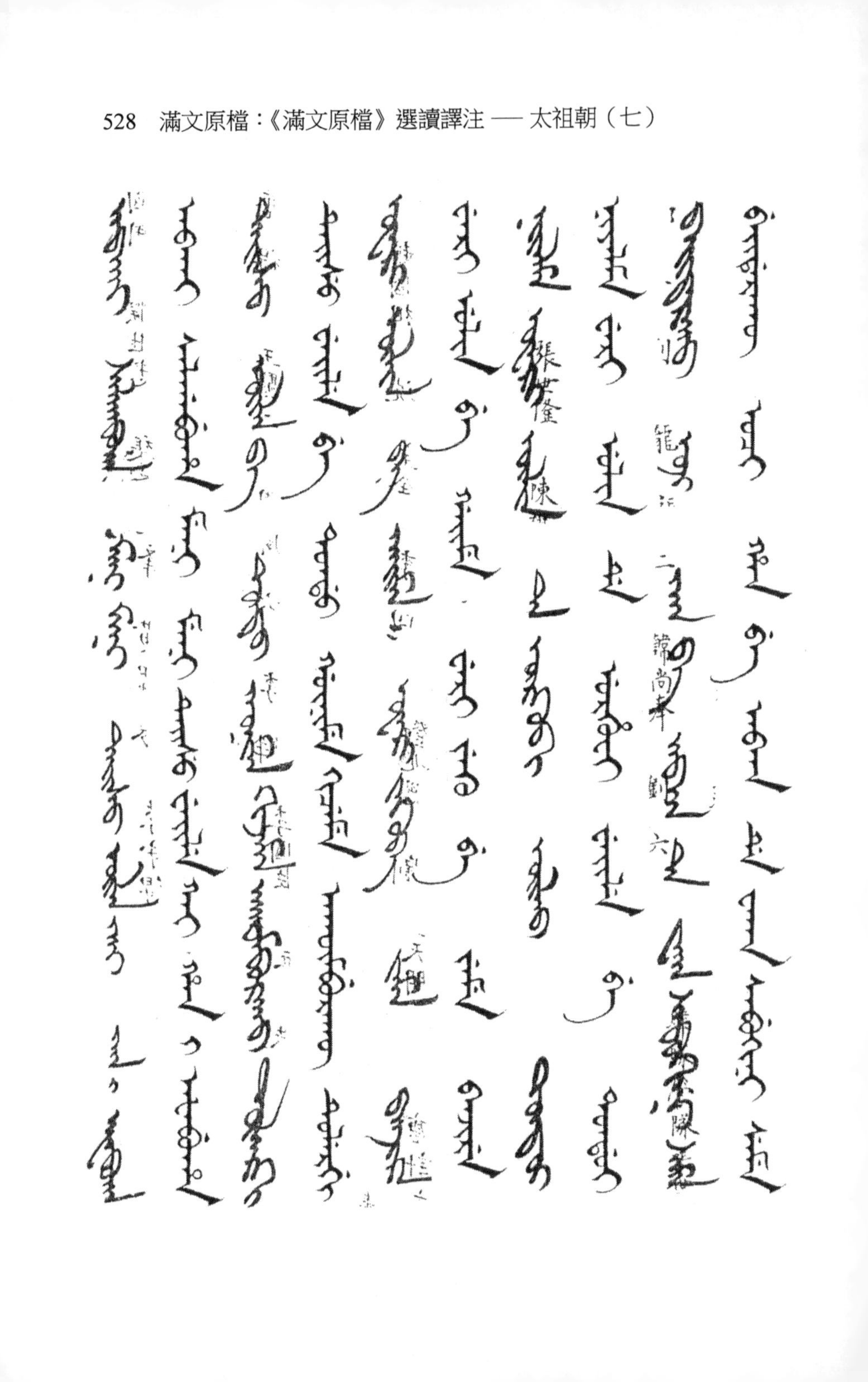

abkai salgabuha meni meni teisu weile kai. han i afabuha teisu weile be, tondo gūnime kiceme akūmburakū, tulergi weri ulin be gaime, weri jekube jeme, banjire niyalma weri ulin de urhufi, weilebe tondoi beiderakū oci, han be abka de waka sabukini seme

---

此皆天命神授各司其職也。汗所交付之事，不能殫盡忠勤，惟貪人之財，食人之糧，偏徇財物，斷案不公，誣陷汗獲咎於天，

此皆天命神授各司其职也。汗所交付之事，不能殚尽忠勤，惟贪人之财，食人之粮，偏徇财物，断案不公，诬陷汗获咎于天，

三十三、獎善懲惡

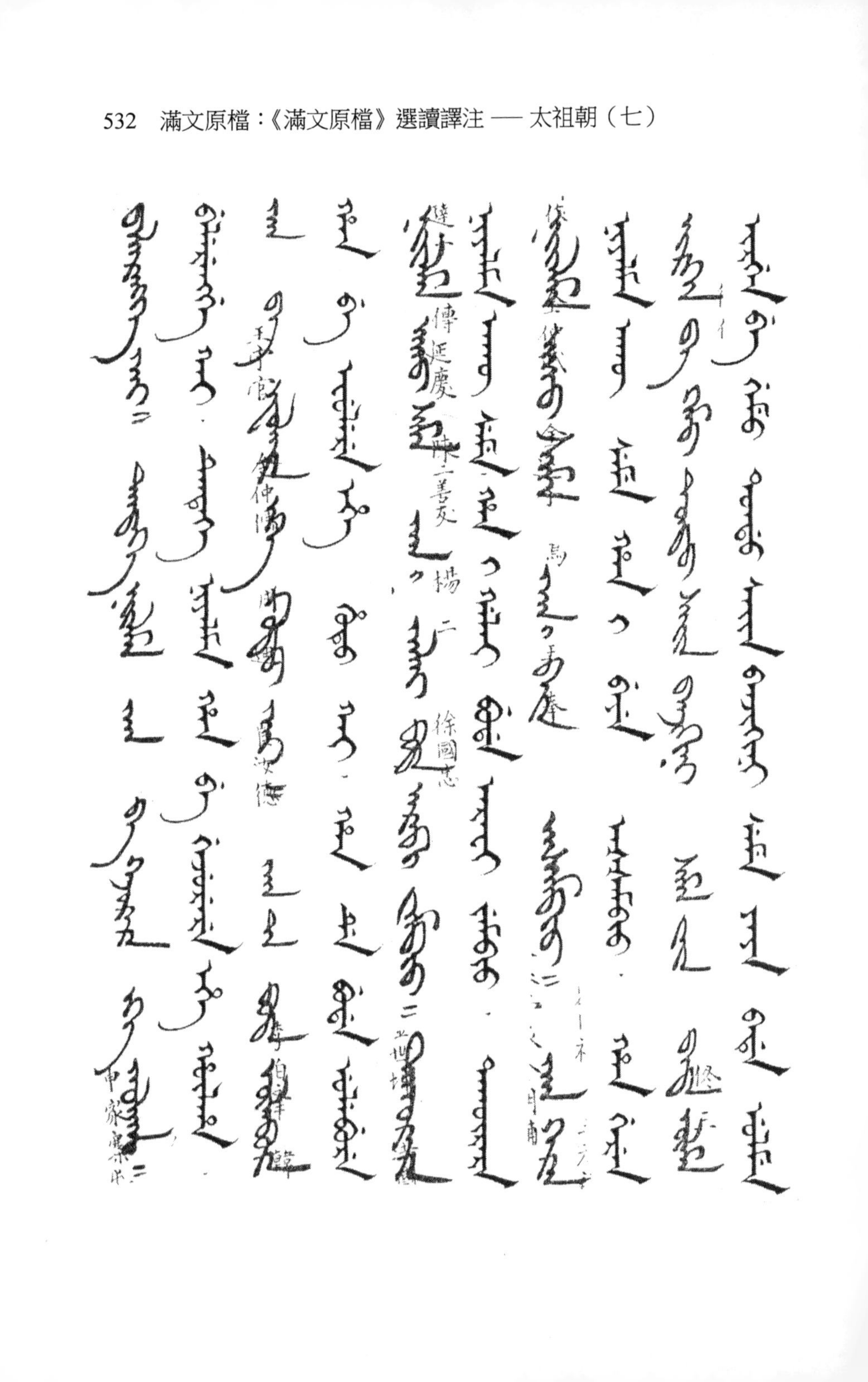

belerengge kai. tenteke niyalma, han be gejurere ehe hūlha, han be efulere ehe hutu kai. han de buda ulebure niyalma akū seme, han i galai buda arafi jembio. takūrara niyalma akū seme, han i beye aššambio. han geren irgen be gemu tondo sain banjikini seme, yaya bade ulme

---

此輩乃禍害汗之妖氛，毀滅汗之惡鬼也。汗如無庖人，汗豈躬自下厨烹調耶？如無差役，汗豈躬自行動耶？汗為使衆庶民皆忠良，各安生業，

此辈乃祸害汗之妖氛，毁灭汗之恶鬼也。汗如无庖人，汗岂躬自下厨烹调耶？如无差役，汗岂躬自行动耶？汗为使众庶民皆忠良，各安生业，

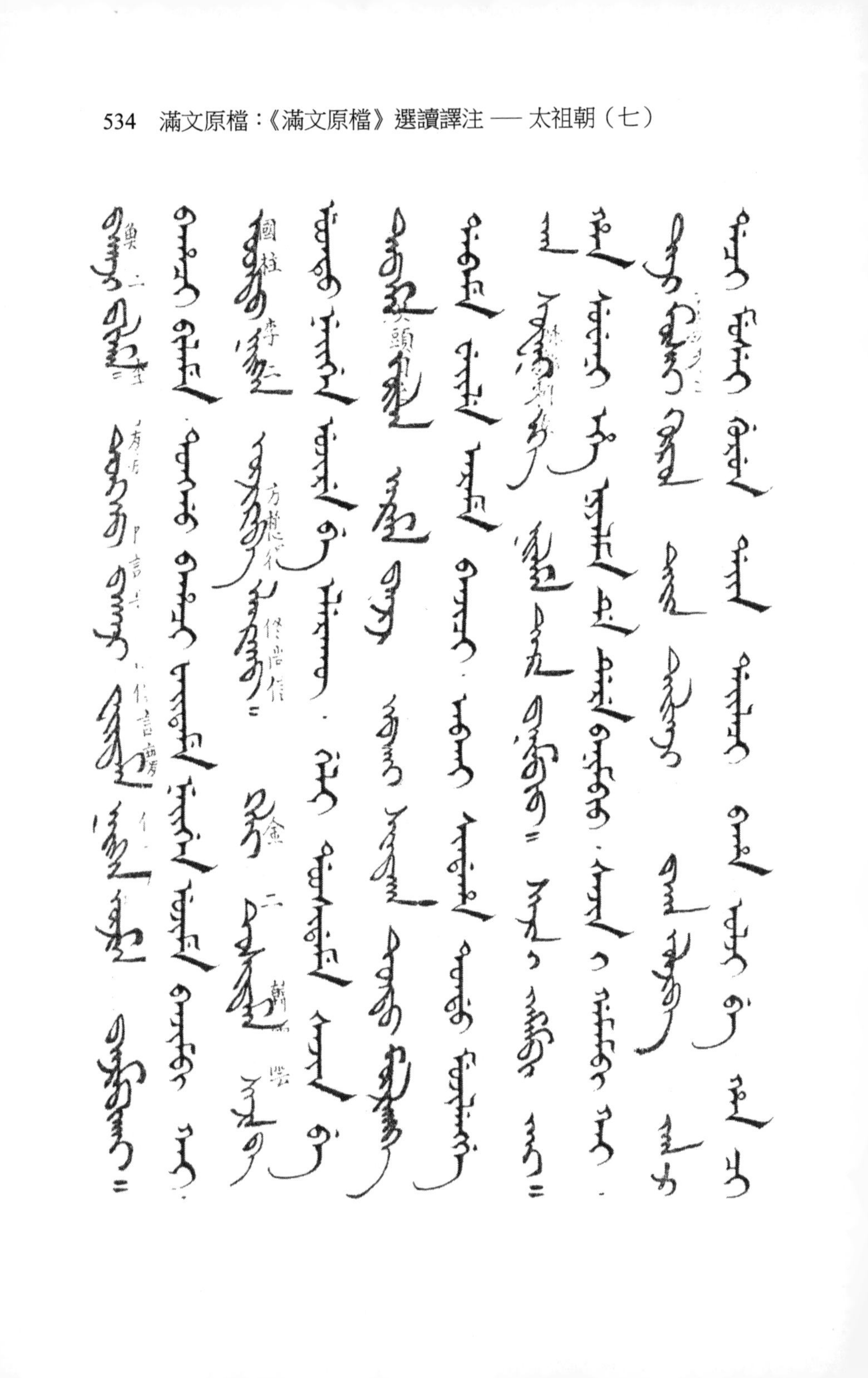

bahaci bilame, tonggo bahaci faitame, neigen ujime banjimbikai, uttu neigen ujire be elerakū, geli doosidame šajin be dabame weile arame banjici, abkai sindaha tondo mujilengge han, suweni ehe niyalma de dere banimbio. šajin i gamambi kai. daci musei gurun dain dailaci, baha oljibe, han ci

---

無論何處獲針即折，獲線即裁，絲毫不吝，公平豢養也。如此公平豢養，猶不知足，復貪贓枉法，則天授公正之汗，豈能徇私容忍爾等惡人耶？必以法懲處也。向來我國征伐所獲俘虜，

无论何处获针即折，获线即裁，丝毫不吝，公平豢养也。如此公平豢养，犹不知足，复贪赃枉法，则天授公正之汗，岂能徇私容忍尔等恶人耶？必以法惩处也。向来我国征伐所获俘虏，

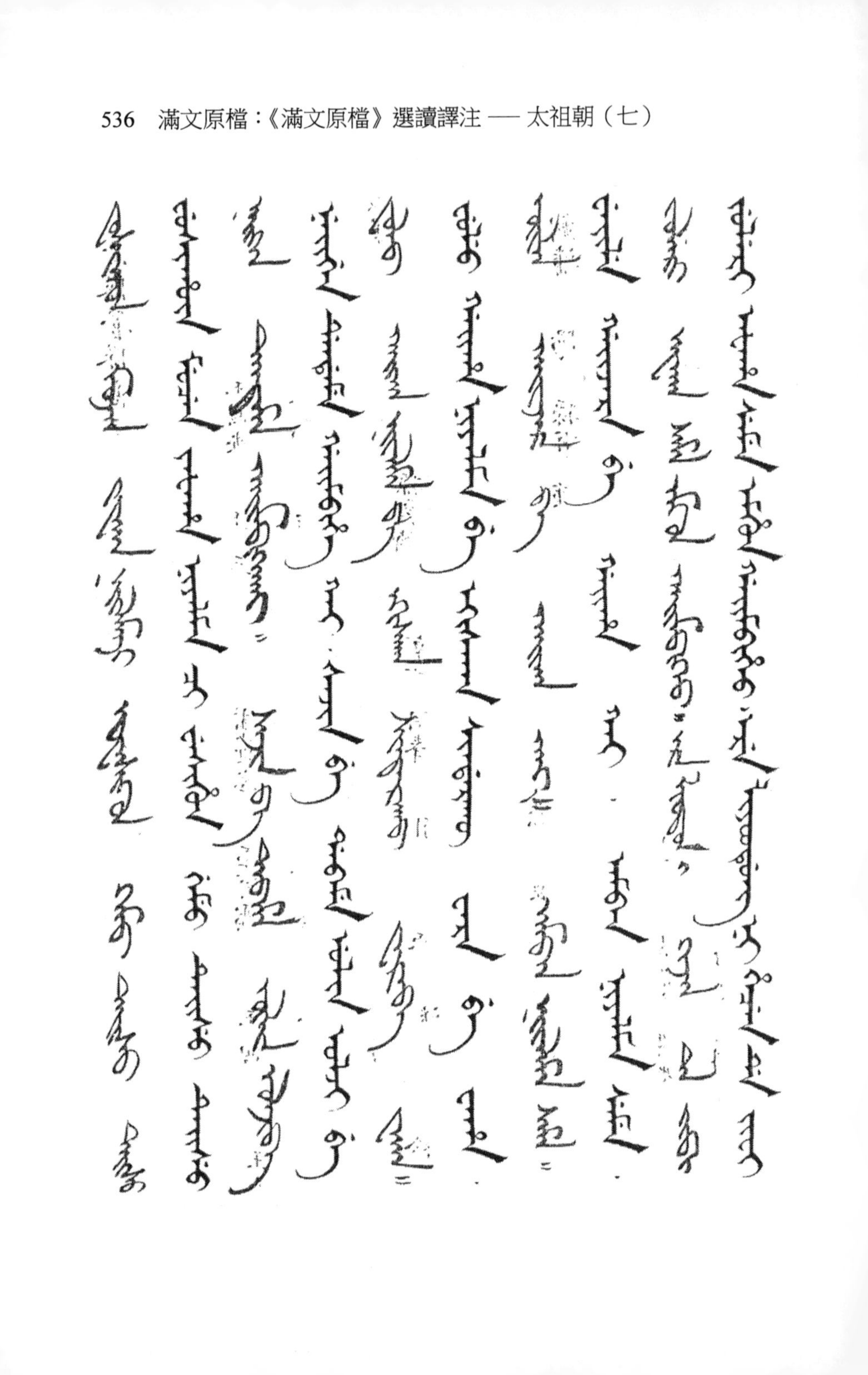

fusihūn, mucen jafaha niyalma ci wesihun, gemu teisu teisu neigen dendeme gaimbihe kai. šajin be dabame ulin, olji be fulu gaiha niyalma be, ekisaka sindarakū, warabe waha, weile gaijara be gaiha kai. amban niyalma seme, juleri afaha seme emhun gaimbiheo. ere liyoodung ni hecen de jifi

---

自汗以下厨役以上，皆公平分給也。其踰越法律，多取財物、俘虜之人，決不悄悄地放過，當殺則殺，當罰則罰也。為臣之人，雖在前征戰，豈可獨取耶？來此遼東城後，

自汗以下厨役以上，皆公平分给也。其踰越法律，多取财物、俘虏之人，决不悄悄地放过，当杀则杀，当罚则罚也。为臣之人，虽在前征战，岂可独取耶？来此辽东城后，

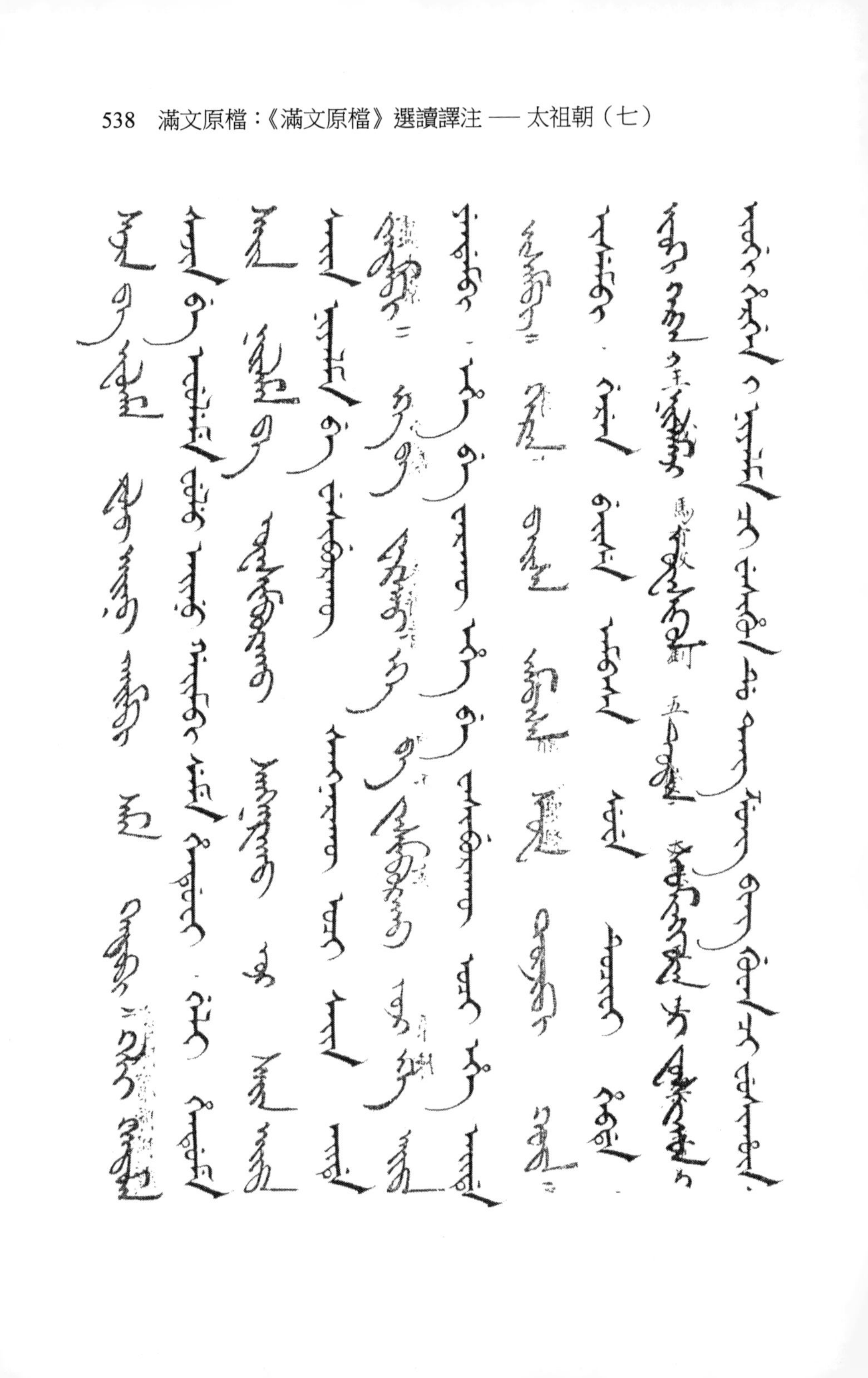

šajin be efuleme fulu ainu gaimbi seme hendufi, geli hendume, sain niyalma be wesiburakū, šangnarakū oci, sain aide yendembi. ehe be warakū, ehe be wasiburakū oci, ehe aide isembi. geren beise ambasa suwe tucifi hebde, iogi hergen i niyalmeci wesihun, du tang, dzung bing guwan ci fusihūn,

---

為何毀法多取？」又諭曰：「良善之人，若不晉陞、不賞賜，何以勸善？惡人不殺，惡人不貶，何以懲惡？諸貝勒大臣，爾等出去後可以商議，遊擊職之人以上，都堂、總兵官以下，

为何毁法多取？」又谕曰：「良善之人，若不晋升、不赏赐，何以劝善？恶人不杀，恶人不贬，何以惩恶？诸贝勒大臣，尔等出去后可以商议，游击职之人以上，都堂、总兵官以下，

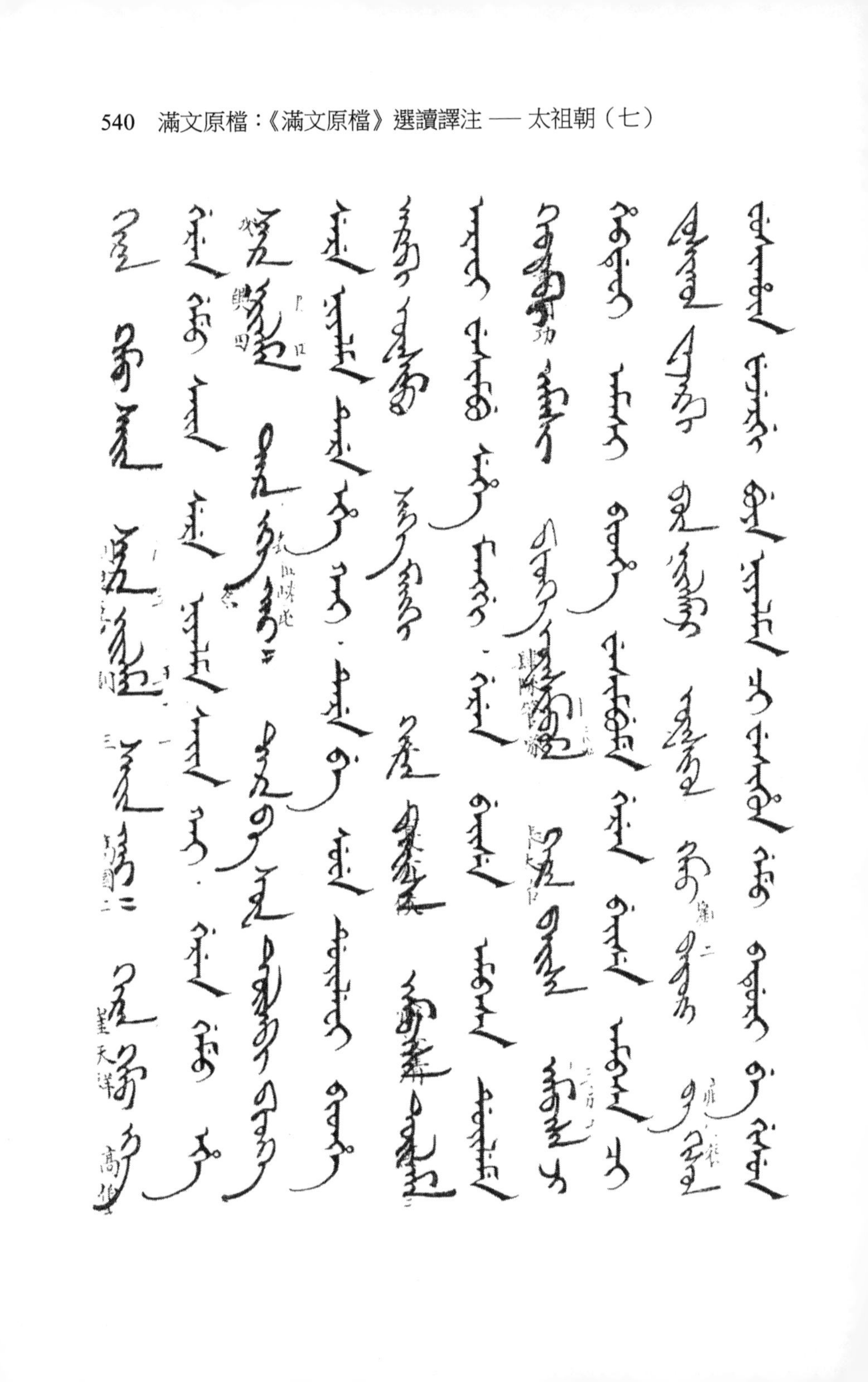

geren gemu sain sere niyalma sain kai, geren gemu ehe sere niyalma tere ehe kai, tere be suwe duilefi bithe arafi wesimbu sehe manggi, geren beise ambasa duileme hebdefi amasi bithe wesimbume, geren beise ambasa ci fusihūn fejergi buya niyalmaci wesihun, gemu baduri be gisun

---

衆人皆曰善之人即善也；衆人皆曰惡之人即惡也，着爾等審議繕書具奏。」隨後諸貝勒大臣審議繕書回奏云：「諸貝勒大臣以下，庶人以上，皆稱巴都里言語

众人皆曰善之人即善也；众人皆曰恶之人即恶也，着尔等审议缮书具奏。」随后诸贝勒大臣审议缮书回奏云：「诸贝勒大臣以下，庶人以上，皆称巴都里言语

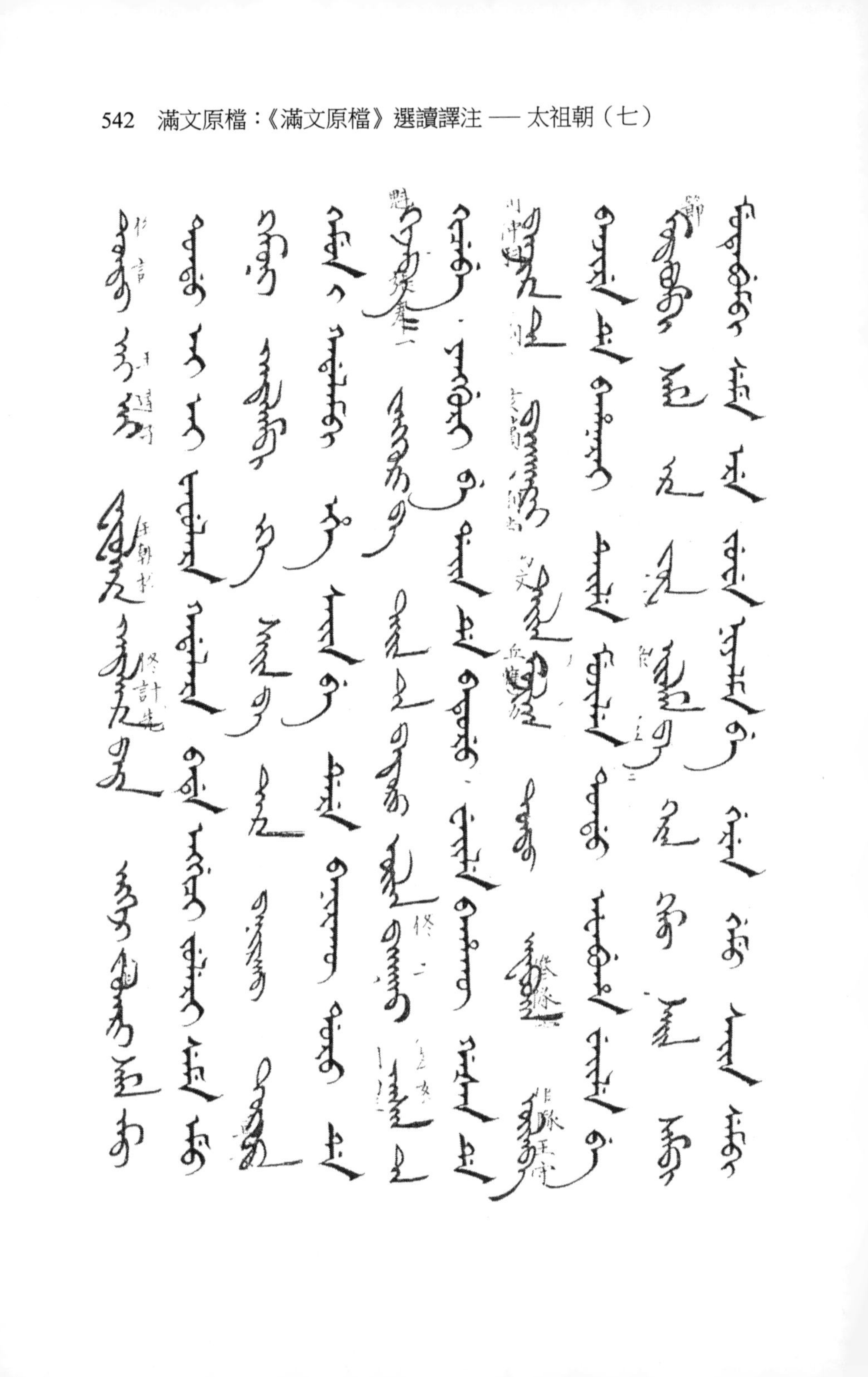

tondo, ai ai fafulara kadalara bade enggici juleri seme emu kemun i kadalambi, ehe sain be dere banirakū, doro de kicebe, yangguri be dain de baturu, weile bahakū, gašan de banjire de, bahanarai teile mujilen tondo, afabuha weile be mutebumbi seme, ere juwe niyalma be, geren gemu sain sembi

---

公正，所約束諸事，無論前面背後，始終如一，善惡分明，不徇情面，勤勉從政；揚古利征戰英勇，向無過失，鄉里度日，盡量[68]居心公正，恪盡職守。衆皆稱此二人賢善。」

公正，所约束诸事，无论前面背后，始终如一，善恶分明，不徇情面，勤勉从政；扬古利征战英勇，向无过失，乡里度日，尽量居心公正，恪尽职守。众皆称此二人贤善。」

---

[68] 盡量，《滿文原檔》、《滿文老檔》俱讀作 “bahanarai teile” ，意同 “muterei teile” ，意即「盡可能」。

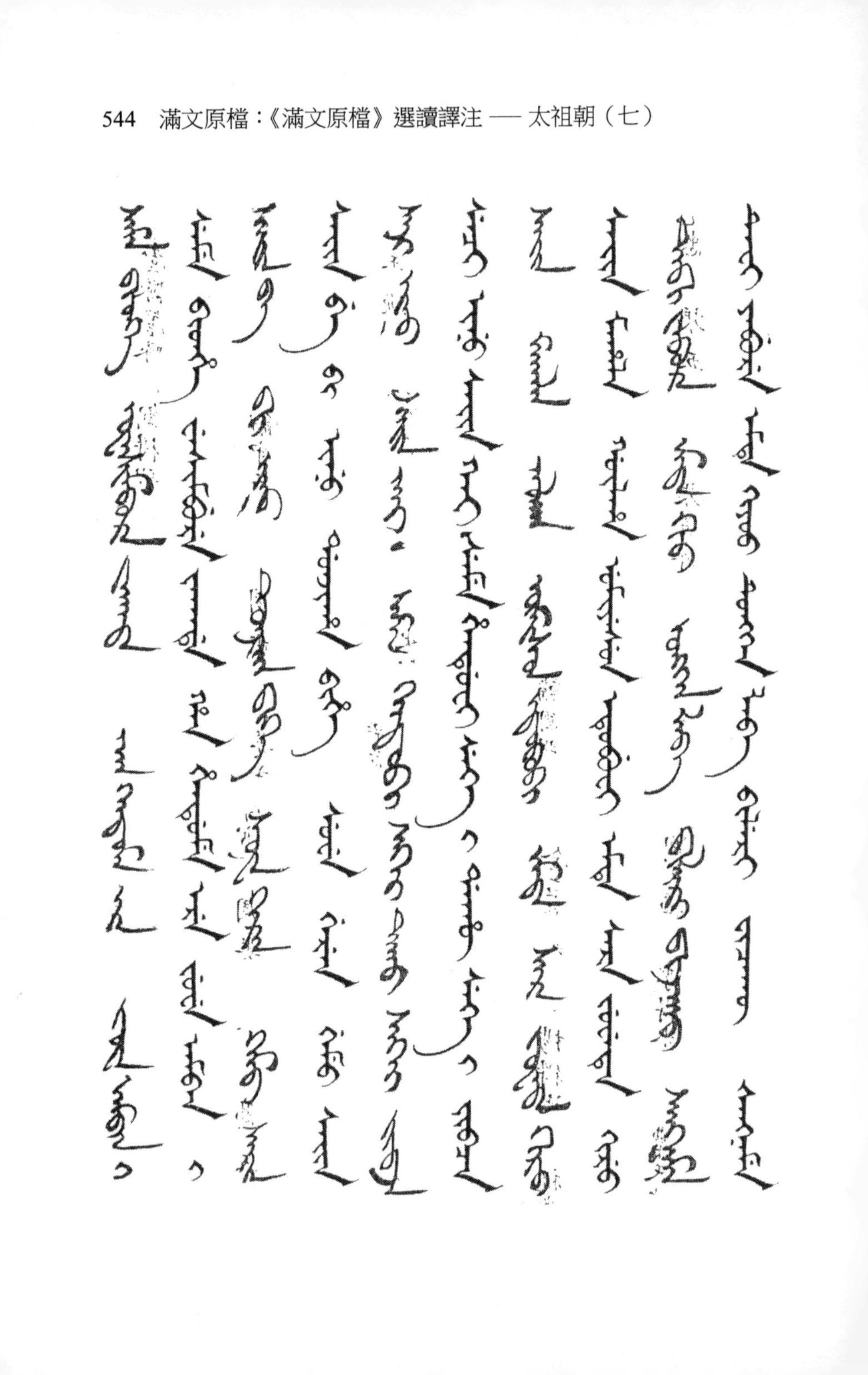

seme bithe wesimbure jakade, han hendume, ere juwe amban i sain be, bi inu donjiha bihe, suwe geren gemu sain seci inu sain kai seme hendufi, sekei dahū, sekei jibca, sain mahala, gūlha, umiyesun etubufi, emte sara, juwete kiru, tefi yabure emte kiyoo, tungken, laba, bileri, ficakū šangname

---

汗曰：「此二大臣之賢善，我亦有所聞。爾等皆稱賢善則賢善也。」諭畢，遂各賞穿貂皮端罩、貂裘、上等帽、靴、帶、傘各一柄、旗各二對、行坐轎各一頂及鼓、喇叭、嗩吶、簫。

汗曰：「此二大臣之贤善，我亦有所闻。尔等皆称贤善则贤善也。」谕毕，遂各赏穿貂皮端罩、貂裘、上等帽、靴、带、伞各一柄、旗各二对、行坐轿各一顶及鼓、喇叭、唢呐、箫。

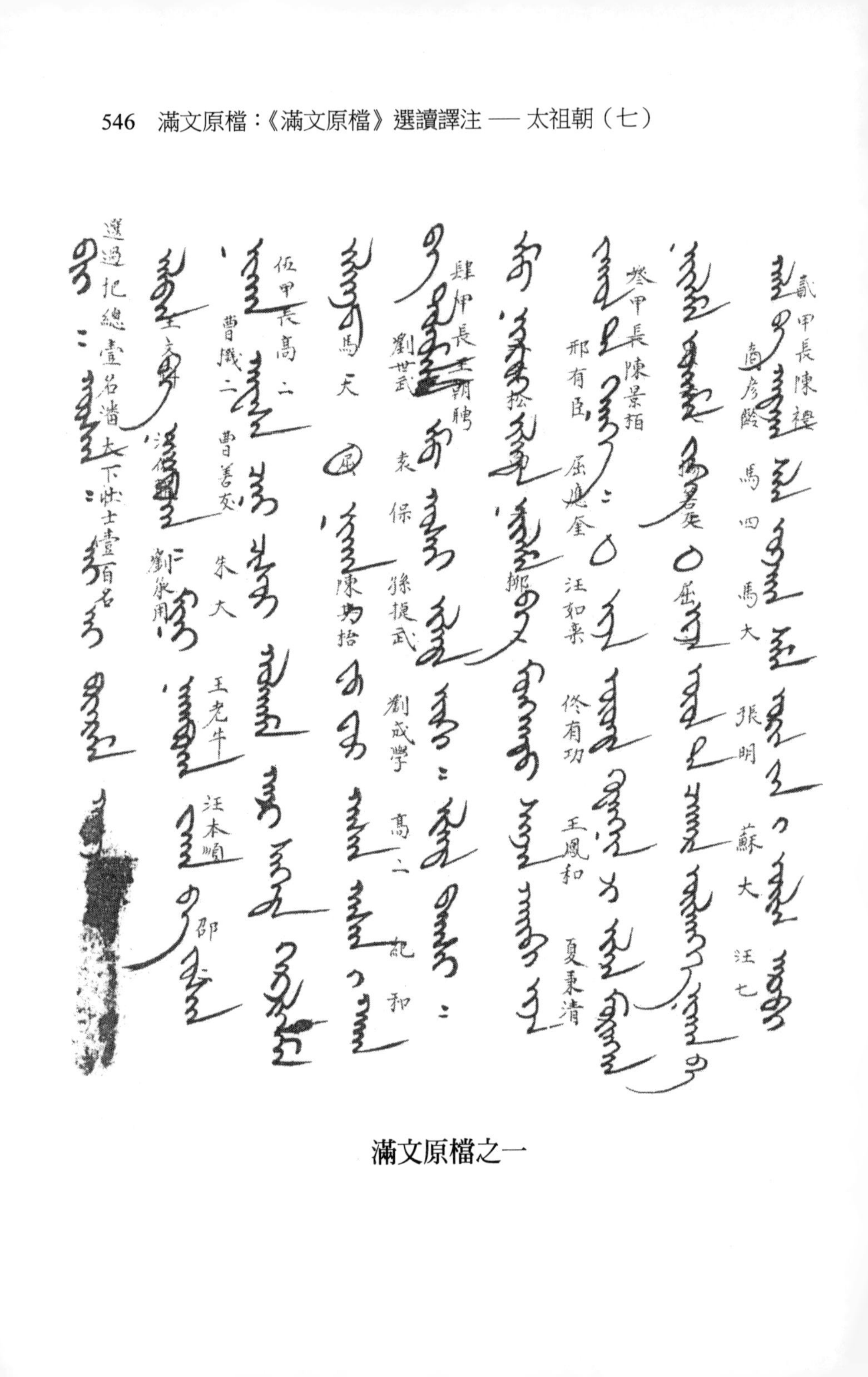

滿文原檔之一

滿文原檔之二

肆甲長佟還 夏乜二 趙三 田大
陳二 趙景春 佟鋭 洪語 王惟浪 張咸懇
伍甲長單永仁 李志先 李彦匠 劉五 趙善友 劉志通
齊國賢 高四 趙大
選甲長王顯忠 孫三 魏二 王景括 王四 黃網子 馬國良
虗甲長石二
貳甲長石二 張志友 王宗智 徐職二 王景榮 王熙顯 陳慶集
張大 王景

滿文原檔之三

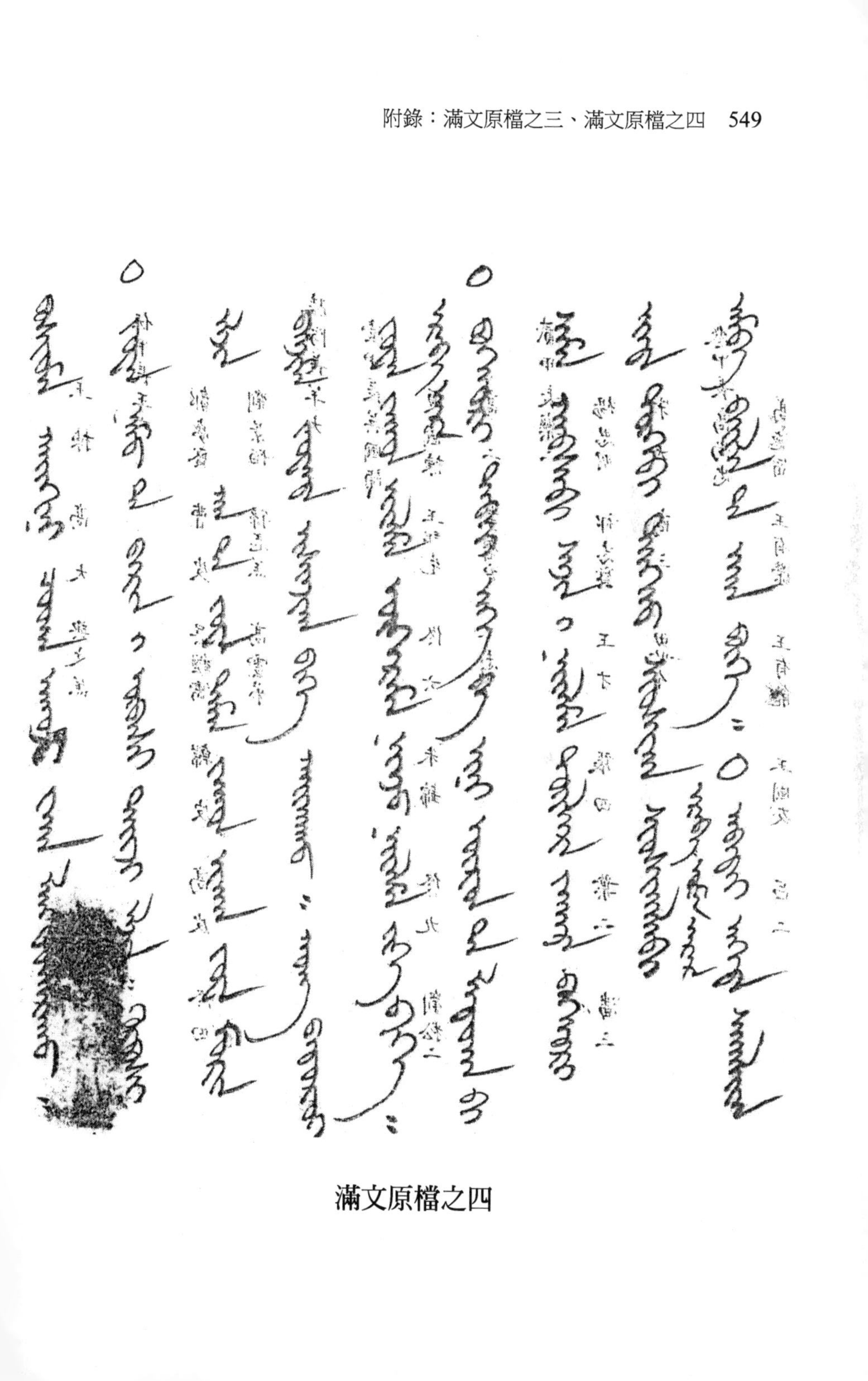

滿文原檔之四

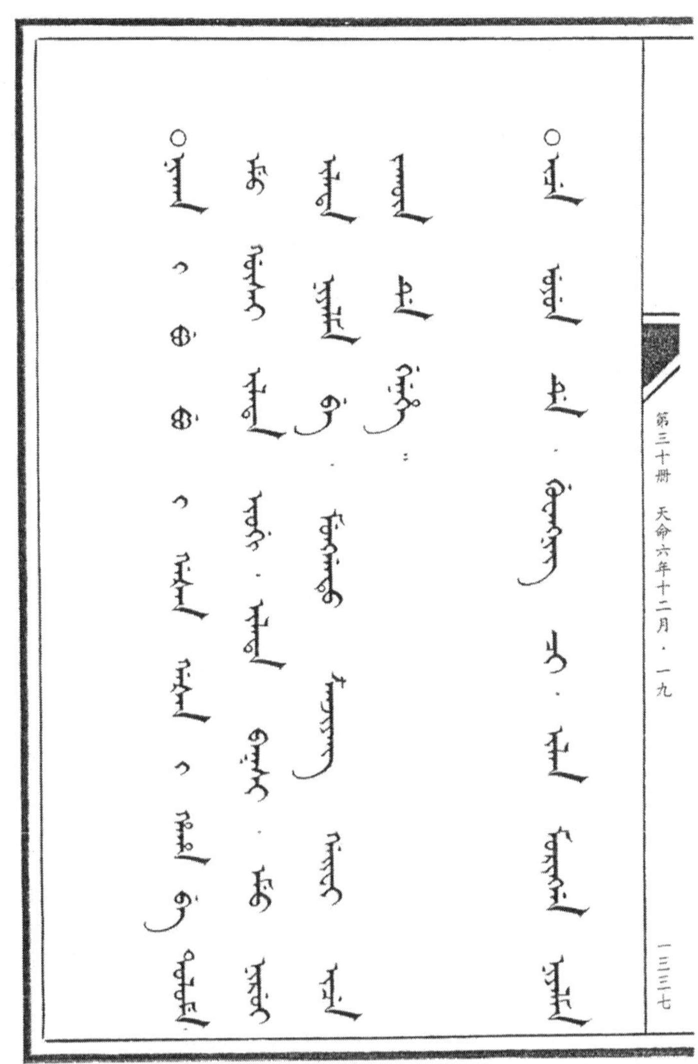

滿文老檔之一

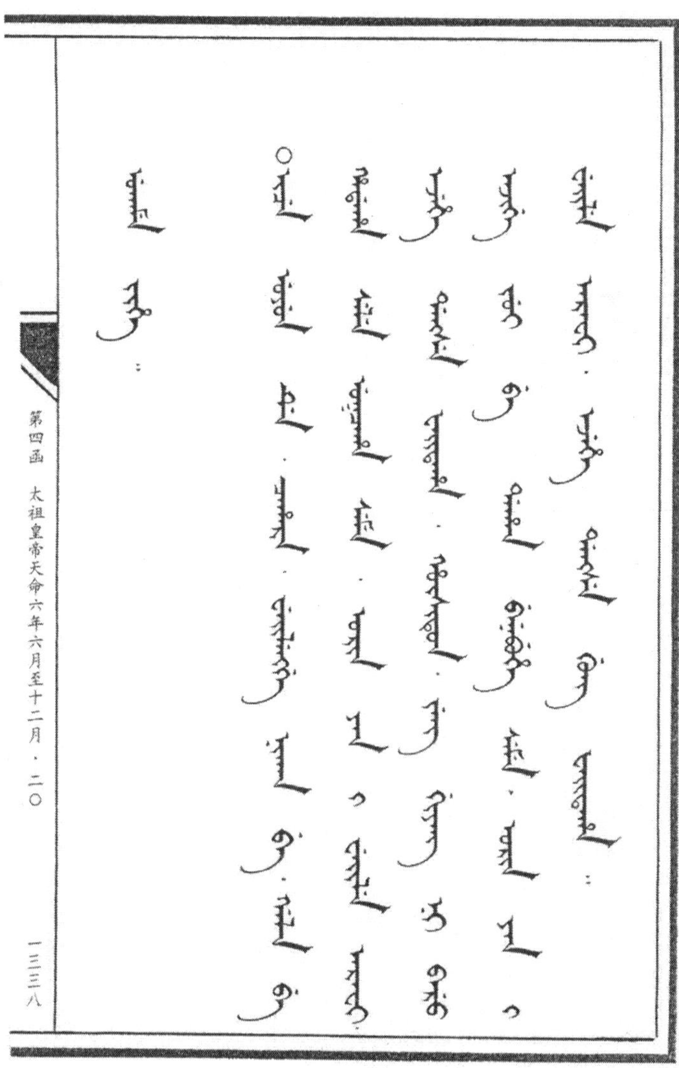
第四函　太祖皇帝天命六年六月至十二月．二〇

一三三八

滿文老檔之二

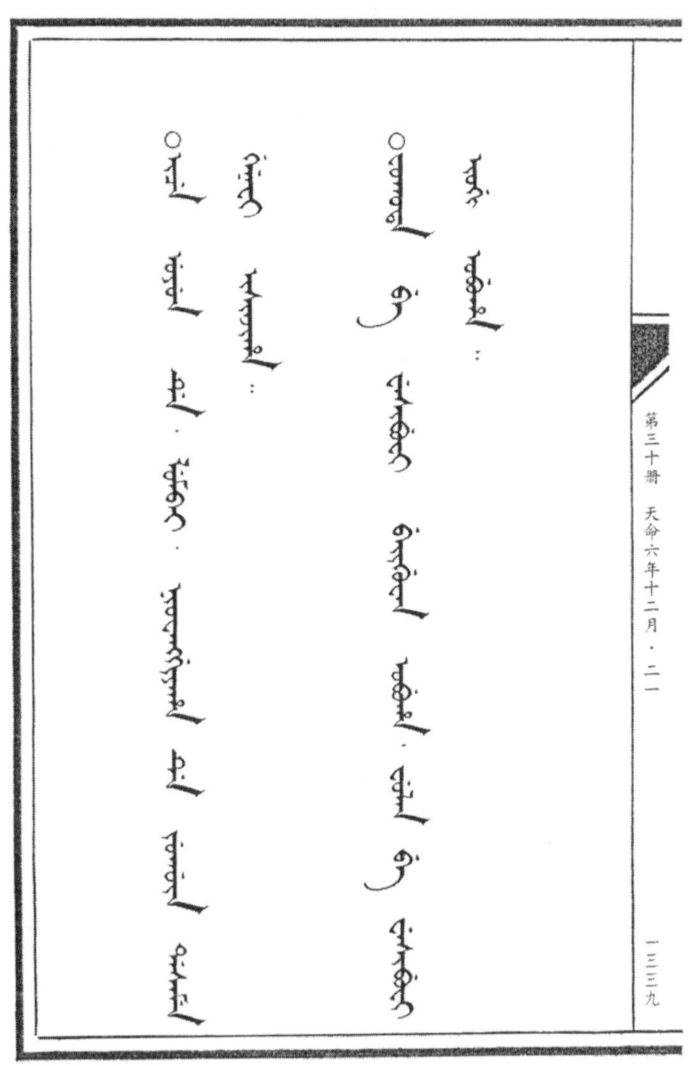
第三十冊 天命六年十二月・二一
一三三九

滿文老檔之三

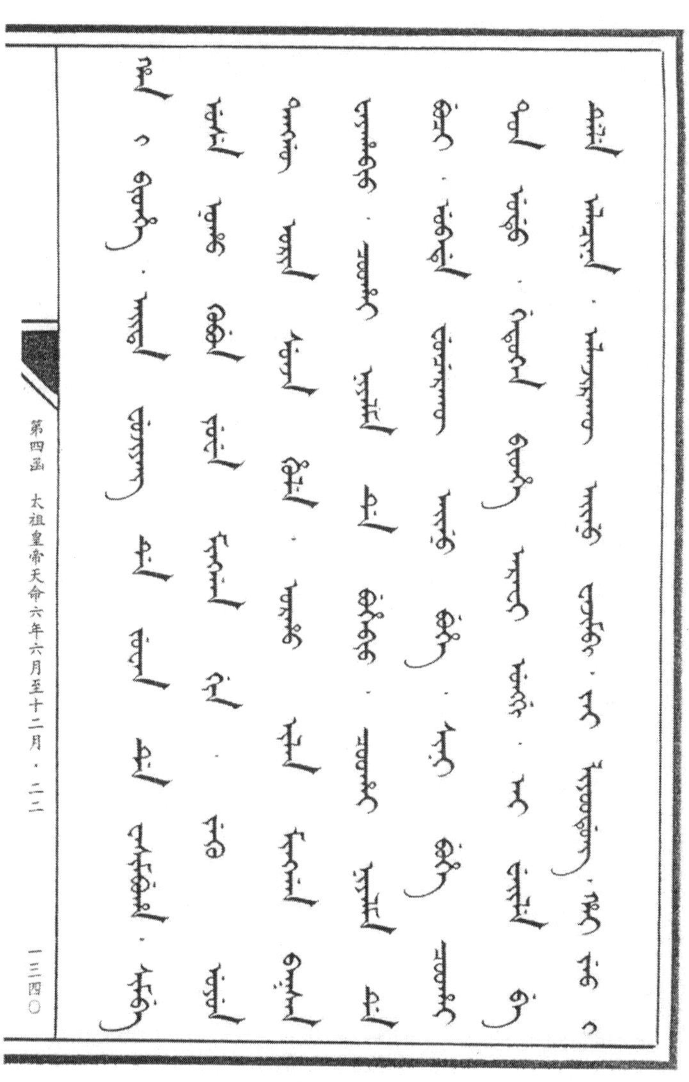

滿文老檔之四

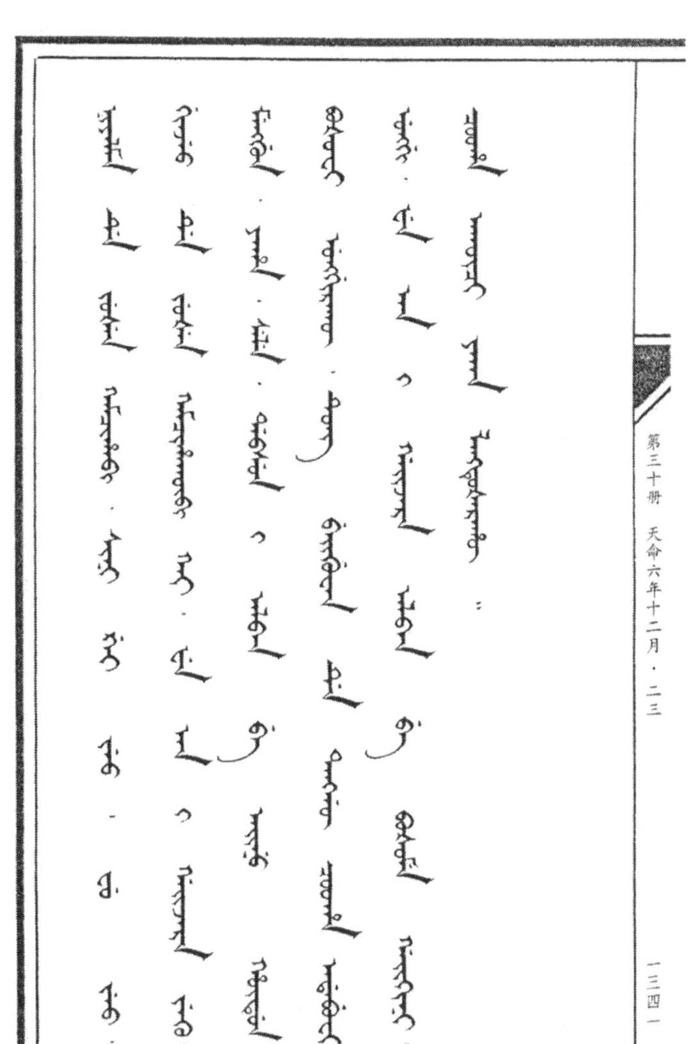

滿文老檔之五

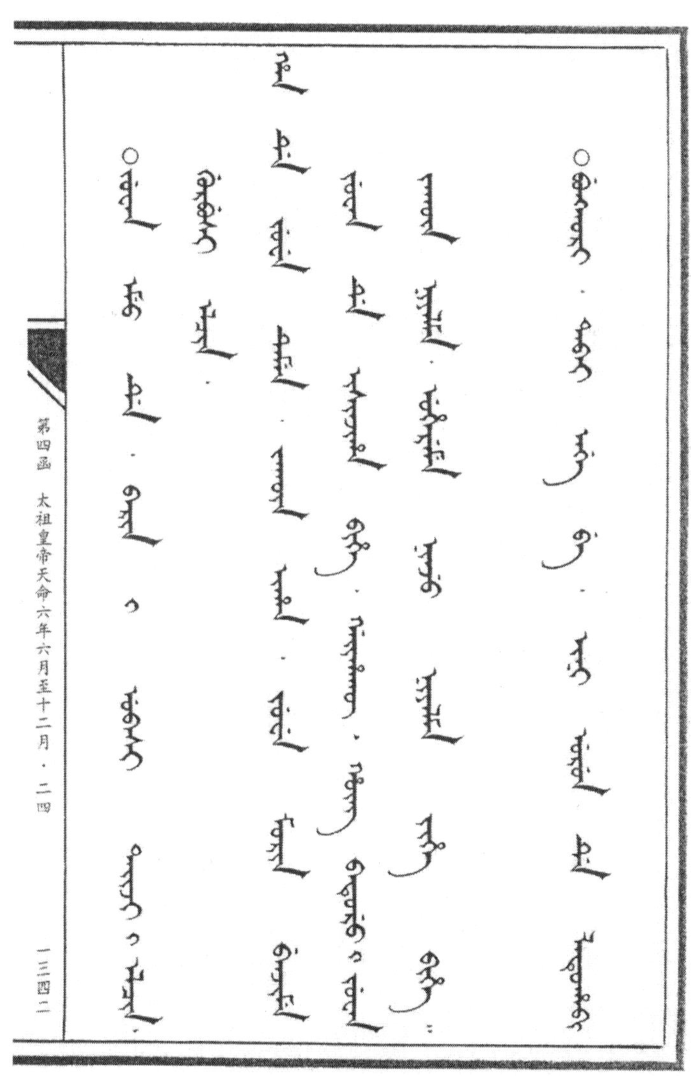

滿文老檔之六

致　謝

本書滿文羅馬拼音及漢文，由原任駐臺北韓國代表部連寬志先生精心協助注釋與校勘。謹此致謝。